Knaur.

Im Knaur Taschenbuch Verlag sind bereits folgende Bücher der Autorin erschienen:
Teuflisches Genie
Teuflisches Team

Über die Autorin:
Catherine Jinks wurde 1963 in Brisbane geboren, wuchs in Papua-Neuguinea auf und lebt heute mit ihrer Familie wieder in Australien. Catherine Jinks hat bereits über 30 Romane geschrieben, die in zehn Sprachen übersetzt und mit zahlreichen australischen Literaturpreisen ausgezeichnet wurden.

Catherine Jinks

Teuflischer Held

Roman

Aus dem Englischen von
Jakob Schmidt und Bernhard Kempen

Knaur Taschenbuch Verlag

Die englische Originalausgabe erschien 2009
unter dem Titel »The Genius Wars« bei Allen & Unwin, Australien

Wenn Ihnen dieser Roman gefallen hat, empfehlen wir Ihnen gerne ausgewählte Titel aus unserem Programm – schreiben Sie einfach eine E-Mail mit dem Stichwort »Teuflischer Held« an: guteunterhaltung@droemer-knaur.de

Besuchen Sie uns im Internet:
www.knaur.de

Deutsche Erstausgabe September 2010

Redaktion: Angela Troni
Umschlaggestaltung: ZERO Werbeagentur, München
Umschlagabbildung: FinePic®, München
Satz: Daniela Schulz, Stockdorf
Druck und Bindung: CPI – Clausen & Bosse, Leck
Printed in Germany
ISBN 978-3-426-50112-2

2 4 5 3 1

Für Richard Buckland,
Andrew Hellen
und Erica Jacobson.

1

Zwei verbeulte Fahrstuhltüren waren in eine Betonwand mit Kieselsteinmuster eingelassen. Der Aufwärtsknopf dazwischen wirkte leicht mitgenommen, wie ein malträtierter Sandsack. Man konnte sich nur schwer vorstellen, dass die Universität von New South Wales gerade erst ein hochmodernes, internetbasiertes System zur Steuerung der Fahrstühle eingerichtet hatte.

Cadel war davon überzeugt, dass diese Anlagen mindestens dreißig Jahre alt waren.

»Na schön.« Er beäugte die Stockwerksanzeige. »Warten wir, bis sie leer sind, bevor wir es versuchen.«

Pling! Die Worte hatten kaum seinen Mund verlassen, als sich auch schon eine der Doppeltüren öffnete und ein Student mit strähnigem Haar und *Metallica*-T-Shirt zum Vorschein kam, der offenkundig verblüfft blinzelte, als er sich der Schlange der vor ihm Wartenden gegenübersah. Schnell zog er den Kopf ein, rückte seinen Rucksack zurecht und schlurfte in Richtung des nächsten Hörsaals davon.

Der ist sicher in meinem Kurs, folgerte Cadel und verfluchte sich dafür, dass er sich so schwertat. Selbst nach drei Wochen in verschiedenen Seminaren erkannte er viele seiner Kommilitonen nach wie vor nicht wieder.

»Weißt du, wer das war?«, fragte er in der leisen Hoffnung, dass wenigstens Hamish in der Lage wäre, ihm zu helfen.

Doch Hamish zuckte nur mit den Schultern. Er betrachtete den Einführungskurs ins Programmieren als Beleidigung für jemanden, der eine echte eigene Polizeiakte vorzuweisen hatte, und tat viele der anderen jungen Hacker, mit denen er sich hier gemeinmachen musste, rundheraus als »einen Haufen Skript-Kiddies« ab.

Cadel wurde den Gedanken nicht los, dass Hamishs Einstellung ein Problem darstellte. Obwohl sie beide im selben Boot saßen, nörgelte Cadel nicht ständig an dessen Rumpfform oder Farbe herum. Genau wie Hamish hatte man ihn dazu *gezwungen*, zur Universität zu gehen. Die anspruchsvollen Kurse in Computertechnik sollten ihn beschäftigen, damit er ja nicht in Versuchung käme, sich als illegaler Hacker zu betätigen. Doch anders als Hamish hatte Cadel sich nur zu gerne eingeschrieben. Er hatte schon immer eine richtige Universität besuchen wollen, mit echten Professoren. Selbst wenn das bedeutete, dass er all seine mühevoll angeeigneten Programmierfertigkeiten von Grund auf neu lernen musste … Egal, er war bereit, dieses Opfer zu bringen.

Hamish wollte das allerdings nicht. Im Vorjahr hatte er mit sechzehn die Highschool verlassen, um seinen eigenen, sehr speziellen Interessen nachzugehen. Es hatte der vereinten Bemühungen seiner Eltern, seines Anwalts, seines Psychiaters und des Jugendgerichts bedurft, um ihn zurück in ein hochstrukturiertes akademisches Umfeld zu drängen.

»Schließlich gibt es eigentlich nichts, was man uns an einem Ort wie diesem noch beibringen könnte«, hatte er einmal zu Cadel gesagt. »Wir spielen in einer ganz anderen Liga. Wir waren draußen in der wirklichen Welt. Wir haben echte Schlachten geschlagen, und dabei muss man eben ein paar Regeln brechen. Wir sind *Cyberkrieger*, keine Schulkinder.«

Es war Cadel schwergefallen, keine Miene zu verziehen, weil er sich nämlich kein abstruseres Kriegerduo hätte vorstellen können. Hamish sah wie der Computergeek schlechthin aus, mit seiner Brille, der Zahnspange und seinem blassen, ungelenken Erscheinungsbild, und Cadel gab sich keinerlei Illusionen über sein eigenes Äußeres hin – das gelinde ausgedrückt wenig bedrohlich war. Seine blauen Unschuldsaugen und der Heiligenschein aus haselnussbraunen Locken hatten Cadel schon aus mehr unschönen Situationen errettet, als er sich eingestehen mochte. Und obwohl sein sechzehnter Geburtstag sich mit schnellen Schritten näherte, war er noch immer ungewöhnlich klein für sein Alter.

Wenn man es bedenkt, überlegte er und schaute zu den drei Leuten hinüber, die neben ihm warteten, *ist keiner von uns besonders unauffällig*. Es war kein Wunder, dass der Kerl mit dem strähnigen Haar aus dem Fahrstuhl bei ihrem Anblick überrascht geblinzelt hatte. Obwohl Hamish Körperformen hatte, die in den meisten Computerkursen mehrfach vertreten waren, kleidete er sich in völlig unglaubwürdiger Weise wie ein »harter Kerl«: Er trug Motorradstiefel, zerrissene Jeans und einen Nietengürtel. Neben ihm wirkte Cadel wie eine Putte im Kirchendach. Dann war da noch Judith, eine kräftige Frau mittleren Alters, die langes, flusiges graues Haar hatte, eine leuchtend rosa Brille sowie eine Umhängetasche aus zweckentfremdeten Geschirrtüchern trug und um deren Knöchel mehrere Lagen gebatikten Stoffs aus Hanffasern schlackerten. Und was Sonja betraf: Sie war von ihnen allen am auffälligsten. Aufgrund ihrer Kinderlähmung wurde sie von ständigen Muskelzuckungen geschüttelt, die jedem Beobachter sofort ins Auge fielen. Noch dazu war ihr Rollstuhl ein beeindruckendes technisches Meisterwerk, das dank der zahlreichen daran befestigten Zusatzgeräte jeden Raum, in dem es sich befand, komplett einzunehmen schien.

Keines dieser Geräte war allerdings so groß und unhandlich wie ihre alte Dynavox-Maschine. Vor langer, langer Zeit war

Sonja dazu gezwungen gewesen, ihre Worte auf einer Tastatur zu buchstabieren, damit der Dynavox sie in gesprochene Sprache umwandelte. Für jemanden mit kaum und vor allem unzuverlässiger motorischer Kontrolle war das ein langwieriger, mühseliger und kräftezehrender Vorgang.

Doch inzwischen hatte Sonja dank Judith Bashford einen revolutionären Sprachsynthesizer. Von einem ihrer geheimnisumwitterten Auslandskonten hatte Judith genug Geld herangeschafft, um die allerneueste technische Ausstattung zu bezahlen. »Wenn Sonja an einer Universität studieren soll, braucht sie jede Unterstützung, die sie nur kriegen kann«, hatte sie erklärt. Das schloss ein hochmodernes neurologisches Interface ein, das die Signale auffing, die Sonjas Gehirn an ihre Stimmbänder schickte. Ein winziger drahtloser Sender an ihrem Kehlkopf übertrug die Signale dann an einen tragbaren Computer, der sie entschlüsselte und mit einem Satz aufgezeichneter Wörter in seiner Datenbank verglich. Im Endeffekt konnte Sonja damit nicht nur ihre Gedanken – durch den Sprachsynthesizer – laut aussprechen, sondern auch ihren Rollstuhl anhalten und bewegen, langsamer und schneller werden, wenden und zurücksetzen lassen … was immer sie wollte.

Zuerst war Cadel davon ausgegangen, dass dieses neue System sie ganz und gar unabhängig machen würde. Er hatte erwartet, dabei zuschauen zu können, wie seine beste Freundin sich allein in der Stadt oder zumindest auf dem Universitätsgelände bewegte. Die meisten öffentlichen Gebäude waren heutzutage mit Rampen, Aufzügen und Automatiktüren ausgestattet, und soweit Cadel wusste, war es illegal, Menschen in Rollstühlen *keine* Zugangsmöglichkeit zu bieten. Er war davon überzeugt gewesen, dass Sonja der Weg zu ihrem Mathematikkurs für Fortgeschrittene bald genauso leichtfallen würde wie der Kurs selbst.

Allerdings hatte er nicht damit gerechnet, wie sehr die zahlreichen Knöpfe, die man drücken musste, ihr im Weg stehen würden. Sonja kam mit Knöpfen an der Wand nicht klar. Meistens tat sie sich weh, während sie vergeblich versuchte, ihre eigensinnigen Gliedmaßen unter Kontrolle zu bringen, um einen der Schalter zu treffen. Knöpfe an Stelen waren fast genauso schlimm wie die an der Wand. Wenn es also darum ging, Straßen zu überqueren oder Aufzüge zu bedienen, war sie ernsthaft benachteiligt. Ohne Hilfe konnte Sonja sich nicht darauf verlassen, pünktlich zu Kursbeginn einzutreffen.

Für Cadel war das inakzeptabel. Er konnte kaum glauben, dass all das Geld, all der Aufwand und die ausgefeilte Forschung, die in Sonjas neuem Rollstuhl steckten, von so etwas Einfachem wie einem kleinen Plastikknopf untergraben werden konnten. Das war lächerlich. Es war geradezu *ungerecht*. Cadel wusste, wie schwer sie es im Leben hatte. Er wusste auch, dass man sie in jungen Jahren verlassen und danach von einem Wohnheim ins nächste verfrachtet hatte. Ihre einzigen echten Freunde (bis sie Cadel zum ersten Mal begegnet war) waren die Pflegerinnen und Pfleger gewesen. Sie musste sich abmühen, um zu sprechen, um sich zu bewegen, um zu lernen. Jeder Tag war für sie ein Kampf. Und trotz des Umstands, dass sich nun Judith um sie kümmerte, war Sonjas Leben nach wie vor alles andere als einfach. Sie konnte sich nicht mal selbst die Schuhe zubinden oder sich die Haare waschen.

Das Letzte, was sie gebrauchen konnte, war ein weiteres Hindernis auf ihrem Weg in die Freiheit.

Cadel weigerte sich zu akzeptieren, dass jemand wie Sonja von einem gewöhnlichen Fahrstuhlknopf besiegt werden konnte. Daher hatte er beschlossen, das Problem selbst anzugehen. Nachdem er sich ein bisschen schlaugemacht hatte, war ihm klar geworden, dass man alle Auf- und Abwärtsknöpfe auf dem Campus mit den richtigen Werkzeugen umgehen konnte. Zufälligerweise verfügte er über die richtigen Werkzeuge. Er hatte Sonjas drahtlosen Sender, den man umprogrammieren konnte. Er hatte die drahtlose Internetverbindung der Universität, die ihre Signale empfangen und an einen Spezialserver weitergeben konnte. Vor allem aber hatte er das neue Fahrstuhl-Management-System FMS, das mit dem World Wide Web in Verbindung stand.

Cadel hatte schnell herausgefunden, dass Sonja dank dieser Elemente eigentlich keine Knöpfe drücken musste. Theoretisch genügte es, wenn sie einen Befehl dachte, der sich dann über ihren drahtlosen Sender direkt in das FMS leiten ließ. Natürlich musste man sich dafür in mehrere gesicherte Netzwerke hacken, aber das bereitete Cadel keinerlei Gewissensbisse. Schließlich war es für eine gute Sache. Und wenn es tatsächlich funktionierte, konnte man auf diese Art auch anderen Menschen mit ähnlichen Behinderungen helfen.

Das sagte er sich immer wieder. Trotzdem hatte er ein schlechtes Gewissen, denn er hatte versprochen, kein inoffizielles Hacking mehr zu betreiben, und so verspürte er unweigerlich ein leises Schuldgefühl, als er auf die Stockwerksanzeige schaute. Es war ja nicht so, dass er glatt *gelogen* hätte. Er hatte sich einfach nur dafür entschieden, nicht alle genau zu informieren. Sonja wusste natürlich, was er vorhatte, und Judith auch. Hamish wusste ebenfalls Bescheid, weil er und Cadel Klassenkameraden waren – erwartungsgemäß liefen sie einander direkt vor dem ersten Testlauf von Sonjas modifiziertem Sender über den Weg, natürlich ganz und gar zufällig. Doch sonst ahnte niemand etwas von Cadels neuestem Projekt. Nicht einmal seine Stiefeltern Saul und Fiona Greeniaus.

Er hoffte, sie würden über den Umstand hinwegsehen, dass er ihnen gegenüber nicht ganz ehrlich gewesen war, wenn er ihnen einen rundum gelungenen, sorgfältig getesteten und absolut erstrebenswerten Dienst an der Menschheit vorlegte. Das würden sie doch sicher verstehen? Schließlich *gefiel* es ihm nicht, sie im Dunkeln zu lassen. Nur war Saul dummerweise Polizeikommissar. Und Polizeikommissare sind notorisch unleidig, wenn es um illegale Netzwerk-Infiltration geht.

Aber sobald Cadels System einmal fertig und im Einsatz wäre, würde selbst Saul dessen Nutzen erkennen müssen. Trotz des Umstands, dass Cadel ein gewisses Maß an ernsthafter Hackertätigkeit in seine Entwicklung gesteckt hatte.

»Na schön«, sagte Cadel erneut. Dann drehte er sich zu Sonja um. »Bist du bereit?«

»*Bin-bereit*«, kam ihre synthetisierte Antwort, die etwas weniger mechanisch klang als die Worte, die ihr alter Dynavox produziert hatte. »*Fahren-wir-hoch?*«

»Denk dran, dass du genaue Anweisungen geben musst.« Cadel fand, dass auf diesen Punkt noch einmal besonders hinzuweisen war. »Nur zur Sicherheit. Code, Ort, Stockwerk, Ziel.«

»*Ich-weiß.*« Sonja klang gelassen. Das tat sie immer, weil sie durch eine Maschine sprach. Nur indem man sie genau anschaute, konnte man feststellen, ob sie aufgeregt war. Zum Beispiel wurden ihre Muskelzuckungen stärker, wenn sie angespannt war.

Als sie ihm nun unter Mühen die braunen Augen zuwandte, stellte Cadel fest, dass sie eher freudig erregt als nervös war. Ihre Wangenröte verriet sie.

»*Audeo,* EEB, *Etage-E-aufwärts-Etage-*2«, intonierte ihr Synthesizer, der ebenfalls auf die Signale reagierte, die gleichzeitig an das FMS weitergeleitet wurden.

Sofort hob Cadel den Blick. Die Stockwerksanzeige über ihm verriet, dass Fahrstuhl eins gerade auf der dritten Etage festhing. Fahrstuhl zwei war jedoch nach wie vor im Erdgeschoss, und seine Türen öffneten sich in dem Moment, als Cadel seinen Blick darauf lenkte.

Sonjas Rollstuhl setzte sich in Bewegung, und sie steuerte ihn vorsichtig in die mit Spiegeln verkleidete Kiste, die unter dem Gewicht ihrer gesammelten Geräte erbebte. Cadel war nach Judith dran und machte Platz für Hamish, indem er sich an die Wand drückte.

Als die Türen zugingen, hätten sie beinahe Hamishs riesigen, überquellenden Rucksack zerquetscht.

»*Fahrstuhl fährt aufwärts*«, sagte eine körperlose Frauenstimme.

»Hat da jemand draufgedrückt?«, fragte Hamish und zeigte auf den Knopf mit der Zwei, der im Gegensatz zu den ihn umgebenden Knöpfen schwach leuchtete.

»Nein«, antwortete Judith. »Der hat schon geleuchtet, als ich eingestiegen bin.«

»Dann hat es also funktioniert!«, jauchzte Hamish.

Cadel hob abwiegelnd die Hand. »Wart's einfach ab«, sagte er. »Mal schauen. Noch können wir uns nicht sicher sein.«

Mit einem Ruck trat der Fahrstuhl seinen mühsamen Weg nach oben an. Cadel schaute auf die Uhr. Sonjas nächster Kurs begann zwar erst in einer halben Stunde, aber er und Hamish mussten in weniger als zehn Minuten bei der Vorlesung im Rex-Vowels-Saal sein. Es wäre schön gewesen, Zeit für eine ganze Reihe unterschiedlicher Tests an verschiedenen Standorten zu haben. Aber unglücklicherweise war das nicht möglich. Zumindest nicht jetzt.

»*Zweiter Stock*«, verkündete der Fahrstuhl und kam quietschend zum Stehen.

Hamish reckte die Faust triumphierend in die Luft. »Jau!«, rief er.

Cadel dagegen war noch nicht überzeugt. Als die Tür sich vor einer weiteren erschreckt dreinblickenden Studentin öffnete, wurde ihm klar, dass er den ganzen Vorgang schlecht abgepasst hatte. *Ich hätte es abends ausprobieren sollen*, dachte er ärgerlich. *Es sind zu viele Leute unterwegs. Zu viele Variable. Ich habe nicht nachgedacht.*

Er sprach seine Gedanken aus, nachdem er und die anderen eilig den Fahrstuhl verlassen hatten.

»Wir kriegen hier keine sauberen Ergebnisse«, stellte er fest. »Nicht jetzt. Wir haben es hier mit Stundenplan-Algorithmen zu tun. Das Mädchen, das gerade eingestiegen ist, hat das Ergebnis vielleicht beeinflusst.«

»*Ich-glaube-nicht*«, sagte Sonja. »*Der-Knopf-hat-doch-geleuchtet, oder?*«

»Trotzdem ist das Resultat nicht eindeutig. Vielleicht hat jemand anders ihn versehentlich gedrückt.« Obwohl Cadel ihren verzweifelten Optimismus nachfühlen konnte, hielt er nichts von unwissenschaftlichen Methoden. »Wir sollten das Ganze abends wiederholen. An einem Sonntag, wenn niemand hier ist. Wenn ich die Ampeln in Angriff nehme, wird es das Gleiche. Die müssen wir *echt* früh ausprobieren, um drei Uhr morgens oder so.«

»Ampeln?«, wiederholte Hamish. »Welche Ampeln?«

»Erzähl ich dir später.« Cadel hatte soeben eine Frau gesehen, die über den Flur auf sie zukam. Er wollte nicht belauscht werden. Schließlich musste nicht die ganze Welt wissen, dass er es auf das koordinierte adaptive Verkehrsleitsystem von Sydney abgesehen hatte. »Ich muss jetzt los«, sagte er zu Sonja. »Sonst komme ich zu spät. Wollen wir uns zum Mittagessen treffen?«

»Das geht nicht«, sagte Judith. »Sie hat einen Physiotherapie-Termin.«

»Oh.« Cadel erhob keine Einwände, ließ Judith jedoch nicht das weitere Gespräch übernehmen. Das tat sie inzwischen dauernd, und es störte ihn. Seiner Meinung nach war sie übertrieben fürsorglich. In weniger als einem Monat würde Sonja achtzehn und damit erwachsen werden, was ihr das Recht gab, für sich selbst zu entscheiden. Mit anderen Worten: Sie würde ihr Schicksal in die eigenen Hände nehmen.

Wenn sie dann beschloss, den einen oder anderen Termin ausfallen zu lassen, wäre das ihr gutes Recht – ganz egal, was ihre neue Stiefmutter davon hielt.

»Gut, wie wär's mit heute Nachmittag?«, fuhr Cadel an Sonja gewandt fort. »Du könntest zu mir rüberkommen, dann besprechen wir den Testlauf am Wochenende.«

»Sie sollte besser nach Hause«, meinte Judith. »Dort ist alles richtig eingerichtet.«

Damit meinte sie, dass Cadels Zuhause weder über Rampen noch über Sensorlampen oder automatische Türen verfügte, während Judiths Haus am Meer mit all diesen Dingen und sogar einigem mehr ausgestattet war. Es handelte sich um ein komplett verdrahtetes *Smart House* – sozusagen eine »intelligente Umgebung«.

Im Gegensatz dazu war Cadels Haus dumm wie Dosenbrot. Das schien zumindest Judith nahelegen zu wollen, wann immer sie es mit ihrem eigenen verglich und für unzulänglich befand.

»*Ich-komme-zu-dir-rüber-wenn-ich-nicht-zu-müde-bin*«, warf Sonja ein. »*Manchmal-macht-die-Physiotherapie-mich-ganz-schön-fertig.*«

»Klar.« Cadel nickte. Er war sich darüber im Klaren, wie sehr einfache Tätigkeiten sie ermüden konnten. »Wie wär's, wenn ich dich anrufe?«

»*In-Ordnung.*«

»Ich arbeite zu Hause, du kannst sie also dort erreichen«, sagte Judith, was Hamish zu einem Stirnrunzeln veranlasste.

Er war neidisch auf Judiths Arbeit. Zu ihren Bewährungsauflagen gehörte, dass sie kürzlich eine Art forensischen Beratungsdienst eingerichtet hatte. Hamish beneidete sie um die Zeit, die sie damit verbrachte, der Polizei beim Aufspüren von schmutzigem Geld zu helfen, während er selbst an der Uni festsaß. »Ich könnte der Polizei auch helfen«, sagte er oft.

»Warum bitten sie mich nicht um Hilfe? Warum hat immer Judith G-g-glück?« Ihm schien nicht klar zu sein, dass er selbst extrem großes Glück gehabt hatte – er hätte sehr gut in einer Jugendstrafanstalt landen können, oder man hätte ihn zu gemeinnütziger Arbeit verdonnern können. Aus irgendeinem Grund war er nach wie vor davon überzeugt, dass er nichts Falsches getan hatte, indem er der als Genius-Team bekannten illegalen Organisation beigetreten war. Der Umstand, dass wenigstens eines der ehemaligen Teammitglieder inzwischen im Gefängnis saß, schien ihn nicht im Mindesten zu beirren. Das Gleiche galt für die Einstellung seiner beiden Exkameraden Cadel und Sonja, die die Vergangenheit ein für alle Mal hinter sich lassen wollten.

So, wie Hamish das sah, konnte der Versuch, eine korrupte Organisation zu Fall zu bringen, nur gut sein, egal, welch fragwürdiger Mittel man sich dabei bediente.

»In Ordnung, gut. Ich ruf dich an«, versicherte Cadel Sonja, bevor Hamish Zeit für einen seiner verbitterten Kommentare über Judiths vollen Terminplan hatte. »Sagen wir irgendwann nach dem Mittagessen? Um zwei? Dann können wir klären, wer zu wem geht.«

»*Alles-klar.*« Sonjas gelassener, metallischer Tonfall wurde von ihrer begierigen Miene Lügen gestraft. »*Dann-bis-später.*«

»Tschüss.« Cadel schickte sich an zu gehen. »Tschüss, Judith.«

»Tschüss, Jungs. Viel Spaß.«

Hamish schnaubte. Er erwiderte Judiths fröhliches Winken nicht, und auf dem Weg nach unten beschwerte er sich, dass sie sich nur über ihn lustig machen wolle.

»Als ob wir auch nur im Entferntesten Spaß beim Programmierkurs für Krabbelkinder haben könnten«, nölte er. »Weißt du, was sie letzte Woche zu mir gesagt hat? Sie meinte, dass sie hinter dem Geld her sei, das *Prosper English* irgendwo in einer Steueroase beiseitegeschafft hat. G-glaubst du das? Die Polizei ist hinter Prosper English her, und sie bitten dich nicht um Hilfe!«

»Weil ich nicht helfen will.« Cadel stieß eine Brandschutztür auf. »Ich würde ihnen nicht einmal helfen, wenn sie mich darum bitten würden.«

»Ja, aber sie *h-haben* dich nicht gefragt. Das meine ich. Als hielten sie dich für nutzlos, obwohl du wahrscheinlich mehr über Prosper English weißt als irgendjemand sonst.«

Dann verfiel Hamish mal wieder in eine Tirade darüber, wie sträflich blöde es gewesen war, das Genius-Team aufzulösen. Dass es überhaupt keine großen Kosten verursacht habe, egal, was irgendwelche Buchhalter dazu sagten, dass seine minderjährigen Mitglieder kein bisschen »unzuverlässig« gewesen seien, auch wenn der zuständige Polizeibeamte das anders sah, und dass man Prosper English innerhalb weniger Wochen nach seinem Gefängnisausbruch gefasst hätte, hätte man das Genius-Team weitermachen lassen. »Stattdessen hauen sie uns auf die Finger und schicken uns nach Hause! Neun Monate später ist Prosper noch immer auf freiem Fuß, treibt sich in der Weltgeschichte rum und sitzt uns im Nacken!«

»Er sitzt uns nicht im Nacken«, erwiderte Cadel knapp. »Er hat sich eingeigelt.«

»Ja, a-aber er ist immer noch irgendwo da draußen, hab ich recht? Und du kennst ihn besser als irgendjemand sonst. Die Polizei sollte dich um Hilfe *anflehen*.«

»Nein, das sollte sie nicht, Hamish! Weil das nämlich überhaupt nichts nützen würde!« Plötzlich fiel Cadel auf, wie laut er sprach und dass seine Stimme von den Betonwänden im Treppenhaus widerhallte. Leiser fuhr er fort: »Ich will Prosper English nicht mehr in meinem Leben haben. Wenn ich ihn in Ruhe lasse, dann lässt er mich auch in Ruhe. Es ist ein Handel.«

»Da kannst du dir nicht sicher sein.«

»Doch, das kann ich.« Cadel *war* sich sicher. Er hatte die Wahrscheinlichkeiten ausgerechnet. Es gab keine andere Erklärung für die neun Monate absoluter Ungestörtheit, derer er sich erfreut hatte – es sei denn, Prosper English war tot und begraben. »Wenn er mich als Bedrohung betrachten würde, hätte er mich inzwischen erwischt. Er hätte mich in dem Moment töten können, in dem ich aus meiner Hochsicherheitsunterkunft gekommen bin. Aber das hat er nicht getan. Also muss ich mir keine Sorgen machen, solange ich meine Nase nicht in seine Angelegenheiten stecke.«

»Glaubst du denn, dass er hinter Judith her ist?«, fragte Hamish, während er Cadel eine weitere Treppenflucht hinab folgte. »Weil *sie* ihre Nase in seine A-angelegenheiten steckt?«

»Ich weiß es nicht.« Das war eine gute Frage. Auf jeden Fall war sie Cadel auch schon in den Sinn gekommen. Saul Greeniaus hatte ihm jedoch versichert, dass Judith nur ein sehr kleiner Teil einer groß angelegten, langfristigen Fahndung nach Prosper English war, dessen verbrecherisches Imperium nach und nach auf der ganzen Welt auseinandergenommen wurde.

Laut Saul hatten die Behörden von einem halben Dutzend verschiedener Länder bislang keine Hinweise darauf entdeckt, dass Prosper ihre Ermittlungen zu untergraben versuchte. Es hatte keine Versuche gegeben, irgendwelche Teile ihrer Einsatzkräfte zu töten oder einzuschüchtern. Das bedeutete, dass wahrscheinlich auch Judith nichts passieren würde.

Weil sie nämlich nicht mal ansatzweise an Prosper herankommen. Zu diesem Schluss war Cadel gekommen, als er davon gehört hatte. *Wenn sie ihm dicht auf der Spur wären, würden sie es schnell genug herausfinden.* Aber er hatte nichts gesagt. Nicht einmal zu Saul.

Er würde sich nicht zur Zielscheibe machen, indem er unverlangt Ratschläge erteilte.

»Wie dem auch sei, ich bin rundherum zufrieden«, sagte er. »Ich möchte nichts mit diesem Zeug zu tun haben. Mir gefällt es, wie es ist.«

»Das soll ja wohl ein Witz sein.« Hamish klang ehrlich entsetzt. »L-langweilst du dich denn nicht zu Tode?«

»Nein.« Cadel stieß eine weitere Brandschutztür auf und betrat einen breiten, abschüssigen Flur in der Nähe des Rex-Vowels-Kinosaals. »Ich bin glücklich.«

»Wie *kannst* du das sein? Es ist so *langweilig*.«

»Es ist nicht langweilig, sondern normal. Ein normales Leben.« Tatsächlich handelte es sich um Cadels erste Kostprobe von einem normalen Leben, und er genoss jede Minute. Alles war so einfach. So frei. Er konnte überall hingehen, ohne dabei ein Überwachungsteam im Schlepptau zu haben. Er konnte sagen, was er wollte, ohne sich dabei zu fragen, ob die Leute, die ihm zuhörten, irgendwelche geheimen Absichten hegten. Er konnte ohne Angst über den Campus spazieren, in dem Wissen, dass keiner seiner Kommilitonen explodieren würde.

Fünfzehn Jahre lang hatte er unter ständiger Beobachtung gelebt. Er hatte sich daran gewöhnt, rund um die Uhr überwacht zu werden, zuerst von Prosper English und dann von der Polizei – die Angst hatte, dass Prosper ihm etwas antun könnte. Als Erbe eines Verbrecherimperiums hatte man Cadel ohne jede Privatsphäre aufwachsen lassen, umgeben von subtiler Manipulation und ständigen Lügen. Selbst bei seiner Erziehung hatte man ihm unentwegt etwas vorgemacht. Im Alter von dreizehn Jahren hatte er sich an einer Universität mit dem Namen Axis-Institut eingeschrieben, die eigens zu dem Zweck gegründet worden war, den weltgrößten Dieb, Lügner und Betrüger aus ihm zu machen. Dazu kam, dass er dieser Falle nur entronnen war, um gleich darauf in die nächste zu tappen, die, wie schon das Institut, das Werk von Prosper English gewesen war. So, wie Cadel es sah, war das Genius-Team keine furchtlose Gruppe brillanter Helden auf einem geheimen Kreuzzug gegen den verdorbensten Konzern der Welt gewesen. Vielmehr hatte es sich um eine naive Ansammlung selbstgefälliger Volltrottel gehandelt, die sich zunehmend in einen von Prospers gewieften Plänen verstrickt hatten. Cadel bedauerte den Verlust des Genius-Teams nicht. Kein bisschen. Er brauchte das Genius-Team nicht, um seinem Leben Sinn zu verleihen.

Jetzt, da er ein echtes Zuhause hatte, dazu echte Eltern und echte Freunde – jetzt, da er genügend Raum hatte, um sich frei zu bewegen, zu sprechen und eigenständig Entscheidungen für seine Zukunft zu treffen –, warum sollte er sich da etwas anderes wünschen?

»He, Cadel.« Hamish ließ nicht locker. »Kann ich dich mal was fragen?«

»Ich denke schon.« Cadel war nicht besonders erpicht darauf, die Unterhaltung fortzusetzen. Eine Menschenmenge versammelte sich vor dem Vorlesungssaal, die Studenten strömten aus allen Himmelsrichtungen zusammen, und er wollte nicht, dass jemand etwas aufschnappte. »Solange es nicht um Prosper English geht.«

»Was, wenn er es nicht *weiß?*«, fragte Hamish und setzte sich damit munter über Cadels Bitte hinweg. »Was, wenn er nur deshalb noch nicht versucht hat, dich zu töten? W-weil er noch immer glaubt, dass du sein Sohn bist? Was wird deiner Meinung nach passieren, wenn er herausfindet, dass das gar nicht stimmt?«

»Ach, halt die Klappe, Hamish«, sagte Cadel ärgerlich. Dann eilte er voran, wich ein paar ungewaschenen Studenten aus und stürzte sich durch die geöffnete Tür dahinter.

2

Die Einführung in die Programmierung bestand aus zwei Kursen: Anfänger und Fortgeschrittene. Die »Fortgeschrittenen« mussten nicht um einen Platz im Rex-Vowels-Vorlesungssaal kämpfen, da dieser groß genug für alle war. Die Kursteilnehmer waren locker über rund dreihundert Polsterstühle verteilt, so dass jeder sich ein bisschen ausbreiten konnte.

Trotzdem wünschte sich Cadel manchmal, er hätte zu der größeren Gruppe gehört. Es gab so viele Anfänger, dass der Professor sie nie dazu aufforderte, »bitte einmal nach vorne zu kommen«. In einer solchen Masse hätte Cadel sich weniger auffällig gefühlt. Es wäre ihm leichter gefallen, sich bedeckt zu halten. Außerdem hätte er sich einen Platz ganz hinten suchen können, ohne Aufmerksamkeit auf sich zu ziehen.

Nicht, dass er eingeschüchtert gewesen wäre oder Angst gehabt hätte, mit heruntergelassenen Hosen erwischt zu werden. Die Kursaufgaben bereiteten ihm keine besonderen Schwierigkeiten, aber er zog es vor, sich im Hintergrund zu halten, weil er sich nicht sicher war, wie viel seine Lehrer wirklich über ihn wussten. Obwohl die Zulassungsstelle über alles informiert war, was es zu wissen gab, hatte Saul Greeniaus darauf bestanden, dass gewisse Einzelheiten über den Hintergrund seines Adoptivsohns absolut vertraulich behandelt wurden. Cadel hatte sich sogar unter Sauls Nachnamen – Greeniaus – eingeschrieben, obwohl der Adoptionsprozess sehr, sehr lange dauerte.

»Jetzt bist du *mein* Sohn«, hatte Saul verkündet, als man Cadel nach seinen Eltern fragte. »Meiner und Fionas. Du musst dir keine Sorgen mehr wegen Chester Cramp machen. Chester Cramp spielt von nun an keine Rolle.«

Chester Cramp war Cadels biologischer Vater. Aber da Chester in einem amerikanischen Gefängnis saß und ihm allerlei Verbrechen vorgeworfen wurden (darunter Beihilfe zum Mord), konnte Cadel nur zu dem Schluss gelangen, dass er tatsächlich keine Rolle spielte – zumindest im juristischen Sinne. Und da Cadel Chester Cramp noch nicht einmal kennengelernt hatte, gab es auch keine besondere emotionale Bindung zwischen ihnen. Genau genommen war Chester von den zahlreichen »Vätern«, die sich im Laufe der Jahre in Cadels Leben gedrängt hatten, wahrscheinlich der unbedeutendste.

Phineas Darkkon war wichtig für ihn gewesen: Er hatte versucht, Cadel zu einem genialen Verbrecherhirn zu formen. Prosper English, Darkkons rechte Hand, war ebenfalls wichtig gewesen: Er hatte den Tod von Cadels Mutter eingefädelt und anschließend ihren neugeborenen Sohn manipuliert. Am wichtigsten war jedoch Saul Greeniaus, der gütigerweise einen einsamen, verwirrten, heimatlosen Jungen aus einem Leben voller Sozialarbeiterinnen und Jugendheimen errettet hatte. Alle drei Männer hatten sich als Vaterfiguren betrachtet und sich entsprechend verhalten.

Allein Chester Cramp legte völliges Desinteresse an seinem eigenen Fleisch und Blut an den Tag. Obwohl er ein brillanter Wissenschaftler war, ließ er (Sauls Meinung nach) »als Mensch ganz und gar zu wünschen übrig«.

»Er hat dir einen Gefallen getan«, hatte Saul einmal festgestellt. »Du kannst Chester Cramp ignorieren, weil er dich ignoriert hat. Im Gegensatz zu Prosper English.« Prosper hatte Cadel unglücklicherweise als seinen Privatbesitz behandelt – bis vor ein paar Monaten. Vielleicht war die Nachricht davon, wer Cadels wahrer Vater war, letztlich zu ihm durchgedrungen. Vielleicht war Prosper *deshalb* abgetaucht.

Vielleicht interessierte er sich nicht mehr für Cadel, jetzt, da er wusste, dass sie nicht blutsverwandt waren.

Aus welchem Grund auch immer hatte er sich plötzlich aus Cadels Leben zurückgezogen. Das Gleiche galt für Phineas Darkkon, der schon lange tot war, und Chester Cramp, der ohnehin nie eine große Rolle in seinem Leben gespielt hatte. Deshalb war Cadel in praktisch jeder Hinsicht einfach nur der Sohn eines Polizisten. Ein ganz gewöhnlicher Junge. Obwohl er vielleicht ein bisschen jünger war als seine Mitstudenten und etwas ungewöhnlichere Gesichtszüge hatte, achtete er sehr darauf, sich nicht in einer Art und Weise zu kleiden oder zu verhalten, die ihn aus der Menge stechen lassen würde. Wenn überhaupt, gehörte er zu den ruhigeren Studenten.

Dennoch hatte er das dumpfe Gefühl, dass sein Professor etwas über ihn wusste – mehr als nur seinen Namen und seine Immatrikulationsnummer. Richard Buckland leitete den Einführungskurs in Programmierung. Man hatte ihm die verzwickte Aufgabe übertragen, mehrere Hundert jungfräuliche Computertechniker durchs erste Studienjahr zu manövrieren. Trotz der Größe des Kurses schien er sich jedoch stets erinnern zu können, wer Cadel war. Manchmal, wenn Cadel eine Frage stellte, nahm Richards freundliche Aufmerksamkeit sogar eine eindringlichere Note an als sonst.

Hatte jemand Richard die ganze Geschichte erzählt? Oder war er einfach nur von Cadels intelligenten Fragen beeindruckt?

Es war schwer zu sagen.

»Was hat es mit den Ampeln auf sich?«, erkundigte sich

Hamish, als er sich neben Cadel in eine der mittleren Reihen setzte. »Warum hast du *mir* nichts davon erzählt?«

Cadel seufzte. Hamish betrachtete sich als Experten für alles, was mit Verkehr zu tun hatte, weil er sich einmal in das digitale Bildspeichersystem der Straßen- und Verkehrsbehörde gehackt hatte. Sein Ziel war es gewesen, mehrere Blitzerfotos zu manipulieren.

»Das ist nur so eine Idee, die ich hatte«, brummte Cadel und schaute sich unbehaglich um. Niemand belauschte sie. »Wenn Sonjas Rollstuhl ein Signal an den Regionalcomputer senden könnte, der die ganzen Kontrollkästen hier verwaltet …«

»… dann müssten wir nicht auf die Ampelknöpfe drücken«, schloss Hamish. »Verstehe. Man müsste irgendwie den Loop-Detector-Input hacken.«

»Es kommt drauf an, was drin ist.« Cadel dachte an seine frühere Infiltration des Verkehrsleitsystems zurück. Damals war er in der Grundschule gewesen und etwas plump an die Sache herangegangen. »Es ist eine Weile her, dass ich mich im VLS umgeschaut habe«, gestand er etwas kleinlaut. »Ich hab keine Ahnung, was da inzwischen passiert ist. Ich weiß nicht mal, ob sie irgendwelche neuen präventiven Scan-Programme für Notfallfahrzeuge haben. Oder wie viele Mikrowellen-Detektoren sie eingebaut haben.«

»Ach, das kann ich dir doch sagen«, meinte Hamish herablassend.

Da tauchte Richard Buckland auf, beladen mit etlichen technischen Geräten, und Hamish konnte es nicht riskieren, ein weiteres Wort zu verlieren.

Selbst ein Flüstern wäre in der plötzlichen Stille zu hören gewesen.

Richard packte seinen Laptop aufs Pult, wo verschiedene Stecker und Kabel es ihm ermöglichten, den Computer an das Vorführsystem des Kinosaals anzuschließen. Er war ein hochgewachsener Brillenträger, hatte sorgfältig geschnittenes braunes Haar und ein offenherziges, freundliches, ernsthaftes Gesicht. Bekleidet war er mit einem schlabbrigen alten T-Shirt, Jeans und Turnschuhen. Etwa eine Minute lang legte er diverse Schalter um und drückte auf Knöpfe, wobei er sich immer wieder zu der großen weißen Leinwand umdrehte. Dann wandte er sich an seine Zuhörer und präsentierte ihnen in explosiv schnellen, atemlos-aufgeregten Entladungen, die an ein Maschinengewehrfeuer erinnerten, irgendwelche Informationen.

Worte und Gedanken brachen sprudelnd wie die Kohlensäurebläschen im Mineralwasser aus Richard hervor.

»Heute schauen wir uns Stack-Frames und Pufferüberlastungen an«, verkündete er und kam damit direkt auf den Punkt. »Normalerweise hebe ich mir das für den Kurs im dritten Jahr auf, aber Pufferüberlastungen entstehen durch schlechte Programmierarbeit, und wenn Sie im dritten Jahr sind, ist es zu spät, *das* zu beheben.« Mit einem flüchtigen Lächeln fügte er hinzu: »Das Problem entsteht durch Daten, die direkt neben dem Programm gespeichert sind. Wenn der Benutzer so viele Informationen eingeben kann, wie er will, dann werden diese Daten irgendwann zu einem *Teil* Ihres Programms.«

Das war Cadel alles nicht neu. Er hatte früher eine ganze Menge Pufferüberflutungsattacken durchgeführt. Aber er interessierte sich für Richards Ideen in erster Linie wegen der Programmierproblematik. Letzten Endes interessierte ihn *alles,* was Richard übers Programmieren zu erzählen hatte – weil es dem widersprach, was er am Axis-Institut gelernt hatte.

Dort hatte der Schwerpunkt auf der Infiltration gelegen. Cadels Infiltrationslehrer, Dr. Ulysses Vee (auch »das Virus« genannt), hatte seine Freude an Schlupflöchern, Schwachpunkten und Angriffsflächen gehabt. Und bei Prosper English war es genauso gewesen.

»Du weißt erst, ob du ein System gemeistert hast, wenn du

seinen schwächsten Punkt isolierst und identifizierst«, hatte er Cadel einmal gesagt. »Wenn du an dieser Stelle zuschlägst und das gesamte System zusammenbricht, dann weißt du, dass du es im Griff hast.«

Diese Einstellung hatte auch Dr. Vee geteilt, der nur erschaffen hatte, um zu zerstören. Er hatte Computerviren und schädliche Software erstellt und labyrinthische Sicherheitsprogramme mit Sollbruchstellen konstruiert, die ihm Zugang zu zahlreichen Firmen-Datenbanken verschafft hatten. Er war ein vollendeter Hacker gewesen, mit der Denkweise eines Hackers.

Mit anderen Worten, es hatte ihm an dem gemangelt, was Richard als »guten Stil« bezeichnete.

Cadel versuchte noch immer, mit diesem Gedanken zurande zu kommen. Es hatte etwas mit Einfachheit zu tun und etwas mit Praktikabilität. Es war ein Maß für die Herangehensweise an ein Problem – dafür, wie gut man die Grundlagen des Programmierens verstand. Aber es handelte sich auch um eine Einstellung: eine Art grundlegende Wertschätzung alles Sauberen, Klaren und Schönen. Cadel wurde den Gedanken nicht los, dass Sonja verstanden hätte, wovon Richard redete. Ihre Liebe zu Zahlen war beinahe ästhetischer Natur, und ein erlesen ausbalancierter Algorithmus konnte sie in Verzückung versetzen. Für Sonja kam es nicht nur auf das Ziel an, sondern auch auf den *Weg* dorthin.

Offenbar ging es Richard genauso. Ihm hätte der hektische, überstürzte, bruchstückhafte Problemlösungsstil des Genius-Teams gewiss nicht gefallen. Außerdem hätte er das Axis-Institut dafür verabscheut, dass es gewisse Dinge überhaupt als zu lösende Probleme betrachtete. »Wenn man noch sehr jung ist«, hatte er bei seiner ersten Vorlesung festgestellt, »dreht sich alles um Rätsel – darum, Geheimnisse aufzudecken und Codes zu knacken. Wird man älter, dann begreift man, dass all das *bedeutungslos* ist, wenn man damit niemandem hilft, wenn man die Welt nicht zu einem besseren Ort macht.« Richards Meinung nach war es einfach kein guter Stil, sich die Zerstörung von Netzwerken oder die Sabotage von Software zum Ziel zu setzen.

Manchmal fragte Cadel sich, ob er selbst die Welt zu einem besseren Ort machte, indem er Sonja dabei half, auf Knöpfe zu drücken. Er hoffte es jedenfalls.

»Psst.« Plötzlich stieß ihm Hamish in die Seite. »Schau mal, wer da ist.«

Cadel hatte die Tür nicht im Auge behalten. Er hatte auf ein Stack-Frame-Diagramm geschaut, das auf die Leinwand hinter Richard projiziert war – der abrupt mitten in seinem Vortrag innehielt.

»Kann ich Ihnen helfen?«, fragte Richard nun. »Suchen Sie etwas?«

Seine Worte richteten sich an den Neuankömmling: einen ordentlichen, drahtigen, dunkelhaarigen Mann mit Anzug und Krawatte, der zwischen all den Kapuzenpulli- und Schlabberjeansträgern absurd fehl am Platz wirkte. Es war schmerzhaft offensichtlich, dass dieser Mann nicht zu Richards Kurs gehörte.

Cadels Magen zog sich zusammen.

»Ich bin wegen Cadel hier«, sagte der Neuankömmling so leise, dass sein kanadischer Akzent kaum hörbar war.

Cadel starrte ihn wie gelähmt an.

Es musste schon etwas extram Wichtiges passiert sein, damit Saul Greeniaus den Einführungskurs in Programmierung unterbrach.

»Ach so … na gut. In Ordnung.« Richard schien zu zögern. Er warf einen Blick zu Cadel hinüber, der langsam seinen Laptop zuklappte. »Ist das in Ordnung für Sie, oder …? Ich nehme an, Sie beide kennen sich?«

Cadel nickte und errötete. Schnell steckte er den Computer in seine Tasche, wobei ihm zu seinem Unbehagen bewusst war, dass jede einzelne Person im Hörsaal ihn voller Neugier musterte.

Nur Hamish schien sich mehr für Saul zu interessieren.

»Soll ich auch mitkommen?«, fragte Hamish.

Der Inspektor schüttelte den Kopf.

»Nein«, erwiderte er. »Du kannst bleiben.« Dann wandte er sich Richard zu. »Tut mir leid. Wenn es nicht wichtig wäre …«

»Ach, wissen Sie.« Mit einer wegwerfenden Handbewegung bedeutete Richard ihm, dass er das voll und ganz verstand. »So was passiert eben.«

»Ja. Das tut es. Unglücklicherweise.« Sauls Tonfall war grimmig. Er sah zu, wie Cadel sich an acht jeansbekleideten Kniepaaren vorbeischob, während Richard seine Brille zurechtrückte. Die angespannte Stille wurde nur von dem Geräusch von Cadels Gummisohlen gebrochen und von einem gedämpften Husten aus dem hinteren Teil des Saals.

Cadel versuchte, niemanden anzusehen. Auf dem Weg zum Ausgang hielt er den Kopf gesenkt und ging zügig weiter.

Er schämte sich entsetzlich.

Als Schulkind war er immer ein sonderbarer kleiner Spinner gewesen, vom Rest der Herde isoliert. Inzwischen hatte er eine Art Tarnung entwickelt, indem er gelernt hatte, sich wie die anderen anzuziehen, wie sie zu reden und sich wie sie zu benehmen. Doch in diesem Moment fühlte er sich, als wäre er wieder zwölf.

»In Ordnung«, sagte Richard zu seinen Studenten, während Saul hinter Cadel den Saal verließ, »also, diese Ganzzahlen – wie viele Bytes verbrauchen sie?«

Dann schloss sich die knarrende Tür und dämpfte Richards Stimme.

»Warte.« Saul griff Cadel bei der Schulter und schloss mit

großen Schritten zu ihm auf. »Tut mir leid. Ich habe versucht, dich anzurufen, aber du bist nicht rangegangen.«

»Vor einer Vorlesung schalte ich das Telefon immer auf lautlos.« Cadel blieb unvermittelt stehen, als ihm ein schrecklicher Gedanke in den Sinn kam. »Ist was mit Fiona?«, fragte er mit rauher Stimme. »Ist sie ... geht es ihr gut?«

Der Umstand, dass Saul gedanklich ganz und gar mit etwas anderem beschäftigt war, zeigte sich deutlich daran, dass er einen Moment lang mit leerem Blick dastand, als erinnerte er sich nicht an den Namen seiner eigenen Frau. Dann blinzelte er und verstärkte seinen Griff um Cadels Schulter.

»Wie? Oh, ja. Ihr geht es gut. Sie ist gerade ...« Saul schaute auf seine Armbanduhr. »Sie ist auf dem Weg von der Arbeit nach Hause.«

»Wieso?«, wollte Cadel wissen und suchte in Sauls blassem, schmalem Gesicht nach Antworten. Er wusste, dass seine Adoptivmutter ihre Termine nicht ohne einen wichtigen Grund abgesagt hätte. Sie war Sozialarbeiterin und betreute mit wenig staatlicher Unterstützung viel zu viele Fälle. Nur ein echter Notfall konnte sie dazu veranlassen, alles stehen und liegen zu lassen.

Saul antwortete nicht sofort. Stattdessen ließ er den Blick durch den breiten, leeren Flur schweifen, auf dem sie sich befanden. Schließlich sagte er: »Es geht um Prosper English. Er ist gesichtet worden.«

Cadel schluckte.

»Wir können hier nicht darüber reden«, fuhr Saul fort. »Erst mal müssen wir ins Auto.«

Er führte Cadel aus dem Gebäude, vor dem sich ein terrassierter Platz mit einem großen Ball aus mattem, rostigem Draht befand. Cadel hatte sich immer gefragt, ob die Skulptur irgendetwas mit der benachbarten Fakultät für Elektrotechnik zu tun hatte. Ansonsten hatte er keine Ahnung, was sie sollte.

Saul ging quer über den Platz.

»Ich stehe am Straßenrand«, erklärte er und hielt dabei in ihrer unmittelbaren Umgebung nach Anzeichen für Ärger Ausschau. Mit einem Mal wurde Cadel klar, wie verletzlich sie hier auf dem gepflasterten Gehweg waren. Man konnte sie von mindestens einem halben Dutzend mehrstöckiger Gebäude aus sehen, von denen jedes Hunderte von Fenstern hatte.

Aber jetzt, in diesem Moment, kann er nicht hier sein, sagte sich Cadel. *Prosper kann nicht hier sein, weil es sonst nur so von Polizisten wimmeln würde.*

Er fragte sich, ob Saul eine Pistole dabeihatte. Es war schwer zu sagen, denn unter der sorgfältig zugeknöpften Jacke des Polizisten war keine Ausbuchtung zu sehen.

»Wo fahren wir hin?«, murmelte Cadel, als sie am Computerlabor vorbeikamen.

»Nach Hause«, antwortete Saul. »Du musst deine Sachen packen.«

»Ich muss *was?*«

»Fiona wird dir helfen.«

»Aber …«

»Wart's einfach ab. Nicht jetzt. Warte, bis wir im Auto sitzen.«

Also geduldete sich Cadel. Wie betäubt ließ er sich vom Campus fortholen, schlurfte durch ein Nebentor und auf die von Bäumen gesäumte Straße dahinter. Sauls graue Limousine stand direkt auf der anderen Straßenseite vor einem Gartenzaun. Das Auto war leer. Wie ein glückliches Haustier piepste es, als Saul mit dem Schlüssel wedelte, um die Türschlösser zu entriegeln. Doch der Inspektor verbot Cadel, die Beifahrertür zu öffnen.

»Auf den Rücksitz«, befahl er.

»Ach, aber …«

»Auf den Rücksitz, bitte.«

Schweigend fügte Cadel sich. Er sprach kein Wort, während

Saul hinters Steuer rutschte, den Motor anließ und losfuhr. Erst als sie auf der Barker Street waren, sagte Cadel schließlich: »Du bringst mich doch nicht in eine Hochsicherheitsunterkunft, oder?«

»Tut mir leid.« Sauls Stimme klang angespannt. »Das muss ich. Prosper ist in Sydney.«

»In *Sydney?*«

Die Nachricht traf Cadel wie ein Schlag in den Magen. Das war zu viel.

»Er ist gestern aufgetaucht, in einem mehrstöckigen Parkhaus«, verriet Saul. »Und dann wieder letzte Nacht in einem Bahnhof. Aber ich habe erst heute Morgen davon erfahren, als man ihn im Foyer eines Bürogebäudes in der Innenstadt gesehen hat.« Saul schaute in den Rückspiegel und fügte hinzu: »Es handelt sich in allen Fällen um Bilder von Überwachungskameras. So hat man ihn identifiziert – durch ein Sicherheitsunternehmen. Sie haben die heutige Sichtung gemeldet, woraufhin ein Alarm ausgelöst wurde. Vielleicht gibt es noch mehr Videomaterial, von dem wir bisher nichts wissen.«

Cadel räusperte sich.

»Hast du ... hast du die Bilder gesehen?«, krächzte er.

Saul seufzte schwer. »Ja«, antwortete er tonlos.

»Bist du dir *sicher,* dass es Prosper ist?« Cadel fühlte sich wie betäubt. Das ergab alles keinen Sinn. »Videomaterial ist oft sehr grobkörnig ...«

»Ich weiß. Du hast recht«, stimmte ihm Saul zu. »Aber wir können es uns nicht leisten, ein Risiko einzugehen. Und wenn es nicht Prosper English ist, dann ist es sein Zwillingsbruder. Mit Prospers Modegeschmack.«

»Willst du damit sagen, dass er sich nicht verkleidet hat?« Cadel wartete gar nicht erst auf eine Antwort. »Das ist verrückt! Warum sollte Prosper plötzlich zurückkommen? Ich habe nichts *getan!* Warum hält er sich nicht bedeckt?«

Saul zuckte mit den Schultern. »Vielleicht ist er überhaupt nicht von irgendwo zurückgekommen. Vielleicht hat er das Land nie verlassen.« Bevor Cadel Einwände erheben konnte, sprach Saul weiter. »Möglicherweise war er die letzten neun Monate lang in Sydney. Wir haben mehrere Leute darauf angesetzt, altes Überwachungsmaterial auf der Suche nach ihm zu sichten. Vielleicht hat er sich ja schon vorher gezeigt, nur hat niemand sein Gesicht erkannt.«

»So etwas Dummes würde er nicht tun.«

»Cadel ...«

»Er hat mich mit Absicht in Ruhe gelassen! Das weiß ich! Weil er nicht will, dass ich versuche, ihn aufzuspüren!« Cadel beugte sich vor und umklammerte die Kopfstütze vor sich. »Das ist dumm. Wirklich dumm. Und Prosper ist schlau.«

»So schlau nun auch wieder nicht«, erwiderte der Inspektor. »Schlaue Leute müssen nicht auf der Flucht leben. Sie brechen nicht das Gesetz.« Er wechselte souverän die Spur, fädelte sich mit ruhigem Selbstvertrauen durch den Verkehr. »Schlaue Leute halten ihr gesuchtes Gesicht nicht in jede Überwachungskamera«, schloss er.

»Eben! Deshalb muss er einen *Grund* haben, das zu tun!«

»Abgesehen davon, dass er allein ist und niemand sonst hat, der ihm etwas zu essen kaufen kann?« Ein wütender, verächtlicher Unterton schlich sich in die ansonsten gelassen klingende Stimme des Inspektors. Er hasste Prosper English mit Inbrunst und konnte es nicht verbergen, sosehr er sich auch bemühte. »Es könnte Millionen Gründe geben, Cadel. Vielleicht wird er unvorsichtig. Vielleicht will er dir Angst einjagen. Vielleicht wird er senil. In diesem Moment kommt es nur darauf an, dass wir ihn finden, bevor er dich findet.«

»Wenn er nach mir suchen würde, hätte er mich bereits gefunden. Es ist schließlich nicht so, dass ich mich versteckt gehalten hätte.«

»Nein, da hast du recht.« Saul klang bedauernd. »Aber das wird sich ändern. Es *muss* sich ändern. Es tut mir leid, Cadel«, brummte er leise und hob erneut den Kopf, um mit ernstem Blick in den Rückspiegel zu schauen. »Du wirst dich so lange verstecken müssen, bis wir herausgefunden haben, was da vorgeht.«

3

Es war dasselbe alte Zimmer in seiner üblichen Hochsicherheitsunterkunft. Cadel glaubte einfach nicht, dass er wieder hier war.

Nichts hatte sich verändert. Das Zimmer war nach wie vor ein kahler Raum mit einfachen weißen Möbelstücken: ein weißer Schreibtisch, ein weißer Stuhl, ein weißer Schrank und weißes Bettzeug. Es gab sogar einen weißen Plastikmülleimer in einer Ecke. Einzig der beigefarbene Teppichboden brachte ein bisschen Farbe ins Spiel.

Natürlich lagen auf dem Teppich außerdem noch Cadels Habseligkeiten verstreut, doch die waren auch nicht besonders farbenfroh. Selbst die Buchdeckel waren ausgebleicht und schmuddelig. Alles, was nicht schwarz oder grau war, schien entweder braun oder olivgrün zu sein. Jetzt, da er sich seine in zerknüllten Haufen über den Boden verteilte Garderobe genauer besah, begriff Cadel, warum sich Fiona ständig über seinen Kleidungsstil beschwerte.

»Man könnte meinen, dass du bei irgendeiner Guerilla-Armee bist«, hatte sie einmal gebrummelt. »Das sind keine Kleider, sondern Tarnanzüge.« Sie hatte recht gehabt, zumindest teilweise – Cadel wusste, dass er nicht der einzige Teenager der Welt war, der sich für Kleidung entschied, die dem Zweck diente, Aufmerksamkeit von ihm zu lenken. Als er nun die spärliche Vielfalt seiner Hosen und T-Shirts betrachtete, bereute er es, nicht an seine Tagesdecke gedacht zu haben.

Eine leuchtend rote Tagesdecke hätte vielleicht ein wenig dazu beigetragen, die schiere Eintönigkeit seiner Umgebung zu mildern.

Ich hätte mir das alles genauer überlegen sollen, dachte er betreten. Andererseits war ihm nicht viel Zeit geblieben. Saul hatte es eilig gehabt, ihn in eine sichere Umgebung zu schaffen, und das kleine, holzverkleidete Häuschen, in dem sie wohnten, war nicht besonders sicher.

»Unser Zuhause findet man sogar im Telefonbuch«, argumentierte Saul, als seine Frau Einwände gegen die Idee mit der Hochsicherheitsunterkunft erhob. »Hier gibt es nicht genug Schutz. Nicht vor jemandem wie Prosper English. Er hätte es überhaupt nicht *nötig,* irgendwelche Bewegungsmelder auszulösen. Er könnte einfach einen Molotowcocktail durchs Küchenfenster werfen, ohne auch nur einen Fuß in den Vorgarten zu setzen. Es geht nicht, Fi, tut mir leid. Cadel kann nicht hierbleiben.«

Also verlegte man Cadel. Nachdem er ziemlich wahllos Klamotten, Bücher und Computerzubehör eingepackt hatte, brachte man ihn schnurstracks nach Roseville, wo er in einem zweistöckigen Haus hinter einem Sichtschutz aus Rhododendren untergebracht war. Das Haus stand inmitten eines großen, flachen, eintönigen Gartens. Aus dem obersten Stockwerk hatte man einen guten Blick auf alles, was sich näherte, zudem war jeder denkbare Zugang mit Überwachungskameras versehen. Es gab ausreichend Schlafzimmer für vier Leibwächter, die in Zwölfstundenschichten arbeiteten. Zum Sicherheitssystem gehörten Automatiktore und isometrische Schließanlagen.

Doch die Inneneinrichtung war abgründig: Es gab nichts als kahle Wände und Räume ohne Inhalt. Cadel hatte es hier schon früher nicht gefallen, und jetzt – nach sechs Monaten in einem richtigen Zuhause – verabscheute er all die weißen Türen, weißen Kacheln und weißen Bodenleisten, die ihn gefangen hielten, erst recht. Nach der kurzen Kostprobe von Freiheit war die Eintönigkeit der Unterkunft umso schwerer zu ertragen.

Unterm Fensterbrett war außerdem *noch immer* sein Name an die Wand gekritzelt!

Es war achtzehn Monate her, dass er ihn dort hingeschrieben hatte, bei seinem ersten Aufenthalt in Roseville. Damals war er nur zu froh gewesen, eine sichere Zuflucht zu haben, wo er frei von Prosper English war. Nachdem er den Großteil seines Lebens in einer Welt verbracht hatte, die an eine Bühne voller Lügner und Betrüger erinnerte, war ihm diese Unterkunft seltsam erholsam vorgekommen. Wenigstens tat sie nicht so, als wäre sie gemütlich oder einladend. Wenigstens war sie *ehrlich*. Dann war er zu einer Pflegefamilie gezogen, deren Haus (wegen der Leute, mit denen er es teilte) um einiges schlimmer gewesen war als der goldene Käfig, in dem er seine Kindheit verbracht hatte. Von dort war er ins Clearview House geflohen, wo mehrere Mitglieder des Genius-Teams in einer seltsamen Einrichtung lebten, die halb Bunker und halb Internat war. Auch diese Adresse war nichts als eine bloße Fassade gewesen, mit einer Lüge dahinter. Trotzdem war sie ihm lieber gewesen als die Hochsicherheitsunterkunft, die ihn nach Prospers Flucht aus dem Gefängnis erneut aufgenommen hatte.

Sein zweiter Aufenthalt in Roseville hatte drei Monate gedauert. Drei ganze Monate! Sie waren ihm wie drei Jahre vorgekommen. Trotzdem war ihm damals noch nicht klar gewesen, wie schlimm es hier wirklich war. Nicht von ganzem Herzen.

Jetzt, da er ein echtes Zuhause hatte, begriff er es nur zu gut.

Nach Hause, dachte er. *Ich will nach Hause.*

Er schloss die Augen und versuchte, so zu tun, als säße er in seinem Zimmer. Vor seinem inneren Auge beschwor er ein Bild der silbernen Wände, der blauen Decke und des Bodens mit Schachbrettmuster herauf. Er erinnerte sich daran, wie er die schwarz-weißen Felder sorgfältig ausgefüllt hatte, eins nach dem anderen, nachdem Fiona die Umrisse aufgezeichnet hatte. Zusammen hatten sie und Cadel das ganze Zimmer gestrichen. Fast drei aufeinanderfolgende Wochenenden lang hatten sie Seite an Seite gearbeitet – und Cadel hatte die Farben aussuchen dürfen. »Du bist schließlich derjenige, der hier drin schlafen muss«, hatte Fiona gesagt und war fröhlich seiner Bitte um ein Zimmer nachgekommen, das »wie das Innere eines Computers« aussehen sollte. Außerdem hatte sie ihm zu Weihnachten, passend zum Boden, eine riesige Schachfigur aus Plastik gekauft und ihm dabei geholfen, seine Schreibtischplatte mit Binärcodepapier zu bekleben, und sie anschließend mit mehreren Lagen durchsichtigem Polyurethan versiegelt.

Cadel war von ihren Einrichtungskünsten beeindruckt gewesen. Dank Fiona war ihr bescheidenes Häuschen mit den zwei Schlafzimmern zu einem warmen, farbenfrohen Nest geworden, voller aufgearbeiteter Möbel und Gegenstände, die neuen Zwecken zugeführt wurden. Saul hatte nicht viel dazu beigetragen. Ihn interessierte das Haus nur, weil seine Familie darin wohnte. Wenn Fiona einen Kaurimuschel-Vorhang wollte und Cadel ein silbern glänzendes Zimmer, dann hatte Saul nichts dagegen – er selbst verspürte nicht das Bedürfnis, seine Persönlichkeit auf Inventar und Mobiliar zu projizieren. Für Saul waren der Knüpfteppich mit Zebrastreifen und der Kronleuchter aus Treibholz einfach nur Erweiterungen von Fiona – allein aus diesem Grund war er ganz und gar einverstanden mit beidem.

Als jemand, mit dem man im selben Haus lebte, war er ein ruhiger, sehr ordentlicher und zurückhaltender Mensch. Trotzdem machte sich seine Gegenwart durchaus bemerkbar, obwohl er nicht viel redete. Er mähte den Rasen, hängte Weihnachtslichter auf und fuhr ohne Widerworte zum Gartencenter. Teller spülte er auf dieselbe akribisch sorgfältige Art und Weise, auf die er auch staubsaugte. Jede Routinetätigkeit schien ihm eine sonderbare Art von Vergnügen zu bereiten. Wenn er nach einem harten Arbeitstag die Küche betrat, brachte er immer sofort den Müll raus oder räumte den Geschirrspüler aus, und während er das tat, entspannten seine Schultern sich sichtlich.

Obwohl der Inspektor selten von seiner Arbeit sprach, wusste Cadel, dass sie nicht einfach sein konnte. Das ging zuweilen nur allzu deutlich aus Sauls Gesichtsausdruck hervor, wenn er spätabends vorsichtig die Patronen aus seiner Pistole nahm und sie in seinen Waffentresor einschloss. Es konnte kein Zweifel daran bestehen, dass er die ganz gewöhnlichen Seiten des Ehelebens genoss, einfach nur deshalb, weil es weder gefährlich noch schmerzhaft war.

Nun, da seine friedvolle häusliche Existenz bedroht wurde, grub die Anspannung bereits neue Falten um seinen Mund. Als man Fiona gesagt hatte, dass sie nicht mit Cadel in die Hochsicherheitsunterkunft dürfe, war ihre Reaktion lauter und explosiver gewesen als die Sauls. Dennoch war es der Inspektor, der an einem einzigen kurzen Tag um zehn Jahre gealtert war.

Cadel konnte nicht anders, als sich Sorgen um ihn zu machen.

»Du solltest auch hierbleiben«, hatte Cadel am Abend zuvor zu Saul gesagt. »Prosper *hasst* dich. Du bist in ebenso großer Gefahr wie ich. Wahrscheinlich sogar in größerer.«

»Nein.« Mit einem Kopfschütteln hatte Saul Cadels Vorschlag abgelehnt. »Prosper lässt seine Deckung nicht auffliegen, nur um mir ein Loch in den Schädel zu blasen. Er ist ein praktisch denkender Mensch – das weißt du genau. Ich müsste schon zwischen ihm und etwas stehen, das er unbedingt haben will.«

»Wie zum Beispiel mir?«

»Die Sache kommt schon in Ordnung«, hatte Saul beharrlich

erwidert, ohne Genaueres über das Wie zu verlieren. Dann war er gegangen, um Sonja und Judith zu beruhigen.

Prosper English hasste Sonja. Er gab ihr die Schuld daran, dass Cadel sich gegen ihn gewandt hatte. Deshalb war es wahrscheinlich, dass auch sie in Gefahr schwebte – vielleicht sogar in größerer als Cadel. Trotzdem verstand er, warum die Polizei sich keine besonderen Sorgen um sie machte. Judiths Haus am Meer war voll automatisiert, mit einem elektronischen System, das die Lichter, Jalousien, Sprinkleranlagen ebenso wie den Fernseher, die Klimaanlage, die Sicherheitskameras und die Bewegungsmelder kontrollierte. Wenn ein Eindringling entdeckt wurde, während niemand zu Hause war, dann benachrichtigte das System Judith per E-Mail oder SMS. Darüber hinaus befand sich der Computer in einer Kammer mit eigener Luftversorgung, die zugleich als Panikraum diente. Dort konnte Judith sich hinter einer undurchdringlichen Tür einschließen, falls sie sich jemals bedroht fühlen sollte.

»Ich wünschte nur, unsere Sicherheitsunterkünfte wären so gut geschützt«, hatte Saul bemerkt, als man ihn erstmals mit dem bekannt gemacht hatte, was Judith gerne als ihre »intelligente Infrastruktur« bezeichnete.

Die Polizei hatte folglich beschlossen, weder Sonja noch Judith an einen anderen Ort zu bringen. Lediglich Saul und Fiona mussten bei Freunden übernachten. »Nur, bis wir Prosper English finden«, hatte Saul mit grimmiger Entschlossenheit versprochen. »Jetzt, da wir wissen, dass er in der Stadt ist, wird er nicht mehr lange auf freiem Fuß sein.«

Cadel war weniger überzeugt davon, trotzdem hatte er nichts gesagt, da Saul ohnehin schon genug Sorgen hatte.

Der Junge öffnete ruckartig die Augen, als ein zögerliches Klopfen an seiner Tür erklang.

»Wer ist da?«, fragte er.

»Ich bin's.«

Cadel, der Sauls Stimme erkannte, schaute auf die Uhr. Zehn nach zwei kam ihm ziemlich früh für einen nachmittäglichen Besuch vor. Saul hatte versprochen, etwa um fünf wiederzukommen.

»Herein«, sagte Cadel und fragte sich, was den Inspektor so schnell nach Roseville zurückführte.

Wahrscheinlich nichts Gutes.

»Wie ich sehe, hast du schon ausgepackt«, bemerkte Saul, als er durch die Tür trat. Er betrachtete das matschfarbene Gewirr von Büchern, Kleidern und isolierten Drähten zu seinen Füßen.

»Oh. Ähm, ja«, antwortete Cadel. »Ich räume gerade ein.«

Saul hob eine Braue, enthielt sich aber eines Kommentars. Stattdessen schloss er leise die Tür hinter sich. »Hast du irgendwas vergessen? Ich kann nämlich jederzeit zurück nach Hause fahren und es holen.«

»Alles bestens.« Cadel wedelte ungeduldig mit der Hand. »Sag mir einfach nur, was Schlimmes passiert ist.«

Ein schiefes Lächeln ließ Sauls Mundwinkel zucken. »Du ziehst voreilige Schlüsse«, sagte er und holte eine CD aus seiner Brusttasche. »Ich möchte nur, dass du dir das hier ansiehst.«

»Das Videomaterial, meinst du?« Cadel wurde das Herz schwer. »Sind das die Aufzeichnungen von den Überwachungskameras?«

»Das sind sie, ja.«

»Alle drei Sichtungen?«

»Alle sieben. Wir haben noch ein paar mehr gefunden.« Als er Cadel zusammenzucken sah, entschuldigte Saul sich. »Tut mir leid. Das muss schwer für dich sein, aber wir brauchen eine Bestätigung. Du kennst Prosper besser als irgendjemand sonst und hast ihn auch schon in Verkleidung gesehen. Wir wollen sichergehen, dass wir uns nicht irren.«

Cadel nickte.

»Das war so nicht abgesprochen. Das weiß ich.« Saul bezog sich auf die Entscheidung, die sie Monate zuvor gemeinsam über Cadels Rolle bei der weiteren Jagd nach Prosper English getroffen hatten. »Und ich werde dich auch nicht darum bitten, bei der Suche zu helfen – auf gar keinen Fall. Du musst offline bleiben und dich bedeckt halten. Ich brauche nur eine Identifizierung. Prosper wird nie davon erfahren. Ich werde meinen Bericht mündlich abliefern.«

Würde dieser mündliche Bericht am Ende doch seinen Weg in eine E-Mail finden? Oder in ein Telefongespräch? Cadel traute der Polizei nicht uneingeschränkt über den Weg – jedenfalls nicht jedem ihrer Mitarbeiter. Er fand, dass sie oft das Ausmaß von Prospers Verschlagenheit unterschätzten.

Aus diesem Grund konnte Cadel nicht sofort antworten. Einen Moment lang saß er da und ließ sich die Sache durch den Kopf gehen. Dann schaute er Saul an, und ihre Blicke begegneten sich.

»Das ist vielleicht eine Art Prüfung«, sagte Cadel nachdenklich. Er meinte Prospers Wiederauftauchen. »Hast du daran gedacht? Vielleicht hat er es *extra* gemacht, um zu sehen, wie ich reagiere. Um herauszufinden, ob ich der Sache nachgehe.«

Saul runzelte die Stirn.

»Ich muss vorsichtig sein. *Wirklich* vorsichtig«, fuhr Cadel fort. »Er könnte versuchen, mich aus meiner Deckung zu locken.«

»Wozu?« Saul konnte seine Besorgnis nicht verheimlichen, obwohl er sich alle Mühe gab, ruhig zu klingen. »Du hast in den letzten neun Monaten nicht mal seinen Namen gegoogelt. Du warst mucksmäuschenstill. Oder?«

»Ja.« Cadel war kein Risiko eingegangen. Er hatte Prosper ganz und gar ignoriert, in der Hoffnung, dass dieser ihm die gleiche Freundlichkeit erwies.

»Dann muss er doch *begreifen*, dass du keine Bedrohung

bist«, wandte Saul ein. »Falls er dich überhaupt im Auge behält, was nicht zwingend gesagt ist.«

Cadel schnaubte. Für ihn war es gesagt. Er hatte nicht den geringsten Zweifel daran.

»Selbst wenn er eine Überwachungsoperation im Gange hat«, fuhr Saul fort, »ist es ja nicht so, dass du ihm Grund zur Sorge gegeben hättest. Vielleicht ist er genau deshalb gerade jetzt aufgetaucht. Weil er meint, dass du ein für alle Mal aus dem Spiel bist.«

Das glaubte Cadel nicht eine Minute lang. Nachdem er Cadel zweimal unterschätzt hatte – und es schmerzhaft zu spüren bekommen hatte –, würde Prosper denselben Fehler sicher nicht ein drittes Mal begehen. Sicher nicht? Zum Teufel, die Chance war *minimal*. Cadel hatte mathematische Belege für seine Einschätzung, denn er hatte die Wahrscheinlichkeiten ausgerechnet.

Allerdings konnte er nicht abstreiten, dass es in Bezug auf Wahrscheinlichkeiten immer Raum für Irrtümer gab.

»Alles ist möglich«, räumte er ein. »Trotzdem habe ich das Gefühl, dass die Sache etwas mit mir zu tun hat.«

»Genau deshalb musst du dich auch still verhalten und dich nicht mit hineinziehen lassen«, erwiderte Saul streng. »Ich würde dich niemals darum bitten, Prosper zu identifizieren, wenn in meinen Augen auch nur die geringste Chance bestünde, dass er es herausfindet.« Er hielt einen Moment lang inne, und seine Stirn legte sich in Falten, als er seine Aufmerksamkeit auf Cadels Computer richtete. »Was meinst du? Sollen wir deinen Laptop benutzen? Wäre das sicher?«

»Ich würde lieber ein anderes Gerät verwenden«, sagte Cadel, der schon immer paranoid gewesen war, was das Wohlergehen seiner Festplatte betraf. »Wir haben keine Ahnung, wo diese CD vielleicht schon war.«

»Gutes Argument«, brummte Saul. Dann öffnete er die Tür

und winkte Cadel heraus. Zusammen gingen sie die Treppe runter, wo sie auf einen der Sicherheitsbeamten namens Angus trafen, der im ehemaligen Esszimmer saß. Dieser dunkle, beengte Raum war zu einem Büro umgebaut worden, in dem zwei Überwachungsmonitore, ein Computer, ein Drucker, ein Faxgerät und mehrere Telefone standen. Da der Großteil der sichtbaren Ausstattung schwarz oder grau war, zog Cadel das Büro allen anderen Zimmern im Haus vor.

Auch Angus hellte den Gesamteindruck ein wenig auf. Nicht, dass er besonders lebhaft gewesen wäre, mit seiner ausdruckslosen Miene und seiner tonlosen Stimme. Wie der Großteil der Sicherheitsleute hier war er dazu ausgebildet, sich distanziert zu verhalten. Aber er hatte rotes Haar und ein rötliches Gesicht, und seine Augen waren von einem tiefen, leuchtenden Blau.

Selbst in seinem schlammfarbenen Anzug verlieh er dem Raum eine fröhliche Note.

»Klar«, antwortete er, als sie ihn fragten, ob der Bürocomputer zur Verfügung stehe. »Aber im Moment bin ich im Dienst. Ich muss hierbleiben, während ihr ihn benutzt.«

»Tu dir keinen Zwang an«, war Sauls leicht ätzende Antwort. Er gestattete es Angus, die CD ins passende Laufwerk zu stecken, doch sobald diese einfache Aufgabe erledigt war, verbannte er den Mann sofort ans andere Ende des Zimmers.

Kurz darauf schaute Cadel auf eine Liste von sieben Dateinamen. Jede Datei war mit einem Datum, einer Uhrzeit und einem Ort markiert sowie mit einer undurchschaubaren Zahlengruppe. Cadel fragte sich, ob diese Zahlengruppen sich auf Kameraspezifikationen oder Netzwerkprotokolle bezogen.

»Jede Datei stammt von einer anderen Sichtung«, erklärte Saul und zeigte auf den Monitor. Er stand hinter Cadel, der sich den Bürostuhl auf Rollen gesichert hatte. »Sie sind in der Reihenfolge seines Auftauchens aufgeführt.«

»Die erste ist von vor drei Tagen?«, fragte Cadel.

Saul verzog das Gesicht. »Ja, wir waren leider ein bisschen langsam.«

Laut der Liste war Prosper in Hornsby, Bankstown, Campbelltown, Bondi Junction, Parramatta und im Hauptgeschäftsbezirk von Sydney gefilmt worden. Mit anderen Worten war er so ziemlich überall gewesen: im Norden, Süden, Osten und Westen. Auch bei den Zeiten gab es keinerlei Gemeinsamkeiten: Man hatte ihn morgens, mittags und abends gesichtet.

»Wie du siehst, ist er ein bisschen rumgekommen«, fuhr Saul fort. »Im Geschäftsbezirk ist er zweimal gesehen worden, weshalb wir hoffen, dass dem eine gewisse Bedeutung zukommt.«

»Das hat alles eine Bedeutung.« Cadel tippte mit dem Finger auf die dritte Zeile von oben. »Schau dir das an. Frühmorgens am Bahnhof. War er auf dem Hin- oder auf dem Rückweg?«

»Auf dem Hinweg. Ganz sicher. Wir haben die Fahrpläne überprüft, und es gibt nur drei Züge, die er genommen haben kann.«

»Ja, aber wo ist er *hergekommen*, morgens um fünf Uhr achtundvierzig? Damit müsstet ihr eure Suchparameter doch eingrenzen können.« Cadel drehte sich mit dem Stuhl herum und hob das Kinn, bis er Saul direkt in die Augen blicken konnte. »Weißt du, was ihr braucht? Einen Mathematiker. So ein Problem kann man mathematisch angehen. Mit der Bayesschen Theorie … oder vielleicht mit einem Markow-Kettenmodell. Ihr könnt nachsehen, wo Prosper war, und anhand dessen herausfinden, wo er sich jetzt befindet. Wenn ihr genug Datenmaterial habt.«

Einen Moment lang herrschte Stille.

Als Cadel nicht weitersprach, fragte der Inspektor schließlich: »*Haben* wir genug Datenmaterial?«

»Ich weiß es nicht.« Cadel zögerte und fügte dann hinzu: »Eher nicht. Ich muss darüber nachdenken.«

»Nein.« Unvermittelt schüttelte Saul den Kopf. »Nein, so

war das nicht abgemacht. Du sollst dich aus der Sache raushalten. Wir suchen uns jemand anderen dafür.«

»Sonja könnte das.«

»Schon möglich. Aber ich möchte nicht, dass du sie darum bittest. Deine Aufgabe ist es schlicht und einfach, Prosper zu identifizieren.« Saul griff nach der Maus und klickte auf die erste Datei in der Liste. Sofort erfüllte eine düstere, körnige Beton- und Stahllandschaft den Computerbildschirm. »Also, das hier ist ein Parkhaus«, erklärte er. »Und diese Gestalt hier, links, *scheint* Prosper English zu sein. Das glauben wir zumindest.« Er zeigte auf eine verschwommene Gestalt, die schnellen Schritts an der Deckenkamera vorbeihuschte. »Soll ich das Band noch mal abspielen? Wir können das Bild auch anhalten, wenn du möchtest.«

»Ja, bitte.«

Das erstarrte Bild zeigte einen hochgewachsenen, dünnen Mann mittleren Alters, der eine Sonnenbrille aufhatte. Er trug das Haar wie eine Löwenmähne aus der Stirn gekämmt, war glatt rasiert und hatte eine lange Nase und dunkle Augenbrauen.

Obwohl es kein besonders scharfes Bild war, fuhr Cadel ein Stich durch die Eingeweide. Er musste schlucken und sich die Lippen befeuchten, bevor er in der Lage war, etwas zu sagen.

»Das ist Prosper«, murmelte er.

»Bist du sicher?« Saul runzelte erneut die Stirn. »Man kann das Gesicht nämlich nicht besonders gut erkennen …«

»Er ist es«, erwiderte Cadel beharrlich und starrte dabei auf die verschwommene Aufzeichnung wie ein Kaninchen ins Licht sich nähernder Scheinwerfer. »Das ist Prosper English. Ich würde ihn jederzeit wiedererkennen.«

4

Cadel saß am Computer in der Hochsicherheitsunterkunft und starrte auf den Monitor.

Es bestand kein Zweifel daran, dass er Prosper English vor sich sah. Trotz der schlechten Digitalvideoqualität waren Prospers hohe Wangenknochen und seine schlaksige Gestalt unverkennbar. Das Gleiche galt für seine Tweedjacke. Prosper hatte schon immer typische Professorenkleidung bevorzugt, und dieses spezielle Stück erkannte Cadel – auch die dazu passende Weste und die ledernen Ellbogenflicken fehlten nicht. Aber warum hatte Prosper diesen Aufzug gewählt? Warum hatte er sich nicht verkleidet? Wenn er sich den Kopf rasiert hätte oder einen Kapuzenpulli angezogen, hätte man ihn vielleicht nie entdeckt. Trotzdem trug er auf jeder einzelnen Aufzeichnung dieselben alten Kleidungsstücke.

Was um alles in der Welt hatte er vor?

Cadel konnte sich keinen Reim darauf machen. Das ergab alles keinen Sinn. Obwohl die Sichtung im Parkhaus vermuten ließ, dass Prosper ein Auto hatte, legte die am Bahnhof etwas anderes nahe. Auch wenn die Sonnenbrille eine Art Tarnung darstellte, war die Tweedjacke das genaue Gegenteil davon. Außerdem enthielten diese Fünf-Sekunden-Videos nicht ansatzweise genügend Informationen. Gab es irgendwelche Banken in der Nähe? Irgendwelche Bushaltestellen?

Irgendwelche Ärzte, Apotheken oder Internet-Cafés? Cadel wusste es nicht. Er konnte nicht einmal herausfinden, ob Prosper jemandem folgte, weil es schlicht und ergreifend nicht genug Videomaterial gab. Die Polizei hatte ihn nur mit sieben kurzen Schnappschüssen von Prosper versorgt, auf denen er an sieben verschiedenen Kameras vorbeiging. Falls er jemanden verfolgte, der mehr als fünf Sekunden Vorsprung hatte, hätte man es nicht sehen können. Zumindest sah Cadel es nicht.

Was ich brauche, ist eine bessere Abdeckung, dachte er. *Eine bessere Abdeckung und vernünftige geografische Hintergrundinformationen.*

Aber er würde um nichts dergleichen bitten. Was, wenn sein Gesuch seinen Weg in eine offizielle E-Mail fand? Was, wenn es eine undichte Stelle gab? Was, wenn Prosper Dr. Vee befohlen hatte, das Polizeinetzwerk zu überwachen? Cadel würde keine weiteren Risiken mehr eingehen. Es war schon gefährlich genug, die Dateien zu behalten.

»Ich weiß nicht, ob ich das tun kann«, hatte Saul gebrummt, als Cadel ihn gebeten hatte, die CD dazulassen. »Ich dachte, wir wären uns darüber einig, dass du dich nicht in die Sache hineinziehen lässt?«

»Ich lasse mich nicht hineinziehen«, hatte Cadel ihm versichert. »Ich will mir nur die Dateien noch mal ansehen.«

»Warum?«

»Weil nichts dagegen spricht. Weil sie ohnehin schon hier sind.«

»Das ist nicht dein Job. Du solltest andere Dinge tun.«

»Und was? Ich kann nicht ins Internet, mit Sonja reden kann ich auch nicht, ich habe alle meine Hausaufgaben gemacht, und das Fernsehen bin ich leid. Was *kann* ich sonst tun?«

Das war eine gute Frage, auf die Saul keine Antwort gewusst hatte. Also hatte er nachgegeben. Er hatte die CD Cadel überlassen, der seinerseits hoch und heilig versprochen hatte, keine Daten davon herunterzuladen. »Ich gebe sie dir zurück, wenn wir uns heute Abend sehen«, hatte Cadel gesagt. »Ich benutze nicht meinen eigenen Laptop, keine Sorge.«

»Du musst vorsichtig sein.«

»Ich weiß.«

»Prosper ist nicht dumm.«

»Ich *weiß*.« Niemand musste Cadel erzählen, wie schlau Prosper war. Wäre er nicht schlau gewesen, dann wäre er nicht aus dem Gefängnis entkommen. Wäre er nicht schlau gewesen, dann hätte er es niemals geschafft, so lange *nicht* ins Gefängnis zu kommen. Trotzdem war Prosper plötzlich wieder aufgetaucht, ausgerechnet in Sydney, noch dazu in einem Aufzug, in dem man ihn einfach erkennen musste. Das war dumm, und Prosper war nicht dumm.

Was dachte der Mann sich also dabei?

Cadel betrachtete die aufgezeichnete Szene vor seinen Augen, auf der Suche nach Hinweisen. Prospers Bewegungen folgten zweifellos einem Muster, das irgendwo in dem erbeuteten Datenmaterial versteckt war. Die Route, die er gewählt hatte, war von Bedeutung, genau wie seine Entscheidung, die Eingangshalle eines mehrstöckigen Bürogebäudes in der Innenstadt von Sydney zu durchqueren. Er hatte keinen Fahrstuhl benutzt, er hatte auch nicht die Treppe genommen, sondern war einfach nur durch die Eingangshalle gegangen.

Warum?

Cadel kaute auf seinem Daumennagel und wünschte, dass er Sonja hätte um Hilfe bitten können. Sonja war gut, wenn es um Muster ging, so wie Cadel gut war, wenn es um Systeme ging. Sie konnte stets die Zahlen aufspüren, die sich hinter den Farben und Formen verbargen. Sie hatte ein Auge für Dinge, die sich wiederholten, und eine Nase für Anomalien. Ihr Blick auf die Welt war reiner als Cadels, deshalb war sie auch besser auf die unterschwelligen Regelmäßigkeiten dessen, was sie sah, eingestimmt.

Aber er durfte keinen Kontakt zu Sonja aufnehmen. Nicht direkt. Selbst eine verschlüsselte SMS kam nicht infrage, weil Saul ihn »nicht auf dem Plan« haben wollte.

»Keine elektronische Kommunikation«, hatte ihn der Inspektor gewarnt. »Wenn du ihr etwas Wichtiges mitteilen willst, gebe ich das selbst weiter. Persönlich. Das ist die sicherste Methode.« Nach kurzem Zögern hatte er hinzugefügt: »Prosper weiß vielleicht bereits, wo du bist. Womöglich hat er mich verfolgen lassen. Aber das macht nichts, weil du dich in einer sicheren Anlage befindest. Das Wichtigste ist, dass er nicht herausfindet, was du denkst oder tust. Je weniger Informationen er hat, desto besser. Meinst du nicht auch?«

Er konnte unmöglich *anderer* Meinung sein – insbesondere angesichts der angespannten Miene von Saul. Deshalb hatte Cadel hoch und heilig gelobt, dass er weder sein Telefon noch seinen Laptop verwenden werde, um Kontakt zu Sonja aufzunehmen. Stattdessen kritzelte er eine verschlüsselte Nachricht auf einen Zettel, den Saul zu Judith nach Hause brachte.

Cadel seufzte. Unter diesen Umständen konnte er Sonja wohl kaum die Dateien von den Überwachungskameras schicken – und er wusste, dass Saul sich *niemals* einverstanden erklären würde, ihr die CD zu geben. Nicht ohne eine offizielle Genehmigung, die er wahrscheinlich nicht bekommen würde. Irgendjemand von der Führungsebene des Kommissariats gefiel der Gedanke nicht, Kinder in eine polizeiliche Ermittlung einzubeziehen. Deshalb hatte das Genius-Team die Arbeit einstellen müssen. Deshalb hatte man Hamish auf Bewährung gesetzt, anstatt ihn in sinnvoller Weise an den Ermittlungen zu beteiligen, deshalb war Sonja offiziell verwarnt worden, und die Wieneke-Zwillinge ... na ja, sie waren einfach verschwunden.

Cadel machte sich keine besonders großen Sorgen um die Wienekes. Sie waren beide ziemlich gewieft, insbesondere Devin, und Lexi tauchte ständig auf irgendwelchen Kryptoanalyse-Webseiten auf, weil sie einfach keine einzige verschlüsselte Ziffer in Ruhe lassen konnte. Cadel hatte festgestellt, dass sie sich zwischen Sydney und Brisbane hin und her bewegte und dabei eine Menge Internetcafés frequentierte. Er hatte sie auch auf einem Facebook-Schnappschuss entdeckt, der sie in einer Bar voller grinsender junger Partylöwen zeigte. Ihr Leben ging also ganz offensichtlich weiter, trotz ihrer Enttäuschung über das Ende des Genius-Teams. Wenn sie nicht wollte, dass die Polizei sich in ihre Angelegenheiten mischte, konnte Cadel das nur zu gut nachvollziehen. Tatsächlich hatte er sorgfältig darauf geachtet, niemanden auf ihre Aktivitäten aufmerksam zu machen – mit Ausnahme von Sonja.

»Wenn die Polizei so wild darauf ist, die Zwillinge in die Finger zu bekommen, dann sollen sie selbst die Beinarbeit machen«, hatte er seiner besten Freundin gesagt. »Es ist nicht meine Aufgabe, Online-Überwachungen durchzuführen.«

Trotzdem wünschte er sich unwillkürlich, dass Lexi und ihr Bruder noch da wären. Zum ersten Mal tat es ihm leid, dass das Genius-Team nicht mehr existierte. Mit Hilfe des Teams hätte es ihm keinerlei Schwierigkeiten bereitet, das Rätsel von Prospers Wiederauftauchen zu lösen.

Doch das Genius-Team konnte nichts mehr tun. Nun stand Cadel ganz alleine da und hatte weder eine Netzwerkverbindung noch Zugriff auf offizielle Datenbanken.

Er hätte genauso gut mit verbundenen Augen und einem Arm in einer Schlinge arbeiten können.

Irgendetwas übersehe ich, stellte er fest, während er auf die Szene starrte, die vor seinen Augen ablief. Er hatte das bohrende Gefühl, dass sich die Antwort – der Schlüssel, das *Muster* – direkt vor seiner Nase befand und dass alles, was er brauchte, bereits da war, zwischen den verschwommenen erstarrten Gestalten auf seinem Computermonitor.

Er beugte sich weiter vor und versuchte, Prospers Gesichtsausdruck zu deuten. Das war beileibe nicht einfach. Es wäre nicht einmal einfach gewesen, wenn er ein scharfes Bild gehabt hätte. Cadel hätte noch immer die Übelkeit niederringen müssen, die sich jedes Mal in seinem Magen ausbreitete, wenn er Prospers kantige Gesichtszüge und seine schlaksigen Gliedmaßen sah. Das letzte Mal, als sie einander begegnet waren, war Prosper bewaffnet und gefährlich gewesen. Er hatte Cadel eine Pistole an den Kopf gehalten. Der Junge wurde die Erinnerung an das kalte, tödliche Gewicht an seiner Schläfe nicht los.

Nicht, dass Prosper jemals abgedrückt hätte. »Ich werde dich nicht erschießen«, hatte er einmal gesagt. »Ich könnte mich nie zu etwas Derartigem zwingen. Aber ich erschieße nur zu gerne Sonja, wenn du mir auch nur die geringsten Schwierigkeiten bereitest. Das ist dir doch klar, oder?«

Cadel hatte beinahe die glatte, gedehnte und präzise Stimme im Ohr. Beinahe sah er den durchdringenden Blick und das Wolfsgrinsen Prospers – obwohl von beidem absolut nichts auf Sauls Überwachungsvideos zu sehen war. Prosper lächelte auf keiner dieser Aufnahmen in die Kamera. Falls er überhaupt merkte, dass er gefilmt wurde, war es nicht ersichtlich. Seine Sonnenbrille verbarg jeden möglicherweise verräterischen Seitenblick.

Er ging schlicht und einfach von einem Bildrand zum anderen, schnellen Schritts und mit leeren Händen und undeutbarer Miene.

Geschlagen wandte Cadel seine Aufmerksamkeit den anderen Gestalten zu, die in dem Video von der Eingangshalle zu sehen waren. Es waren fünf: zwei Frauen und drei Männer, alle in Anzügen. Einer hatte einen Plastikbecher mit Kaffee in der Hand, während die anderen Handtaschen und Aktentaschen trugen. Die etwas kleinere Frau sprach in ihr Handy und schien Prosper, der sie überholte, überhaupt nicht zu bemerken. Alle gingen in dieselbe Richtung, auf die Fahrstühle zu, vorbei an einer riesigen, modernen Skulptur, die aus drei gewaltigen Silberkugeln an Stahlseilen bestand. Cadel konnte ein Ende eines dunklen Ledersofas erkennen. Der Boden war hell und glänzend, und das einzige sichtbare Wandstück war mit Holzpaneelen verkleidet. Der Haupteingang war nirgends zu sehen …

Auf einmal traf ihn die Erkenntnis wie ein Schlag.

Die Silberkugeln.

Es *gab* ein Muster – allerdings hatte es nichts mit Timing oder den Bewegungsabläufen zu tun. Hastig wechselte er zur nächsten Datei, in der Prosper ein Parkhaus durchquerte. Tatsächlich tauchte in diesem Video ein konvexer Rückspiegel auf. In der nächsten Szene, die sich in einer Vorstadt-Shoppingmall abspielte, gab es ein Schaufenster, in dem Ketten aus großen, chrombeschichteten Kugeln hingen, welche an überdimensionalen Weihnachtsbaumschmuck erinnerten. Im Bahnhof hingen glänzende, metallfarbene Polyesterballons an einem Zeitungsstand. Und in der Hotellobby am Hafen hing ein weiterer konvexer Spiegel in einem venezianischen Goldrahmen über einer reich verzierten Kommode.

In jeder einzelnen Einstellung tauchte eine glänzende, kleine Halbkugel auf, deren Oberfläche ein komplexes Gewebe gekrümmter Spiegelungen darstellte.

»He, Junge«, sagte Angus vom anderen Ende des Zimmers. »Deine Eltern sind da.«

Cadel blinzelte. Er drehte sich in seinem Stuhl um und sah, dass Angus auf einen der Überwachungsmonitore zeigte.

Selbst aus der Entfernung erkannte Cadel Sauls Auto, das durchs Bild glitt.

»Sie sind nicht meine Eltern«, bemerkte Cadel geistesabwesend. »Zumindest noch nicht.« Dann stellte er die Frage, die ihn am meisten beschäftigte. »Hat dieses Überwachungsnetzwerk eine IP-Adresse?«

Die Antwort von Angus bestand in einem verständnislosen Blick.

Also versuchte Cadel es anders. »Ist es mit dem Internet verbunden? Gibt es eine zentrale Überwachungsstelle?«

»*Das hier* ist die zentrale Überwachungsstelle«, antwortete Angus.

»Ja, aber was, wenn keiner da ist? Hat man auch von anderswo Zugriff auf die Aufnahmen?« Als er sah, wie Angus die Stirn runzelte, gab Cadel auf. »Vergiss es. Ich schaue selbst nach.«

»Nein, das wirst du nicht tun«, erwiderte der Sicherheitsbeamte unnachgiebig. »Tut mir leid, Kumpel. Du hast keine Befugnis dafür, diese Geräte zu benutzen.«

»Aber …«

»Klär das mit deinem Vater. Vielleicht kann er dir helfen.«

Sauls Auto hielt nun vor der Eingangstreppe. Cadel konnte es ganz deutlich sehen, auf dem Monitor hinter Angus. Saul und Fiona waren bereits drinnen und wurden von einer Kamera im Hausflur gefilmt.

Hastig ließ Cadel den Blick über die Decke des Büros schweifen.

»Hier in diesem Zimmer gibt es keine Kameras, oder?«, wollte er wissen. »Ich sehe zumindest keine.«

»Nee«, antwortete Angus.

»Dann warte ich hier. Die werden mich schon finden.«

Das taten sie auch. Saul ging tatsächlich direkt in Richtung Büro, ohne auch nur an der Treppe innezuhalten. Fiona, die ihm auf dem Fuß folgte, sah aufgewühlt aus. Ihr dichtes rötliches Haar war dabei, all den Kämmchen und Nadeln, mit denen sie es festgesteckt hatte, zu entfliehen. Ihre Jacke war schief zugeknöpft, und sie hatte ihre Armbanduhr vergessen.

Als sie und Saul in der Tür standen, begrüßte Cadel sie, indem er sie hektisch heranwinkte.

»Kommt her und schaut euch das an!«, rief er. »Das *glaubt* ihr nicht.«

Der Inspektor seufzte. »Du hast dich nicht mal von der Stelle gerührt, seit ich gegangen bin, was?«, murmelte er.

Fiona sagte: »Ich hab dir deine Tagesdecke mitgebracht, Schatz. Sie liegt im Auto.«

»Ja, danke, toll. Aber vielleicht brauche ich sie gar nicht.« Cadel tippte auf den Monitor. »Seht ihr? Ich glaube, das ist eine Lichtsonde.«

Saul und seine Frau wechselten einen leidgeprüften Blick. Dennoch traten sie beide näher, bis sie direkt hinter Cadels Stuhl standen.

»Ich habe nach einem Muster gesucht, und ich habe auch eins gefunden«, fuhr er fort. »In jeder einzelnen Szene ist eine glänzende Halbkugel zu sehen. *In jeder einzelnen.* Ich meine, wie stehen die Chancen für so was?«

»Cadel …«, setzte Saul an.

»Nein, warte. Hör einfach zu.« Cadel fuhr sich mit den Fingern durch die zerzausten Locken und holte tief Luft. »Ich glaube, dass das gar nicht Prosper ist«, verkündete er. »Ich glaube, das ist Malware.«

Wie erwartet erntete er eine ganz und gar ungläubige Reaktion. Selbst Angus drehte sich um und starrte ihn an.

Schließlich brach Fiona das verblüffte Schweigen. »Was um alles in der Welt ist Malware?«, fragte sie.

»Ein illegales Computerprogramm.« Saul schüttelte den Kopf. »Cadel, das ist unmöglich …«

»Was ist unmöglich?«, warf Fiona ein. »Wovon redet ihr?«

»Es ist nicht unbedingt unmöglich. Nicht, wenn man über die nötigen Fähigkeiten verfügt. Nicht, wenn man gut genug ist.« Cadel begann, seine Argumente vorzutragen. »Es ergibt absolut Sinn. Warum sonst sollte Prosper immer dieselbe Kleidung tragen? Warum sonst sollte in jeder Szene eine glänzende Kugel zu sehen sein?«

»Zufall«, erwiderte Saul.

»Oder Protokolleinstellungen.«

»*Cadel*«, blaffte Fiona, »könntest du *bitte* etwas langsamer machen! Ich verstehe überhaupt nichts. Was ist denn eigentlich so wichtig an diesen glänzenden Kugeln?«

»Nichts. Es sei denn, man produziert optische Effekte.« Cadel hielt einen Moment lang inne, während die Gedanken nur so durch seinen Kopf rasten. *Gott sei Dank. Gott sei Dank habe ich all diesen Siggraph-Onlinekram gelesen.* »Ich weiß das nur, weil ich mich über die neuesten Durchbrüche bei Programmiertechniken auf dem Laufenden halte. Heutzutage gibt es eine Menge erstaunlicher mathematischer Berechnungen, die in die Computergrafik einfließen.« Als er begriff, dass Fiona dadurch kein bisschen klarer sah, änderte er seine Herangehensweise. »Du hast doch sicher schon mal von digitalen Doppelgängern gehört«, sagte er. »Man erschafft Bilder von Menschen und fügt sie anschließend in echte Aufnahmen ein. Computergenerierte Personen.«

»Moment.« Mit einem Mal fiel der Groschen, und Fionas Tonfall wurde leicht schrill. »Willst du damit sagen, dass diese Bilder von Prosper English *computergeneriert* sind?«

»Ich will damit sagen, dass sie es möglicherweise sind«, antwortete Cadel. »Wenn man einen realistischen digitalen Doppelgänger erschaffen will, braucht man eine Lichtkarte der gesamten Umgebung. Und dafür ist eine glänzende Chromkugel nötig.« Ihn verließ der Mut bei der Aussicht darauf, jemandem, der nicht einmal wusste, was Malware war, den Vorgang des hochdynamischen Range-Rendering zu erklären. »Ich weiß selbst nicht so genau, wie das funktioniert«, gestand er. »Da müsste man einen Experten fragen. Aber eine Chromkugel versorgt einen mit den realweltlichen Lichtinformationen über eine bestimmte Umgebung. Wenn man nicht weiß, wie das Licht fällt, dann kann man es nicht richtig auf den digitalen Doppelgänger fallen lassen.«

»Nur ist er kein digitaler Doppelgänger.« Saul machte eine Kopfbewegung in Richtung Bildschirm, wo Prospers körniges Ebenbild mitten im Schritt erstarrt war. »Wenn der Kerl gefälscht wäre, dann würde er nicht interagieren. Er würde durch Wände gehen.«

»Nicht, wenn man ihn vernünftig programmiert hat.«

»Aber …«

»Das ist alles bloß eine Frage der *Programmierung*«, unterbrach Cadel ihn beharrlich. »Man kann tausend Leute in einer Szene haben, und man kann sie alle darauf *programmieren*, miteinander zu interagieren. Man kann sie sogar darauf programmieren, miteinander zu kämpfen, voreinander wegzurennen und auf Variablen wie Wände oder Steigungen zu reagieren … das hängt ganz davon ab, was man mit ihnen vorhat.«

Der Inspektor kaute auf seiner Unterlippe, und Cadel beugte sich vor. Er hatte das Gefühl, dass er Saul die Sache begreiflich machen musste.

»Ich weiß nicht genau, wie sich so etwas abziehen lässt. Wie gesagt, ich bin kein Experte für Computergrafik – und Dr. Vee ist auch keiner. Aber was, wenn er sich mit genauso einem Experten zusammengetan hat und sie nun gemeinsam für Prosper English arbeiten? Ich meine, Vee hat schon vorher für Prosper gearbeitet. Vielleicht haben sie sich zusammengesetzt und einen Sicherheitskamera-Bug entwickelt.«

Alle Augen wandten sich sofort den nahen Monitoren zu. Einen Moment lang herrschte angespannte Stille.

Dann räusperte Saul sich. »Das ist eine reichlich gewagte Vermutung.« Er klang leicht verwirrt. »Bist du sicher – ich meine, können wir das beweisen?«

»Keine Ahnung.« Cadel saugte an seiner Unterlippe und dachte darüber nach. Sein Blick schweifte von den besorgten Gesichtern, die sich über ihn beugten, zu dem Computermonitor vor ihm. »Wenn ich es wäre«, überlegte er laut, »und wenn ich ein solches Programm entwickeln würde, dann würde ich das Videomaterial dort einschleusen, wo die Daten durch einen Internet-Verkehrsknotenpunkt laufen. So hinterlassen sie bei den Kameras selbst keine Hinweise. Allerdings müsste das Protokoll eine ganze Bibliothek mit völlig offensichtlichen Spezifikationen haben, bevor das Programm Prosper English einfügen könnte. Man müsste die Höhe der Kamera spezifizieren, außerdem den Winkel, die Achsenneigung und den Linsentyp. Nicht zuletzt müsste man eine glänzende Halbkugel spezifizieren, und vielleicht etwas Genormtes, um Größenmaßstäbe zu haben. Zum Beispiel einen Stromkasten oder einen Gullydeckel.« Er wandte sich wieder Saul zu. Die Idee einer Protokoll-Checkliste inspirierte ihn.

Doch es war klar, dass seine Zuhörer ihm schon lange nicht mehr folgen konnten.

»Ich verstehe gar nichts mehr«, gestand Saul.

Fiona brummte: »Wie war das mit der Bibliothek noch mal?«

Cadel spürte, wie die Luft aus seinen Lungen wich. Ihm wurde klar, dass er kein Richard Buckland war, dass er schwierige Konzepte nicht erklären und vereinfachen konnte. Angus wirkte geradezu benommen, als hätte ihm jemand eine Eisenstange über den Kopf gezogen.

»Na schön, passt auf.« So langsam und deutlich wie möglich versuchte Cadel einmal mehr, sich begreiflich zu machen. »Alle Kameras sind ans Internet angeschlossen«, erklärte er. »Aber wenn Prosper lediglich auf einer bestimmten Sorte Kameras auftaucht und man immer nur ganz bestimmte Dinge in den Einstellungen mit ihm sieht, dann muss das doch Verdacht erregen. Meint ihr nicht?«

»Oh ja«, sagte Fiona.

»Eindeutig«, polterte Angus, der sich inzwischen ganz und gar in Cadels Erklärungen vertieft hatte.

Saul warf ihm einen stechenden Blick zu.

»Solltest du nicht die Monitore im Auge behalten?«, knurrte der Inspektor, bevor er sich wieder an Cadel wandte. »Deiner Theorie nach fügt also irgendein wild gewordenes Computervirus Filmschnipsel von Prosper Englisch in zufällig ausgewählte Aufnahmen von Überwachungskameras ein. Richtig?«

»Ähh … mehr oder weniger.« Cadel beschloss, die Sache nicht weiter zu verkomplizieren, indem er Einwände gegen die Bezeichnungen »Virus« und »Filmschnipsel« erhob, obwohl sie die Fakten nicht besonders gut trafen. »Ich bin mir nicht *vollkommen* sicher«, räumte er ein. »Ich halte es nur für möglich.«

»Das ist es wert, sich die Sache einmal genauer anzusehen«, brummte Saul.

»Auf jeden Fall.«

»Warum?«, fragte Fiona. Als alle sie anstarrten, wurde ihr offenbar klar, wie doppeldeutig ihre Frage gewesen war. Also erklärte sie sich genauer: »Ich meine, warum sollte Prosper English plötzlich überall in Sydney auftauchen wollen und einen Riesenaufruhr verursachen? Das erscheint mir total sinnlos.«

Cadel traute seinen Ohren kaum. »Das ist nicht sinnlos. Es ist Taktik«, erwiderte er. »Wir sollen glauben, dass er in Sydney ist, weil er *nicht* in Sydney ist.« Als Saul den Mund öffnete, um ihn zur Vorsicht zu mahnen, schnitt Cadel ihm das Wort ab. »Und das bedeutet, dass ich jetzt nach Hause kann. Dass ich zu Hause *sicher* bin.«

»Vielleicht.« Es schien dem Inspektor zu widerstreben, Cadel rundheraus zuzustimmen.

Doch der Junge ließ sich nicht zum Schweigen bringen. Er hatte bereits alles durchdacht. »Zu Hause bin ich sicherer als hier«, sagte er. »Prosper ist vielleicht nicht in Sydney, aber offensichtlich ist er in eine ganze Menge IP-Überwachungsanlagen eingedrungen. Was, wenn er diese hier beobachtet?«

»Oh mein Gott.« Fiona klang entsetzt. »Meinst du wirklich?«

»Das wissen wir nicht«, warf Saul hastig ein. Er versuchte, die Lage zu beruhigen. »Das ist nur eine Theorie …«

»Die zu allen Fakten passt.« Cadel wurde langsam ungeduldig. Warum war Saul nur so stur? »Ich will nicht hierbleiben. Dieses Haus ist am Netz, und damit ist es angreifbar. Hier gibt es viel zu viele Kameras.«

»Cadel …«

»Ich will zurück nach Hause. Dort bin ich sicher.«

Diese einfachen Worte genügten, um Fiona zu überzeugen, die ihren Ehemann mit einem sorgenvollen, flehenden Blick musterte. Cadel tat es ihr nach, riss seine riesigen blauen Augen auf und schob die Unterlippe bittend vor. (Das war ein gemeiner Trick, und er schämte sich ein bisschen dafür, aber er war verzweifelt.)

Solcherart in die Zange genommen, gab Saul schnell nach.

»Na schön.« Er griff nach seinem Handy. »Lasst mich nur ein paar Anrufe erledigen. Ich werde sehen, was ich tun kann.« *Piep-piep-piep* machte die Tastatur, als er mit einem Finger tippte. »Aber ich kann nichts versprechen«, warnte er. »Das wisst ihr, oder? Das wird ein Weilchen dauern.«

Cadel nickte. Er lächelte Fiona an, und dann wirbelte er zum Monitor herum, weil Prosper dort noch immer wie ein Schmetterling festgepinnt war.

Ich muss es Sonja sagen, beschloss er. *Sie muss die Kameras bei Judith zu Hause abschalten.*

So, wie er die Lage einschätzte, standen einige sehr ernsthafte Sicherheitsmaßnahmen an.

5

Am Nachmittag des folgenden Tags war Cadel bereits aus der Schutzhaft entlassen.

Endlich hatte man ihm die Erlaubnis erteilt, zu Hause zu schlafen und zu seinen Programmierkursen zu gehen. Doch der Rest der Welt befand sich nun außer Reichweite. Man erlaubte ihm nicht einmal, irgendetwas alleine zu unternehmen. Egal, wo er hinging, immer sollte ihn jemand begleiten, und dieser Jemand konnte nicht einfach irgendjemand sein.

Da es keine bewaffnete Polizeieskorte gab, fiel die Aufgabe, Cadel zu beschützen, seinem alten Freund Gazo Kovacs zu.

»Gazo hat einen eingebauten Verteidigungsmechanismus«, erklärte Saul, als man ihn bat, seine Entscheidung zu begründen. »Er ist effizienter als Tränengas, außerdem braucht Gazo keine Genehmigung, um ihn einzusetzen.«

Er spielte damit auf Gazos ungewöhnliche genetisch bedingte Behinderung an: einen Gestank, der so überwältigend war, dass die Leute um ihn herum das Bewusstsein davon verlieren konnten. Früher einmal war Gazo nicht dazu in der Lage gewesen, seinen mutierten Körpergeruch unter Kontrolle zu halten. Als Cadel ihm am Axis-Institut zum ersten Mal begegnet war, hatte Gazo einen Schutzanzug getragen, der verhindern sollte, dass er seinen Lehrern oder Mitschülern Schaden zufügte, sobald er ernsthaft unter Stress stand. Doch seither hatte er gelernt, den seltsamen Hormonschub, der diese unglückliche Reaktion auslöste, unter Kontrolle zu halten, so dass es ihn nur noch selten unvorbereitet traf und fast nur noch dann eintrat, wenn er es wollte. Regelmäßige Massagen, eine Ernährungsumstellung und eine Reihe spezieller Atemtechniken halfen ihm dabei, ein normales Leben zu führen – genau wie seine Arbeit bei einer Firma, die auf Campusgestaltung spezialisiert war. Gazo arbeitete inzwischen drei Tage die Woche an der Universität von New South Wales. Deshalb kannte er auch jeden Winkel des Universitätsgeländes und einen guten Teil der Angestellten.

»Er kennt das Terrain, und ihm stehen die nötigen Mittel zur Verfügung, um dich zu beschützen. Außerdem verbringt er sowieso jede Menge Zeit mit dir«, hatte Saul zu Cadel gesagt. »Mit anderen Worten: Er ist der perfekte Leibwächter. Niemand wird sich fragen, warum du mit Gazo unterwegs bist.«

Cadel war sich da nicht so sicher. Zweifellos würde sich die eine oder andere Augenbraue heben, wenn er mit Gazo im Schlepptau in die Vorlesung »Programmieren für Fortgeschrittene« kommen würde. Selbst, wenn niemand Fragen stellte, würden die Leute sich ihre Gedanken machen – insbesondere, wenn sie Gazo als einen der Männer erkannten, die sonst auf dem Campus den Rasen mähten und die Hecken beschnitten.

Doch es war sinnlos, sich darüber zu streiten. Saul war zu beschäftigt, um etwas von seiner Arbeitszeit abzuknapsen, und Cadel hatte auch keine bessere Idee. Letztlich war Gazos Gesellschaft angenehmer als die eines Leibwächters mit steinerner Miene, kahlrasiertem Schädel, einem Nadelstreifenanzug und einer Sonnenbrille. Cadel wollte sich gar nicht ausmalen, was für eine Wirkung jemand wie Angus auf einen Hörsaal voller Computergeeks hätte.

Nicht, dass Angus für den Job zur Verfügung gestanden hätte. Nicht mehr. Er und seine Kollegen waren auf eine neue Aufgabe angesetzt worden. Ihr Job bestand darin, Menschen zu beschützen, die als »wahrscheinliche Zielpersonen« eingestuft wurden, und Cadel fiel nun nicht mehr in diese Kategorie. Damit stand ihm nicht mehr rund um die Uhr Polizeischutz zu, da Prosper nun keine unmittelbare Bedrohung mehr darstellte.

Das war zumindest die offizielle Theorie.

Sie basierte auf Cadels eigener Hypothese, die sich letztlich als zutreffend erwiesen hatte. Prospers Wiederauftauchen war nichts weiter als ein Online-Streich. Das war inzwischen zweifelsfrei erwiesen dank eines sehr praktischen Programmierfehlers. Während sie sich in verschiedenen Überwachungsnetzwerken umgesehen hatten, waren die Polizeibeamten über eine weitere Aufnahme von Prosper English gestolpert. In dieser Aufnahme schien er jedoch auf halbem Weg durchs Bild zu verschwinden und hinterließ ein schwarzes, Prosper-förmiges Loch. Mehrere auf optische Effekte spezialisierte Techniker waren zu dem Schluss gelangt, dass es sich bei dem Loch um einen »dropped frame« handelte und dass die verantwortliche Malware dabei versagt hatte, »das Licht zu rendern«. Offenbar war also irgendein Bug-Programm am Werk, obwohl niemand sagen konnte, wer es in Umlauf gebracht hatte.

Laut der Expertenmeinungen musste die Person, die das Programm entwickelt hatte, höchst geschickt sein, da sie etwas geradezu Revolutionäres erschaffen hatte. Allerdings gab es viele hochbegabte Menschen im Computergrafik-Geschäft – und sie waren über den gesamten Erdball verteilt.

»Nach allem, was wir wissen, könnte er in Russland sitzen«, gab Saul zu, als er Cadel die Neuigkeiten weitergab. »Dank des Internets handelt es sich ja inzwischen um ein internationales Geschäft.«

»Wie kommst du darauf, dass der Kerl allein arbeitet?«, fragte Cadel. Sie fuhren gerade zur Universität, wo Cadel zu einem Nachmittagsseminar wollte. Saul hatte mit Gazo abgemacht, dass sie sich am Eingang an der Barker Street trafen. »Das ist ein Durchbruch im Programmieren. Wenn ein Einzelner das ohne jede Unterstützung hingekriegt hat, warum sollte er es dann nicht auf dem freien Markt verkaufen und ein Vermögen damit machen? Warum sollte er es einfach nur Prosper English schenken?«

»Vielleicht hat er es nicht einfach nur *verschenkt*«, antwortete Saul. »Vielleicht hat Prosper dafür bezahlt.«

»Vielleicht.« Doch Cadel bezweifelte stark, dass Prosper English genug Geld auf seinen Geheimkonten beiseitegeschafft hatte, um die vollen Kosten für etwas derart Bahnbrechendes aufzubringen. Man brauchte eine Menge Geld, um ein waschechtes, noch unbekanntes Programmiergenie dafür zu entschädigen, dass es sich die Weltherrschaft in Sachen HDR-Umgebungsmapping durch die Lappen gehen ließ. »Vielleicht hat Vee auch bei der Entwicklung geholfen«, fuhr Cadel fort. »Am Ende ist ein ganzer Haufen Leute darin verwickelt, die alle nicht an die Öffentlichkeit gehen können, weil jeder Einzelne im Entwicklungsteam auf die eine oder andere Art auf der Flucht ist. Wie Dr. Vee.« Nach kurzem Nachdenken fügte er hinzu: »Andererseits ist es gut möglich, dass Prosper überhaupt nichts damit zu tun hat.«

Saul warf ihm einen überraschten Blick zu, und just in diesem Moment hielt das Fahrzeug vor ihnen plötzlich an. Einen entsetzten Sekundenbruchteil lang befürchtete Cadel, dass sie gleich ins rückwärtige Ende eines Touristenbusses rasseln würden.

Doch Saul trat so fest in die Bremsen, dass Cadel beinahe gegen die Windschutzscheibe geprallt wäre. Zum Glück passierte nichts weiter.

»Das kann nicht dein Ernst sein«, protestierte Saul.

Cadel zuckte mit den Schultern. »Prosper ist ein berüchtigter Krimineller«, sagte er. »Wenn ich irgendein verrückter Hacker wäre, der es jemandem heimzahlen möchte, dann würde ich der Polizei so einen Streich spielen.« Er gab es nicht gerne zu, aber eigentlich handelte es sich um *genau* die Art von Missetat, die er früher auch begangen hätte – ermutigt von Prosper. »Damit alle sich wegen nichts aufregen und dabei wertvolle Ressourcen verschwenden. Man sollte niemals unterschätzen, was die Leute alles tun, um sich einen Kick zu holen.«

Saul runzelte die Stirn. Inzwischen steckten sie auf dem Anzac Parade im dahinkriechenden Verkehr fest. Die Sonne funkelte auf getönten Scheiben und verchromten Stoßstangen, und der Auspuff des Busses vor ihnen stieß schwarze Qualmwolken aus.

»Nein«, sagte Saul schließlich. »Das glaube ich nicht. Einer der Computerexperten, die wir befragt haben, hat etwas von einem Scan erzählt – davon, dass man jemanden mit einer Art Scanner abtasten muss, um seine genauen Maße für einen digitalen Doppelgänger zu nehmen. Das geht nur, wenn man sich im selben Raum mit Prosper befindet.«

»Das stimmt wohl.«

»Wahrscheinlich hast du trotzdem recht. Jemand hat diesen Bug entwickelt, um uns zu verwirren. Prosper will vielleicht, dass wir denken, er sei in Sydney, damit wir nicht so genau darauf achten, was er *tatsächlich* tut.« Saul schien laut zu überlegen. »Ich frage mich, ob wir ihm zu dicht auf die Pelle gerückt sind. Ein ganzes Ermittlungsteam sitzt an diesem Fall, die Bemühungen, ihn zu fassen, laufen weltweit auf Hochtouren. Vielleicht hat er ja den Eindruck, dass jemand ihm dicht auf den Fersen ist?«

Cadel schnaubte. Er sah, dass sie sich der Kreuzung zur Barker Street näherten, und wollte nicht mehr über Prosper English reden. Prosper hatte die Tendenz, das Leben anderer zu bestimmen, wenn man es zuließ. Es war schwer, sich von ihm loszumachen, selbst wenn er nicht in der Nähe war.

Cadel wusste, dass er nicht über Prospers Aktivitäten spekulieren, keine Theorien über ihn entwickeln und keine Schlüsse daraus ziehen sollte. Es kam darauf an, *absolut unbedrohlich* zu erscheinen – und genau das wäre nicht mehr möglich, falls Prosper zu dem Schluss gelangte, dass Cadel der Polizei half.

»Hast du Judith gesagt, dass sie die Überwachungskameras abstellen soll?«, wechselte Cadel das Thema, als Saul links abbog.

Der Inspektor nickte. »Ja«, gab er zurück. »Mach dir keine Gedanken deswegen. Das ist erledigt.«

»Holst du mich ab, wenn ich fertig bin?«

»Nein.« Saul erklärte, dass Gazo Cadel nach Hause fahren werde. »Er bleibt bei dir, bis ich zurück bin. Aber pass auf, dass du alle Zugänge überprüfst, bevor du reingehst.«

»Was ist, wenn du erst spät zurückkommst?«

»Dann muss er zum Abendessen bei dir bleiben.« Als er Cadels besorgte Miene sah, versuchte Saul, ihn zu beruhigen. »Mach dir keine Gedanken wegen Gazo. Es stört ihn nicht weiter. Er hat sich die Woche freigenommen.«

»Wird er dafür bezahlt?« Cadel hoffte, dass die Antwort »Ja« lautete.

Doch Saul antwortete nicht – er hatte Gazo bereits entdeckt, der weiter vorne unter einem Baum am Straßenrand wartete. Die Bordsteinkante war komplett zugeparkt, daher hielt Saul einfach bei Gazo und sagte Cadel, dass er aussteigen sollte.

»Wenn es ein Problem gibt, ruf mich an«, fügte der Inspektor hinzu. Dann wandte er sich an Gazo, der ans Auto getreten war. »Danke. Du bist mir wirklich eine große Hilfe bei der Sache.«

»Schon in Ordnung.« Gazo wirkte peinlich berührt. Anstelle seines üblichen Overalls trug er schwarze Jeans und ein langärmeliges Oberteil mit Manschettenknöpfen. Seine Arbeitsschuhe hatte er gegen schwarze Schnürschuhe ausgetauscht, und er hatte sich das flusige Spitzbärchen abgeschnitten. Als er sich zum Fahrerfenster herunterbeugte, schlug Cadel ein intensiver Rasierwassergeruch entgegen, der ihn wie unerwartetes Sirenengeheul oder ein außer Kontrolle geratenes Baustellenfahrzeug traf.

Offensichtlich hatte Gazo versucht, sich seiner großen Verantwortung gemäß zu kleiden. Er hatte sich sogar das Haar zurückgegelt und eine Sonnenbrille aufgesetzt. Cadel fand, dass das Ergebnis nicht vollauf überzeugte. Falls Gazo einschüchternd aussehen wollte, untergruben sein langer Hals, das fliehende Kinn und die picklige Haut die entsprechenden Bemühungen.

Es konnte allerdings keinen Zweifel daran geben, dass die körperliche Arbeit im Freien Wunder für Gazos Körperbau gewirkt hatte. Seine ehemals schmale Gestalt war breiter geworden, seit sie zusammen das Axis-Institut besucht hatten. Und jetzt, da seine Haut gebräunt war – anstatt von gespenstischer englischer Blässe zu sein –, fielen seine Pickel längst nicht mehr so auf.

Von den Schultern abwärts gab er einen recht überzeugenden Leibwächter ab.

»Hallo, Gazo«, brummte Cadel. Er öffnete die Beifahrertür und hielt sich an seiner Laptoptasche fest. »Tut mir leid, das Ganze.«

»Nix, was dir leidtun muss«, antwortete Gazo großmütig. »*Mir* macht das nix aus.«

»Du hast doch meine Nummer, oder?«, vergewisserte sich Saul. »Und die vom Campus-Sicherheitsdienst?«

»Ja, klar.«

»Wenn dich irgendwas beunruhigt, zögere nicht. Denk nicht: ›Ich möchte ihn nicht ohne guten Grund belästigen.‹ Ruf einfach an.«

»In Ordnung.« Gazo legte gleichmütig den Kopf schief. »Wenn du es sagst.«

»Ich versuche, um sechs zu Hause zu sein«, schloss Saul und

hob die Stimme, als Cadel die Tür zuschlug. »Hast du genug Geld, Cadel?«

»Alles bestens.« Obwohl Cadel nicht undankbar erscheinen wollte, konnte er eine gewisse Brüskheit nicht unterdrücken. Es wäre ihm lieber gewesen, wenn Saul in Gegenwart von jemandem wie Gazo nicht so viel Aufhebens gemacht hätte. Gazo führte mit einundzwanzig bereits das Leben eines Erwachsenen, er hatte eine Arbeit, eine Wohnung und ein Auto. Das Auto war zwar eine olle Rostlaube und die Wohnung winzig, trotzdem handelte es sich um beneidenswerte Errungenschaften.

Dagegen führte Cadel das behütete Leben eines Vorstadt-Teenagers, bekam Taschengeld und musste zu festen Zeiten zu Hause sein. Obwohl es ihm gefiel, ein ganz normaler Junge zu sein, wollte er diesen Umstand nicht notwendigerweise allgemein bekannt machen. Schließlich wollte er nicht wie ein Waschlappen erscheinen.

»Tschüss, Saul«, sagte er und ging zum Bürgersteig. »Mach dir keine Sorgen. Ich komme schon zurecht.«

Erst als Cadel ein gutes Stück weg war, fuhr Saul los.

Der Junge sah ein paar Sekunden lang dem sich entfernenden Nummernschild nach und räusperte sich dann. »Ich glaube kaum, dass es irgendwelche Probleme geben wird«, versicherte er seinem Freund. »Wenn Prosper auch nur in der *Nähe* von Sydney wäre, würde er nicht so tun, als wäre er hier.«

»Ja, ich weiß. Das hat dein Dad auch gemeint.« Gazo kratzte sich am Hals. »Aber letztlich ist es besser, auf Nummer sicher zu gehen.«

»Wahrscheinlich.« Cadel zögerte einen Moment lang und fügte dann hinzu: »Sonja und Judith wollen sich mit mir auf dem Campus zum Kaffeetrinken treffen, bevor meine Vorlesung anfängt. Bist du einverstanden?«

»Natürlich.« Gazos Lächeln entblößte seine abgebrochenen bräunlichen Zähne. Seine Jugend hatte er obdachlos und arm in

England verbracht, und um diesem Leben zu entkommen, hatte er sich einverstanden erklärt, am Axis-Institut zu studieren – wo man seinen störenden Gestank als Segen empfand und nicht als Fluch. »Warum sollte ich nicht damit einverstanden sein?«, fragte er. »Das haben wir doch schon eine Million Mal so gemacht.«

»Ja, schon ... aber jetzt ist es anders. Es gibt bestimmte Sicherheitsfragen.«

»Gibt es die?« Gazo starrte Cadel erstaunt an. »Davon weiß ich nichts.«

Nicht zum ersten Mal hatte Cadel das Gefühl, als versuchten er und Gazo, sich durch eine dicke Glasscheibe zu verständigen.

»Gazo, du bist als mein *Leibwächter* abgestellt.« Cadel schaute sich nach eventuellen Mithörern um, doch der Fußweg war in beide Richtungen leer, so weit das Auge reichte. »Überall, wo wir hingehen, gibt es Sicherheitsfragen. Das gehört zu deinem Job.«

»Ach so! Richtig.« Gazos Tonfall klang entschuldigend. »Ich dachte, du machst dir wegen dem Café Sorgen, warum auch immer.«

»Nein. Nicht im Speziellen.« Cadel schulterte seine Laptoptasche und ging über den mit Ziegelsteinen gepflasterten Weg zum Gebäude K 17. Am Straßenrand standen dürre Setzlinge, geparkte Autos und Ansammlungen von Mülltonnen. Cadel merkte, wie er in alte Gewohnheiten verfiel und jedes Gesicht, jedes Fenster und jedes mögliche Versteck genauestens musterte. Mit einem zunehmenden Gefühl der Verzweiflung begriff er, dass er sich langsam verhielt, als sei er noch immer am Axis-Institut. Als müsse er ständig nach verborgenen Bedrohungen Ausschau halten.

Nein, dachte er. *Vergiss es. Das mache ich nicht mit. Nicht wieder.* Unter Aufwendung all seiner Willenskraft schaltete er seine innere Antenne ab und konzentrierte sich bewusst ganz auf die herausgeputzte Gestalt, die neben ihm ging.

»Saul meinte, dass du dir eine Woche freigenommen hast«, sagte er zu Gazo, der nickte.

»Ja. Stimmt.«

»Bezahlt er dich?«, wollte Cadel wissen.

Gazo schnaubte. »Nee«, sagte er abfällig, als handelte es sich um eine ganz und gar lächerliche Frage. »Musser nicht, oder? Ich krieg ja Urlaubsgeld.«

»Aber das wird nicht besonders viel Spaß machen. Eine Woche lang den Babysitter für mich zu spielen.« Cadel schüttelte den Kopf und versuchte, das Schuldgefühl loszuwerden, das ihn wie eine zudringliche Schmeißfliege belästigte. »Das kommt mir nicht richtig vor«, erklärte er. »Du gibst deine Ferien für nichts dran. Du solltest ihn fragen, ob es nicht irgendwelche Polizeigelder gibt, auf die er zurückgreifen kann, um dir ein bisschen was draufzulegen. Das geht sicher.«

Gazo lachte.

»Ich mein's ernst«, sagte Cadel beharrlich. »Informanten werden auch bezahlt. Warum also nicht du?«

»Weil ich nicht bezahlt werden will.« Gazo warf ihm ein schiefes Lächeln zu. »Erinnerst du dich noch an die Zeit am Institut? Ich wollte meinen Abschluss als eine Art Stinkbomben-Superheld machen und für mein restliches Leben Menschen helfen. Weißte noch?«

»Ja. Ich erinnere mich.«

»Du dachtest wohl, ich bin ziemlich dumm, was?« Als Cadel errötete, wuchs Gazos Lächeln zu einem ramponierten Grinsen. »Tja, ich *war* dumm. Damals. Aber jetzt krieg ich eine Chance, das zu machen, was ich schon immer machen wollte. Ich setze meine besonderen Kräfte ein, um wem zu helfen. Was könnte mir mehr Spaß machen?«

Cadel schnaubte. Er wand sich innerlich, als er an seine frühere, geringschätzige Haltung Gazo gegenüber zurückdachte. Obwohl Gazo nicht gerade wahnsinnig schlau war, war er sicher niemand, den man vernachlässigen sollte. Cadel hatte inzwischen festgestellt, dass es alle möglichen Qualitäten gab, die genauso wertvoll waren wie Intelligenz – trotz allem, was man ihm in der Vergangenheit beigebracht hatte.

»Vielleicht solltest du ein Sicherheitsunternehmen gründen«, schlug er vor. »Für Stars und Politiker.«

»Nee danke.« Als Gazo sah, wie Cadel die Brauen hob, erklärte er: »Dann stünde ich irgendwann in allen Zeitungen. ›Herr Stinkstiefel‹, würden sie mich nennen. Und dann krieg ich niemals eine rum.«

Inzwischen hatten sie den John-Lions-Park erreicht, der ganz und gar leer war. Cadel spähte mit zusammengekniffenen Augen über ein dünn getretenes Rasenstück in Richtung Campus-Café. Es gab kaum Hinweise darauf, dass auch nur ein bescheidenes Lokal in dem Gebäudekomplex der Computerwissenschaftler versteckt war – nichts als ein kleines Schild über einer gläsernen Doppeltür. Als Cadel sich dem Schild näherte, stellte er fest, dass das Café geschlossen war.

»Ach Gott«, stöhnte er und blieb stehen. »Stimmt ja. Die renovieren. Das hab ich ganz vergessen.«

»Ich auch«, gestand Gazo. »Aber du kannst sie sicher anrufen, oder?«

»Du meinst Judith?«

»*He, hallo!*« Ein hohes Rufen veranlasste sie beide gleichzeitig dazu, den Kopf herumzudrehen, als würden sie an unsichtbaren Schnüren gezogen. Ein paar Meter zu ihrer Rechten war Judith Bashford aus dem Haupteingang von Gebäude K 17 getreten. Hinter ihr befand sich eine mit Stahlgitterwerk verkleidete Fensterfront, auf der stand: *Bioinformatik, Computertechnik, Computerwissenschaft, Software-Engineering.* Sonja war nirgends zu sehen.

»Ihr seid früh dran«, stellte Judith fest. Sie trug eine ihrer vielschichtigen, bunt-ethnischen Staffagen, einschließlich Leder-Mokassins und gehämmerter Silberarmreifen. »Wir sind hier drin.«

»Das Café hat geschlossen«, sagte Gazo, der noch nie davor zurückgeschreckt war, das Offensichtliche auszusprechen. Doch Judith verdrehte nicht die Augen und verzog auch keine Miene, wie Hamish es wahrscheinlich getan hätte. Stattdessen zuckte sie mit den Schultern, als hätte sie sich mit den zahlreichen Enttäuschungen abgefunden, die das Leben so bereithielt.

»Jemand hat es mir erzählt, aber ich hab's vergessen«, sagte Cadel und trat an ihr vorbei ins K 17. In der Tür sah er sich weiteren Hinweisschildern gegenüber – weiße Buchstaben, die ihn darauf hinwiesen, dass dieser Bereich videoüberwacht war. Das veranlasste ihn dazu, einen Moment lang innezuhalten. »Warum seid ihr hier reingegangen?«, fragte er.

»Wegen der Aufzüge«, antwortete Judith. Dann folgte sie ihm ins Gebäude, Gazo dicht hinter ihr. Gemeinsam gingen sie mit quietschenden Schritten über den glänzend schwarzen Boden und erreichten schließlich einen Raum namens Studienbüro. Unwillkürlich blickte Cadel zu den beiden Sicherheitskameras auf, an denen sie vorbeikamen. Eine war direkt auf die Eingangstür gerichtet, wie ein Scharfschützengewehr. Die andere befand sich hinter einer Ecke, in einem Vorzimmer rechts vom Haupteingang.

Hier trafen sie auf Sonja Pirovic. Sie saß vor einer Reihe Fahrstühle, schaute sie jedoch nicht an. Stattdessen war ihr Blick auf einen *Hilfe*-Knopf an der Wand gerichtet, der wahrscheinlich als eine Art Sicherheitsvorkehrung eingebaut worden war.

Cadel wusste genau, was sie dachte.

»Wozu ist ein *Hilfe*-Knopf gut, wenn man ihn nicht mal drücken kann?«, bemerkte er.

Der Klang seiner Stimme löste eine sofortige Reaktion aus. Sonjas Rollstuhl drehte sich um, und sie strahlte übers ganze Gesicht.

»*Ich-habe-das-mit-dem-Café-vergessen.*«

»Ich auch. Tut mir leid.« Nach einem kurzen Moment peinlicher Stille machte er eine Kopfbewegung in Richtung der Aufzüge. »Ich dachte, du wolltest erst am Wochenende die Testläufe starten?«

»*Ich-schau-nur-mal*«, kam ihre synthetisierte Antwort.

Cadel spürte, dass sie auf etwas wartete – vielleicht darauf, dass man ihr Mut zusprach. Wahrscheinlich war sie wegen Prosper English besorgt.

Aber er konnte jetzt nicht über Prosper reden. Nicht an einem so öffentlichen Ort, während die Kameras liefen. Also versuchte er es mit einer subtileren Herangehensweise.

»Ich frage mich, was passieren würde, wenn ich wegen meiner Hausaufgaben um Hilfe rufen würde?«, bemerkte er in dem Versuch, sie mit seinem lockeren, unbesorgten Ton zu beruhigen. Er schlenderte zu dem Knopf hinüber, der sich unmittelbar am oberen Ende einer sehr steilen Treppe befand. »Ob ein verspätetes Seminarprojekt wohl als Notfall zählt?«

Lächelnd warf er einen Blick über die Schulter – und im selben Moment schoss Sonjas Rollstuhl vorwärts. Er hatte nicht mal Zeit zum Sprechen und kaum genug, um sich zu bewegen. Während sie auf ihn zuschoss, verzog sich ihr Gesicht vor Entsetzen, und er blieb wie erstarrt stehen. Völlig verblüfft. Er traute buchstäblich seinen Augen nicht.

Für einen Sekundenbruchteil erwischte er sich dabei, wie er versuchte, die beeindruckende Beschleunigungsrate des Rollstuhls auszurechnen.

»Nein!«, schrie Judith.

Ihr Schrei war wie ein Fanfarenstoß und rüttelte Cadel wach, so dass er sich beiseitewarf. Dabei glitt er aus, stolperte und fiel.

Er lag noch immer am Boden, als Sonjas Rollstuhl an ihm vorbei die Treppe hinuntersauste.

6

Cadel konnte nichts essen.

Er saß nur da und starrte vor sich auf die Lasagne, auf die dickflüssige rote Soße und die glänzenden Pasta-Lagen. Rot und Weiß. Blut und Knochen.

Ihm war übel.

»Nur ein kleines bisschen«, drängte Fiona ihn. Sie saß ihm gegenüber am Tisch und stocherte in einem Cäsar-Salat herum. »Du musst wenigstens *irgendwas* in den Magen kriegen, Schatz. Das wird eine lange Nacht.«

Cadel nickte. Dann nahm er seine Gabel in die Hand. *Vielleicht sollte ich beim Essen einfach nicht hinsehen*, beschloss er und ließ den Blick schweifen, während er ein schlabbriges Stück Lasagne vom Teller zum Mund bewegte. Schließlich gab es genügend andere Dinge, die er anschauen konnte. Das riesige Fensterbild an der Wand, zum Beispiel. Die zahlreichen Kuchen unter Glas. Selbst die anderen Gäste, von denen einige auf eine Art und Weise lachten, die Cadel als nervenzerrend empfand.

Ihm wurde klar, dass es sich bei den lärmenden Gästen wahrscheinlich um Krankenhausmitarbeiter handelte, während diejenigen, die sich stoisch durch ihre Mahlzeiten mampften, grimmig und schweigend, Leute wie er waren – Menschen, deren Liebe im Kinderkrankenhaus von Sydney behandelt wurde.

Warum sonst sollten sie im Krankenhauscafé zu Mittag essen?

»Da ist er«, sagte Gazo, der neben Fiona saß.

Cadel schaute sich um und entdeckte Saul Greeniaus, der gerade eine nahe Treppe herunterkam. Der Inspektor hatte Jacke und Schlips abgelegt. Sein Gesichtsausdruck war verschlossen, seine Schritte waren schwer. Hinter ihm sah man durch eine Fensterfront weitere Fenster, goldene Rechtecke in einem Meer aus Dunkelheit.

Als Cadels und sein Blick sich begegneten, hob Saul den Daumen.

»Sie ist sicher in Ordnung«, brummte Gazo.

Cadel sagte nichts – dafür war der Kloß in seinem Hals viel zu groß.

Fiona streckte den Arm aus und drückte seine Hand.

»Sie ist jetzt im Aufwachraum«, verkündete Saul, als er an ihrem Tisch ankam. Er ließ sich neben Cadel auf einen Stuhl sinken. »Da bleibt sie noch ein Weilchen, danach kommt sie für ein paar Tage in eine chirurgische Abteilung mit Spezialversorgung. Offenbar haben sie eine Kernspintomografie bei ihr gemacht, wegen der Kopfverletzung, und die Ergebnisse sind erst in vierundzwanzig bis achtundvierzig Stunden zu erwarten.«

»Wo ist Judith?«, unterbrach ihn Fiona mit angstvoll angespannter Stimme.

»Sie kommt gleich.« Saul brachte ein schiefes, kleines Lächeln zustande. »Sie hat versucht, sich in den Aufwachraum durchzudrängeln, aber da darf *niemand* rein. Nicht mal Verwandte. Ich habe ihr gesagt, dass sie etwas essen kann, während sie wartet.« Er machte eine Kopfbewegung in Richtung der Schüssel Kartoffelchips, die in der Mitte des Tischs stand. »Was das betrifft …«

»Ja, nur zu.« Gazo schob ihm die Schüssel hin. »Bedien dich.«

»Danke.«

Saul griff sich eine Handvoll Chips. Er aß sie wie jemand, der einfach nur Treibstoff nachfüllen wollte. Seine Kiefer bewegten sich mechanisch, während sein verhangener Blick auf Cadel ruhte.

Fiona sagte: »Also, wie ist die Operation verlaufen?«

»Ganz gut.« Obwohl Saul mit seiner Frau sprach, schaute er sie nicht an, sondern musterte weiter Cadels Gesicht. »Ich habe gerade mit der Chirurgin geredet, und sie schien ziemlich zufrieden zu sein. Keine hässlichen Überraschungen, meinte sie. Es hätte sehr viel schlimmer kommen können.«

Cadel schluckte. »Aber ... aber die Kopfverletzung ...«, stammelte er, dann versagte ihm die Stimme.

Saul legte ihm eine Hand auf die Schulter. »Sie glauben nicht, dass es etwas wirklich Ernstes ist«, versicherte ihm der Inspektor. »Kopfverletzungen bluten für gewöhnlich stark. Eine Kernspintomografie macht man da immer – nur zur Sicherheit. Ihr gebrochenes Bein macht den Ärzten mehr Sorgen.«

»Kriegen sie es wieder hin?«, fragte Gazo.

Cadel musste einen Moment lang die Augen schließen. Er würde niemals den Anblick vergessen, der sich ihm am Fuß der Treppe in K 17 dargeboten hatte. Ein einziger Blick auf den seltsamen Winkel, in dem Sonjas Bein abgewinkelt gewesen war, und ihm war speiübel geworden. Beim Eintreffen der Notärzte hatte er in der Ecke gesessen und gewürgt. Das war nur wenige Minuten nach Sonjas Sturz gewesen. An viel mehr konnte er sich nicht erinnern: nur an ihre aufgerissene Haut, ihr verletztes Bein und ihr blutiges Gesicht. Er wusste nicht einmal mehr, was er getan hatte, um ihr zu helfen, obwohl er sich ziemlich sicher war, dass es nicht viel gewesen war. Der Schock hatte ihn völlig nutzlos gemacht. Es war Gazo gewesen, der einen Krankenwagen gerufen und mit den Notärzten gesprochen hatte, während Judith umhergestapft war, die Hände gerungen und gedroht hatte, die Universität dafür zu verklagen, dass es hier eine so gefährliche Treppe gab.

Glücklicherweise lagen Campus und Krankenhaus unmittelbar nebeneinander. Sonjas Fahrt in die Notaufnahme war deshalb gnädig schnell vonstattengegangen und hatte aus kaum mehr als ein paar Linkskurven bestanden. Bis Gazo einen Parkplatz in der Nähe des Haupteingangs gefunden hatte, waren Sonja und Judith bereits drinnen gewesen.

Danach hatten sie nur noch warten müssen.

»Ihrem Bein geht es jetzt gut«, erklärte Saul. »Deshalb haben die Ärzte sie ja operiert. Im Moment ist es nur geschient, aber wenn die Schwellung abgeklungen ist, gipsen sie es ein.«

»Wie …?«, setzte Cadel an und verstummte dann. Er wusste nicht, wie er seine Frage formulieren sollte. Wie sollte Sonjas Knochen jemals heilen, wenn sie ständig zucken musste?

Sauls Griff verstärkte sich. »Du musst dir keine Sorgen machen«, beharrte der Inspektor. »Es ist bloß ein gebrochenes Bein, weiter nichts. Die Ärzte hier kommen bestens mit gebrochenen Beinen zurecht.«

»Aber sie hat Kinderlähmung!«, platzte es aus Cadel heraus. Da erst schien Fiona zu begreifen, was ihm Sorgen machte.

»Sie kriegen Sonja schon irgendwie stillgestellt«, sagte sie. »Ich garantiere dir, dass sie nicht die erste Person mit Kinderlähmung ist, die sich einen Knochen bricht.«

»Da kommt Judith.« Saul machte eine Kopfbewegung in Richtung Treppenhaus. »Sie weiß wahrscheinlich mehr.«

Selbst aus der Entfernung sah Judith nicht besonders gut aus. Ihre Haut war rot- und graufleckig, und auf ihrer bestickten Jacke waren kleine Spritzer getrockneten Blutes zu sehen. Sie bewegte sich schwerfällig, als würden ihre Beine gleich unter ihrem nicht unbeträchtlichen Gewicht einknicken.

Nach einem Moment der Stille räusperte Gazo sich. »Also, wie geht's Sonja?«, erkundigte er sich. »Ist sie schon wach?«

»Nein.« Judiths Antwort klang mehr als nur ein bisschen harsch.

Saul runzelte die Stirn.

»Weiß sie, was passiert ist?«, fragte Fiona.

»Oh, ich glaube, *das* wissen wir alle.« Judiths finstere Miene richtete sich direkt auf Cadel. »Ich glaube, wir alle wissen ganz genau, was *passiert* ist.«

Cadels Herzschlag setzte einen Moment lang aus.

»Das war Cadels kleines *Projekt*«, fuhr Judith fort, worauf die Falten in der Stirn des Inspektors sich vertieften.

»Nein!«, schrie Cadel. »Das war es nicht!«

»Was für ein Projekt?«, fragte ihn Saul. »Wovon redet ihr?«

Doch Cadel war unfähig zu antworten.

»Er hat sich an ihrem Rollstuhl zu schaffen gemacht«, teilte Judith ihm schließlich mit. »Wahrscheinlich hat er die Steuerbefehle durcheinandergebracht.«

»Das habe ich *nicht!*« Cadel gab nur ein ersticktes Krächzen von sich. »Glaubst du, ich bin dumm? Das habe ich überhaupt nicht gemacht!«

»Der Rollstuhl war völlig außer Kontrolle!«

»Ich weiß«, antwortete Cadel heiser. »Ich war schließlich dabei, falls du dich erinnerst? Ich habe genau gesehen, was passiert ist.«

»Cadel.« Sauls Tonfall war zwar ruhig, ließ jedoch unnachgiebige Härte erahnen. »Was ist das für ein Gerede von einem Projekt? Was hast du mit Sonjas Rollstuhl angestellt?«

»Nichts! Ich habe ihren Rollstuhl nicht angerührt! Ich habe nur ein paar Kommandos ins Protokoll eingefügt!« Als Cadel seinen Fahrstuhl-Hack beschrieb, verfinsterte Sauls Miene sich zusehends. »Ich habe über diese Möglichkeit genau *nachgedacht!*«, schloss Cadel. »Glaubst du, das wäre mir nicht sofort in den Sinn gekommen? Aber ich kann es nicht gewesen sein!«

»Niemand sonst hat sich an dem Rollstuhl zu schaffen gemacht«, stellte Judith fest. Ihr Tonfall war so scharf, dass Fiona zusammenzuckte.

Cadels Antwort war nicht weniger scharf. »Woher willst *du* das wissen?«, zischte er. »Du bist schließlich keine Hackerin!«

»Schsch!« Fiona versuchte einzugreifen. »Niemand gibt hier irgendwem die Schuld …«

»Genau an der Stelle war eine Überwachungskamera! An der Decke!«, sprudelte es aus Cadel hervor. Er wandte sich flehend an Saul. »Ich habe alles gesehen. Das war keine Fehlfunktion. Sie ist direkt auf mich zugekommen. Sie musste erst wenden …«

»Moment mal.« Der Inspektor hob eine Hand. »Was willst du damit sagen? Dass es eine Art Angriff war?«

»Vielleicht.« Als er Judith schnauben hörte, verteidigte Cadel sich hektisch. »Zwischen Sonjas Halsteil und ihrem Rollstuhlcomputer gibt es eine drahtlose Verbindung«, erklärte er mit Nachdruck. »Was sollte jemanden davon abhalten, die zu hacken und die Kommandoprotokolle zu verändern?«

»Das ist ein *sicheres* Signal«, blaffte Judith.

»Nein, das ist es nicht. So etwas gibt es überhaupt nicht. Nicht für einen guten Hacker.« Schon vor zwei Stunden war Cadel beim Auf-und-ab-Gehen im Wartezimmer zu diesem Schluss gelangt. Allerdings war er sich noch immer nicht ganz sicher, wie genau man den Angriff bewerkstelligt hatte – und wichtiger noch, warum. Er war mit anderen Fragen beschäftigt gewesen. »Wer immer das getan hat, ist gut. Richtig gut.« Er wandte sich wieder Saul zu. »Ich kann nicht sagen, was genau passiert ist, weil ich es nicht weiß. Ich weiß nur, dass wir uns Sonjas Rollstuhl anschauen müssen. Und ihr Halsteil. Alles.«

Saul überlegte.

Judith rümpfte die Nase. »Viel Glück«, sagte sie mit vor Sarkasmus triefender Stimme. »Hast du gesehen, in welchem Zustand der Rollstuhl ist? Ein Totalschaden.«

»Wo ist er?«, fragte Saul.

Judith schien es nicht zu wissen, denn sie zögerte, und ihre erbitterte Miene wich einem Ausdruck der Unsicherheit.

»Roy hat ihn«, sagte Gazo. Als alle ihn anstarrten, zuckte er leicht mit den Schultern. »Roy ist einer der Sicherheitsleute auf dem Campus. Er ist aufgetaucht, als der Krankenwagen kam. Erinnert ihr euch denn nicht?«

Diesmal war es Cadel, der den Kopf schüttelte.

»Nein«, sagte Judith.

»Tja, so war's aber«, versicherte Gazo ihr. »Dann sind alle losgerannt, und der Rollstuhl war überall auf dem Boden verteilt. Der arme Kerl wusste gar nicht, was er damit machen sollte.«

»Also hast du ihm gesagt, dass er ihn mitnehmen soll?«, fragte Saul.

»Ja.« Gazo zögerte. »Das Ding ist ziemlich hinüber«, sagte er schließlich.

»Leider bin ich mir nicht ganz sicher, wo das Halsteil ist«, gab Judith zu. »Ich hab es ihr abgenommen – es lag auf dem Boden. Es könnte sonst wo gelandet sein.«

»Vielleicht ist es auch bei Roy«, meinte Gazo. »Oder du hast es im Krankenwagen liegen lassen.«

»Keine Bange.« Trotz ihrer in Falten gelegten Stirn und der geschwollenen Lider klang Fiona zuversichtlich. Zuversichtlich und ermutigend. »Wir finden das Halsteil schon wieder. Das hat sicher niemand weggeworfen. Ich werde es persönlich aufspüren.«

»Nein, *ich* mache das«, verfügte ihr Mann. »Wenn das ein Angriff war, dann handelt es sich um eine Polizeiangelegenheit. Dann ist Sonjas Halsteil eine Spur vom Tatort.« Seine Aufmerksamkeit wanderte von Fionas Gesicht zu Cadels. »Bist du dir sicher, Cadel? Bist du ernsthaft überzeugt davon, dass es kein Unfall war?«

Der Junge schluckte. Unter dem Druck von Sauls ernstem, unparteilichem Blick überkamen ihn Zweifel. Wie konnte er sich sicher sein, wenn er nicht mal wusste, was passiert war? Oder warum es passiert war? Selbst, wenn Prosper dazu in der Lage war, per Fernsteuerung Sabotage zu verüben, gab es keinen offensichtlichen Grund, warum er sich plötzlich dazu entschließen sollte, Sonja zu attackieren.

Es sei denn, er versuchte, sie einzuschüchtern?

Prosper kennt mich besser, dachte Cadel. *Wenn er will, dass ich ihm nicht in die Quere komme, dann ist dies das* Letzte, *was er tun sollte. Es ist absolut kontraproduktiv. Und obendrein ist es dumm.*

Prosper English war nicht dumm.

Andererseits hatte Cadel den Rollstuhl gesehen. Das Ding war herumgewirbelt und direkt auf ihn zugekommen. Es hatte ihn buchstäblich ins Visier genommen, wie … wie …

Er sog scharf die Luft ein.

»Was ist los?«, fragte Saul, als Cadel zwischen den Lehrbüchern in seiner Tasche herumwühlte. »Was suchst du?«

»Ich muss nur mal schnell was nachsehen …«, murmelte Cadel. Nicht, dass er sich ernsthaft Sorgen machte. Er war nicht so dumm, mit einem Handy herumzulaufen, dessen Bluetooth-Funktion auf »on« gestellt war. Als erfahrener Hacker misstraute er Bluetooth. Diese Funktion kam ihm wie eine Katzenklappe in einer verschlossenen Tür vor.

Als Cadel das Display seines Telefons überprüfte, entdeckte er wie erwartet kein verräterisches Bluetooth-Symbol.

Dafür hatte er eine neue Nachricht.

»Was ist los?«, fragte Fiona, die offenbar bemerkt hatte, wie er erbleicht war.

Cadel schaute auf. »Ich …« Er musste sich die Lippen befeuchten, bevor er weiterreden konnte. »Ich habe eine neue Nachricht«, krächzte er. »Ich hatte das Handy wegen der Vorlesung auf lautlos gestellt, deshalb hat es nicht geklingelt …«

»Was für eine Nachricht?«

»Eine Textnachricht.« Cadel las sie mit zitternder Stimme vor. »*Sie hat Mandelentzündung. Bev* XX.«

»Wer ist Bev?«, fragte Gazo.

Judith schnalzte mit der Zunge. »Da hat sich wer verwählt«, schloss sie ungeduldig.

Aber Cadel war sich da nicht so sicher. »Die SMS ist um vierzehn Uhr achtunddreißig reingekommen«, sagte er mit versagender Stimme. »Das war … ich meine …« Sein erschütterter Blick war starr auf den Inspektor gerichtet. »Kann das wirklich ein Zufall sein?«

Saul ließ sich mit seiner Antwort Zeit. Nachdem er eine Weile schweigend nachgedacht hatte, beantwortete er Cadels Frage schließlich mit einer Gegenfrage. »Wie kann ein Anruf auf deinem Telefon Sonjas Rollstuhl beeinflussen?«

»Ich weiß es nicht.« Cadel versuchte sich zu konzentrieren. »Wenn meine Bluetooth-Funktion eingeschaltet gewesen wäre, hätte sie ein Signal senden können. Sonjas Halsteil hat ein Bluetooth-Interface, also hätte der Rollstuhl sich auf mein Signal ausrichten können. Vielleicht gab es ein Auslösewort – zum Beispiel ›Mandelentzündung‹. Aber mein Bluetooth ist abgestellt. Und zwar seit ich das Telefon habe.«

»Bist du dir da ganz sicher?« Saul griff nach dem Gerät. »Woran siehst du das?«

»Es wird nicht auf dem Display angezeigt.« Noch während Cadel die Worte aussprach, ereilte ihn plötzlich ein ungutes Gefühl. Er dachte an ein Gespräch, das er vor nur wenigen Tagen geführt hatte, in einem Computerlabor im K 17. »Ich könnte das überprüfen«, dachte er laut. »Ein paar Studenten aus dem zweiten Jahr überwachen Bluetooth-Signale als Teil eines

Hausarbeitsprojekts. Sie haben mehrere Empfänger im Gebäude installiert, die für irgendein interaktives Spiel sein sollen.« Als Cadel merkte, dass Saul aus seinen Worten nicht schlau wurde, versuchte er, sich einfacher auszudrücken. »Vielleicht haben sie ein Signal aufgezeichnet. Ich könnte mal Richard fragen«, sagte er.

»Nein. Ich frage ihn. Und zwar heute Abend.« Anstatt Cadel das Telefon zurückzugeben, tippte Saul eine Nummer ein. Einen Moment lang dachte Cadel, dass der Inspektor sich mit Richard Buckland in Verbindung setzen wollte. Doch als Gazo den Mund aufmachte, bedeutete Saul ihm so nachdrücklich, zu schweigen, dass Cadel begriff, was vorging.

Saul hatte beschlossen, auf Bevs Nachricht zu antworten.

Alle warteten. Cadel hielt den Atem an, als der Inspektor sich das Telefon ans Ohr hielt.

Doch nach und nach verfinsterte sich Sauls Miene. »Mist«, sagte er.

»Nichts?«, erkundigte Cadel sich wenig hoffnungsvoll.

Der Polizist schüttelte den Kopf. Dann schaltete er das Telefon ab und steckte es in die Tasche. »Ich kann's nur weiter versuchen«, stellte er fest. »Es ist eine Handynummer, aber ich kann sie zurückverfolgen lassen. Man weiß ja nie – vielleicht ist es keine gestohlene SIM-Karte.«

»Selbst wenn, das heißt nicht … ich verstehe einfach nicht, wie man so etwas hätte bewerkstelligen können«, meinte Cadel hilflos.

An diesem Punkt meldete Fiona sich zu Wort. »Lasst uns jetzt nicht darüber reden«, schlug sie vor. »Wir sind alle müde, und es wird spät. Vor allem müssen wir klären, wer hierbleibt und wer nach Hause geht.«

»Ich bleibe.« Cadel war fest entschlossen, Sonja zu sehen, ganz egal, wie lange er warten musste. »Wenn nötig, kann ich die ganze Nacht hier sitzen.«

»Nein, das kannst du nicht«, gab Saul zurück.

Fiona pflichtete ihm bei. Laut ihr gab es keinen Grund, die ganze Nacht zu bleiben, da Sonja wahrscheinlich ohnehin nicht vor dem nächsten Morgen aufwachte. Selbst wenn sie aufwachte, würde sie ja nicht allein sein.

»Falls irgendwas passiert, ruft Judith uns an«, fügte Fiona hinzu und lächelte Cadel an. »So weit sind wir nicht weg. Ich kann dich gleich morgen früh herbringen, weil ich mir nämlich den Tag freinehmen werde.« Sie warf ihrem Mann einen Blick zu. »Ich vermute, dass du bei der Arbeit bist?«

Saul nickte. »Ich muss diesen Rollstuhl in die Finger kriegen.«

»Und das Halsteil«, erinnerte Judith ihn. »Vergiss das nicht.«

»Natürlich nicht«, antwortete er knapp und wandte sich dann Gazo zu. »Wenn das ein Angriff war, dann sieht die Lage jetzt anders aus. Cadel kommt vielleicht wieder in die Sicherheitsunterkunft. Doch bis es so weit ist, brauchen wir dich. Demnach ist es am besten, wenn du gleich morgen früh zu uns kommst ...«

Cadel saß stocksteif da, während die anderen Pläne und Alternativpläne besprachen, ohne dass jemand ihn nach seiner Meinung fragte. Er fühlte sich ausgeschlossen. Schlimmer noch, er fühlte sich herabgesetzt, als wäre er nur ein nutzloser, kaputter Junge und nicht Sonjas bester und engster Freund.

Er war erschöpft. Das war ihm klar. Und die Ereignisse, deren Zeuge er heute geworden war, hatten ihn zutiefst erschüttert. Aber er war nicht so sehr am Boden zerstört, dass er nicht mehr logisch hätte denken können. Er konnte noch immer überlegen, was zu tun war.

Falls sie tatsächlich angegriffen wurden, war Prosper English mit an Sicherheit grenzender Wahrscheinlichkeit der Schuldige. Und Dr. Vee, oder jemand Ähnliches, half Prosper – denn nur ein Infiltrationsexperte hätte den Überwachungskamera-Hack oder die Rollstuhlübernahme einfädeln können. Cadel wusste, dass die Polizei schon seit einer Weile versuchte, Dr. Vee zu fassen. Sie hatten sich in bestimmten Internet-Chatrooms auf die Lauer gelegt und darauf gewartet, dass Vee Kontakt zu einem seiner Malware-Programme aufnahm. Jenem, das er vor fast einem Jahr im Verwaltungssystem des Gefängnisses hinterlassen hatte. Vee mochte Chatrooms. Sie gestatteten ihm, anonym mit seiner Malware zu kommunizieren, indem er verschlüsselte Nachrichten verschickte. Zweifellos hatte der Überwachungskamera-Bug ähnliche Steuerfunktionen. Zweifellos würde die Polizei bald einen weiteren Chatroom überwachen.

Doch Cadel bezweifelte stark, dass Vee auf einer der beiden Webseiten auftauchte. Der Gefängnis-Bug hatte lediglich einem ganz bestimmten Zweck gedient: Prosper aus dem Knast zu holen. Warum sollte Vee jetzt, da dieses Ziel erreicht war, zu einem Programm zurückkehren, das wahrscheinlich überwacht wurde? Und was die Überwachungskamera-Malware anging: Die funktionierte nicht einwandfrei. Es hatte einen Fehler gegeben. Die Chance, dass Vee den Fehler nicht bemerkt und deshalb die ganze Unternehmung aufgegeben hatte, war … nun ja, verschwindend gering.

Nein, wenn Vee ihr Mann war, dann würden sie ihn in keinem Chatroom schnappen. Cadel wusste, dass man einen Infiltrationsexperten am besten mit einer Honigfalle einfing.

Mit einer Honigfalle samt lebender Beute.

»Ich will bei Judith wohnen«, verkündete er mit einem Mal.

Schweigen legte sich über den Tisch. Alle starrten ihn an.

Schließlich meldete Saul sich zu Wort. »Warum um alles in der Welt?«

Cadel zögerte. Erst wollte er erklären, dass er Vee so vielleicht in Judiths Smart-House-Netzwerk locken konnte.

Aber das konnte er nicht sagen. Nicht unter so vielen Fremden.

»Das erzähle ich dir später«, versprach er und wandte sich dann wieder an Judith. »Darf ich heute Nacht bei dir schlafen? *Bitte?*«, flehte er.

Judith antwortete nicht sofort. Einen Moment lang saß sie still da, und ihr hochrotes Gesicht war eine Studie in Verwirrung. Schließlich schaute sie ratsuchend zu Saul hinüber.

Doch der Inspektor wirkte genauso verblüfft wie sie. »Ich dachte, du hast ein Problem mit voll verdrahteten Infrastrukturen wie bei Judith«, bemerkte er mit stark gedämpfter Stimme. »Wolltest du nicht deshalb weg aus der Unterkunft?«

»Ja!« Im Gegensatz zu Saul schien Judith sich der sie umgebenden Gäste überhaupt nicht bewusst zu sein. Sie lehnte sich zurück, verschränkte ihre dicken Arme und polterte los: »Was, wenn du recht hast, Cadel? Was, wenn irgendwo da draußen ein Hacker auf der Jagd nach dir ist? Wäre es dann nicht besser, sich von computerisierten Umgebungen fernzuhalten?«

Cadel packte die Tischkante. Zum ersten Mal seit sehr langer Zeit empfand er, wie sengende Wut aus einer giftigen Quelle tief in seinem Innern aufstieg. Es war ein uralter Zorn, der die üblichen Effekte nach sich zog: Seine Muskeln spannten sich an, seine Augen verengten sich zu Schlitzen, und sein Gesicht wurde kreideweiß.

»Hältst du mich für blöd?«, zischte er. »Glaubst du, dass ich nicht *ganz genau* weiß, was ich da tue? Nur, weil ich mir Sorgen um Sonja mache, bin ich noch lange nicht hirntot!« Mit einem Mal, als die rote Zorneswolke am Rande seines Gesichtsfelds sich verzog, wurde ihm bewusst, wie verstört die anderen Anwesenden wirkten. Selbst Gazo starrte ihn verschreckt an.

Cadel kannte diese Reaktion: Er hatte sie schon einmal gesehen. *Wenn du die Leute so finster anstarrst, mein Freund, dann bringst du dich noch in Schwierigkeiten,* hatte ihn ein Polizist vor langer Zeit einmal gewarnt.

Also holte er tief Luft, um sich zu beruhigen, und verschränkte die Finger. »Ihr begreift nicht, womit wir es hier zu tun haben«, fuhr er fort, wobei er jedes einzelne Wort sorgfältig betonte. Seine Stimme knarzte vor Anstrengung. »Aber ich begreife es, weil ich mein ganzes Leben lang damit zu tun hatte. Wenn ich bei Judith übernachten will, dann deshalb, weil ich bei ihr übernachten *muss.* Aus einem sehr guten Grund, den ich mir genauestens überlegt habe. Ich werde also nirgendwo anders schlafen.«

Nachdem er sein Ultimatum gestellt hatte, lehnte er sich zurück und wartete. Es kam ihm vor, als vergingen mehrere Stunden. Zuerst sagte keiner ein Wort. Gazo starrte ihn einfach nur mit offenem Mund an. Judith rutschte unbehaglich auf ihrem Stuhl hin und her. Fiona nagte an ihrer Unterlippe.

Schließlich sagte der Inspektor: »Bei Judith bist du vielleicht nicht sicher.«

»Ich bin *nirgendwo* sicher«, blaffte Cadel. »Nicht, wenn Prosper mich im Visier hat. Es gibt *keinen* Ort, an dem ich mich verstecken kann, solange er nicht wirkungsvoll abgeschreckt wird. Begreift ihr das denn nicht?«

Saul blinzelte und runzelte die Stirn. Dann versank er einen Moment lang tief in Gedanken und anschließend, nachdem er zu irgendeiner Art von Entscheidung gelangt war, wandte er sich an Judith. »Macht es dir was aus, wenn wir heute bei dir übernachten?«, fragte er.

Judith war mit erschöpfter und verstimmter Miene in ihrem Stuhl zusammengesunken. Als Saul seine Bitte vortrug, zuckte sie geschlagen mit den Schultern. »Nein«, knurrte sie. »Wohl nicht.«

»In diesem Fall müssen wir deine Gastfreundschaft in Anspruch nehmen – nachdem ich ein paar Anrufe gemacht habe.«

Als der Inspektor sich erhob und davonging, warf er nicht einmal einen kurzen Blick in Cadels Richtung.

7

Judiths Haus lag zwei Straßen vom Maroubra Beach entfernt. Es handelte sich um ein übergroßes, zweistöckiges Gebäude auf einem sehr kleinen Grundstück, das mit sechs Schafzimmern, sieben Badezimmern, drei Wohnzimmern und einem kleinen Privatkino ausgestattet war, voller schwarzer Samtvorhänge und roter Polstersessel. Im Vorzimmer hing ein Kronleuchter, und es gab eine Garage mit Platz für drei Autos. Außerdem gab es einen Kamin aus Kalkstein, mit einem Gasfeuer, das vom automatischen Haussystem gesteuert wurde. Und es gab das luxuriöse Haussystem selbst, das Cadel immer leichtes Unbehagen verursachte.

Ihm hatte die Vorstellung, in einem Haus mit einem eigenen Gehirn zu leben, noch nie besonders gut gefallen.

Bei dem Gehirn handelte es sich natürlich um den Zentralcomputer. Judith nannte ihn »die Hausherrin«, weil er die Multimedia-Anlagen, das Sicherheitsnetzwerk, die Klimaanlage, die Beleuchtung, die Jalousien und die Bluetooth-fähigen Küchengeräte steuerte. Ihr smarter Kühlschrank konnte die Hausherrin alarmieren, wenn er aufgefüllt werden musste. Ihre Klimaanlage konnte sich selbst an die Außentemperatur anpassen, indem sie auf eine Webseite zugriff, die die lokalen Wetterbedingungen überwachte.

»Jede Frau braucht so eine Hausherrin«, hatte Judith einmal

gesagt, als Cadel seinen Bedenken, die gesamte häusliche Umgebung an ein Internetportal zu hängen, Luft gemacht hatte. »Wenn ich die Alte nicht hätte, würde ich den halben Tag damit verbringen, Jalousien hochzuziehen und das Licht an und aus zu machen.« Viele der Lampen in Judiths Haus waren mit Bewegungsmeldern versehen – was sich als Segen für Sonja erwiesen hatte. Befreit von dem Stress, den Wandschalter ihr verursachten, konnte sie nachts auf eigene Faust im Rollstuhl umherfahren. Sie konnte auch den Fernseher, den DVD-Player und die Stereoanlage bedienen, ohne Knöpfe drücken zu müssen, weil Cadel die Hausherrin so umprogrammiert hatte, dass sie auch Befehle von Sonjas drahtloser Kommunikationsverbindung entgegennahm. Durch die Hausherrin konnte Sonja Judith sogar SMS schicken.

Judiths Haus war in vielerlei Hinsicht die ideale Umgebung für Sonja. Deshalb hatte Cadel auch beschlossen, seine Bedenken beiseitezuschieben. Stattdessen hatte er versucht, Judiths Zuhause so sicher wie möglich zu machen, indem er eine ganze Reihe aufgemotzter Firewalls installiert hatte. In Zusammenarbeit mit Sonja hatte er die Codeschlüssel der Hausherrin verbessert, und er hatte sich alle Mühe gegeben, Judith davon zu überzeugen, dass sie darauf achten musste, dann und wann die Passwörter zu ändern.

Es würde nicht leicht sein, eine verwundbare Stelle in ein so gut geschütztes System einzuschleusen.

»Ich muss unserem Hacker eine Schwachstelle bieten«, erklärte er seinen Pflegeeltern, nachdem er ihnen von seinem Plan erzählt hatte. »Ich muss ihm eine Falle stellen, in die er direkt hineinläuft, ohne Verdacht zu schöpfen.«

Saul schnaubte. Er fuhr sie durch ein schwach erleuchtetes Vorstadtlabyrinth zu Judith nach Hause. Cadel saß hinter ihm und Fiona vorne auf dem Beifahrersitz. Draußen erhellten künstliche Lichtpfützen die Bushaltestellen und Palmen, die roten Dächer und Ecklädchen. Dazwischen befanden sich schmale Küstengrasstreifen voller nackter Steine und Müll, nahe am Meer.

Die sandverwehten Straßen waren leer.

»Wirklich schwer wird es aber sein, das Ganze wie ein echtes Versehen erscheinen zu lassen, während alles andere so prächtig in Schuss ist«, fuhr Cadel fort.

Der Inspektor antwortete immer noch nicht. Er hatte sich in sich zurückgezogen, als plagte er sich mit Magenschmerzen.

Auch Fiona schien in recht gedrückter Stimmung zu sein, aber ob es an ihrer Sorge oder an ihrer Müdigkeit lag, konnte Cadel nicht erkennen.

»Ich hoffe, das bedeutet nicht, dass du die ganze Nacht wach bleibst«, sagte sie dumpf. »Das möchte ich nämlich ganz und gar nicht, Cadel.«

»Das tue ich auch nicht«, versprach er. »Wenn ein Hacker versucht, in das System einzudringen, dann löst er Alarm aus. Vielleicht den Feueralarm oder den Bewegungsmelder – irgendwas, das uns aufwecken wird. All diese Alarmvorrichtungen sind mit der Hausherrin verbunden, also wird das nicht allzu schwer einzurichten sein.«

»Was, wenn er an deinem Hinterhalt vorbeikommt? Was, wenn er das Haus mit Gas füllt, während wir schlafen?« Während Fiona ihn entsetzt anstarrte, spulte Saul ein paar weitere Horrorszenarien ab. »Was ist, wenn er einen Brand auslöst, indem er einen Kurzschluss herbeiführt? Oder wenn er uns im Panikraum einschließt und die Luftzufuhr abstellt? Wenn dieser Kerl so gut ist, wie du behauptest, gehen wir dann nicht ein ziemlich großes Risiko ein?«

»Oh mein Gott.« Fiona hyperventilierte fast. »Ist das möglich?«

»Nein«, sagte Cadel. »Weil er nämlich nicht an meinem Hinterhalt *vorbeikommt*. Mach dir keine Sorgen. Ich habe mir die Sache gut überlegt.«

»Das ist mir schon klar.« Saul bremste, als sie sich einem Stoppschild näherten. »Zu dumm, dass du uns deine Überlegungen nicht schon im Krankenhaus mitgeteilt hast.«

Cadel versteifte sich. Er spürte, was gleich kommen würde, und öffnete den Mund, um sich zu verteidigen.

Fiona war zu schnell für ihn. »Vielleicht ist das doch keine so gute Idee«, sorgte sie sich. »Vielleicht sollten wir nach Hause zurückfahren.«

»Aber ...«

»Die Polizei kann doch auch einen Hinterhalt legen, oder?«, wandte Fiona sich in flehendem Ton an ihren Mann. »Was ist mit Sid und Steve und den ganzen anderen Computerexperten? Die werden dafür *bezahlt*, Risiken einzugehen.«

»Hinter denen ist Vee nicht her«, warf Cadel ein, bevor Saul antworten konnte. »Das habe ich euch doch schon gesagt. Es soll eine Honigfalle sein, und eine Falle kann man nicht ohne Köder aufstellen.« Es machte ihn wahnsinnig, wie die Leute ständig an der Sache vorbeiredeten – selbst intelligente Menschen wie Fiona. Cadel musste sich ins Gedächtnis rufen, dass sie müde war. Er musste Rücksicht auf den Umstand nehmen, dass sie nicht von Prosper English großgezogen worden war. Er musste geduldig sein, obwohl ihm danach war, mit der Faust auf die Rückbankpolster einzuschlagen.

Ich muss ruhig bleiben, dachte er. *Ich darf mich nicht aufregen, sonst nütze ich niemandem*. Laut sagte er: »Wenn Vee den Rollstuhl übernommen hat, dann hat er mich beobachtet. Und wenn er *das* getan hat, dann findet er auch heraus, dass ich bei Judith bin. Aber er wird nichts versuchen, wenn dort den ganzen Tag ein Team von Computerkriminalitätsexperten rein und raus rennt. Dafür ist er viel zu schlau.«

Eine ganze Weile sagte niemand etwas. Saul war in Judiths

Straße eingebogen und fuhr langsam weiter, während er die schwach erleuchteten Hausnummern absuchte. Sein Scheinwerferlicht fiel hier und da auf ein parkendes Auto oder einen Briefkasten. Die meisten Gartenzäune und -mauern waren hoch und stabil und bestanden aus Stein, Metall oder Ziegelsteinen.

»Du glaubst also, dass es Vee ist, ja?«, fragte der Inspektor schließlich in einem neutralen Tonfall.

Cadel nickte. »Entweder Vee oder jemand, der genauso gut ist«, bestätigte er.

»Wenn er so schlau ist, wie du sagst, wie kommst du dann darauf, dass er in deine Honigfalle tappt?« Saul bog auf Judiths Auffahrt ein. »Wieso sollte er nicht Verdacht schöpfen und sich fernhalten?«

»Das könnte durchaus passieren«, räumte Cadel notgedrungen ein. »Aber das heißt nicht, dass wir es nicht versuchen sollten. Weil wir ihn nämlich kriegen müssen. Wir *müssen* ihn kriegen. Sonst versucht er es wieder.« Cadel beugte sich vor und umfasste die Kopfstütze des Fahrersitzes. Ein zunehmendes, beinahe panisches Gefühl der Dringlichkeit überkam ihn, und er holte ein paarmal tief Luft, um sich zu beruhigen. »So können wir nicht weiterleben«, schloss er. »Nicht mehr. Das muss aufhören.«

Fiona schnalzte mit der Zunge. Der verzweifelte Unterton in Cadels Stimme war ihr nicht entgangen, und sie verstand den Grund dafür. »Ach, Schatz«, sagte sie und drehte sich nach hinten, um seine Hand zu ergreifen. Neben ihr aktivierte Saul per Fernbedienung das Garagentor. Während das breite, automatische weiße Tor sich wie ein Fallgatter hob, fuhr er hindurch.

»Ich bin es so leid, *überwacht* zu werden«, fuhr Cadel fort. »Ich dachte, das wäre alles vorbei.«

»Ich weiß«, sagte Fiona mitfühlend.

»Es wird nicht aufhören, bis wir Prosper schnappen. Sonst sind wir nie sicher.« Cadel versuchte, den Kloß in seinem Hals herunterzuschlucken. »Als Nächstes könntet ihr dran sein. Oder Judith. Oder Gazo«, sagte er mit zitternder Stimme. »Es könnte jeden treffen. Jeden, der etwas mit mir zu tun hat.«

»Schscht.« Fiona tätschelte ihm die zu Fäusten geballten Hände. »Wir wissen nach wie vor nicht, ob es ein Unfall war. Das erfahren wir erst dann, wenn jemand sich diesen Rollstuhl ganz genau ansieht.«

»Es war kein Unfall.« Cadel wollte sich nicht trösten lassen. »Das war Prosper.«

»Ich verstehe ja, dass du das annimmst, nach allem, was du durchgemacht hast«, sagte Fiona ernst. »Aber du darfst nicht zulassen, dass Prosper dein ganzes Leben bestimmt, Cadel.«

Genau in diesem Moment schaltete Saul den Motor ab – und eine drückende Stille umfing sie. Obwohl Judiths Garage groß genug für drei Autos war, war kein anderer Wagen zu sehen, sondern nur eine große Sammlung an Gerümpel. Cadel sah alte Farbdosen und Vorhangstangen, eine Trittleiter, einen Laubbläser, eine Reihe Plastikvorratskisten, eine Kabelrolle, einen kaputten Stuhl, eine Golftasche und einen Rasenmäher. Auch als Saul die Scheinwerfer abschaltete, blieb der Bereich mit Haushaltsschrott dank Judiths sensoraktivierter Lichtanlage deutlich sichtbar.

»Ich bin nicht paranoid«, erklärte Cadel nach kurzem Schweigen. »Du denkst, dass ich überreagiere …«

»Nein, das tue ich nicht.« Fiona drehte sich in ihrem Sitz herum, um ihn anzusehen. »Ich mache mir nur Sorgen, weil du dich für all das verantwortlich zu fühlen scheinst. Das bist du aber nicht.«

»Natürlich bin ich das!«, platzte es aus ihm heraus. »Ich bin schließlich die Zielperson, oder? Und ich habe eine bessere Chance, Prosper aufzuspüren, als irgendjemand sonst!«

Mit einem Mal meldete Saul sich zu Wort. »Da hast du wahrscheinlich recht.« Er starrte an die nackte Ziegelwand auf der anderen Seite der Windschutzscheibe, während seine Hände auf dem Lenkrad ruhten. »Mir ist klar, wie schwer es dir fällt, anderen zu vertrauen, weil man dich nicht dazu erzogen hat. Abgesehen von alledem machen andere Leute manchmal Fehler. Weil sie nicht so schlau sind wie du.« Sauls Blick wanderte zum Innenspiegel. »Aber das ändert nichts daran, dass du dieses Spiel nicht allein gewinnen kannst. Prosper hat seine Spießgesellen, und du wirst dein eigenes Team brauchen. Das siehst du doch ein, oder? Ohne Hilfe kämpfst du auf verlorenem Posten.«

Diesem Argument wohnte eine unabweisbare Logik inne, der Cadel nichts entgegenzusetzen hatte. Er versuchte es erst gar nicht. Stattdessen ließ er sich in seinen Sitz zurückfallen und nahm seine Laptoptasche zur Hand. Mit einem Mal fühlte er sich völlig ausgelaugt.

Saul stieß die Fahrertür auf. »Vielleicht schaue ich mir das Haus lieber erst mal an«, schlug er vor. »Ihr solltet besser im Auto bleiben.«

Cadel seufzte. »Du musst dir keine Sorgen machen«, sagte er. »Wenn Prosper Auftragskiller einsetzen würde, hätte er sich gar nicht erst die Mühe gemacht, Sonjas Rollstuhl zu übernehmen.«

Saul blieb unnachgiebig. Während Cadel und Fiona also warteten, führte der Inspektor eine sorgfältige Untersuchung von Judiths luxuriösem Heim durch, vom kabeldurchzogenen Dachboden bis zur Weinkammer unter der Treppe. Es dauerte gut fünfzehn Minuten, bis er Cadel mitteilte, dass alles klar sei.

In der Zwischenzeit belauschte Cadel einen Anruf Fionas beim Krankenhaus, bei dem Judith nichts Neues über Sonjas Zustand zu berichten hatte.

Erst um halb neun verließen Cadel und Fiona schließlich die Garage und betraten Judiths riesiges, blitzendes Foyer. Obwohl das Zimmer mit einem üppigen Kronleuchter aufwarten konnte, war es ansonsten – wie auch der Rest des Hauses – fast vollkommen leer. Während Judith eine ganze Menge für Elektronik ausgegeben hatte, interessierte sie sich nicht besonders für Dinge wie Tische oder Bücherregale. Ihre vereinzelten Möbelstücke wirkten auf den weiten Parkett- und Kalksteinflächen klein und eingeschüchtert, wie Hausbesetzer in einem Museum.

Nur Sonjas Zimmer im Erdgeschoss war voll möbliert. Ursprünglich war es als Arbeitszimmer gedacht gewesen und verfügte deshalb zwar über reichlich Bücherregale, dafür aber über keinerlei Einbauschränke. Deshalb war Sonjas Zimmer nicht nur mit ihrem Spezialbett, ihrer Kommode, ihrem Schreibtisch, ihrem Nachttisch und ihrer eleganten, aschefarben verkleideten Unterhaltungskonsole (die Widescreen-Fernsehen unterstützte) vollgestopft, sondern auch mit mehreren großen Kleiderschränken. Dazu kam eine bunte Mischung von Postern, Rätselbildern, Fotografien, Flickenkissen und mit mathematischen Mustern bedruckten Lampenschirmen.

Als Cadel an ihrem Zimmer vorbeikam, fiel sein Blick auf ihre Kerzen in Zahlenform, die auf der Fensterbank aufgereiht waren. Der Anblick bereitete ihm solchen Kummer, dass er die Tür schließen musste, bevor er weitergehen konnte.

Er konnte es sich nicht leisten, zusammenzubrechen – noch nicht.

Hinter der ehemaligen Bibliothek lag das offene Esszimmer. Danach kam die Küche, und daneben befand sich die beengte, fensterlose Kiste (teils Speisekammer, teils häusliches Büro), die Judith als Panikraum verwendete. Die Wände dieses Raums waren von Regalbrettern gesäumt. In einem Geschirrschrank war eine Toilette versteckt, in dem anderen befanden sich ein

Schlafsack, ein Erste-Hilfe-Koffer, ein Werkzeugkasten, eine Taschenlampe, eine Mikrowelle, ein Satz Besteck und ein paar Plastikteller. All diesen Kram hatte sie mit dem Haus zusammen gekauft, einschließlich des Notfall-Nahrungsvorrats, den Judith seit einigen Jahren plünderte. Nur die Konserven waren noch übrig, und die meisten davon waren längst abgelaufen.

Ein einzelner Bürostuhl auf Rollen stand vor einem fest eingebauten Schreibtisch, zu beiden Seiten flankiert von Regalbrettern voller technischer Geräte.

»Ich hoffe, du willst nicht die ganze Nacht wach bleiben und vor den Türen patrouillieren«, sagte Cadel, während er sich vor die Hausherrin setzte. Er meinte Saul, der einen Küchenstuhl in den Panikraum gezogen und sich darauf niedergelassen hatte. »Das musst du nämlich nicht. Wenn uns jemand angreift, dann übers Internet. Nicht durch ein eingeschlagenes Fenster.«

»Das werden wir ja sehen«, antwortete Saul geheimnisvoll.

»Ich bezweifle auch, dass Gazo uns groß nützen wird«, fuhr Cadel fort, während er diverse Codes und Passwörter eingab. Mehrere Zahlenreihen erschienen vor ihm auf dem Monitor, Anzeigen leuchteten auf. Schicht für Schicht arbeitete er sich in den Kern von Judiths Netzwerk vor, wobei er mit dem Gedanken spielte, den Kollisionswiderstand einer kryptografischen Hash-Funktion herunterzusetzen. Würde Vee sich zu einer Laufzeitverlängerungsattacke verleiten lassen? »Gazo kann eine ganze Armee auf zwanzig Meter Entfernung umhauen«, brummte er, »aber das hilft uns nicht viel, wenn wir es mit einem Hacker in Hongkong zu tun haben.«

»Hongkong?«, wiederholte Saul.

Cadel zuckte mit den Schultern.

»Irgendwo außerhalb von Sydney«, ergänzte er. »Irgendwo weit weg von hier.«

Dann sah er es.

Dort. Genau vor ihm, in der Rückverfolgungsroutine.

»Das mag schon sein«, sagte Saul gerade. »Aber solange sich nicht klar feststellen lässt, dass du in Sicherheitsgewahrsam musst …« Mit einem Mal hielt er inne, als er Cadels Gesichtsausdruck bemerkte. »Was ist los?«

»Oh, Scheiße.«

»Gibt es ein Problem?«

»Jemand war hier drin.« Cadel traute seinen Augen nicht. »Jemand ist an meinen Firewalls vorbeigekommen!«

»Cadel.« Saul stand auf. »Lass es. Rühr nichts an.«

»Das ist verrückt!«, schrie Cadel, ohne ihn zu beachten. »Wie ist das nur …? Es sei denn, Judith ist schuld.«

»Cadel«, wiederholte Saul. Er packte den Jungen bei der Schulter, doch der riss sich los.

Also ging er an den Stecker.

»Nicht!«, bellte Cadel. »Lass mich einfach machen!«

»Das ist nicht sicher.«

»Doch, das ist es. Er kann mir keine Elektroschocks versetzen. Ich muss rausfinden, was passiert ist.« Cadel starrte mit finsterer Miene auf den Monitor und fing an, Judiths Programme durchzugehen. Sie waren allesamt von einem Malware-Programm übernommen worden, das dazu diente, Befehle umzuleiten und Passwörter ungültig zu machen. Es hatte sämtliche Bitmaps und Subroutinen durchstöbert und anschließend die Kontrolle über das System übernommen.

Außerdem hatte es die Überwachungskameras eingeschaltet – und auch die Mikrofone.

»Lieber Himmel«, stöhnte Cadel.

»Was ist?« Saul hatte Cadels Stuhllehne gepackt. »Jetzt sag schon.«

»Er hat uns belauscht.«

»Was?«

»Derjenige, der dieses Haus gebaut hat, wollte eine Tonaufzeichnungsfunktion«, erklärte Cadel, während er hektisch auf die Tastatur einhackte. *Klick klack. Klick klick klick klick klick.* »Judith hat mir davon erzählt. Die ursprünglichen Besitzer litten unter Verfolgungswahn. Sie wollten wissen, was ihr Personal redete und ob die Leute das Telefon oder den Fernseher benutzten ... so was in der Art.« Er hielt einen Moment lang inne und blickte sich zu Saul um. »Judith hat die Mikrofone abgestellt, aber jetzt sind sie an. Und die Kameras auch.«

Der Inspektor gab ein Zischen von sich. Dann richtete er sich auf und brüllte: »*Fiona!*«, bevor er sich mit kaum hörbarer Stimme an Cadel wandte. »Kannst du sie wieder abstellen?«

»Klar«, antwortete Cadel. »Ich ziehe einfach den Stecker.«

»*Fiona!*«

»Das schadet auch nicht mehr, da er sowieso herausfinden wird, dass ich hier drin war.« Grimmig begann Cadel, die befallenen Elemente zu ermitteln und zu löschen – ohne Sicherheitskopien anzulegen. Dafür hatte er jetzt keine Zeit. »Ich nehme an, dass es Vee ist«, brummte er. »Er benutzt nämlich einen Chatroom-Bot. Außerdem erkenne ich wieder, wie er die Privilege Escalation ausnutzt.« Das allein machte ihn rasend vor Wut. Es bedeutete, dass Judith all seine gute Arbeit durch ihre Nachlässigkeit zunichtegemacht hatte. »Wie soll ich denn so was flicken, wenn Judith gleich hinterher ankommt und es wieder vollstopft?«, platzte es aus ihm heraus. »Ich habe ihr *gesagt,* dass sie nicht dasselbe elende Passwort bei irgendwelchen Onlineshops benutzen soll!«

»Was ist denn?« Mit einem Mal stand Fiona mit einer Zahnbürste in der Hand in der Tür. »Was ist passiert?«

»Das System ist befallen«, antwortete Cadel.

Saul sagte: »Wir müssen hier weg.«

»Wie?«

»Noch nicht.« Cadel wandte den Blick nicht von dem Datenmaterial, das sich vor ihm entfaltete. »Es gibt keinen Grund zur Panik. Ich habe die Verbindung gerade unterbrochen, also sind wir nicht mehr sichtbar. Glaube ich zumindest.« (Obwohl er sich dessen erst zu seiner vollen Zufriedenheit vergewissern musste.) »Ihr solltet Sid und Steve anrufen«, fügte er hinzu. »Sagt ihnen, dass es einen IRC-Bot gibt, auf den Vee möglicherweise jede Minute zugreift. Sagt ihnen, dass er ganz frisch ist.«

»Hat jemand sich in Judiths Computer gehackt?«, erkundigte sich Fiona, während Saul den Hörer vom Telefon auf dem Schreibtisch nahm.

Cadel nickte, ohne sich zu ihr umzusehen. Er wusste, dass Vees Malware die Tendenz hatte, sich zu kopieren, wenn sie bedroht wurde. Um sie dabei aufzuhalten, musste er ziemlich verzwickte Beinarbeit leisten. »Es ist Vee«, erklärte er geistesabwesend. »Er war bereits hier drin.«

»Oh mein Gott«, sagte Fiona.

»Was eine Menge Sinn ergibt«, fuhr Cadel fort, ohne innezuhalten. »Ich konnte auf die Schnelle nicht rausfinden, was die Rollstuhlattacke ausgelöst hat. Aber wenn Judith nach Hause gekommen ist und Sonja etwas darüber erzählt hat, dass sie die Kameras abschaltet, weil ich es ihr gesagt habe …« Anstatt den Satz zu vollenden, schüttelte er den Kopf.

Inzwischen redete Saul bereits mit dem Computerkriminalitätsteam. Als er Cadels Nachricht weiterleitete, huschte Fiona aus dem Zimmer. Cadel bemerkte ihre Abwesenheit kaum, weil ihm etwas sehr Interessantes aufgefallen war. Vees Malware war darauf ausgerichtet, eine ganze Reihe von Funktionen zu übernehmen, einschließlich einiger, über die Judiths Haus überhaupt nicht verfügte. Es gab eine Anwendung dafür, einen ans Netzwerk angeschlossenen Springbrunnen zu steuern, ebenso einen iRobot zum Bodenwischen. Sie gestattete sogar Zugriff auf ein drahtloses Sicherheitsgerät, das eigens darauf zugeschnitten war, Feuerwaffen zu schützen. Es machte den Eindruck, als hätte Vee sein Programm erschaffen, um ein smartes Haus voller bizarrer, neuartiger technischer Spielereien zu infiltrieren.

Cadel fragte sich, ob der Entwickler der Malware einfach nur vorsichtig gewesen war. Vielleicht hatte Vee ein Programm für alle Umstände geschaffen, mit einem Protokoll für jede denkbare Eventualität. Aber nein: Das war unmöglich. Es war nämlich keine einzige Vorrichtung enthalten, um eine Bluetooth-fähige Mikrowelle zu übernehmen – obwohl es die Möglichkeit gab, sich in eine Bluetooth-fähige Waschmaschine zu hacken.

In Cadels Augen war Vees Malware eindeutig für ein anderes Haus entwickelt worden: ein hochmodernes, computerisiertes Haus mit Waffen drin. Dazu kam, dass die ursprünglichen Stromspannungseinstellungen von hundertzehn auf zweihundertvierzig Volt angepasst worden waren.

Obwohl Cadel sich nicht absolut sicher sein konnte, hatte er dennoch den deutlichen Eindruck, dass das Programm für ein Haus in Amerika geschrieben worden war.

»In Ordnung. Sie arbeiten dran«, verkündete Saul und legte auf. Im selben Moment klingelte sein Handy. Er zog eine entschuldigende Grimasse und nahm ab. »Hallo?«

Fiona steckte den Kopf in den Raum. »Ich habe unsere Sachen wieder gepackt«, sagte sie. Als Saul sich abwandte und das Telefon dabei mit beiden Händen umklammerte, formten ihre Lippen ein stummes *»Wer ist dran?«* in Cadels Richtung.

Der Junge zuckte mit den Schultern. Er war viel zu sehr damit beschäftigt, den Zwischenspeicher des Webbrowsers zu löschen, um sich über Sauls Telefongespräch den Kopf zu zerbrechen. Außerdem interessierte ihn das amerikanische Phantom-Haus. Es gab mit Sicherheit selbst in den USA nicht viele Häuser, die einen netzwerkunterstützten, Toiletten putzenden iRobot hatten? Oder einen programmierbaren, sensorgesteuerten Duschkopf? Oder eine Bluetooth-fähige Waschmaschine? Cadel wusste, dass er, wenn man ihm genug Zeit gab, wahrscheinlich sogar hätte ausrechnen können, wie viele Zimmer das geheimnisvolle Haus hatte.

Falls Vee sich in ein anderes Anwesen gehackt hatte und Cadel es identifizieren konnte, dann wäre es ihnen vielleicht – ganz vielleicht – möglich herauszufinden, was Prosper English vorhatte.

»Oh-oh. Ja. In Ordnung. Ja, das wäre hervorragend. Ja, ist es. Danke. Ich weiß es wirklich zu schätzen.«

Sauls gebrummte Bemerkungen waren für Cadel lediglich Hintergrundrauschen, das er ignorierte, bis der Name »Richard« fiel. Er wirbelte herum und verfolgte, wie der Inspektor ernst nickte und den unhörbaren Empfehlungen lauschte, mit denen er vom anderen Ende der Leitung bombardiert wurde.

»Wir sind der Sache auf der Spur. Wie? Ja, sicher. Kein Problem«, murmelte Saul. »Danke nochmals. Du bist mir eine große Hilfe gewesen. In Ordnung. Ja. Wiederhören.«

Damit legte er auf.

»Und?«, fragten Fiona und Cadel im Chor.

Cadel fügte hinzu: »War das Richard Buckland?«

»Ja.« Saul blickte mit gerunzelter Stirn auf. »Ich habe ihn vor einer Weile angerufen. Aus dem Krankenhaus.«

»Wieso?«, fragte Fiona. Doch es war nicht ihr Mann, der ihr die Antwort gab.

»Um ihn nach diesem Bluetooth-Projekt zu fragen.« Das hatte Cadel ganz vergessen. »Was hat er gesagt?«

»Er meinte, dass er mit demjenigen gesprochen hat, der die Signale überwacht«, antwortete Saul.

»Und?«

»Heute ist tatsächlich ein Signal aus dem Computerlabor gekommen.« Saul zögerte, und sein ernster Blick richtete sich auf

Cadel wie etwas, das aus Granit bestand. Ganz offensichtlich hatte Richard Buckland keine guten Neuigkeiten überbracht. »Es wurde um zwei Uhr achtunddreißig aufgezeichnet«, verriet der Inspektor schließlich mit offensichtlichem Widerwillen. Dann fügte er nach einer kurzen Pause hinzu: »Und es wurde von deinem Telefon gesendet, Cadel.«

8

Letztlich verbrachte Cadel die Nacht doch unter seinem eigenen Dach. Aber er fand nicht viel Schlaf.

Er war um halb elf ins Bett gekrabbelt, nach ganzen zwei Stunden fieberhafter Aktivität. Das Team für Computerkriminalität war bei Judiths Haus eingetroffen, während er noch die Datenbanken bereinigt hatte. Plötzlich hatte man Cadel wegen Passwörtern und Protokollen um Rat gefragt, bis Saul ihn schließlich fortgeschleift hatte. Zurück zu Hause hatte der Inspektor eine Reihe angespannter Telefongespräche geführt, während Cadel damit beschäftigt gewesen war, Fragen zu beantworten, Fensterschlösser zu überprüfen und Fiona beim Auspacken zu helfen.

Erst später, als er allein im Dunkeln lag und es nichts mehr gab, was ihn ablenkte, verspürte Cadel schließlich die volle, erschütternde Wucht der Ereignisse des heutigen Tages.

Sonja war im Krankenhaus. Mit einer *Kopfverletzung*.

Und das war alles seine Schuld.

Er lag auf dem Rücken, starrte in die Dunkelheit und musste unentwegt an den Ausdruck auf ihrem Gesicht denken. In seinem Gehirn wurde mehrfach eine Art innerer Rückspulknopf gedrückt: Immer und immer wieder spielte sich dieselbe Szene vor seinem inneren Auge ab. Zuerst kam der beschleunigende Rollstuhl. Dann der Ausdruck auf ihrem

Gesicht. Dann der Schrei. Dann der Sturz. Und schließlich das Blut …

Cadel hielt sich die Augen zu.

Es war nicht deine Schuld. Das hatte Fiona ihm mehr als einmal gesagt. Aber Cadel wusste genau, dass die Schuld ihn traf. Sonja war im Krankenhaus gelandet, weil sie seine Freundin war. Mit an Sicherheit grenzender Wahrscheinlichkeit war es Prosper English gewesen, der sie dorthin verfrachtet hatte.

Cadel hatte das Gefühl, dass Prospers Stimme in seinem Schädel widerhallte: *Ich erschieße Sonja nur zu gerne, wenn du mir auch nur die geringsten Schwierigkeiten bereitest.* Die Erinnerung ließ ihm das Blut in den Adern gefrieren – und sie war aufschlussreich. Hatte Prosper versucht, Sonja zu töten, weil Cadel ihm Ärger gemacht hatte? War es das? Oder war Sonja lediglich ein Mittel zum Zweck gewesen?

Vielleicht war sie gar nicht Prospers Hauptziel gewesen. Cadel wälzte sich hin und her und zwang sich, der Wahrheit ins Gesicht zu blicken. Aller Wahrscheinlichkeit nach hatte die Attacke sich gegen ihn gerichtet. *Prosper will mich verletzen, so viel steht fest,* schloss er. *Aber versucht er, das durch Sonja zu bewerkstelligen? Oder bin ich derjenige, den er töten will?*

Die Bedrohung war zweifellos real. Sie war die ganze Zeit über real gewesen. Wie oft hatte Prosper Cadel schon eine Pistole an den Kopf gehalten? Zweimal? Dreimal? Und doch hatte er nie abgedrückt. Jedes Mal hatte irgendeine verdrehte, besitzergreifende, instabile Bindung zu Cadel ihn davon abgehalten. Ganz egal, wie sehr er seine eigene Schwäche verachtet hatte, er war unfähig gewesen, seinem Sohn etwas anzutun.

Nur war Cadel letztlich doch nicht sein Sohn.

Der Junge geißelte sich dafür, dass er so ein Dummkopf war. Er kannte Prosper. Er wusste, was Prosper für ein Mann war: praktisch veranlagt, rücksichtslos, manipulierend. Doch tief in seinem Herzen konnte Cadel noch immer nicht glauben, dass

Prosper tatsächlich versucht hatte, ihn zu töten. Tief in seinem Herzen *wollte* Cadel es nicht glauben. Das hätte nämlich bedeutet, dass der alte, verwundbare, begrabene Funke eines Gefühls gänzlich erloschen war – ein winziges Flämmchen, von dem er lange gezehrt hatte.

Einst war Prosper der Mittelpunkt von Cadels Welt gewesen. Er hatte ihm zugehört, ihn angeleitet und ihm Geschenke gekauft. Prosper hatte ihn *verstanden* – das hatte Cadel zumindest geglaubt.

Es war schwer zu akzeptieren, dass Prosper ihn nun vielleicht umbringen wollte, nur weil die Verbindung zwischen ihnen sich als Irrtum erwiesen hatte.

Aber warum sollte er mich nicht töten wollen?, überlegte Cadel. *Ich weiß genug, um ihm gefährlich zu werden. Ich bin schlau genug, um ihm gefährlich zu werden. Und ich habe ihn verraten. Ich habe meine Entscheidung getroffen und mich von ihm abgewandt. Wenn ich irgendjemand sonst wäre, hätte er mich längst getötet.*

Er war so hin- und hergerissen, dass er nicht zur Ruhe kam. Einerseits übermannte ihn rasende Wut, wenn er an Sonjas blutüberströmtes Gesicht zurückdachte, und er wollte Prosper mit dem Kopf gegen eine Ziegelsteinmauer schlagen. Doch dieses geistige Bild öffnete gleichzeitig eine Tür zu Kindheitserinnerungen an Prospers respekteinflößendes Profil, an sein nachsichtiges Lächeln und seinen aufmerksamen Blick.

Du bist meine größte Errungenschaft. Das hatte Prosper einmal gesagt, ohne jede Spur von Ironie. Das konnte Cadel nicht so leicht vergessen.

Stöhnend setzte er sich auf, schlug die Decke zurück und stellte die Füße auf den Boden. *Ich sehe fern,* beschloss er. *Vielleicht kann ich mich bei einem Glas heißer Milch entspannen.*

Als er in die Küche kam, fand er dort Saul vor.

Selbst mitten in der Nacht war die Küche ein heiterer Raum,

voller Gelb- und glänzender Kupferfarbtöne. Aber Saul sah ganz und gar nicht heiter aus. Er hatte die Schultern hochgezogen, und unter seinen Augen waren dunkle Ringe zu sehen. Er trug seinen alten, karierten Bademantel, und vor ihm auf dem Tisch waren mehrere Blätter ausgebreitet.

Die Ofenuhr stand auf zwei Uhr fünfzehn.

»Kannst du nicht schlafen?«, fragte Saul. Als Cadel den Kopf schüttelte, fügte der Inspektor hinzu: »War ich zu laut?«

»Nein.« Cadel ging zum Kühlschrank. »Was für Geräusche hast du denn gemacht?«

»Ach … Vor allem Telefonanrufe. Und ein paar Besucher waren da.«

»Hier?«

»Draußen parkt eine Einsatzgruppe und bewacht das Haus. Ich habe den einen oder anderen Gefallen eingelöst.« Saul nahm einen Schluck aus einer Tasse in seiner Hand. »Fiona hat ein paar Baldriantabletten genommen, um besser einzuschlafen. Willst du auch welche?«

»Nein.« Cadel nahm nicht gerne Medikamente. Er konnte es sich nicht leisten, benebelt zu sein. Was, wenn Prosper eine weitere Attacke startete? »Ich mache mir ein bisschen heiße Milch«, erklärte er und holte eine Flasche aus dem Kühlschrank. »Das hilft bei mir normalerweise.«

»Ah.«

Wenn Fiona da gewesen wäre, dann hätte sie Cadel gefragt, wie es ihm gehe. Saul wendete eine andere Technik an. Er neigte dazu, zu beobachten und zu warten. Mit seinen dunklen Augen verfolgte er jede Bewegung seines Adoptivsohns.

»Ich habe darüber nachgedacht, warum das passiert ist«, sagte Cadel schließlich, während er das Milchglas in die Mikrowelle stellte. »Warum es Sonja passiert ist, meine ich. Ich weiß, dass sie im Krankenhaus gelandet ist, trotzdem glaube ich nicht, dass sie das Hauptziel war.« Stirnrunzelnd schaltete er die Mikrowelle an. »Der Rollstuhl war darauf programmiert, meinem Telefonsignal zu folgen«, erklärte er. »Auch ich sollte verletzt werden.«

»Vielleicht.« Sauls Tonfall war sehr ruhig. »Wir wissen noch nicht genug, um uns sicher zu sein.«

»*Ich* bin mir sicher. Ich schätze, Prosper hat herausgefunden, dass ich nicht sein leiblicher Sohn bin. Wahrscheinlich versucht er jetzt, mich umzubringen.«

»Cadel ...«

»Das ergibt Sinn. Warum sollte er es nicht tun? Ich weiß zu viel über ihn. Wenn er jemals vor Gericht kommen sollte, wäre ich der Hauptzeuge. Nur ist er zu schlau, um einfach einen Handlanger mit Pistole anzuheuern, weil Handlanger mit Pistolen letztlich immer reden. Das Ganze per Fernsteuerung zu erledigen ist viel sicherer.« Die Mikrowelle klingelte. Cadel holte sein Glas Milch heraus und ging an den Tisch, während er weiterredete. »Er hat wahrscheinlich das Gefühl, dass man ihn all die Jahre an der Nase herumgeführt hat. Sicher kocht er vor Wut. Wahrscheinlich will er mich vom Antlitz der Erde tilgen.«

»Cadel.« Saul beugte sich vor und ergriff das Handgelenk des Jungen. »Lass das.«

»Was?«

»Wir können uns nicht sicher sein. Noch nicht. Mach dich nicht kirre deswegen.« In einem durchschaubaren Versuch, das Thema zu wechseln, fügte Saul hinzu: »Ich habe einen Anruf von Steve bekommen. Er hat mir gesagt, dass jemand sich an deinem Handy zu schaffen gemacht hat.«

Cadel riss die Augen auf.

»Jemand hat einen Draht gekappt«, fuhr Saul fort. »Damit das Bluetooth-Symbol nicht auf dem Bildschirm erscheint.« Der Inspektor ließ Cadels Arm los und beruhigte ihn eilig. »Steve meint, dass das nicht unbedingt in letzter Zeit passiert sein muss. Genau genommen kann es bereits letztes Jahr gewesen sein, im Clearview House.«

Cadel begann, auf seinem Daumen zu kauen. Er war immer sehr vorsichtig mit seinem Handy gewesen und hatte es entweder in der Hosentasche mit sich herumgetragen oder in der Tasche, die seinen kostbaren Computer enthielt. Er ließ sein Telefon eigentlich nur aus den Augen, wenn er nach Hause kam. Dann legte er es manchmal auf irgendein Möbelstück oder in ein Bücherregal, zusammen mit seiner Geldbörse und seiner Sonnenbrille.

Im Clearview House hatte er es im Großen und Ganzen genauso gehalten.

Wenn der Schaden dort angerichtet worden ist, überlegte er, *wer könnte dann verantwortlich dafür sein*? Er ließ seine Gedanken zu dem Tag zurückwandern, an dem er sein Telefon von Saul Greeniaus bekommen hatte. Damals hatte Cadel bei anderen Pflegeeltern gewohnt – und weil das Gerät lediglich eine Leihgabe gewesen war, hatte er sehr gut darauf geachtet. Aber als Prosper English ihn entführt hatte, war es im Clearview House liegen geblieben. Gut vierundzwanzig Stunden lang hatte es unbewacht auf seinem Nachttisch gelegen.

War es vielleicht damals zu der Sabotage gekommen? Oder war der Draht schon früher gekappt worden, im Laufe der zwei Wochen, die er in einem Haus voller Spione verbracht hatte?

Der Kopf des Genius-Teams, Trader Lynch, hatte insgeheim für Prosper English gearbeitet. Das Gleiche galt für Dorothy Daniels, die auch als »Dot« bekannt war. Cadel dachte über Dot nach, deren rätselhafte Gegenwart im Clearview House ihm immer Sorgen gemacht hatte. Ihr jüngerer Bruder Com war ein Klassenkamerad von Cadel am Axis-Institut gewesen. Com war nach dem Zusammenbruch des Instituts urplötzlich verschwunden, genau wie Dot nach dem Ende des Genius-Teams nicht mehr aufzufinden gewesen war. Sowohl Dot als auch

Com hatten den gleichen gedrungenen Körperbau, die gleiche wächserne weiße Haut und die gleiche Vorliebe dafür, sich in Computersysteme zu hacken. Beide fielen durch ein seltsam robotisches Verhalten auf, und beiden war es irgendwie gelungen, sich einer Verhaftung zu entziehen – mit Hilfe von Prosper English. Cadel wusste, dass Com immer zu den Lieblingen von Dr. Vee gezählt hatte. Arbeiteten Vee und Com jetzt etwa gemeinsam für Prosper?

Wenn Dot den Draht im Clearview House gekappt hatte, dann konnte ihr Bruder durchaus davon wissen. Insbesondere wenn Dot noch immer auf Prospers Gehaltsliste stand.

»Vielleicht war es Dot«, sagte Cadel laut. »Das würde ich ihr durchaus zutrauen. Möglicherweise hat sie es getan, um mich verfolgen zu können, als sie noch dafür bezahlt worden ist, um mich im Auge zu behalten.«

»Möglicherweise«, stimmte Saul ihm zu. »Morgen früh werde ich Trader danach fragen.« Im Gegensatz zu Dot saß Trader inzwischen in Haft, wo er wohl auch noch eine ganze Weile bleiben würde. »Wenn es Dot war, dann hat sie etwas mit dieser Sache zu tun. Selbst wenn sie nicht dein Telefon übernommen hat.«

»Ja.«

»Wir müssen herausfinden, ob Bev und Dot ein und dieselbe Person sind. Ich habe darum gebeten, den Anruf zurückzuverfolgen, aber die Ergebnisse sind möglicherweise erst in einem knappen Tag da.«

Cadel ließ sich mit einem Seufzer auf einen Küchenstuhl sinken. »Ich bezweifle, dass ihr da viel finden werdet«, sagte er bedrückt. »Wer auch immer Bev wirklich ist, sie hat die SIM-Karte mit Sicherheit gestohlen. Ich an ihrer Stelle hätte sie jedenfalls gestohlen. Und anschließend hätte ich sie zerstört.«

»Mag sein.«

»Vielleicht bekommt ihr ja eine grobe Vorstellung davon,

von *wo* aus sie angerufen hat …«, setzte Cadel an und verstummte mitten im Satz. In seinem Hinterkopf regte sich eine Idee.

»… aber vielleicht war sie auch unterwegs«, beendete Saul seinen Satz. »Das ist mir schon klar. Trotzdem ist es einen Versuch wert.« Dann bemerkte er Cadels starren Blick und seinen konzentrierten Gesichtsausdruck. »Was ist los? Ist was passiert?«

»Sie war nicht unterwegs«, dachte Cadel laut. »Der Anruf kam nicht aus einem Zug oder Bus. Bev wusste genau, wo ich mich befand. *Genau.* Das heißt, dass sie das Campus-Überwachungsnetzwerk angezapft hat, *während sie am Telefon war.*« Er hob den Blick von seiner dampfenden Milch und wandte sich dem Inspektor zu. »So einen Hack macht man nicht in aller Öffentlichkeit. Nicht, wenn man bei Sinnen ist.«

»Also …«

»Man bräuchte dafür einen Ort, wo man seine Ruhe hat. Mit einer stabilen Internetverbindung. Vielleicht nicht bei sich zu Hause, aber bei einem Freund. Oder in einem Hotelzimmer. Vielleicht sogar in einem parkenden Auto mit einer gehackten drahtlosen Verbindung, obwohl ich das bezweifle.«

Saul nickte und kaute auf seiner Unterlippe.

»Mir ist klar, dass ihr wahrscheinlich nicht dazu in der Lage sein werdet, den genauen Ort festzustellen«, fuhr Cadel fort, »aber wenn ihr es auf ein paar Straßenzüge eingrenzen könntet …«

»Dann könnten wir dort eine flächendeckende Suche durchführen.« Saul klang nicht besonders begeistert.

Cadel fragte sich, ob er anbieten sollte, sich in ein paar Kundendatenbanken zu hacken. Wahrscheinlich nicht. Selbst, wenn Saul ihm die Erlaubnis gab, einen solchen Hack durchzuführen – selbst, wenn es ihnen gelänge, eine Art offizieller Genehmigung für so einen Vorgang einzuholen –, vermutete Cadel, dass »Bev« ihre Strom- und DSL-Rechnungen unter falschem Namen bezahlte.

Trotzdem, *wenn* sie in der Gegend wohnte und *wenn* sie eine Internetverbindung hatte …

»Darüber solltest du dir jetzt keine Gedanken machen«, sagte Saul. »Du musst hundemüde sein. Ich werde ganz schön was von Fiona zu hören bekommen, wenn sie rausfindet, dass ich dich wach gehalten habe, indem ich mit dir über zurückzuverfolgende Anrufe geredet habe …«

»Weißt du, was vielleicht funktioniert?«, unterbrach ihn Cadel. »Drahtloses Mapping.«

»Hä?«

»Wenn ihr einen groben Ausgangspunkt feststellen könnt und Bev noch irgendwo in der Nähe ist, können wir sie vielleicht schnappen, wenn wir die WLANs in der Umgebung mittels Wardriving absuchen.« Cadel nahm einen Schluck von seiner Milch und dachte über die möglichen Szenarien nach. »Wir müssen Richard um Hilfe bitten«, schloss er. »Vielleicht wäre er bereit, das als eine Art Kursprojekt zu machen. Ich schätze, wenn wir vier oder fünf Wardriving-Autos zusammenkriegen, die alle nach Zugangs-IDs scannen …«

»Puh.« Saul hob eine Hand. »Ich kann dir nicht folgen.«

»Ich will damit nicht sagen, dass wir uns in irgendwelche Drahtlosnetzwerke hacken sollen«, versicherte Cadel ihm. »Aber wenn es Dot war, oder Com, oder Vee, dann kann ich ihnen vielleicht auf den Zahn fühlen.« *Womöglich benutzen sie alte* ID-*Signaturen,* dachte er. *Man weiß ja nie.* »Ich muss mit Richard reden«, sagte er. »Gibt es die Möglichkeit? Ohne ein Telefon zu benutzen?«

»*Ich* werde mit ihm reden«, versprach Saul. Bevor Cadel Einwände erheben konnte, sprach der Inspektor schon weiter. »Ich möchte im Moment nicht, dass du mit irgendjemandem Kontakt aufnimmst.«

»Ich würde es ja nicht *jetzt gleich* machen.« Cadel konnte die Ungeduld in seinem Tonfall nicht unterdrücken. »Es ist mitten in der Nacht! Ich meine morgen früh.«

»Morgen früh kommst du in eine Hochsicherheitsunterkunft«, sagte Saul leise und unnachgiebig.

Cadel schnappte nach Luft. »Wie? Oh nein.«

»Nicht nach Roseville. In eine andere. Dort gibt es zwar kein Sicherheitsnetzwerk, aber sie lässt sich gut bewachen.«

»Nein.« Cadel schüttelte den Kopf. »Du sperrst mich nicht wieder weg.«

»Hör mal …«

»Nein.«

»Cadel. Die Lage ist ernst«, stellte der Inspektor mit Nachdruck fest. »Ich weiß, wie du über Prosper English denkst. Tief in deinem Innern glaubst du nicht, dass er dir jemals etwas zuleide tun wird. Aber du irrst dich.«

»Wovon redest du?« Cadel traute seinen Ohren nicht. »Bist du taub? Ich habe gerade *gesagt,* dass er versucht hat, mich zu töten!«

»Man kann eine Menge Sachen sagen, ohne sie wirklich zu meinen.«

»Aber …«

»Prosper hat dich schon einmal zu fassen bekommen, und ich war schuld daran. Das passiert mir nicht noch mal. Hast du verstanden?«

Cadel schluckte. Als er die angespannte Miene des Inspektors bemerkte, blitzten Bilder in seinem Kopf auf: von einer Fahrt durch verlassenes Buschland, mit Saul am Steuer eines Leihwagens und Prosper auf dem Rücksitz. In gewisser Weise war es eine Entführung gewesen. Der Inspektor hatte von Glück sagen können, dass er mit dem Leben davongekommen war. Und es war *nicht* seine Schuld gewesen. Natürlich nicht. Prosper war einfach schlauer gewesen als sie alle.

Und das war natürlich der Punkt, auf den es ankam. Darum konnte Cadel sich nicht einfach zurücklehnen und andere Leute die Arbeit machen lassen. Er verstand, wie Saul sich fühlte. Die Entführung hatte sie beide traumatisiert – Saul vielleicht sogar mehr als Cadel, der gelernt hatte, mit dem Unvorhersehbaren zu rechnen, nachdem er mehrere Jahre im Schatten von Prosper English gelebt hatte. Aus ebendiesem Grund war er besser dazu in der Lage, die Situation zu beurteilen.

Er holte tief Luft.

»Ohne meine Hilfe werdet ihr ihn nicht fassen«, informierte er den Inspektor geradeheraus.

Das Lächeln, mit dem Saul ihm antwortete, war eher eine Grimasse. »Wir brauchen vielleicht ein bisschen länger«, räumte er ein.

»Wie lange? Sechs Wochen? Sechs Monate?« Cadels Tonfall wurde schrill. »Erwartest du, dass ich für *sechs Monate* in Sicherheitsgewahrsam wohne? Was soll ich in der Zeit machen? Trivial Pursuit spielen? Während Prosper online rumwütet und versucht, Leute umzubringen?«

Eine ganze Weile sagte keiner etwas. Der Inspektor schien Kräfte zu sammeln – vielleicht dachte er aber auch über die Alternativen nach, die sich ihm boten. Der grüblerische Ausdruck auf seinem Gesicht war jedenfalls schwer zu deuten. Schließlich sagte er sanft: »Ich glaube, du unterschätzt uns.«

»Und ich glaube, du unterschätzt *mich*«, gab Cadel zurück. Dann nahm er all seine Willenskraft zusammen und feuerte sein größtes, gemeinstes Geschoss ab. »Prosper würde das nicht mehr tun«, blaffte er. »Er weiß, dass er mich nicht wie ein Kind behandeln darf. Das hat er auf die harte Tour gelernt. Er weiß, was passieren kann, wenn man vergisst, wie schlau ich bin.«

Der Inspektor versteifte sich. Cadel fühlte sich entsetzlich, aber er war nicht bereit nachzugeben. Weil er nämlich die Wahrheit sagte, und die Wahrheit konnte wehtun.

»Wenn es um Prosper English geht, bin ich der Experte«, setzte Cadel beharrlich nach. *So ist es für alle am besten,* sagte er sich. *Ich kann es mir nicht leisten, auf die Ersatzbank geschoben zu werden.* »Glaub mir, ich verstehe, warum du dir Sorgen machst. Aber in einer Polizeiunterkunft werde ich auch nicht sicher sein. Wirklich nicht.« Als letzte Breitseite fügte er hinzu: »Glaubst du im Ernst, dass du mich dazu *zwingen* könntest, irgendwo zu bleiben? Glaubst du tatsächlich, dass ich da nicht rauskäme?«

Saul antwortete nicht sofort. Er regte sich nicht einmal. Stattdessen hatte er den Blick auf die Papiere vor ihm auf dem Tisch gesenkt. Eine Weile lang saß er einfach nur bleich und starr da.

Schließlich blickte er auf.

»Also, was willst du tun?«, fragte er ausdruckslos.

»Ich möchte hierbleiben. Ich möchte mit Richard Buckland reden.« Cadel spürte, wie der ausdruckslose Blick seines Stiefvaters ihn verzagen ließ. »Sei nicht wütend. Bitte! Gib mir einfach nur eine Chance zu helfen.«

»Ich bin nicht wütend.« Tatsächlich wirkte Saul kein bisschen wütend – nur unermesslich müde. »Ich habe Angst«, gestand er. »Ich habe Angst, dass du wie Sonja endest. Du bist jetzt mein Sohn. Dich zu beschützen ist nicht mehr nur mein Job.«

Cadels Augen fingen an zu jucken. *Ich brauche meinen Schlaf,* dachte er und versuchte, nicht die Kontrolle zu verlieren. *Es gibt keinen Grund zum Weinen.*

»Wärest du wenigstens dazu bereit, im Haus zu bleiben?«, flehte Saul. »Weit weg von allen Überwachungskameras?«

Unfähig, etwas zu sagen, nickte Cadel.

»Nur, bis ich dir Geleitschutz organisieren kann«, fuhr der Inspektor fort. Dann runzelte er die Stirn. »Ist alles in Ordnung?«, fragte er.

Cadel räusperte sich. »Tut mir leid.« Mehr brachte er nicht heraus.

Das genügte. Als Saul die Hand über den Tisch ausstreckte, um ihm das Haar zu zerzausen, bemerkte er die Pistole im Halfter unter dem Bademantel des Inspektors.

9

Als Cadel am nächsten Morgen erwachte, war es nach neun. Saul war bereits los zur Arbeit, doch die Küche war noch voller Leute.

Fiona war da und schlurfte in einem Paar Ugg-Boots umher. Bei ihr war Gazo Kovacs, der einmal mehr seine Leibwächter-Garderobe trug: lange Ärmel, glänzende Schuhe, herbes Rasierwasser. Unglücklicherweise ruinierte das Stück Klopapier, das an einem Schnitt an seiner Wange klebte, den Eindruck tendenziell. Noch kleiner wirkte Gazo neben Angus McNair – der vor kurzem aus der Sicherheitsunterkunft hier eingetroffen war.

Angus schien den ganzen Raum einzunehmen. Es kam einem so vor, als ob er mit dem Kopf unter die Decke stieß und die Dielen sich unter seinem Gewicht durchbogen. Sein Partner dagegen war ein dicklicher kleiner Mann, der an einen Kurzhaarterrier erinnerte, mit harten, flachen Pokerchipaugen, die alles abzuschaben schienen, was sie anschauten, als bestünden sie aus Stahlwolle.

»Ich bin Officer Reggie Bristow«, informierte der Mann Cadel mit einer Stimme, die wie das Quietschen eines verrosteten Eisentors klang. »Ich bin hier, um dir den Rücken freizuhalten.«

»Oh«, sagte Cadel, der noch immer in der Tür stand.

»Aber dafür brauche ich deine Mitarbeit«, fuhr Reggie fort. »Was bedeutet, dass du das Grundstück nicht verlassen darfst, dass du nicht ans Telefon gehen darfst und dass du die Jalousien und Gardinen nicht verändern darfst.«

Cadel seufzte. Als er sich hinsetzte, um seine aufgewärmten Pfannkuchen zu essen, nahmen die beiden Polizisten ihre »Sektorpatrouille« wieder auf und überprüften wiederholt alle Zugänge zum Gebäude. Das stetige Knarzen ihrer Schuhsohlen, die Ansammlung schmutziger Kaffeetassen auf dem Küchentisch, die verschlossenen Türen, die überwachten Telefonanrufe und die muffige, gelangweilte, gedrückte Atmosphäre gaben Cadel das unwillkürliche Gefühl, dass sein gemütliches kleines Heim langsam selbst zu einer Art Hochsicherheitsunterkunft wurde. Anders ausgedrückt verwandelte es sich gerade von einer Zuflucht in ein Gefängnis.

Auch daran traf Prosper die Schuld.

»Wenn ich hier nicht rauskann«, sagte Cadel so ruhig wie möglich zu Fiona, »wie soll ich dann Sonja besuchen?«

»Ach, da überlegen wir uns was«, versicherte sie ihm. »Wir können sie ohnehin nicht vor heute Abend sehen. Dann darf sie die Intensivstation verlassen und wird verlegt.«

»Hast du das von Judith gehört?«

»Judith meint, dass es ganz gut läuft. Sie hat Sonjas alte Dynavox-Maschine ins Krankenhaus gebracht, was die Dinge für alle einfacher machen sollte.« Fiona verstummte kurz, da es an der Tür klingelte. Sie stellte ihre Teetasse ab, als Angus' schwere Schritte auf dem Flur erklangen. »Soll ich aufmachen?«, fragte sie Reggie, der den Kopf schüttelte.

»Überlassen Sie das Officer McNair«, antwortete er.

»Aber …«

»Wir dürfen kein Risiko eingehen.«

Cadel verkniff sich eine Erwiderung. Er wusste, wenn es eine weitere Attacke gab, würde sie über ein Drahtlosnetzwerk erfolgen und nicht von jemandem, der vorbeikam und an der Tür klingelte.

Er war nicht überrascht, als der Neuankömmling sich als Hamish Primrose entpuppte.

»Kennst du den Kerl?«, fragte Angus, der Hamish in die Küche eskortierte. »Er behauptet, dass er ein Freund von dir sei.«

»Er *ist* ein Freund von mir«, antwortete Cadel geduldig.

Hamish schnaubte. »Toller Freund!«, höhnte er und riss sich aus dem Griff des Polizisten los. »Ich hab gehört, dass Sonja die T-treppe runtergefallen ist. Dass sie im Krankenhaus ist. Stimmt das?«

Cadel konnte nur nicken. Das Bild, das sich in seinem Kopf breitgemacht hatte – von Sonjas gestreiftem, blutverschmiertem Stirnband –, raubte ihm die Sprache.

»Warum hast du mich dann nicht angerufen?«, sagte Hamish an seinem Kaugummi vorbei. »Sie ist auch meine Freundin, weißt du.«

Bevor Cadel eine Entschuldigung einfiel, stand Fiona vom Tisch auf. »Es war alles ein bisschen hektisch«, gab sie zu. »Möchtest du etwas, Hamish? Vielleicht eine Tasse Tee?«

»Ich habe dir viermal auf die Mailbox gesprochen«, fuhr Hamish anklagend fort, als hätte sie nichts gesagt. Finster starrte er Cadel an. »Du h-hast nicht geantwortet.«

»Ich hatte mein Telefon nicht dabei«, erwiderte Cadel. »Wobei mir einfällt, hast *du* ein Telefon dabei? Das darfst du hier nämlich nicht mit reinnehmen.«

»Hä?« Hamish wirkte zu verblüfft, um sich über diese Belehrung zu ärgern. Er glotzte wie ein Fisch und schien gar nicht zu bemerken, dass Angus ihn bereits abtastete. »Warum?«

»Weil jemand ein Bluetooth-Signal an Sonjas Rollstuhl geschickt hat.« Cadel erklärte ihm, was geschehen war, während Angus ein Handy aus den Tiefen von Hamishs übergroßer

Lederjacke zutage förderte. Erst, als Cadel fertig war, erkundigte Angus sich, ob Hamish mit dem Auto gekommen sei.

»Äh, ja«, sagte Hamish. »Es steht draußen.«

»Farbe und Modell?«

»Ein grüner Prius.«

»Kann ich die Schlüssel haben?«

»Ich denke schon.« Hamish fischte sie aus der Tasche. »Wieso? Wollen Sie den Wagen auf Bomben untersuchen?«

»Nein.« Der Polizist ließ sich nichts anmerken. »Dort kann ich dein Telefon sicher ablegen.«

»Weil wir nicht wollen, dass dieses Telefon in der Nähe ist«, mischte Cadel sich ein. »Wir waren beide im Clearview House, Hamish, also haben wir vielleicht das gleiche Problem. Es bringt nicht viel, sich in einem unverdrahteten Haus zu verkriechen, wenn man von sabotierten Handys umgeben ist.«

Inzwischen war Angus bereits auf dem Weg nach draußen. Cadel konnte nur annehmen, dass er den Prius suchte, den Hamish von seinen Eltern bekommen hatte, nachdem es ihm nach drei Fehlschlägen endlich gelungen war, die Fahrprüfung zu bestehen. Diese unerwartete Leistung hatte Cadel immer ein wenig misstrauisch gemacht. Unwillkürlich überlegte er, ob Hamish sich mit seinem Wissen über verkehrsbezogene Computernetzwerke vielleicht selbst ein »Bestanden« auf seine Fahrprüfung gegeben hatte.

»Du meinst also, dass Dot sich an deinem Telefon zu schaffen gemacht hat?«, fragte Hamish. Er nahm Gazos Anwesenheit mit einem achtlosen Winken zur Kenntnis und warf sich auf einen der Küchenstühle. »Oder vielleicht Trader?«

»Vielleicht.« Cadel schob seinen halb gegessenen Pfannkuchen beiseite. »Es sei denn, *du* warst es.«

»Haha. Sehr lustig«, knurrte Hamish.

»Das gehört alles zur selben Operation«, sagte Cadel, während Fiona seinen Teller abräumte. »Das, der Überwachungskamera-Bug und die Malware in Judiths System. Irgendwie hängt das alles zusammen.«

Hamish begriff nicht. »Welche Malware?«, wollte er wissen. Plötzlich wurde Cadel klar, dass Hamish in all der Verwirrung nicht ausreichend über die jüngsten Entwicklungen auf dem Laufenden gehalten worden war.

Es gab keine Möglichkeit, das Geschehene schnell zusammenzufassen. In den gut zehn Minuten, die Cadel brauchte, um die Ereignisse der letzten beiden Tage zu schildern, lauschte Hamish hingebungsvoll, während Fiona den Geschirrspüler einräumte. Als Cadel endete, stand nichts mehr außer der Zuckerdose auf dem Küchentisch.

»Wie kommst du nun darauf, dass du das Hauptziel bist?«, fragte Hamish schließlich, während er sich nachdenklich Kaugummi von der Zahnspange pulte. »Könnte es nicht Sonja sein?«

»Nein.« Cadel schüttelte den Kopf. »Der Rollstuhl war darauf programmiert, meinem Telefonsignal zu folgen. Ich sollte auch verletzt werden.«

»Oder getötet.« Hamish wirkte beinahe freudig erregt, als ob er irgendein virtuelles Rollenspiel spielte. Obwohl diese Einstellung Cadel größtes Unbehagen verursachte, brachte sie ihn auf eine Idee.

»Hör mal, Hamish«, sagte er. »Erinnerst du dich noch daran, wie du mir von diesem Computergrafik-Typen erzählt hast? Dem aus deiner Spielegruppe?«

»Du meinst Warren?«

»Ich glaube.« Mehr als einmal hatte Cadel eine Einladung bekommen, einer Gruppe junger Technikfreaks beizutreten, die sich in unregelmäßigen Abständen in wechselnden Wohnzimmern traf, um sich die Zeit mit Netzwerk-Computerspielen zu vertreiben. »Du hast erzählt, dass er von einer Spezialeffekte-Firma angeheuert worden ist.«

»Stimmt«, bestätigte Hamish und musterte Cadel forschend. »Soll ich ihn wegen dem Überwachungskamera-Bug fragen?«

»Eigentlich nicht.« Soweit Cadel sich erinnern konnte, war Warren nicht älter als Hamish und arbeitete noch nicht besonders lange in der Branche. »Ich muss mit jemandem reden, der viel Erfahrung hat. Jemandem, der das Geschäft in- und auswendig kennt. Ich dachte, dass dein Freund mir vielleicht einen Namen nennen könnte.«

Hamish zuckte mit den Schultern. »Ich könnte ihn mal anrufen.«

»Jetzt?«, fragte Cadel und drehte sich zu Reggie um. »Hast *du* ein Telefon, das er benutzen dürfte?«

Reggie blinzelte.

»Das ist die sicherste Möglichkeit, weil ich dir noch nie zuvor begegnet bin«, fuhr Cadel fort. »Ich bezahl's dir auch.«

Bevor Reggie antworten konnte, wurde es am anderen Ende des Hauses leicht unruhig. Gedämpfte Stimmen, Schritte und das Knallen der Eingangstür ließen vermuten, dass jemand Neues eingetroffen war. Während Cadel das Klappern von Schlüsseln hörte, fragte er sich, ob Angus zurück war.

Aber wer war dann bei ihm?

»Himmel noch mal«, knurrte Reggie. Als er jedoch durch den Raum eilte, hielt Hamish ihn mit ausgestrecktem Arm auf.

»Telefon?«, sagte Hamish.

»Bitte?«, fügte Cadel hinzu.

Widerstrebend griff der Polizist in seine Hosentasche. Inzwischen hatte Cadel die Stimme auf dem Flur erkannt. Er schaute zu Fiona, die ebenfalls den kanadischen Akzent ihres Mannes gehört hatte.

»Saul?«, sagte sie stirnrunzelnd.

Gazo sprang auf. Von der plötzlichen allseitigen Bewegung abgelenkt, ließ Reggie sich von Hamish das Handy aus der Hand nehmen.

Als Saul dicht gefolgt von Richard Buckland eintraf, war Hamish bereits in die Waschküche verschwunden, um seinen Freund Warren anzurufen – und Cadel war der Einzige in der Küche, der noch immer saß.

»Keine Panik«, verkündete Saul. »Ich bin es nur.«

Er trug seinen kohlegrauen Anzug, in dem er ungemein steif und förmlich wirkte. Richard dagegen hatte Sachen an, die überhaupt nicht zueinander passten, sein Haar war vom Wind zerzaust, und auf seinem Gesicht stand ein Ausdruck unverhohlener Neugierde. Er grinste Cadel an, der ihn seinerseits erstaunt anstarrte.

»Dein Vater meinte, dass du mit mir über drahtloses Mapping reden möchtest«, sagte Richard. »Wie geht's, Cadel?«

»Ähm – ganz gut. Schätze ich.«

»Das ist Richard Buckland«, warf Saul für all jene ein, die (wie zum Beispiel seine Frau) völlig verwirrt waren. Anschließend stellte er mit müder Stimme Fiona, Reggie und Gazo vor, die einer nach dem anderen vortraten und Richard die Hand schüttelten. Gazo wusste nicht, was er sagen sollte. Reggies Begrüßung war tonlos und desinteressiert. Aber Fiona bemühte sich zumindest: Sie dankte Richard für seine Hilfe und entschuldigte sich für den Zustand der Küche.

»Hier ist es ein bisschen wie bei einem Partywochenende – viele Leute, die im Haus festsitzen und nichts zu tun haben«, gestand sie. »Möchtest du Tee oder Kaffee? Oder vielleicht etwas Zitronenlimonade?«

»Nur Wasser, wenn's geht«, sagte Richard.

»Warte mal.« Cadel starrte Fiona böse an. »Was meinst du damit, ›nichts zu tun‹?« Es wurmte ihn, dass ausgerechnet Fiona ihm vorwarf, Zeit zu verschwenden. »*Ich* habe genug zu tun«, protestierte er. »Ich habe nachgedacht, und ich habe mir überlegt, wie ich mich sicher bewegen kann, ohne mir allzu große Sorgen wegen irgendwelcher Überwachungskameras zu machen.« Da er sich nicht sicher war, wie viel Richard über die jüngsten Ereignisse wusste, hielt er einen Moment inne und musterte seinen Lehrer zweifelnd. »Hast du von dieser Kamerasache gehört?«

Als Richard den Mund aufmachen wollte, kam ihm Saul zuvor. »Wegen der Überwachungskameras solltest du weiterhin aufpassen, Cadel«, mahnte der Inspektor und bedeutete Richard, sich zu setzen. »Es ist mir egal, in welchem Auto du nun sitzt. Sobald du das Haus verlässt, gehst du ein großes Risiko ein.«

»Nein, das tue ich nicht. Nicht, wenn ich ein paar Sicherheitsvorkehrungen treffe.«

»Wie zum Beispiel getönte Scheiben?«, brummte Saul. Dann streifte er seine Jacke ab, warf sie auf den Tisch und zog sein Schulterhalfter aus, das er vorsichtig neben die Jacke legte. »Officer Bristows Auto hat zwar getönte Scheiben, aber es hat auch einen Bluetooth-GPS-Empfänger. Und was den Rest von uns angeht ... Tja, theoretisch könnten *alle* unsere Autos elektronisch verfolgt werden. Deshalb habe ich meinen Wagen auch gegen einen neunundneunziger Corolla eingetauscht.« Er wies Richtung Eingangstür. »Er steht zwei Blocks weiter und hat kein GPS, kein Autotelefon und kein E-Tag-Gerät für Mautstationen. Nicht einmal das Radio funktioniert.«

Cadel war verblüfft und beeindruckt zugleich. Hauptsächlich war er sogar so beeindruckt, dass er sich zurückhielt und nicht darauf hinwies, dass ein an den Zigarettenanzünder in Reggies Auto angeschlossener GPS-Störer effektiv die meisten Peilmethoden blockieren konnte, mit denen man das Auto möglicherweise infiltriert hatte. *Schließlich gibt es eine ganze Menge Anti-Störtechnologie,* dachte er. *Wer weiß, mit was für Pluggern oder Pseudoliten Vee rumspielt?* Letztlich hatte sein Pflegevater recht: Eine alte Karre war in dieser Situation definitiv das Sicherste, was man fahren konnte.

Fiona war entsetzt. »Was meinst du damit?« Sie starrte ihren Mann mit offenem Mund an. Obwohl sie versuchte, sich nicht aufzuregen, konnte sie ihre Hand nicht so ruhig halten wie ihre Stimme. Als sie ein Glas Wasser vor Richard abstellte, spritzten einige Tropfen auf den Tisch. »Was um alles in der Welt ist aus *deinem* Auto geworden?«

»Es ist nur ein vorübergehender Wechsel«, antwortete Saul. »Ich werde es zurückholen, sobald wir es ohne Risiko benutzen können.«

»Und meins?«, fragte Fiona.

»Cadel sollte sich von deinem Auto fernhalten. Genau wie von Gazos. Und Hamishs.« Der Inspektor schaute sich leicht gereizt um. »Wo *ist* Hamish überhaupt?«, erkundigte er sich. »Ist das da draußen vor der Tür nicht sein Prius?«

»Er ist dort«, sagte Gazo und zeigte zur Waschküchentür. Richard hob eine Braue.

»Ist die Rede von Hamish Primrose?«, fragte er, erhielt jedoch keine Antwort.

Cadel wollte sich nicht ablenken lassen. »Das mit dem Corolla ist eine gute Idee«, gab er zu. »Aber ich muss nicht drinnen bleiben.«

»Cadel …«, setzte Saul an.

»Nein, warte. Hör erst mal zu.«

Es brauchte eine Menge Mut, Saul so die Stirn zu bieten. Die Worte des Inspektors waren von einer Art bleierner Autorität durchdrungen, die sogar noch einschüchternder wirkte als seine sorgsam auf dem Tisch abgelegte Handfeuerwaffe. Aber Cadel hatte das Gefühl, dass er jetzt nicht klein beigeben durfte.

»Es ist mir egal, wie schlau dieser Hacker ist«, erklärte er. »Niemand kann die Aufnahmen *aller* Videokameras in Sydney anschauen – nicht vierundzwanzig Stunden am Tag, sieben Tage die Woche. Er benutzt also ein Videoanalyse-Programm.«

Fiona seufzte. »Ein Video-was?«, fragte sie hoffnungslos.

Richard war so freundlich, für sie zu übersetzen. »Es gibt wohl ein Computerprogramm, das die gehackten Aufnahmen sichtet«, sagte er zu ihr. »Verschiedene Algorithmen können eintreffende Videodaten filtern, indem sie nach bestimmten Dingen Ausschau halten. Damit man genau das findet, was man sucht.«

»Und dieser Hacker will mich finden«, stellte Cadel fest. »Aber wenn ich nicht dort bin, wo ich mich normalerweise aufhalte, wie findet er mich dann? Indem er seine Software nach jemandem mit meinen Körpermaßen, meiner Kleidung und meinen Bewegungsmustern suchen lässt.« Er schaute Saul mit einem Blick wie ein Akkubohrer zu. »Ich muss lediglich diese Dinge ändern.«

»Was willst du damit sagen?«, unterbrach ihn Fiona. »Dass du dich verkleiden willst? Meinst du das?«

»In gewisser Weise.« Cadel zögerte und überlegte, ob »verkleiden« wirklich das richtige Wort dafür war. Vielleicht musste es eher »umbauen« oder »verfälschen« heißen. »Eine richtige Verkleidung wird gar nicht unbedingt nötig sein. Vielleicht muss ich nur mein Haar verdecken … zu große Schuhe tragen … dazu Schulterpolster …« Als er Fionas verwirrte Miene bemerkte, versuchte er es zu erklären. »Computer denken nicht wie wir. Sie suchen keine vollständige *Person*, sondern nur bestimmte Maße. Proportionen. Räumliche Beziehungen. Manchmal sehen sie den Wald vor lauter Bäumen nicht.«

In diesem Moment knallte die Haustür. Eine Sekunde lang erstarrten alle, entspannten sich jedoch sofort wieder, als vertraute, stampfende Schritte Angus' Rückkehr verkündeten. In der sich anschließenden Gesprächspause schaute Reggie auf die Uhr, und Cadel behielt unauffällig die Tür zur Waschküche im Auge. Gazos Aufmerksamkeit wanderte zu einem Glas mit Brownies. Fiona, die nicht gerne Waffen herumliegen sah, starrte finster auf Sauls Pistole. Richard trank mit gesenktem Blick von seinem Wasser.

Nur Saul ließ sich nicht ablenken. Der Blick seiner dunklen Augen löste sich nicht ein einziges Mal vom Gesicht seines Sohns.

»Ich verstehe nicht, warum du überhaupt aussteigen solltest«, sagte er schließlich. »Du meintest, dass man für dein Projekt in Dulwich Hill herumfahren müsste, um nach Signalen zu suchen. Du hast nichts davon gesagt, das zu Fuß zu machen.«

Cadels Herz setzte einen Moment lang aus. »Ich habe auch nichts von Dulwich Hill gesagt«, antwortete er sofort. »Hat Bev von dort aus angerufen? Von Dulwich Hill?«

Saul nickte.

»Also, *das* ist ja keine besonders große Vorstadt. Die könnten wir leicht absuchen.« Als er Richards fragenden Gesichtsausdruck bemerkte, errötete Cadel. »Natürlich nur, wenn niemand etwas dagegen hat. Das als Kursprojekt zu machen.«

Cadel spürte, wie ihm der Schweiß auf die Oberlippe trat. Bis eben war ihm die Idee gut vorgekommen, doch jetzt, in Richards Gegenwart, war er sich nicht mehr so sicher. War es vielleicht zu viel erwartet, dass eine Gruppe praktisch Fremder sich an so einer großen und komplizierten Unternehmung beteiligen sollte, wenn sie eigentlich einen Haufen anderer Kurshausarbeiten zu erledigen hatte?

»Hat Saul erzählt, was ich mir überlegt habe? Mit der drahtlosen Lokalisierung der Quelle von diesem Bluetooth-Hack?« Als er merkte, dass seine Stimme belegt klang, räusperte Cadel sich. »Ich dachte mir, dass wir nicht mehr als ein halbes Dutzend Autos brauchen. Wenn wir nicht genug Antennen haben, können wir selbst welche basteln.«

»Hmmm-hmmm. Ja.« Richard hatte die Angewohnheit, seine Sätze mit enthusiastischen kleinen Brummgeräuschen zu unterbrechen. »Ja, ich glaube, ich kann mir vorstellen, was du willst, aber … wer wird noch alles beteiligt sein?«

Obwohl es sich dabei um eine vernünftige Frage handelte, war Cadel ratlos – er kannte kaum einen seiner Mitstudenten. Das wollte er gerade zugeben, als plötzlich Hamish auftauchte und triumphierend mit Reggies Telefon wedelte. »Erledigt«, verkündete er. Dann bemerkte er Richard, und die Kinnlade klappte ihm herunter.

»Hallo, Hamish«, sagte Richard.

»Was machst *du* denn hier?«

Vielleicht war Hamishs unhöflicher Ton keine Absicht. Glücklicherweise war Richard kein bisschen verärgert.

»Ich dachte, dass du vielleicht etwas Nachhilfeunterricht gebrauchen könntest«, scherzte er, während Saul den verblüfften Hamish böse anstarrte.

»Du hast jemanden *angerufen?*«, platzte es aus dem Inspektor heraus. »Ich hoffe, das ist nicht dein eigenes Handy, das du da gerade benutzt hast!«

»Keine Sorge«, versicherte Cadel ihm, bevor er sich mit einer weiteren Frage an Hamish wandte. »Hast du was erreicht?«

»Einen Namen. Und eine Nummer. Außerdem eine Adresse in Newtown«, antwortete Hamish. »Sein Name ist Andrew Hellen.«

»Wer heißt Andrew Hellen?«, wollte Saul wissen. Er hatte sich an Cadel gewandt, der sich bemühte, alles so klar und einfach wie möglich zu erklären.

»Andrew Hellen ist der Mann, mit dem ich reden muss. Er ist ein Experte für Computergrafik. Ich muss ihm das Videomaterial vorführen, das du mir gezeigt hast.«

Der Inspektor seufzte. »Cadel«, fing er an, »Wir haben diese Bilder schon mehreren Leuten gezeigt, die sich mit Spezialeffekten auskennen …«

»*Ihr* vielleicht, aber *ich* noch nicht!« Die Worte hatten Cadels

Mund kaum verlassen, da bereute er seinen Ton bereits. Er wollte nicht vor so vielen Menschen die Beherrschung verlieren. Es war ihm unangenehm, diese Angelegenheit in einem derart überfüllten Raum zu besprechen, und er hätte eine ungestörtere Atmosphäre vorgezogen. Dennoch redete er weiter, wobei er sich die ganze Zeit Fionas besorgter Gegenwart, Gazos verwirrter Miene und Richards mitfühlender Aufmerksamkeit bewusst war. »Du hast gesagt, dass niemand auch nur weiß, wie dieser Bug funktioniert. Hab ich recht?«

»Das stimmt«, gab Saul zu.

»Und, habt ihr versucht, es rauszufinden?« Cadel konnte seine Ungeduld nicht ganz verhehlen. »Habt ihr eure Freunde gefragt, ob irgendjemand gerade mit – ich weiß nicht – neuartigen Turnus-Mapping-Algorithmen auf sich aufmerksam macht, oder etwas in der Art?«

Einen Moment lang herrschte Stille. Hamish grinste. Reggie verdrehte die Augen. Saul kratzte sich am Kinn.

»Wenn wir Glück haben«, fuhr Cadel fort, »gibt es nämlich nur eine Handvoll Leute auf der ganzen Welt, die diese Video-Malware hinkriegen könnten. Jemand mit Insiderwissen kann uns vielleicht sagen, um wen es sich dabei handelt.«

Saul schnaubte. Er sah sehr erschöpft aus.

Fiona erhob als Erste Einwände. »Könntest du deinen Experten nicht bitten herzukommen?«, flehte sie. »Anstatt irgendwo hinzugehen, um dich mit ihm zu treffen?«

Cadel zuckte mit den Schultern. »Ich denke schon. Aber warum sollte er sich dazu bereit erklären? Ich werde ihm schon genug Zeit stehlen – wahrscheinlich will er nicht noch mehr davon verschwenden, indem er zu uns kommt.«

»Was, wenn es in seinem Büro Überwachungskameras gibt?« Fiona wirkte überrascht, dass ihr Mann ihr nicht beisprang. »Saul? Was, wenn Cadel gefilmt wird, während er da reingeht?«

»Solange ich meine Körpermaße ändere und mich abseits meiner üblichen Wege halte, sollte alles in Ordnung sein«, erwiderte Cadel. »Newtown ist nicht weit. Es wird nicht lange dauern.«

»Na schön.« Mit einem Mal gab der Inspektor nach. »Ich glaube dir.«

»Wenn ich in dem Corolla sitze …«

»Cadel. Ich habe ja gesagt.« Nachdem Saul seine Entscheidung getroffen hatte, war ihm nicht nach weiterem Debattieren zumute. »Fährst du heute Nachmittag?«

Cadel zögerte. »Äh, ja. Wenn ich ein Treffen vereinbaren kann«, antwortete er. »Je eher, desto besser.«

»Warte mal. Eine Minute. Bist du dir sicher?« Ohne seine Antwort abzuwarten, appellierte Fiona an Richard. »Reichen ein paar Schulterpolster wirklich als Schutz?«

Zum ersten Mal schien Richard ein wenig unbehaglich zumute zu sein. »Ich nehme an, dass es mehr als nur Schulterpolster braucht«, murmelte er.

Saul wandte sich erneut an Cadel. »Fährst du mit Officer Bristow?«

»Klar.«

»Wie genau willst du dich verkleiden?«

»Ach.« Darüber hatte Cadel noch nicht wirklich nachgedacht. Er war viel zu sehr damit beschäftigt gewesen, seine Argumentation darzulegen. »Mal schauen«, antwortete er zögerlich und blickte ratsuchend zu Richard. »Ich schätze … ich schätze, ich sollte mit den Haaren anfangen …«

10

Cadel sah aus wie ein Zirkusclown.

Seine aufgeblähten Wangen waren voller Mullpolster, und zwei Stückchen Klebeband an seinen Schläfen zogen seine Augen in die Länge. Hinter die Ohren hatte er sich Gips geschmiert, damit sie mehr abstanden, und ein flauschiger weißer Rauschebart verwischte die Umrisse seines Kinns. Obwohl es ein warmer Tag war, hatte er sich einen langen Schal um den Hals gewickelt, und sein Haar war unter vier Lagen Wolle verborgen – nicht allein, um seinen auffälligen Lockenschopf zu verbergen, sondern auch, um seinen Kopfumfang zu vergrößern.

An den Füßen hatte er ein Paar hochhackige Schuhe von Fiona, die mit zusammengeknüllten alten Zeitungen ausgestopft waren, da sie ihm viel zu groß waren. Um sich massiger zu machen, hatte er eine Jacke von Saul übergezogen. Weil er nicht breit genug war, um die Jacke auszufüllen, war sie mit mehreren Lagen Schulterpolstern ausgestopft. Zu guter Letzt hatte er sich ein Kissen um den Bauch gebunden, sich ein zusammengelegtes Handtuch hinten in die kurzen Jogginghosen gestopft und trug an jeder Hand einen Skihandschuh.

Seine gestreiften Leggings sollten ebenfalls in die Irre führen, da er noch nie zuvor etwas auch nur ansatzweise Ähnliches getragen hatte.

»So kannst du unmöglich vor die Tür gehen«, hatte Fiona gesagt, als sie seine Kostümierung erblickt hatte. Obwohl sie sich das Lachen verkneifen musste, bemühte sie sich um einen strengen Tonfall. »Man wird dich sofort verhaften.«

»Ich habe keine andere Wahl.« Cadel starrte in ihren Schlafzimmerspiegel und war entsetzt, aber zufrieden. Es war ihm gelungen, sich die Körperform eines Weinglases zu geben: Die dürre Säule, die seine Beine bildeten, trug einen großen, runden, halslosen Ball. Kein einziger Bestandteil seiner Garderobe gehörte tatsächlich ihm, und sein Gesicht war stark verzerrt, mit den Streifenhörnchenbacken, den mandelförmigen Augen und den braunen, aufgemalten Sommersprossen. »Mich wird so oder so niemand sehen.«

»Außer diesem Andrew.«

»Ja, aber Saul hat ihm von meiner Verkleidung erzählt.« Cadel blickte Bestätigung heischend zu dem Inspektor hoch. »Das hast du doch, oder? Du hast ihn gewarnt, als du angerufen hast.«

»Ja-a.« Sauls Antwort klang mürrisch und gedehnt. »Mir war nur nicht klar, dass du dich derart apart einkleiden würdest.«

Seltsamerweise musste er nicht versuchen, ein Grinsen zu unterdrücken. Während Fiona sich das Lachen verbiss, Reggie Limonade durch die Nase prustete und Angus fast umkippte, war Saul wohl zu müde oder besorgt, um sich über den Rauschebart zu amüsieren.

Vielleicht hätte er das eine oder andere Mal gelächelt, wenn er an der Expedition hätte teilnehmen dürfen. Dann wäre er sicher nicht so beunruhigt gewesen. Man hatte sogar über die Möglichkeit geredet, dass er in Reggies GPS-belastetem Auto allein nach Newtown fahren könnte, während Cadel mit Reggie im Corolla unterwegs sein würde, doch Cadel hatte die Idee abgeschmettert. Was, wenn der Hacker die Überwachungsvideos auch nach Saul absuchte? Was, wenn Sauls Körperformen eine Art Alarm auslösten? Es war unwahrscheinlich, dass selbst die fortgeschrittenste Software einen der Leibwächter erkannte, da diese bislang keine wichtige Rolle in Cadels Leben gespielt hatten. Bei Saul war das anders – ebenso wie bei Fiona und Gazo.

Cadel wollte nicht riskieren, entdeckt zu werden.

Nicht, dass er selbst mit seinen hohen Absätzen und seinem falschen Bart besonders unverdächtig wirkte. Das war ihm klar. Doch es ging ihm nicht darum, der Aufmerksamkeit irgendeines Menschen mit funktionierenden Augen zu entgehen. Er wollte nur einer Software ein Schnippchen schlagen. Und da das bedeutete, dass er wie ein geistesgestörter Vorschüler im Halloweenkostüm herumlaufen musste, hatte er Reggie darum gebeten, Sauls Corolla in der Gasse hinterm Haus zu parken.

Wegen irgendwelcher Überwachungskameras machte sich Cadel hier keine Sorgen. Soweit er sehen konnte, gab es in der Nähe nicht eine einzige Überwachungskamera. Vor allem fürchtete er, dass eines der Nachbarkinder ihn vielleicht erkennen und sich über ihn lustig machen würde. Nachdem er den Großteil seiner Kindheit damit verbracht hatte, sich von größeren, lauteren und dümmeren Jungs foppen zu lassen, weil sie ihn für einen sonderbaren kleinen Klugscheißer hielten, wollte Cadel es vermeiden, in den alten Trott zurückzufallen.

Deshalb ging er mit einem Regenmantel über dem Kopf durch die Hintertür. Er hechtete in den wartenden Corolla wie ein Kaninchen in seinen Bau – dicht gefolgt von dem kichernden Angus.

»Was zum Henker soll das mit den Schuhen?«, fragte Angus, als Reggie losfuhr. »Wenn du versuchst, wie eine Frau auszusehen, mein Junge, dann solltest du das mit dem Bart bleiben lassen. Der verrät dich.«

»Das ist ein verdammter Witz, sonst nichts«, knurrte Reggie. Obwohl er anfangs belustigt über Cadels Aufzug gewesen war, betrachtete er ihn inzwischen als eine Art Beleidigung. Entweder gefiel ihm die Kostümierung nicht, weil er sie als kindisches Heischen um Aufmerksamkeit betrachtete, das ohnehin nach hinten losgehen würde, oder sie gefiel ihm deshalb nicht, weil sie *ihn* bescheuert aussehen ließ. »Das nennst du eine Verkleidung? Du könntest genauso gut Micky-Maus-Ohren tragen.«

»Ich will mich nicht vor *Menschen* verbergen«, gab Cadel von seinem Platz hinter Angus aus zurück. »Ich habe schon mal gesagt, dass es darum geht, eine Software zu täuschen.« Inzwischen schwitzte er ausgiebig – Schal, Mützen und Skihandschuhe waren für sehr viel kälteres Wetter gedacht. »Könntet ihr bitte die Lüftung anmachen?«, flehte er. »Ich will nicht, dass mir die Sommersprossen weglaufen.«

»Ich weiß nicht mal, ob die Lüftung in dieser Karre funktioniert«, antwortete Reggie verdrießlich. Missmutig fummelte er am Armaturenbrett herum, während das Auto durch den dichten Verkehr kroch.

Die Fahrt dauerte etwa fünfundzwanzig Minuten und endete mit einer unerlaubten Rechtskurve, die sie in die Bahn eines nahenden Busses brachte. Es handelte sich um eine weithin unbeliebte Maßnahme, die ein lautes Hupkonzert verursachte. »Ich wünschte, wir säßen in einem Streifenwagen«, brummelte Reggie und bog in eine Auffahrt ein, wo ein Stahltor ihnen den Weg versperrte. »Eine Sirene würde die alle zum Schweigen bringen.«

Doch Angus hörte nicht zu. Er hatte sich aus dem Autofenster gelehnt, um einen Knopf an der Wand zu drücken. Derweil war Cadel tief in seinen Sitz gesunken. Er war sich nur zu deutlich bewusst, dass sie derzeit quer auf einem belebten Bürgersteig standen. Mit seinem verkehrswidrigen Verhalten hatte Reggie dafür gesorgt, dass mit einiger Sicherheit irgendein neugieriger Fußgänger versuchte, durchs Rückfenster des Corollas zu spähen. Falls das geschah, würde Cadels Rauschebart sicher allgemeines Interesse erregen.

Er seufzte erleichtert, als das Stahlgittertor aufglitt.

»Nicht viel Platz hier«, brummte Reggie, als er auf einen kleinen, vollen Parkplatz fuhr. Dahinter lag ein niedriges, schmales Gebäude hinter einer Buschreihe. Bei der gläsernen Eingangstür war kein Schriftzug zu sehen.

»Bist du sicher, dass wir hier richtig sind?«, erkundigte sich Angus. Und als Reggie an einer Stelle parkte, bei der es sich eindeutig um einen Fahrstreifen handelte, fragte er: »Bist du sicher, dass wir hier halten können?«

»Keine Striche«, erwiderte Reggie. »Kein nichts.« Er stellte den Motor ab. »Wir sind hier richtig. Saul hat mir persönlich gesagt, wo wir hin müssen.«

Cadel schwieg. Er mochte gar nicht daran denken, dass er jetzt aussteigen musste. Die Vorstellung, sich den ungläubigen Blicken völlig Fremder auszusetzen, erfüllte ihn mit Schrecken. *Die werden mich für verrückt halten*, stellte er mit schwindendem Mut fest.

Da er kaum eine andere Wahl hatte, stieg er aus dem Auto und ging hinein, wobei er sich an Reggies Arm festhielt. Es war schwer, all das Zeug, mit dem er sich ausgestopft hatte, auf Fionas hohen Absätzen zu balancieren. Als sie bei der Rezeption eintrafen, hing Cadel zwischen seinen beiden Leibwächtern wie ein Sack Konservendosen.

»Äh … wir haben einen Termin bei Mr. Hellen«, informierte Reggie die dunkelhaarige Empfangsdame, die ihr Erstaunen nicht verbergen konnte. Obwohl sie sogleich den Telefonhörer abnahm, verharrte ihr fassungsloser Blick auf Cadel.

»Auf welchen Namen?«, fragte sie.

Cadel übernahm. »Könnten Sie ihm bitte sagen, dass wir mit dem Videomaterial hier sind?«, brummelte er durch seinen Bart. Er hatte vergessen zu überprüfen, ob das Gebäude mit

Mikrofonen ausgestattet war, und wollte kein Risiko eingehen. Es war durchaus denkbar, dass sein Name einen Online-Alarm auslöste. »Dann weiß er schon, wer wir sind. Es ist eine polizeiliche Angelegenheit.«

Die Empfangsdame schluckte. Cadel war sich sicher, dass sie sich ein Lachen verkneifen musste – und sein Verdacht wurde bestätigt, als sie die Besucher mit zitternder Stimme bat, Platz zu nehmen. Offenbar fand sie den Kontrast zwischen seinem Rauschebart und dem Ausdruck »polizeiliche Angelegenheit« ungemein erheiternd. Er konnte ihr keinen Vorwurf daraus machen. Vermutlich wäre es ihm genauso gegangen. Aber wer konnte schon sagen, wie viele Webcams in seiner unmittelbaren Umgebung lauerten? Cadel war kein bisschen versucht, seine Verkleidung abzulegen.

Nicht zuletzt deshalb hätte er sich auf dem Weg zum Wartebereich beinahe den Knöchel verstaucht. Erst als er auf dem nächstbesten Sofa zusammengesackt war, fühlte er sich sicher genug, um Fionas hochhackige Schuhe auszuziehen. Im Sitzen brauchte er sie nicht, um sich größer zu machen. Dazu diente das Handtuch, das er sich in die kurze Hose gesteckt hatte.

Er fing an, sich die schmerzenden Zehen zu reiben, während Reggie und Angus sich neben ihn setzten. Das Zimmer, in dem sie sich befanden, nahm beinahe das gesamte Obergeschoss eines alten Lagerhauses ein, aus dem man ein schickes Großraumbüro voller Stahl, Glas und freiliegendem Mauerwerk gemacht hatte. Kabel ringelten sich von Schreibtischen herab, die mit Computern und Zubehör beladen waren. Reihe um Reihe geduckter Gestalten saßen wie hypnotisiert vor den leuchtenden Monitoren. Manche hatten Kopfhörer auf den Ohren, andere waren von halb gegessenen Schokoriegeln und fetttriefenden Papiertüten umgeben.

Keiner dieser jungen Leute schien Cadels Anwesenheit zu

bemerken, ganz zu schweigen von seinem falschen Bart. Sie waren alle viel zu beschäftigt mit ihren jeweiligen Aktivitäten.

Vielleicht waren sie es aber auch schlicht und einfach gewohnt, absurde Kostümierungen zu sehen, da sie im Filmgeschäft arbeiteten.

»Meinst du, das ist er?«, fragte Angus halblaut. Er starrte mit zusammengekniffenen Augen zu einem Mann hinüber, der unvermittelt am Kopf einer nahen Treppe erschienen war. Die Treppe führte in irgendein geheimnisvolles tiefer liegendes Geschoss hinab. »Sieht nicht gerade nach einem Chef aus, wenn du mich fragst.«

»Ja, aber er ist als Einziger alt genug, um ein Experte zu sein«, stellte Reggie leise fest und stand auf.

Angus folgte seinem Beispiel, während Cadel hektisch seine Schuhe wieder anzog.

Der Mann, der auf sie zukam, hatte dichte schwarze Haare und einen Stoppelbart. Er trug verblichene Jeans, ausgetretene Turnschuhe und ein leicht zerfranstes Hemd. Während er mit großen Schritten über den gebohnerten Holzboden auf sie zukam, wanderten seine dunklen Augen zu Cadels Rauschebart – und blieben dort hängen.

Er hob eine Braue. »Hallo«, sagte er dann. »Sie wollten mich sprechen?«

»Mr. Hellen?« Reggie streckte ihm eine Hand entgegen.

Der Neuankömmling ergriff sie und schüttelte sie lustlos, ohne dabei den Blick von Cadel abzuwenden. Sein Tonfall klang ein wenig misstrauisch. »Sagen Sie einfach Andrew …«

»Reggie«, erwiderte Reggie und kam gleich zur Sache, indem er erklärte: »Inspektor Greeniaus konnte uns leider nicht begleiten.« Er holte seine Marke hervor und hätte auch seine Begleiter vorgestellt, wenn Cadel ihn nicht davon abgehalten hätte.

»Moment bitte«, sagte Cadel. Er sprach mit leiser, heiserer Stimme, zur Sicherheit. »Würde es dir etwas ausmachen, mir zu sagen, ob das Sicherheitssystem hier Tonsignale aufzeichnet?« Er begegnete Andrew Hellens fragendem Blick mit einer Art verzweifelter Furchtlosigkeit. Als Andrews zweite Augenbraue hochwanderte, formulierte Cadel seine Frage um. »Wird diese Unterhaltung aufgezeichnet?«

»Nein, es sei denn, *ihr* zeichnet sie auf«, erwiderte Andrew. Inzwischen schien er sich sichtlich unwohl zu fühlen. »Wieso? Wo liegt das Problem?«

»Es gibt kein Problem«, grollte Angus. »Ich bin Officer McNair, und dieser junge Mann hier ist Cadel Greeniaus. Er hat eine kurze Frage an Sie. Dann sind wir auch schon wieder weg.«

»Mir ist klar, wie seltsam das alles wirkt, aber ich bin kein Spinner.« Cadel zupfte an dem weißen Flaum, der ihm vom Kinn hing. »Dieser Bart ist nur eine Vorsichtsmaßnahme.«

»Aha.« Andrew nickte, ohne dabei ganz überzeugt zu wirken.

»Ehrlich, ich weiß, wovon ich spreche. Ich mache demnächst meinen Abschluss in Computertechnik«, fuhr Cadel fort. »Hat Saul Greeniaus dir von diesem Überwachungskamera-Bug erzählt? Ich bin nämlich derjenige, der ihn entdeckt hat.«

Andrew murmelte etwas darüber, dass er selbst einige Teenager beschäftigte. Dann sagte er: »Der Mann am Telefon hat mir von einer computergenerierten Gestalt erzählt, die überall auftaucht. Auf DVR-Netzwerken. Meinst du das?«

»Ja«, antwortete Cadel.

Andrew schüttelte den Kopf. »Ich weiß nicht«, erwiderte er. »Mir ist nicht klar, wie das funktionieren soll.«

»Lass mich dir das Videomaterial zeigen.« Cadel hatte einen Skihandschuh abgenommen und holte eine CD aus Sauls Jackentasche. »Dann kannst du uns vielleicht weiterhelfen.«

Andrews zweifelnde Miene war nicht besonders ermutigend. Dennoch gab er höflich nach und führte seine Besucher in einen vollgestopften, dunklen, fensterlosen Raum mit einem Schreibtisch, mehreren Stühlen und Unmengen teuer aussehender Technik. Überall waren schmutzige Tassen verstreut.

Cadel entdeckte keine Kameras.

»Wollt ihr Kaffee?«, erkundigte sich Andrew, während er sich an einen Computer setzte. »Oder etwas anderes zu trinken?«

»Nein danke.« Cadel überreichte ihm die CD. »Sie ist sauber. Keine Sorge – sie wird dein System nicht mit irgendwas infizieren.«

Falls Andrew sich überhaupt Sorgen um sein System machte, behielt er es für sich. Absolut gleichmütig schob er Cadels CD ins Laufwerk, während Angus und Reggie sich durch die Tür quetschten und das kleine Zimmer damit fast bis zum Bersten füllten. Insbesondere Angus wirkte viel zu groß für den kleinen Raum. Er schaute immer wieder wehmütig zu den Kaffeetassen hinüber.

Reggie positionierte sich strategisch geschickt und strahlte mit seiner gesamten Erscheinung Misstrauen aus. Cadel fragte sich, ob der Polizist sich an Andrews langen Haaren und seinem unrasierten Kinn störte.

»Das ist er.« Cadel zeigte auf Prospers digitalen Doppelgänger, als dieser auf dem Monitor erschien. »Er geht durch jede einzelne Aufnahme, und … siehst du? Das ist die Lichtsonde. Die findet sich ebenfalls in jeder einzelnen Aufnahme.«

Andrew schnaubte. Er sah sich die Bilder in stiller Konzentration an, bis er bei dem Prosper-förmigen Loch ankam. Dann schnaubte er erneut.

»Hier ist der Fehler«, bemerkte Cadel überflüssigerweise. »Damit war die Sache eigentlich für alle klar.« Er hatte Andrews Gesicht beobachtet, das lang, zerfurcht und ein wenig erschöpft aussah. Es verströmte jede Menge Erfahrung. »Was meinst du? Gibt es jemanden, der das programmiert haben könnte? Irgendwo auf der Welt? Ich bin mir ziemlich sicher, dass ich weiß, wer sich um die Infiltration gekümmert hat, aber von der ganzen CGI-Sache verstehe ich nicht viel. Jedenfalls nicht genug, um eine Handschrift zu erkennen oder ein bestimmtes Spezialgebiet …«

»Das Bild ist ziemlich grobkörnig.« Andrew wedelte mit einem Finger vor dem Monitor herum. »Das bezeichnet man als degenerierte HDRI. Je schlechter das Bild ist, desto leichter ist es zu fälschen.«

»Aber du kannst erkennen, dass es eine Fälschung ist.«

»Nein.« Erneut schüttelte Andrew den langhaarigen Kopf. »Nicht durch reines Anschauen. Nicht bei einem so grobkörnigen Bild.«

»Oh«, machte Cadel niedergeschlagen. Er hatte auf einen verräterischen Hinweis gehofft, der für das geübte Auge erkennbar wäre. »Man müsste schon ziemlich gut sein, oder? Um so etwas hinzukriegen?«

»Man müsste brillant sein«, bestätigte Andrew. »*Ich* könnte das nicht. Ich wüsste ehrlich gesagt auch niemanden, der es kann.«

Cadel fühlte sich immer mutloser. »Wie, überhaupt niemanden?«, stöhnte er.

Andrew zuckte mit den Schultern. Dann blickte er zu Cadel hoch, der sich über seine Schulter beugte, und sagte: »Ist es das, was ihr sucht? Ein Name?«

»Wenn möglich.« Cadel holte tief Luft und versuchte es mit einer anderen Herangehensweise. »Wie würdest *du* so ein Problem in Angriff nehmen? Womit würdest du anfangen, wenn du einen Echtzeit-Datenstrom manipulieren wolltest?«

Andrew seufzte und fuhr sich durchs Haar. Brummelnd gab er ein paar zusammenhanglose Bemerkungen über eine »voll taugliche, spieleartige Rendering-Engine« von sich und wie man sie »in den Vierundsechzig-Bit-Bereich übertragen« müsse.

Es war Cadel unmöglich, ihm zu folgen.

»Die Sache ist allerdings die, dass ich kein Programmierer bin«, schloss Andrew. »Ihr müsstet mit einem mathematischen Genie reden. Mit einem Software-Entwickler oder einem von diesen Leuten, die an der bereits vorhandenen Software rumwerkeln.«

»Wie wer zum Beispiel?«, drängte Cadel.

»Keine Ahnung. Jemand wie Stephen Regulus. Er hat ›Massive‹ entwickelt – hast du schon mal von ›Massive‹ gehört?«

Cadel nickte, wobei er fast seinen Bart verloren hätte. Er wusste von der revolutionären Computergrafik-Software namens »Massive«. Er hatte sogar schon mal von Stephen Regulus gehört. Aber Regulus hatte nicht das Geringste mit dem Missetäter gemeinsam, nach dem sie suchten. Regulus war kein Außenseiter. Cadel versuchte es noch einmal, diesmal auf einem anderen Weg. »Diese Malware ist doch bahnbrechend, oder? Ich meine, damit könnte man vermutlich ein Vermögen machen.«

»Stimmt. Ja.« Andrew klang, als wäre er sich da absolut sicher.

»Und sie wird von einem Ganoven benutzt«, fuhr Cadel fort. »Um Computersysteme zu sabotieren.« Einen Moment lang ließ er diese Feststellung wirken, bevor er fortfuhr. »Gibt es jemanden in eurer Branche, der schlau genug ist, so etwas zusammenzubasteln, der aber selbst ein bisschen zwielichtig ist? Jemand von zweifelhaftem Ruf? Jemanden, dem *du* keinen Auftrag erteilen würdest, weil man ihm nicht trauen kann?«

Eine ganze Weile sagte keiner etwas.

Andrew musterte Cadel nachdenklich, als ob es ihm dubios vorkäme, dass ihm jemand solche Fragen stellte. »Ehrlich gesagt ... nein«, erwiderte er dann.

»Es müsste niemand aus Australien sein. Ich meine irgendjemand auf der ganzen *Welt*.«

»Ähm ...«

»Wie zum Beispiel aus Amerika?« Cadel dachte wieder an das Phantom-Anwesen. »Oder aus Kanada?«

»Wenn du uns helfen könntest, *werter Herr*, wäre das eine kluge Entscheidung«, knurrte Reggie von der Tür aus. Er ließ sich nicht von dem offenkundig ungläubigen Blick irritieren, den Andrew ihm zuwarf. »Wir reden hier von einer kriminellen Verschwörung.«

»Selbst wenn du nur jemanden kennst, der vielleicht jemanden kennen könnte«, drängte Cadel.

Unerklärlicherweise gab Andrew nach. »In L.A. habe ich mal so einen Typen getroffen. Jemand namens Raimo Zapp der Dritte. Komischer Kerl.«

»*Raimo Zapp der Dritte?*«, wiederholte Cadel.

»Ja.« Andrews trockener Tonfall sprach Bände. »Ich glaube, er hatte mal einen anderen Namen und hat ihn geändert. Womit man eigentlich schon alles Nötige über ihn weiß.«

Dennoch erzählte er, was er über Raimo Zapp den Dritten gehört hatte. Raimo war von zahlreichen Spezialeffekte-Firmen Hollywoods auf die Schwarze Liste gesetzt worden, weil man ihn beim Diebstahl von Scans mehrerer berühmter Filmstars erwischt hatte. Bei diesen Scans hatte es sich um mit Hilfe von Laserabtastern gesammelte Bilddaten gehandelt, die Filmemachern alle nötigen Informationen gaben, um digitale Doppelgänger zu erzeugen. Raimo hatte diese Scans an gewisse Underground-Regisseure verkauft, die Filme machten, in denen ein respektabler Star es sich nicht hätte erlauben können, aufzutauchen. Als Raimo für dieses Vergehen entlassen wurde, sabotierte er prompt die Softwareprotokolle seiner ehemaligen Arbeitgeber. Laut Andrew hatte eine ganze Armee digitaler Roboter angefangen, Tanznummern aufzuführen, wann immer man ihr befahl, sich in den Nahkampf mit einem gegnerischen Heer zu stürzen.

»Wie gesagt, ich habe den Kerl mal in L.A. getroffen, auf

einer Siggraph-Konferenz«, verriet Andrew. »Lange bevor er Mist gebaut hat. Er hatte eine verdammt krasse Einstellung.«

»Was meinst du damit?«

»Ach … Raimo hatte so einen Komplex. Er hatte eine Stinkwut auf alles und jeden. Hat ununterbrochen davon gequatscht, dass CGI-lern nicht der nötige Respekt entgegengebracht würde.« Ein ironisches Lächeln flackerte auf Andrews Gesicht auf, als amüsierte er sich insgeheim über einen Witz, der nicht besonders komisch war. »Er hat einen Riesenvortrag gehalten«, berichtete er. »Ich habe mich mehr oder weniger ausgeklinkt.«

Cadel biss sich auf die Unterlippe und dachte angestrengt nach. Das Ganze war reine Spekulation. Es gab keinerlei Hinweise darauf, dass Raimo Zapp der Dritte etwas mit der Video-Malware zu tun hatte.

Andererseits hatte er vielleicht Verbindungen. Nützliche, antisoziale Verbindungen.

»Könntest du Kontakt mit ihm aufnehmen?«, erkundigte sich Cadel. »Weißt du, wo er wohnt?«

»Nein, aber ich könnte mal rumfragen.« Andrew holte die CD aus dem Laufwerk. »Soll ich das machen?«

»Ja, bitte.«

»Raimo ist kein besonders scheuer Kerl«, sagte Andrew und gab Cadel die CD zurück. »Irgendjemand weiß mit Sicherheit, wo er steckt.«

»Wenn du es herausfindest, erfahre ich es dann?«

»Sicher doch.« Andrew holte sein Telefon heraus. »Wie ist deine Nummer?«

Cadel zögerte. Nachdem er die verschiedenen Möglichkeiten überdacht hatte, war ihm klar geworden, dass Reggies Telefon wahrscheinlich sicherer war als Sauls, Fionas oder Judiths. Also war es letztlich Reggies Nummer, die Andrew in sein elektronisches Telefonbuch eintrug.

Dann beschloss Cadel, Schluss zu machen. Ihm war aufgefallen, dass Andrew ungeduldig mit dem Knie auf und ab wippte, und er fragte sich, ob sie seine Gastfreundschaft überstrapaziert hatten.

»In Ordnung, das wäre dann wohl alles«, sagte Cadel. »Es sei denn, dir fallen noch weitere Namen ein.«

»Tut mir leid.« Andrew erhob sich. »In diesem Geschäft gibt es nicht besonders viele Soziopathen.«

Obwohl seine Stimme ausdruckslos klang, ließ das Funkeln in seinen Augen vermuten, dass er sich einmal mehr im Stillen über etwas amüsierte. Doch er wurde ernster, als er seine drei Gäste zur Rezeption zurückbegleitete. Nachdem er ihnen viel Glück gewünscht hatte, gab er schließlich eine letzte Information preis.

»Mir ist gerade noch etwas eingefallen, was Raimo damals zu mir gesagt hat«, bemerkte er. »Der Typ meinte immer wieder, er sei ein solches Genie, dass seine neueste Idee die Welt im Sturm erobern würde. Was der *zweite* Grund ist, warum ich ihn nicht besonders ernst genommen habe.«

Cadel runzelte die Stirn. »Und der Erste …?«

»Sein Name.«

»Oh. Stimmt.«

»Natürlich ist er nicht mit einem falschen Bart herumgelaufen, aber … na ja, man soll ein Buch nicht nach dem Umschlag beurteilen«, schloss Andrew mit einem schiefen Lächeln und einem Seitenblick.

Dann drückte er einen Knopf an der Wand, und das Stahltor draußen öffnete sich langsam.

11

Als Cadel im Kinderkrankenhaus von Sydney ankam, trug er weder einen falschen Bart noch hohe Absätze. Er war zu dem Schluss gekommen, dass die Tarnung nutzlos sein würde, da Prospers Überwachungsteam Sonjas Besucher sicher sehr genau im Auge behielt. Mit Kissen und Skihandschuhen konnte man vielleicht ein Computerprogramm zum Narren halten, aber niemanden, der sich das Videomaterial der krankenhauseigenen Kameras in Echtzeit anschaute.

Außerdem wollte er in der Öffentlichkeit nicht wie ein totaler Volltrottel dastehen.

Also traf er wie üblich in T-Shirt und Kordhosen mit einer großen Schachtel gemischter Lakritze auf Station C 3 ein. Sonja liebte gemischte Lakritze. Sie liebte die geometrischen Muster und den Umstand, dass sie so leicht zu kauen war. Cadel dachte sich, dass der Anblick sie aufheitern würde, selbst wenn sie die Lakritze nicht essen konnte.

Er brachte Fiona, Reggie und Angus mit. Saul hatte versprochen, sich später mit ihnen zu treffen. Er war noch damit beschäftigt, mit Reggies Auto irgendeiner Spur nachzugehen, weshalb die beiden Leibwächter sich in Fionas kleinen Wagen hatten quetschen müssen. Auf Cadels Rat hin hatten sie beschlossen, Sauls geliehenen Corolla nicht in die Nähe der

Krankenhauskameras mitzunehmen – nur für den Fall, dass jemand sah, wie Cadel hinten ausstieg.

»Das Auto dürfte sicher sein«, hatte Cadel gesagt. »Aber nur, solange unser Hacker das Nummernschild nicht sieht.«

Er wusste, dass es auf dem Parkplatz und an vielen Haltestellen Kameras gab. Darum fühlte er sich ab dem Moment beobachtet, in dem sie durch die Krankenhaustore fuhren.

Das Gefühl verstärkte sich, als er sich dem Haupteingang näherte. Er kam sich vor, als ginge er auf einen versteckten Scharfschützenposten zu. Sobald er einmal durch die Tür war, war es nicht mehr so schlimm – drinnen konnte er nicht viele Überwachungsgeräte ausmachen. Dennoch blieb er nervös und schreckhaft, trotz seiner Leibwächter.

Als sie die dritte Etage erreichten, war er schweißgebadet.

Die Station C 3 war nur für Jugendliche. Gegenüber vom Schwesternzimmer befanden sich drei große Pinnwände voller Schnappschüsse von jungen Leuten. Manche Patienten trugen Verbände und Krankenhaushemden, andere Partykleider oder Wanderausrüstung. Als Cadel die Fotos betrachtete, sah er Zahnspangen und Pickel und Nasenstecker. Er sah glänzende Luftballons und Kuscheltiere. Es war ein farbenfroher Anblick, durch den der graue Teppich und die eitergelben Wände seltsamerweise noch bedrückender wirkten.

Sonjas Zimmer befand sich am Ende eines langen, ziemlich schmuddeligen Gangs. Fiona ließ sich von einer Krankenschwester den Weg zeigen und führte sie an halb geöffneten Türen vorbei, durch die sie Betten auf Rädern, zugezogene Vorhänge und flimmernde Fernseher sahen. Während sie sich ihrem Ziel näherten, fiel es Cadel immer schwerer zu atmen. Seine Hände zitterten, und sein Mund war ausgetrocknet. Ihm war speiübel.

»Wir warten hier«, verkündete Reggie plötzlich. Er nickte Angus zu, der bereits ein paar neugierige Blicke auf sich gezogen hatte.

Die beiden Männer bezogen links und rechts von Sonjas Tür Stellung und verschränkten locker die Hände vor dem Bauch.

Cadel zögerte.

»Nur zu, Schatz«, drängte Fiona und stieß ihn sanft an. »Warum gehst du nicht schon rein? Ich hole mir so lange eine Tasse Kaffee und sage Sonja später hallo.«

»Aber …«

»Du bist derjenige, den sie sehen will.«

Cadel war sich da nicht so sicher. Sonja war nicht dumm. Ihr musste klar geworden sein, dass ihre Verletzungen etwas damit zu tun hatten, dass er Teil ihres Lebens war – es sei denn natürlich, es ging ihr so schlecht, dass sie nicht viel hatte nachdenken können.

Als er in ihr Zimmer stolperte, wobei er die Tüte mit der gemischten Lakritze fest umklammert hielt, pochte sein Herz wie ein Presslufthammer.

Im Zimmer standen zwei Betten, von denen eines leer war. Das andere befand sich am Fenster und war von mehreren Wägelchen und kleinen Schränken umgeben. Sonjas alter Dynavox stand auf einem Nachttisch auf Rollen, und ihr geschientes Bein war in eine Art Gerüst gezwängt, zweifellos, um es absolut stillzustellen. Ihre Augen schauten schläfrig und blutunterlaufen unter dem Verband an ihrer Stirn hervor.

Doch sie leuchteten auf, als sie Cadel entdeckte.

»Gnnn!«, quäkte sie und tastete nach ihrem Dynavox. Der Anblick ihrer dünnen, knotigen, sich mühenden Finger war zu viel für ihn. Sie waren so zerbrechlich. So *verwundbar*.

Ihre Lippen begannen zu zittern, und er musste die Tränen zurückhalten. Als Sonja das merkte, wurde sie nervös. Ihre Muskeln reagierten entsprechend und spannten sich unkontrollierbar an. Ihr Rücken bog sich durch, ihr Hals krümmte sich, und ein Arm schlug gegen den Dynavox.

Cadel begriff, dass er etwas sagen musste, ganz egal, was für einen Riesenkloß er im Hals hatte. Sonst würde Sonja um sich schlagen, bis sie sich verletzte.

»Tut mir leid«, murmelte er. »Es tut mir wirklich leid.«

»Naa.« Sie zog ruckartig die Augenbrauen zusammen.

»Ich habe dir ein paar hiervon mitgebracht.« Er hielt die Lakritze in die Höhe und schniefte schwer. Am wichtigsten war es, sie zu beruhigen, das wusste er. »Soll ich sie an irgendeine bestimmte Stelle legen? Du hast hier nicht viel Platz.«

»Eeh.« Sonja wedelte mit einer Hand und beugte sich zu ihm hinüber. Cadel erkannte die Geste sofort. Sie wollte nach seinem Geschenk greifen. Also legte er es neben sie auf das Bett und beugte sich dann hinunter, um sie sehr behutsam auf die Wange zu küssen.

»Judith wird dir sicher erzählt haben, was passiert ist«, krächzte er. »Dass mein Telefon übernommen worden ist und dass es ein Signal durch deine Bluetooth-Verbindung gesendet hat.« Er schaute sich nach einem Stuhl um. »Ich wusste nicht mal, dass mein Bluetooth eingeschaltet war. Jemand hat mein Telefon sabotiert. Wahrscheinlich Dot.«

Als er einen kunststoffgepolsterten Stuhl in einer Ecke entdeckte, schob er ihn näher ans Bett, während Sonja unter Mühen eine Nachricht buchstabierte.

»*Die-Hausherrin*«, sagte ihr Dynavox schließlich mit seiner tonlosen, elektronischen Stimme.

Cadel hob die Brauen. »Oh«, sagte er. »Davon hast du also auch gehört, ja?«

»*Zurückverfolgen*«, erklang ihre quälend langsame Antwort. Dann: »*Chatroom.*«

»Nein.« Er verstand genau, wovon sie redete. »Wer auch immer die Hausherrin gehackt hat, er ist nicht wieder aufgetaucht. Die Polizei überwacht seinen Befehls- und Kontrollzugang, aber ich halte das für sinnlos. Er wird sich nicht wieder zeigen.« In dem Versuch, sie zu beruhigen, fügte er hinzu: »Ich werde dafür sorgen, dass alles sauber ist, bevor du nach Hause kommst. Mach dir keine Gedanken. Wenn's sein muss, reiße ich die Kameras raus.«

Er sagte nichts von den Krankenhauskameras, obwohl sie ihm schwer zu schaffen machten. Genau wie der Umstand, dass es zweifellos Online-Systeme gab, die jeden Aspekt der Krankenhausverwaltung steuerten: den Schichtplan, die Patientenaufnahmen, die Krankengeschichten, die Wartelisten. Wenn es um Computer ging, waren Krankenhäuser nicht weniger schwer verdrahtet als Banken, Flughäfen oder intelligente Häuser.

Allein schon bei dem Gedanken lief es ihm kalt über den Rücken. Er hatte das Gefühl, als wären Minen unter dem Boden versteckt und Gucklöcher durch die Lichtelemente gebohrt.

»*Nicht-deine-Schuld*«, buchstabierte Sonja hartnäckig. »*Hör-auf-dir-Sorgen-zu-machen.*«

Cadel schluckte. »Ich war das Ziel«, brummte er und starrte dabei auf seine Füße. »Nicht du. Wenn du nicht in genau dem Moment dort gewesen wärst …«

»*Bla-bla. Langweilig.*« Obwohl Sonja ein bisschen aus der Übung war, konnte sie sich mit ihrem Dynavox immer noch recht gut verständigen. Als Cadel überrascht aufblickte, fuhr sie fort. »*Geht-nicht-immer-nur-um-dich-dich-dich.*«

Getroffen hob er zum Widerspruch an. »Das meine ich doch gar nicht. Ich meine nur …«

»*Prosper-hasst-mich-mehr*«, unterbrach sie ihn, indem sie auf die Tastatur einhackte. »*Wie-wirst-du-ihn-aufhalten?*«

Es war schwer zu beurteilen, in welcher Stimmung sie sich befand. Der Dynavox spulte ihre Nachrichten monoton ab, und ihre Miene wurde vom Zucken unkooperativer Muskeln verzerrt. Doch Cadel meinte, ein Funkeln in ihren Augen zu sehen, und er ahnte, dass sie ihn mit Absicht provozierte. Vielleicht, um die Stimmung aufzuhellen? Um ihrer Frustration Luft zu machen? Er wusste es nicht.

Ihm blieb nichts anderes übrig, als tief durchzuatmen und zu hoffen, dass niemand ihr leises, kleines Gespräch belauschte.

»Die Hausherrin wurde mit einem Programm gehackt, das jemand für ein anderes Haus geschrieben hat«, sagte er leise und nahm dabei die Fernbedienung für den Fernseher zur Hand. Nachdem er den Ton lauter gestellt hatte (es kam gerade eine Quizshow), beugte er sich zu ihr hinunter, bis er gegen das Stahlgitter gepresst war, das sie davon abhalten sollte, aus dem Bett zu purzeln. »Hat Judith dir das gesagt? Als ich mir die Malware angesehen habe, habe ich alle möglichen Anwendungen für spezifische Bluetooth-Geräte entdeckt – Sachen, die Judith gar nicht hat. Vielleicht können wir das ursprüngliche Haus ausfindig machen, wenn wir jemanden identifizieren, der all diese Produkte gekauft hat.«

»*Amerika*«, wandte Sonja ein.

Cadel nickte.

»Das würde mich nicht überraschen«, sagte er. Dann legte er eine Hand an den Mund, um auf gar keinen Fall belauscht zu werden, und fügte hinzu: »Amerika ist ein großes Land, aber es kann nicht *so* viele Menschen auf der Welt geben, die einen Wischroboter und obendrein ein computergesteuertes Schloss mit Alarmfunktion an ihrem Waffenschrank haben. Man weiß nie – vielleicht führen die Hersteller ja über ihre Kunden Buch.«

»*Versicherung.*« Ganz offensichtlich hatte Sonjas Kopfverletzung in keiner Weise ihr Denkvermögen beeinträchtigt. »*Alles-irgendwo-bei-einer-Gesellschaft-versichert? Flächendeckend-prüfen?*«

»Ich bin nicht selbst auf der Jagd«, gab Cadel als Antwort auf den umständlich formulierten Vorschlag zu. »Sid hat das Kommando. Ich darf im Moment nicht ins Internet.«

Sonjas Schnauben war durchaus beabsichtigt. Es war ein Geräusch, das sie aus freiem Willen von sich gab, um ihrem Unglauben Ausdruck zu verleihen. Als sie die Augen verdrehte, fühlte Cadel sich genötigt, seinen Stiefvater zu verteidigen.

»Saul versucht nur, vorsichtig zu sein«, brummte er. »Es ist nicht so, dass ich auf der Wartebank sitze, weißt du. Es muss nur so *aussehen*, falls jemand uns beobachtet.«

Sonja blinzelte. Ihr Blick zuckte durch den Raum, offenbar auf der Suche nach Hinweisen auf eine Wanze oder eine versteckte Kamera. Dann bewegte ihre Hand sich über den Dynavox und verharrte über dem Buchstaben »V«. Doch sie tippte nicht darauf. Stattdessen schaute sie fragend zu Cadel, der nickte.

»Ja«, bestätigte er fast lautlos. »Ich glaube, es könnte Dr. Vee sein.« Da er wusste, wie schwer es Sonja fiel, Fragen zu stellen, gab er ihr die weiteren benötigten Antworten, ohne dass sie ihn darum bitten musste. »Wenn er in Amerika ist, dann hat er allerdings jemanden, der hier drüben für ihn arbeitet. Weil ›Bev‹ nämlich aus dieser Stadt angerufen hat. Tatsächlich bin ich morgen bei einem Wardriving-Team dabei, das sich aus Richards Studenten zusammensetzt. Wir suchen nach ID-Signaturen, in …«

»*Grah!*«, japste sie so heftig, dass er mitten im Satz abbrach. Erst dachte er, dass es sich um einen Schmerzensschrei handelte, doch dann bemerkte er den besorgten Ausdruck in ihren Augen. Wieder und wieder hackte sie auf den Dynavox ein, aber aus irgendeinem Grund traf sie ihn einfach nicht. Ihre Finger berührten nicht einmal die Tastatur.

»Was?«, fragte er. »Was ist los?«

»Dnn! Dnn!«

»Soll ich die Krankenschwester rufen? Brauchst du etwas? Tut dir etwas weh?«

»*Dnn!*«

Sie hackte noch immer auf den Dynavox ein, ohne ihn zu erwischen.

»Hier.« Er griff über ihr Bett. »Ich mache es selbst. Blinzle zweimal, wenn ich beim richtigen Buchstaben bin. ›A‹. Nein? ›B‹ …«

»*NAAH!*«

Ihr ganzer Körper warf sich ihm entgegen und prallte gegen das Stahlgitter, das sie trennte. Der Aufprall überraschte ihn so sehr, dass er zurückzuckte und beinahe von seinem Stuhl gekippt wäre.

»Was zum …?« Er war völlig verdattert. Doch als er sah, wie sie um sich schlug und dabei auf die Maschine vor sich einhämmerte, rastete in seinem Kopf plötzlich etwas ein. »Oh mein Gott«, stotterte er. »Der Dynavox!«

Der Dynavox war im Clearview House gewesen. Der Dynavox war ein Computer.

Der Dynavox konnte sehr wohl verwanzt sein – wenn nicht sogar Schlimmeres.

»Ich nehme ihn mit«, sagte er und sprang auf.

Als er das Gerät ergriff, schien Sonja sich ein wenig zu entspannen. Sie fiel mit einem tiefen, erleichterten Seufzer in ihre Kissen zurück, obwohl ihre Hände weiter zuckten.

Cadel ging zur Tür und riss sie auf. Draußen standen Reggie und Angus nach wie vor auf ihrem Posten. Fiona hatte sich mehrere Meter weiter in diskreter Entfernung hingesetzt. Ihr Mann stand mit einem Strauß Seidenblumen in der Hand neben ihr. Judith hatte sie vorgewarnt, dass man keine echten Blumen ins Krankenhaus mitbringen dürfe, da die Pollen schlecht für Leute mit Allergien waren.

»Was macht ihr da?«, wollte Cadel wissen. »Warum kommt ihr nicht rein?«

»Ähm …« Saul schaute hilfesuchend zu seiner Frau.

Bevor sie jedoch etwas sagen konnte, hielt Cadel Reggie den Dynavox hin – der ihn mit einem überraschten Grunzen entgegennahm.

»Das Ding müssen wir dringend loswerden«, sagte Cadel. »Es könnte ein Problem sein.« Er wandte sich erneut Saul zu. »Der Dynavox war im Clearview House, erinnerst du dich? Jemand sollte überprüfen, ob sich wer an dem Gerät zu schaffen gemacht hat.«

»Himmel.« Die verwirrte Miene des Inspektors wich langsam einem Ausdruck des Erschreckens. »Daran habe ich gar nicht ...«

»Aber der gehört Sonja«, wandte Fiona ein.

Daraufhin sagte Saul: »Wir lassen uns was einfallen. Bring ... bring ihn einfach runter ins Auto, Reg, ja?«

»In welches Auto?«, fragte Reggie. »Deins oder ihres?«

Cadel wartete Sauls Antwort nicht ab, sondern eilte in Sonjas Zimmer zurück und ließ die Tür hinter sich zufallen. Er ärgerte sich über seine eigene Dummheit. *Natürlich* konnte der Dynavox verwanzt sein. Warum war ihm das nicht eher in den Sinn gekommen?

»Tut mir leid«, sagte er an Sonjas Bett. »Das war dumm. Ich kann kaum glauben, dass ich nicht selbst darauf gekommen bin. Ein Glück, dass hier wenigstens *irgendwer* seinen Kopf benutzt.« Dann beugte er sich vor, um ihr etwas ins Ohr zu flüstern. »Wenn ich doch nur Zeichensprache könnte«, wisperte er. »Das ist total verrückt. Es ist wie damals am Axis-Institut.«

»Sonja? Hallo?« Fionas vorsichtige Begrüßung unterbrach ihn. Sie war mit Sauls Seidenblumenstrauß ins Zimmer geschlüpft. »Ist alles in Ordnung, Schatz? Kommst du ohne deinen Dynavox zurecht?«

»Natürlich nicht!«, blaffte Cadel. Obwohl er wusste, dass er sich unfair verhielt, konnte er seinen Tonfall einfach nicht mäßigen. »Wir müssen ihr etwas anderes besorgen! Wir müssen sofort Judith anrufen!«

»Tja ... in Ordnung. Das können wir machen.« Falls Fiona überrumpelt war, ließ sie es sich nicht anmerken. Sie musterte ihn mitfühlend und sagte sanft: »Ich wollte mich nur vergewissern, dass Sonja kein Problem mit deiner Entscheidung hat …«

»Es war nicht *meine* Entscheidung, es war *ihre!*« Cadel lief rot an vor Wut über die unverhohlene Unterstellung, dass er versuchte, andere Leute herumzukommandieren. »Sie ist darauf gekommen, nicht ich!«

»Oh.«

»Vielleicht gibt es hier im Krankenhaus ja einen Ersatz-Dynavox«, fuhr er fort. »Oder etwas *Ähnliches*. Es muss hier doch eine Abteilung für Sprachtherapie geben – lässt sich das nicht rausfinden? Können wir nicht eine Krankenschwester fragen?«

Fiona runzelte die Stirn und warf einen Blick auf die Uhr. »Es ist schon ziemlich spät«, sagte sie. »Nach sieben. Ich bezweifle, dass irgendein Sprachtherapeut vor morgen früh zur Verfügung …«

»Aber wir können ja mal fragen, oder?«, rief er.

In diesem Moment betrat Saul das Zimmer. »Was können wir fragen?« Der Inspektor klang, als hätte er keine Lust, sich mit einer weiteren Krise herumzuschlagen. »Was gibt es für ein Problem?«

»Das Problem ist, dass Sonja reden muss!«, schrie Cadel. »Also müssen wir jemanden fragen, ob es hier irgendwo einen Ersatz-Dynavox gibt!« Als er sah, dass seine Stiefeltern nachdenkliche Blicke wechselten, verlor er die Geduld. »*Ich* mache es«, bellte er und eilte Richtung Zimmertür.

Doch Saul stand ihm im Weg, und er trat nicht beiseite. Stattdessen griff er Cadel am Arm.

»Beruhige dich«, befahl der Inspektor.

»Ich bin nicht …«

»*Beruhige. Dich.*«

Plötzlich merkte Cadel, dass er die Fäuste geballt hatte. Von

Sauls ernstem Blick zur Räson gebracht, versuchte er bewusst, sich etwas zu entspannen, holte tief Luft und bewegte die Finger.

»Ich weiß, dass du aufgebracht bist, und ich weiß auch, warum«, erklärte Saul. »Aber es besteht kein Grund zur Panik, alles klar?«

Cadel nickte.

»Ich werde mal sehen, was ich tun kann.« Saul richtete sich auf und wandte sich mit lauter Stimme an Sonja. »Die Sache tut mir leid. Ich bin in einer Minute zurück und sage hallo – aber ich nehme mal an, es ist jetzt wichtiger, dass wir dir eine Möglichkeit verschaffen, ebenfalls hallo zu sagen.«

Am anderen Ende des Zimmers gab Sonja ein Quieken von sich, das ein »Ja« sein mochte.

Fiona sagte zu ihrem Mann: »Ich kann gehen, wenn du möchtest. Ich weiß, wie diese Bürokraten denken.«

»Ja«, gab er zurück, »aber ich habe meinen Ausweis dabei. Und eine Pistole habe ich auch.« Als seine Frau einen leidgeprüften Seufzer ausstieß, wandte er sich wieder Cadel zu. »Geh du mit Sonja reden. Dafür bist du hier. Überlass den Rest einfach mir – ich kümmere mich darum.«

»Wie soll ich mit Sonja reden?«, fragte Cadel und gestikulierte wild im Raum umher. »Selbst wenn sie einen Dynavox *hätte*, schau dich doch mal um! Hier ist alles verdrahtet, und ich weiß überhaupt nichts über diese Systeme! Ich weiß nicht mal, ob es hier drahtlose medizinische Geräte gibt! Ich weiß auch nicht, wie es um die Sicherheit bestellt ist!« Er raufte sich die Haare. »Was, wenn sie einen computerisierten Medikalisierungsplan haben? Was, wenn da jemand reinkommt und Sonjas Dosierungen ändert?«

»Cadel, Schatz. Schau mal da drüben.« Fiona schaffte es schließlich, ihn zu beruhigen, indem sie auf Sonjas Bett zeigte. »Das ist ein Clipboard mit einem Krankenblatt drauf. Hier wird noch immer Papier benutzt, du musst dir nicht solche Sorgen machen.«

»Wir können auf uns selbst aufpassen«, bekräftigte der Inspektor. »Und wir können auf Sonja aufpassen. Du bist nicht für unsere Sicherheit zuständig. Das ist nicht deine Aufgabe.« Er legte Cadel einen Arm um die Schultern. »Weißt du, was mir Sorgen macht? Dass du dich vielleicht total aufregst und dass du dann durchdrehst. Weil du nämlich nicht Superman bist, mein Sohn. Du bist nur ein schlauer Junge, der eine Menge um die Ohren hat.«

»Niemand erwartet von dir, dass du die Welt rettest«, stimmte Fiona ihm zu. »Du kannst nicht alles in Ordnung bringen, egal, wie genial du bist. Das solltest du auch nicht müssen. Ich will nicht, dass du das musst.«

Ich will das auch nicht müssen, dachte Cadel grimmig. *Nur habe ich kaum eine Wahl. Nicht jetzt, da Prosper English zurück ist.*

»Du musst lernen, anderen Menschen zu vertrauen«, stellte Saul fest, als könnte er Cadels Gedanken lesen. »Entspann dich einfach und sei bei Sonja zu Besuch.«

»Aber …«

»Ich weiß, dass Sonja gerade nicht sprechen kann«, fuhr der Inspektor fort. »Das heißt aber nicht, dass du nicht mit *ihr* reden kannst, oder?«

Cadel zögerte. Er fragte sich, ob er unter Verfolgungswahn litt. Wie hoch standen die Chancen, dass Prosper Sonjas Zimmer verwanzt hatte? War es unvernünftig, sich solche Sorgen zu machen? Dachte er wie ein Absolvent des Axis-Instituts anstatt wie ein normales menschliches Wesen?

Oder war es unklug, etwas Wichtiges mit Sonja zu besprechen, solange sie in einer Umgebung festsaß, die er nicht voll verstand?

»Hier.« Plötzlich löste Sauls Hand sich von Cadels Schulter.

Der Inspektor fischte in seiner Jacke herum – aber er zog nicht seine Pistole aus dem Halfter. Stattdessen holte er ein kleines Ringbuch und einen Kugelschreiber hervor. »Wenn du dich dabei wohler fühlst, kannst du es auch aufschreiben«, sagte er. »Wenn du dir große Sorgen machst, kannst du meinetwegen ja verschlüsselt schreiben. So oder so redest du trotzdem mit Sonja. Niemand kann euch dann belauschen.« Während Cadel brummend das Notizbuch entgegennahm, bot ihm sein Stiefvater einen weiteren Ratschlag an. »Ihr seid beide schlaue Kinder, und ihr habt noch eine halbe Stunde, bevor die Station schließt. Warum macht ihr nicht das Beste daraus? Wenn ich zurückkomme, brauchst du wahrscheinlich gar keinen Dynavox mehr. Dann plappert ihr einander wahrscheinlich mit der Fernbedienung voll.«

»Mit der *was?*«, sagte Cadel, doch es war zu spät. Saul war bereits herumgewirbelt und verschwand auf den Gang.

»Hör mal, Schatz.« Fiona wartete, bis ihr Mann außer Hörweite war, bevor sie weiterredete. »Du musst nicht bleiben, wenn du nicht willst«, sagte sie. »Du bist müde, und du hattest einen anstrengenden Tag. Sag einfach Bescheid, dann bringe ich dich nach Hause. Ich bin sicher, Sonja macht es nichts aus.«

Cadel hörte gar nicht zu. Er starrte quer durch den Raum auf die Fernbedienung für den Fernseher.

Die Fernbedienung.

Es gab eine Menge Dinge, die man mit einer Infrarot-Fernbedienung anstellen konnte …

12

Thi Thuoy wohnte in einem zweistöckigen Stadthaus aus Ziegelstein. Am nächsten Morgen, als Saul und Cadel dort eintrafen, fiel ihnen auf, dass mehrere Autos vor dem Haus standen. Eines dieser Autos gehörte Hamish Primrose, bei einem anderen handelte es sich um Gazos kleine blaue Karre.

Thi ging selbst an die Tür. Er hatte ausgeprägte Grübchen, einen Nasenstecker und ein breites weißes, blendendes Lächeln. Über seinen fadenscheinigen Jeans trug er einen MIT-Pullover.

Cadel erkannte ihn sofort aus dem K-17-Computerlabor wieder.

»Hi«, sagte Thi. Obwohl er eine verwunderte Miene zur Schau stellte, sagte er nichts zu Cadels Skihandschuhen, den Schwimmflossen und dem ausgestopften Anorak. Richard Buckland hatte ihn bereits in mehreren Telefongesprächen vorgewarnt. »Kommt rein.«

»Sind Sie Mr. Thuoy?«, erkundigte sich Saul unter seinem schwarzen, arabischen Tschador hervor. Er war von Kopf bis Fuß in ein traditionelles muslimisches Frauengewand gehüllt, das Fiona einmal geschenkt bekommen hatte. Da das Kleid etwas zu kurz für ihn war, schauten unter dem Saum deutlich seine Hosenbeine hervor.

»Nennt mich Thi.« This Grinsen wurde breiter. »Ihr seid wahrscheinlich …«

»Inspektor Saul Greeniaus. Und das hier ist Cadel.«

»Aus dem Labor«, stellte Thi zufrieden fest und beäugte den Jungen. »Ich dachte mir schon, dass du der Typ bist, von dem Richard geredet hat.«

»Ist Richard hier?«, fragte Saul, als Thi zurücktrat, um ihn einzulassen.

»Klar ist er das.« Thi winkte seine beiden Gäste durch. »Zweite Tür rechts. Er ist mit Boyd gekommen – kennt ihr Boyd?«

Cadel schüttelte den Kopf. Sie standen in einem schmalen Flur, der an einer Treppe mit Läufer und an mehreren Zimmern vorbei zu einem großen, offenen Wohnbereich führte. Cadel erhaschte einen Blick auf glänzende Dielen, helle Farbe und bunte Bücherregale weiter vorne, bevor der Inspektor plötzlich vor ihm stehen blieb und ihm die Aussicht versperrte.

Sie waren bei der zweiten Tür rechts angekommen.

Hamish hatte Cadel irgendwann einmal mitgeteilt, dass Thi Thuoy reich war. »Kennst du den Typen mit dem Nasenstecker und der verrückten Frisur? Seinem Vater gehört eine dieser Elektronikketten«, hatte Hamish mit einer Mischung aus Eifersucht und Ehrfurcht gesagt. »Darum hat er etwa fünf Computer und ein eigenes Haus in Leichhardt.«

Thi wohnte definitiv nicht wie die meisten seiner Kommilitonen. Obwohl er ein Student im Abschlussjahr war, der Teilzeit als Tutor arbeitete, bestand kein Zweifel daran, dass ihm finanzielle Unterstützung zuteilwurde.

Das war für Cadel sogar noch offensichtlicher, als er durch die zweite Tür rechts spähte und etwa ein Dutzend Computer bemerkte, die in dem dahinterliegenden Zimmer entlang der Wände aufgestellt waren.

»Keine Bange«, sagte Thi hinter ihnen. »Das ist ein in sich geschlossenes System. Es gibt keine Verbindung zur Außenwelt.«

»Sozusagen ein *virtuelles Internet*«, verkündete Hamish aus dem Computerraum. Er hockte neben der Tür auf einem Küchenstuhl. Bei ihm waren Richard Buckland, Gazo Kovacs und zwei weitere Personen: ein schlaksiger, ungelenker, bärtiger Hippie mit einem Rattennest blonder Dreadlocks auf dem Kopf und ein großer, kräftiger, pickliger Junge, dessen Fuß in einem Gips steckte. Der Gips war über und über mit Ziffern und mathematischen Gleichungen bedeckt, die alle sorgsam mit einem Kugelschreiber darauf geschrieben waren. Der Junge mit dem Gips trug eine Baseballmütze über seinem langen, fettigen Pferdeschwanz und dazu ein T-Shirt mit den Worten *Boyd war unartig*.

Cadel begriff, dass er Boyd sehr wohl kannte – zumindest vom Sehen. Boyd war ein herausstechender Teilnehmer von Richard Bucklands Kurs »Programmieren für Fortgeschrittene«, der ständig Getränke verschüttete und über Kabel stolperte. Boyds hohe, nasale Stimme war Cadel ebenso vertraut wie die Fäustlinge, die er nie auszog. Hamish hatte oft spekuliert, dass »der große, fette Kerl mit der Baseballmütze« mit behaarten Handflächen zur Welt gekommen sein musste oder mit sechs Fingern an einer Hand.

»Er verbirgt etwas«, hatte Hamish immer wieder beharrlich erklärt. »Vielleicht hat er ein echt krankes Tattoo. Oder jemand hat mal versucht, ihn zu kreuzigen, und man sieht die Narben noch.«

Cadel wusste nicht genau, wie Boyd sich das Bein gebrochen hatte, aber er hegte den leisen Verdacht, dass der Unfall nicht auf einem Fußball- oder Basketballplatz stattgefunden hatte.

»Ist das nicht fantastisch?«, fuhr Hamish fort. »Ich wünschte, *ich* hätte ein virtuelles Internet zum Rumspielen.«

»Das Ding hat eine Drahtlossicherung«, teilte Thi ihnen mit, und im selben Moment klingelte es an der Tür. »Ah«, sagte er dann, »das muss Vijay sein.« Damit ging er nach draußen, um ein weiteres Mitglied von Richards Wardriving-Team hereinzulassen.

»Dieses System ist ein in sich geschlossener Kreislauf«, erläuterte Hamish inzwischen. »Es gibt keinen Weg hinein, es sei denn, man sitzt hier. Es ist also sicherer, als es aussieht.« Seufzend fügte er hinzu: »Ich wünschte, *ich* wäre reich.«

»Du *bist* verdammt reich!«, fiepste der Hippie. »Du hast ein eigenes Auto, oder?«

»Du auch«, gab Hamish zurück.

»Ja, aber ich hab meins *gestohlen*«, stellte der Hippie fest und brach in ein rauhes, keckerndes Lachen aus.

Cadel kam zu dem Schluss, dass es sich um Duke handeln musste. Er hatte schon von Duke gehört.

»Das ist Duke«, bestätigte ihm Hamish. »Er hat ein Auto m-mitgebracht.«

»Das er gestohlen hat«, folgerte Saul, wobei er den Dreadlock-Schopf säuerlich beäugte. Er hatte sich bereits seinen Tschador heruntergerissen, so dass sein verschwitztes, zerzaustes Haar und seine grimmige Miene zum Vorschein kamen.

Das Grinsen, mit dem Duke antwortete, offenbarte, dass ihm mindestens ein Zahn fehlte.

»Nur von meinem Dad«, sagte er. »Und es ist nie gemeldet worden.«

»Er scherzt«, versicherte Hamish dem Inspektor, worauf dieser seufzte.

Cadel wusste, dass Duke bei der Polizei nicht aktenkundig war. Als er gehört hatte, dass Hamish beabsichtigte, einen seiner Computerspiel-Freunde zu Richards Wardriving-Übung mitzunehmen, hatte Saul Duke sofort überprüft, doch er hatte nichts Fragwürdiges entdeckt. Duke war sechsundzwanzig Jahre alt, arbeitete in einem Großmarkt, wohnte bei seinen beiden älteren Brüdern und versuchte derzeit, mehrere überfällige Bußgelder für Falschparken abzubezahlen. Laut Hamish war Duke in solchem Maße videospielabhängig, dass ihn drei Freundinnen nacheinander rausgeworfen hatten – obwohl Cadel stark bezweifelte, dass das stimmte. Man konnte sich nur schwer vorstellen, dass irgendein Mädchen sich für so einen verlotterten, flachbrüstigen, wurzellosen Herumtreiber interessierte.

Hamish steckte voller Geschichten über Duke, der einmal dreiundfünfzig Stunden am Stück wach geblieben war, wobei er literweise Kaffee und Cola getrunken hatte, in dem Versuch, einen Gegenspieler in Amerika zu besiegen. Duke pinkelte oft lieber in eine Flasche, anstatt von seiner Tastatur aufzustehen. Er war dafür bekannt, aufgrund seiner nächtlichen Online-Spielgewohnheiten sechs Arbeitsstellen verloren zu haben. In Anbetracht dessen hatte Cadel das sichere Gefühl, dass irgendwelche Mädchen Duke höchstens aus Mitleid bei sich zu Hause aufnehmen würden, und nur dann, wenn er auf dem Wohnzimmerfußboden schlief.

»Was soll das mit den Schwimmflossen?«, fragte Boyd. Mit offenem Mund starrte er Cadel an, der bereits mehrere Wollmützen von seinem Kopf entfernt und einen Mundvoll Baumwollmull ausgespuckt hatte. »Niemand hat etwas davon gesagt, dass wir schwimmen gehen.«

»Die sind bloß eine Sicherheitsmaßnahme«, erklärte Saul. »Die Flossen verändern Cadels Gang.«

»Das haben wir doch besprochen, Boyd«, warf Richard behutsam ein. »Es geht um die Videoanalysen, weißt du noch?«

»Ach ja. Stimmt«, sagte Boyd.

Duke meinte: »Mann, ihr beiden seht echt wie *totale Freaks* aus!«

Cadel unterdrückte die naheliegende Antwort – die gewesen wäre, dass Duke mit seinen modrigen Dreadlocks und seinem fehlenden Zahn selbst wie der größte Freak überhaupt aussah. Es war sinnlos, sich mit jemandem zu streiten, der nicht mal schlau genug war, gelegentlich zum Zahnarzt zu gehen.

Cadel zog sich eine Flosse vom Fuß und beschloss, ruhig und konzentriert zu bleiben, ganz egal, was kommen würde.

»Also, welcher bist du?«, fuhr Duke fort und musterte Saul mit beinahe manischer Neugier. »Der Bulle oder die menschliche Stinkbombe, oder was?«

»Er ist der Bulle«, sagte Hamish, was Duke dazu veranlasste, theatralisch die Hände zu heben

»Alles in Ordnung, Herr Polizist!«, schrie er. »Ich werde ganz brav sein! Ich habe in meinem ganzen Leben keinen einzigen Strafzettel gekriegt – fragen Sie ruhig nach!«

»Mach dir keine Gedanken wegen Duke«, erklärte Hamish. »Ich werde ihn im Auge behalten.«

»Nein, das wirst du nicht tun.« Saul verschränkte die Arme und wollte sich gerade näher erklären, als Thi in Begleitung von drei Neuankömmlingen in der Tür erschien.

Cadel kannte den kleinsten, dessen Name Egon war und der bei Richards Programmierkurs immer in der ersten Reihe saß. Unter seinem flaumigen schwarzen Lockenschopf ragte eine auffällig große, schnabelförmige Nase hervor. Er trug immer denselben schlabbrigen, fleckigen Pullover, der ihm bis fast auf die Knie hing. Aus den hochgekrempelten Ärmeln schauten seine Handgelenke wie Essstäbchen aus Elfenbein hervor, an denen zwei überproportional große Hände befestigt waren. Doch das Auffälligste an Egon war sein beständig missmutiger Gesichtsausdruck, der sich nie veränderte. Er wirkte unentwegt unzufrieden, verärgert und beleidigt.

Falls This Einladung ihn erfreute, so zeigte er es nicht. Er trug wie immer eine unzufriedene, finstere Miene zur Schau.

»Also, Leute – das ist Egon«, sagte Thi. »Das ist Vijay, und das ist Vijays Dad … äh … Mr. Naidoo.«

»Ich stelle ein Auto zur Verfügung und meine Dienste als Fahrer«, erklärte Naidoo den Versammelten. Er war ein stämmiger Mann mittleren Alters, dessen Haar sich langsam lichtete, und trug Anzug und Krawatte. »Guten Morgen, Mr. Buckland. Ich glaube, wir haben uns schon mal getroffen.«

»Ja«, bestätigte Richard und beugte sich vor, um ihm die Hand zu schütteln. »Ich danke Ihnen vielmals, dass Sie gekommen sind. Wir brauchen jede Hilfe, die wir bekommen können.«

»Kein Problem«, sagte Mr. Naidoo großzügig.

Sein Sohn schwieg und wahrte eine undurchschaubare Miene. Anders als die anderen Teenager im Zimmer trug Vijay ein ordentlich gebügeltes Hemd, einen blauen Blazer und eine dunkle Hose mit Bügelfalten. Sein Haar war akkurat geschnitten, und er hatte bemerkenswert reine Haut. Trotzdem blieb er einem irgendwie nicht im Gedächtnis. Cadel konnte sich nicht erinnern, ihn schon mal in Richards Kurs gesehen zu haben.

»Okay.« Unvermittelt rief Saul die Versammelten zur Ordnung und ließ den Blick mit ruhiger Autorität durch den überfüllten Raum schweifen. »Sind jetzt alle da? Wo ist Ihre Freundin, Mr. Thuoy? Ich dachte, sie hilft mit?«

»Das tut sie«, versicherte ihm Thi. »Sie musste kurz zur Bibliothek, aber sie ist sicher bald zurück.«

»In dem Fall sollten alle, die sich noch erleichtern wollen, das jetzt tun«, riet der Inspektor. »Wenn diese Sache nämlich erst einmal in Gang ist, gibt es keine Pinkelpausen mehr. Dann müssen alle durchhalten, bis wir fertig sind.«

»Die Toilette ist nebenan«, fügte Thi hinzu, worauf Gazo leicht peinlich berührt hinausschlich und sich stammelnd entschuldigte, während er sich an mehreren Grüppchen vorbeischob.

Sobald er fort war, sagte Egon in ätzend missbilligendem Tonfall: »Wer zum Teufel war das? Habe ich den nicht schon mal irgendwo beim *Rasenmähen* gesehen?«

Cadel wurde unwillkürlich sauer, doch Saul ergriff als Erster das Wort.

Er musterte Egon einen Moment lang und sagte dann: »Das ist Gazo. Er hat eine hohe Sicherheitseinstufung und ist einer unserer Fahrer.«

Egon rümpfte die Nase. »Und wer wärst du?«, fragte er wie jemand, der fest entschlossen war, unbeeindruckt zu bleiben, egal, was Saul sagte. »Bist du der Bulle, von dem Richard geredet hat?«

»Ganz genau. Mein Name ist Kriminalinspektor Saul Greeniaus, und ich helfe dabei, diese Übung mit Mr. Buckland hier zu koordinieren.«

Mr. Naidoo räusperte sich. »Aber im Prinzip handelt es sich um ein Universitätsprojekt, nicht wahr?«, fragte er hastig. Er schien darauf zu warten, dass Richard ihm beipflichtete. »Ein außerplanmäßiges Projekt, das zusätzliche Studienpunkte einbringt. Habe ich recht, Mr. Buckland?«

»Im Großen und Ganzen«, stimmte ihm Richard zu. »Aber wir helfen nebenbei auch der Polizei.«

»Heißt das, ihr vergesst meine Strafzettel?«, witzelte Duke an Saul gewandt, während er sich mit Hingabe die Kopfhaut kratzte. »Da ich keine Studienpunkte kriege, verdiene ich ja wohl *irgendeine* Art von Bezahlung.«

»Verkehrsdelikte gehören nicht in meinen Bereich, Mr. Moloney«, erwiderte der Inspektor. Er wollte gerade fortfahren, als ein Schlüssel klimperte, Scharniere knarrten und irgendwo nicht weit entfernt eine Haustür zuschlug. Cadel hörte Schritte, gefolgt von einer melodischen, weiblichen Stimme.

»Thi? Bist du zu Hause?«

»Hier drin!«, rief Thi und teilte den anderen Anwesenden mit: »Snezana ist zurück.«

Snezanas Erscheinen sorgte für plötzliche Stille. Mehrere Kiefer klappten in perfekter Gleichzeitigkeit herunter, als sie in der Tür zu This Computerzimmer innehielt, denn sie war hochgewachsen und gertenschlank, hatte riesengroße graue Augen und langes, dunkles Haar, das ihr bis zur Hüfte hinabfiel. Mit ihren üppigen Lippen, der makellosen Haut, dem exotischen Schmuck, der stilvollen Bekleidung und den hochhackigen Stiefeln hätte sie ein Model sein können. Selbst Mr. Naidoo wirkte bei ihrem Anblick leicht benommen.

Saul hob ansatzweise eine Braue.

»Tut mir leid, dass ich zu spät bin.« Snezana klang, als meinte sie es ehrlich. »Auf dem Weg war eine Baustelle.«

»Wir haben noch gar nicht angefangen«, sagte Thi.

Da drängte Duke sich dazwischen. »Bist du *wirklich* This Freundin?«, wollte er wissen und glotzte Snezana an. »Oder hat er dich nur für heute angeheuert?«

Boyd keckerte, während Egon die Augen verdrehte.

Saul sagte mit schneidender Stimme: »Ms. Zivanovic studiert Kostümdesign und hat freundlicherweise angeboten, uns bei gewissen Sicherheitsvorkehrungen zu helfen, die wir ergreifen müssen.« Bevor ihn jemand über diese Sicherheitsvorkehrungen ausfragen konnte, wandte er sich Hamish zu. »Du müsstest zum Beispiel hier und da etwas ausgepolstert werden. Und Gazo auch.«

»*Ich?*« Hamish wirkte entsetzt. »Warum ich?«

»Weil bekannt ist, dass du und Cadel miteinander verkehrt«, antwortete der Inspektor. »Das sollte ich dir nicht erklären müssen, Hamish.«

»Aber ich benutze doch nicht mal mein eigenes Auto!«, protestierte Hamish. »Ich fahre im Wagen von Dukes Vater mit!«

»Nein, das tust du nicht.« Saul sprach lauter, damit alle Versammelten ihn hörten. Trotz (oder wegen) seiner fließenden schwarzen Gewänder war er eine ehrfurchtgebietende Erscheinung. »Das ist das Erste, was ich zu sagen habe, bevor ich das weitere Vorgehen an Richard Buckland übergebe«, fuhr er fort. »Mr. Buckland wird sich um die technische Seite kümmern, ich dagegen regele die Sicherheitsvorkehrungen bei dieser Operation. Sollte irgendwer ein Problem mit den Regeln haben, die ich festsetze … sagen wir einfach, sie sind nicht verhandelbar.«

»Ich verstehe immer noch nicht, warum wir so bescheuerte Verkleidungen tragen müssen«, beschwerte sich Hamish. Offensichtlich traf die Warnung des Inspektors bei ihm auf taube Ohren. »Warum setzen wir uns nicht einfach hinten in den Lieferwagen oder so was? Dann sieht uns niemand.«

»Es sei denn, du musst aussteigen!«, wischte Saul den Vorschlag rüde vom Tisch. »Außerdem hat man mir gesagt, dass sich die Signale besser verfolgen lassen, wenn man die jeweiligen Stellen visuell lokalisieren kann.«

Er hielt einen Moment lang inne, als Gazo sich zurück ins Zimmer schlich. Wäre Snezana nicht da gewesen, dann hätte Gazos Rückkehr vielleicht nicht mehr als ein paar desinteressierte Blicke auf sich gezogen. Doch als Gazo Snezana sah, errötete er, zögerte und trat dann schnell den Rückzug an. Sekunden später war er fort.

Einen Augenblick später schlug die Haustür zu.

»*Gazo?*«, rief Saul ihm hinterher.

Die Übrigen schauten verblüfft drein.

»Wo will *der* denn hin?«, knurrte Egon schließlich.

Niemand antwortete ihm.

Thi wandte sich Saul zu. »Soll ich hingehen und nachsehen, was los ist?«, fragte er.

Auch er erhielt keine Antwort. Der verwirrte Blick des Inspektors huschte zu seinem Adoptivsohn, dem plötzlich klar wurde, was geschehen war. Snezana war wohl ein zu großer Schock für Gazo gewesen. Wahrscheinlich war er hinausgelaufen, für den Fall, dass er die Kontrolle über sich verlor.

Er wollte sie vor einer möglichen unglückseligen Stressreaktion schützen.

»Lass ihn einfach ihn Ruhe«, sagte Cadel. »Er kommt schon zurecht.«

»Bist du dir sicher?« Snezanas Tonfall klang leicht besorgt. »Wenn es ihm schlechtgeht, dann kann er sich gerne oben hinlegen.«

»Nein.« Cadel blieb unnachgiebig. »Gazo hat manchmal so komische Anfälle. Wir können ihn immer noch informieren, wenn … ähm … wenn er sich etwas beruhigt hat.«

»Oh, stimmt.« Hamish war nicht dumm, und als der Groschen fiel, begann er höhnisch zu grinsen.

Etwas an diesem Grinsen ließ auch Saul endlich begreifen, und mit einem Mal erkannte der Inspektor, was los war.

»Oh, ach so. Ich verstehe.« Er räusperte sich. »Nun gut … wie ich schon sagte, es ist unabdingbar, dass wir gewisse Sicherheitsvorkehrungen treffen. Zum Beispiel müssen einige von uns ihr Erscheinungsbild leicht verändern, nur für den Fall, dass wir überwacht werden.« Saul, der die Widerworte vorausahnte, die Egon mit an Sicherheit grenzender Wahrscheinlichkeit auf der Zunge lagen (wenn man nach seiner empörten Miene ging), fügte hinzu: »Das gilt natürlich *nur* für diejenigen, die bereits in der Vergangenheit viel mit Cadel zu tun hatten. Zum Beispiel für Hamish und Gazo …«

»Und für mich?«, warf Thi ein. »Wir haben uns ein- oder zweimal im Labor unterhalten.«

»Nein.« Saul schüttelte den Kopf. »Flüchtige Bekanntschaften zählen nicht. Die wären nicht der Art von Überwachung unterworfen, der wir uns hier entziehen wollen.« Er holte tief Luft. »Was mich gleich zum nächsten Punkt bringt. Einige der Personen in diesem Raum kenne ich nicht, und das ist ein Sicherheitsrisiko. Deshalb wird jeder von euch ein Team mit einem Fremden bilden. So können wir sichergehen, dass wir davon erfahren, wenn jemand auf die Idee kommt, vom ursprünglichen Plan abzuweichen.«

Sofort hob Hamish die Hand. »Erster, ich fahre mit Snezana!«, trällerte er, was Boyd ein Kichern, Duke ein Stöhnen und Egon eine Grimasse entlockte.

Mr. Naidoo beachtete Hamish gar nicht weiter und wandte sich mit besorgter Miene an Saul. »Entschuldigen Sie«, sagte der beunruhigte Vater, »aber habe ich nicht die Erlaubnis, meinen eigenen Sohn zu fahren?«

»Nein.« Saul redete nicht um den heißen Brei herum. »Tut mir leid, aber ich bin mir sicher, dass Ms. Zivanovic Vijay nur zu gerne fährt. Ebenso bin ich mir sicher, dass Ihr Sohn glücklich darüber sein wird, Ms. Zivanovic das Fahren zu überlassen.«

Ein Seitenblick auf Vijay ließ Cadel zu dem Schluss kommen, dass »glücklich« nicht das richtige Wort war. Vijay sah fassungslos aus – und ein kleines bisschen ratlos. Als Snezana ihm zulächelte, senkte er den Blick. Er stand wie angewurzelt da und starrte auf seine Füße, während Duke lautstark seufzte.

»Mann«, sagte Duke, »das ist so was von ungerecht.«

»Duke, du fährst mit Thi«, fuhr Saul fort.

»Aber …«

»Hamish, du fährst mit Mr. Naidoo. Ich will *nicht* erfahren müssen, dass du irgendwie aufgemuckt hast.« Er ignorierte Hamishs schmollende Miene und bat Richard Buckland um seine Meinung. »Hast du irgendwelche Präferenzen?«, erkundigte sich der Inspektor und schaute zu Boyd und Egon hinüber. »Der da oder der?«

»Ach … wie es besser passt«, antwortete Richard. Er schien nur ungern jemand bevorzugen zu wollen, wenn es um seine eigenen Studenten ging.

Saul schnaubte. »In Ordnung. Dann nimm den da«, entschied er und machte eine Kopfbewegung in Boyds Richtung. »Und der hier kann mit mir mitkommen.«

Damit meinte er nicht Cadel, sondern Egon. Cadel blinzelte.

Egon brummte: »Großartig«, aber er klang nicht, als ob er es ernst meinte.

Als er Cadels Stirnrunzeln sah, versuchte Saul, sich zu erklären. »Du bist bei Gazo, weil er dich kennt«, erklärte der Inspektor. »Wenn er mit einem Fremden fährt, würde ich mir Sorgen wegen seines Stresslevels machen. Letztlich kann er dich besser verteidigen als ich.« Während Cadel die indirekte Anspielung auf Gazos ungewöhnliches Problem zur Kenntnis nahm, fuhr Saul fort. »Er fährt nicht mit seinem eigenen Auto. Ihr nehmt This Wagen, damit seid ihr sicherer.«

»Hat der Wagen ein Navi?«, fragte Cadel. »Dann können wir ihn nämlich nicht benutzen.«

»Ich wünschte, dem wäre so«, sagte Thi wehmütig.

Cadel bemerkte, dass die allgemeine Stimmung im Raum sich wandelte. Boyd, Egon und Vijay wechselten Blicke.

Dann sagte Egon: »Was soll das heißen, wir können kein Navi benutzen? Wie sollen wir das ohne hinkriegen?«

»Auf die altmodische Art«, eilte Richard Saul zu Hilfe. »Mit einer Straßenkarte.«

»Aber warum?« Offenbar konnte Egon ein »Nein« als Antwort nicht so einfach hinnehmen, weshalb Cadel sich einmischte.

»Weil die Person, die wir suchen, sich in jedes System hacken kann«, erklärte er. »Deshalb können wir auch unsere Telefone nicht benutzen.«

»*Wie?*«, schrie Duke.

Selbst Snezana starrte Cadel ungläubig an.

Und aus Egon brach es heraus: »Um Himmels willen …!«

»Keine Telefone.« Saul blieb streng. »Die kann man abhören.«

»Niemand kennt mich. Das meinten Sie doch gerade«, wandte Snezana ein. »Warum sollte irgendjemand versuchen, mein Telefon abzuhören, wenn diese Person mich noch nie gesehen hat?«

»Es ist unwahrscheinlich«, musste Saul zugeben. »Aber wir können nicht vorsichtig genug sein. *Keine Telefone.*«

»Das ist doch lächerlich«, beschwerte sich Egon.

Der Inspektor lächelte freudlos. »Sei du bloß froh, dass du keine falsche Nase trägst«, gab er zurück. Dann ließ er den Blick über die Versammelten schweifen und erklärte, dass Richard Buckland nun alle über das angedachte Scan-Raster informieren werde. »Jeder Fahrer hat eine eigene Route, die er in einem bestimmten Zeitraum abdecken muss«, verkündete Saul. »Es ist wichtig, dass ihr nicht von euren Routen abweicht, also hört gut zu. Sobald Mr. Buckland fertig ist, kümmert sich Ms. Zivanovic um Hamish, Cadel und …« Er zögerte einen Sekundenbruchteil und warf Hamish einen Blick zu. »Würdest du bitte rausgehen und Gazo holen? Das sollte er auch hören.«

»Klar«, sagte Hamish und rutschte von seinem Stuhl.

»Wir sollten versuchen, um zwei unterwegs und um vier wieder hier zu sein«, fügte Saul hinzu. »Wenn es irgendwelche Probleme gibt, ruft mich nicht an. Ich erfahre dann schon beim Abschlussbericht davon. Und wenn ihr einander an einer Kreuzung begegnet – was mit Sicherheit passieren wird –, dann versucht, euch nichts zuzurufen oder euch etwas zu zeigen oder irgendetwas anderes zu tun, womit ihr Aufmerksamkeit auf euch ziehen könntet. Das hier ist nämlich kein Studentenstreich. Alles klar? Das hier ist eine *Polizeioperation.*« Er erstickte einen weiteren blöden Spruch von Duke mit einem strengen Blick im Keim und nickte Richard zu. »Gut. So viel von mir. Jetzt übergebe ich an Mr. Buckland …«

13

Als Cadel und Gazo schließlich in This Auto einstiegen, waren sie beide unter Snezanas geschickten Händen verwandelt worden. Gazo trug eine falsche Nase, ein Paar Elfenohren zum Aufstecken und falsche Schneidezähne, die seine Oberlippe hochdrückten und so seinen Mund verzerrten. Cadel hatte falsche Augenbrauen bekommen, dazu eine Kinnprothese, die immer wieder abfiel, und eine silbergraue Theaterperücke, die den Verlauf seines Haaransatzes änderte und ihm den Anflug einer Stirnglatze verlieh.

»Das ist eine Altmännerperücke, und du siehst nicht gerade aus wie ein alter Mann«, hatte Snezana zugegeben, als sie zurückgetreten war, um ihr Werk zu begutachten. »Das Wichtigste ist aber, dass deine Maße sich dadurch verändern. Deine Stirn ist jetzt schon mal ein gutes Stück höher.«

Cadel hatte die Perücke duldsam hingenommen, obwohl sie kein bisschen kühler war als vier Mützen übereinander und seine Kopfhaut darunter höllisch juckte. Er hatte sich auch bereitgefunden, seine Oberarme auszustopfen. Allerdings hatte er sich geweigert, sich einen Satz bunter Nägel anzustecken, obwohl seine Fingernägel dadurch breiter ausgesehen hätten, als sie es waren. »Ich muss einen Laptop benutzen«, hatte er erklärt, »und ich will an die Tasten rankommen.«

Natürlich benutzte er nicht seinen *eigenen* Laptop. Sicherheitshalber hatte er sich einen von Thi ausgeliehen, der mehrere übrig hatte. Dieser Laptop war nun mit einer drahtlosen Netzwerkantenne verbunden, die Cadel selbst sehr preiswert aus von Hamish gespendeten Einzelteilen gebaut hatte. Boyd hatte Cadel verschiedene Spür- und Scan-Programme zur Verfügung gestellt, und Saul hatte seinem Adoptivsohn ein Handy zugesteckt.

Trotz der »Nicht-telefonieren-Regel« hatte Saul leise darauf beharrt, dass Cadel ein Spezialfall war.

»Niemand sonst geht ein ähnliches Risiko ein«, stellte der Inspektor fest, während er Cadel hinten in This Auto einsteigen ließ. »Lass das Handy einfach aus, und wenn es irgendwelche Probleme gibt, ruf Reggie an. Er ist in Rufbereitschaft, falls du Hilfe brauchst.«

Cadel seufzte. Er war es zutiefst leid, Vorsichtsmaßnahmen zu ergreifen, obwohl er wusste, wie notwendig sie waren. »Es wird nicht viel helfen, das Telefon abzustellen«, sagte er. »Ein umherstreifender Bug könnte es ohne Probleme anstellen.« Aber er versprach, den Akku des Telefons herauszunehmen und den Kopf gesenkt zu halten, wann immer Gazo an eine rote Ampel kam oder an einem Blitzer vorbeifuhr.

Nicht, dass es in den Seitenstraßen der Vorstadt Dulwich Hill viele Blitzer gegeben hätte.

Als Gazo losfuhr, versuchte Cadel sich einzureden, dass die Lage langsam nicht mehr so schlimm aussah. Sonjas Zustand verbesserte sich stetig. Das Wardriving-Team wirkte ebenfalls überraschend kompetent – obwohl Duke zweifelsohne ein schwaches Glied in der Kette war. Cadel war davon überzeugt, dass Duke sich verfahren oder zum Rauchen anhalten oder dass er gar gegen einen Baum fahren würde. Und dann waren da noch all die anderen Spuren, denen man derzeit folgte: das amerikanische intelligente Haus zum Beispiel. Der Chatroom. Raimo Zapp. Obwohl Andrew Hellen noch nicht angerufen hatte, um ihnen die Kontaktdaten von Raimo zu geben, würde er das sicher bald tun.

Trotzdem fühlte Cadel sich unwillkürlich niedergeschlagen. Sein Wardriving-Plan war zum einen nicht besonders vielversprechend. Es war unwahrscheinlich, dass er in der Lage sein würde, irgendeines der in den nächsten paar Stunden gesammelten Signale zu identifizieren. Wie standen die Chancen, dass Vee, Dot oder Com ihre alten Zugangsidentitäten verwenden würden? Oder dass sie beschlossen hatten, eine von Sonja, Judith oder Cadel zu stehlen? Wie standen die Chancen, dass ein auch nur halbwegs intelligenter Mensch so kriminell nachlässig sein würde?

»Minimal«, brummte Cadel.

Gazo spähte daraufhin mit zusammengekniffenen Augen in den Rückspiegel. »Was meinsde?«, fragte er. Wegen der falschen Nase und der falschen Zähne klang er leicht verschnupft.

»Nichts.« Cadel ließ den Blick durch die Straßen schweifen und errechnete, dass sie noch etwa fünf Minuten von der Grenze nach Dulwich Hill entfernt waren. »Danke, dass du das machst, Gazo. Es ist wirklich nett von dir, dass du dir solche Mühe gibst.«

Gazo zuckte mit den Schultern. »Nach Sonja bin ich vielleich der nächsde«, antwortete er. »Besonders, wenn's hier um Prosper gehd. Außerdem hab ich die Woche frei. Keine große Sache.« Nach kurzem Schweigen fügte er hinzu: »Außerdem helf ich den Leuden gern.«

»Das wolltest du schließlich immer«, bestätigte Cadel. Er war gerade mit den Reichweiteneinstellungen beschäftigt. »Ich kann mich erinnern, dass du das gesagt hast.«

»Ja, das hab ich.« Gazo räusperte sich. »Ich hab's auch deinem Dad un so erzähld. Ich hab gefragd, ob ich zur Polizei kann.«

»Das hast du?« Cadel riss den Kopf hoch. Das kam ganz und gar unerwartet. »Was hat er dazu gesagt?«

»Er meinde, dass er sich ein bisschen umhören würd.«

»Wow.«

»Das Problem is ...«, setzte Gazo an, doch dann erstarb seine Stimme.

Schließlich brach Cadel das sich anschließende Schweigen. »Du machst dir wegen deines Problems Sorgen?«, riet er.

»Nein, nich *ich*. Ich meine – also, wie viele Mädchen wie diese Schnidde Snezana gib's wohl? Nich viele.« Gazo seufzte und kurbelte am Lenkrad. »Aber jeds wird dein Vader glauben, dass ich mich nich under Kondrolle habe. Er wird glauben, dass ich immer Misd bau, obwohl es eigenlich nur um dies eine Mädchen gehd. Ich schwör, dass ich mir seit Monaden keine Sorgen deswegen gemach hab. Seid Monaden nich. Un dann kommd *sie*.«

Sein Tonfall war so schwermütig, dass Cadel ins Grübeln kam. Handelte es sich lediglich um einen Fall von schlechtem Timing? Oder hatte Snezana mehr getan, als einfach nur Gazos berufliche Zukunftsaussichten zu gefährden?

Hatte sie ihn total verknallt zurückgelassen?

»Snezana sieht sehr hübsch aus«, sagte Cadel schließlich, »Aber es gibt viele attraktive Mädchen da draußen. Wenn du ein Polizist wärst, dann müsstest du dir ganz sicher sein, dass sie nicht *alle* eine solche Wirkung auf dich haben ...«

»Haben sie nich«, unterbrach ihn Gazo. »Es is nur sie.«

»Bist du dir da ganz sicher?« Cadel war es nicht. »Wie viel Zeit verbringst du denn überhaupt mit hübschen Mädchen?« Die Worte hatten kaum seinen Mund verlassen, da bereute er sie auch schon.

Doch Gazo war nicht beleidigt. »Soll das ein Wids sein?«, antwortete er. »Ich hab mein halbes Leben aufm Uni-Cambus verbrachd. Da *wimmelds* nur so von Hinguggern.« Plötzlich veränderte sich sein Tonfall, und er klang mit einem Mal ziemlich besorgt. »Siehs du die nich, Cadel? Die gansen Süßen überall?«

»Natürlich.« Tatsächlich bemerkte Cadel nie besonders viele

Mädchen, wenn er sich an der Uni aufhielt, weil Computertechnik bei den Studentinnen kein besonders beliebtes Fach war. In seinem Programmierkurs für Fortgeschrittene gab es nur vier, und eine von ihnen war so leise und schüchtern und hatte so viele Haare auf dem Kopf, dass er ihr Gesicht eigentlich noch nie gesehen hatte.

Was die ganzen Mädchen betraf, die Jura studierten oder BWL oder Medizin ... na ja, er hatte auf seinem Weg zum K 17 und zurück zwar von Zeit zu Zeit einen Blick auf sie erhascht, aber er hatte eigentlich nicht weiter über sie nachgedacht, da die meisten von ihnen ein gutes Stück älter waren als er – und auch größer. Wenn sie ihn überhaupt zur Kenntnis nahmen, dann wahrscheinlich als sonderliches kleines Wunderkind ohne Ahnung von Mode.

»Ledse Woche war ich auf ner Pardy, und da war alles voller Mädchen«, fuhr Gazo fort. »Kleines Zimmer. Viele Leude.«

»Wirklich?« Cadel versuchte, nicht so verloren zu klingen, wie er sich fühlte. »Wer hat dich eingeladen?«

»Wie gesagd – ich verbring mein halbes Leben aufm Cambus. Es gibd immer Pardys, wenn man die Augen offenhäld, wa? Selbs wenn man nur Rasen mähd.«

Cadel sagte nichts weiter, stattdessen errötete er.

Offenbar fiel das Gazo auf, denn er fügte hastig hinzu: »Ich habe aber niemals wen Junges gesehn, musdu wissen. Vielleich' gib's da so viel Alk, dass die Leude Angsd ham, wen zu fragen, der noch nich sechzehn is.«

»Vielleicht.«

»Wenn ich zur Polizei gehe, dann laden die *mich* auch nich mehr ein«, stellte Gazo mit einer Spur Genugtuung fest, doch dann verschlechterte sich seine Laune wieder. »Das heißd, wenn ich wirklich zur Polizei geh«, sagte er traurig. »Also, wenn sie mich nehmen.«

»Das machen sie sicher.«

»Ich weiß nich. Da eben hab ich's echd versaud.« Gazo bremste an einer Ampel und schaute auf den Stadtplan, der aufgeschlagen neben ihm auf dem Sitz lag. Doch offensichtlich dachte er nicht über seine plangemäße Route nach, denn plötzlich sagte er: »Wenn ich aber zur Polizei geh, krieg ich mehr Lohn. Ich könnde mir so ein Audo hier kaufen. Und vielleichd ein Haus wie das von Snezana …«

»Es ist nicht ihr Haus«, warf Cadel ein. »Das Haus gehört Thi. Er hat eine reiche Familie.«

»Ja?« Gazos Schultern sackten herab. »War ja klar.«

»Wir sind fast da«, sagte Cadel, dem ein Straßenschild aufgefallen war.

Gazo schnaubte, als Duke plötzlich über die Kreuzung vor ihnen sauste. »Das is der Kerl mit den Dreadlocks«, stellte er fest. »Ich schädze, der is auf dem Weg nach Marrickville.«

Hoffen wir bloß, dass er es findet, dachte Cadel, doch er behielt seine Zweifel für sich. Stattdessen konzentrierte er seine Aufmerksamkeit auf die Aufgabe, die er sich gestellt hatte, und zeichnete jede Zugangsidentität auf, die sie auf dem Weg durch Dulwich Hill empfingen. Langsam krochen sie durch das Gitterwerk kleiner Straßen, vorbei an Häuserreihen im Edwardianischen Stil und an Ansammlungen alternder Wohnblocks. Dann und wann veranlasste eine Rüttelschwelle, eine Sirene oder ein wütendes Hupen Cadel dazu, von seinem Laptop aufzublicken. Doch die meiste Zeit über war er zu beschäftigt, um die Aussicht zu genießen, die für ihn zu einer Art Hintergrundrauschen verschwamm.

Nichts Unerfreuliches geschah auf ihrer neunzigminütigen Fahrt. Elektronische Daten flossen ungehindert zu ihnen. This Auto schnurrte durch die Straßen und musste sich nicht mit mechanischen Fehlfunktionen herumschlagen. Gazo erreichte die richtigen Punkte zu den richtigen Zeiten und sagte kurz Bescheid, wenn sie an einem bekannten Gesicht vorbeikamen.

»Da is dein Dad«, murmelte er, oder: »Was machd denn dieser Hippie hier?« Insgesamt achtete er jedoch darauf, seinen beschäftigten Mitfahrer nicht zu stören, und sprach kaum ein weiteres Wort, bis er am zuvor festgelegten »Ausfahrtsknotenpunkt« ankam, gerade mal achtundsiebzig Sekunden früher als geplant. Dann drehte er sich zu Cadel um und sagte: »Ich muss jedz zurück. Es sei denn, du brauchsd noch irgendwas?«

»Nein.« In Wirklichkeit gab es sehr wohl etwas, das Cadel brauchte. Er hätte gerne eine erkennbare serielle Identitätssignatur gehabt, und zwar sicher in seinen Dateien verpackt. Nur leider konnte Gazo ihm die nicht geben. »Schon in Ordnung. Ich bin fertig.«

»Had's funksionierd?«

Cadel zuckte mit den Schultern. »Vielleicht«, antwortete er. »Das weiß ich erst, wenn ich die Aufzeichnungen der anderen überprüft habe.«

»Sdimmd«, sagte Gazo. Trotzdem wartete er etwa eine Minute, bis es genau halb drei war, bevor er zu This Haus zurückfuhr.

Dort wartete Richard Buckland bereits. Er war kurz vor Gazo angekommen, und schon bald gesellten sich ihnen auch die anderen Wardriver hinzu und meldeten sich zurück. Zuerst hatten sie große Hoffnungen – der allgemeine Eindruck war, dass das Team sich gut geschlagen hatte, trotz einiger kleiner Pannen. Etwa war Duke einmal falsch abgebogen, Vijay hatte einen leichten Anfall von Übelkeit im Auto erlitten, und Hamishs Laptop-Akku hatte nicht durchgehalten. Bei der Abschlussversammlung tauschten sie erst einmal selbstgefällige Jubelrufe aus und klopften sich gegenseitig auf die Schultern. Selbst Duke erhielt ein paar Komplimente dafür, dass er nicht aufgegeben hatte, nachdem er sich verfahren hatte. Dann brach ein Streit darüber aus, wer wohl am meisten Zugriffspunkte zusammenbekommen hatte. Während Boyd, Hamish und Egon sich wegen der Auszählung kabbelten und das Datenmaterial aller sechs Laptops verglichen, puzzelte Richard eine fast lückenlose Karte der Drahtlosnetzwerke von Dulwich Hill zusammen, wobei er genau dieselben Informationen verwendete.

Doch nichts auf dieser Karte kam irgendjemandem bekannt vor.

Cadel erkannte nicht eine einzige ID-Signatur wieder.

Hamish auch nicht. »Nö«, stellte er schließlich nach ausführlicher Durchsicht ihres Fangs fest. Er hockte in This Computerraum und trug noch immer seine Verkleidung – die aus ausgestopften Wadenwärmern, einem Motorradhelm und einer daunengefütterten Skijacke bestand, die ihm etwa drei Nummern zu groß war. »Ich sehe hier überhaupt nichts. Keine Spur. Wenn unser Mann dabei ist, könnte es jeder von ihnen sein.« Nachdem er seine Niederlage eingestanden hatte, wandte er sich hilfesuchend an Cadel: »Es sei denn, *dir* fällt was ein?«

Cadel schüttelte grimmig den Kopf.

»Ich hab gleich gewusst, dass das Zeitverschwendung ist«, bemerkte Egon aus seiner Ecke. Er hatte den von Snezana angebotenen Tee abgelehnt und war in ein Schmollen epischer Ausmaße verfallen. »Wie standen die Chancen? Gleich null. Es war eine *dumme* Idee.«

»Aber es hat Spaß gemacht«, sagte Boyd, der Hamish über die Schulter spähte. »Es wäre toll, wenn man eine Karte von der *ganzen Stadt* hätte, findet ihr nicht?«

»Nein«, blaffte Egon. »Warum?«

»Weil man daran Sachen sehen könnte.«

»Und was genau?«

»Zum Beispiel, wo die b-beste Stelle zum Wardriving ist. Egon, Mann.« Hamish verdrehte die Augen. »Du bist so ein Griesgram.«

Als Richard sich räusperte, nahm Cadel an, dass ihnen ein Vortrag über verwerfliche Tätigkeiten bevorstand, und darüber, dass Wardriving eine solche wahr – es sei denn, es fand unter sehr begrenzten, absolut kontrollierten Bedingungen statt. Doch bevor Richard etwas sagen konnte, erschien plötzlich Thi mit einem Tablett voll dampfender Kaffeebecher in der Tür.

»Also«, fragte Thi mit einem fröhlichen Grinsen, »wer hat gewonnen? Haben wir einen Treffer gelandet? Wer hat am meisten Punkte?«

»Anscheinend Cadel«, antwortete Hamish. »Allerdings wär's bei mir sehr viel besser gelaufen, wenn Vijays Dad nicht so verdammt *lahm* gewesen wäre.«

»Psst.« Saul, der direkt hinter Cadel stand, streckte den Arm aus und stieß Hamish in die Rippen. »Ich hab dir gesagt, dass du dich benehmen sollst.«

»Er ist nicht mal hier«, erwiderte Hamish.

Damit hatte er recht: Genau wie Duke und Gazo war Mr. Naidoo in die Küche gegangen, um Snezana zu helfen. Doch Vijay war im Computerraum geblieben. Er stand an ein Regal voller Festplatten gelehnt und schien sich ein wenig zu schämen.

Mit einem unbeholfenen Lächeln nahm er eine Tasse Kaffee von Thi entgegen.

»Lieber langsam als schnell«, stellte Richard nachsichtig fest. »Wenn ihr zu schnell gewesen wärt, Hamish, dann hättest du vielleicht etwas übersehen.«

»Nicht, dass das eine Rolle gespielt hätte«, knurrte Egon. »Es gab ja sowieso nichts zu finden.« Er schniefte und starrte Saul finster an. »Dürfte ich dann jetzt bitte mein Telefon benutzen?«, wollte er wissen. »Oder ist das *immer noch* verboten?«

»Du darfst dein Telefon benutzen«, antwortete der Inspektor ruhig.

In diesem Moment hatte Cadel eine Idee.

Die Telefone. Natürlich. Die *Telefone.*

Er schnappte nach Luft. »Moment«, sagte er. »Warte mal.«

Niemand beachtete ihn, außer Thi – der ihm einen verwirrten, leicht besorgten Blick zuwarf, als erwartete er zu hören, dass der Kaffee vergiftet sei.

»Moment«, wiederholte Cadel, diesmal lauter. Dann drehte er sich zu Saul um. »Dein Telefon. Was ist, wenn man es tatsächlich verwanzt hat? Dann könnten wir es verwenden, um ihn aus seinem Bau zu treiben.«

»Wie?«

»Dein Telefon!«, rief Cadel. Vor Aufregung sprang er auf und wurde damit zum Zentrum der allseitigen Aufmerksamkeit. »Wenn der Hacker das Telefon von irgendwem überwacht, dann doch wohl deins, oder? Zu dem Schluss sind wir gekommen.«

Saul runzelte die Stirn. »Ja, aber …«

»Darum haben wir uns darauf geeinigt, keine Telefone zu benutzen. Weil es sein kann, dass sie nicht sicher sind. Insbesondere deines. Genauso wie seins.« Cadel zeigte mit dem Daumen auf Hamish, der mit einem finsteren Blick antwortete.

»Wovon redest du?« Hamish klang, als fühlte er sich angegriffen. »Ich h-hab mein Telefon nicht benutzt. Du hast gesagt, dass ich es nicht benutzen soll, deshalb hab ich's auch nicht gemacht.«

»Aber wenn du es tust, hört er dich vielleicht. Der Hacker, meine ich.« Cadel breitete die Arme aus und wandte sich an die im Raum Versammelten. »Mal angenommen, wir fahren alle noch mal da raus, und er ist online? Mal angenommen, Saul ruft bei Hamish an und sagt etwas übers Wardriving, und der Hacker empfängt das? Was wird dann wohl passieren?«

Einen Moment lang herrschte Schweigen.

Schließlich wagte Boyd den Sprung ins kalte Wasser. »Wenn ich er wäre und uns belauschen würde?«, sagte er. »Dann würde ich mich wohl ausloggen.«

»*Genau.*« Das war die Antwort, auf die Cadel gewartet hatte. »Jemand von uns erwischt ihn vielleicht dabei, wie er genau das tut.«

Cadel schaute sich um und sah zu seiner Enttäuschung nichts als missmutige Blicke und gerunzelte Stirnen. Nicht einmal Richard versuchte, die schlechte Stimmung mit einer ermutigenden Bemerkung zu verbessern. Offenbar hatte er beschlossen, sich nicht weiter einzumischen.

Thi räusperte sich. »Das sind eine Menge ›Wenns‹, Cadel«, sagte er behutsam. »*Wenn* der Kerl online ist und ein Drahtlosnetzwerk verwendet. *Wenn* er den Anruf belauscht. *Wenn* wir ihn dabei erwischen, wie er sich ausloggt …«

»*Wenn* sich zur selben Zeit nicht ein Dutzend anderer Leute ausloggen«, unterbrach ihn Hamish.

»Ich weiß«, musste Cadel einräumen. »Die Chancen stehen nicht gut.«

»Das ist noch viel zu lasch ausgedrückt«, sagte Egon abfällig. »Du lebst in Wolkenkuckucksheim, wenn du glaubst, dass das funktioniert. *Jetzt komm schon.* Wie unwahrscheinlich ist das?«

Cadel kniff die Augen zusammen. »Gib mir eine Minute, dann rechne ich es für dich aus«, erwiderte er mit zusammengebissenen Zähnen. Was war nur los mit diesen Leuten? Begriffen sie denn nicht, wie *verzweifelt* die Lage war?

Natürlich begriffen sie es nicht. Er erinnerte sich daran, dass Egon nur ein Freiwilliger war, der Sonja gar nicht kannte und der noch nie etwas mit Prosper English zu tun gehabt hatte. Selbstverständlich hielt Egon nichts von einem Plan mit schlechten Erfolgsaussichten. Ihm war die Notwendigkeit, jede Möglichkeit auszuschöpfen, schlicht nicht bewusst. Er dachte nur an seine Studienpunkte.

Ich muss mich beruhigen, dachte Cadel, als Saul seine Schulter ergriff. Obwohl der sanfte Druck von der Hand seines Stiefvaters tröstlich war, steckte auch ein kleiner Tadel darin. Cadel wusste, dass Saul ihn wortlos dazu ermahnen wollte, locker zu bleiben. Es hatte keinen Sinn, jemanden zu vergrätzen, den sie nach wie vor davon überzeugen konnten, ihnen zu helfen.

»Ich schätze, es ist einen Versuch wert«, meldete Boyd sich plötzlich zu Wort. Als alle sich umdrehten und ihn anstarrten, fing er unbehaglich an zu zappeln und kratzte am Rand seines Gipses herum. »Man weiß ja nie – vielleicht haben wir Glück«, fuhr er mit seiner hohen Stimme fort. »Und es ist eine Möglichkeit, diejenigen auszusortieren, die nicht infrage kommen.«

»Wahrscheinlich schon«, sagte Hamish, obwohl er nicht ganz überzeugt klang.

Thi verzog das Gesicht, und Vijay schaute auf die Uhr. Saul wechselte über Cadels Kopf hinweg Blicke mit Richard.

»Bitte, können wir es noch mal probieren?«, flehte Cadel. »Nur noch eine Runde? Wir sind auch vor dem Abendessen fertig.«

Richards Lächeln zeigte eine Spur Anspannung. »Ich mache gerne weiter«, brummte er, »aber ich kann nicht für die anderen hier sprechen. Das ist nicht meine Entscheidung.«

»Ich bin dabei«, sagte Boyd sofort.

»Ich auch«, bot Hamish sich an und fügte schnell hinzu: »Aber nur, wenn ich diesmal mit Snezana unterwegs sein darf.« Er schaute mit wackelnden Brauen zu Thi hinüber, der ein Schnauben von sich gab.

»In Ordnung.« Trotz seines unverkennbaren Mangels an Begeisterung schien Thi sich in sein Schicksal zu fügen. »Ich mach mit.«

»Ich auch«, stimmte Vijay leise zu, »wenn mein Vater einverstanden ist.«

Saul richtete seinen ruhigen Blick auf Egon, der eine abgrundtief finstere Miene zog. Cadel, der spürte, dass es gleich Streit geben würde, beschloss spontan, Egon von jeder weiteren Mitarbeit zu entbinden. Der Verlust eines Wardrivers war zwar bedauerlich, aber immer noch besser als eine mühsame, zeitraubende Zankerei. Doch gerade als Cadel den Mund auftat, erschien Snezana – und mit einem Mal änderte sich die Atmosphäre grundlegend.

»Wären wir dann so weit?«, erkundigte sie sich und hielt ein Tablett mit Crackern und Dips in die Höhe. »Wo soll ich das hinstellen? Auf den Aktenschrank?«

»Ähm …« Thi schaute zögernd zu Saul hinüber.

Der Inspektor holte tief Luft. Doch statt einer Antwort schaute er nur Egon an.

Einer nach dem anderen taten die Anwesenden es ihm nach.

»Ach, na gut!«, platzte es schließlich aus Egon heraus. »Ich bin dabei! Macht eh keinen Unterschied, ich komme sowieso nicht nach Hause, solange mich keiner fährt.« Als er Snezanas vor Überraschung weit aufgerissene Augen bemerkte, wedelte er mit seiner übergroßen Hand in Richtung ihres Tabletts. »*Das* kannst du auch wegbringen!«, blaffte er. »Wegen dem kleinen Genie hier kommen wir sowieso nicht dazu, was zu essen!«

Snezana blinzelte. Sie wich einen Schritt zurück und wäre dabei fast über Gazo gestolpert, der dicht hinter ihr mit einer Schale Chips in der Hand folgte. Während er ihrem spitzen Absatz auswich, schaute sie sich auf der Suche nach einer Erklärung im Raum um.

Es war Saul, der ihr schließlich zu Hilfe kam. »Tut mir leid«, verkündete er ernst, »aber Egon hat recht. Wir müssen das Kaffeekränzchen ausfallen lassen. Ich fürchte, dafür fehlt uns die Zeit.« Einmal mehr drückte er Cadels Schulter. »Bei all der drahtlosen Kartografierungsarbeit, die uns noch bevorsteht …«

14

Um Himmels willen, lass das«, brummte Gazo.

Es war das erste Mal, dass er etwas sagte, seit sie von Thi losgefahren waren, und sein Tonfall klang verdrossen. Als Cadel aufblickte, merkte er, dass sie plangemäß den Canonbury Grove entlangfuhren. Häuser mit Giebeln und verspielten Holzverzierungen warfen lange Schatten über die friedliche kleine Seitenstraße, die beinahe völlig unbelebt war. Eine Frau schob einen Kinderwagen über einen holprigen Gehweg, ein alter Mann führte einen sehr kleinen Hund aus.

»Was ist los?«, fragte Cadel, der die letzten zwanzig Minuten kein Wort gesprochen hatte. »Was habe ich denn gemacht?«

»Nix.« Gazo starrte wütend in den Rückspiegel. »Irgendein Scheißdroddel klebd mir an der Sdoßsdange.«

Cadel warf einen Blick auf die Uhr. Es war sechzehn Uhr achtundvierzig – vor genau acht Minuten sollte Saul Hamish angerufen haben. Doch bislang gab es nicht den geringsten Hinweis darauf, dass jemand dort draußen auf ihre sorgfältig vorformulierte Mitteilung übers Wardriving reagiert hatte. Die meisten Drahtlosnetzwerknutzer, die Cadel bei seiner ersten Runde ermittelt hatte, waren noch immer online. Und diejenigen, die es nicht mehr waren, waren lange, bevor sein Stiefvater den Anruf getätigt hatte, aus dem Netz verschwunden.

War das Telefon des Inspektors vielleicht doch nicht verwanzt?

Hatte ihn etwas davon abgehalten, Hamish anzurufen? Oder befand der Hacker sich außerhalb von Cadels Reichweite?

Die Chancen stehen schlecht, erinnerte Cadel sich missmutig. *Es gibt keine Garantie dafür, dass unsere Zielperson sich überhaupt in Dulwich Hill befindet.*

»Hier is fünfzich Kmh, du Vollidiod!«, knurrte Gazo, als ihr Verfolger beschleunigte und ausscherte, um sie zu überholen. Cadel wandte gerade rechtzeitig den Kopf, um einen gelben Toyota Camry vorbeirauschen zu sehen: Er bemerkte die abgebrochene Antenne, die verbeulte Tür und den Baby-an-Bord-Aufkleber an der Heckscheibe.

Zufällig erhaschte er auch einen Blick auf ein bekanntes Gesicht: dicke Brillengläser, aufgedunsene Wangen, Schweinchennase, Topfschnitt ...

»Himmel!«, quiekte er, beugte sich vor und umfasste die Kopfstütze. »Das ist Com!«

»Hä?«

»Verlier ihn ja nicht aus den Augen! Das ist Com! In dem Auto!«

Der Camry war ihnen inzwischen ein gutes Stück voraus und bewegte sich mit hoher Geschwindigkeit. Trotzdem konnte Cadel das Nummernschild noch erkennen, und er gab sich alle Mühe, es sich zu merken, während er nach dem Handy tastete, das Saul ihm gegeben hatte.

»Wer is Com?«, wollte Gazo wissen. »Suchen wir nich eine, die Bev heisd?«

»Beeil dich! Er entkommt!«

»Weil er an die Hunnerd fährd«, erwiderte Gazo ruhig. »Ich bin kein Polizisd, Cadel. Wenn ich anfange, Leude umzufahr'n, dann krieg ich Probleme.« Vor ihnen bog der Camry mit quietschenden Reifen um eine Ecke. »Das Audo gehörd nich mir«, fügte er hinzu. »Ich will den Auspuff nich an einer Rüddelschwelle abreißen. Du solldesd deinen Vader anrufen.«

»*Versuch* ich ja!«, rief Cadel. Hektisch steckte er den Akku in sein Telefon. »Siehst du ihn? Ist er weg?«

»Ich seh ihn.« Gazo hielt an einem Stoppschild, das Com ignoriert hatte, und bog dann in schlafwandlerischem Tempo nach links ab. »Meinsdu, er haddich erkannd?«

Cadel antwortete nicht. Er war zu sehr damit beschäftigt, eine Nummer auf seiner Handytastatur einzugeben.

Bitte lass Sauls Telefon nicht abgeschaltet sein, dachte er.

»Egal, wo er is, er wird sicher angehald'n, so, wie er fährd«, meinte Gazo. »Warde mal – er sdehd an einer roden Ampel. Schau. Jedz haben wir ihn.«

Cadel hob den Blick und stellte fest, dass Gazo recht hatte. Eine rote Ampel hatte Com aufgehalten. Der gelbe Camry stand hinter drei weiteren Fahrzeugen, die an der Kreuzung warteten, während vor ihnen eine Gruppe Fußgänger die Straße überquerte.

Gazo wurde ein wenig schneller.

»Ich glaub's nicht«, murmelte Cadel, noch ganz benommen über diesen erstaunlichen Glücksfall. Er hielt sich das Telefon ans Ohr. »Wir haben ihn aufgeschreckt. Das *muss* es sein. Ganz sicher ist Com der Hacker!«

»Oh Godd«, sagte Gazo, als die rote Ampel grün wurde. Derweil hörte Cadel eine Ansage: *Dies ist die Mailbox von ...*

»Verdammt!«, platzte es aus ihm heraus. Aber eigentlich war er nicht überrascht. *Natürlich* hatte Saul sein Telefon abgestellt. Das hatte er genau so angekündigt: Er hatte den Anruf machen und danach sein Telefon abstellen wollen. Aus Sicherheitsgründen. »Ich erreiche Saul nicht«, erklärte Cadel. »Ich muss es bei Reggie versuchen, der kann dann den Polizeifunk benutzen ...«

Weiter vorne fuhr Com wieder los, wobei er beinahe auf die Stoßstange des langsam beschleunigenden Lasters vor ihm aufgefahren wäre. An einer Kreuzung voller Verkehrszeichen und -linien bog er links ab. Damit hatte er die ruhige Vorstadt verlassen und begab sich direkt auf eine Hauptstraße voller Schaufenster, geparkter Autos und Ladezonen.

»*Aufs Gas*, Gazo!« Cadel konnte kaum an sich halten. »Er entkommt uns!«

»Ich fahr, so schnell ich kann.«

Die Worte waren kaum aus Gazos Mund, als die Ampel, der er sich näherte, erneut umsprang, von Grün auf Gelb und dann auf Rot. *Klack, klack.* Ohne auch nur eine Sekunde Zeit dazwischen.

»Was zum …?«

Gazo kam mit quietschenden Reifen zum Stehen. Er bremste so abrupt, dass Cadel sich die Nase am Fahrersitz stieß.

»Au!«

»Was is los?« Gazo war völlig verdattert. »Hassu das gesehen?«

»Schnell! Gazo!«

»Es is *rod*, Cadel!«

Zitternd vor hilfloser Wut wählte Cadel Reggies Nummer. Er verrenkte sich den Hals und spähte um die Ecke, während er darauf wartete, dass jemand ranging, doch der Camry war bereits außer Sicht. Endlich wurde der Klingelton von einer rauhen Stimme ersetzt.

»*Hallo?*«

»Reggie? Hier ist Cadel. Ich erreiche Saul nicht. Du musst ihn dringend anfunken und ihm sagen, dass ich gerade Com gesehen habe.«

»*Du hast was?*«

Cadel holte tief Luft.

»Das ist der Hacker«, sagte er und versuchte dabei, sehr langsam und deutlich zu sprechen. »Sag Saul, dass der Hacker Compton Daniels ist und dass er in einem gelben Toyota Camry auf der Marrickville Road nach Norden unterwegs ist.«

Cadel buchstabierte das Nummernschild, in der Hoffnung, dass er es sich richtig gemerkt hatte. »Hast du das?«

»*Ich glaube schon.*« Reggies Tonfall klang völlig desinteressiert. »*Du hast irgendeine Zielperson gesehen und willst, dass sie abgefangen wird. Richtig?*«

»Nicht nur irgendeine Zielperson. Sag ihm, dass es Com Daniels ist. In einem gelben Camry …«

»*Ja, ja. Ich hab's gehört. Auf der Marrickville Road nach Norden unterwegs.*« Reggie wiederholte das Nummernschild. »*Sonst noch was?*«

»Es ist dringend. Du musst dich beeilen …«

»*Alles klar.*«

Ein Klicken ertönte, gefolgt von einem Tuten. Reggie hatte aufgelegt.

Cadel fühlte sich leicht atemlos.

»Auf der Marrickville Road kommder nich weid«, bemerkte Gazo. »Die is immer dodal versdobfd.«

Cadel sagte nichts.

»Wahrscheinlich kommd dein Dad hier lang. Vielleicht siehd er den Dyp sogar selbsd …«

»Gazo.« Cadel hielt es nicht mehr aus. »Warum nimmst du nicht diese lächerliche Nase und diese albernen Zähne ab?«

»Hä?«

»Das Zeug macht mich wahnsinnig.«

Gazo bedachte ihn mit einem beleidigten Blick. »Ich bin verkleided, Cadel. Du meindesd, man würde mich überwachen.«

»Vielleicht. Ich weiß nicht.« Cadel war so nervös, dass er kaum noch stillsitzen konnte. »Wann springt denn endlich diese Ampel um?«

»Die brauchd ganz schön lange«, pflichtete Gazo ihm bei und schaute in den Rückspiegel. Hinter This Auto standen bereits zwei weitere, und ein drittes näherte sich schnell.

Cadel warf einen Blick auf die Uhr. Warum rief Saul ihn nicht an? Machte der Inspektor sich wegen des Sicherheitsrisikos Gedanken? Oder hatte Reggie seine Nachricht doch nicht weitergeleitet?

»Also, wer is der Kerl, dem wir folgen?«, erkundigte sich Gazo, wobei er mit den Fingern auf das Lenkrad trommelte. »Kenn ich ihn?«

»Ich bin mir nicht sicher. Vielleicht würdest du ihn wiedererkennen. Vom Axis-Institut.« Cadel sah, wie Gazo zusammenzuckte. »Er war in meinem Infiltrationskurs, aber er ist verschwunden, als das Institut dichtgemacht wurde. Seine Schwester ist letztes Jahr im Clearview House aufgetaucht. Sie hat behauptet, dass sie nach ihm suchen würde, aber in Wirklichkeit hat sie für Prosper English gearbeitet. Wahrscheinlich tun sie das jetzt *beide*.« Nach einem Moment des Nachdenkens fügte Cadel ernst hinzu: »Die beiden sind wirklich schau.«

Gazo gab ein Schnauben von sich. »Meinsdu also, er wohnd hier in der Gegend?«

»Ich denke schon. Das ergibt zumindest Sinn.« Cadel versuchte sich Coms Versteck vorzustellen. Teilte er es sich mit jemandem? Hatte Com viel zurückgelassen bei seiner kopflosen Flucht vor möglichen Wardrivern, die möglicherweise seine Position ermittelt hatten? »Vielleicht wohnt er sogar mit seiner Schwester zusammen. Vielleicht hat sie hinten im Auto gesessen und sich weggeduckt.«

»Wieso?«

»Weil sie auf der Flucht ist.« Cadel zuckte mit den Schultern. »Alles ist möglich.«

»Meinsde, er kommd zurück?«

»Das bezweifle ich. Es wäre dumm von ihm, das zu tun.« Cadel starrte Löcher in die Luft und dachte über die Implikationen seiner Entdeckung nach. »Ich wusste, dass es nur einer von diesen Leuten sein konnte«, dachte er laut. »Ich wusste, dass es Com oder Dot oder Vee sein musste. Und jetzt, da ich weiß, mit wem ich es zu tun habe, kann ich mir überlegen, wonach ich Ausschau halten muss. Insbesondere, wenn wir herausfinden, wo Com gewohnt hat.« Er kniff die Augen zusammen. »Insbesondere, wenn er ein paar von seinen Sachen zurücklassen musste …«

»Cadel.« Gazo drehte sich zu ihm um. »Wir haben hier ein Problem. Ich glaube nich, dass die Ampel umspringd.«

Cadel blinzelte. Er tauchte aus seiner Versunkenheit auf und stellte fest, dass sie noch immer im Leerlauf an derselben Kreuzung standen und darauf warteten, dass dieselbe rote Ampel grün wurde. Inzwischen warteten acht Autos hinter ihnen.

»Wenn du mich frags', ist die durchgebrannd«, stellte Gazo fest. »Vielleich sollden wir woanders langfahren.«

Cadel spähte angestrengt zu dem leuchtenden roten Kreis hinauf.

Nach einer langen Pause versuchte Gazo es erneut. »Cadel, hasdu gehörd? Ich sagde, vielleicht sollden wir woanders …«

»Man hat sie gehackt«, entfuhr es Cadel, und sein Blick wanderte zu Gazos verwirrtem Gesicht zurück. »Jemand hat sich am Kontrollkasten zu schaffen gemacht. Das hätte ich wissen müssen.«

»Hä?«

»Was nicht *unbedingt* heißt, dass wir beobachtet werden.« Hastig suchte Cadel die Umgebung nach einer Kamera, einem Mikrowellenempfänger oder irgendeiner anderen Art von Überwachungsgerät ab. Doch an den Pfeilern und Wänden um sie herum war keinerlei Hinweis auf Spionage zu erkennen. »Vielleicht ist das ein Teil eines Evakuierungsplans«, mutmaßte er mit zitternder Stimme. »Wahrscheinlich sorgt jemand dafür, dass Com durch eine endlose Kette roter Ampeln vor möglichen Verfolgern geschützt wird.«

»Warde mal.« Gazo runzelte die Stirn. »Meindesdu nich, dass *Com* der Hacker is?«

»Er kann das unmöglich alles allein schaffen. Irgendjemand anders muss auch noch online sein. Es muss jemanden geben, der ihm hilft.« Cadel schluckte und warf einen Blick über die Schulter. »Du hast recht. Wir müssen umdrehen. Wir sollten einen anderen Weg nehmen.«

»Dann also los«, sagte Gazo fröhlich. Er führte eine recht gefährliche Kehrtwende durch, bei der er mit der Schnauze über die Kreuzung fuhr, bevor er umdrehte, um auf dem Weg zurückzufahren, den sie gekommen waren. Als er an den Fahrzeugen vorbeisauste, die noch immer auf der Gegenspur feststeckten, erklang ein einsames Hupen.

»Ich fahr auf die New Canderbury Road«, verkündete er. »Dahin is der Kerl vielleichd auch auf dem Weg.«

Cadel nickte. Seine Gedanken rasten, und sein Herz pochte, während er versuchte, Coms vermutlichen Ausgangspunkt zu berechnen, wobei er die Größe des Camry, die Fahrtrichtung und die Höchstgeschwindigkeit berücksichtigte. Es war schwer, sich zu konzentrieren, während er jedes Auto auf der Straße nach weiteren bekannten Gesichtern absuchen musste. Was, wenn Dot dort draußen herumfuhr? Was, wenn Prosper aus irgendeinem düsteren, geheimen Winkel aufgescheucht worden war …?

Cadel stellte plötzlich fest, dass er die ID-Signaturen nicht weiter aufgezeichnet hatte. Gab es einen Grund, mit dem Wardriving fortzufahren? Würde er es vielleicht später bereuen, wenn er jetzt aufhörte?

Am besten, ich halte mich an den Plan, dachte er und legte sich den Laptop auf die Knie. *Nur für den Fall, dass ich die Daten am Ende doch aus irgendeinem Grund brauche.*

»Oh nein.« Gazos ungeduldiges Stöhnen riss Cadel aus seinen Überlegungen. »Schau dir das bloß an. Ein verdammder Unfall, genau im Weg.«

Als Cadel den Blick hob, merkte er, dass das Auto, in dem er saß, langsamer geworden war. Es kam nur ein paar Meter von einer weiteren Ampel entfernt zum Stehen. Hinter der Ampel bot sich ihnen ein chaotischer Anblick. Zwei Autos waren auf einer Kreuzung kollidiert. Das eine war offenbar über eine rote Ampel gefahren und hatte dabei die Schnauze des Wagens gestreift, der ihm unschuldig in den Weg gekommen war. Darauf war der grüne Kombi ins Schleudern gekommen, wobei er eine schwarze Bremsspur auf der Straße hinterlassen hatte. Der weiße Hecklader …

Der weiße Hecklader war Snezanas weißer Hecklader. Und der grüne Kombi gehörte Dukes Vater.

»Zum Deufel!«, schrie Gazo, bevor Cadel auch nur nach Luft schnappen könnte. »Das is doch nich … is das …?«

»Oh nein.« Cadel schob seinen Laptop beiseite. Er fummelte an seinem Anschnallgurt herum. »Oh *nein.*«

»Beweg dich nich«, sagte Gazo und riss sich die falsche Nase, die falschen Ohren und die falschen Zähne aus dem Gesicht. »Bleib hier«, befahl er. »Du darfst nicht aus dem Auto aussteigen.«

»Da ist Duke – schau!«, quiekte Cadel, ohne Gazo zu beachten. Selbst aus der Entfernung waren die blonden Dreadlocks unverwechselbar. »Er läuft rum! Es muss ihm gutgehen!«

Tatsächlich war Duke nur einer von mehreren, die am Unfallort herumstanden. Ein beleibter Mann mittleren Alters, der eine Einkaufstasche trug, tätschelte Duke gerade die Schulter. Ein anderer, deutlich jüngerer Mann spähte in den Kombi, und eine Frau in einem blauen Kleid beugte sich über …

»Hamish!«, schrie Cadel. Hastig befreite er sich von seinem Sicherheitsgurt und griff nach der Tür.

»Bleib hier!« Gazo war schon halb aus seinem Sitz. »*Cadel!* Du darfst dich so nicht sehen lassen!«

»Wie, so?« Cadel starrte ihn mit offenem Mund an. »Wovon redest du?«

»Die Perücke? Das Kinn? Die *Flossen?*«

»Oh ...«

»Du siehst wie ein Spinner aus. Du musst hier bleiben. Sonst zieht dein Dad mir das Fell über die Ohren.« Inzwischen stand Gazo draußen auf der Straße. Er beugte sich herunter, um durchs offene Fahrerfenster mit Cadel zu sprechen. »Schließ dich ein, ja? Ich bin sofort zurück.«

»Warte ...«

Doch Gazo wartete nicht. Er knallte die Tür zu und rannte direkt auf den weißen Hecklader zu. Noch während er auf dem Weg war, stieg Snezana aus dem beschädigten Fahrzeug. In ihren hochhackigen Schuhen bewegte sie sich extrem langsam und unsicher. Sie umrundete einen Scherbenhaufen und taumelte zu dem zusammengesunkenen Hamish hinüber, wobei sie sich ein blutbeflecktes Taschentuch vor die Nase hielt.

Cadel konnte nicht erkennen, was mit Hamish los war, der ohne seinen Motorradhelm auf dem Bordstein hockte. *Wenn er sitzt, kann es nicht so schlimm sein,* schlussfolgerte Cadel. Offenbar hatte der Unfall sich nur wenige Augenblicke zuvor ereignet. Es war noch keine Polizei da, kein Notarzt kümmerte sich um die Verletzten.

Cadel zog sich gerade die Perücke vom Kopf, als sein Telefon klingelte.

Saul meldete sich am anderen Ende. »*Cadel? Wo bist du? Ich habe gerade deine Nachricht bekommen.*« Sein Tonfall war angespannt, aber ruhig. »*Sag mir, wo du bist, dann komme ich zu dir. Ich möchte nicht, dass du da draußen unterwegs bist – nicht, wenn Com Daniels sich dort rumtreibt.*«

»Es hat einen Unfall gegeben«, antwortete Cadel, der nicht wirklich zuhörte. Er hatte seine Perücke abgenommen, die Schwimmflossen ausgezogen und zerrte mittlerweile an seinen falschen Augenbrauen. »Duke ist mit Snezana zusammengestoßen.«

»*WAS?*«

»Auf der New Canterbury Road. Du kannst es gar nicht verfehlen.« Cadel warf einen Streifen Acrylfaserhaar beiseite und beobachtete, wie Gazo sich Snezana und Hamish näherte. Mittlerweile fischte Duke etwas aus dem Handschuhfach seines Kombis. Es sah so aus, als ob Vijay noch immer hinten drin säße. »Jemand sollte Mr. Naidoo suchen«, fuhr Cadel fort, »und ihm sagen, was passiert ist. Ist Thi bei ihm? Snezana ist verletzt. Ihre Nase blutet.«

»*Cadel …*«

»Ich glaube, du solltest herkommen«, schloss Cadel. »Aber sei vorsichtig. Irgendwer macht sich an den Ampeln zu schaffen. Ich glaube, jemand hat das regionale Verkehrsleitsystem gehackt.« Plötzlich kam ihm ein verblüffender Gedanke. »Ich frage mich, ob das Duke und Snezana deshalb passiert ist«, rief er. »Ob wohl beide Ampeln gleichzeitig grün geworden sind?«

Das war definitiv eine Möglichkeit. Aber wie konnte jemand beide Autos verfolgt haben? Hamish hatte womöglich ein verwanztes Telefon benutzt (das war auf jeden Fall denkbar), aber weder Duke noch Vijay hatten ihre Telefone dabeigehabt. Alle unautorisierten Handys hatten sie bei Thi zu Hause zurückgelassen.

Außerdem wusste Com nicht einmal, wer Duke und Vijay waren.

»*Cadel? Hör mir zu.*« Sauls Stimme klang harsch und durchdringend, wie immer, wenn er sich Sorgen machte. »*Wo ist Gazo? Kann ich mit Gazo sprechen?*«

»Er ist nicht da.«

»*Was?*«

»Er ist ihnen helfen gegangen.« Tatsächlich stand Gazo inzwischen bei Snezana. Cadel sah, dass sie beide ernst mit der Frau in dem blauen Kleid redeten, konnte allerdings nicht hören, was sie sagten. Snezana schien zu weinen. Gazo hatte sie beschützend beim Arm genommen.

Hamish saß noch immer mit dem Kopf auf den Knien da und hatte die Arme um den Bauch geschlungen.

»Ich glaube, ich gehe auch helfen«, beschloss Cadel. »Ich kann nicht einfach hier im Auto bleiben.«

»Nein! Cadel …«

»Ich bin vorsichtig. Versprochen.« Obwohl die Lage nach einem Hinterhalt aussah, der eigens darauf angelegt war, ihn ins Freie zu locken, konnte Cadel sich nicht vorstellen, wie hier eine weitere Attacke stattfinden sollte – zumindest am Unfallort. Die demolierten Autos blockierten den Weg, also konnte ihn niemand überfahren, und vor Scharfschützen hatte er keine Angst, da Com und seine Spießgesellen offenbar subtilere, technologiegestütztere Methoden einsetzten. Tatsächlich fragte Cadel sich unwillkürlich, ob er selbst vielleicht doch nicht das Hauptziel war. Wenn er es gewesen wäre, dann hätten sie die Ampel-Fehlfunktion sicher gegen *ihn* eingesetzt.

In jedem Fall war das Risiko nicht so groß, dass er im Auto sitzen bleiben würde, während seine Freunde Schmerzen litten.

»Wir sehen uns in einer Minute«, sagte er zu Saul. »Lass dir nicht zu viel Zeit. Wir brauchen hier jemanden, der die Dinge organisiert.«

Ohne Sauls blechern tönende Einwände weiter zu beachten, legte Cadel auf. Er steckte sich das Telefon in die Tasche, ohne den Akku herauszunehmen. Dann legte er die Kinnprothese ab, suchte sein Gesicht im Spiegel nach Rückständen des Klebers ab und öffnete die Autotür.

Schließlich trat er auf die Straße hinaus.

15

Hamish schien es nicht besonders gutzugehen. Er konnte zwar den Kopf heben, doch sein Gesicht war aschfahl und seine Brille gesprungen.

»Verdammter Duke«, sagte er mit schleppender Stimme, als er Cadel sah. »D-d-der Vollidiot kann kein *bisschen* fahren.«

»Wir hatten Grün«, schrillte Snezana. »Frag die andern. Die werden es dir bestätigen.«

»Wo ist Vijay?«, fragte Cadel, der vorsichtig herangekommen war. Er war barfuß und hatte Angst, sich an dem herumliegenden Glas zu schneiden. »Was ist mit ihm passiert? Ist er noch bei dir im Auto?«

»Vijay geht es gut.« Snezana warf einen unbestimmten Blick zu ihrem Hecklader. »Ich glaube, er wurde nur ein bisschen durchgeschüttelt.«

»Du solltest nicht hier draußen sein, Cadel«, sagte Gazo. »Schon gar nicht ohne Schuhe.«

Cadel bekam Gazos Worte kaum mit. Er war zu sehr damit beschäftigt, Hamish zu mustern, der in kurzen, flachen Stößen atmete. Es gefiel ihm ganz und gar nicht, wie sein Freund klang.

»Was ist mit dir?«, fragte er. »Geht es dir gut, Hamish?«

Der Junge gab ein Schnauben von sich.

»Ist was mit deinem Bauch? Tut er weh?«

»Meine Brust.«

»Deine *Brust?*«, wiederholte die Frau in Blau. Sie wirkte völlig durcheinander und ratlos, als ob sie nur kurz in Putzklamotten rausgegangen wäre, um Milch zu holen. »Das ist schlimm. Deine Brust? Das ist *wirklich* schlimm.«

»Hat jemand einen Krankenwagen gerufen?«, fragte Cadel. Er schaute sich nach einer Bestätigung um, erhielt jedoch keine.

Gazo zuckte unsicher und unglücklich mit den Schultern.

Die Frau in Blau rümpfte die Nase. »Ich habe kein Handy«, sagte sie unwirsch, als hätte jemand ihr vorgeworfen, illegale Substanzen mit sich zu führen.

Snezana sagte mit zitternder Stimme: »Du hast gesagt, dass wir keine Telefone mitnehmen sollen. Weißt du noch?« Sie bedachte Cadel mit einem wehleidigen Blick, den er bewusst ignorierte.

Hamish schüttelte den Kopf. »Mein Telefon ist zerdrückt worden«, krächzte er. »Es war in meiner Tasche. Ich hab's schon ausprobiert.«

Cadel starrte entsetzt zu ihm hinunter. »Es ist *zerdrückt* worden?«, platzte es aus ihm heraus. »In deiner Tasche?« Er wollte gar nicht erst fragen, in welcher Tasche. In der Hosentasche ging es vielleicht noch, aber in einer Brusttasche …?

Das konnte ernst sein.

»Ähm …« Kraftlos wedelte Hamish mit den Händen. »Ich hab irgendwie … die Gangschaltung getroffen.«

»Oh Mann«, sagte Gazo.

Cadel richtete sich auf. Er wollte gerade vorschlagen, dass sofort jemand einen Krankenwagen rufen sollte, als eine Stimme hinter ihm blökte: »*Mein* Handy funktioniert. Wir können meins benutzen.«

Es war Duke. Obwohl er sichtlich zerrüttet war, schien er den Zusammenstoß ansonsten unbeschadet überstanden zu haben.

Er hielt sich weder die Nase noch die Brust oder irgendein anderes Körperteil. Er hatte nicht mal eine gesprungene Lippe oder ein zerrissenes T-Shirt. Sein Griff war ruhig, als er Cadel sein Handy hinhielt.

Cadel starrte ihn verblüfft an. »*Dein* Telefon?«, fragte er. »Was meinst du damit, *dein* Telefon?«

»Ach Himmel noch mal«, keuchte Hamish. »Du Dreckskerl, Duke …«

»Was ist?« Duke wirkte ehrlich überrascht – offenbar war er verwirrt, dass sie sein Angebot so grob zurückwiesen. »Ich hab nichts getan. Ich hatte Vorfahrt.« Er richtete anklagend den Finger auf Snezana. »*Sie* ist bei Rot gefahren!«

»*Bin ich nicht!*«, kläffte sie. »*Du* warst das!«

»In deinen Träumen, scharfe Schnitte.«

»*Niemand ist bei Rot gefahren!*«, versicherte Cadel. »Es war eine Fehlfunktion. Ich glaube, jemand hat sich in das Verkehrsleitsystem gehackt.«

»Deine Fehlfunktion kann mich mal«, knurrte Duke.

Daraufhin gab Hamish einen gequälten, quiekenden, verzweifelten Laut von sich. »Halt die Klappe, du Vollhorst!«, stöhnte er. »Das ist alles deine Schuld!«

»Hä?«, machte Duke.

Inzwischen war er nicht mehr der Einzige, der nichts zu verstehen schien. Snezana und Gazo wechselten ratlose Blicke. Und was die Frau in dem blauen Kleid betraf: Sie hatte bereits aufgegeben und war davongegangen, um herauszufinden, wie es Vijay ging.

»Warum sollte es meine Schuld sein?«, wollte Duke wissen und starrte Hamish wütend an. »Dein Kumpel meinte gerade, dass es eine Fehlfunktion war …«

»Sie konnten *dein Telefon aufspüren*, Arschgesicht!«, blaffte Hamish, ehe ihn ein heftiger Hustenanfall übermannte.

Cadel musste es für ihn erklären. »Du hättest dein Telefon

bei Thi zu Hause lassen sollen«, ermahnte er Duke. »Darüber haben wir geredet, erinnerst du dich? Keine Handys.«

»Aber es war aus.«

»Das macht keinen Unterschied. Es sei denn, du nimmst den Akku raus.«

Trotzdem war Cadel sich nicht sicher, wie sie Dukes grünen Kombi elektronisch verfolgt hatten – falls das tatsächlich der Fall war. Hamish wäre ein offensichtliches Ziel gewesen, weil er schon lange mit Cadel befreundet war. Darüber hinaus hatte Hamish sein Telefon angelassen (wie man es ihm gesagt hatte), um den Anruf von Saul Greeniaus zu empfangen. Wenn Com oder irgendein anderer Hacker Sauls Telefon infiltriert hatte, dann mochte dasselbe auch mit Hamishs Telefon passiert sein.

Aber die Sache mit Dukes Handy war anders. Com kannte Duke nicht. Cadel kannte auch Duke nicht. War Dukes Auftauchen an der Kreuzung einfach nur Pech gewesen? Oder hatte er mit seinem Telefon etwas unglaublich Dummes angestellt?

»Du hast doch hoffentlich nicht versucht, Hamish anzurufen, oder?«, fragte ihn Cadel.

Hamish antwortete für ihn. »Das musste er gar nicht«, sagte er mit erstickter Stimme. »Wir haben uns b-beide beim selben Freunde-Netzwerk angemeldet.« Als er sah, wie Cadel die Kinnlade runterklappte, versuchte er atemlos sich zu verteidigen: »Es war nicht meine Idee … das war so eine Gruppensache … die anderen wollten es alle …«

»Hast du den *Verstand* verloren?«, rief Cadel. Er traute seinen Ohren nicht. Warum sollte ein intelligenter Hacker wie Hamish auch nur darüber nachdenken, einen solchen Telefondienst zu benutzen? Einen Dienst, der es einer ganzen Reihe registrierter Freunde gestattete, sein Handy genau zu orten. »Du könntest genauso gut eine Webcam benutzen! Oder dir einen Mikrochip ins Ohr stecken!«

»Tut mir leid«, brummte Hamish.

»Und du bist nicht darauf gekommen, dass es wichtig sein könnte, das zu *erwähnen?*« Cadel war so entsetzt, so fassungslos, dass er die Verletzung seines Freunds völlig ignorierte. »Was ist mit dir los? Bist du hirntot?«

»Ich hab's vergessen.«

»Du hast es *vergessen?*«

»Wir haben uns da vor Ewigkeiten angemeldet. Als wir angefangen haben, dieses Spiel zu spielen ...«

»Himmel, Hamish!«

»Es wäre alles kein Problem gewesen, wenn Duke nicht sein gottverdammtes Telefon mitgenommen hätte!«, erwiderte Hamish. Dann fing er wieder an zu husten.

»Cadel, Kumpel, jetzt beruhig dich«, tadelte Gazo ihn. »Es geht dem armen Kerl nicht gut.«

»Ich wusste nicht mal, dass er eingeklinkt war!«, schrie Cadel. Er zitterte wie ein Küchenmixer. »Jeder, der sein Handy ortet, kann sich in den Telefondienst hacken und Duke ebenfalls verfolgen! Kein *Wunder*, dass sie zusammengestoßen sind! Das war wahrscheinlich überhaupt kein Unfall!«

»Äh ... Leute?«, flüsterte Hamish, und etwas an seinem Tonfall zog die Aufmerksamkeit aller auf sich.

Er starrte benommen auf seine Handfläche, die mit hellem Blut verschmiert war. Als er den Blick wieder hob, waren seine geweiteten Augen voller Angst.

»Ich ... ich hab gerade ...«

Er brachte den Satz nicht zu Ende.

»Hast du das ausgehustet?« Snezana klang beinahe so verängstigt, wie Hamish aussah.

Sein Nicken ließ sie in Panik verfallen. Sie packte Dukes Telefon und stammelte etwas davon, dass sie sofort ins Krankenhaus mussten. Noch während sie die Notrufnummer eintippte, kündigte ein hohes *Tatüü* die Ankunft eines Polizeiwagens an.

Im selben Augenblick sah Cadel Sauls Corolla, der sich aus

der entgegengesetzten Richtung näherte. Nicht weit von der zerdrückten Stoßstange des Heckladers kam das Auto unvermittelt zum Stehen. Dann wurde die Fahrertür aufgerissen, und Saul sprang heraus, noch immer in arabischer Tracht.

Cadel suchte sich einen Weg über einen hindernisreichen Asphaltstreifen, wobei er beharrlich auf den Inspektor zuhielt. Doch Saul war nicht in der Stimmung, Zeit zu verschwenden. Cadel hatte kaum drei Schritte gemacht, da stand er schon Zeh an Zeh mit seinem Stiefvater, der seinen Tschador abgenommen hatte.

»Ab ins Auto mit dir! Auf der Stelle!«, blaffte Saul.

»Hamish braucht einen Krankenwagen.« Cadel dachte nur an eines, und Sauls Wünsche waren derzeit zweitrangig. »Kannst du irgendwie einen Krankenwagen holen? Wirklich schnell?«

Der Inspektor schien ihn nicht zu hören. Sein Blick war auf Cadels bloße Füße gerichtet.

»Um Himmels willen, Cadel!«, rief er. »Was ist mit deinen Schuhen?«

»Ich hatte keine Schuhe an, sondern Flossen. Weißt du das denn nicht mehr?«

»Du wirst dich schneiden.«

»Hamish braucht dringend einen Krankenwagen.« Cadel ließ sich nicht ablenken und tat Sauls Ängste mit einer wegwerfenden, gereizten Handbewegung ab. »Er hustet Blut. Wir müssen etwas unternehmen.«

»Es ist bereits ein Wagen auf dem Weg.«

»Wirklich?«

Saul schnaubte. Inzwischen hatte er begonnen, die sich ihm darbietende Szenerie mit einer Art berechnender Distanziertheit zu inspizieren. Sein Blick glitt von einem Beweisstück zum nächsten – von der schwarzen Bremsspur über die Glasscherben bis zum Kühlergrill des Heckladers. Schließlich richtete er seine Aufmerksamkeit auf Hamish, und Cadel stieß einen schweren Seufzer der Erleichterung aus.

Saul würde sich um alles kümmern. Er war Polizist. Er musste wissen, was zu tun war.

»Ich habe noch nicht mit Vijay geredet«, gestand Cadel und gab sich Mühe, mit ruhiger Stimme zu sprechen. »Ich weiß nicht, wie es *ihm* geht.«

»Ist schon in Ordnung. Steig ins Auto.«

»Das Ganze war eine Falle. Jemand hat den Zusammenstoß provoziert. Jemand hat sich in die Kontrollkästen gehackt …«

»Cadel.« Sauls Stimme klang sanft, aber streng. »Das kannst du mir später erzählen. Steig einfach ein, in Ordnung? Und pass mit deinen Füßen auf.«

Cadel widersprach nicht. Wie befohlen achtete er auf dem Weg zum Corolla genau darauf, wohin er trat, und hielt nicht einmal inne, um zu Hamish zurückzuschauen. Tatsächlich konzentrierte er sich so sehr auf den Weg, dass er beinahe mit Egon zusammengeprallt wäre, der an der Beifahrertür des Corolla lehnte und schmollend beobachtete, wie Saul das Kommando übernahm.

»He!«, sagte Egon und hielt Cadel mit einem Arm auf Abstand. »Pass auf, wo du hinläufst!«

»Oh!« Cadel hob ruckartig den Kopf. »Tut mir leid.«

»Ich glaub's einfach nicht. Nein – genau genommen glaube ich es sehr wohl. Ich kann bloß nicht fassen, dass ich mich jemals darauf eingelassen habe, mitzumachen.« Während Cadel auf den Rücksitz von Sauls geliehenem Wagen krabbelte, setzte Egon seinen gehässigen Monolog fort. »Also, wer war der Idiotenfahrer? Die Tussi oder der Rastamann? Warte. Sag's nicht. Es war der Rastamann. Liebe Güte – und jetzt ist die Nasen-OP der Tussi für die Katz.«

Cadel machte sich nicht die Mühe, darauf zu antworten. Er lehnte die Stirn gegen die Kopfstütze, schloss die Augen und schluckte schwer. Mit einem Mal hatte er ein flaues Gefühl im Magen.

»Vielleicht kann sie ja die falsche Nase tragen, die sie deinem Freund gegeben hat«, fuhr Egon fort. »Oder sie kann sich ein neues Organ von irgendeinem Supermodel mit Organspenderausweis holen. Hallo – da kommt Richard. Wenn ich drüber nachdenke, liegt diese Straße auf seiner Route, oder? Ich wette, er wünscht sich, dass er nie auch nur das Geringste mit der Sache zu tun gehabt hätte. Ich hab von Anfang an gesagt, dass es eine dumme Idee war … ein Glück für ihn, dass dieser Bulle die Verantwortung trägt …«

Erst Sonja, jetzt Hamish. Erst Sonja, jetzt Hamish. Die Worte flatterten Cadel durch den Schädel wie gefangene Vögel in einem Gewächshaus. Er hatte riesige Angst. Blut zu husten war schlimm. Das wusste er. Es konnte vieles bedeuten. Einen Lungenriss? Eine gebrochene Rippe? Hamish war ein Einzelkind. Seine Eltern würden toben vor Wut. Sie würden Saul und Richard die Schuld geben, und vor allem Cadel – genau wie Judith es getan hatte. Das war auch durchaus verständlich. Langsam fühlte Cadel sich wie ein radioaktives Isotop. Seine Nähe wurde zur gesundheitlichen Bedrohung für jedermann. Was immer er tat, er hinterließ eine Blutspur in seinem Kielwasser. *Erst Sonja, jetzt Hamish. Erst Sonja, jetzt Hamish.*

Prospers Team von soziopathischen Geeks schien Cadels Freunde einen nach dem anderen aufs Korn zu nehmen.

»Ich habe gesagt, dass ich um halb sechs zu Hause bin. Wenn das so weitergeht, kann ich froh sein, wenn ich es zum Abendessen schaffe«, brummte Egon. Offenbar war es ihm völlig egal, ob ihm gerade jemand zuhörte. »Ich frage mich nur, ob Richard mich zurückfährt. Ich bin immerhin in seinem Kurs. Er hat eine Aufsichtspflicht. Und ich *kenne* die meisten Leute hier überhaupt nicht. Es ist ja nicht so, dass es jemanden interessieren würde, ob ich hier bin oder nicht …«

Das kannst du laut sagen, dachte Cadel. Aber er sprach die Worte nicht aus, weil ihm so übel war, dass er Angst davor hatte, den Mund aufzumachen.

Er hatte auch Angst davor, die Augen aufzumachen, weil er dann vielleicht etwas sehen würde, was er nicht wieder vergessen konnte. So etwas wie Sonjas gebrochenes Bein zum Beispiel. Oder das Blut in Hamishs Handfläche.

»Na toll, da kommt auch noch Boyd«, beklagte sich Egon. »Er geht auf Krücken, und ich entkomme ihm *trotzdem* nicht. Um Himmels willen, du Riesentrottel, siehst du denn nicht, dass hier nichts los ist? Warum gehst du nicht irgendjemand anders nerven ...«

Das entfernte Jaulen einer Sirene veranlasste Cadel, den Kopf zu heben. Er sah, dass Boyd sich dem Corolla näherte. Offenbar war er aus Richard Bucklands Auto ausgestiegen. Richard hatte in sicherem Abstand vom Unfallort gehalten, ein gutes Stück abseits der Zufahrtswege für Notfallfahrzeuge. Dann hatte er sich zu der kleinen Menschenmenge um Hamish begeben, zu der inzwischen auch Saul, Vijay und ein uniformierter Polizist gehörten. Vielleicht hatte Boyd die Polizeiuniform abgeschreckt. Oder es kam ihm zu unsicher vor, den Hindernislauf über Glassplitter und Schlaglöcher auf Krücken zu wagen.

Worin auch immer der Grund bestand, er hatte offensichtlich beschlossen, Egon mit seiner Gesellschaft zu beglücken, trotz dessen feindseliger Miene.

»Also, was ist los?«, fragte Boyd, als er noch gut fünf Meter von dem Corolla entfernt war. »Habt ihr es gesehen? Was ist passiert?«

»Wie sieht's denn aus?«, blaffte Egon. »Der Rastamann ist mit der Tussi zusammengekracht.«

»Echt? Puh. Das ist nicht gut.« Boyd schaute sich um. »Wo ist Thi?«

Egon antwortete nicht. Möglicherweise hatte er beschlossen, dass die Frage zu dumm war, um eine Antwort zu verdienen.

Deshalb wandte Boyd sich durch die offene Rücksitztür an Cadel. »Also, habt ihr irgendwen aus seinem Bau getrieben?«, fragte er. »Ich nämlich nicht.«

Cadel nickte. Zum ersten Mal, seit er am Unfallort eingetroffen war, wandten seine Gedanken sich wieder Com zu. Er fragte sich unwillkürlich (und eher teilnahmslos), ob irgendjemand den Flüchtigen eingeholt hatte.

»Tatsächlich?«, fragte Boyd. »Echt? Cool.« Da Cadel nicht weitererzählte, gab Boyd ihm einen verbalen Stoß. »Dann ist es dir also wirklich gelungen, ein bestimmtes Haus zu identifizieren, oder …?«

»Nein.« Als Cadel Boyds langes Gesicht bemerkte, fügte er schnell hinzu: »Ich habe sein Auto gesehen. Nicht sein Haus.«

»Es ist nämlich nicht so, dass die Idee tatsächlich *funktioniert* hätte«, warf Egon verächtlich ein. »Niemand hat das Signal von dem Kerl empfangen oder so was. Es war ein Zufall. Eine zufällige Sichtung.«

»Es war kein *Zufall*«, sagte Cadel mit zusammengebissenen Zähnen. »Unsere Zielperson wurde aufgrund des Telefonanrufs aufgeschreckt. Als Saul etwas vom Wardriving sagte, hat Com solche Angst gekriegt, dass er sich davongemacht hat. Dabei habe ich ihn glücklicherweise gesehen.«

Egon rümpfte die Nase. »Zu schade, dass du ihn hast davonkommen lassen.«

»Er ist nicht davongekommen! Noch nicht.« Da er sich nicht sicher war, wie viel Egon wusste, beschloss Cadel, ihn auf den Stand der Dinge zu bringen. Er buchstabierte Coms Nummernschild und beschrieb den Wagen des Flüchtigen. »Jeder Polizist in Sydney wird nach einem gelben Camry mit einer abgebrochenen Antenne und einem Baby-an-Bord-Aufkleber Ausschau halten …«

»Ja, aber *das* Auto wird er ja wohl nicht behalten, oder?«, fiel ihm Egon ins Wort. »Dein Hacker wird es inzwischen irgendwo losgeworden sein, wenn er nicht ganz blöd ist. Was er offensichtlich nicht ist.«

»He«, sagte Boyd, doch Egon ließ ihn nicht ausreden.

»Ihr hättet Straßensperren errichten lassen sollen. Oder zumindest ein paar zusätzliche Bullen in die Gegend bestellen. Was hast du denn gedacht? Dass der Kerl einfach rumsitzt und wartet, bis ihr zur Tür hereinstürmt?«

»*He!*«, wiederholte Boyd. »Ich habe das Auto *gesehen.*« Als Cadel und Egon sich beide umdrehten und ihn anstarrten, gab er ein leises, nervöses Lachen von sich. »Ein gelber Camry? Den habe ich vor einer Weile unten am Fluss parken sehen.« Er zeigte mit seinem Daumen in die Richtung. »Er stand in einer Auffahrt.«

Auf diese Mitteilung folgte kurzes, verblüfftes Schweigen. Cadel musste sich die Lippen befeuchten, bevor es ihm gelang, nach weiteren Einzelheiten zu fragen.

»Bist … bist du dir sicher?«, kiekste er.

»Oh ja.« Boyds Tonfall klang zutiefst überzeugt. »Ich hab das Nummernschild und alles gesehen. Es ist derselbe.«

Egon war nicht überzeugt. »Vielleicht *glaubst* du nur, dass es der Wagen war, den du gesehen hast. Vielleicht spielt dein Gedächtnis dir einen Streich. Was war so besonders an diesem Auto, dass du überhaupt auf das Nummernschild geachtet hast?«

»Ich achte immer auf die Nummernschilder«, lautete Boyds Antwort. »Ich sammele die Dinger.« Als er Egons gehobene Brauen sah, fügte Boyd schnell hinzu: »Im Kopf, nicht in Wirklichkeit. Ich sammle sie im Kopf.« Er hielt kurz inne. »Du nicht?«

»Ich habe Wichtigeres im Kopf«, sagte Egon höhnisch.

Doch Cadel war offener für diese Vorstellung, denn er wusste, dass auch Sonja eine Schwäche für Nummernschilder hatte. »Spielst du Spiele damit? Meinst du das?«, fragte er.

Boyd nickte. »Ich kann nicht anders«, gestand er mit einem kurzen Lachen. »Besonders, weil ich auch Autos mag …«

»Wann genau hast du das gelbe gesehen?«, schnitt Cadel ihm das Wort ab. »Wie lange ist das her? Fünf Minuten? Zehn?«

»Oh nein. Ich habe es gleich gesehen, als wir losgefahren sind.« Boyd musste sein Gewicht von einer Krücke auf die andere verlagern, um einen Blick auf die Uhr zu werfen. »Vielleicht … ich weiß nicht … vor zwanzig Minuten? Fünfundzwanzig?«

»Und du weißt noch genau, wo es war? In welcher Auffahrt der Wagen stand?«

»Aber ja doch.«

»Dann solltest du besser Saul davon erzählen«, riet ihm Cadel, während er aus dem Corolla ausstieg. »Er will sicher sofort dorthin.«

16

Cadel saß hinten in einem Lieferwagen. Er verharrte dort nun schon seit fast drei Stunden.

Bei ihm waren Reggie Bristow und Angus McNair. Cadel war sich nicht ganz sicher, wo der Lieferwagen stand, weil das einzige Fenster ihm lediglich eine eingeschränkte Sicht in die Fahrerkabine gestattete, und zwar durch ein Stahlgitter. Er wusste lediglich, dass sie irgendwo in der Nähe von Coms Haus angehalten hatten und dass es draußen bereits dunkel war.

Der Lieferwagen war Sauls Idee gewesen. Er hatte beschlossen, dass sein Stiefsohn im Verborgenen bleiben sollte, während sie Coms verlassene Wohnstatt durchsuchten, und ein Lieferwagen schien die einfachste Möglichkeit zu sein, Cadel von neugierigen Augen oder Kameras abzuschirmen. »Man darf dich nicht auf der Straße sehen«, hatte Saul erklärt. »Das ist zu gefährlich.« Aber selbst er hatte zugegeben, dass man Cadel nicht einfach direkt nach Hause schicken konnte – zuerst musste er die Gelegenheit erhalten, die möglicherweise von Com zurückgelassene Computerausrüstung zu untersuchen.

Also war Cadel zum Nichtstun gezwungen. Er hatte gewartet, während die Polizei sich vergewissert hatte, dass Coms Haus unbewohnt und ungesichert war. Dann hatte er gewartet, bis das Sprengstoffteam sich sicher gewesen war, dass Com keine

Fallen zurückgelassen hatte. Nun wartete er, während Saul das Haus persönlich untersuchte, »nur zur Sicherheit«.

Nachdem Cadel so viel Zeit in einer beengten, schmuddeligen Kiste verbrachte hatte, wo er in eine alte Farbdose pinkeln musste und nichts zu tun hatte, außer Reggies Schuhe anzustarren, fühlte er sich langsam ernsthaft beengt. Außerdem litt er an einer verspäteten Reaktion auf die traumatischen Ereignisse des Tages – das war zumindest *seine* Diagnose. Warum sonst sollte er immer wieder in Schweiß ausbrechen, während er ein waberndes Gefühl im Schädel verspürte und sein Herz raste? Es handelte sich bei diesen vorübergehenden Anfällen doch wohl kaum um die Folgen einer verpassten Mahlzeit oder des Sauerstoffmangels hier drin?

Ich halt's nicht aus, dachte er. *Erst Sonja, jetzt Hamish. Ich halt's einfach nicht aus. Weiter nichts.*

»Hast du Hunger?«, fragte Reggie und schaute auf die Uhr. »Vielleicht sollte einer losgehen, um uns Fisch mit Fritten zu holen. Für dich war doch schon längst Abendessenszeit.«

»Stimmt«, gab Cadel schwach zu. »Aber mir geht es nicht so besonders.«

»Du solltest trotzdem was essen.« Reggie drehte sich zu Angus um. »Hast du irgendwas dabei? Einen Schokoriegel oder ein Kaugummi?«

»Nee«, sagte Angus, dessen Augen glasig vor Langeweile waren. Beide Polizisten waren angewiesen, nicht zu lesen oder Radio zu hören, während sie im Dienst waren. Sie durften nicht mal telefonieren, es sei denn, es handelte sich um einen Notfall. Cadel hatte also nicht mal in Erfahrung bringen können, wie es Hamish ging.

Nachdem sie seinen Freund in einen Notarztwagen geladen hatten, war er ins Krankenhaus gefahren worden, Richard Buckland dicht hinter ihm. Vijay war auch im Krankenhaus – sein Vater hatte beschlossen, mit ihm zur nächsten Notaufnahme zu fahren, obwohl die Notfallhelfer einmütig der Meinung gewesen waren, dass kein Risiko für ihn bestand. Gazo Kovacs hatte großzügigerweise angeboten, Boyd und Egon nach Hause zu bringen, während Snezana ihr Auto zurückgelassen hatte, nachdem sie wieder mit Thi vereint gewesen war, der sich gemeinsam mit ihr eilig in einem Taxi davongemacht hatte.

Als der Lieferwagen für Cadel eintraf, war von den Wardrivern nur noch Duke am Unfallort. Unbesorgt über die Konfiszierung seines Handys (vielleicht, weil er den gefürchteten Moment vor sich hergeschoben hatte, in dem er seinen Vater anrufen und nach Versicherungsdaten fragen musste), stand Duke hilflos am Straßenrand herum. Cadel war davon überzeugt, dass Duke sich wahrscheinlich Minuten nach seinem eigenen Aufbruch ebenfalls davongestohlen hatte. Es war schwer, sich vorzustellen, dass ein so planloser Mensch wie Duke dablieb, um Abschleppwagen zu organisieren oder der Polizei bei der Aufnahme der Aussagen zu helfen. Es war sogar noch schwerer, sich vorzustellen, dass er Hamish im Krankenhaus besuchte.

Cadel fragte sich, ob Hamish überhaupt noch im Krankenhaus *war*.

»Wer ist das?«, fragte Angus. Er hob den Kopf, als das Motorengeräusch eines sich nähernden Fahrzeugs an seine Ohren drang.

Reggie tat es ihm nach.

Dann verstummte das Brummen unvermittelt, und irgendwo draußen schlug eine Tür zu.

Reggie beugte sich vor, um durch das kleine Fenster hinter dem Sicherheitsgitter die Fahrerin anzusprechen. »Alles in Ordnung?«, krächzte er.

»Ich glaube schon«, kam die Antwort nach einer kurzen Pause, gefolgt von genaueren Angaben. »Ja, alles klar. Das ist nur der Inspektor, der zurückkommt.«

Klopf-klopf-klopf! Klopf-klopf! Ein plötzliches Pochen am Heck des Lieferwagens ließ sie zusammenzucken. Reflexartig steckte Reggie die Hand in die Jacke, doch Cadel hatte den Klopfrhythmus bereits erkannt.

Es handelte sich um das vereinbarte Signal: Die Luft war rein.

Dann erklang Sauls gedämpfte Stimme. *»Ich bin's, Saul. Macht auf!«*

Angus gehorchte, zog allerdings zuvor ebenfalls seine Waffe. Saul wirkte erfreut darüber, denn als er die Doppeltür öffnete und in die Mündung von Angus' Pistole starrte, signalisierte er seine Zufriedenheit mit einem Nicken.

Cadel war der Einzige, der zusammenzuckte. Er mochte keine Pistolen, insbesondere, wenn sie auf Saul gerichtet waren.

»Wir können jetzt los«, verkündete der Inspektor leise. Dann sprang er in den Lieferwagen und zog die Tür hinter sich zu.

Jetzt, da er seine arabischen Gewänder los war, bewegte er sich deutlich flinker als zuvor.

»Sag Lou, dass wir direkt zur Nummer zehn fahren«, befahl er. »Sag ihr, dass sie in der Garage parken kann.«

Reggie seufzte, doch er tippte an das Zwischenfenster und gab die Nachricht weiter, während sie Saul Platz machten. Der Inspektor zwängte sich neben Cadel und schlug die langen Beine unter, als wären sie Teil eines Ausziehsofas. Mehr als eine Stunde war verstrichen, seit Cadel ihn zum letzten Mal gesehen hatte.

»Da drin gibt es viel, was man sich näher ansehen sollte«, stellte Saul fest. »*Verdammt* viel. Deshalb habe ich so lange gebraucht.«

Cadel wusste sofort, dass der Inspektor von Coms Haus sprach.

»Heißt das, Com hat welche von seinen Sachen zurückgelassen?« Das waren gute Neuigkeiten, obwohl Cadel sich ein wenig zu benommen fühlte, um sie richtig zur Kenntnis zu nehmen. »Was für Sachen?«

»Alles Mögliche«, lautete Sauls schwammige Antwort. Obwohl das Licht schlecht war, schien er zu merken, dass Cadel ihn eindringlich anstarrte, denn er fügte hinzu: »Du wirst schon erfahren, was ich meine. Es ist seltsam. Keiner kann sich einen Reim darauf machen.«

Cadel dachte über Sauls Worte nach, während der Lieferwagen sich in Bewegung setzte.

»Inwiefern seltsam?«, fragte er schließlich.

Doch Saul wollte nicht näher ins Detail gehen. »Du wirst schon sehen«, sagte er. »Hab einfach Geduld. Ich kann es nicht beschreiben – du musst dir schon selbst ein Bild machen.« Dann berichtete er Cadel in einem durchschaubaren Versuch, das Thema zu wechseln, dass er sich nach Hamishs Zustand erkundigt hatte. »Er bleibt über Nacht im Krankenhaus, für ein paar Untersuchungen. Es sieht ganz danach aus, als hätte er sich eine Rippe gebrochen.«

»Ist da das Blut hergekommen?«, fragte Cadel.

»Möglicherweise.« Der Inspektor zuckte mit den Schultern. »Aber da er sich auf die Zunge gebissen hat, könnte das Blut auch daher kommen. Vielleicht hat er es eingeatmet.«

»In welchem Krankenhaus liegt er?«

»Im Royal Prince Alfred. Das war näher als das Prince-of-Wales-Krankenhaus.«

»Oh.« Entmutigt dachte Cadel darüber nach, ob er beide kranken Freunde an einem Abend besuchen könnte. Es würde schwierig werden – insbesondere für jemanden, der von einem Video-Stalker verfolgt wurde. Aber vielleicht war Hamish ja schon morgen wieder zu Hause.

Vielleicht hielt Com sich ja auch eine Weile von Überwachungskamera-Netzwerken fern.

»Ich habe Fiona noch nicht in allen Einzelheiten von der

Sache erzählt«, sagte Saul gerade. »Ich habe ihr nur gesagt, dass wir ein Ergebnis haben und dass wir der Sache nachgehen, aber ich wollte ihr nicht alles am Telefon erklären. Das müssen wir später machen.« Das Ruckeln des Lieferwagens ließ seine Stimme zittern. »Wahrscheinlich wird sie einen kleinen Schreck kriegen«, gab er zu. »Sie wird sich Sorgen um dich machen.«

Cadel antwortete nicht. In Gedanken war er immer noch bei den Hacker-Aktionen, deren Zeuge er geworden war.

»Weißt du«, überlegte er laut, als hätte der Inspektor überhaupt nichts gesagt, »vielleicht war es Com, der mich über die Kameranetzwerke verfolgt hat, aber er war bestimmt nicht derjenige, der am Verkehrsleitsystem rumgespielt hat. Da hat sich wer anders eingeschlichen, und wenn man bedenkt, was diese Person dort so alles getrieben hat, haben wir eine realistische Chance, ihre Spur aufzunehmen.«

»Tja ... Das fällt in Sids Bereich«, stellte Saul fest. »Er schaut sich die ganze Ampelgeschichte einmal an – zusammen mit seinem Team.«

»Ja, nur sollte er das *sofort* machen. Wenn Com nämlich eine Reihe roter Ampeln hinter sich zurückgelassen hat, dann ist das ein guter Ansatzpunkt.« Da Saul ihm nicht sofort antwortete, begriff Cadel, dass er seine Überlegungen genauer erläutern musste. »Wenn wir ins Verkehrsleitsystem kommen«, erklärte er, »und herausfinden, wo überall die Kontrollkästen übernommen worden sind, dann können wir vielleicht sehen, wo Com hin ist. Wie bei Fußspuren.«

»Himmel«, sagte Angus bewundernd.

Saul versteifte sich. »Du meinst, darüber gibt es Aufzeichnungen?« Sein Tonfall klang interessiert. »Können wir das in einer Art Register nachprüfen?«

»Na ja ... *ich* könnte das nachprüfen.« Cadel zermarterte sich das Hirn und versuchte, sich an die Einzelheiten seiner jugendlichen Streifzüge durchs Verkehrsleitsystem zu erinnern. Er wusste nicht genau, wie viel sich seitdem verändert hatte. »Eine Menge Ampeln reagieren auf Input von Schleifendetektoren«, fuhr er fort. »Sie sind darauf programmiert, in bestimmter Weise auf bestimmte Umstände zu reagieren. Wenn sie das nicht tun, dann kommt es zu einer Störungsmeldung – es sei denn, die Ampel-Malware hält zusätzlich Daten davon ab, zum regionalen Computer zurückzugelangen.« Er überlegte, wie wahrscheinlich ein derart durchtriebener Plan war. Wenn Vee mit der Sache zu tun hatte, konnte es gut sein, dass das Programm schwerer aufzustöbern sein würde als eine Termite. »Es ist trotzdem einen Versuch wert«, stellte er fest. »Sid schaut sich wahrscheinlich ohnehin schon das Leitsystem an, wegen des dazugehörigen Kameranetzwerks. Das System müsste inzwischen von Fingerabdrücken nur so *wimmeln.*«

Unvermittelt hielt der Lieferwagen, so dass sie beinahe allesamt vom Sitz gekippt wären. Cadel wurde zur Seite geschleudert, Reggie prallte mit dem Hinterkopf hörbar an die Wand.

»Au«, sagte er.

»*Himmel noch mal, Lou!*«, protestierte Angus lautstark. »*Kippst du dir da vorn einen hinter die Binde?*«

»'tschuldigung«, kam die undeutliche Antwort. Dann erstarb der Motor.

Als Saul aufstand, packte Cadel ihn beim Arm, denn er hatte noch einiges zu sagen. »Es ist Zeit, dass ich wieder online gehe«, meinte er eindringlich. »Das siehst du doch ein, oder? Ich muss diese Sache selbst in die Hand nehmen.«

»Vielleicht«, antwortete Saul. »Ich denke darüber nach.«

»Es hat keinen Sinn, sich Gedanken darüber zu machen, wer mich alles entdecken könnte, während ich den Spuren nachjage. Nicht mehr.« Cadel ließ Sauls Arm nicht los. »Für mich ist es draußen auf der Straße gefährlicher als im Cyberspace. Und du brauchst meine Hilfe. *Sid* braucht meine Hilfe.«

»Ich werde darüber nachdenken«, wiederholte Saul. »Eins nach dem anderen, in Ordnung?«

»Zum Beispiel sollten wir erst mal aus diesem verdammten Auto raus«, knurrte Reggie.

Angus beugte sich bereits zur Hecktür rüber, doch Saul hielt ihn rechtzeitig mit einem »Warte« auf.

Als die Hand des Inspektors in seiner Jacke verschwand, war klar, dass zwecklos war, ihn jetzt von der Sache mit dem Internetzugang überzeugen zu wollen – nicht, während er voll und ganz auf die Frage konzentriert war, wer sich dem rückwärtigen Ende des Lieferwagens näherte. Saul entspannte sich erst, als er ein vertrautes *Klopf-klopf-klopf! Klopf-klopf!* hörte.

Lou gab ihnen das Zeichen, dass die Luft rein war.

Im nächsten Moment trat Cadel in einen Raum hinaus, bei dem es sich um eine kleine Garage zu handeln schien. Eine staubige Glühbirne baumelte von der Decke und erhellte ein Gitterwerk von Holzbalken. Man hatte zwar irgendwelche Platten an die Außenseite geklatscht, doch niemand hatte sich die Mühe gemacht, die Innenwände zu verkleiden. Cadel sah Spinnweben, die wie Schleier über altem Gerümpel hingen: Blumentöpfe, Farbdosen, Dachziegel und Gardinenstangen. Nur der Rasenmäher sah neu aus.

Zwei uniformierte Polizisten standen in der Nähe bei einer Mülltonne und unterhielten sich leise.

»Hier durch«, wies Saul ihnen den Weg.

Er lotste Cadel zu einer Seitentür, die direkt in ein kleines Zimmer führte, in dem nur eine Wäschewanne aus Beton und eine Waschmaschine standen. Der Raum öffnete sich zur Küche hin, aber Cadel wurde nicht dazu ermutigt, einzutreten und Kühlschrank oder Herd zu begutachten. Stattdessen scheuchte man ihn eilig in das, was einmal das Esszimmer gewesen war, erkennbar an der Durchreiche in der Wand.

Doch inzwischen handelte es sich nicht mehr um ein Esszimmer. Es enthielt nichts als Regale, die vom Boden bis zur Decke reichten und in denen dicht gepackt wie Bücher Computerteile lagen. Lange Kabelschlaufen hingen von den Brettern herab, und aus über den Boden verstreuten Stromleisten sprossen unordentliche Steckerbündel, die achtlos über Doppeladapter geschichtet waren und zusammenklebten wie Seepocken.

Cadel hatte noch nie zuvor etwas Derartiges gesehen. »Oh mein Gott«, flüsterte er mit weit aufgerissenen Augen.

»Es sieht hier überall so aus, außer im Bad«, verriet Saul. »Und natürlich in der Küche.« Er verstummte und beobachtete, wie Cadels Blick das technologische Netzwerk durchstreifte, das sie umgab.

Alle Monitore waren dunkel, alle Festplatten schwiegen. Das war das Erste, was Cadel auffiel. Nichts war eingeschaltet. Es wurde keinerlei Hitze erzeugt.

»So war es schon, als wir reingekommen sind«, verriet Saul, als hätte er Cadels Gedanken gelesen. »Niemand hat etwas angefasst.«

»All das ist so alt«, sagte der Junge verwundert. Gut die Hälfte der Geräte war älter als er selbst – das merkte er daran, dass sie so groß und sperrig waren. Da standen ein Toshiba T4850/500, ein Macintosh Color Classic, ein Compaq Portable II …

Wo hatte Com nur all diese uralten Stücke *aufgetrieben?* Auf der Straße? Bei eBay?

»Wir befürchten, dass es sich um eine Falle handeln könnte«, fuhr Saul fort. »Die Sprengstoffhunde haben nichts gefunden, aber man sieht, dass die verschiedenen Teile miteinander in Verbindung stehen.«

»Glaubst du, dass die überhaupt funktionieren?«, fragte Cadel, während er langsam in den nächsten Raum ging. Hier standen neben weiteren Computerregalen ein ziemlich mitgenommenes Samtsofa, ein Widescreen-LCD-Fernseher und ein Teetischchen voller Essens- und Brandflecken. Hinter einem Bogendurchgang in der gegenüberliegenden Wand bot sich Cadel ein ähnlicher Anblick: ein NEC PC 8801 auf einem Hewlett Packard HP-9826, der sich an einen Amstrad CPC 464 drängte.

Außerdem entdeckte Cadel zwei bekannte Gestalten, die sich ihm zuwandten, als sie seine Schritte hörten. Sid und Steve, die Computerexperten der Polizei, waren gerade dabei, leise und ehrfürchtige Bemerkungen über ein altes Modell mit eingebautem Punktmatrixdrucker zu wechseln. Steve trug ein gebleichtes Kinnbärtchen, eine altmodische Jacke und einen Schlips, auf den Toaster mit Flügeln aufgedruckt waren. Sid hatte vier Ohrringe im einen Ohr und drei im anderen, und auf seinem Schlips war ein Muster aus dünnen, flimmernden Streifen zu sehen, das eigens darauf ausgelegt war, das Auge zu irritieren.

»Hier ist es wie in einem Museum«, stellte Steve ohne weitere Vorrede fest, obwohl er Cadel seit Monaten nicht gesehen hatte. »Es gibt auch eine Menge neues Zeug, aber … jetzt schau sich einer das an! Ein NCR-Dezisiomat!«

»Und nicht eine einzige Klimaanlage«, fügte Sid hinzu. Er schüttelte den Kopf. »Man könnte die Geräte gar nicht alle anmachen. Selbst, wenn sie alle funktionieren, was ich bezweifle, würde die Hitze das Zeug hier in Sekundenschnelle grillen.«

»Das habe ich mir auch schon gedacht«, stimmte Cadel ihm zu.

Saul fragte forschend: »Könnte das ein Teil der Falle sein? Wenn wir sie alle anmachen, überhitzen sie dann und explodieren?«

Sid und Steve wechselten ein paar Blicke, bevor sie ihre Aufmerksamkeit wieder auf die Wand voller uralter Bytes vor ihren Nasen richteten. Cadel folgte ihrem Beispiel und staunte über die Mühen, die jemand darauf verwendet hatte, so viele sperrige Objekte anzuordnen. Standen die Geräte wirklich alle miteinander in Verbindung? Das musste doch zu einem Kompatibilitätsproblem führen? Hatte Com irgendeine Art von

Kaskadierungseffekt erreicht? Oder war das alles nur ein einziger Blindgänger?

»Normalerweise explodieren Computer nicht«, sagte Sid schließlich. »Manchmal brennen sie durch, aber explodieren tun sie nur sehr selten.«

»Ich glaube, der Kerl will uns durcheinanderbringen«, spekulierte Sid. »Vielleicht versucht er uns hinzuhalten, wie ... ihr wisst schon. ›Verwenden wir doch mal hundert Milliarden Arbeitsstunden darauf, herauszufinden, womit wir es hier zu tun haben.‹ Dabei haben wir es mit gar nichts zu tun.«

»Nicht unbedingt«, erwiderte Sid, worauf Steve ein abfälliges Schnauben von sich gab.

»Hältst du das für eine Art Supercomputer? Jetzt *komm schon,* Mann.« Steve wandte sich an Cadel, den er schon vor langer Zeit als Gleichgestellten zu akzeptieren gelernt hatte (trotz des Altersunterschieds von zwölf Jahren). »Aus dem Großteil von dem ganzen Müll hier lässt sich doch sicher überhaupt nichts rausholen. Wahrscheinlich kriegt man da nicht ein einziges Megabyte rausgequetscht. Wenn du mich fragst, ist das hier ein reines Ablenkungsmanöver.«

»Oder eine geschickte Täuschung«, verkündete Sid. »Vielleicht ist Coms echter Computer irgendwo hier dazwischen. Vielleicht sehen wir den Wald vor lauter Bäumen nicht.« Mit einer dramatischen, ausholenden Geste unterstrich er seine Worte. »Wo versteckt man sich am besten? In der Masse natürlich. Vielleicht haben wir hier die Masse vor uns.«

Die anderen nahmen seine Theorie mit einem lang gezogenen Schweigen zur Kenntnis, Cadel sah durchaus ein, dass sie Sinn ergab. Sie würden Tage, wenn nicht gar Wochen brauchen, um jeden einzelnen Computer in diesem Haus zu überprüfen – wobei es am vernünftigsten wäre, mit den neueren Modellen anzufangen.

Oder etwa nicht?

»Ich weiß nicht«, brummte Saul. »Meint ihr wirklich, dieser Kerl haut ab, ohne seinen Computer mitzunehmen?« Er warf Cadel einen Blick zu. »Würdest *du* abhauen, ohne *deinen* Computer mitzunehmen?«

Cadel antwortete nicht. Er war zu sehr mit Nachdenken beschäftigt.

»Ich würde ihn mitnehmen«, erklärte Steve bereitwillig. »Aber vielleicht würde ich meine Sicherheitskopien dalassen. Die könnten durchaus noch hier sein.« Er schwieg einen Moment lang. »Irgendwo.«

»Hat er sonst noch was mitgenommen?«, fragte Sid, an den Inspektor gewandt. »Wissen wir, ob er seine Reisetasche gepackt hat?«

»Das bezweifle ich.« Der Inspektor warf kurz einen Blick über die Schulter in die Küche, wo gerade jemand mit den Geschirrschranktüren klapperte. »Nach allem, was ich gehört habe, hatte er nicht viel Zeit.«

»Hast du das überprüft?«

»Nicht persönlich. Das fällt nicht in meinen Bereich.« Saul seufzte schwer und rieb sich das Kinn. »Wartet, ich gehe mal schnell fragen.«

Er hatte dunkle Ränder unter den Augen, und obwohl er den Raum zügig verließ, sah man ihm seine Müdigkeit deutlich an. Vielleicht lag es auch am Einfluss dieses trübseligen Orts. Die verfilzten alten Teppiche, die rauchvergilbten Wände und die schmuddeligen Jugendstillampen verbreiteten eine Atmosphäre, angesichts derer sich jeder erschöpft gefühlt hätte.

Als Cadel sich aufs Sofa setzte, gaben die alten Sprungfedern so weit nach, dass seine Knie fast bis zu seinem Kinn hochgerutscht wären.

»Wenn er ohne Zahnbürste oder Unterwäsche zum Wechseln abgehauen ist, dann hat er sicher auch seine Sicherheitskopien hiergelassen«, meinte Sid und ließ den Blick mit in die

Hüfte gestemmten Händen über all die geheimnisvollen Gerätschaften schweifen. »Vielleicht dient dieses Zeug hier ja dem Zweck, seine Sicherheitskopien zu verstecken.«

»Oder ein geheimes Überwachungssystem«, schlug Steve zweifelnd vor.

»Meinst du?« Sids Mundwinkel sackten herab. »Lieber Himmel, hoffentlich nicht.«

»Ich wüsste nicht mal, wo ich anfangen soll«, beschwerte sich Steve. »In diesem ganzen Zeug könnte man ein Mikrofon verstecken und es *niemals* wiederfinden! Selbst wenn man es selbst versteckt hätte!«

Ab diesem Punkt hörte Cadel nicht mehr zu. Er beschloss, sich auf eine einzige wichtige Frage zu konzentrieren: Hatte Com seinen Computer wirklich mitgenommen? Einerseits erschien es ihm wahrscheinlich, schließlich war Com der Geek schlechthin. Er gehörte zu der Sorte Menschen, die einen Computer nicht weniger dringend brauchten als Luft zum Atmen. Der Gedanke, seinen Rechner zurückzulassen, wäre ihm wahrscheinlich nicht einmal in den Sinn gekommen.

Andererseits war er nicht allein. Jemand anders arbeitete mit ihm zusammen – jemand, der ihm mit an Sicherheit grenzender Wahrscheinlichkeit bei der Entwicklung seines Fluchtplans geholfen hatte. Und dieser Jemand war schlau. Dieser Jemand hatte vielleicht gewisse Wahrscheinlichkeiten berechnet.

Was, wenn sie Com geschnappt hätten? Was, wenn er im Besitz eines Computers mit inkriminierendem Beweismaterial von der Polizei aufgegriffen worden wäre? *Wenn ich an seiner Stelle gewesen wäre,* überlegte Cadel, *hätte ich meinen Computer nicht mitgenommen. Ich hätte ihn versteckt, so dass man ihn niemals findet.*

Aber nicht im gelben Camry. Das Auto war nicht sicher genug. Wenn man Com in Gewahrsam genommen hätte, dann hätte die Polizei seinen Wagen auseinandergenommen, um den gesuchten Computer zu finden – und für Com war das Gerät genauso gefährlich wie eine noch rauchende Pistole. Wenn Cadel auf der Flucht gewesen wäre, dann hätte er seinen Computer an einem sicheren und dennoch leicht zugänglichen Ort versteckt. An einem Ort, der keinen Alarm bei einem Metalldetektor auslösen würde. An einem so unauffälligen Ort, dass niemand darauf kommen würde, dort nachzusehen, nicht einmal, um nach Termitenfraß zu suchen, ein Rohr zu reparieren oder die Isolierung auszubessern.

Cadel kaute auf seinem Daumennagel und schaute zu der verzierten Stuckdecke hoch, die mit Schimmelflecken und Spinnweben übersät war. Dachböden waren leicht zu durchsuchen und schwer zu erreichen, wenn man es eilig hatte. Und eine Geheimtür in der Wand oder eine Aussparung unter den Dielen wäre bei einer vollständigen polizeilichen Durchsuchung sicher bald entdeckt worden. Selbst, wenn die Tür sich hinter einem hoch aufragenden Stapel Computerteile befand, würde man sie ebenfalls finden, sobald man die Computer auseinandergenommen hatte.

Er muss gewusst haben, dass er nicht zurückkommen kann, überlegte Cadel. *Zumindest für lange Zeit nicht. Frühestens wenn die Polizei aufhört, das Haus zu beobachten.*

Cadel versuchte sich in Com hineinzuversetzen. Wenn ein Wardriving im Gange war und man schnell verschwinden musste, würde man sich dann mit Passwörtern und Safeschlössern herumärgern wollen? Wenn die Polizei plötzlich an die Haustür hämmerte, würde man dann anfangen, Möbel durch die Gegend zu rücken, Löcher zu graben oder den Computer anzuzünden? Nein, all das würde man nicht tun.

Man würde am liebsten einfach seinen Laptop ins vorgesehene Versteck packen, schnell, schlau, ohne viel Aufhebens. Das Versteck musste leicht zu erreichen sein, man durfte dafür keine Leitern oder Taschenlampen brauchen, und sobald der

Laptop sich in seinem Geheimfach befand, würde ihn dort nie jemand suchen.

»Eric meint, es sieht nicht so aus, als ob unsere Zielperson viel mitgenommen hätte«, erklärte Saul, als er in den Raum zurückkehrte. »Im Schrank hängen noch jede Menge Kleider und nur ein leerer Bügel. Die Zahnbürste im Bad ist vielleicht nur zum Ersatz, jedenfalls ist sie ziemlich mitgenommen – aber man muss sich fragen, ob Menschen, die so leben, ihre Zahnbürste oft wechseln. Und die Zahnpasta ist neu.« Sauls müder Blick schweifte zu Cadel, obwohl er mit Sid sprach. »Es gibt keinerlei Hinweise darauf, dass irgendjemand sonst hier gewohnt hat, aber wir müssen noch einmal eine richtige Durchsuchung durchführen. Zwischen all den Knöpfen und Drähten kann man leicht etwas übersehen.«

»Hinter all dem Kram könnte man mit Leichtigkeit ein weiteres *Zimmer* übersehen«, pflichtete ihm Sid bei, dessen langatmiger Monolog über die Klassifizierung von Computermodellen durch das Wiederauftauchen des Inspektors unterbrochen worden war. »Das ist furchtbar viel, aber es ergibt einfach keinen Sinn. Wenn unser Mann ein Sammler war, dann wäre dieses Zeug sicher irgendwie geordnet. Entweder alphabetisch oder chronologisch.«

»Oder nach Nationalitäten«, meldete Steve sich zu Wort.

»Ja, du hast recht.« Steve nickte. »Und wenn diese ganze Wand wie ein einziger großer Computerchip verdrahtet wäre, dann gäbe es auch eine Art System. Die Anordnung wäre in dem Fall nicht zufällig – man müsste irgendeine Art von Muster erkennen. Aber ich sehe keins.« Er hob eine Braue und schaute zu Cadel hinüber. »Du?«

Der Junge brauchte einen Augenblick, um die Frage zu registrieren. Er saß auf dem Samtsofa und starrte in die Luft. Nun blinzelte er und schreckte aus seinem andächtigen Schweigen hoch. »Nein«, sagte er, »ich sehe nichts.«

Dafür gab es einen Grund, da war Cadel sich sicher. Es herrschte ein enormes Durcheinander, aber das war sicher kein Zufall. Das Haus war mit alten und neuen Computern so vollgestopft, dass es aus allen Nähten platzte. Ein neuer Laptop mochte vielleicht zeitweise zwischen einem Haufen weiterer Geräte verborgen bleiben, aber wozu waren die alten Kisten gut? Hatte man sie benutzt, weil ein Haus voller neuer Computer zu teuer gewesen wäre? Waren sie Füllelemente, die nur dem Zweck dienten, sie abzulenken oder in die Irre zu führen?

Dann wurde es ihm blitzartig klar.

Natürlich.

17

Cadel stand auf. Er betrachtete die riesige Sammlung von Chips und Schaltkreisen vor seinen Augen und suchte nach etwas sehr Großem und sehr Altem mit sehr geringer Rechenleistung.

Das IBS-Beta-System? Vielleicht. Der ICL Quattro? Auf jeden Fall möglich.

»Ich glaube nicht, dass diese Dinger jemals eingeschaltet waren«, sagte Sid gerade. »Zumindest nicht alle zur selben Zeit. Die Verdrahtung muss bis auf das Jahr 1933 zurückgehen – schaut euch nur mal die Lichtschalter an! Die würden jede einzelne Sicherung im Kasten durchbrennen lassen.«

Cadel trat an ihm vorbei auf den Flur, wo an den Wänden weitere Computer aufgereiht waren. Er kam sich vor wie im Cockpit eines Spaceshuttles oder im Kontrollbereich eines Atom-U-Boots – nur dass ein Großteil der Ausstattung deutlich älter war als die jedes Spaceshuttles. Es gab sogar einen Computer mit Holzverschalung, der knapp unterhalb seiner Augenhöhe stand.

Vor diesem Gerät hielt Cadel inne.

Es war größer als eine Mikrowelle.

»Ist das nicht toll?«, begeisterte sich Steve, der Cadel auf den Flur gefolgt war. »Das ist ein Northstar Horizon. Ich habe noch nie zuvor einen gesehen. Nur davon gelesen.«

Behutsam berührte Cadel die Frontverblendung des Geräts, das zwei Diskettenlaufwerke aufwies.

»Das Modell ist von neunzehnsiebenundsiebzig«, fuhr Steve fort. »Sechzehn Kilobyte RAM. Das war das erste Floppy-Disc-basierte System für Hobbynutzer.«

»Sechzehn Kilobyte RAM«, murmelte Cadel. Heutzutage bekam man sechzehn Kilobyte in eine Streichholzschachtel und hatte immer noch Platz. Man hätte nur einen winzigen Bruchteil des Volumens gebraucht, das von dem walnussfarbenen Gehäuse eingefasst wurde.

Man konnte aus so einem Gerät das Innenleben herausholen und das Ganze mit einem neuen Hauptprozessor modern verbinden, womit man ein funktionierendes Gerät mit genügend Platz für alles Weitere hatte, was man darin verstecken wollte.

Wie zum Beispiel einen Laptop.

»Cadel?« Saul hatte sich ebenfalls zu ihnen gesellt. »Ich weiß nicht, ob du an diesem Zeug herumspielen solltest.«

»Ist schon in Ordnung.« Cadel machte sich keine Sorgen. Er glaubte nicht, dass Com eine Falle hinterlassen hatte, weil man für Fallen Zeit brauchte. Man musste sie zum Beispiel *scharfmachen.*

Das würde einen ganze zehn Sekunden kosten, vermutete Cadel. *Ich würde mich eher auf eine gute Tarnung verlassen.*

Also drückte er weiter auf die erkennbaren Schalter des Northstar Horizon: die beiden Laufwerksknöpfe, den Stromschalter, das Herstellerlogo …

Nichts.

»Du willst doch nicht versuchen, das Ding anzumachen, oder?«, fragte Steve entsetzt. Im selben Moment wurde Cadel klar, dass der Northstar Horizon in seiner Holzverschalung steckte wie eine Schublade in einer Kommode. Also hakte er die Finger unter die Frontverblendung, wo er einen kleinen Knopf fand, der mit einem Klicken nachgab, als er darauf drückte.

Gleichzeitig zog er fest daran, und die Verschalung öffnete sich wie eine Schublade. Nur leider hatte Cadel zu kräftig gezogen. Die Metalllade löste sich aus dem Holzgehäuse, und etwas Flaches, Eckiges fiel heraus, das im Innern verborgen gewesen war.

Es war ein Laptop, der mit einem lauten Poltern auf den Boden auftraf.

»Himmel!«, quiekte Steve.

»Zurück!«, rief Saul. Er packte Cadel, dem die leere Lade aus den Fingern glitt. Baumelnd hing sie an einem Kabelbündel herab, so dass die Frontverschalung beinahe den Boden berührt hätte.

Der Laptop lag ganz in der Nähe und sah absolut harmlos aus.

»Alles in Ordnung. Er wird nicht explodieren.« Cadel versuchte Saul zu beruhigen, während er sich gegen die Versuche des Inspektors wehrte, ihn ins Nebenzimmer zu zerren. »Das ist Coms Laptop – er kann uns nichts tun.«

Steve fing an zu lachen. »Wow!«, sagte er. »Puh! Das war ein schöner Schreck, was?« Mit unverhohlener Bewunderung musterte er Cadel. »Du bist mir echt einer.«

»Wie um alles in der Welt hast du herausgefunden, wo der steckt?«, fragte Sid, der inzwischen ebenfalls hinter Saul auf dem Flur stand.

Cadel zuckte mit den Schultern. »Das habe ich gar nicht«, gestand er und löste nach und nach die Finger des Inspektors von seinem Arm. »Ich habe einfach nur nach der größten Kiste mit der geringsten Kapazität gesucht.«

»Und das war der Northstar Horizon.« Sid nickte. »Gut mitgedacht.«

»Jetzt müssen wir dieses Ding nur noch knacken«, sagte Steve.

Er klang alles andere als begeistert, und Cadel wusste auch, warum. Den Laptop aus dem Versteck zu holen war einfach gewesen. Seine Verteidigung zu durchbrechen würde dagegen sehr, sehr schwer werden. Ein Fehltritt, und das Gerät würde sich wahrscheinlich selbst zerstören, alle Daten vernichten und vielleicht sogar die eigenen Schaltkreise grillen.

Man kann einen Computer durchbrennen lassen, überlegte Cadel, *indem man ein Programm installiert, das den Hauptprozessor überlastet.*

»Ich habe beinahe Angst, ihn aufzumachen«, fuhr Steve fort, »falls wir dadurch etwas verlieren.«

»Wir müssen sehr vorsichtig sein«, pflichtete Sid ihm bei. In diesem Moment erwachte der Laptop plötzlich und ohne jede Vorwarnung zum Leben. Die Kontrolllämpchen fingen an zu blinken, die Schaltkreise ratterten und schnurrten.

Einen Moment lang starrten alle das Gerät in verblüfftem Schweigen an. Dann stürzten Sid, Steve und Cadel gleichzeitig panisch vor.

»Nein!«, brüllte Steve.

»Der Akku!«, schrie Sid. »Holt den Akku raus!«

Er erreichte den Laptop unmittelbar vor Steve und schnappte ihn sich so hektisch, dass er ihm beinahe aus den Fingern geglitten wäre. Cadel wurde beiseitegestoßen, während Sid ein verzweifeltes Heulen ausstieß.

»Die Abdeckung ist festgeschraubt!«, jammerte er. »Da ist eine Schraube!«

»Hier! Schnell!«, befahl Sid. Nachdem er Steve das Gerät in die Hand gedrückt hatte, begann er, in seinen Taschen herumzukramen.

Derweil stand Saul völlig verwirrt im Hintergrund. »Was ist los?«, fragte er. »Was passiert denn?«

»Ach, *Himmel!*«, gellte Sid. Ihm war ein Bündel Miniaturwerkzeuge heruntergefallen, und jetzt versuchte er hektisch, sie aufzulesen.

Steve fluchte halblaut.

Also musste Cadel Sauls Frage beantworten. »Der Laptop fährt hoch«, erklärte er.

»Warum?«

»Ich weiß es nicht.« Wahrscheinlich war irgendein Schalter umgelegt worden, als er das Gerät aus dem Versteck geholt hatte. Cadel nahm an, dass er ein Signal des Northstar Horizon ausgelöst hatte, indem er es versäumt hatte, rechtzeitig einen bestimmten Code einzugeben – oder einen bestimmten Knopf zu drücken.

Ich bin so ein Trottel, schalt er sich.

Inzwischen durchsuchte Sid verzweifelt seine Sammlung von Taschen-Schraubenziehern, die wie Schlüssel in einem dicken Bund zusammenhingen. Cadel schob sich an ihm vorbei, um das ausgeweidete Gehäuse des Northstar Horizon zu mustern. Tatsächlich befand sich im Innern eine kleine Kontaktschalterfläche.

»Cadel, fass ja nichts an«, flehte Saul, während Sid sich damit abmühte, die Akkuabdeckung des Laptops aufzuschrauben. Es handelte sich um eine knifflige Aufgabe, weil die Schraube extrem klein war – und weil Steve besorgt von einem Fuß auf den anderen trat und das Gerät in seinen Armen umherruckelte.

»Beeil dich!«, bat er. »Sonst geht alles verloren!«

»Ich *weiß!*«, knurrte Sid.

»Reiß sie einfach ab! Zieh!«

»Kannst du bitte mal *still sein?*«

Schließlich sprang die Abdeckung auf und ermöglichte es Sid, den Akku herauszunehmen. Ohne Energiequelle verharrte der Laptop in seiner Aktivität. Die Lichter erloschen. Die Schaltkreise schwiegen.

Dennoch beschlich Cadel das ziemlich sichere Gefühl, dass bereits irreparabler Schaden angerichtet worden war. Wenn sich ein Selbstzerstörungsprogramm geöffnet hatte, dann würde es weiterlaufen, sobald der Computer wieder Strom hatte. Was auch immer Sid und Steve taten, um den Löschvorgang aufzuhalten, es gingen mit Sicherheit Daten verloren.

Und das war allein Cadels Schuld.

»Das ist alles meine Schuld«, klagte er. »Ich bin so *dumm!*«

»Nein, das bist du nicht«, versicherte ihm Steve.

»Bin ich wohl! Ich hätte nicht so fest ziehen sollen! Ich hätte vorsichtiger sein müssen!«

»Das konntest du nicht wissen.« Mit kritischem Blick untersuchte Sid den Laptop. »So oder so werden wir uns etwas einfallen lassen. Ich wette, wir können den Großteil der Daten retten. Dafür braucht es nicht mehr als ein bisschen laterales Denken.«

»Gibt es sonst noch etwas, das wir uns ansehen sollten?«, fragte Saul und musterte Cadel dabei eindringlich. »Irgendetwas, das dir seltsam oder verdächtig vorkommt? Lass dich nicht hetzen. Denk in Ruhe nach. Gibt es irgendetwas?«

Cadel rieb sich mit zitternder Hand das Kinn. Sein Blick huschte umher und fiel auf einen Gegenstand nach dem anderen, während er versuchte, seine innere Aufgewühltheit zu unterdrücken und sich auf das zu konzentrieren, was er sah. Die großen, kastenförmigen Computer waren auf jeden Fall eine nähere Betrachtung wert. Sie würden sie alle einzeln auseinandernehmen müssen, obwohl Cadel stark bezweifelte, dass Com zweimal den gleichen Trick benutzt hatte. Die Lampe bestand aus einer nackten Glühbirne (dort war offenbar nichts versteckt). Cadel ging den Flur entlang und stieß auf ein schmuddeliges, blassgrünes Badezimmer, das bis auf ein ausgefranstes Handtuch, eine abgenutzte Zahnbürste und eine Tube Zahnpasta leer war. Das Schlafzimmer nebenan enthielt lediglich einen zugemauerten Kamin und weitere Regale mit Computerteilen.

In dem großen Schlafzimmer am Ende des Flurs gab es jedoch ein paar verstreute Einrichtungsgegenstände. Dreckige, verhedderte Laken lagen auf einem schwarzen Futon, und die Kommode daneben wurde gerade methodisch von einer uniformierten Polizistin mit Latexhandschuhen durchsucht. »Bisher noch nichts«, sagte sie, als sie Saul bemerkte, der Cadel durch die Tür gefolgt war. »Nur Klamotten, Batterien und Verlängerungskabel.«

Vor zwei Wänden stapelten sich bis zur Decke technische Einzelteile. Die beiden anderen Wände hatten hier und da Schimmelflecken. Auf einem umgedrehten Eimer stand eine Schreibtischlampe. Ein Modemagazin mit Eselsohren lag auf dem Bett.

»Com liest die *Vogue?*«, entfuhr es Saul ungläubig.

»Das Heft hat im Fenster geklemmt, damit es offen bleibt. Der Rahmen ist hinüber«, erklärte die Polizistin. »Ich hab die Seiten ausgeschüttelt, aber es war nichts drin.«

»Dot war hier«, sagte Cadel. Er deutete mit einer Kopfbewegung auf das Magazin. »Und das da hat sie mitgebracht.«

»Wirklich?« Der Inspektor klang nicht besonders überzeugt – vielleicht, weil er Dots unauffälligen, konservativen, erwachsenen Kleidungsstil und ihr roboterhaftes Benehmen kannte. Sie war ihm wohl nie wie ein Mensch vorgekommen, der sich für Modemagazine interessiert.

Aber Cadel kannte sie besser als Saul. Er hatte sie einmal beim Scrollen durch einen Online-Unterwäschekatalog erwischt. Cadel hatte Dots andere, ihre heimliche Seite entdeckt.

»Com kann unmöglich eine Freundin haben«, fuhr Cadel fort, »und das Magazin ist nicht von ihm. Das Heft ist erst einen Monat alt, also kann es gut sein, dass Dot erst vor sehr kurzer Zeit hier war.« Cadel betrachtete den glänzenden Umschlag und kam zu dem Schluss, dass mindestens drei Personen zu Prospers Infiltrationsteam gehören mussten. Vee war derjenige, der Judiths System gehackt hatte, Dot wusste alles über

Cadels Telefon, und Com … nun ja, inwieweit Com mit der Sache zu tun hatte, würde ihnen verborgen bleiben, bis sie seine Computerdateien untersucht hatten.

»Äh … Saul?« Sid steckte den Kopf durch die Tür. »Kann ich mal kurz mit dir reden?«

»Was ist?« Der Inspektor klang ungeduldig.

»Mir ist gerade eingefallen …« Sid zögerte und holte dann tief Luft. Coms Computer hielt er nicht mehr in den Armen. »Wenn wir den Schalter an diesem Laptop betätigt haben, indem wir ihn bewegt haben …«

Er verstummte erneut.

»Ja?«, fragte Saul abgehackt.

»Tja, ich frage mich … was ist, wenn wir noch etwas *anderes* eingeschaltet haben?«

Saul runzelte die Stirn. »Zum Beispiel?«

»Ich weiß nicht. So was wie … ein Abhörgerät. Oder … oder …«

»Einen Zünder?« Saul schüttelte den Kopf. »Hier gibt es keinen Sprengstoff. Keiths Hunde haben schon alles abgesucht.«

»Ja, aber man braucht gar keinen Sprengstoff.« Cadel konnte nicht anders, als sich einzumischen. »Nicht, wenn man einen Gasherd und diese uralte Verkabelung hat.«

Obwohl er eigentlich nicht glaubte, dass das Haus mit einer Sprengfalle versehen war, musste er einräumen, dass Sids Überlegungen absolut logisch waren.

Saul war das offenbar ebenfalls klar geworden, denn mit einem Mal weiteten sich seine Augen. »Raus«, bellte er. »Alle raus hier.«

»Wie?« Die Polizistin richtete sich auf. »Aber …«

»Sofort!«

Saul duldete keine Widerworte. Er fing an, in alle Richtungen Befehle zu bellen, und scheuchte seine Leute aus sämtlichen Schränken und Ecken hervor. Laute Rufe ertönten, Beweisstücke wurden liegen gelassen. Angus und Reggie trafen bei Cadel aufeinander, der im Strom Richtung Ausgang beinahe von den Füßen gehoben worden wäre.

Innerhalb weniger Minuten war Coms Haus evakuiert. Cadel fand sich in der Hocke hinter einem Polizeiwagen wieder, in einiger Entfernung von dem flatternden gelben Absperrband, das nun einen guten Teil der Straße einfasste. Er schaute auf die Uhr und stellte fest, dass es Viertel nach zehn war. Eigentlich noch nicht besonders spät, trotzdem waren die Fenster der Nachbarhäuser schon alle dunkel.

Er dachte an die Leute, die sie früher am Abend aus ihren Häusern evakuiert hatten. Ob sie irgendwann demnächst nach Hause zurückkehren durften? Wenn es nach Saul ging, wahrscheinlich nicht.

Er war nun mal ein extrem vorsichtiger Mensch.

»Wo ist Sid?«, fragte Cadel ihn, da sie beide vor derselben Radkappe kauerten. »Hat er den Laptop?«

»Nein«, antwortete Saul.

»*Nein?*« Cadel war entsetzt. »Heißt das, er hat das Ding im Haus *zurückgelassen?*«

»Nein. Keith hat ihn. Ich habe ihn angewiesen, das Gerät in eine Detonationsschutzdecke zu wickeln.« Trotz der Dunkelheit bemerkte Saul offenbar Cadels ungläubigen Blick. »Nach allem, was wir wissen, könnte der Laptop eine Art Zünder sein«, fügte er hinzu.

Cadel hatte seine Zweifel, doch er sagte nichts – eine ganze Weile lang. Erst nachdem mehrere Minuten ohne Explosion verstrichen waren, wagte er es, eine weitere Frage zu stellen. »Wenn der Computer nicht explodiert, was dann? Darf ich ihn mir dann ansehen?«

»Hmmm …« Saul reckte den Hals und suchte die Vorderseite von Coms Haus mit Blicken ab. »Vielleicht später.«

»Was meinst du mit später? Wann später?«

Ein knirschendes Geräusch irgendwo zu ihrer Rechten ließ Saul herumfahren. Als er die schattenhafte Gestalt von Reggie Bristow erblickte, die geduckt auf sie zuwatschelte, entspannte er sich.

»Tut mir leid«, brummte Reggie. »Ich bin in dem verdammten Trubel stecken geblieben. Eigentlich hätte ich ihn hier im Auge behalten müssen.« Er wies auf Cadel, der nicht weiter auf ihn achtete.

»Wann darf ich mir den Computer ansehen?«, wollte Cadel wissen. »Wie lange muss ich noch warten?«

»Wir werden sehen.« Als Saul hörte, wie Cadel scharf einatmete, drehte er sich mit kleinen Schritten zu ihm um. »Erst mal brauchen wir eine Gefahreneinschätzung, in Ordnung? Das ist ein gefährliches Gerät.«

»Es wird schon nicht in die Luft fliegen!«, wandte Cadel ein. »Das *weiß* ich ganz sicher.«

»Du weißt nichts Derartiges«, erwiderte Saul. »Außerdem müssen wir auch noch einige andere Punkte bedenken.«

»Zum Beispiel?«

»Zum Beispiel, dass es sich um ein Hauptzielobjekt handelt.« Saul spähte erneut zu Coms Haus hinüber. »Wenn es *dein* Laptop wäre und *du* wärst unser Missetäter, was würdest du dann tun? Na?«

»Ihn um jeden Preis zerstören«, erklärte Reggie bereitwillig, bevor Cadels finsterer Blick ihn zum Schweigen brachte.

»Ich *müsste* ihn überhaupt nicht zerstören, wenn ich ein Selbstzerstörungsprogramm installiert hätte«, stellte Cadel fest.

Saul war nach wie vor nicht überzeugt. »Es wäre schön, wenn alle so zuversichtlich wären wie du«, sagte er. »Ich persönlich würde das Risiko nicht eingehen.«

»Du meinst …«

»Sid muss das entscheiden. Wenn er so weit ist, sagt er dir, was er rausgefunden hat. Bis dahin möchte ich nicht, dass du dich in die Nähe von diesem Computer begibst.« Bevor Cadel Einwände erheben konnte, drehte Saul sich wieder zu Reggie um. »Pass bitte einen Augenblick auf ihn auf, ja? Ich muss kurz was klären.«

Damit machte der Inspektor sich eilig davon und ließ seinen verärgerten Stiefsohn zurück. Dieses Übermaß an Vorsicht machte Cadel wahnsinnig, obwohl er durchaus damit gerechnet hatte. Es war immer das Gleiche. Als Teenager und Zivilist hatte Cadel still zu sein und Befehle entgegenzunehmen. Seine Intelligenz und Erfahrung schienen keinen Wert zu haben. Einmal mehr hockte er irgendwo im Hintergrund und wartete auf die Erlaubnis, etwas zu unternehmen.

Er spürte, wie ein unsichtbares Netz sich um ihn zusammenzog. Nach dem Zwischenfall mit der Ampel ließ Saul ihn sicher nur noch ungern umherfahren. Seine Krankenhausbesuche waren fortan garantiert streng reglementiert, vielleicht sogar ganz untersagt. Jeder seiner Schritte wurde künftig gewiss von einem Überwachungsteam verfolgt. Jeder Telefonanruf aufgezeichnet. Jeder Ort, an den er wollte, würde überprüft und nochmals überprüft werden.

Es würde wieder genau wie im Axis-Institut sein – nur schlimmer. Denn jetzt hatte er Freunde und eine Familie, um die er sich sorgen musste.

Cadel wusste nicht, was er tun sollte. Obwohl er das Gefühl hatte, dass er die Dinge selbst in die Hand nehmen musste, war ihm klar, dass er seine Stiefeltern sehr unglücklich machen würde, wenn er das tat. Sie wollten ihn beschützen – weiter nichts. Doch indem sie ihn einsperrten, ihn nicht ins Internet ließen und ihn von allen Gefahren fernhielten, taten sie ihm nicht wirklich einen Gefallen. Er würde erst dann in Sicherheit sein, wenn man Prosper English das Handwerk gelegt hatte. Nur wie sollte das ohne Cadels Mithilfe jemals geschehen?

Die Dinge würden sich ändern müssen. Das musste Saul

verstehen. Ihm blieb nichts anderes übrig, als seinen Stiefvater dazu zu *zwingen.*

Irgendwie.

Tüdelüdü tüdelüdü! Das plötzliche Bimmeln eines Handys ließ Cadel zusammenzucken.

»Teufel auch«, fluchte Reggie. Cadel schaute sich um und beobachtete, wie der Polizist sich das plärrende Telefon vom Gürtel riss und es sich ans Ohr hielt. »Hallo? M-hm. Ja. Wer ist da? Wer? Oh.«

Reggies Blick traf auf Cadels, dessen Herz einen Moment lang aussetzte.

»Ja, ich denke schon. Nein, er ist hier.« Reggie hielt Cadel das Telefon hin. »Für dich«, sagte er.

Der Junge schluckte.

»W-wer …?«, stammelte er, doch er brachte den Satz nicht zu Ende. Ein flüchtiger und wahrhaft schrecklicher Gedanke suchte ihn heim: War vielleicht Prosper persönlich am anderen Ende der Leitung?

Nein. Natürlich nicht. Das war lächerlich.

»Es ist dein Freund aus Newtown«, knurrte Reggie. »Der, der dringend mal zum Friseur müsste.«

Cadel nahm das Telefon entgegen. *Himmel, jetzt reiß dich am Riemen,* ermahnte er sich. Dann sagte er sehr vorsichtig: »Hallo?«

»*Hallo?*«

Das mit tiefer, rauher Stimme gesprochene Wort gab Cadel augenblicklich die Gewissheit, dass es sich bei dieser schartigen Stimme nicht um die von Prosper handelte.

Vor Erleichterung wäre ihm beinahe schwindelig geworden, und er musste sich mit einer Hand am Polizeiwagen abstützen.

»Hier ist Cadel«, krächzte er. »Kann … kann ich helfen?«

»*Hier ist Andrew Hellen.*«

»Ja. Hallo.«

»Ich habe dir die Kontaktdaten für diesen Kerl besorgt, über den wir geredet haben. Raimo Zapp den Dritten. Falls es dich noch interessiert.«

»Oh! Ja. Großartig. Danke.«

»Ich weiß nicht, ob die noch stimmen, aber mehr kann ich nicht für dich tun. In letzter Zeit hatte niemand viel mit ihm zu schaffen …«

Während Cadel sich nach etwas – irgendetwas – zum Schreiben umschaute, diktierte ihm Andrew eine Adresse in Los Angeles.

18

Am nächsten Morgen erwachte Cadel an einem Ort, der an ein Heerlager unter Waffen erinnerte.

Als er die Augen öffnete, begrüßte ihn zuerst der beruhigende Anblick silberfarbener Wände, eines Bodens mit Schachbrettmuster und einer Riesenschachfigur. Doch schon bald stellte er fest, dass sie ihm über Nacht seinen Computer weggenommen hatten. Und als er etwa um elf in die Küche schlurfte, stellte er verwundert fest, dass sie einen ganzen Trupp fremder Polizisten in Anzügen und mit Schusswaffen beherbergte. Während er frühstückte, kamen und gingen sie – offenbar folgten ihre Bewegungen einer Art Wachrotation.

Dann und wann ließen sie widerstrebend ein paar Techniker mit Werkzeuggürteln herein, die überall herumwuselten, mit Elektrobohrern und Kabelrollen hantierten und anschließend wieder verschwanden. Laut Gazo Kovacs installierten die Techniker ein unauffälliges Alarmsystem – und einen Satz Sicherheitsflutlichter.

»Ich glaube, dein Dad macht sich Sorgen um dich«, stellte Gazo fest, als er sich zu Cadel an den Küchentisch setzte. »Er möchte sichergehen, dass hier niemand reinkommt.«

Gazo hatte sich selbstlos erboten, Cadel Gesellschaft zu leisten, während Saul und Fiona bei der Arbeit waren. Da Reggie und Angus derzeit keinen Dienst hatten, war er für den Jungen das einzige bekannte Gesicht im ganzen Haus. Ohne Gazos unaufdringliche Anwesenheit hätte Cadel sich ganz und gar verlassen gefühlt.

Und obendrein vor allem ausgeschlossen.

»Hamish ist übrigens aus dem Krankenhaus raus«, berichtete Gazo, während er zuschaute, wie Cadel eine große Schüssel Müsli leer schaufelte. »Er ist heute Morgen entlassen worden. Jetzt ist er zu Hause bei seinen Eltern. Müsste alles in Ordnung sein.«

»Was ist mit Sonja?«, fragte Cadel.

»Sie ist noch in der Klinik. Ich hab sie noch nicht gesehen. Willst du Toast?«

Cadel schüttelte den Kopf.

»Sicher?« Gazo senkte die Stimme. »Solltest du aber. Wenn du dir nicht früh genug was wegnimmst, verdrücken die Bullen das ganze Brot. Ich hab beobachtet, wie sie die Brownies von deiner Mutter verputzt haben.«

Doch Cadel interessierte sich nicht für Essen. »Was ist mit Coms Laptop? Haben sie schon etwas darauf gefunden?«, wollte er wissen.

»Weiß nicht.«

»Haben sie sein Auto entdeckt?«

Gazo zuckte mit den Schultern. »Tut mir leid. Ich bin hier angekommen, als dein Dad gerade los ist. Er hat mir nicht viel erzählt.«

»Er hat meinen Computer mitgenommen. Wusstest du davon?« Cadel starrte Gazo fest aus seinen blauen Augen an.

Gazo rutschte voll Unbehagen auf seinem Stuhl herum. Hastig erklärte er: »Er meinte, dass er nicht lange weg sein würde. Vielleicht bringt er ihn ja wieder zurück. Wahrscheinlich lässt er ihn nur überprüfen.«

»Hör zu.« Cadel stand auf. »Komm mal mit, ja? Es gibt da etwas, das ich dir zeigen möchte.«

Er führte Gazo in sein Zimmer, wo er ihn mit einer ganzen Latte leiser Fragen bombardierte.

»Bist du hergefahren?«

»Äh, ja …«

»Also hast du dein Auto wieder?«

»Nein.« Gazo klang, als wollte er sich rechtfertigen. »Das steht nach wie vor bei Thi zu Hause, und ich hab immer noch sein …«

»Was ist mit This Laptop? Der, den ich benutzt habe? Ist der noch da?«

»Ja. Aber keine Sorge, ich hab ihn in den Kofferraum gepackt.«

»Den brauche ich.«

Gazo blinzelte.

»Deshalb musst du jetzt rausgehen und mir einen Stapel Zeitungen kaufen«, fuhr Cadel sehr leise fort. »Große, dicke Zeitungen. Sobald du das getan hast, kannst du den Laptop dazwischenstecken und reinschmuggeln.«

»Aber …«

»Es wird funktionieren, versprochen. Niemand wird sich wundern, dass ich Zeitungen will. Ich kann schließlich nicht im Internet surfen und auch sonst nichts tun.« Als er sah, wie Gazo einen unbehaglichen Blick über die Schulter warf, holte Cadel tief Luft. »Ich brauche diesen Computer, Gazo. Wenn du ihn mir nicht besorgst, muss ich irgendwo anders einen auftreiben.«

»Aber dein Dad …«

»Er sieht die Dinge nicht klar«, beendete Cadel den Satz für seinen Aufpasser. Er spürte, wie er in ein altes, vertrautes Verhaltensmuster zurückfiel – in die distanzierte, berechnende Haltung, die ihm für den größten Teil seiner frühen Kindheit zu eigen gewesen war. Er wusste, dass er mit seinem Freund redete, als wären sie beide noch immer am Axis-Institut, trotzdem war er anscheinend nicht dazu in der Lage, es abzustellen.

»Hör mal«, sagte er und hielt den Blick dabei fest auf Gazos besorgte Miene gerichtet. »Saul hat mich wegsperren lassen, aber das funktioniert einfach nicht. Menschen in meinem Umfeld werden verletzt. Erst Sonja, jetzt Hamish. Was, wenn du der Nächste bist? Ich muss dringend etwas unternehmen. Ich muss online gehen. Das siehst du doch ein, oder?«

Die einzige Antwort war ein Schnauben. Gazo starrte auf seine Füße, offenbar von tiefstem Unbehagen erfüllt.

Also setzte Cadel seinen Vorstoß fort. »Hat Saul denn direkt *gesagt*, dass du mir keinen Computer bringen sollst?«

»Tja ... nein ...«

»Dann brichst du auch kein Versprechen, oder?«

»Er meinte, ich soll versuchen, dafür zu sorgen, dass du in Sicherheit bist«, murmelte Gazo.

»Was du tust. Indem du mir den Laptop besorgst.« Cadel, der sich bewusst war, dass er seinen Freund noch nicht endgültig überredet hatte, seufzte. »Ich kann hier auch ausbrechen, weißt du. Es wäre nicht besonders schwer. Du kannst ihm ja sagen, dass ich damit gedroht habe, falls ich nicht bekomme, was ich will.«

Etwas an Cadels Tonfall ließ Gazo plötzlich aufblicken. Die beiden schauten einander ein paar Sekunden lang an, dann veränderte Gazos Miene sich langsam. »Meinst du, dass es so schlimm ist?«, fragte er schließlich.

»Du nicht?«

»Ich schätze schon ...«

»Das hier ist wie ein Krieg. Mit Verlusten. Und ich kann ihn nicht allein führen.«

Drei Minuten später verließ Gazo das Haus, um die Zeitungen zu kaufen. Als er kurz darauf zurückkehrte, fand er Cadel angezogen, mit geputzten Zähnen und gekämmten Haaren vor. Hämmernde Rap-Musik erfüllte das silbern gestrichene Zimmer, doch Cadel tanzte nicht zu dem aufpeitschenden Rhythmus, sondern saß schweigend auf seinem Bett und wartete.

»*Ich möchte nicht, dass jemand mich tippen hört*«, hatte er mit Kugelschreiber auf einen Zettel geschrieben. Mit dem Schnipsel wedelte er nun in Gazos Richtung, der zur Bestätigung nickte.

»Du solltest This Auto zurückbringen«, sagte Cadel laut, während er den Laptop an sein Modem anschloss. »Besonders jetzt, wo Snezana keins mehr hat. Am besten machst du dich gleich auf den Weg.«

»Ehrlich?« Gazo war überrascht. »Bist du dir sicher?«

»Ich bin mir ganz sicher.« Cadel wollte nicht, dass Gazo noch länger hier herumhing. Zwei Personen, die sich mit einem Haufen Zeitungen im Schlafzimmer verkrochen, waren sehr viel weniger glaubwürdig als eine Person, die sich mit einem Haufen Zeitungen im Schlafzimmer verkroch. Außerdem musste Cadel sich konzentrieren. Gazos unmotivierte Anwesenheit würde ihn entsetzlich ablenken.

»Thi wird sein Auto zurück wollen. Besonders jetzt, da Snezana keins mehr hat.«

»Tja ... in Ordnung.« Einen Moment lang herrschte Schweigen. »Soll ich danach zurückkommen?«

Cadel verspürte einen Anflug von Schuldbewusstsein. Als er aufblickte, merkte er, dass Gazo dieselbe verwirrte, betrübte und ratlose Miene zur Schau trug, mit der er immer im Axis-Institut herumgelaufen war.

»Das ist deine Sache«, antwortete Cadel laut und spähte dabei zur Tür. »Es wäre allerdings schön, wenn du Sonja besuchen könntest, weil ich das ja nicht kann. Genau genommen ...«, er griff erneut nach Papier und Kugelschreiber, »kannst du ihr das hier von mir geben.«

Er kritzelte eine Nachricht in dem alten Periodensystem-Code, den er und Sonja sich vor so langer Zeit ausgedacht hatten und der auf Atomgewichten und -ordnungszahlen basierte: 58,333–101–90–77–53.14,007–76–9-92–68.126,9–11–10–43–

92.144,24–23–14–16–52.54,938–19–63–10–47.32,065–22–6-1–74.151,964–16–74–53–59.190,23–15–68–22–6.39,098–73–8 3–99–90.15,999–3-52–19–63.20,18–10–92–7-49.32,065–52–95.

Das hieß: *Com, Dot hier in Oz für ihn an Netz und V-System. Keine Angst, ich weiß, wie Prosper tickt. Ab jetzt holt er keine Neuen ins Team.*

Anschließend gab er Gazo den Zettel, der ihn sofort in die Tasche steckte.

»Wenn du eine Weile bei ihr bleiben könntest, wäre das sogar noch besser«, fügte Cadel hinzu. »Sie braucht dich im Moment dringender als ich. Hier drin ist es wie in Fort Knox, Krankenhäusern dagegen habe ich noch nie getraut.«

Gazo nickte. Er schien wieder etwas besserer Laune zu sein. »Du hast recht«, sagte er. »In Ordnung.« Damit ging er, wobei er die Tür sorgfältig hinter sich schloss.

Sofort tauchte Cadel in den Cyberspace ein, wie er sonst in ein warmes Bad getaucht wäre. Er machte sich auf die Suche nach dem Verkehrsleitsystem, in dem Coms Komplize (Dot? Vee?) mit an Sicherheit grenzender Wahrscheinlichkeit irgendeine Art von Spur hinterlassen hatte. Obwohl die Musik, die aus seinem CD-Player dröhnte, laut genug war, um die Wände erzittern zu lassen, bemerkte Cadel den Lärm nicht einmal. Er war es gewohnt, die reale Welt auszusperren, wenn er online ging. Während die Stunden verstrichen und dieselben Songs sich ständig wiederholten, verlor er sich vollkommen in seinem Tun. Er vergaß, die um ihn verteilten Zeitungen durcheinanderzubringen. Er vergaß, die Tür abzuschließen. Er vergaß sogar, dass er ein menschliches Wesen war, und fing an, wie ein Computerprogramm zu denken.

Letztlich fand er, was er suchte. Coms Komplize war es nicht gelungen, seine (oder ihre) Spuren zu verwischen – jedenfalls nicht völlig. Von Dulwich Hill bis nach Burwood hatte sich jemand an den Ampeln zu schaffen gemacht, aber der Vorgang war um etwa fünf Uhr nachmittags am vorangegangenen Tag abrupt unterbrochen worden. *Com ist in Burwood aus dem Auto ausgestiegen,* dachte Cadel. *Er ist ausgestiegen und hat ein anderes Transportmittel genommen.* Ein Taxi? Vielleicht. Die Bahn? Eher unwahrscheinlich, falls es Überwachungskameras am Bahnhof von Burwood gab, obwohl diese natürlich manipuliert sein konnten. Cadel fragte sich, wie hoch entwickelt Prospers Kamera-Malware wohl tatsächlich war. Vielleicht konnte sie Personen nicht nur einfügen, sondern auch beseitigen. Vielleicht gab es irgendwo ein Programm, das dazu diente, alle Aufnahmen von Com von allen Online-Überwachungsnetzwerken in Sydney zu löschen.

»Cadel? Was machst du da?«

Es war Sauls Stimme.

Cadel fuhr herum und musterte den Inspektor.

Zwar hatte die Rap-Musik das verräterische Klicken der Tastatur übertönt, allerdings waren auch Sauls Schritte darin untergegangen. Cadel hatte keine Chance. Saul war bei ihm, bevor er auch nur das Geringste unternehmen konnte, um This Computer zu verstecken.

Einen gedehnten, angespannten Augenblick lang sagte keiner von ihnen ein Wort. Dann streckte Saul die Hand aus und schaltete die Stereoanlage ab.

Ihre Blicke trafen einander, während sich die Stille herabsenkte.

»Com hat sein Auto bei Burwood stehen lassen«, sagte Cadel schließlich. »Ihr könnt es irgendwo in der Nähe des Einkaufszentrums finden.«

Saul verdaute die Neuigkeit, ohne einen Laut von sich zu geben. Er ließ den Blick von Cadels Gesicht zu dem Computermonitor wandern.

»Entweder jemand hat ihn in Burwood abgeholt, oder er hat von dort aus ein Taxi genommen. Ich glaube kaum, dass er mit der Bahn gefahren wäre. Es sei denn, jemand hat die Bahnhofskameras manipuliert.« Cadel konnte nicht verhindern, dass sich eine Spur Trotz in seinen Bericht schlich, obwohl er sich alle Mühe gab, das Gefühl zu unterdrücken. »Ich will versuchen, diesen Ampel-Bug bis zu seinem Ursprung zurückzuverfolgen. Wenn das Programm von Vee stammt, stoße ich dabei höchstwahrscheinlich nur wieder auf einen Chatroom, aber vielleicht habe ich ja Glück.«

Der Inspektor sagte noch immer nichts. Er musterte nun wieder Cadel. Der Blick seiner dunklen Augen war ernst, sein Kinn leicht vorgeschoben.

»Sonja und Hamish sind meine *Freunde!*«, platzte es aus Cadel heraus. »Und ich werde alles tun, was in meiner Macht steht, um dafür zu sorgen, dass niemand *sonst* verletzt wird!«

»Das sehe ich.«

»Du hättest mir meinen Computer nicht wegnehmen dürfen. Nicht, ohne mich vorher zu fragen.«

»Das habe ich nicht getan.« Saul zeigte Richtung Flur. »Er ist gleich da draußen, im Waffensafe.«

»Im *Safe?*«

»Ich denke, dort sollte er auch bleiben, solange niemand ihn benutzt. Insbesondere jetzt, da einige von Coms Programmen auf ihn hochgeladen werden.«

Cadel schnappte nach Luft.

»Was … was meinst du damit?«, stotterte er.

»Sid und Steve waren die ganze Nacht mit Coms Laptop zugange«, verriet ihm Saul. »Das, was sie retten konnten, wollen sie an dich weitergeben.« Er holte ein USB-Flashdrive aus der Jackentasche. »Ich fürchte, es ist nicht besonders viel.«

»Wie bitte?« Cadel spürte, wie ihm das Blut in die Wangen stieg. »Warum nicht?«

»Nun …«

»Der Computer hat die Daten auf der Festplatte gelöscht,

nicht wahr?« Ohne auf eine Antwort zu warten, trommelte Cadel sich mit den Fäusten auf die Knie. »Ich *wusste*, dass das passieren würde! Ich habe es euch *gesagt!* Ihr hättet es mich versuchen lassen sollen!«

Saul schüttelte den Kopf. »Das wäre nicht infrage gekommen«, sagte er tonlos.

»Ich wette, ich hätte mehr rausgeholt!«

»Davon bin ich überzeugt. Trotzdem kam das nicht infrage.« Saul legte das USB-Laufwerk auf Cadels Schreibtisch. »Sid möchte, dass du dir das hier mal ansiehst.«

Cadel schnaubte. »Wie, *jetzt?*«, blaffte er. »Ein bisschen spät, findest du nicht?«

»Bei einigen Sachen ist er sich nicht sicher, ob sie zerstört oder nur verschlüsselt sind«, erklärte der Inspektor weiter.

Cadel war nach wie vor beleidigt. Er verschränkte die Arme vor der Brust und sagte mit säuerlicher Miene: »Dann solltet ihr Sonja um Hilfe bitten. Oder Lexi. Die beiden sind die eigentlichen Codeknacker.«

»Du weißt ganz genau, dass die Wieneke-Zwillinge untergetaucht sind«, erwiderte Saul ruhig. »Und was Sonja angeht – findest du nicht, dass sie gerade genug um die Ohren hat?« Als Cadel außer einem eisigen Blick aus seinen blauen Augen keine Antwort gab, seufzte der Inspektor schwer. »Zumindest eine gute Nachricht gibt es«, fügte er hinzu. »Sid hat das Doppelgänger-Programm gefunden. Com steht definitiv auf Prospers Gehaltsliste.«

Die Nachricht traf Cadel mit solcher Wucht, dass ihm die Kinnlade runterklappte. Ein Ausdruck schierer Verblüffung verdrängte die Wut von seinem Gesicht. »Willst du damit sagen …«, setzte er an und hielt dann inne, um sich zu räuspern. Als er weitersprach, klang seine Stimme mehrere Dezibel höher. »Willst du damit sagen, dass *Com* den Computergrafik-Bug gesteuert hat? Von seinem eigenen Laptop aus?«

»Ich bin mir nicht sicher«, musste Saul zugeben. »Ich weiß nur, dass das Programm *auf* seinem Computer war …«

»Vollständig? Es war also unbeschädigt?«

»Das glaube ich wiederum nicht.«

»Aber das ist ja toll!« Cadel stellte überrascht fest, dass Saul seinen Blick ruhig und völlig unaufgeregt erwiderte. »Du weißt, was das bedeutet, oder?«

»Ähm …«

»Es bedeutet, dass wir den Spieß umdrehen können! Es bedeutet, dass ich überall hin kann!«

Der Inspektor schien noch immer nicht zu begreifen. Er runzelte die Stirn und schaute Cadel wartend an.

Also erklärte der Junge es ihm genauer. »Wir müssen nur einen Scan von mir anfertigen«, sagte er, »und dann benutzen wir das Programm dazu, mich an allen möglichen Orten in Videoaufnahmen einzufügen. Wenn ich plötzlich überall auftauche, wird es schwer, herauszufinden, wo ich mich *tatsächlich* befinde.«

Stirnrunzelnd dachte Saul über den Vorschlag nach, als traute er seinen Ohren nicht ganz. »Bist du dir sicher, dass du das hinbekommen kannst?«, fragte er schließlich zweifelnd.

»Na ja … ich bin mir nicht *sicher*. Nicht, bevor ich mir dieses Programm angesehen habe.«

Saul schnaubte.

»Ich kenne mich nicht besonders mit Scans und solchen Dingen aus«, fuhr Cadel fort. »Daher müssten wir mit diesem Kerl in Newtown reden. Wir müssten in Erfahrung bringen, wie viel es kosten und wie lange es dauern würde.« Er griff nach dem USB-Laufwerk. »Zuerst einmal sollte ich mir aber ansehen, was wir hier Schönes haben.«

»Danach werden wir uns vergewissern, dass dieser ganze Vorgang auch legal ist.«

Cadel schaute von dem kleinen Speicher voll kostbarer Informationen auf, der in seiner Hand lag.

»Du kannst nicht einfach anfangen, dich in die Überwachungsnetzwerke anderer Leute einzuloggen«, stellte Saul ernst fest. »Ebenso wenig solltest du in einem regierungseigenen Verkehrsleitsystem herumstöbern, ohne dir eine offizielle Erlaubnis dafür zu holen.« Er sah, wie Cadel die Augen zu Schlitzen verengte, und tat es ihm nach. »Das, was du hier machst, ist eine Straftat, Cadel. Dafür könnte man dich zur Rechenschaft ziehen.«

»Nicht, wenn es Polizeiarbeit ist.«

»Seit wann bist du ein Polizeibeamter?«

»Seit eben?«, schlug Cadel vor und zeigte auf This Laptop. »Seit du mit irgendjemandem geklärt hast, dass ich diese Sache hier angehen kann? Ich habe dir gerade gesagt, wo der Camry stehen müsste. Wird das Auto nicht im ganzen Landkreis gesucht?«

Erneut seufzte der Inspektor. Er setzte sich aufs Bett und ließ die Hände herabbaumeln. Sein Anzug sah zerknittert aus, und er zog den Kopf zwischen die Schultern.

»Das ist doch verrückt«, murmelte er. »Das alles. Immer, wenn Prosper English auftaucht, hat man den Eindruck, dass er aus einer anderen Dimension kommt. Plötzlich sind wir mitten in einem Comic. Alles wirkt völlig verzerrt.«

Cadel antwortete ihm nicht. Er war zu begierig darauf, Coms Daten herunterzuladen, und fand, dass Saul lediglich das Offensichtliche aussprach. Natürlich ergab das alles keinen Sinn. Natürlich war alles völlig verzerrt. Cadel war in einem Spiegelkabinett aufgewachsen, begriff der Inspektor das denn nicht?

Nach einer langen, unbehaglichen Stille riss Saul sich schließlich zusammen.

»Halt dich einfach zurück und hacke nicht irgendwelche Regierungsdatenbanken, bis ich mit den richtigen Leuten reden kann«, bat er. »Kannst du mir das versprechen? Bitte? Du hast in der Zwischenzeit genug anderes zu tun.«

»Wahrscheinlich schon.« Cadel war bereit einzuräumen, dass Coms Daten ihm wahrscheinlich mehr Munition lieferten als das Verkehrsleitsystem. »Aber ich brauche vielleicht Hilfe bei diesem Programm. Möglicherweise muss ich mit einem Spezialisten für Spezialeffekte reden.«

»Gut.« Saul erhob sich steif. »Ich will sehen, was ich tun kann.«

»Du solltest übrigens jemanden nach Burwood schicken«, fügte Cadel beiläufig hinzu. »Vielleicht solltet ihr da mal an die eine oder andere Haustür klopfen, mit ein paar Taxifahrern reden …«

»Cadel.« Sauls Stimme hatte plötzlich eine gewisse Schärfe. »Ich bin seit mehr als zwanzig Jahren Polizist. Ich weiß, was ich tue, in Ordnung?«

Als er das Zimmer verließ, knallte er die Tür hinter sich zu.

19

Um sieben Uhr am selben Abend befanden sich insgesamt acht Menschen im Haus.

Drei von ihnen wohnten tatsächlich dort, drei waren offiziell eingeladen, um dem beizuwohnen, was Cadel als »Kriegsrat« bezeichnete, und bei den beiden übrigen handelte es sich um gelangweilt aussehende Männer mit Schusswaffen, deren Anwesenheit Fiona als unerträglich empfand. Bereits die grellen Flutlichter im Garten störten sie, genau wie das launische Alarmsystem, das nun jede Tür und jedes Fenster schützte. Die Männer mit den Pistolen waren letztlich bloß der Tropfen, der das Fass zum Überlaufen brachte.

»Die können woanders essen«, zischte sie ihrem Mann zu, »wir kochen nämlich nicht für sie!«

»Das steht auch überhaupt nicht zur Debatte«, versicherte Saul.

Doch trotz all der Duftkerzen, die Fiona entzündete, und trotz der stimmungsvollen Musik, die lief, seit sie von der Arbeit heimgekommen war, blieb sie gereizt und unruhig. Selbst ein warmes Bad (im verschlossenen Badezimmer) konnte sie nicht beruhigen.

Ihre Reaktion auf Gazos Wiederauftauchen um etwa halb sechs kam so abrupt – und war so uncharakteristisch angespannt und unverbindlich –, dass er Cadel leise gefragt hatte, ob es in Ordnung sei, wenn er blieb.

»Du musst bleiben«, hatte Cadel geantwortet. »Ich will alles über Sonja hören.«

»Ich glaube, dass deine Mutter mich eigentlich nicht hier haben will.«

»Es liegt nicht an dir, sondern an allen. Das Haus ist ziemlich klein.«

»Ist es wegen dem, was ich getan habe?« Gazo dämpfte seine Stimme zu einem Flüstern. »Ich meine – mit This Laptop und so?«

»Niemand weiß, was du getan hast, außer mir. Also, was hat Sonja gesagt?«

Wie sich herausstellte, hatte Sonja überhaupt nicht viel gesagt. Judith hatte zwar versucht, ein neurologisches Interface-Gerät wie das an Sonjas beschädigtem Rollstuhl aufzutreiben, doch ein derart moderner Sprachsynthesizer war in Australien nicht an jeder Ecke erhältlich. Und weil Sonjas neuer Dynavox kein bisschen effizienter war als ihr alter, hatte sie bei ihrem Gespräch mit Gazo jedes Wort einzeln buchstabieren müssen.

Das Ergebnis war ein langer, langsamer, unbeholfener Wortwechsel gewesen, der mehrere Stunden gedauert hatte.

»Aber es geht ihr wirklich gut«, konnte Gazo zumindest berichten. »Sie ist bald wieder draußen. Wahrscheinlich übermorgen.«

»Hat sie etwas über mich gesagt?«, erkundigte sich Cadel, was Gazo ein Schnauben entlockte.

»Soll das ein Witz sein? Sie redet *nur* von dir!«

»Hast du ihr von Com erzählt? Und von seinem Auto?«

»Teils. Da wusste ich noch nichts von dem Auto. Na ja, ich wusste nicht, dass sie es gefunden haben.«

»Hatte sie schon was von den verschlüsselten Daten auf seinem Laptop gehört?«

»Keine Ahnung.«

»Hast du sie danach gefragt?«

»Wie denn? Du hast *mir* ja gerade erst davon erzählt.«

»Ach ja. Hab ich ganz vergessen.«

Cadel vermisste Sonja immer schmerzlicher, und das nicht nur, weil sie eine so brillante Codeknackerin war. Wenn Sonja in seiner Nähe war, fiel es ihm leichter, die richtigen Entscheidungen zu treffen. Sie hatte einen stärkeren Sinn für richtig und falsch als Cadel.

»Tja ... Judith kommt heute Abend vorbei, also kann ich ihr die Neuigkeiten erzählen, und sie kann sie an Sonja weitergeben«, stellte er schließlich am Ende seiner leisen Unterhaltung mit Gazo fest.

Sie hatten Judith darum gebeten, zu ihnen zu stoßen, weil sie sich ausgeschlossen fühlte – und weil sie viel Geld hatte. Niemand hatte eine Ahnung, was ein Ganzkörper-Scan kostete, aber mit Sicherheit war er zu teuer für das überstrapazierte Polizeibudget. Judith dagegen würde es zumindest in Erwägung ziehen, eine solch monströse Rechnung zu begleichen – insbesondere, wenn sie beschloss, auch einen Scan von sich selbst oder von Sonja in Auftrag zu geben. Alle waren sich darin einig, dass Cadel wahrscheinlich nicht der Einzige von ihnen war, der überwacht wurde. Deshalb war Saul gezwungen gewesen, sich den Tschador überzuziehen, deshalb hatte Gazo die falsche Nase tragen müssen. Wenn Cadel also der Entdeckung entgehen wollte, indem er sein Bild über alle Kameranetzwerke Sydneys verteilte, mussten seine Freunde dasselbe tun. Andernfalls würden sie jedes Mal, wenn sie in seine Nähe kamen, seinen Verfolgern verraten, wo er sich aufhielt.

Es sei denn, sie trugen weiterhin irgendwelche lächerlichen Verkleidungen.

Judiths Verkleidung an jenem Abend bestand aus einem riesengroßen Seemanns-Ölmantel. Dazu hatte sie sich eine Federboa um den Hals geschlungen und einen mit Blumen verzierten Hochzeitshut aufgesetzt, den sie sich so tief in die Stirn gezogen hatte, dass sie unter der breiten, schlaffen Krempe kaum etwas sehen konnte. Sie traf mit Kuchen und Früchten beladen ein, und Fiona nahm die Gaben dankend entgegen. Dann redeten die beiden Frauen eine Weile übers Essen, während sie gemeinsam darauf warteten, dass Andrew Hellen eintraf. Andrew hatte versprochen, auf dem Heimweg von der Arbeit vorbeizuschauen. Sie brauchten ihn, nicht nur, weil er vielleicht eine Vorstellung davon hatte, was ein Ganzkörper-Scan kostete, sondern auch, weil er Kenntnisse besaß, die Cadel fehlten.

Cadel war nicht in seinem Element. Selbst nachdem er die Computergrafik-Malware auseinandergenommen hatte, verstand er nicht richtig, wie die Scanner-Komponente funktionierte. Man *konnte* einen Scan einfügen, Prospers Abbild war kein integraler Bestandteil des Programms. Aber irgendwie hatte jemand seine visuellen Daten manipuliert, und Cadel fehlten die Fähigkeiten, um herauszufinden, was genau damit geschehen war.

Er war allerdings davon überzeugt, dass Dr. Vee den Bug entwickelt hatte – mit der Hilfe von jemand anderem. Vee war ein Infiltrationsexperte. Er konnte unmöglich ganz allein einen Virus mit visuellen Spezialeffekten gebastelt haben. Genau wie Cadel stieß er in gewissen Punkten an seine Grenzen. Wie Cadel hatte er dafür deshalb Unterstützung von einem hoch spezialisierten Profi gebraucht.

Unglücklicherweise ließ sich unmöglich sagen, wer dieser hoch spezialisierte Profi sein mochte.

Andrew Hellen konnte ihnen keine weiteren Namen anbieten. Selbst nachdem er sich Coms Malware eingehend angesehen hatte, konnte er auf die Frage, ob Raimo Zapp möglicherweise dafür verantwortlich war, nur mit den Schultern zucken. »Vielleicht«, war alles, was er zu dem Thema zu sagen hatte. Er bat allerdings um eine Kopie des Programms, um es einigen seiner Kollegen zu zeigen, und er wies darauf hin, dass sie den geheimnisvollen Programmierer vielleicht einfach aufgrund des Umstands aufstöbern könnten, dass es sich um bahnbrechende Arbeit handelte.

»Wenn er kein Patent darauf hat und das Ganze im Geheimen programmiert hat, kann jeder behaupten, dass es ihm gehört«, erklärte Andrew. »Damit kann man eine Menge Geld machen, und das wird dem Kerl, den ihr sucht, vermutlich nicht gefallen.«

»Du meinst, er könnte eine Dummheit begehen?«, spekulierte Cadel, was Andrew zu einem Nicken veranlasste.

Saul deutete mit einer Kopfbewegung auf das USB-Laufwerk in Andrews Hand. »Du glaubst also, dass dieses Programm eine Menge Geld wert ist?«, fragte der Inspektor.

»Oh ja.« Andrew nickte. »Mehrere Millionen.«

»Was bedeutet, dass Prosper English im Geld schwimmt«, stellte Judith fest. »Entweder das, oder er erpresst den Kerl, der das Programm entwickelt hat.«

»Wenn es überhaupt ein Kerl *ist*«, warf Fiona ein.

Inzwischen saßen sie alle um den Küchentisch, tranken Tee und probierten Judiths Kuchen durch. Selbst Fiona riss sich vom Herd los, wo es in verschiedenen Töpfen dampfte und blubberte. Im ganzen Zimmer roch es nach Bolognesesoße. Doch trotz der gemütlichen Atmosphäre wirkte Andrew, als sei ihm leicht unbehaglich zumute – vielleicht, weil zwei bewaffnete Männer im Hintergrund lauerten. Womöglich beunruhigte ihn auch der Umstand, dass bestimmte Leute das Unmögliche von ihm verlangten. Cadel hatte ihn bereits darum gebeten, den geheimnisvollen Programmierer zu identifizieren.

Als das Gespräch sich dem Programm selbst zuwandte, wollte Fiona wissen, ob Andrew Cadel auf der Stelle scannen könne. »Nur für den Fall, dass wir beschließen, die Sache mit dem digitalen Doppelgänger tatsächlich auszuprobieren.«

Andrew war gezwungen zu erklären, dass er überhaupt niemanden scannen könne. Dafür müssten sie einen Spezialisten beauftragen und bezahlen, erklärte er ihnen. Der Preis bewege sich allerdings ganz sicher im fünfstelligen Bereich. »Ich kann nicht sagen, wie viel es genau wäre«, gab er zu, »aber auf jeden Fall eine Menge. Und dann kommen noch andere Kosten hinzu …«

»Was für andere Kosten?«, fragte Judith harsch.

Andrew holte tief Luft.

Cadel antwortete schnell für ihn. Da er den gesamten Vorgang bereits mit Andrew durchgesprochen hatte, wusste er, wie schwierig und kompliziert es sein würde, seinen eigenen digitalen Doppelgänger in Coms Malware einzufügen. »Der Scan ist lediglich Daten-Rohmaterial«, erklärte Cadel. »Man muss ihn als Basis für ein Computermodell verwenden, und dieses Modell muss dann gerendert werden …«

»Macht dieses Programm das nicht alles für einen?«, warf Saul ein.

Cadel schüttelte den Kopf. »Eigentlich nicht«, antwortete er. »Dafür hat es nicht genügend Speicherplatz. Man muss schon etwas verwenden, was ziemlich gut aufpoliert ist.« Er schaute zu Andrew hinüber. »Stimmt's?«

»Stimmt«, sagte Andrew.

»Und wie lange würde dieser Aufarbeitungsprozess letztlich dauern?«, erkundigte sich Fiona.

Das war eine Frage, die Cadel noch nicht gestellt hatte, daher wartete er ebenso interessiert wie die restlichen Anwesenden auf die Antwort.

Andrew schien sich jedoch nur ungern festlegen zu wollen. »Das hängt davon ab, von wie vielen Scans hier die Rede ist«, murmelte er.

»Sagen wir für den Anfang erst mal einer. Ein Scan.« Saul übernahm jetzt das Stellen der Fragen. »Wenn wir den morgen schaffen, wie lange würde es dauern, bis Cadel etwas hat, was er online stellen kann?«

Andrew zögerte.

»Ein paar Tage? Wochen?«, drängte Saul.

»Das hängt ganz davon ab«, gab Andrew schließlich zu. »Wenn man mehrere Leute hat, die rund um die Uhr daran arbeiten … ich weiß es nicht. Vielleicht drei oder vier Tage. Vielleicht auch mehr.«

»*Pro Scan?*« Judiths Tonfall klang so wenig begeistert, dass Andrew sie einen Moment lang mit nachdenklicher Miene musterte.

»Man kann nicht einfach auf einen Knopf drücken«, erklärte er.

Schweigen senkte sich über den Tisch. Die Aussicht, Tausende von Dollars für etwas herauszurücken, was vielleicht erst in einigen Wochen fertig sein würde, sorgte am ganzen Tisch für Unmut. Besonders Cadel war enttäuscht. Er war ganz begierig darauf gewesen, Prospers Waffe gegen ihn selbst zu wenden. Was für eine perfekte Lösung das gewesen wäre!

»Ich kann euch ein paar Namen nennen, wenn ihr Angebote für einen Scan einholen wollt«, fuhr Andrew fort. »Aber bevor ihr irgendetwas tut, solltet ihr mit mir reden.«

Saul schnaubte, Fiona seufzte.

Judith sagte: »Darüber muss ich erst nachdenken.« Damit erhob sie sich und griff nach ihrer Federboa.

»Gehst du, Judith?« Fiona klang überrascht. »Willst du nicht zum Abendessen bleiben?«

»Nein danke, Liebes, ich habe noch was zu erledigen«, antwortete Judith entschlossen. Sie nickte Saul zu. »Ich rufe dich morgen an, sobald ich meine Entscheidung getroffen habe.«

»Fahr vorsichtig«, bat Fiona.

»Ja, um Himmels willen, pass auf der Straße auf«, pflichtete Saul ihr bei und schob seinen Stuhl zurück.

Kurz darauf standen alle außer Cadel. Er saß da, das Kinn auf die Fäuste gestützt, und war völlig in Gedanken versunken.

Er schreckte erst hoch, als die Besucher nach und nach gingen – und selbst dann war es letztlich Fiona, die sich bei Andrew für sein Kommen bedankte. Bevor Cadel etwas sagen konnte, waren Andrew und Judith auf dem Weg zur Tür, begleitet von Saul. Da Judiths Aufbruch sehr lautstark vonstattenging (ihr Ölmantel knisterte, und nebenbei beschwerte sie sich zeternd über einen Strafzettel fürs Falschparken), verabschiedete Cadel sich von der Hoffnung, sich selbst bei irgendjemandem bedanken zu können. Wenn er es versucht hätte, hätten ihn die anderen wahrscheinlich nicht mal gehört.

Als Andrew die Küche verließ, warf er einen Blick über die Schulter und beantwortete Cadels zaghaftes Lächeln mit einem Winken.

»Tja … der war doch nett, oder? Dass er einfach so seinen Abend opfert«, sagte Fiona, sobald das entfernte Quietschen von Autoreifen ihr verriet, dass Andrew außer Hörweite war. Dann ging sie an den Herd, wobei sie die beiden ungeladenen, bewaffneten Gäste geflissentlich ignorierte. »Also essen wir doch nicht zu sechst. Ich nehme an, dass du bleibst, Gazo?«

»Äh … ja. Wenn das in Ordnung ist.«

»Natürlich ist das in Ordnung.« Fiona fing an, in der Bolognesesoße herumzurühren. »Tatsächlich ist es sogar umso besser, je später du heimgehst. Dann ist weniger Verkehr.«

»Ich hatte heute keine Probleme«, beruhigte Gazo sie. »Ich bin zum Krankenhaus und zurück gefahren, und niemand hat mich gerammt.«

»Weil du in Thi Thuoys Auto warst«, gab Fiona zu bedenken.

Aber Cadel bezweifelte, dass es das Auto an sich war, das Gazo geschützt hatte. »Ich glaube, in nächster Zeit wird niemand das Verkehrsleitsystem übernehmen«, sagte er, während er seinen

Computer wieder im Waffensafe verstaute. »Wenn doch, dann würden wir ihn vermutlich schnappen, weil wir jetzt gewarnt sind. Das ist Vee sicher klar.«

»Trotzdem …«

»Es ist wie mit Judiths Haus.« Cadel ließ Fiona nicht ausreden. »Vee weiß, dass wir die Hausherrin beobachten, also hat er sich nicht mal in ihre Nähe begeben. Darum kann sie überhaupt noch dort wohnen.« Er hörte, wie draußen auf der Straße ein Motor angelassen wurde. »Eigentlich müssten wir dieser Videoüberwachung ein Ende bereiten«, fügte er hinzu. »Wenn wir eine Möglichkeit fänden, das zu tun, dann müssten wir gar nicht erst irgendwelche Scans machen.«

»Judith hat nicht besonders begeistert gewirkt, oder?«, bemerkte Gazo und stützte sich auf eine Stuhllehne. »Ich kann mir nicht vorstellen, dass sie so viel Geld lockermacht.«

»Ich bin mir nicht sicher, ob irgendjemandem klar war, dass das so teuer sein würde«, sagte Fiona. »Hattest du eine Vorstellung davon, Cadel?«

»Nein.« Tief in seinem Innern hatte Cadel den Plan mit dem digitalen Doppelgänger bereits wieder aufgegeben. Das kam nur für Leute mit unbegrenzten Geldmitteln infrage – Leute wie Prosper English, zum Beispiel. Trotz der weltweiten Ermittlungen gegen Prospers Finanzimperium hatte er offenbar nach wie vor Zugriff auf wenigstens einen seiner gut gefüllten Sparstrümpfe.

Es sei denn natürlich, Prosper hatte jemanden erpresst, damit er die Arbeit für ihn machte. Damit mochte Judith recht haben.

»Wir können wohl kaum einen Handel abschließen, oder?«, überlegte Cadel ohne große Hoffnung. »Vielleicht könnten wir im Tausch für die Rechte an Coms Malware ein paar Scans machen lassen. Andrew meinte, dass sie gutes Geld wert sei, und wenn der Verantwortliche anfängt, Stunk zu machen, dann können wir ihn festnageln …« Ein leises Geräusch ließ ihn verstummen. Es klang, als ob etwas sehr Großes bremste. »Was ist das?«, fragte er, als ein entfernter Schrei an seine Ohren drang.

Alle erstarrten. Einen Herzschlag lang hielten sie inne, dann wandten sie die Köpfe alle in dieselbe Richtung. Ein hohes Kreischen wurde lauter und lauter, untermalt von einem tiefen, unheilverkündenden Rumpeln. Cadel hörte ein Scheppern. Kurz darauf erklang ein Donnern, das das Haus in seinen Grundfesten erschütterte. Irgendwo in der Nähe schrie Saul: *»Passt auf!«*

Cadel sprang auf.

»Was zum …?«, sagte Gazo.

Eine Tür schlug zu. Das metallische Kreischen war nun ohrenbetäubend laut. *»Bewegung! Bewegung!«*, rief jemand hinter Cadel, worauf ihn Gazo am Arm packte. Schritte polterten durch den Flur.

Im nächsten Moment schien das Haus zu explodieren.

Spitze Bruchstücke sausten durch die Luft, Putz regnete von der Decke, und mit einem Donnerschlag löste sich die Wand vor Cadel auf. Er stürzte. *Rumms!* Ein Dachbalken bohrte sich mit einem Ende in den Boden, der wie ein Kanu auf hoher See schwankte. Fensterscheiben splitterten, die Lichter gingen aus.

Dichte Staubwolken hüllten ihn ein. Er konnte nichts sehen. Er konnte nicht atmen. Er hatte das Gefühl zu ersticken … Der Gestank war entsetzlich …

Als er das Bewusstsein verlor, war sein letzter Gedanke: *Gazo.*

20

Cadel? He! Cadel!«

Das war Gazos Stimme, und sie schien von weit weg zu kommen. Das Erste, was er sah, war Gazos schmutziges, verzerrtes Gesicht. Dann gewann das gähnende Loch dahinter Konturen.

Das Loch prangte mitten in der Decke. Große Putzbrocken waren herabgefallen und gaben den Blick auf Balken, Verdrahtung und Isolationsmaterial frei. Cadel fing an zu husten.

»Tut mir leid«, flüsterte Gazo. »Tut mir wirklich leid. Ich habe die Kontrolle verloren.«

Cadel versuchte sich aufzusetzen. Ihm war flau im Magen, und er war durcheinander. Der Boden um ihn herum war mit Schutt bedeckt: Glasscherben, Holzsplitter, Gipsplatten. Ein Lichtstrahl durchschnitt die staubige Luft und erhellte eine Szenerie wie nach einem Bombeneinschlag. Die rückwärtige Küchenwand war weitgehend unbeschädigt, obwohl der Kühlschrank umgekippt war. Doch zu seiner Linken herrschte völlige Verwüstung. Undeutlich erkannte er seine eigene rote Decke, die über etwas hing, das wie eine … war das etwa …

Eine *Windschutzscheibe?*

»Ich wusste, dass ich es war, weil alle einfach wie versteinert umgefallen sind«, fuhr Gazo leise fort und warf einen Blick über die Schulter. »Siehst du? Die Bullen sind wieder aufgewacht und Fiona auch. Normalerweise dauert es etwa zehn Minuten.«

»Was ... *was?*«, krächzte Cadel, wobei er nach wie vor die Windschutzscheibe anstarrte. Sie war zu weißlichen Bruchstücken zersplittert, die größtenteils weggeflogen waren, ließ sich jedoch immer noch als hoch über dem Boden angebrachte Windschutzscheibe erkennen.

»Das ist ein Bus«, sagte Gazo.

»W-was?«

»Ein Bus ist gegen das Haus gefahren.«

Plötzlich rutschte ein halber Ziegelstein vom Busdach, das unter dem Gewicht der herabgestürzten Balken eingedrückt worden war. Ein Scheinwerfer funktionierte noch. Von ihm stammte der laserartige Strahl, der, ohne zu flackern, die Reste der Küche erhellte.

Es gab auch einige andere Lichtquellen – sehr viel kleinere und beweglichere. Cadel erkannte, dass diese sich in den Händen zweier uniformierter Männer befanden, die auf einer Seite des Busses zugange waren. Es dauerte einen Moment, bis Cadel die Männer als Notärzte erkannte.

»Hast du einen Krankenwagen gerufen?«, fragte er schwach.

»Ich nicht«, antwortete Gazo. »Ich hab gar kein Telefon.«

»Wer *ist* das da drüben?« Cadel fiel auf, dass sich die Notärzte um eine reglose Gestalt in einem Trümmerhaufen kümmerten. »Ist das ... ist das etwa *Saul?*«

»Cadel ...«

»Oh nein.«

Als Cadel sich taumelnd erhob, kam eine weitere schwankende Gestalt in Sicht: ein Mann, der so voller Staub war, dass kaum auszumachen war, wie er eigentlich aussah. Der Mann gab ein hohes Wimmern von sich, das schon seit einiger Zeit erklang und an das nervtötende Betriebsgeräusch eines Elektrobohrers erinnerte.

»Die Zündung hat sich aufgehängt, und ich konnte nicht wenden. Die Zündung hat sich aufgehängt, und ich konnte nicht wenden …«, sagte er immer wieder. Dann schwenkte er händeringend zu den Notärzten herum. »Die Zündung hat sich aufgehängt, und ich konnte nicht wenden …«

»Ist das der Busfahrer?«, erkundigte sich eine bekannte Stimme.

Es war Judith, die mit Gazo redete. Sie hockte bei der Spüle neben Fiona und trug noch immer ihren voluminösen Mantel, hatte den dazugehörigen Hut aber abgelegt.

Fiona setzte sich hustend und würgend auf.

»Oh … äh … hallo«, sagte Gazo leicht benommen. »Wie bist … was machst *du* denn hier?«

Judith beachtete ihn nicht weiter. »Wenn das der Busfahrer ist, hat er sicher einen Schock«, stellte sie fest. »Jemand sollte sich um ihn kümmern, sonst verletzt er sich noch.« Das entfernte Heulen einer Sirene veranlasste sie, den Kopf schief zu legen. »Noch ein Krankenwagen. Wurde auch langsam Zeit.«

»Hast *du* den gerufen?«, fragte Gazo sie, während Cadel sich von ihm losmachte.

Weitere schattenhafte Gestalten zeichneten sich zwischen den Staubwolken ab, doch Cadel interessierte sich nicht für sie. Er stolperte auf die beiden Notärzte zu, die Saul eine Art Kragen um den Hals gelegt hatten.

»Die Zündung hat sich aufgehängt, und ich konnte nicht wenden …«, flehte der Busfahrer. Auch er hielt direkt auf die Notärzte zu.

Einer der beiden warf ihm einen kurzen Blick zu. »Ist schon in Ordnung, Kumpel. In einer Minute sind wir bei Ihnen. Geben Sie uns nur eine Minute.« Die Stimme des Notarztes verriet keine Spur von Anspannung, sondern klang ruhig, fest und freundlich. »Ist noch irgendjemand im Bus?«

»Ich habe niemanden gesehen«, mischte sich Judith ein.

Inzwischen war sie auf den Beinen und stützte Fiona. »Ich habe alles von der Straße aus beobachtet. Es waren keine Fahrgäste im Bus.«

»Haben Sie mitbekommen, was passiert ist?«, erkundigte sich der Notarzt.

»Eigentlich nicht. Sah aus, als hätten die Bremsen versagt.«

»Draußen ist ein Hang«, erklärte Gazo bereitwillig hinter Cadel. »Man erlebt immer wieder, wie Busse den ziemlich schnell runterkommen.«

»Die Zündung hat sich aufgehängt, ich konnte nicht wenden«, sagte der Busfahrer, als Cadel bei Saul ankam.

Der Inspektor lag bewusstlos da, sein Gesicht war blutverschmiert, und seine Kleider hingen in Fetzen an ihm herunter. Jemand hatte ihm eine Kanüle in den Arm und einen Schlauch in ein Nasenloch eingeführt.

»Wird er sich erholen?«, japste Cadel. »Was ist mit seinem Hals?«

»Alles unter Kontrolle.« Der Notarzt wandte sich Gazo zu. »Ihr beiden solltet euch da hinten hinsetzen, abseits vom Haus.«

»Was ist mit Saul?«, wandte Cadel ein.

»Er hat sich den Kopf gestoßen, genau wie du.« Mit einem Mal hob der Notarzt die Stimme: *»Alle raus hier! Hier ist es nicht sicher – das Dach könnte jederzeit runterkommen!«*

»Ich habe mir nicht den Kopf gestoßen«, setzte Cadel an, doch bevor er den Satz zu Ende bringen konnte, packte ihn jemand am Arm.

Ein uniformierter Feuerwehrmann war neben ihm aus einer Staubwolke aufgetaucht. »Komm mit, Junge«, sagte der Mann. »Du solltest hier nicht bleiben.«

»Sorgen Sie dafür, dass er sich hinlegt«, wies ihn der Notarzt an. »Wahrscheinlich hat er eine Gehirnerschütterung.«

»Nein, hab ich nicht.« Cadel wollte Saul nicht hier zurücklassen – nicht, solange der Inspektor nicht wenigstens die Augen geöffnet hatte. »Ich habe mir den Kopf nicht gestoßen. Es geht mir gut.«

Rumms! Ein Dachträger stürzte herab. Irgendwo in der Nähe sagte Gazo: »Wir müssen hier raus, Cadel.«

Der Griff des Feuerwehrmanns wurde fester. »Ist das dein Name? Cadel?«, fragte er freundlich.

»Ja, aber …«

»Ich bin Vincent. Und ich will dich hier nur rausbringen, damit jemand nach dir sehen kann. In Ordnung? Wir gehen nicht weit weg.« Er machte eine Kopfbewegung in Sauls Richtung. »Ist das dein Dad?«

»Nein … ich meine, ja …«

»Dein Dad kommt auch mit. Mach dir keine Sorgen.«

»Wird er wieder gesund?«, fragte Cadel mit zitternder Stimme.

»Wenn er hier raus ist, ist er schon mal sehr viel besser dran. Genau wie du.« Als Cadel nicht nachgab, versuchte Vincent es anders. »Wo ist deine Mutter, mein Junge?«

Blinzelnd und hustend schaute Cadel sich um. Er konnte Fiona nirgendwo sehen. Er konnte auch Judith nirgendwo sehen. Schmale Taschenlampen-Lichtkegel lenkten ihn ab, indem sie immer wieder über die Trümmer huschten, an Wänden emporzuckten und von einer Oberfläche zur nächsten sprangen.

»Ich weiß es nicht«, murmelte er. »Sie war da drüben …«

»Meinst du nicht, wir sollten sie lieber suchen?«

»Ich habe gesehen, wie sie sich aufgesetzt hat.«

»Komm, wir suchen sie mal.«

Cadel ließ sich von dem Mann nach draußen führen. Dort entdeckte er als Erstes Judith, die sich als Schattenriss vor den Scheinwerfern mehrerer Autos abzeichnete, welche offenbar durch die Seitenstraße hinterm Haus in den Garten gelangt waren. Bei einem der Autos handelte es sich um einen Krankenwagen. Ein Polizeiwagen war ebenfalls dabei.

Judith war gerade in ein Gespräch mit einem uniformierten Polizisten vertieft, wobei sie heftig mit den Händen herumfuchtelte.

»… direkt durch den Zaun und vorne ins Haus«, sagte sie gerade. »Als ob die Bremsen versagt hätten. Als hätte er unten abbiegen wollen, es aber nicht gekonnt …«

»Cadel!«

Der erstickte Schrei stammte von Fiona. Als Cadel sich umdrehte, warf sie sich bereits auf ihn. Plötzlich steckte er in einer Umarmung, die eher etwas von einem Würgegriff hatte.

»Oh mein Gott. Oh mein Gott«, wimmerte sie. »Oh mein Gott, dir geht es gut!«

»Ganz ruhig, meine Gute.« Vincent versuchte, sie von Cadel zu lösen. »Wir müssen vorsichtig sein, bis die Ärzte ihn sich angesehen haben.«

»Keine Angst, Saul lebt«, brabbelte Fiona.

»Ich weiß.« Cadels Antwort wurde durch den Kragen ihres Pullis gedämpft. »Ich hab ihn gesehen.«

»Er ist nicht zerquetscht worden«, fuhr sie fort und schüttelte die Hände ab, die nach ihr griffen. Zwei davon gehörten einer Notärztin. »Sie bringen ihn gerade raus. Ein Krankenwagen ist schon hier.« Genervt von all den beharrlichen, fürsorglichen Menschen wirbelte sie herum und blaffte den nächstbesten Notfallhelfer an: »Was ist? Ich hab doch gesagt, dass ich mir nicht den Kopf gestoßen habe!«

»Und wo kommt dann die Beule dort her?«, wollte jemand wissen.

Derweil hatte Fionas Griff sich gelockert. Irgendwer zog Cadel aus ihren Armen und setzte ihn auf eine Bank beim Grill. Ein anderer leuchtete ihm mit einer Stiftlampe in die Augen. »Schau einfach mal hierher, mein Junge. Und jetzt nach oben – genau. Und nach links …«

Gazo lief zappelig auf und ab, unfähig, stillzuhalten. Der Busfahrer wurde unterdessen von einer Frau in einem Morgenmantel beruhigt. Menschen riefen durcheinander, gestikulierten, rannten umher.

Mit einem Mal ging Cadel ein Licht auf.

War das *wirklich* ein Unfall gewesen?

In den meisten Bussen Sydneys gab es Überwachungskameras, das wusste er. Aber er erinnerte sich an noch etwas – etwas, das mit computerisierter Datenerfassung zu tun hatte. Jeder Bus hatte einen eigenen Tacholink-Datenrekorder an Bord, der die gefahrenen Kilometer, Routen und Arbeitszeiten aufzeichnete. Diese Daten ließen sich per Funk abrufen oder über das weltweite Handynetz. Wenn irgendwer auf die Idee kommen sollte, einen Bus zu stehlen, konnte der Tacholink dazu verwendet werden, das Fahrzeug bewegungsunfähig zu machen.

Mit anderen Worten: Der Wagen würde nicht anspringen, solange der Fahrer keine Freigabe hatte.

»Cadel? Kannst du die Finger bewegen? Gut. Das ist gut. Tut es hier weh? Nein? Und wenn ich hier drücke?«

Cadel fragte sich, ob Vee hinter dem Unfall steckte. Das war doch sicher möglich? Jemand wie Vee konnte die Verbindung zwischen einem Busmotor und dem Tacholink mit Leichtigkeit ausnutzen. Vielleicht hatte er per GSM oder GPS die Bremsen oder die Steuerung außer Funktion gesetzt, obwohl Cadel sich nicht sicher war, wie genau so etwas vonstattengehen konnte.

»Du hast das Bewusstsein verloren, oder? Cadel? Weißt du, wie lange du etwa bewusstlos warst?«

»Äh …« Cadel hörte der Notärztin nicht besonders aufmerksam zu. Er beobachtete, wie eine Bahre durch die Küchentür manövriert wurde, und reckte den Hals, um besser zu sehen.

»Er war zehn Minuten lang weggetreten.« Es war Gazo, der antwortete. »Aber ich glaube nicht, dass das mit seinem Kopf zu tun hatte …«

»Wir werden es gleich wissen. Die Pupillenreaktion sieht

ziemlich gut aus, aber wir gehen lieber mal auf Nummer sicher. Vielleicht sollten wir ihm eine Halskrause anlegen.« Schnell fällte die Notärztin eine Entscheidung. »Ich denke, wir bringen dich ins Krankenhaus, mein Junge«, sagte sie zu Cadel. »Da beobachten wir dich dann noch ein Weilchen. Zehn Minuten Bewusstlosigkeit ist eine ganz schön lange Zeit.«

»Ja, aber war doch nur, weil er keine Luft gekriegt hat«, versuchte Gazo zu erklären. »Es war nicht … ich meine … es lag an dem Geruch, an dem üblen Geruch …«

»Du meinst Gas?«, unterbrach ihn Vincent, der offenbar gelauscht hatte. »Hast du da drin *Gas* gerochen?«

»Nein«, sagte Gazo. »Ich meine … ja, aber …«

»Himmel.« Der Feuerwehrmann düste los wie eine Rakete.

Fiona stolperte derweil neben der Trage mit ihrem Mann her und wehrte alle Versuche ab, sie dazu zu bewegen, sich hinzusetzen. Judith wurde noch immer befragt, während der Busfahrer sich den Blutdruck messen ließ.

Saul war noch nicht wieder zu Bewusstsein gekommen.

»Kann ich im selben Krankenwagen fahren wie Saul – wie mein Dad?«, fragte Cadel, während er sich gehorsam erhob, als ihm jemand die Hand an den Ellbogen legte.

»Deine Mum fährt mit deinem Dad mit, mein Junge, keine Sorge.« Die Notärztin führte ihn zum rückwärtigen Gartenzaun. »Du musst in ein anderes Krankenhaus.«

»Warum?«

»Weil wir dich ins Kinderkrankenhaus bringen müssen. Aber das ist direkt nebenan von der Klinik, in die dein Dad kommt.«

»Ich möchte mit *ihnen* fahren!« Cadel zeigte auf Saul. »Mir geht es gut! Ich habe mir nicht den Kopf gestoßen, das war Gazo! Er stinkt so doll, dass man das Bewusstsein verliert!«

»Ach. Wirklich? Tja … ich möchte mich trotzdem vergewissern.« Der Tonfall der Notärztin verriet, dass sie glaubte, Cadel würde wirres Zeug reden. »Warum kommst du nicht mit, wir bringen dich kurz ins Krankenhaus, und danach kannst du zu deinen Eltern, sobald die Ärzte nach dir gesehen haben.«

»Es stimmt! Sie verstehen das nicht! Gazo hat ein genetisches Problem!« Plötzlich blieb Cadel wie angewurzelt stehen. Es rumorte in seinem Magen. »Ich muss mich übergeben«, platzte es aus ihm heraus, und dann erbrach er sich auf den Rasen.

Als er wieder reden konnte, saß er hinten in einem Krankenwagen. Die Notärzte wollten, dass er sich hinlegte. Sie sagten ihm, dass Übelkeit und Desorientierung typische Symptome für eine Gehirnerschütterung waren. »Aber ich bin überhaupt nicht desorientiert!«, schrie er, als sein Blick auf die Bänder fiel, mit denen verletzte Fahrgäste festgeschnallt wurden. Da kam ihm plötzlich ein Gedanke: Befand er sich *wirklich* in einem Krankenwagen?

Oder handelte es sich um einen Entführungsversuch?

Der Gedanke war ihm kaum in den Sinn gekommen, da sprang noch jemand hinten ins Auto. Als die Türen sich zu schließen begannen, zwängte Reggie Bristow sich dazwischen. »Polizei!«, rief er und hielt seinen Ausweis hoch. Damit zwängte er sich ins Innere, setzte über die Stoßstange hinweg und landete direkt neben Cadel.

»Ohne Polizeibegleitung geht dieser Junge *nirgendwo* hin«, verkündete Reggie. Er keuchte und hatte zerzauste Haare, aber kein bisschen Staub war an seinen Kleidern zu sehen. Ganz offensichtlich war er nicht im Haus gewesen. »Wo fahren wir hin?«, fragte er herrisch und wedelte dabei weiter mit seinem Polizeiausweis durch die Luft. Mit der anderen Hand fummelte er an seinem Funkgerät herum. »Welches Krankenhaus?«

»Ähm … ins Kinderkrankenhaus«, kam die Antwort.

Während Reggie seinen Kollegen die Neuigkeiten mitteilte, legte Cadel sich schließlich gehorsam hin. Jetzt, da Reggie mit an Bord war, fühlte er sich halbwegs sicher. Außerdem war er froh, dass sie zum Kinderkrankenhaus fuhren.

Dann habe ich wenigstens endlich Gelegenheit, Sonja zu besuchen, überlegte er.

Laut sagte er: »Sagt dem Fahrer, dass er *sehr vorsichtig* sein soll. Es kann nämlich sein, dass jemand die Ampeln sabotiert hat. Vielleicht sind sie grün, wenn sie eigentlich rot sein sollten.«

Die Notärzte gaben beschwichtigende Laute von sich.

»Ich mein's ernst!«, blaffte Cadel. »Das ist kein wirres Geplapper! Jemand ist hinter mir her!« Als die Notärzte weiter nickten und mit den Zungen schnalzten, wandte er sich flehend an Reggie. »Sag es ihnen, ja? Der Bus ist per Fernsteuerung übernommen worden.«

»Meinst du?« Reggie klang zweifelnd. »Wie?«

»Ich weiß nicht. Durch den Tacholink. Sie müssen das GPS-System oder den Funk-Download gehackt haben.« Als er sah, wie die Notärzte fragende Blicke wechselten, verlor Cadel die Beherrschung, und seine Augen füllten sich mit bitteren Tränen der Enttäuschung. »Würdet ihr mir mal *zuhören?* Ihr müsst die Sirene anmachen! Die Leute werden anhalten, wenn sie die Sirene hören – ganz egal, ob sich jemand an der Ampel zu schaffen gemacht hat.«

Die Notärztin tätschelte ihm den Arm. »Bei der Benutzung der Sirene müssen wir uns an Richtlinien halten«, erklärte sie.

Und Reggie fügte hinzu: »Mach dir keine Sorgen. McNair ist direkt hinter uns.« Als Cadel ihn verwirrt anschaute, erklärte er dem Jungen, dass er und Angus beim Haus ihre Wachschicht geschoben hatten. »Wir waren allerdings in einer Seitenstraße«, sagte er. »Deshalb haben wir nicht gesehen, was passiert ist.«

»Es war kein Unfall«, erklärte Cadel beharrlich. »Prosper hat versucht, uns umzubringen. Saul und Fiona und mich.«

»Ja, nun. Ich schätze, wir werden es erst genauer wissen, wenn die Spurensicherung sich die Sache angesehen hat.« Obwohl Reggies Tonfall nicht direkt abweisend klang, schien ihm doch ein wenig unbehaglich zumute zu sein. »Derweil solltest du versuchen, dich zu entspannen. Du hast einen ganz schönen Schrecken hinter dir.«

»Aber …«

»Alles wird gut«, sagten die Notärzte im Chor, und Cadel gab auf.

Welchen Sinn hatte es schon, sich zu streiten? Sie würden doch nur glauben, dass er Wahnvorstellungen hatte, und er wollte nicht betäubt werden. Nicht jetzt, da er nachdenken musste. Da er Pläne schmieden musste.

Verzweifelte Umstände erfordern verzweifelte Maßnahmen, dachte er. *Ich muss einen Überraschungsangriff starten, sonst werde ich niemals sicher sein. Niemand von uns wird sicher sein. Prosper wird nicht einmal davor haltmachen, ein Flugzeug auf das Krankenhaus stürzen zu lassen.*

Er wird nicht aufhören, solange ich und alle meine Freunde nicht tot sind.

21

Es war schon nach Mitternacht, und Cadel war immer noch in der Kinderklinik.

Stundenlang hatte er in einem Krankenhaushemd auf einem hohen weißen Bett gelegen und auf die blau-gelben Vorhänge gestarrt. Reggie Bristow war keinen Moment von seiner Seite gewichen – nicht einmal, um aufs Klo zu gehen. Die Krankenpfleger hatten versprochen, in Erfahrung zu bringen, wie es Saul ging, doch bislang hatten sie sich noch nicht gemeldet. Was Reggie betraf: Er durfte sein Handy in der Notaufnahme nicht benutzen, und da er sich weigerte, irgendwo anders hinzugehen, solange seine Ablösung nicht da war, hatte er weder Judith noch Fiona anrufen können, um Neuigkeiten über Sauls Zustand einzuholen.

Nicht, dass Cadel allzu viel über Saul nachdenken wollte. Oder über Fiona. Oder über ihr kleines, holzverkleidetes Haus. Es war leichter, sich auf das zu konzentrieren, was als Nächstes anstand. An Sauls erschlafftes Gesicht oder an die zerstörte Küche zu denken erinnerte ihn viel zu sehr an das Gefühl, sich ohne Fallschirm in einen bodenlosen Abgrund zu stürzen.

Cadel konnte es sich nicht leisten, sich von Verlustgefühlen überwältigen zu lassen.

Zwischendurch hatte ihn eine fröhliche kleine Frau mit Sommersprossen gefragt, ob ihm der Nacken wehtue. Als er sagte, dass dies nicht der Fall sei, hatte sie ihm die Halskrause abgenommen und ihm mitgeteilt, dass sie ihn keiner Kernspintomografie unterziehen würden, da er keine »äußeren Verletzungen« erlitten habe.

»Du wirkst nicht besonders mitgenommen«, hatte sie gesagt, nachdem sie seine Augen überprüft und von ihm verlangt hatte, verschiedene Objekte zu zählen. »Vielleicht schicken wir dich einfach über Nacht rüber in die C 3 Süd und schauen dann weiter.«

Ihr Name war Dr. Jacobson, und sie hatte ebenfalls nichts über Saul gewusst. Dafür hatte sie ihm sehr mit dem Computersystem des Krankenhauses weitergeholfen. Ja, hatte sie bestätigt: Cadels Name, Station, Einlieferungsnummer und so weiter würden bald ins System eingespeist werden, sofern sie nicht bereits erfasst waren. Seine Krankengeschichte dagegen komme erst in zwei oder drei Tagen in die medizinische Datenbank. Dann werde die Verwaltung all seine Krankenblätter und den Papierkram abgleichen.

»Wieso?«, schloss sie. »Willst du etwas korrigieren?«

»Ach, nein. Ich war nur neugierig.« Tatsächlich hatte Cadel sich gefragt, wie schwer es sein würde, seinen Tod vorzutäuschen. Das war eines seiner Studienthemen am Axis-Institut gewesen, wo sein Fälschungslehrer ihm einmal eine Eins minus auf einen Totenschein gegeben hatte. Also war er sich bereits bewusst, dass es ganze achtundvierzig Stunden dauern konnte, bevor Diskrepanzen zwischen den Berichten der Ärzte und denen des Leichenbeschauers die Aufmerksamkeit eines Gerichtsmediziners erregten.

Der Umstand, dass es hier im Krankenhaus Verzögerungen bei der Datenverarbeitung gab, war ein unerwarteter Vorteil.

Ich könnte mich virtuell töten, und Vee könnte es mindestens einen Tag lang nicht herausfinden, folgerte er aus seinem Gespräch mit der Ärztin. Dann hatte er versucht, sich einen

Fluchtplan zurechtzulegen, in dem Wissen, dass er vor Sorge den Verstand verlöre, wenn er sich nicht ablenkte und beschäftigte. Es war inzwischen vier Stunden her, dass er Saul das letzte Mal gesehen hatte, ein Zeitraum, in dem praktisch *alles* passieren konnte.

Cadel mochte kaum an den bestmöglichen Verlauf denken, geschweige denn an das Schlimmste.

Sein Hauptproblem war Reggie. Er konnte nichts unternehmen, solange Reggie da war, doch der Polizist war nicht von der Stelle zu bewegen. Er hatte eine eiserne Blase, zeigte keinerlei Interesse an Kaffee und konnte Stunde um Stunde dasitzen, ohne irgendetwas zu tun. Cadel wollte schon anfangen zu verzweifeln, als eine der Schwestern den Kopf in sein Gefängnis steckte.

»Jemand namens Gazo möchte dich sehen«, teilte sie Cadel mit. »Er sagt, er sei dein Bruder.« Ihr Tonfall klang etwas skeptisch, als ihr Blick über sein leicht gerötetes, perfekt proportioniertes herzförmiges Gesicht wanderte – das dem von Gazo nun in keiner Weise ähnelte. »Er sagt, er hätte Neuigkeiten von Saul Greeniaus?«

»Oh! Ja!« Cadel fuhr in die Höhe und stützte sich auf die Ellbogen. »Saul ist mein Dad! Der, von dem ich vorhin geredet habe!«

Sie schürzte die Lippen.

»Der Mann, der nebenan auf der Intensivstation liegt?«, fragte sie.

Cadel nickte, und sein Herz schlug mit doppelter Geschwindigkeit.

»Ich verstehe«, sagte die Schwester. »Wir haben zufällig gerade einen Anruf von der Radiologie erhalten. Offenbar hat man Röntgenaufnahmen von deinem Dad machen lassen, bevor er in den OP gekommen ist. Ich bin mir allerdings nicht sicher, ob er schon im Aufwachraum ist.« Mit einem schweren

Seufzer gab sie unvermittelt nach. »Ich schätze, der Besuch wird dir nicht schaden, wenn er denn zur *Familie* gehört. Aber dein Bruder kann nicht lange bleiben – bald kommst du auf ein Stationszimmer.«

Dann verschwand sie hinter raschelnden Vorhängen, und Cadel hörte das Quietschen von Schuhsohlen auf dem glatten Boden.

Reggie stand auf. »Ich vergewissere mich nur schnell, dass es auch wirklich Gazo ist«, knurrte er und stellte sich so hin, dass er gute Sicht auf jeden hatte, der sich Cadels Bett näherte.

Wenn es schlecht um Saul stünde, dann würden sie nicht Gazo zu mir lassen, sagte Cadel sich. *Dann würden sie mir einen Geistlichen oder einen Sozialarbeiter schicken. Einer von Fionas Freunden wäre vorbeigekommen. Oder vielleicht Judith, aber bestimmt nicht Gazo.*

Dennoch war ihm ganz flau im Magen, als er Gazo erblickte. Sein Freund schlurfte hinter der skeptischen Krankenschwester her und wirkte mitleiderregend müde und niedergedrückt. Ganz offensichtlich hatte er sich seit dem Busunfall nicht einmal die Hände gewaschen. Seine Kleider waren schmutzig, seine Augen rot gerändert. Das Erste, was er sagte, als er Cadel sah, war: »Sie haben dich sauber gemacht.«

Cadel konnte nicht antworten, also tat Reggie es für ihn.

»Wie geht es Saul?«, fragte er, während die Schwester mit quietschenden Sohlen ins Bereitschaftszimmer zurückkehrte. »Es heißt, dass er operiert werden musste, stimmt das?«

»Ja«, bestätigte Gazo. »Sie haben überall Glasstücke aus ihm rausgeholt, aber jetzt ist er wieder zusammengeflickt. Judith meinte, dass sie auf einen Gehirnscan warten, weil ihm der Hals wehtut. Deshalb haben sie ihn auf die Intensivstation verlegt.« Dann erzählte Gazo, dass Judith alle Ärzte und Krankenpfleger, die sie in die Finger gekriegt hatte, ausgefragt habe. Es war allein ihr zu verdanken, dass Gazo überhaupt etwas wusste. »Deiner Mum haben sie ein Beruhigungsmittel gegeben«, warnte er Cadel vor. »Sie wird wohl ziemlich bald entlassen, ihr ist nichts weiter passiert.« Trübselig warf er einen Blick zum Schwesternzimmer hinüber. »Als ich ihnen gesagt habe, was wirklich passiert ist, haben sie mir nicht geglaubt. Niemand glaubt mir.«

»Sie dachten, ich wäre verwirrt gewesen«, stimmte Cadel ihm zu und dachte an die Notärzte und ihr nachsichtiges Lächeln.

»Sie haben deine Mum für hysterisch gehalten.« Gazo zuckte mit den Schultern und seufzte. »Jedenfalls sagt Judith, dass ihr beide bei ihr wohnen könnt, schließlich habt ihr keinen anderen Schlafplatz. Sie meinte, dass ihr direkt zu ihr nach Hause kommen sollt, sobald sie euch hier entlassen.« Er legte den Kopf schief. »*Weißt* du, wann sie dich entlassen?«

»Noch nicht«, antwortete Cadel und zermarterte sich dabei das Hirn (irgendwie *musste* er Reggie loswerden!). »Erst wollen sie mich wohl auf Sonjas Station verlegen.«

»Ja? Echt? Das ist gut«, sagte Gazo.

»Nein, das ist es nicht. Wenn ich eine Zielperson bin, sollte ich nicht mal in Sonjas Nähe sein. Oder in Fionas. Oder Judiths.« Noch während er sprach, hatte Cadel eine Idee. Er würde Reggie losschicken, damit er per Telefon eine Hochsicherheitsunterkunft für Cadel beantragte, während Gazo als Ersatzleibwächter fungierte.

Es war kein besonders toller Plan, aber Cadel war langsam verzweifelt.

»He, Gazo«, meinte Reggie, als Cadel gerade den Mund aufmachte. »Ich muss mal. Könntest du bitte hierbleiben, bis ich zurück bin?«

»Äh ... ja. Klar.«

»Danke. Normalerweise würde ich dich nicht darum bitten, aber ich weiß einfach nicht, was aus meiner dämlichen Ablösung geworden ist.« Reggies Tonfall klang beißend. »Ich schätze mal, wenn Saul zulässt, dass du den Jungen durch die Gegend fährst, dann wirst du wohl etwas Besonderes an dir haben.«

»Etwas Besonderes?«, wiederholte Gazo ein wenig verdattert. »Ja. Stimmt wohl.«

»Dauert keine Minute«, versicherte ihm Reggie und eilte dann zur nächsten Toilette. Cadel konnte sein Glück kaum fassen. Er war so verblüfft, dass er vier oder fünf Sekunden brauchte, um sich zu sammeln.

Dann winkte er Gazo mit einer hektischen Handbewegung heran.

»Psst! Hör zu!« Cadel, der nicht wollte, dass jemand mithörte, sprach leise. »Ich brauche deine Hilfe. Ich muss hier raus.«

Gazo blinzelte. »Aber ...«

»Schnell. Wenn ich nicht bald verschwinde, wird Prosper etwas *wirklich* Übles tun. Vielleicht lässt er ein Flugzeug auf das Krankenhaus stürzen.« Zufrieden, dass Gazo angemessen entsetzt wirkte (und noch dazu sprachlos), ratterte Cadel seine Wunschliste herunter. »Ich will, dass du zu meinem Haus zurückfährst«, flüsterte er, »und meinen Computer aus dem Waffensafe holst – der Ersatzschlüssel ist in der Geschirrschublade.«

»Aus dem *Waffensafe?*«

»Der ist nicht kaputt. Safes halten einiges aus – dafür sind sie gebaut.« Cadel überlegte einen Augenblick und fügte dann hinzu: »Vielleicht solltest du eine Taschenlampe mitnehmen. Wenn du nämlich alles aus dem Safe geholt hast, musst du in die Waschküche gehen. Weißt du, wo unsere Waschküche ist?«

»Ja«, sagte Gazo. »Das kleine Zimmer neben der Küche.«

»Genau. Geh da rein und schau in den gelben Korb. Dort findest du Sauls Araberkostüm. Das schwarze, das er sich von Fiona ausgeliehen hat. Ich möchte, dass du das auch mitnimmst.«

»Cadel …«

»Pst. Ich bin noch nicht fertig. Ich möchte, dass du auf dem Weg nach draußen noch einmal in der Garage vorbeischaust. Geh ganz nach hinten, wo die Gartengeräte stehen. Dort liegt auf dem obersten Regalbrett unter einem Stapel alter Magazine eine grüne Tasche. *Nimm die Tasche mit.* Sie gehört mir. Sie ist wichtig.«

»Aber was, wenn man mich nicht reinlässt?«, wandte Gazo ein. »Was, wenn die Polizei da ist?«

»Natürlich werden sie dich reinlassen.« Cadel machte eine ungeduldige Handbewegung. »Bei der Polizei wissen alle, wer du bist. Sag einfach, dass du mir etwas zum Anziehen holst. Aus der Waschküche. Genau genommen kannst du mir sogar wirklich etwas zum Anziehen holen, dann ist es nicht mal gelogen. Ich brauche dringend mehr Klamotten.«

»In Ordnung«, murmelte Gazo.

»Danach nimmst du Sauls Corolla.« Cadel, der damit rechnete, dass Gazo sich schlicht weigerte, so etwas zu tun, spulte eilig weitere Anweisungen ab. »Er steht in einer Seitengasse, ein paar Blocks vom Haus entfernt, damit niemand ihn sieht. Du kannst ihn kurzschließen, wie du es am Institut gelernt hast, und ihn genau dort wieder abstellen, wenn du fertig bist. Ich garantiere dir, dass niemand auch nur mitkriegen wird, dass das Auto weg ist.«

»Aber *Cadel* …«

»Du wirst den Corolla brauchen!«, sagte Cadel. »Du kannst nicht mit *deinem* Auto fahren, weil Vee es inzwischen wiedererkennen würde. Und du musst hierher zurückkommen. Um mich abzuholen.«

»Wirklich?«

»Ich will, dass du um vier Uhr dreißig in der Notaufnahme sitzt, und zwar in dem Araberkostüm. Mit Schleier vorm Gesicht und allem Drum und Dran. Verstanden?« Als Gazo nickte, fuhr Cadel fort. »Wir treffen uns bei den Fahrstühlen, die am weitesten von der Rezeption entfernt sind. Aber du musst mit Sauls Corolla kommen. Und du musst sichergehen, dass du die grüne Tasche und den Laptop dabeihast.«

»Soll ich die Sachen ins Wartezimmer mitbringen?«

»Nein. Lass sie im Auto. Wird Saul beschützt?«

»Hä?«

»Wird er bewacht? Du weißt schon.« Cadel merkte, wie er langsam kiebig wurde. Er spürte, dass die Zeit knapp wurde, und ärgerte sich über jede vergeudete Sekunde. »Passt jemand auf Saul auf, so wie Reggie auf mich aufpasst?«

»Nein.«

»Gut. Dann möchte ich, dass du um drei Uhr fünfundvierzig auf der Intensivstation anrufst. Ich möchte, dass du fragst, ob vor Sauls Zimmer ein Leibwächter steht. Sag ihnen nicht, wer du bist. Behaupte einfach nur, dass du ein Freund bist, und frag dann.«

»Warum?«

»Darauf kommt es nicht an. Sobald sie wissen wollen, wer du bist, legst du auf. Du musst *extrem verdächtig* klingen.« In dem Bewusstsein, dass sich jemand schnellen Schrittes näherte, zählte Cadel die entscheidenden sechs Punkte an den Fingern ab. »Denk dran: Laptop, Araberkostüm, grüne Tasche, Corolla, Anruf, Wartezimmer«, zischte er. »Alles klar?«

»Ich … ich denke schon.«

»Gut«, bekam Cadel gerade noch heraus, bevor der auf einmal deutlich entspannter wirkende Reggie wieder da war. Dafür war Gazo nun sichtlich angespannt. Er murmelte etwas Unverständliches, als Reggie ihm dankte, und wäre in seiner Eile, das Zimmer zu verlassen, fast über seine eigenen Füße gefallen. Cadel war das ganz und gar nicht recht. Ein beunruhigter Gazo war ein gefährlicher Gazo, insbesondere in geschlossenen Räumen, wie zum Beispiel einem Notaufnahmeabteil.

Deshalb war Cadel sehr erleichtert, als Gazo ging. Jetzt blieb ihm nichts zu tun, außer zu warten und zu hoffen.

Glücklicherweise verlegten sie ihn kurz darauf auf ein Stationszimmer. Von der hell erleuchteten, geschäftigen Unfall-Notaufnahme brachten sie ihn auf die ruhige, halb dunkle Station C 3 Süd, wo die meisten Patienten schliefen und der Großteil der Nachtbelegschaft in winzigen Zimmern geheimnisvollen Erledigungen nachging. Cadels Eintreffen verursachte ein wenig Unruhe, doch auch die war nur von kurzer Dauer und gedämpft. Möglichst leise verfrachteten sie ihn in sein neues Bett, weil im Nebenbett schon ein anderer Junge lag. Um Cadels Nachbarn nicht zu wecken, achteten die Pfleger darauf, nicht laut zu reden und keinen Lärm zu machen.

Nur Reggie wurde laut, als er das Zimmer sah. Er verlangte, dass man Cadel in ein Einzelzimmer verlegte, und als sie ihm mitteilten, dass kein anderes Zimmer zur Verfügung stehe, fragte er, ob man Cadel in Sonjas Zimmer verlegen könne, das gleich um die Ecke war. Nein, hieß es, das sei nicht möglich. Jungen und Mädchen kamen für gewöhnlich nicht zusammen in ein Zimmer.

»Dann muss ich mich eben neben ihn setzen«, erklärte Reggie unnachgiebig. »Und wenn Sie etwas dagegen haben, müssen Sie den Hauptkommissar anrufen.«

Doch niemand hatte etwas dagegen. Einer der Pfleger bemerkte, dass viele Eltern die Nacht bei ihren Kindern verbrachten. Obwohl Reggie nicht Cadels Vater war, erfüllte er die Rolle eines Aufsichtsberechtigten.

Also ließ er sich auf einem Besucherstuhl neben Cadels Bett nieder und bewegte die nächsten ein bis zwei Stunden kaum einen Muskel. Während Cadel sich schlafend stellte, saß Reggie da wie ein aus Stein gemeißelter Wachhund. Selbst als eine Schwester hereinkam, um den Plastikbeutel zu wechseln, aus dem eine Kanüle in den Arm seines Bettnachbarn führte, schaute Reggie sie kaum an. Erst um exakt drei Uhr fünfundfünfzig, als sein Telefon klingelte, rührte Reggie sich schließlich.

Er erhob sich und ging Richtung Tür. Zwar konnte Cadel es nicht riskieren, zu ihm hinüberzuspähen, aber er hörte das Geräusch sich entfernender Schritte.

»Ja«, brummte Reggie. »Ja, stimmt. Die Ablösung hätte schon um ... wie? Wann? Scheiße. Nein, der Anruf war nicht von mir.« Er hielt kurz inne. »Ja, ich kann rüberkommen, aber was ist mit dem Jungen? Oh. Klar. Und wie lange dauert das?«

Cadel hielt die Augen fest geschlossen, denn er hatte das Gefühl, dass Reggie einen Blick in seine Richtung warf.

»Nein, er schläft. Alles klar. Wann kommt er denn an?« Reggie schnaubte. »Also sage ich ihnen ... was? Zwanzig Minuten? Ja, das sollte gehen. In Ordnung. Verstanden.«

Ein kleines, fast unhörbares Piepen war zu hören, erneut gefolgt von Schritten. Eine Tür quietschte leicht in den Angeln, dann verriet ein gedämpftes Klicken Cadel, dass sie zugefallen war. Trotzdem hielt er die Augen weiterhin geschlossen. Er blieb absolut regungslos liegen und ließ mehrere Minuten verstreichen.

Erst als er sich ziemlich sicher war, dass Reggie das Zimmer verlassen hatte, stieg er aus dem Bett und zog sein Krankenhausnachthemd an. Jetzt war es genau vier nach vier. In einer knappen Viertelstunde würde Reggies Ablösung eintreffen – das zumindest folgerte Cadel aus den Gesprächsbrocken, die er mitgehört hatte. Wenn also alles nach Plan verlief, dann hätte er ungefähr fünfzehn Minuten, um nach unten zu gelangen und sich mit Gazo zu treffen.

Vorausgesetzt, in der Zwischenzeit schlug kein Pfleger Alarm.

Cadel versuchte die Gefahr für einen solch unglückseligen Zwischenfall zu verringern. Zuerst zog er die Bettvorhänge sorgfältig zu, damit sein leeres Bett sichtgeschützt war. Dann schaltete er das Toilettenlicht an und schloss die Toilettentür. Falls einer der Pfleger nach ihm sehen wollte, dann würde Licht auf der Toilette ihm vielleicht signalisieren, dass er nur seine Blase leerte. Es war eine recht dürftige List, aber vielleicht erkaufte sie ihm ein oder zwei Minuten Vorsprung. Und eventuell kam es genau auf diese Minuten an.

Von der Toilette ging Cadel auf den Flur – wobei er sich zuerst vergewisserte, dass die Luft rein war. Zu seiner Rechten war der Korridor ganz und gar verlassen. Zur Linken befand sich das Stationszimmer, das von Cadels Position aus kaum einzusehen war, so dass er nicht wusste, ob dort jemand am Schreibtisch saß.

Wenn ja, dachte er, *dann sage ich einfach, dass ich Reggie suche. Ich frage, wo er hin ist.*

Doch er hörte keine Stimmen oder Tastaturgeräusche aus dieser Richtung. Als er schließlich die hell erleuchtete Rezeption erreichte, hielt ihn niemand auf – weil niemand in Sicht war. Kein Mensch saß am Schreibtisch oder auf einem der Stühle, und das Arztzimmer hinter dem Schreibtisch war ebenfalls unbemannt.

Cadel zögerte nicht. Er wusste, dass sich in diesem Büro ein Computer befand, auf den er bereits zuvor, als sie ihn an der Rezeption vorbeigeschoben hatten, einen Blick erhascht hatte. Schnell schlüpfte er in den kleinen, schattigen, fensterlosen Raum, wobei er die Tür leicht angelehnt ließ. So hatte er die besten Chancen. Wenn sie ihn ihn auf irgendeiner anderen Station erwischten, dann bekam er sicher höllischen Ärger. Aber wenn sie ihn genau in diesem Zimmer überraschten, dann konnte er immer noch behaupten, dass er nur jemandem eine E-Mail schicken wolle. Oder er konnte leichte Verwirrung vortäuschen, als Langzeitwirkung seiner Kopfverletzung. Oder er konnte behaupten, dass er nach seinem Leibwächter suche. Jede dieser Entschuldigungen würde genügen, um sich nicht mehr als einen Tadel einzuhandeln. Niemand würde deshalb extra den Sicherheitsdienst rufen – davon war er überzeugt.

Er fand den Computer sofort. Das Gerät stand auf einem Schreibtisch unter der weißen Tafel und brummte leise vor sich hin. Im Halblicht des Monitors gelang es ihm ohne Schwierigkeiten, sich ins Krankenhaussystem einzuloggen. Er brauchte keine fünf Minuten, um seine Einlieferungsdaten zu ändern, obwohl er im Dunkeln arbeitete und dabei auf den Knien hockte, so dass sein Kinn kaum über die Tastatur reichte. Für jemanden wie Cadel war es nicht schwer, die Firewalls des Systems zu überwinden. Einen schrecklichen Moment lang fragte er sich sogar, ob jemand ihn in eine Falle lockte, doch ihm wurde schnell klar, dass dem nicht so war.

Er begriff außerdem, dass Vee schon bald die Krankenhausdatenbanken durchsuchen würde, wenn er es nicht bereits tat. Sie waren eine viel zu verlockende Beute, als dass Vee sie hätte ignorieren können.

Auf dem Boden fühlte Cadel sich so viel sicherer, dass er wie eine Ratte oder Schabe aus dem Stationszimmer krabbelte, als er fertig war. Das Glück verließ ihn nicht: Außer ihm selbst war niemand da. Also schlich er sich in den Lagerraum neben dem Büro, wo er einen Schrank voller Bandagen fand. Mit grimmiger Entschlossenheit plünderte er die gesamten Vorräte, denn er brauchte Bandagen – und die dazugehörigen Clips. *Ich werde sie später bezahlen,* sagte er sich, während er mehrere große Rollen Gaze unter seinem Nachthemd verbarg. Dann ging er Richtung Ausgang, der sich am Ende eines weiteren schwach erleuchteten Flurs befand.

Nicht eine Sekunde lang dachte er darüber nach, zurückzugehen, um Sonja zu besuchen. Er hätte ihr liebend gerne auf Wiedersehen gesagt, doch er hatte nicht eine Sekunde zu verlieren. Im Gegenteil: Er musste Sonja aus seinen Gedanken verbannen, damit er sich auf die dringlicheren Dinge konzentrieren konnte – zum Beispiel darauf, an all den Türen vorbeizukommen, die seinen Fluchtweg flankierten. Es gab einen ganzen Haufen Toiletten, Schränke und Büros, an denen er auf dem Weg von der Station vorbeimusste, und jedes dieser Zimmer konnte eine ganze Menschenmenge beherbergen. Barfuß und schweißnass tapste er über den grauen Teppich und versuchte, dabei nicht allzu nervös auszusehen. Was war schon dabei, dass er rausging? Das hieß ja nicht, dass er nicht zurückkommen würde.

Wenn sie mich erwischen, behaupte ich einfach, dass ich mir eine Tüte Chips aus einem dieser Automaten holen wollte, dachte er und wandte den Blick von der nächsten Küchennische ab. Irgendwo dort drinnen blubberte ein Wasserkocher. Er roch Kaffee und hörte das leise Brummen einer Unterhaltung, doch er sah niemanden – und niemand sah ihn. Bis jetzt.

Als er die große Doppeltür unter dem Ausgangsschild erreichte, drehte sich ihm der Magen um. Was, wenn Reggie gleich hindurchkommen würde? Was, wenn Cadel sich verkalkuliert hatte und Reggie einfach nur schnell hinausgegangen war, um sich einen Schokoriegel zu kaufen?

Aber nein. Das war unmöglich. Cadel hatte Reggie am Telefon reden gehört. Zweifellos hatte Gazo auf der Intensivstation angerufen, warum hätten sie Reggie sonst eine neue Aufgabe zuteilen sollen? Es hatte einen verdächtigen Anruf gegeben, das Klinikpersonal hatte die Polizei alarmiert, und nun galt Saul als höchst gefährdet. Deshalb hatten sie Reggie zu ihm beordert. Darum hatte er sich schnellstens auf den Weg gemacht, bevor seine Ablösung eingetroffen war.

Cadel holte tief Luft und stieß die Doppeltür auf. Auf der anderen Seite sah er nichts als einen breiten, leeren Flur mit Kinderzeichnungen an den Wänden. Überall waren Hinweisschilder: zur Nachbarstation, zu den Fahrstühlen, zu einem

Raum, der »Sternenlichtzimmer« hieß. In dem kalten, elektrischen Licht wirkte alles abgenutzt und leicht mitgenommen.

Cadel ging sofort zur Feuertreppe. Er hielt es für unwahrscheinlich, dass er in diesem hallenden Betonschacht um vier Uhr morgens irgendjemanden antreffen würde, und er sollte recht behalten. Niemand begegnete ihm. Nachdem er zwei Treppenabsätze hinuntergestiegen war, kam er im zweiten Stock wieder zum Vorschein. Auch hier waren die Flure verlassen, und das Gleiche galt für die Herrentoilette. Es war nicht einmal jemand am Putzen. Cadel hatte eine ganze Spiegelwand für sich, als er sich eine Lage Bandagen nach der anderen um den Kopf wickelte, bis nur noch seine Augen, sein Mund, sein Kinn und seine Nasenlöcher herauslugten. Es war extrem schwierig, sich die Oberseite des Schädels selbst zu bandagieren – als wollte er einen Fußball als Geschenk verpacken. Aber schließlich bekam er es hin, und anschließend benutzte er die übrige Gaze, um sich einen Unterarm zu verbinden. Das Endergebnis war seiner Meinung nach recht beeindruckend und wirkte professionell.

Die Frage lautete nur: Würde es auch den Test in der Notaufnahme überstehen?

Cadel konnte nur darauf hoffen, da sein gesamter Plan davon abhing. *Du musst nichts weiter tun, als ohne zu zögern hinauszugehen,* ermahnte er sich. Solange sich in der Notaufnahme massenweise Leute aufhielten, die die Belegschaft ablenkten und ihm hinreichend Deckung boten, würde er wahrscheinlich kaum Aufmerksamkeit auf sich ziehen. Es war ja nicht so, dass er allein hinausgehen würde – es sei denn, Gazo kam nicht. Falls das geschah, würde Cadel umkehren und zurück ins Bett gehen müssen.

Er fuhr mit dem Fahrstuhl ins Erdgeschoss hinunter. Zwei übernächtigte Pfleger fuhren mit ihm, beachteten ihn aber kaum. Als die Fahrstuhltür sich öffnete, stand Cadel plötzlich

Auge in Auge einem Mann in OP-Kleidung gegenüber, dessen Blick kaum auf dem Jungen verharrte, als er die Bandagen streifte. Offenbar handelte es sich bei diesen Leuten um beschäftigte Nachtschichtarbeiter, die eine Menge um die Ohren hatten, und es brauchte mehr als eine Mumie im Nachthemd, um ihr Interesse zu wecken. Cadel fühlte sich höchst ermutigt dadurch, dass sie kaum auf ihn reagierten. Mit einem Mal war er sich sicher, dass sein Plan von Erfolg gekrönt sein würde, obwohl er aus jeder bandagierten Pore schwitzte. Durch die Verbände – unter denen es langsam ziemlich heiß wurde – konnte er zwar nicht viel hören, aber er wusste, dass alles gut werden würde, wenn er es nur bis zu Gazo schaffte, ohne das Bewusstsein zu verlieren.

Als er im Wartebereich der Notaufnahme ankam, stellte er fest, dass der Raum zum Bersten mit weinenden Babys, unruhigen Kindern und besorgten, streitlustigen Eltern gefüllt war. Trotzdem gelang es Cadel sofort, Gazo auszumachen. Wie befohlen saß sein Freund möglichst weit weg von der Rezeption und trug Fionas schwarzes Kleid und den dazugehörigen Tschador. Allein seine Augen waren über dem Schleier zu sehen. Als ihr Blick sich Cadel zuwandte, war nicht eine Spur des Erkennens darin zu bemerken.

Gazo musterte Cadel, weil die Hälfte der Wartenden Cadel anschauten. Selbst zwischen gruseligen Hautausschlägen und blutenden Abschürfungen stach der Junge aus der Menge hervor wie ein rosafarbener Gorilla. Niemand sonst trug eine Maske aus Mullbinden.

Erst als Cadel auf Gazo zuging, weiteten die Augen hinter dem Tschador sich plötzlich, und Gazo sprang auf. Er lief auf Cadel zu, wobei er beinahe über die Rocksäume gestolpert wäre, die er hinter sich herzog.

»Mami«, fragte ein kleines Mädchen in einem rosa Schlafanzug, »was ist mit dem Kopf von dem Jungen?«

Cadel beachtete sie nicht weiter.

»Komm«, murmelte er und griff nach Gazos schwarz verhülltem Arm. »Lass uns gehen. Sofort.«

Während sie Richtung Ausgang eilten, fiel Cadel ein, dass Gazo Sonjas alten Rollstuhl hätte mitbringen können. Mit einem Rollstuhl hätten sie ein sehr viel überzeugenderes Gesamtbild abgegeben. Doch glücklicherweise brauchten sie keinen, denn niemand hielt sie auf ihrem Weg zu Sauls Corolla auf.

Erst als sie den Krankenhausparkplatz verlassen hatten, nahm Cadel die Bandagen ab.

22

Es war fast ein Jahr her, seit Cadel das Clearview House zum ersten Mal gesehen hatte, und selbst damals war es ziemlich heruntergekommen gewesen. Mit den rostigen Regenrinnen, der abblätternden Farbe und den verfallenden Schornsteinen zeigte das Clearview House dem Rest der Welt ein sehr irreführendes Gesicht. Obwohl es ganz eindeutig *aussah* wie ein unterfinanziertes Jugendasyl (bis hin zu den Bettlaken, die in den Erkerfenstern als Vorhänge dienten), hätte nichts weiter von der Wahrheit entfernt sein können. Zehntausende Dollars waren für die Computerausrüstung im Geheimkeller ausgegeben worden, ein verborgener Fahrstuhl war hinter einem Regal in der Speisekammer eingebaut worden, und man hatte das ganze Haus mit einem hochmodernen Alarmsystem verdrahtet. Hinter der Fassade des heruntergekommenen alten Anwesens hatte das Clearview House dem Genius-Team als Hauptquartier gedient.

Doch jetzt war es verlassen. Cadel wusste das genau, weil Saul mit ihm darüber geredet hatte. Die Zukunft des Clearview House bereitete dem Inspektor schon seit einer ganzen Weile Sorgen. Offenbar gehörte das Gebäude einem texanischen Ölmagnaten namens Rex Austin, der es gekauft hatte, um sein Geheimteam von Hackern und Zahlendrehern zu beherbergen. Aus diesem Grund (und weil er mit Prosper English zu tun gehabt hatte) hatten schon mehrere nationale Polizeibehörden das Gespräch mit Rex gesucht. Doch der amerikanische Milliardär war nicht zur Zusammenarbeit bereit gewesen. Stattdessen hatte er einen Wall aus Rechtsanwälten errichtet und war mehr oder weniger untergetaucht. Seit Monaten hatte ihn niemand gesehen. Man nahm an, dass er sich heimlich von einem luxuriösen Anwesen zum nächsten bewegte und dabei seine rechtlichen Probleme mit Unsummen von Geld loszuwerden versuchte.

Damit befand sich Clearview House in einer Art Schwebezustand. Ohne Zustimmung des Besitzers konnte es weder vermietet noch verkauft werden, und niemand wollte ein Haus instandsetzen, das nicht ihm gehörte. Also verfiel es langsam, Unkraut spross aus dem Dach, und der Rasen verwandelte sich in eine Heublumenwiese.

»All das bedeutet, dass ich den Keller in Ruhe benutzen kann und niemand mich dort entdecken wird«, erklärte Cadel Gazo, als sie sich über eine ruhige Vorstadtstraße Clearview House näherten. »Außerdem, selbst *wenn* Prosper mich hier findet, kann er den Keller nicht einfach mit einem außer Kontrolle geratenen Bus zerstören. Das Haus muss vielleicht dran glauben, der Keller dagegen nicht.«

Inzwischen war es fünf Uhr morgens, und die Sonne war aufgegangen. Das Licht verlieh den leeren Autos und verlassenen Bürgersteigen einen blassen, rosigen Glanz. Glücklicherweise waren weder Müllautos noch Hundebesitzer unterwegs, weshalb Gazo unbemerkt vor dem großen Eisentor halten konnte, das ihnen den Weg zu ihrem Ziel versperrte.

Dieses in eine hohe Ziegelsteinmauer eingelassene Tor war einmal mit Bewegungssensoren ausgestattet gewesen, damit es automatisch aufschwang. Jetzt war es mit einer Kette gesichert.

»Kannst du das aufbrechen?«, fragte Cadel mit einem Blick

auf das Vorhängeschloss an der Kette. Er wusste, dass Gazo am Axis-Institut das Knacken von Schlössern studiert hatte. »Ich möchte wirklich nicht über das Tor klettern, wenn es nicht unbedingt nötig ist.«

»Ja, ich denke schon«, sagte Gazo. Er wirkte entschieden nervös, obwohl er sein auffälliges Kostüm nicht mehr trug. »Was ist, wenn mich wer sieht?«

»Wer denn?« Cadel schaute in den Rückspiegel. »Die Nachbarn liegen noch alle im Bett.«

Gazo schnaubte. Dann zog er die Handbremse an, stieg aus Sauls Auto aus, holte eine Miniaturwerkzeugtasche hervor und machte sich an dem Vorhängeschloss zu schaffen. Er brauchte ein wenig länger, als Cadel erwartet hatte. Immer wieder blickte er sich unruhig zur Straße um und war zutiefst erleichtert, als die Kette endlich zu Boden fiel.

»Ich mache das Tor hinter dir zu«, erbot sich Cadel. »Fahr einfach mit dem Auto hinters Haus – ich will nicht, dass man es sieht.«

»Bist du dir *sicher,* dass hier niemand wohnt?« Mit ängstlichen Blicken suchte Gazo die vernagelten Fenster des Gebäudes ab, das sich vor ihnen erhob. »Vielleicht sollten wir erst anklopfen, nur für den Fall. Am Ende gibt es hier Hausbesetzer. Oder Junkies. Oder Kinder aus der Nachbarschaft.«

»Dann kannst du sie ja wegstänkern«, erwiderte Cadel. »Komm schon. Wir haben nicht viel Zeit – bald machen die Leute sich auf den Weg zur Arbeit.«

Er räumte seinen Platz, während Gazo sich wieder ans Steuer setzte. Innerhalb von ein paar Sekunden hatte Cadel das Tor geöffnet, Sauls Auto rauschte an ihm vorbei und fuhr über die kiesgestreute Auffahrt Richtung Clearview House. Cadel, der sich draußen ziemlich angreifbar fühlte, schloss das Tor und wickelte die Kette lose darum. Im Auto hatte er sein Krankenhaushemd gegen gewöhnliche Kleidung eingetauscht, weshalb er nicht allzu auffällig aussah – obwohl seine Sachen von ihrem vorübergehenden Aufenthalt in Fionas Wäschekorb muffig und zerknittert waren. Trotzdem wollte er nicht gesehen werden. Also folgte er eilig dem Auto hinters Haus, wo Gazo auf ihn wartete.

Auf der Rückseite des Gebäudes hatte jemand sich die Zeit damit vertrieben, Fensterscheiben einzuwerfen und Graffitis zu hinterlassen. In den zugewucherten Blumenbeeten lagen zersplitterte Flaschen, und neben der Garage stand ein Einkaufswagen. Gras wuchs aus einem Grill, und die drehbare Wäschespinne war umgestoßen.

»Warum schreiben manche Leute überall ihre Namen auf Wände?«, überlegte Gazo laut. Er saß noch immer am Steuer und lehnte sich aus dem Fahrerfenster. »Warum wollen sie, dass die anderen wissen, wer es war?«

Cadel hörte ihm nicht zu. Nicht weit von der Küchentür befand sich eine Falltür im Boden, die in den Keller führte. Ursprünglich war sie als eine Art Kohlenschacht gedacht gewesen, aber nach Einbau des Fahrstuhls hatte man einen Notausgang daraus gemacht. Um den Zugang zu tarnen, hatte man eine Hundehütte auf die Falltür geklebt, doch die war inzwischen verschwunden.

Wo also war die Falltür?

»Was machst du da?«, wollte Gazo wissen, als Cadel zwischen all dem Unkraut, den Steinen und dem Müll herumstocherte. »Ich dachte, du wolltest rein?«

»Das will ich auch.«

»Dann …«

»Warte.« Plötzlich wurde Cadel klar, dass er auf ein Stück Ziegelsteinpflaster starrte, das nicht ganz zu den umliegenden Steinen passte. Als er dagegenklopfte, stellte er fest, dass es überhaupt nicht aus Steinen bestand, sondern aus Styropor, das kunstvoll zurechtgeschnitzt und bemalt worden war. Erde und Laub klebten an der getrockneten Farbe. Ein verwitterter Stock, der mit einem kurzen Stück Angelschnur an der Falltür befestigt war, diente als Griff.

War all das unter der Hundehütte gewesen? Cadel konnte sich nicht mehr erinnern.

»Wahrscheinlich gibt es keinen Strom«, sagte er und zog an dem Griff. Langsam und quietschend öffnete sich die Falltür. Sie war so schwer, dass Cadel schnaufte.

»Warte.« Plötzlich stand Gazo neben ihm. »Ich gehe zuerst.«

»Hast du eine Taschenlampe mitgebracht? Das habe ich dir vorher gesagt.«

»Die ist im Auto.«

»Hol sie.« Zu Cadels Füßen führte eine Betontreppe in einen dunklen Schacht hinab. »Ich hätte dich bitten sollen, mehr als eine mitzubringen.«

»Was ist mit dem Rest von deinen Sachen?« Gazo hatte Cadels Computer auf dem Rücksitz des Corollas entdeckt, gleich neben der Taschenlampe. »Was ist mit dem Laptop und der grünen Tasche?«

»Lass sie im Auto.«

Cadel wusste, dass es ihm nicht gelingen würde, wieder Strom für das Clearview House zu bekommen, solange er nicht die Elektrizitätswerke hackte. Aber *das* konnte er nur tun, wenn er eine Netzwerkverbindung fand. Da die Wahrscheinlichkeit, ein drahtloses Signal zu empfangen, unter der Erde eher gering war, würde er seinen Laptop wahrscheinlich in Kürze auf einen weiteren kleinen Ausflug im Corolla mitnehmen.

»Ich muss noch ein bisschen Wardriven, bevor du gehst«, teilte er Gazo mit, der inzwischen die Taschenlampe geholt hatte und das Auto abschloss. »Sonst habe ich hier keinen Strom. Und ohne Strom kann ich nicht in diesem Keller wohnen.«

»Ich bin mir auch nicht sicher, ob du *mit* Strom darin wohnen kannst«, erwiderte Gazo zweifelnd, während er zu Cadel an den Kopf der Treppe trat. »Vielleicht ist er voller Wasser oder Müll oder toter Ratten oder sonst was.«

»Ich weiß.« Cadel schluckte. »Deshalb habe ich auf dem Weg noch nicht nach Drahtlosnetzwerken gesucht. Falls ich hier nicht einziehen kann, hätte das wenig Sinn gehabt.«

»Bist du dir sicher, dass du das tun willst? Das kann nicht besonders gesund sein, da unten.«

»Doch, das geht schon«, versicherte ihm Cadel. »Zumindest war es mal in Ordnung. Ich habe zig Stunden in diesem Keller verbracht. Wir haben ihn ›das Generalstabszimmer‹ genannt.«

Gazo zuckte mit den Schultern. Dann seufzte er und stieg in die Schatten hinab. Der Strahl seiner Taschenlampe huschte umher wie ein Insekt, vom Sicherungskasten übers Abflussrohr bis zu den Stromkabeln. Am Fuß der Treppe befand sich eine Tür, die im bleichen Tageslicht, das durch die offene Luke fiel, gerade noch zu erkennen war. Der Lichtkegel von Gazos Taschenlampe kam schließlich auf der stählernen Türklinke zur Ruhe.

Als Gazo die Hand nach der Klinke ausstreckte, warnte Cadel, der hinter ihm stand, ihn vor: »Wahrscheinlich musst du das Schloss auch knacken.« Doch der Griff drehte sich mit einem leisen Klicken.

Gazo erstarrte und schaute sich zu Cadel um.

»Geh schon rein«, flüsterte Cadel.

Sein Begleiter holte tief Luft und stieß gegen die Tür, die an quietschenden Angeln aufschwang. Die Luft, die ihnen entgegenströmte, roch weder feucht noch muffig, sondern nach leicht abgestandenem Fisch mit Fritten.

Im suchenden Lichtkegel von Gazos Taschenlampe wanderte Cadels Blick über einen weichen Sitzsack, eine Kühltruhe aus rostfreiem Stahl und ein Paar Turnschuhe.

»Was zum Teufel …«, beschwerte sich eine verschlafene

Stimme. Im nächsten Moment gingen die Lichter an der Decke an, da Gazo einen Schalter betätigte.

Cadel musste seine Augen mit der Hand gegen die plötzliche Helligkeit abschirmen. Blinzelnd wurde ihm klar, dass das Generalstabszimmer nicht mehr der leere Betonraum war, mit dem er gerechnet hatte. Auch von der komplizierten Computerausrüstung, die hier früher (dank Rex Austin) jeden Winkel gefüllt hatte, war nichts mehr vorhanden. Der Großteil der herumstehenden technischen Geräte diente nun offenbar eher zum Zeitvertreib: Es gab Spielkonsolen, riesige Verstärker, iPhone-Zubehör, einen DVD-Player, gepolsterte Kopfhörer und einen Widescreen-Fernseher. Mehrere Laptops waren zwischen zusammengeknüllten Klamotten und leeren Pizzaschachteln im Raum verstreut. Vor der Fahrstuhltür lag ein Haufen teuer aussehender Bettwäsche auf einer alten Schaumstoffmatratze.

Cadel erkannte das bleiche, picklige Gesicht sofort, das ihn unter einer goldenen Damastdecke hervor anschaute.

»*Devin?*«, rief er.

»Cadel?«

»Was machst du denn hier?«

»Oh Mann.« Devin verzog das Gesicht. »Wie hast du mich bloß aufgespürt? War das meine verdammte Schwester?«

»Nein«, sagte Cadel. »Ich habe Lexi seit mindestens sechs Monaten nicht gesehen.«

»Wer ist das?« Devin hatte Gazo entdeckt. »Das ist doch nicht der Bulle, oder?«

»Natürlich nicht. Das ist Gazo. Erinnerst du dich denn nicht mehr an ihn?«

»Nö.« Devin schlug die Decke zurück und zeigte ein wenig mehr von sich. Obwohl er immer noch seine typische schwarze Mütze und den grauen Pulli trug, hatte er eindeutig an Gewicht verloren. Seine Wangen waren nun nicht mehr rund,

und sein borstiges Kinn hatte etwas Kantiges. »Wer hat euch geschickt?«, fragte er und erhob sich schwankend. »Seid ihr hier, um mich rauszuschmeißen? Geht's darum?«

»Eigentlich bin ich hier, um einzuziehen«, antwortete Cadel. »Ich wusste nicht, dass du schon da bist.«

»Ja?« Devin rieb sich die geschwollenen Augen. Er war noch immer etwas unsicher auf den Beinen.

»Ich bin auf der Flucht«, fügte Cadel hinzu.

Devin schnaubte. »Willkommen im Klub«, sagte er.

»Nicht vor der Polizei. Vor Prosper English.« Als er Devins verwirrtes Blinzeln bemerkte, erklärte Cadel die Lage genauer: »Prosper versucht mich zu töten. Per Fernsteuerung. Er hat da draußen ein Team, das Bus- und Ampelcomputer oder auch Überwachungskameras hackt ...«

»Warte. Moment mal. Eine Sekunde«, bat Devin. »Ich muss erst mal schiffen gehen.«

Während er Richtung Kellertoilette stolperte, wandte Cadel sich mit einer Frage an Gazo. »Du kennst Devin doch noch, oder? Er war im Genius-Team. Er ist einer der Wieneke-Zwillinge.«

»Ja.« Gazo wirkte nicht besonders begeistert. »Ich weiß.«

»Sieht so aus, als hätte er eine Netzwerkverbindung am Laufen, also kann ich mein Laptop doch herholen«, fuhr Cadel fort. Da drang das Geräusch einer Toilettenspülung an seine Ohren. »Klingt, als ob er auch fließend Wasser hätte.«

»Keine Ahnung, Cadel.« Gazo ließ den Blick über die allgemeine Unordnung schweifen. »Bist du dir sicher, dass du hierbleiben willst? Der Kerl dreht doch *garantiert* ein krummes Ding. Wahrscheinlich hat er den ganzen Kram geklaut.«

»Wahrscheinlich«, musste Cadel zugeben.

»Was, wenn er für Prosper English arbeitet?«, fragte Gazo leise.

Cadel schüttelte den Kopf. »Das bezweifle ich.«

»Wieso?«

»Weil er sich in einem Keller einquartiert hat. Wenn er das macht, wird er wohl kaum bezahlt.« Cadels Blick fiel auf einen halb gegessenen Hamburger neben seinem Fuß. »Außerdem würde Prosper sich nicht auf jemanden wie Devin verlassen. Er ist zu ... ich weiß nicht ... zu *teenagermäßig*.«

»Was ist zu teenagermäßig?«, fragte Devin, der gerade von der Toilette kam und an seinem Hosenstall herumfummelte. »Redest du vielleicht von meinen Spielen? Mann, du bist so ein Snob, genau wie Lexi. Ich hab ein Recht auf meine Teenager-Spiele. Ich bin siebzehn, um Himmels willen – ich *bin* ein Teenager.«

»Wo hast du die her?« Cadel war froh über einen Anlass, nach dem wirren Haufen von DVD-Hüllen zu fragen, der zu seinen Füßen lag. »Bist du jetzt ein Einbrecher? Das Zeug muss doch eine Menge gekostet haben.«

»Das hat es. Aber ich habe alles selbst bezahlt«, sagte Devin. »Außer dem da. Den gab's umsonst.« Er zeigte auf einen kleinen USB-Raketenwerfer, der in einem seiner Laptops steckte. »Das haben sie mir als Dankeschön geschickt, weil ich so viel anderes Zeug bei ihnen gekauft habe. Ich sollte ihn eigentlich auseinandernehmen – mal sehen, ob ich noch mehr Reichweite rausholen kann.«

»Wo hast du das ganze Geld her?«, wollte Cadel wissen.

Devin grinste selbstgefällig. »Ich bin wie Robin Hood. Ich nehme es von den Reichen und gebe es den Armen. Also mir. *Ich* bin arm.«

Gazo zog ein langes Gesicht. Als ehemaliger Schüler des Axis-Instituts hatte er eine tiefsitzende Abneigung gegen Diebe und Betrüger entwickelt.

Cadel dagegen wahrte eine ausdruckslose Miene. »Wovon reden wir hier genau?«, fragte er Devin. »Identitätsdiebstahl?«

Devin zuckte mit den Schultern, als wollte er damit sagen,

dass Identitätsdiebstahl eigentlich keine große Sache sei. »Es gibt einen Haufen Mistkerle, die so reich sind, dass sie es nicht mal merken, wenn man sie bestiehlt.« Anscheinend fühlte er sich ein wenig angegriffen. »Zum Beispiel Rex Austin. Mein Vermieter. Kennst du den noch?« Mit einer umfassenden Geste wies Devin auf den Inhalt des Generalstabszimmers. »Eine Menge von diesem Zeug geht auf Rex' Kosten.«

»Kontonummern?«, riet Cadel. »Passwörter?«

»So was in der Art.«

»Hat Lexi dir geholfen?«

»Ein bisschen.« Devin hatte seiner Schwester noch nie gerne Anerkennung gezollt. Hastig wechselte er das Thema. »Wollt ihr frühstücken? Im Kühlschrank ist noch Pizza.«

Doch Cadel ließ sich nicht ablenken. »Wo ist Lexi?«, fragte er. »Wohnt sie auch hier?«

»In diesem Loch? Soll das ein Witz sein?« Er zupfte am Bund seiner Jeans, die ihm inzwischen viel zu weit war, und ging an den Kühlschrank. »Sie wohnt bei ihren Freunden, im Party-Hauptquartier. Immer noch untergetaucht, aber dort, wo was los ist. Sie nennt sich jetzt ›Jessamine‹.« Devins Tonfall troff vor Verachtung. »Die hält sich für so was von toll.«

»Ich bräuchte ihre Hilfe bei ein paar Verschlüsselungen«, sagte Cadel. »Glaubst du, sie würde mal herkommen, um sich mit mir zu treffen?«

»Ich denke schon.«

»Könntest du sie bitte fragen? Es ist dringend.«

Devin holte eine speckige Pizzaschachtel aus der Kühltruhe. »Es müsste allerdings nachts sein«, erwiderte er. »Sonst sehen die Nachbarn sie vielleicht kommen.«

»Geht klar. Ich muss sowieso ein bisschen schlafen.« Plötzlich bemerkte Cadel, wie erschöpft er war. »Letzte Nacht hab ich kein Auge zugetan.«

»Du kannst mein Bett nehmen, wenn du möchtest.« Devin

schnupperte an einem schlaffen Stück Peperoni-Pizza. Offenbar zufrieden mit dem, was er roch, schob er sich die Hälfte davon in den Mund.

Da Cadel nicht mit zerkauten Peperoni vollgespritzt werden wollte, beschloss er, sein Gespräch mit Devin abzubrechen, und wandte sich stattdessen Gazo zu.

»Könntest du mir bitte meinen Laptop aus dem Auto holen?«, fragte er. »Und die grüne Tasche? Ich würde ja selber gehen, aber ich muss eine Nachricht für Sonja schreiben.«

»Wirklich?« Gazo wurde wieder ein wenig munterer. Gerade hatte er missmutig eine Kakerlake beobachtet, die über den Boden krabbelte. »Was schreibst du ihr?«

»Dass es mir gutgeht und dass ich alles regeln werde«, antwortete Cadel. »Ich werde die Nachricht verschlüsseln. Du kannst sie Sonja bringen, wenn du ins Krankenhaus gehst, und sie anschließend zerstören.«

»Aber …«

»Ich werde ihr nicht verraten, wo ich bin. Ich bitte sie nur darum, allen zu sagen, dass man mich nicht entführt hat und dass kein Grund zur Panik besteht.« Als er Gazos gerunzelte Stirn sah, versuchte Cadel ihn zu beruhigen. »Sie kann so tun, als hätte ich letzte Nacht auf dem Weg nach draußen mit ihr geredet, damit du keinen Ärger bekommst.«

»Aber sie wird heute entlassen«, erinnerte Gazo ihn.

»Dann kannst du sie bei Judith besuchen.« Cadel blickte sich nach etwas zum Schreiben um. »Aber du solltest dich lieber beeilen«, schloss er. »Wenn du den Corolla nicht bald zurückbringst, wird sein Verschwinden auffallen. Und dann kriegst du wirklich Probleme.«

»Habtainlesdaseidamishgsehn?«, schmatzte Devin mit kalter Pizza im Mund. Als die beiden anderen ihn verständnislos anschauten, kaute er, schluckte und versuchte es erneut. »Habt ihr in letzter Zeit Hamish gesehen?«

»Vor zwei Tagen«, sagte Cadel. »Prosper hat ihn auch ins Krankenhaus verfrachtet. Aber jetzt ist er wieder draußen.«

»Echt?« Devin wirkte nicht besonders betroffen über Hamishs Unglück. »Was ist passiert?«

»Das erzähle ich dir gleich. Erst muss ich diese Nachricht hier schreiben.« Erneut wandte Cadel sich an Gazo. »Kann ich jetzt bitte meinen Computer haben? Wenn du zurückkommst, bin ich fertig, dann kannst du dich endgültig auf den Weg machen.«

»Endgültig?«, wiederholte Gazo mit gerunzelter Stirn. »Aber ich muss doch nach dir sehen, Cadel. Später. Vielleicht heute Abend.«

»Nein.« Cadel schüttelte den Kopf.

»Ich schleiche mich rein. Ich pass auf.«

»Aufpassen reicht nicht. Nicht bei jemandem wie Prosper English.« Obwohl Gazos verletzte Miene ihm Unbehagen bereitete, gab Cadel nicht nach. »Er hat es auf mich abgesehen, Gazo, und auf alle, die mir nahestehen. Ich will nicht, dass du auch im Krankenhaus landest.«

»Oh, klar«, warf Devin mit vollem Mund ein. Er hatte sich den Klumpen Pizzamatsch in eine Backe geschoben. »Du willst nicht, dass *er* im Krankenhaus landet, aber was aus *mir* wird, ist dir egal.«

»Dir passiert schon nichts«, versprach Cadel. »Ich hatte seit Monaten nichts mit dir zu tun. Prosper wird dich nicht im Auge behalten, weil er sich für mich interessiert. Er wird nicht mal rausfinden, dass ich hier bin.«

»Es sei denn, er hat dich verfolgen lassen«, bemerkte Devin sarkastisch.

Cadel blieb stur. »Niemand ist mir gefolgt«, erklärte er.

»Soweit du weißt.« Devin wollte die Gelegenheit, sich zu streiten, offenbar nur zu gerne ausnutzen. Vielleicht fehlte ihm Lexi, mit der er sonst immer in den Ring stieg. »Hast du nicht gerade was von Überwachungskameras gesagt? Was, wenn sie deine Bewegungen verfolgt haben?«

»Offiziell bin ich tot«, sagte Cadel geradeheraus. »Und wenn ich tot bin, kann ich nicht durch die Gegend laufen, oder? Warum sollte also irgendwer versuchen, meine Bewegungen zu verfolgen?«

Einen Moment lang herrschte verdutztes Schweigen. Selbst Devin wirkte erschreckt.

Schließlich fand Gazo als Erster seine Stimme wieder. »Was ... was meinst du damit, dass du offiziell *tot* bist?«, stammelte er. »Wer denkt, dass du tot bist?«

»Das Computersystem des Krankenhauses. Und aus dem wird Vee den Großteil seiner Informationen beziehen, seit sie mich eingeliefert haben.« Cadel wandte sich wieder Devin zu. »Im Krankenhaus gibt es keine Kameras. Man kommt nur am Eingang an welchen vorbei, und als ich raus bin, war ich verkleidet.«

»Als was? Als Leichensack?« Devin gab ein feuchtes Schnauben von sich, als versuchte er, ein trötendes Lachen zu unterdrücken. »Was ist bloß los mit dir? Es ist, als wäre man in einem komischen Actionfilm, mit lauter *Marvel*-Comicschurken, die dir ständig auf den Fersen sind. Warum hast du immer den ganzen Spaß, während ich hier unten im Keller festsitze?«

Cadel biss die Zähne zusammen. Er fixierte Devin mit einem eisigen Blick, kniff die Augen zusammen und sagte: »Freut mich, dass du das alles für einen großen Spaß hältst. Mir persönlich gefällt es nicht, dabei zuzusehen, wie meine Freunde abgeschossen werden wie Tontauben.«

»Ja, ja. Ist egal.« Devin machte eine wegwerfende Handbewegung und wandte seine Aufmerksamkeit Gazo zu. »Wenn du jetzt fährst, kannst du mich mitnehmen? Oder sollte ich besser nicht mehr mit einem Mitglied der Cadel-Piggott-

Unterstützergruppe in Verbindung gebracht werden? Wo ihr jetzt alle dicke, fette Zielscheiben auf dem Hintern tragt.«

Bevor Gazo auch nur den Mund aufmachen konnte, unterbrach ihn Cadel.

»Cadel Greeniaus«, blaffte er.

»Hä?«

»Mein Name ist nicht Piggott, sondern Greeniaus.« Ohne ein weiteres Wort nahm Cadel einen *Star-Wars*-Kugelschreiber zur Hand und fing an, seine Nachricht an Sonja auf die Rückseite einer Gebrauchsanweisung zu kritzeln.

23

Cadel hatte einen Alptraum. In diesem Traum ging er durch einen Krankenhausflur, vorbei an einem schwach erleuchteten Zimmer nach dem anderen. Die Patienten in diesen Räumen waren allesamt Leute, die er vom Axis-Institut kannte, und die meisten von ihnen waren schwer verletzt. Clive Slaughter beispielsweise war rabenschwarz verkohlt, Abraham Croggins blutete aus jeder Pore, Jemima hatte einen Schädelbruch, und Doris fehlte ein Stück Gesicht. Adolf war gar in Fetzen gerissen, die man lose zusammengenäht und in ein Krankenhausbett gesteckt hatte.

Obwohl Adolfs Zunge in Fetzen hing, funktionierte sie noch. Er flehte Cadel an, ihn hier rauszuholen – und da war er nicht der Einzige. Zischend, krächzend und wimmernd folgten die Stimmen Cadel durch den Flur, während er zu entkommen versuchte. Doch der Flur führte ihn auf einen weiteren Flur, und von dort auf noch einen und noch einen, bis er plötzlich in einer Sackgasse stand.

Als er sich umdrehte, versperrte Prosper English ihm den Weg. Er trug eine Tweedjacke am Leib und ein wölfisches Grinsen im Gesicht. »Komm mit mir«, sagte er und winkte ihn mit einem knochigen Finger heran. »Ich zeige dir den Weg.«

Hinter ihm krochen einige der Patienten aus ihren Zimmern:

der verkohlte Clive, der blutende Abraham, der zusammengeflickte Adolf. »Cadel«, stöhnten sie. »Cadel … Cadel …«

»*CADEL!*«

Der Junge schreckte auf. Er lag auf dem Bauch, und jemand stupste ihn an der Schulter an. Seine Armbanduhr teilte ihm mit, dass es dreizehn Uhr zweiundvierzig war.

Er drehte sich auf den Rücken und sah, dass die Person, die ihn angestoßen hatte, ein pummeliges rothaariges Mädchen in einem apfelgrünen Kostüm war. An den Beinen trug sie weiße Strümpfe, und ihre Füße steckten in flachen braunen Halbschuhen. Laut dem aufgestickten Schriftzug auf ihrer Brusttasche arbeitete sie für *C&P Immobilien,* und ihr Name war Sandra.

Doch das stimmte nicht. Als Cadel nämlich ihr Gesicht musterte, erkannte er sie an ihren kleinen, dunklen Augen und den Piercings. Obwohl er sie sonst immer ganz in Schwarz gesehen hatte, obendrein ohne Perücke und grünen Lidschatten, wusste er genau, wer sie war.

»Lexi?«, murmelte er.

»Überraschung!« Sie ließ sich neben ihm auf die Matratze plumpsen und drückte ihm einen festen, feuchten Kuss auf die Stirn. »Ich wette, mit mir hast du nicht gerechnet!«

Cadel wischte sich über die Stirn. Er fühlte sich benommen und orientierungslos. »Es ist doch nicht Nacht, oder?« Er setzte sich auf.

Lexi kicherte.

»Keine Sorge, niemand wird sich beschweren, dass ich mich hier rumtreibe«, sagte sie. »Das hier ist die perfekte Tarnung.« Sie verzog das Gesicht und schaute an sich herab. »Scheußlich, aber perfekt. Habe ich mir von einer Freundin geliehen.«

»Also … also bist du gar keine Immobilienmaklerin?«, stammelte Cadel.

»Machst du Witze? Nie und nimmer!«

»Sie hat das Auto von ihrer Freundin dabei«, warf Devin ein, der sich in seinem Sitzsack lümmelte. »Es ist grün, genau wie das Kostüm.«

»Es ist ein Firmenwagen«, berichtigte Lexi ihren Bruder. »Auf der Tür steht ›C&P‹. Ich habe direkt vor dem Eingang geparkt, als hätte ich nichts zu verbergen.« Sie strahlte Cadel an. »Ist das nicht schlau? Ich konnte es nicht abwarten, bis es dunkel ist, ich musste dich *unbedingt* sehen. Du hast dich kein bisschen verändert. Lieber Himmel, du trägst immer noch diesen ollen Fleecepulli ...«

»Könntest du mir bitte bei einer Entschlüsselung helfen?« Langsam wurde Cadels Kopf klarer. Ihm fiel ein, dass er den halben Tag verschlafen hatte und dass er nicht noch mehr Zeit verlieren sollte, indem er um den heißen Brei herumredete. »Ich habe ein paar Dateien von einem Computer gerettet, der sich selbst zerstören wollte, und eine Menge davon ist völlig unbrauchbar«, erklärte er und kam so direkt auf den Punkt. »Aber ich bin mir ziemlich sicher, dass auch einige unbeschädigte dabei sind – und Sonja kann ich nicht fragen, weil sie im Krankenhaus liegt.«

»Ach, tut sie das?« Lexi klang nicht besonders besorgt. »Ich schätze, sie ist dauernd im Krankenhaus, wo sie doch Spastikerin ist und so. Wahrscheinlich ist sie dort eh am besten aufgehoben.« Cadel öffnete den Mund, um zu widersprechen, doch Lexi redete einfach weiter, ohne etwas zu bemerken. »Aber wieso warst du überhaupt im Krankenhaus? Devin hat irgendwas von Prosper English und von irgendwelchen Überwachungskameras erzählt. Ich habe kein einziges Wort verstanden.«

»Weil du dumm bist«, knurrte Devin.

»Nein, weil *du* dumm bist«, konterte Lexi. »Du bist wie ein Affe. Total einsilbig.«

»Immerhin habe ich keinen verbalen Durchfall. *Ich* mache nämlich nicht den ganzen Tag lang bla-bla-bla.«

»Nur weil du keine Freunde hast, mit denen du reden kannst …«

»He«, unterbrach Cadel die beiden. Er wusste, dass die Zwillinge einander demnächst mit Gegenständen bewerfen würden, wenn er nicht einschritt. »Können wir unsere Zeit ausnahmsweise nicht mit Streiten verschwenden? Bitte? Ich habe schon genug Sorgen.«

»Ah«, sagte Devin sarkastisch. »Heult der arme Kleine gleich los?«

Lexi hatte mehr Verständnis. Sie legte Cadel einen speckigen Arm um den Hals, und der Geruch ihres Parfüms hätte ihm fast die Sinne geraubt.

»Du musst dir keine Sorgen mehr machen«, gurrte sie. »Ich bin jetzt hier, und ich habe dir sogar ein Mittagessen mitgebracht, damit du keine Lebensmittelvergiftung von Devins Resten bekommst.«

»Das sagt die Frau, die schon mal versucht hat, uns Hot-Dog-Suppe anzudrehen!«, quiekte ihr Bruder. »Das sagt die Frau, in deren Brotkiste Maden leben!«

»Du würdest eine Brotdose nicht mal erkennen, wenn du reinfällst«, erwiderte Lexi abfällig. »Du würdest keine *Gabel* erkennen, wenn sie sich dir vorstellen würde!«

»Könntet ihr beiden einfach mal *aufhören?*« Cadel richtete sich taumelnd auf und schüttelte Lexis Arm ab. »Ich habe keine Zeit für so was. Prosper versucht mich umzubringen. Wenn ihr euch streiten wollt, dann tut mir den Gefallen und macht es woanders. Ich kann keine Ablenkungen gebrauchen.« Plötzlich fiel sein Blick auf eine ihm unbekannte Computertasche. Sie war rosa und voller Anstecker. »Ist das dein Laptop?«, fragte er Lexi.

»Ja.«

»Also bleibst du hier und hilfst mir?«

»Natürlich bleibe ich!« Ihr Tonfall klang ungeduldig. »Ich

habe einen ganz schönen Aufwand betrieben, weißt du! Dachtest du etwa, dass ich dir nur schnell ein Küsschen gebe und dann wieder abhaue?«

Cadel brummte ein Dankeschön. Obwohl er tatsächlich dankbar war, fühlte er sich auch ein bisschen überfordert. Seine letzte Begegnung mit Lexi war lange her, und er hatte vergessen, wie anstrengend sie sein konnte. Ununterbrochen kiekste sie und rannte umher, wobei sie sich ständig in die Gespräche und Privatangelegenheiten anderer Leute einmischte. Hinzu kam, dass sie Cadel als Mittelding zwischen einem Haustier und einem Pin-up zu betrachten schien. Er musste sich unentwegt von ihr losmachen, und mit der Zeit nervte das ganz schön.

»Wenn du hierbleibst«, sagte er, »muss Devin gehen.« Als Devin den Mund aufmachte, um zu widersprechen, redete Cadel schnell weiter. »Ich meine nicht, dass ihr euch nicht beide im selben Raum aufhalten dürft. Ich meine nur, dass eine Immobilienmaklerin sich nicht stundenlang hier aufhalten würde. Ein Klempner vielleicht, aber keine Maklerin.«

Devin schluckte. »Du meinst also …«

»Dass du mit dem grünen Auto wegfahren musst. In den grünen Kleidern«, bestätigte Cadel. »Falls du Auto fahren kannst.«

Lexi kicherte.

Ihr Bruder zog eine finstere Miene. »Das Zeug ziehe ich nicht an«, sagte er und starrte finster auf das Kostüm und die Strümpfe. »Niemals.«

»Wenn du es nicht tust, schöpft vielleicht jemand Verdacht«, gab Cadel zu bedenken.

»Das ist mir egal.«

»Soll das heißen, du *willst*, dass die Polizei kommt und hier herumschnüffelt?«, fragte Lexi. »Das wird sie nämlich tun, Devin. Cadel hat recht. Wenn das Auto länger als eine Stunde da draußen rumsteht, dann wird am Ende jemand glauben, dass ich die Treppe runtergefallen bin und mir das Genick gebrochen habe.«

»Dann hättest du es eben nicht da stehen lassen sollen!«, erwiderte Devin wütend. »Das ist alles *deine* Schuld, du blöde Kuh! Du hättest bis heute Nacht warten sollen! Ich hab dir *gesagt*, dass du nachts kommen sollst! Warum hörst du nie auf mich?«

»Weil es sich nicht lohnt, auf dich zu hören, darum!« Lexi und ihr Bruder waren aufgesprungen.

Cadel trat zwischen sie. »Aufhören«, blaffte er.

»Aber …«

»Seid endlich still!« Er drehte sich mit zusammengekniffenen Augen zu Devin um. Sein Gesicht war zornesbleich. »Zwei der Menschen, die mir am nächsten stehen, liegen im Krankenhaus, mein Zuhause ist dem Erdboden gleichgemacht, jeder Bus, jede Ampel und jede Kamera im Land hat es auf mich abgesehen. Denkt ihr, dass ich mir diesen *Scheiß* hier bieten lasse?«

»He«, sagte Devin, »ich tu dir einen Gefallen …«

»Ach, wirklich? Womit denn? Seit wann gehört dir dieser Keller?« Bevor Devin antworten konnte, schoss Cadel eine heftige Tirade auf ihn ab. »Jemand muss auf der Stelle von hier verschwinden. Und wenn das Lexi ist, dann werde ich sie begleiten, weil ich ihre Hilfe brauche. Womit sie zu einer Zielperson wird. *Möchtest* du, dass sie eine wird?«

»Natürlich will er das«, zischte Lexi, was ihren Bruder offenbar empörte.

»Das stimmt nicht!«, rief er und lief rot an. »Du tust immer so, als wäre ich ein Monster, aber das bin ich nicht!«

»Dann zieh diese Klamotten an und mach dich ein paar Stunden lang dünne.« Cadel deutete auf Lexis Verkleidung. »Auch die Perücke. Du kannst zurückkommen, sobald es dunkel ist, und dann fährt Lexi weg.«

»Aber was soll ich in der Zwischenzeit machen?«, jammerte Devin.

»Woher soll ich das wissen? Was du sonst auch tust. In Läden klauen. Wardriving. Was du willst.« Plötzlich kam Cadel ein beunruhigender Gedanke, und er wandte sich an Lexi. »Du passt doch in seine Kleider, oder?«

Glücklicherweise tat sie das. Devins Sachen waren schon immer ein paar Nummern zu groß für ihn gewesen, selbst bevor er abgenommen hatte. Lexi konnte sich ohne allzu große Probleme in seine Pullis und Tarnhosen quetschen, während ihr Zwillingsbruder ihre Sandra-Verkleidung anzog. Dann schmierte sie Devin mit Schminke voll, gab ihm ihre Schlüssel und sagte ihm, dass er durch die Vordertür rausgehen sollte.

»So bin ich nämlich reingekommen«, erklärte sie, während er in den spießigen braunen Schuhen zum Fahrstuhl torkelte. »Ich habe einfach meinen alten Schlüssel benutzt – seltsam, dass sie das Schloss nicht ausgewechselt haben, nachdem das Genius-Team abgesoffen ist. Waren wohl zu geizig.«

Cadel sagte nichts dazu. Er hatte sich bereits ins Netz eingeloggt und durchsuchte das Computersystem des Krankenhauses. Sonjas Daten verrieten ihm, dass sie am heutigen Morgen entlassen worden war. Die Angaben über Saul waren zwar dürftig, aber beruhigend: Zumindest war er nicht tot. Cadel hingegen war nach wie vor mausetot. Das stand zumindest online.

Er fragte sich, ob Vee es glaubte.

»Also, willst du nicht was essen?«, erkundigte sich Lexi, nachdem die Fahrstuhltür sich hinter ihrem Bruder geschlossen hatte. »Ich habe einen Haufen Sandwichs mit Salat mitgebracht. Es gibt Schinkensalat, Geflügelsalat und Eiersalat.«

»Was du willst«, sagte Cadel abwesend. Er starrte auf den Monitor des Laptops, den er auf Devins Schreibtisch platziert hatte. Natürlich hatte Devin keine richtigen Möbel in den Keller geschafft. Sein Schreibtisch war eine alte Holztür, die auf vier Milchkanistern aus Plastik stand, und als Stuhl benutzte er einen weiteren Milchkanister mit zwei Seidenkissen darauf. »Magst du dir das hier mal ansehen?«, fragte Cadel. »Das sind die verschlüsselten Daten, von denen ich geredet habe. Ich bin mir ziemlich sicher, dass es etwas mit E-Mails zu tun hat, aber ich komme nicht weiter.«

»Wo hast du das Zeug her?«, fragte Lexi und rückte näher, um auf den Monitor zu schauen.

Cadel erzählte es ihr. Er fasste die Ereignisse der vergangenen Woche schnell zusammen, während er ein Geflügelsalat-Sandwich aß. Dann überspielte er die relevanten Daten auf Lexis Computer und überließ es ihr, sich mit den geheimnisvollen Textfragmenten herumzuschlagen, während er Coms Kamera-Bug untersuchte. Irgendwo tief im Innern des Programms gab es einen Hinweis. Einen Fehler. Eine Schwachstelle in Vees Panzer. Cadel war fest entschlossen, seinen Cyber-Erzfeind zu orten, und wenn es Tage dauern sollte. Er nahm sich vor, Clearview House nicht zu verlassen, bis er wusste, wo sich Dr. Vee aufhielt.

Aber Vee war schlau, wenn es darum ging, seine Spuren zu verwischen. Am frühen Abend watete Cadel noch immer durch ein Dickicht von Programmzeilen, ohne eine vielversprechende Spur. Fünf Stunden harte Arbeit, und er hatte nichts vorzuweisen. Es war eine unerträgliche – und demütigende – Enttäuschung. War er so unfähig? Hatte er seinen Meister gefunden? War Vee wirklich besser als er?

Ich muss anfangen, mehr wie Vee zu denken, überlegte er. *Vee kennt keine Zurückhaltung, keine Grenzen, und das gibt ihm einen Vorteil. Seine Denkweise ist vielleicht unelegant, aber auch ungewöhnlich und lateral.*

Dann schrie Lexi: »Erwischt!«, und Cadel schreckte auf.

Er hatte sich so angestrengt konzentriert, dass er Lexi ganz vergessen hatte, obwohl sie unentwegt Lärm und Unruhe verbreitete, selbst wenn sie sich ganz auf eine schwierige Aufgabe konzentrierte. Sie rutschte hin und her, brummte und stöhnte, und gelegentlich fluchte sie leise oder zupfte an einem Gummiband zwischen ihren Fingern. Sie machte keinen Hehl daraus, dass sie gerne auf einem bequemeren Platz als Devins Sitzsack gesessen hätte, und zappelte wie ein Wurm am Haken. Das Knirschen der Füllung hatte Cadel so sehr genervt, dass er es mittels seiner ausgesprochen wirkungsvollen mentalen Ohrenstöpsel ausgesperrt hatte.

Ihr plötzlicher Schrei durchdrang jedoch die Ruhezone, die er um sich herum errichtet hatte.

»Himmel, Lexi!«, beschwerte er sich. »Ich hätte fast einen Herzinfarkt gekriegt!«

»Ich hab's.« Sie hielt ihm ihren Computer hin. »Ich hab den Schlüssel.«

»Wirklich?«

»War nicht besonders schwer«, frohlockte sie. »Der Kerl ist echt ein Amateur.«

Cadel ignorierte die versteckte Spitze gegen seine eigenen Fähigkeiten.

»Wenn du den Schlüssel hast, kann ich ein Decodierungsprogramm einrichten«, sagte Cadel. »Das dauert nicht besonders lange.«

»Es würde auch nicht besonders lange dauern, es von Hand zu machen«, erwiderte Lexi schulterzuckend. »So simpel ist das.«

Cadel schnaubte. Er sagte sich, dass Lexi ein Recht darauf hatte, mit sich zufrieden zu sein, und dass er es nicht persönlich nehmen durfte. Stattdessen sollte er froh sein, dass sie so eine hervorragende Codeknackerin war.

»Was ist mit dir?«, fragt sie, als wollte sie ihm unter die Nase reiben, dass er noch nichts zustande gebracht hatte. »Hattest du Glück?«

»Nein.«

»Tja, was soll's. Vielleicht geben uns die E-Mails ja einen Hinweis.«

Cadel blinzelte. »Willst du damit sagen, dass das E-Mails sind?«, rief er.

Lexi schaute ihn verwirrt an. »Ich dachte, das wüsstest du?«

»Ich dachte, dass es welche sein *könnten.*«

»Ach so.«

»Am besten finden wir es einfach heraus«, beschloss Cadel.

Genau das taten sie. Um halb sechs hatten Lexi und Cadel etwa zweihundert E-Mails aus den halb vernichteten Programmzeilen gefischt, die sie von Coms verendendem Laptop geborgen hatten. Es handelte sich um eine ziemlich bunte Mischung. Manche kamen offenbar von Mitgliedern einer Art Hacker-Klub. Cadel erkannte mehrere Forennamen aus seiner alten Zeit als aktiver, unkontrollierter Hacker – bevor er zu dem Schluss gekommen war, dass die meisten Phisher, Nepper und anderen Online-Betrüger es eigentlich nicht wert waren, sie kennenzulernen. Es gab auch ein paar Werbemails und Warnmeldungen in Coms Posteingangsfach, und dann noch ein oder zwei unverständlich formulierte Fragen von einem ehemaligen Mitschüler aus Cadels Infiltrationskurs.

Cadel machte sich einen gedanklichen Vermerk darüber, dass er diese Information so bald wie möglich an Saul weitergeben musste, da die Polizei bislang nicht dazu in der Lage gewesen war, besonders viele Schüler des Axis-Instituts ausfindig zu machen.

Ein großer Teil der Nachrichten hatte damit zu tun, dass Com offenbar ein Botmaster war, der Hunderte von Privatcomputern auf der ganzen Welt kontrollierte. Er war zu diesen Geräten gekommen, indem er E-Mails an naive Benutzer verschickt hatte, die ihm oft geantwortet hatten. Saul würde sich sicher auch für dieses Material interessieren, und Cadel speicherte es für zukünftige Verwendung ab. Allerdings suchte er vergeblich nach irgendeinem Hinweis darauf, dass und wie Prosper mit Com in Kontakt gestanden hatte. Vielleicht hatte er bei seinen Nachrichten eine falsche Identität verwendet. Vielleicht waren die Werbemails gefälscht, und in Wirklichkeit verbargen sich darin Geheimbotschaften. Vielleicht tat Vee so, als wäre er einer der dämlichen Bots oder der verschlagenen Hacker. Das ließ sich ohne weitere Untersuchung unmöglich feststellen, und Cadel war sich nicht sicher, ob er dafür genug Zeit hatte.

Nur Dot hatte unter ihrem richtigen Namen kommuniziert. Größtenteils verrieten ihre Nachrichten nicht viel und drehten sich um unwichtige Fragen wie Integer-Werte oder Preise von Computerkabeln. Diese kurzen und bündigen Textstücke häuften sich innerhalb von drei bestimmten Zeiträumen, was vermuten ließ, dass sie Com nicht gemailt hatte, wenn sie auch anders Kontakt zu ihm hatte aufnehmen können (vielleicht persönlich?). Doch in zwei Fällen hatte sie in ihrer Wachsamkeit nachgelassen. Einmal hatte sie erwähnt, dass sie »zu Fuß nur zehn Minuten von der nächsten *Borders*-Buchhandlung entfernt« wohnte, womit Cadel ein ansatzweise brauchbares Suchparameter zur Verfügung stand. Im zweiten Fall hatte sie dummerweise nicht daran gedacht, einen Decknamen zu verwenden, als sie sich auf Raimo Zapp den Dritten bezog.

Zapp ist in eine Honigfalle getappt, hieß es in ihrer Nachricht. *Eine übersinnlich begabte Axis-Absolventin, die ihre eigene Zwillingsschwester getötet hat, hat sie ihm gestellt. Letztes Jahr hat sie einen Anschlag auf P unternommen, und jetzt versucht sie es wieder. Sie will über einen dummen Bekannten an ihn rankommen. Zapp ist gewarnt und hat sich zurückgezogen. Die Frage ist nur: Wie hat sie überhaupt von der Verbindung erfahren? Ich hoffe, du jagst keinem blonden Gift nach.*

»Oh mein Gott«, hauchte Cadel. Eine übersinnliche Axis-Absolventin, die ihre Zwillingsschwester getötet hatte? Es gab nur eine Person, auf die diese Beschreibung passte. »Das ist Niobe.«

»Wie?« Lexi blickte auf, denn sie hatte gerade über einem anderen Textstück gebrütet. »Hast du was?«

»Es gibt Niobe immer noch. Ich glaub's nicht.« Cadel fiel auf, dass die E-Mail vor zwei Monaten abgeschickt worden war. »Es sei denn, sie ist inzwischen tot«, fügte er mit brüchiger Stimme hinzu. »Wenn Prosper sie erwischt hat, dann wird er sie getötet haben. Oder er hätte sie zumindest töten *lassen*. Normalerweise macht er so was nicht selbst.«

»Wovon redest du?«, wollte Lexi wissen. »Wer ist Niobe?«

»Erinnerst du dich nicht?« Cadel wandte sich vom Laptopmonitor ab. »Im Axis-Institut war Niobe in meiner Klasse. Sie und ihre Zwillingsschwester waren angeblich übersinnlich begabt. Letztlich hat Niobe ihrer Schwester den Schädel eingeschlagen und anschließend Prosper die Schuld dafür gegeben. Sie hat versucht, ihn mit einem vergifteten Briefumschlag zu töten, hat allerdings versehentlich jemand anders erwischt.«

»Ach so«, unterbrach ihn Lexi. »Du meinst die Sache mit dem vergifteten Gefängniswärter? Daran kann ich mich erinnern.«

»Tja, dieselbe Person hat versucht, jemandem namens Raimo Zapp dem Dritten auf die Pelle zu rücken«, fuhr Cadel fort. »Und zwar, um an Prosper heranzukommen.«

»*Raimo Zapp der Dritte?*«, wiederholte Lexi mit einem ungläubigen Schnauben. »Was soll denn das für ein Name sein?«

Das ist mal wieder typisch, dachte Cadel. Natürlich stürzte Lexi sich auf die unwichtigste Einzelheit bei der ganzen Sache.

»Hörst du mir überhaupt zu?«, knurrte er. »Ich habe gerade gesagt, dass sie versucht hat, an Prosper English heranzukommen. *Über Raimo.* Verstehst du, was das bedeutet?«

»Natürlich. Ich bin ja nicht doof.« Sie starrte ihn finster an. »Es bedeutet, dass du nach Raimo Zapp dem Dritten suchen solltest. Was nicht besonders schwer sein dürfte – ich wette, dass er der einzige Raimo Zapp im ganzen *Universum* ist.«

Cadel schüttelte den Kopf. »Ich muss nicht nach Raimo Zapp suchen«, murmelte er. »Ich weiß bereits, wo er ist.«

»Ach ja?« Lexi klang widerwillig beeindruckt. »Warum stattest du ihm dann keinen Besuch ab?«

»Weil er in Amerika wohnt«, antwortete Cadel.

Im selben Moment erschien Devin in der Tür.

24

Cadel verabschiedete sich um acht von Lexi. Vier Stunden später beugte er sich noch immer über seinen Laptop, während Devin zwischen zerwühlten Laken vor sich hin schnarchte. Erst um halb drei ermattete Cadel langsam – und bis dahin hatte er fast alles Nötige erledigt.

Er hatte sich nicht nur einmal, sondern gleich mehrmals über Sauls Zustand informiert. Außerdem hatte er eine umfassende Suche nach Dr. Vee eingeleitet und dabei alle denkbaren Spuren verfolgt. Er hatte mehrere Datenbanken von Dienstleistern in Los Angeles durchsucht, um herauszufinden, ob Raimo Zapp in seinem Haus in Canoga Park nach wie vor Wasser geliefert bekam und seine Stromrechnung bezahlte. Danach hatte er sich aus einer dieser Datenbanken Raimos E-Mail-Adresse beschafft und sich ein Ticket in die Vereinigten Staaten gebucht – nachdem er sich in mehrere Fluggesellschafts- und Banksysteme gehackt hatte.

Anders geht's nicht, beruhigte er sein Gewissen. *Das ist ein Notfall. Später zahle ich alles zurück.*

Seine Bemühungen darum, Dr. Vee zu lokalisieren, hatten bislang nichts Nützliches zutage gefördert. Aber er ließ sich nicht entmutigen, denn er hatte das untrügliche Gefühl, dass Raimo Zapp ihn direkt zu Prosper English führen würde. Solange Raimo nicht umgezogen war (und es hatte nicht den

Anschein), war Cadel zuversichtlich, dass er in der Lage sein würde, den Amerikaner zu überlisten und Prospers Aufenthaltsort von ihm zu erfahren.

Alles, was er dazu brauchte, waren eine Ladung dreister Lügen, ein gefälschter Pass und ein Flugticket nach Los Angeles.

Den Pass hatte Cadel bereits. Sich eine Tarnidentität zu erschaffen war Teil seines Lehrstoffs am Axis-Institut gewesen. Zu dem Fälschungssatz gehörten ein Geburtszertifikat, ein Reisepass und eine komplette, ausgiebig getestete Verkleidung – all das befand sich in seiner grünen Tasche. Er beabsichtigte, Australien in seiner alten »Ariel-Verkleidung« zu verlassen. Zuvor musste er allerdings noch einige Dinge im Internet überprüfen. Er wollte sichergehen, dass das Mädchen namens Ariel in keiner offiziellen Datenbank als irgendwie verdächtig vermerkt war. Es war möglich (wenn auch höchst unwahrscheinlich), dass jemand der australischen Einwanderungsbehörde oder dem US-amerikanischen Zoll- und Grenzschutzdienst mitgeteilt hatte, dass es sich bei Ariel in Wirklichkeit um Cadel handelte.

Doch eigentlich nahm der Junge an, dass ihm von dieser Seite keine Gefahr drohte. Die Polizei wusste, dass er sich bei mehreren Gelegenheiten als Mädchen verkleidet hatte, aber seine Tarnidentität kannte sie nicht. Obwohl diese Identität am Axis-Institut entstanden war, unter der Aufsicht von Cadels Fälschungs- und Verkleidungslehrer, gab es keinen Grund anzunehmen, dass Prosper etwas von Ariels Existenz erfahren hatte. Der gefälschte Pass war eines von vielen kleinen Projekten gewesen, und hinzu kam, dass man Cadel angewiesen hatte, ihn zu zerstören, nachdem er seine Note dafür bekommen hatte. Doch er war viel zu stolz auf seine Arbeit gewesen, um sie anzuzünden oder durch einen Schredder zu jagen. Also hatte er den Pass versteckt, und jetzt wusste niemand auf der Welt (soweit Cadel das beurteilen konnte), dass er ihn noch hatte.

Sein Fälschungslehrer war natürlich schon lange tot.

Als er sich auf Devins Sitzsack zusammenrollte, ging Cadel noch einmal seinen Zeitplan für den folgenden Tag durch. Sein Flug nach Los Angeles ging um halb drei Uhr nachmittags, also musste er um eins am Flughafen sein. Davor würde er die Ariel-Identität noch einmal überprüfen und ein ganz bestimmtes Programm modifizieren – ein Trojanisches Pferd, das er am Axis-Institut entwickelt hatte. Anschließend musste er das Programm auf ein USB-Laufwerk speichern, das er sich von Devin leihen würde.

Aber das kann ich alles bis zwölf erledigen, stellte er fest, *wenn ich früh genug aufwache.* Devin hatte einen seiner Monitore als Nachtlicht angelassen. In dem schwachen bläulichen Schein ließ Cadel den Blick über die ihn umgebende Unordnung schweifen: leere Dosen, verhedderte Kabel, umgedrehte Milchkanister, achtlos hingeworfene Klamotten. Irgendwo in all dem Chaos hatte er eine Pappschachtel mit USB-Laufwerken gesehen – mindestens zwei Dutzend. Devin würde sicher eines entbehren können.

Cadels eigene Habseligkeiten lagen ordentlich auf dem Tisch. Es war nicht besonders viel, trotzdem überlegte er, wie viel Gepäck man an Bord mitnehmen durfte, als seine Lider zu flattern begannen und ihm der Kopf auf die Brust sackte. *Ich bin hundemüde,* dachte er und nickte ein.

Das Nächste, was in sein Bewusstsein drang, war ein lautes Geräusch. Ein *sehr* lautes Geräusch.

Langsam und widerstrebend erwachte er.

»Hallo?«, brummte er. Obwohl er die Augen jetzt geöffnet hatte, sah er nicht das Geringste. Im Keller war es pechschwarz. Was um alles in der Welt war mit Devins Computermonitor passiert?

»Was ist hier los?« Das war Devins Stimme.

Cadel erkannte sie, obwohl sie rauh und verschlafen klang.

Was er nach wie vor nicht zuordnen konnte, war das laute Geräusch. Es handelte sich um eine Art harsches, knirschendes Brausen, das sich mit einem unterschwelligen Rumpeln mischte. Vielleicht eine Art Motor? Auf jeden Fall war es etwas Mechanisches. Cadel roch auch etwas. Einen seltsamen Sumpfgeruch. Der ganze Boden schien zu vibrieren.

Der Junge schaute auf seine Digitaluhr, die im Dunkeln leuchtete. Es war sieben Uhr zweiunddreißig.

»Cadel?«, fragte Devin laut, um den stampfenden Maschinenlärm zu übertönen. »Bist du da?«

»Ich bin da.«

»Was machst du?«

»Nichts. Ich bin gerade aufgewacht.«

»Was ist das für ein Geräusch?«

»Keine Ahnung.«

»Was ist das für ein Geruch?«

Cadel antwortete nicht. Stattdessen stemmte er sich aus dem Sitzsack hoch und tastete sich an der Wand entlang zum Lichtschalter neben der Fahrstuhltür.

»Hast du meinen Monitor abgestellt?«, fragte Devin lautstark. »Den habe ich mit *Absicht* angelassen, Cadel! Ich lasse ihn *immer* an, weil ich keine Nachttischlampe habe!«

»Ich habe deinen Monitor nicht angerührt«, erwiderte Cadel, doch er war zu leise.

»Was?«

»Ich sagte, *ich habe deinen Monitor nicht angefasst.*« In der Dunkelheit stolperte Cadel über irgendeines von Devins Geräten. »Au!«

»Wo ist mein Telefon? Hast du mein Telefon gesehen? Ich habe es hier drüben hingelegt …«

Cadel beachtete Devin nicht weiter, der wohl kaum ernsthaft eine Antwort von ihm erwarten konnte. Er konnte kaum die Hand vor Augen sehen, daher waren seine Chancen, ein winziges Handy zu entdecken, zu vernachlässigen. Beharrlich stand er auf und setzte tastend seinen Weg zum Fahrstuhl fort, bis er schließlich einen Lichtschalter fand.

Mit einem Seufzer der Erleichterung betätigte er ihn.

Nichts geschah.

»Der Strom ist abgeschaltet!«, rief er, und im selben Moment fand Devin sein Telefon. Plötzlich sah man ein kleines, rechteckiges Licht. Unglücklicherweise erleuchtete es nicht mehr als die Hand, die es hielt.

»Was für ein Geräusch das auch immer ist, es kommt von draußen!«, quäkte Devin.

Inzwischen hatte Cadel festgestellt, dass auch der Fahrstuhl nicht funktionierte. Obwohl er den Aufwärtsknopf gefunden und mehrmals gedrückt hatte, rührte sich nichts.

Also machte er sich auf den Weg zu seinem Laptop, wobei er sich unbeholfen an der Wand entlangschob.

»Was machst du da?«, fragte er Devin, der nun ebenfalls aufgestanden war.

Cadel sah, wie das leuchtende Handydisplay in der Luft umherwackelte, als Devin sich Richtung Notausgang bewegte. »Warte! Noch nicht! Wir können nicht raus, solange wir nicht wissen, was hier vorgeht!«

Zur Antwort erklang das Quietschen von Scharnieren, das durch das laute Getöse kaum hörbar war. Offensichtlich hatte Devin die Notausgangstür geöffnet, ohne sich dafür zu interessieren, was da Gefährliches auf der anderen Seite lauern konnte. Ein halbes Dutzend Möglichkeiten waren Cadel bereits durch den Kopf geschossen: Vielleicht handelte es sich um einen Aufsitzmäher. Oder ein Müllauto, das vor der Küchentür stand. Oder eine Motorradgang, die ihre Maschinen in Vorbereitung auf ein Rennen durch den riesigen Hof anheizte.

Hauptsache, es war kein Bulldozer. Hauptsache, die Stadt

hatte nicht beschlossen, das Gebäude wegen Baufälligkeit abzureißen.

»Ich kriege die Falltür nicht auf!«, rief Devin vom oberen Ende der Treppe.

In genau diesem Moment fand Cadel den Schalter seines Laptops.

»Komm und hilf mir!«, schrie Devin.

Cadel nahm seinen Laptop in die Hände. Der Monitor leuchtete bereits und gab genug Licht ab, damit er erkennen konnte, was ihm alles den Weg zum Notausgang versperrte: Devins Matratze, der Kühlschrank, der Fernseher, der DVD-Player. Doch noch während Cadel sich einen Weg zwischen diesen Hindernissen hindurch suchte, warf er zufällig einen Blick nach rechts. Was er dort sah, war so erschreckend – so unglaublich –, dass er einen Moment lang erstarrte und nicht mal zum Atmen fähig war.

»Beeil dich!«, brüllte Devin.

Cadel hielt seinen Laptop in Richtung des Luftschachts weit oben in der Betonwand. Jemand hatte von außen eine Art Röhre hindurchgesteckt. Aus dem Ende dieser Röhre ergoss sich ein Strom flüssigen Betons, der in schweren Klumpen zu Boden fiel.

Bislang war die Pfütze am Boden noch nicht besonders groß, aber sie leckte bereits an einer Wii-Konsole.

»He!« Cadel versuchte zu rufen, aber er bekam nicht mehr als ein Quieken heraus. Er hustete, schluckte und versuchte es erneut. »He!«

»Cadel«, sagte Devin hinter ihm.

Der wirbelte gerade rechtzeitig herum, um zu sehen, wie Devin die Kinnlade runterklappte.

»Was soll das heißen, du kriegst die Falltür nicht auf?«, fragte Cadel. Als er keine Antwort erhielt, wiederholte er die Frage, diesmal lauter.

Doch Devin hatte es die Sprache verschlagen. Er stand einfach nur da und starrte auf die graue Flut, die gegen seine kostbaren Besitztümer brandete.

Cadel schob sich an ihm vorbei, und als das Laptoplicht schwächer wurde, schien Devin endlich aus seiner Starre zu erwachen. Er hastete Cadel hinterher, der seinen Computer am Fuß der Treppe absetzte und den Monitor so ausrichtete, dass er am besten sehen konnte.

Auf der Treppe war der Lärm um einiges lauter.

»Ist die Falltür verriegelt?«, wollte Devin wissen.

Cadel schüttelte den Kopf. Also stiegen sie die Treppe hoch und stemmten sich gegen die Luke.

»Auf drei!«, brüllte Cadel. »Eins, zwei, *drei!*«

Sie drückten. Nichts bewegte sich.

»Noch mal!« Diesmal war es Devin, der abzählte. »Eins, zwei *drei!*«

Nach wie vor rührte sich nichts. Die Luke blieb fest geschlossen.

Devin fing an, mit den Fäusten dagegenzutrommeln. *»He!«*, kreischte er. *»Aufhören! Hier sind Leute drin!«*

»Schaltet das Ding ab!«

»Hilfe! Aufhören! Ihr bringt uns um!«

Ein paar Minuten lang schrien und hämmerten sie auf die Luke ein, bis sie heiser waren und sich die Fäuste wundgeprügelt hatten. Es half ihnen kein bisschen.

Cadel gab diese Taktik als Erster auf, denn ihm war klar, dass sie nicht funktionierte. Mit ihren Rufen würden sie niemals den Lärm des Betonmischers übertönen (oder worum auch immer es sich handeln mochte), und ihre Faustschläge gegen die Luke wurden von den Vibrationen der Maschine übertönt.

Irgendetwas steht auf dieser Luke, schloss er, als er einen leichten Abgasgeruch bemerkte.

»Nimm dein Telefon!« Er wusste von früher, dass sie im Keller keinen Empfang hatten, aber er hoffte, dass es am Kopfende der Treppe vielleicht besser war. »Ruf die Notrufnummer an!«

Devin hielt Cadel sein Telefon hin, damit er sehen konnte, dass es so gut wie keinen Empfang hatte.

»Versuch's trotzdem!«, drängte ihn Cadel aus vollem Hals. »Ich probiere es so lange mit dem Festnetz!«

Am Fuß der Treppe schnappte er sich seinen Computer und leuchtete sich damit den Weg zu Devins Tisch – der in der Nähe eines der vielen im Raum verteilten Telefonanschlüsse stand. Als er Devins drahtlosen Hörer nahm, heftete Cadels Blick sich auf ein Stück Styropor, das ein Lavastrom flüssigen Betons auf ihn zuschob.

Er hörte keinen Wählton. Der Anschluss war tot.

Das ist kein Zufall, folgerte er. Devin hatte keine offiziellen Kanäle benutzt, um sich einen Strom- und Telefonanschluss zu verschaffen. Deshalb hätte ein seriöses Bauunternehmen auch nicht dafür gesorgt, dass man ihm diese Dienstleistungen sperrte. Man brauchte schon einen sehr talentierten Hacker, um überhaupt herauszufinden, dass Devin einen Festnetzanschluss hatte.

Einen talentierten Hacker wie Dr. Vee, zum Beispiel.

»Oh mein Gott!«, rief Devin. Er war zurück in den Keller gestolpert und zeigte auf etwas hinter Cadel.

Der drehte sich um und sah, wie mehr Beton aus einer weiteren Öffnung strömte.

Der halbe Boden war mittlerweile mit einer schnell vorrückenden grauen Pfütze bedeckt.

»Funktioniert das Telefon nicht?«, gellte Devin.

»Nein! Man hat die Leitung gekappt!« Inzwischen eilte Cadel zum Fahrstuhl. Er erinnerte sich, dass es in dessen Decke eine Luke gab, die groß genug für einen erwachsenen Mann war. Wenn sie die Luke aufbekommen und den Schacht hochklettern konnten …

»Hier!«, befahl er. »Komm und hilf mir!«

Devin gehorchte. Er erreichte den Fahrstuhl unmittelbar nach Cadel, und gemeinsam versuchten sie, die Tür aufzustemmen, indem sie die Fingerspitzen in den Türspalt krallten. Devin zog in die eine Richtung und Cadel in die andere. Sie zerrten und zogen und schnauften und rutschten auf dem glatten Boden weg. Nichts regte sich.

»Wir brauchen eine Brechstange!«, keuchte Cadel schließlich. »Oder irgendeinen Hebel!«

»Ich *habe* keine Brechstange!«, wandte Devin ein.

»Irgendetwas Langes und Dünnes! Denk nach!«

»Kommt man da irgendwie raus?«, fragte Devin.

Cadel erklärte ihm die Sache mit der Wartungsluke, während er sich nach einem Hebel umschaute.

Das Einzige, was ihm ins Auge fiel, war ein Joystick.

»Wir müssen ein richtig lautes Geräusch machen!«, heulte Devin. »Eine große Explosion oder so!«

»Wie?«, fragte Cadel. Er schnappte sich gerade noch rechtzeitig den Joystick, der zwei Sekunden später vom Beton verschlungen worden wäre. »Hast du irgendwo Sprengstoff?«

»Nein! Du etwa?«

»Nein!«

»Es muss doch etwas geben, was wir dafür benutzen können!« Devin schaute zur Decke. »Läuft durch irgendeines dieser Rohre Gas?«

»Willst du uns etwa in die Luft jagen?«

»Das ist ein *Notfall,* Cadel!«

»Allerdings, wenn du erst mal ein Gasrohr in Brand gesteckt hast!« Cadel war zum Fahrstuhl zurückgekehrt und versuchte den von ihm geborgenen Joystick in den Türspalt zu zwängen. »Gibt es irgendwelche Putzmittel auf der Toilette?«

»Wie?«

»*Geh Kloreiniger suchen!*«, blaffte Cadel. »Schnell!«

»Aber …«

»Außerdem brauchen wir so viel Plastikfolie wie möglich! Und eine von den Plastikflaschen dort!« Als er sah, wie Devin zögerte, zog Cadel eine finstere Miene. »Für eine Bombe, du Trottel! *Mach* einfach!«

Devin gehorchte. Er musste nicht besonders weit laufen, da das Badezimmer sich direkt neben dem Fahrstuhl befand. Es war etwa genauso groß wie der Fahrstuhl, bot also gerade genug Raum für eine Toilette und ein Waschbecken auf einem Podest. Deshalb musste Devin auch nicht lange nach Putzmitteln suchen. Cadel mühte sich noch immer mit dem Joystick ab, als Devin zurückkehrte und mit einer Plastikflasche herumwedelte.

»Was ist damit?«, keuchte er. »Taugt das was?«

Verschwitzt und mit rotem Gesicht hielt Cadel in seinen verzweifelten Bemühungen inne, die Tür aufzuhebeln. Er wischte den Staub und die Spinnweben vom Etikett der Putzmittelflasche und schaute auf die Liste der Inhaltsstoffe. »Das passt!«, sagte er laut. »Jetzt geh Folie holen! Folie und die Flasche!«

Devin starrte ihn ungläubig an. »Aber … aber der Beton ist im Weg!«, wandte er ein.

»Wenn du dich nicht beeilst, ist gleich noch mehr Beton im Weg!«

Cadel sank der Mut. Wie sehr er auch drückte, die Fahrstuhltür gab nicht nach. Die Betonmassen hatten ihn inzwischen beinahe erreicht. Bald würden sie sich nicht mehr weiter ausbreiten können, und dann würden sie steigen.

Devin fluchte. »Es klebt an mir fest! Ich habe das Zeug überall an den Füßen!«, jaulte er. »*Hilfe! Igitt!*«

Plötzlich verspürte Cadel einen Druck an den Füßen. Als er nach unten schaute, sah er, dass der Beton gegen seine Schuhsohlen schwappte. »Himmel«, krächzte er.

»Das schaffst du nie!«, rief Devin. »Wir müssen die Treppe hochklettern! Vielleicht steigt es nicht bis zum Kopfende der Treppe!«

Cadel rechnete ihre Chancen aus. Sie standen nicht gut. Aber wenn sie die Putzmittel-Bombe direkt unter der Luke zündeten, könnten sie Glück haben. Insbesondere, wenn sie dann noch genug Platz hatten, um sich außerhalb des Sprengradius zu halten.

Er folgte Devin, wobei er durch den flüssigen Beton watete – der ungemein kalt und schwer war. Je weiter er ging, desto schwerer wurde es, die Füße zu heben. Er fühlte sich wie ein Mammut in einer Teergrube.

Dennoch schaffte er es bis zu dem betonfreien Fuß der Treppe, wo Devin ihn erwartete und mit einer leeren Plastikflasche und einem Stück Folie herumwedelte.

»Wir können ein Loch in die Luke sprengen!«, schrie Devin.

»Vielleicht.«

»Was?«

»*Vielleicht!*« Cadel war sich da nicht so sicher. Er hatte erst ein einziges Mal mit einer Putzmittelbombe experimentiert (als er noch sehr jung gewesen war) und dabei nicht viel mehr als einen lauten Knall erzeugt. Jedenfalls waren keine Flammen herausgekommen, nur ein paar ziemlich giftige Dämpfe. Aber vielleicht war ein lauter Knall ja alles, was sie brauchten.

Auf halbem Weg die Treppe hoch setzte er sich hin, um die Bombe zu basteln. Der Lärm der riesigen Maschine über ihm raubte ihm fast die Sinne. Als er fertig war, platzierte er die versiegelte Flasche direkt unter der Luke.

»Willst du sie nicht zünden?«, rief Devin.

»Wir müssen sie nicht zünden!«, rief Cadel zurück. »Die Chemikalien reagieren mit dem Aluminium!« Er scheuchte Devin die Treppe hinunter in einen Winkel. Dort angekommen, steckten sie sich die Finger in die Ohren und sahen zu, wie der nasse Beton über den Boden auf sie zukroch. Sie warteten. Und warteten.

WUMM!

Auf so engem Raum hatte der Knall sich beinahe wie ein physischer Schlag angefühlt. Cadel spürte, wie der Laut ihn bis ins Mark erschütterte, dann musste er mit einem Mal wie verrückt husten. Auch Devin hustete – und zeigte in den Keller. Der Beton hatte sie beinahe erreicht, doch der Maschinenlärm verstummte nicht. Es war viel zu dunkel, um erkennen zu können, was mit der Luke geschehen war.

Nicht gut, dachte Cadel. *Es sollte Licht von draußen hereinfallen.*

»Vielleicht … *hust-hust-hust* … gelockert … *hust-hust-hust.*«

Er war so benommen, dass er beinahe hingefallen wäre, als er wieder Richtung Treppe eilte und bei dem Versuch, sich zu orientieren, gegen die Wand prallte. Er musste sich bis zur Luke vortasten, die zwar erhitzt und verkohlt war, aber nicht nachgab, als er dagegendrückte. Stattdessen riss er sich einen Splitter ein.

»Autsch!«, schrie er. Dann überkam ihn ein weiterer Hustenanfall und raubte ihm die Kraft, weiter zu drücken.

»Das müssen sie gehört haben!«, schluchzte Devin neben ihm. »Das müssen sie einfach gehört haben!«

Cadel schüttelte wie betäubt den Kopf. Langsam wurde ihm klar, dass ihre Lage sehr, sehr ernst war. Er war gefangen, und ihm fiel kein anderer Fluchtweg mehr ein. Es gab kein Telefon. Keinen Strom. Ihre Wasserversorgung half ihnen auch nicht weiter. Ein Rauchzeichen? Er würde ersticken, lange bevor der Rauch durch die Ritzen nach draußen dringen und jemanden alarmieren konnte. Vielleicht wusste dieser Jemand ohnehin schon, dass sie hier drin festsaßen.

Er versuchte zu berechnen, wie schnell der Betonspiegel steigen würde. Wie lange würde es dauern, bis die Masse die Treppe erreichte? Bereits jetzt leckte sie an der untersten Stufe – er konnte gerade eben ihr schwaches, feuchtes Schimmern ausmachen. Devin rüttelte ihn. Der Gestank war entsetzlich.

Dann verstummte der Lärm mit einem Mal.

25

Einen Moment lang herrschte verblüfftes Schweigen.

Devin sammelte sich zuerst wieder. »*He!*«, brüllte er. »*He! Aufhören!*« Er fing an, auf die Luke einzuhämmern – bis Cadel ihn am Arm packte.

»Pst!«, zischte Cadel, der aufmerksam lauschte, da er ein schlurfendes Geräusch hörte. Etwas knarrte über ihnen. Feiner Rußstaub fiel ihm ins Gesicht, als das verkohlte Holz über ihnen erzitterte. Er musste sich hustend abwenden.

Schließlich sagte eine gedämpfte Stimme: »Cadel? Bist du das?«

»Gazo?«, keuchte Cadel.

»Halt durch.« Gazo klang besorgt. »Ich muss erst den Laster wegfahren.«

Gleich darauf erwachte nur wenige Meter von Cadels Standort entfernt ein Motor röhrend zum Leben, und der Junge hielt sich die Ohren zu. Dann polterten schwere Räder über die Luke, und ein lautes Knacken ließ ihn an den Fuß der Treppe zurückeilen.

Er hatte den schrecklichen Verdacht, dass die beschädigte Falltür unter der Gewichtsverlagerung einbrechen könnte. Ganz sicher wollte er nicht vom Hinterreifen des riesigen Gefährts zerquetscht werden, das ihnen den Weg nach draußen versperrte.

»Zurück!«, rief er Devin zu, der die Warnung jedoch ignorierte.

Devin war so versessen darauf, rauszukommen, dass er weiter gegen die Luke stieß, wobei ihm offenbar nicht bewusst war, dass gerade ein gewaltiges Gewicht über sie hinwegrollte. Das unheilverkündende knirschende Geräusch, das Cadel zusammenzucken ließ, beeindruckte Devin nicht im Mindesten. Als das Holz splitterte und absackte, drückte er nur umso fester dagegen.

Er gab ein Triumphgeheul von sich, als plötzlich Tageslicht ins Treppenhaus strömte.

»Ja!«, schrie er. »Geschafft!«

Cadel kletterte so hektisch die Stufen hinauf, dass er beinahe gestolpert wäre, doch er erreichte die Luke, ohne zu stürzen, und folgte Devin hindurch. Inzwischen hatte Gazo den Laster angehalten und den Motor abgestellt.

»Siehst du?«, war das Erste, was er zu Cadel sagte. »Bist du jetzt nicht froh, dass ich beschlossen habe, nach dir zu schauen?«

Cadel musste auf den Hof hinauskriechen, denn er hatte so weiche Knie, dass er nicht aufrecht stehen konnte. Er saß da, schnappte nach Luft und blinzelte ins helle Licht.

Gazo hockte sich neben ihn. Ein leichter, fauliger Geruch ging von ihm aus.

»Himmel!«, quiekte Devin. »Was ist denn mit *denen* passiert?«

Er war – wenn auch ein wenig wackelig – auf den Beinen, schirmte die Augen mit den Händen gegen das Licht ab und blickte sich um.

Cadel hob den Kopf. Keine sechs Meter entfernt lag ein Mann in orangefarbener Warnweste mit dem Gesicht nach unten im hohen Gras. Der Helm hatte sich von seinem Kopf gelöst, und sein Handy war zu Boden gefallen.

Gazo bemerkte offenbar, wie Cadels Blick an der reglosen Gestalt hängen blieb, und erklärte schnell: »Irgendwie musste ich sie aufhalten. Sie wollten nicht auf mich hören, sondern haben die ganze Zeit nur von dem Pumpjob geredet, den sie zu erledigen hätten.«

Ein weiterer Mann lag auf dem Rücken, nicht weit entfernt von dem ersten. Die Spuren seiner matschverschmierten Stiefel ließen darauf schließen, dass er sich noch ein Stück über den Boden geschleppt hatte. Er trug ebenfalls Bauarbeiterkleidung, bestehend aus einem Werkzeuggürtel, einem Overall und einer Warnweste mit Reflektoren.

»Ich musste ihn aus dem Laster ziehen«, erklärte Gazo bereitwillig, als ob er Cadels Gedanken gelesen hätte. »Sonst hätte ich ihn nicht wegfahren können.«

»Du meinst, du hast sie zu Tode *gestunken?*«, entfuhr es Devin, worauf Gazo sich versteifte.

»Sie sind nicht tot!«, blaffte er. »Sie sind nur bewusstlos!«

»Für wie lange?«, erkundigte sich Cadel.

Gazo zuckte mit den Schultern. »Weiß nicht. Vielleicht zehn Minuten?«

»Dann müssen wir uns beeilen.« Cadel erhob sich schwankend, wobei er sich an Gazos Arm festhielt.

Sonst rührte sich nichts. Die Fahrzeuge verharrten still an Ort und Stelle, und die schlaffen Gestalten hätten genauso gut alte Schaufensterpuppen sein können.

Cadel schaute von einem Beweisstück zum nächsten. Dabei fiel ihm auf, dass an der Tür des weißen Lieferwagens auf dem Rasen *Greening Gartenbau* stand, während der sehr viel größere Laster bei der Luke von *Corlucci Bau* war.

»Ist das dein Lieferwagen?«, fragte er Gazo.

Der nickte. »Jau. Ich war gerade auf dem Weg zur Arbeit, da dachte ich, wenn ich mit einem Gärtnerauto komme, denken die Leute, ich will den Rasen mähen …«

»Sind das da hinten drin Sandsäcke?«, unterbrach ihn Cadel.

»Nein. Da ist Kies drin.«

»Davon brauchen wir ein paar.« Leicht taumelnd ging Cadel zu dem Auto. »Je zwei Säcke reichen wahrscheinlich.«

»Wofür?« Gazo klang besorgt. »Cadel, wir müssen hier weg, bevor diese Typen aufwachen.«

»Moment. Vorher muss ich noch was erledigen.«

»Um Himmels willen!«, beschwerte sich Devin. »Könnte mir bitte mal wer sagen, was hier vorgeht? Warum sind diese Kerle überhaupt *hier?*«

»Weil Prosper English sie hergeschickt hat.« Cadel erreichte den Wagen und zog an der Heckklappe. »Kannst du mal rüberkommen und mir helfen? Wir brauchen etwa sechs von diesen Säcken im Keller.«

»Was meinst du damit, dass *Prosper English* sie hergeschickt hat?« Devins Tonfall klang schrill. Er musste schreien, um das Quietschen rostigen Metalls zu übertönen, das erklang, als Cadel die Heckklappe öffnete. »Was hat Prosper English damit zu tun?«

»Prosper muss sich jemanden gesucht haben, um dir die Strom- und Telefonleitung zu kappen«, erklärte Cadel. Er zerrte an dem obersten Kiessack, bis Gazo kam und ihn sanft zur Seite schob. »Dann hat er wahrscheinlich diese *Corlucci*-Baugesellschaft hacken lassen, um das hier in Auftrag zu geben. Entweder ist deren Auftragssystem computerverwaltet, oder Prosper hat angerufen und seine Sozialkompetenzen angewandt. Das kann er gut. Er ist verdammt gut darin, Menschen zu manipulieren.«

»Wie konnte Prosper English überhaupt wissen, dass du hier bist?«, wollte Devin wissen. »Ich dachte, du bist angeblich tot?«

»Das bin ich auch.«

»Dann …«

»Später. Wir reden später.« Cadel drehte sich zu Gazo um, der gerade eine Sackkarre aus dem Lieferwagen zog. »Können wir ein paar von diesen Säcken auf den Karren laden?«

»*Ich* kann das«, antwortete Gazo. »Du nicht. Du bist nicht dafür ausgebildet.« Er packte einen Kiessack auf die Karre. »Wo willst du sie denn hin haben?«

»Ich muss meinen Laptop holen«, sagte Cadel.

»Deinen Laptop?«

»Und meine grüne Tasche.«

»Aber …«

»Sonst kann ich hier nicht weg«, unterbrach ihn Cadel stur. »Wir müssen die Säcke in den Beton da unten werfen, wie Trittsteine. So komme ich an meinen Computer, ohne stecken zu bleiben.«

»Aber der Kies gehört nicht mir!« Gazo verharrte mit einem zweiten Sack auf den Armen. »Ich kann den nicht einfach in den nassen Beton werfen, dann werd ich gefeuert!«

»Nein, das wirst du nicht.«

»Doch.«

»Nicht, wenn ich ihn bezahle. Du kannst neuen kaufen.«

»Cadel …«

»Würdest du dich jetzt bitte *beeilen?*« Cadel verlor rapide die Geduld. »Wir haben nicht viel Zeit!«

Einen Moment lang zögerte Gazo, dann legte er langsam und widerstrebend den zweiten Sack auf den ersten.

Devin war nicht so entgegenkommend. »Das ist doch verrückt«, sprudelte es aus ihm hervor. »Warum brauchst du deinen Laptop? *Mein* ganzes Zeug ist auch da unten, und *ich* gehe da bestimmt nicht rein, um es zu holen. Niemals.«

»Dein Zeug ist überall auf dem Boden verteilt«, erwiderte Cadel. »Das ist inzwischen sowieso hinüber. Meine Sachen liegen weiter oben.«

Rumms! Der nächste Kiessack landete auf der Karre.

»Tja, ich bleibe jedenfalls nicht wegen deinem blöden Computer hier«, beschloss Devin. »Ich verschwinde, und zwar sofort. Bevor irgendwer uns verpfeift.«

»Schön«, sagte Cadel tonlos. »Gut. Dann mach dich halt davon.«

Rumms!, machte der vierte Sack.

»Nichts für ungut oder so«, fügte Devin hinzu, »aber folg mir bitte nicht, in Ordnung? Ich lege nämlich keinen Wert auf diesen ganzen Terz.«

Cadel rümpfte die Nase. »Ohne *dich* gäbe es überhaupt keinen Terz«, brummte er.

Daraufhin kniff Devin die Augen zusammen.

»Was soll das heißen?«, fragte er mit schneidender Stimme.

Rumms!

»Das heißt, dass Prosper herausgefunden hat, wo ich bin. Und das hat nichts mit dem zu tun, was *ich* gemacht habe«, erwiderte Cadel. Er spürte, wie eine wohlbekannte Woge brennender Wut in seiner Kehle aufstieg. »Ich war *wirklich* vorsichtig, Devin, und habe keine einzige Unachtsamkeit begangen.«

»Willst du damit sagen, ich schon?«, bellte Devin. »Meinst du das?«

»Ich sage nur, dass irgendjemand unvorsichtig war.«

»Leck mich, Cadel!«

Rumms!

»Vielleicht war es Lexi«, räumte Cadel rein. »Sie kann einfach nicht den Mund halten.«

»Fick dich«, knurrte Devin. »Du bist echt'n Arsch, weißt du das? Ich habe mein ganzes Zeug verloren, und jetzt gibst du *mir* auch noch die Schuld!«

»Das war nicht dein Zeug.« Cadel musterte ihn mit eisiger Verachtung. »Du hast es mit gestohlenem Geld bezahlt.«

Devin schnappte nach Luft, dann wurde er knallrot.

Als er die Faust hob, ging Gazo dazwischen. »He«, sagte er. »Das reicht.«

»Was willst du dagegen machen? Mich anfurzen?« Obwohl Devins Tonfall trotzig klang, wich er zurück. »Tja, du kannst dich auch ficken! Ich hoffe, sie schnappen euch *beide*, ihr elenden Missgeburten!«

»He, komm schon …« Gazo unternahm einen halbherzigen Versuch, ihn zurückzuhalten. »Jetzt sei nicht so. Du bist völlig durcheinander, und Cadel auch. Ihr müsst euch zusammenreißen.«

Aber Devin hörte nicht zu. Er war bereits auf und davon und ging Richtung Gartentor. Cadel sah ihm ohne Bedauern nach. Es hatte keinen Sinn, wegen der Wieneke-Zwillinge sentimental zu werden. Sie waren unberechenbar und gefährlich, und Cadel war sich ziemlich sicher, dass einer von ihnen (oder beide) irgendwie Prosper English auf ihn aufmerksam gemacht hatte. Vielleicht nicht mit Absicht – Cadel bezweifelte ernsthaft, dass sie ihn *bewusst* verraten hätten. Dennoch waren sie unzuverlässig, und er konnte es sich nicht leisten, mit unzuverlässigen Leuten zu verkehren.

Es ist besser für sie, aus der Schusslinie zu sein, sagte er sich. *Prosper wird sie in Ruhe lassen, solange sie nicht in meiner Nähe sind.*

»Komm mit«, sagte er zu Gazo. »Erledigen wir das.«

Cadel ignorierte den zweifelnden Blick seines Freunds und kehrte zu der Luke zurück. Gazo folgte ihm. Gemeinsam standen sie einen Moment lang da und blickten auf den Schlick am Fuße der Treppe hinab.

»Bist du dir sicher, dass das nicht zu tief ist?«, fragte Gazo.

»Nein, es ist nicht zu tief. Du hast die Maschine gerade noch rechtzeitig angehalten.« Bevor Gazo weitere Einwände erheben konnte, stieß Cadel den obersten Sack von der Sackkarre. *Rumms!* Ein weiterer fester Stoß ließ den Kies nach unten purzeln, bis er schließlich im trocknenden Beton landete.

»Das wäre der erste«, stellte Cadel ruhig fest. »Du solltest runtergehen und dich draufstellen, damit du den nächsten in den Raum werfen kannst.«

Gazo sprach kein weiteres Wort. Er lud sich einen weiteren Sack auf die Schulter und stieg sehr langsam und vorsichtig hinunter. Als er bei der untersten Stufe ankam, platzierte er einen Fuß behutsam auf dem Kiessack, der weder weiter einsank noch kippte oder unter ihm wegrutschte. Der Sack gab einen hervorragenden Trittstein ab, genau wie Cadel gesagt hatte.

Gazo stellte sich mit beiden Füßen darauf, bevor er den nächsten Sack nach vorne warf.

Unglücklicherweise musste er allerdings jedes Mal den ganzen Weg zurückgehen, da er sich weigerte, Hilfe anzunehmen. »Die Säcke sind zu schwer für dich«, stellte er geradeheraus fest. Obwohl Minute um Minute verstrich, gab er einfach nicht nach. Stur und hartnäckig baute er ganz allein einen Weg zu Devins Schreibtisch, während Cadel ängstlich die bewusstlosen Bauarbeiter im Auge behielt.

Als sie Cadels persönliche Habe endlich aus dem Keller gerettet hatten, begann einer der Männer, sich zu regen. Gazo bemerkte zum Glück, wie die Lider seines größten, kräftigsten Opfers verräterisch flatterten. »Wir haben etwa eine Minute, um von hier zu verschwinden«, informierte er Cadel, der sofort Richtung Lieferwagen rannte. Als er seinen Laptop und seine grüne Tasche auf den Beifahrersitz warf, hörte er ein Stöhnen, und während er einstieg, fing ein weiterer Bauarbeiter an zu husten. Als er die Tür hinter sich zuzog, bemerkte er schließlich eine Bewegung beim Haus. Jemand hob eine schlaffe Hand.

»Tritt aufs Gas!«, quiekte Cadel.

Das musste er Gazo nicht zweimal sagen. Der hatte den Schlüssel bereits in den Anlasser gesteckt, und ein hässliches Tuckern, Röhren und Gluckern erklang. Dann sprang der Motor unvermittelt an, und der Lieferwagen machte einen Satz nach vorn. Gazo kurbelte am Lenkrad und führte eine schnelle Kehrtwende durch. Über den unebenen Boden holperten sie auf das Tor zu – das Gazo glücklicherweise offen gelassen hatte.

Als Cadel sich umschaute, stellte er zu seiner Erleichterung fest, dass sich noch keiner der drei aufgesetzt hatte.

»Meinst du, dass sie sich an dich erinnern werden?«, fragte er außer Atem.

Gazo zuckte mit den Schultern. »Hoffentlich nicht.«

»Wenn sie sich überhaupt an etwas erinnern, dann an den Lieferwagen hier. Sie werden sich daran erinnern, dass *Greening Gartenbau* auf der Tür stand.«

»Ja, wahrscheinlich.«

»Allerdings wüsste ich nicht, wofür sie dich verhaften sollten«, überlegte Cadel laut. »Auf jeden Fall nicht dafür, dass du einen giftigen Körpergeruch hast. Das ist schließlich nicht *deine* Schuld, oder? Man kann dich wohl kaum beschuldigen, jemand angegriffen zu haben, wenn du nichts dagegen machen konntest.«

Gazo warf ihm einen kurzen Blick zu. »Das war kein Unfall, Cadel«, sagte er trocken.

»Natürlich nicht. *Ich* weiß das. Aber wenn jemand dir die Schuld dafür geben will, kannst du so tun, als wäre es einer gewesen.«

Gazo schnaubte. Inzwischen waren sie mehrere Häuserblocks vom Clearview House entfernt und auf dem Weg zu einer anonymen, viel befahrenen Hauptstraße. Gazo schaute immer wieder in den Rückspiegel, als rechnete er damit, einen Betonmischwagen zu sehen, der ihnen auf den Fersen war. Cadel hielt nervös nach Zivilpolizeiautos und sabotierten Ampeln Ausschau.

»Also, wo willst du hin?«, fragte Gazo nach langem Schweigen.

Cadel schaute auf die Uhr. Es war noch recht früh – zu früh, um zum Flughafen zu fahren.

Außerdem hatte er zuvor noch anderes zu erledigen.

»Wo solltest du denn die Kiesladung hinbringen?«, fragte er. »Zur Universität?«

»Nee. Die ist für einen Privatauftrag. Eine neue Auffahrt in Vaucluse.«

»Eine Auffahrt für ein neues Haus?«, erkundigte sich Cadel. »Wohnt dort wer?«

»Noch nicht.«

»Was ist mit den Bauarbeitern? Sind die vor Ort?«

»Weiß nich. Wahrscheinlich nich.« Gazos Tonfall klang misstrauisch. »Das Haus ist im Großen und Ganzen fertig – abgesehen davon, dass es noch kein Warmwasser hat. Das kommt am Dienstag.«

»Hast du die Schlüssel?«

»Nur die für die Garage.«

»Dann fahren wir dort hin«, beschloss Cadel. »Ich muss was runterladen. *Und* mich umziehen. Vielleicht eine E-Mail verschicken, falls ich auf dem Weg ein bisschen wardriven kann.«

»Aber ...«

»Außerdem brauche ich ein USB-Laufwerk. Vielleicht können wir bei einem Computergeschäft vorbeifahren, damit du mir eins kaufen kannst.«

»Hör mal ...«

»Danach kannst du mich dann beim Flughafen absetzen.«

»Beim *Flughafen?*«

»Ich fliege nach Amerika.« Cadel runzelte die Stirn, als der Lieferwagen ins Schlingern kam. »Achte auf die Straße, Gazo.«

Doch Gazo fuhr bereits rechts ran. Er hielt vor einer Arztpraxis und ließ den Motor laufen, während er sich zu Cadel umdrehte.

»Das soll wohl hoffentlich ein Witz sein«, sagte Gazo. »Amerika? Spinnst du?«

»Ich habe keine Wahl.«

»Natürlich hast du die Wahl!«

»Nein. Es gibt eine Spur, der ich nachgehen muss.« Als er sah, wie Gazo den Mund öffnete, kam ihm Cadel schnell zuvor. »Wenn ich hierbleibe, wird Prosper mich finden. Meine Aufgabe besteht darin, ihn zuerst zu finden.«

»Ja, aber …«

»Kale Platz wird mir helfen«, fuhr Cadel fort. »Erinnerst du dich noch an Kale? Er ist FBI-Agent.«

Gazos Stirn legte sich in Falten. »Äh …«

»Er ist vor ein paar Jahren aus Amerika hergekommen und hat Prosper festgenommen, nachdem Vadi dich umgehauen hatte.«

»Oh, ja.« Gazo hatte die Nacht, in der er der Polizei entkommen war, nicht vergessen. »Kale Platz also – war das der, der mich ins Auto gesperrt hat?«

»Genau der.«

»Weiß er, dass du kommst?«

»Noch nicht. Ich werde es ihm sagen, wenn ich drüben bin.«

»Cadel …«

»Ich habe seine Anschrift und seine Telefonnummer. Das wird alles völlig problemlos laufen. Du musst mir nur helfen, an Bord des Flugzeugs zu kommen.«

Gazo schüttelte den Kopf. »Wenn Saul herausfindet, dass ich das alles getan habe …«, setzte er an und seufzte dann. Cadel versuchte, ihn zu beruhigen. »Wenn Saul es herausfindet, dann bin ich derjenige, der sich damit herumschlagen muss«, erklärte er beharrlich.

Gazo stieß ein abfälliges Schnauben aus. »Soll das ein Witz sein? Der verspeist mich zum Frühstück!«

»Das tut er nicht.«

»Oh doch.«

»Dann tauch unter!« Cadel verlor rapide die Geduld. »Das hast du früher auch gemacht. Wenn du solche Angst hast, halt dich eine Weile lang bedeckt. Es wäre sowieso besser für dich zu verschwinden, jetzt da Prosper auf dem Kriegspfad ist.«

»Willst du, dass ich meinen Job verliere?«

»Du wirst einen neuen finden«, sagte Cadel. In diesem Moment fiel ihm etwas ein. »Wo wir gerade von Jobs reden, hast du vielleicht ein bisschen Geld? Ich kann mein Konto nicht anzapfen, für den Fall, dass Vee es beobachtet.« Als Gazo nicht sofort antwortete, bedrängte Cadel ihn weiter. »Ich zahle es dir zurück. Ich muss nur ein paar US-Dollar eintauschen.«

Gazo sagte noch immer nichts, sondern starrte bloß stur geradeaus und presste die Lippen fest aufeinander.

»Was ist? *Was?*«, rief Cadel. »Sag mir, wo das Problem liegt! Ich habe keine Zeit zu verlieren, Gazo. Wenn du nicht an der Sache interessiert bist, lass mich einfach aussteigen, dann suche ich mir ein Internetcafé. Ich kann mir immer noch Geld von Sonjas Konto holen. Ich weiß, dass es *ihr* nichts ausmachen wird. Sie wird verstehen, wie wichtig das für mich ist.«

Schließlich wandte Gazo ihm das Gesicht zu. »Weißt du was?«, murmelte er. »Du klingst schon genau wie Prosper.«

»Hä?«

»Wenn er die Leute rumkommandiert hat, meine ich. Manchmal hat er Befehle rausgehauen, als ob niemand außer ihm ein Gehirn im Kopf hätte. Er hat andauernd so mit mir geredet.« Gazos tadelnden Worten haftete eine ruhige Würde an. »Ich weiß, dass ich nicht besonders schlau bin – anders als du, Cadel. Aber ohne mich würdest du immer noch in diesem Keller sitzen. Du hast kein Recht, so zu tun, als wäre nichts, was ich sage, es wert, auch nur hinzuhören.«

Cadel schluckte, und mit einem Mal war ihm schwindelig.

»Klar, ich lasse dich in die Garage, und ich bringe dich auch zum Flughafen, weil du wahrscheinlich recht hast. Normalerweise hast du nämlich recht«, gab Gazo zu. »Ich finde nur, dass du aufpassen solltest, wie du dich verhältst. Weil es nämlich niemandem gefällt, von Klugscheißern rumgeschubst zu werden, und die meisten Leute kennen dich nicht so gut wie ich. Die bekommen das vielleicht in den falschen Hals. Wie Devin.«

»Tut mir leid«, flüsterte Cadel. Er war entsetzt. Getroffen. Mit einem Mal sah er so kreideweiß – so krank – aus, dass Gazo hastig versuchte, seine Worte abzumildern.

»Schon in Ordnung. Das ist wahrscheinlich nur, weil du Angst hast. Du hast es sicher nicht so gemeint, oder?«

»Es tut mir so leid.«

»Mach dich nicht verrückt. Ich bin nicht sauer oder so.« Da der Satz Cadel nicht zu trösten schien, versuchte Gazo weiter, ihn zu beruhigen. »Du bist nur ein Junge. Du hast viel durchgemacht. Wenn *ich* Angst habe, stänkere ich alles voll. Also kann ich dir schlecht einen Vorwurf machen, oder?«

»Es tut mir leid«, wiederholte Cadel. »Es tut mir so leid.«

»He, ist doch nichts passiert. Vergiss es einfach.« Gazo griff nach der Gangschaltung, setzte den Blinker und hielt nach anderen Autos Ausschau.

Noch bevor er auf die Straße einschwenken konnte, quiekte Cadel: »Anhalten!«

Gehorsam bremste Gazo ab, und der Wagen kam mit einem Ruck zum Stehen. Cadel stieß die Beifahrertür auf und beugte sich nach draußen.

Da er nichts gefrühstückt hatte, gab es nicht viel, was er erbrechen konnte. Trotzdem war es keine besonders angenehme Erfahrung.

26

Cadel war noch nie zuvor an Bord eines Flugzeugs gewesen. Zumindest konnte er sich nicht daran *erinnern*, je zuvor an Bord eines Flugzeugs gewesen zu sein. Als Zweijähriger war er aus den USA nach Australien geschmuggelt worden, aber er war sich nicht ganz sicher, wie das vonstattengegangen war – ob mit einem Flugzeug, per Schiff oder U-Boot. Er hatte keinerlei Erinnerung an die Reise, und Prosper English hatte ihm nichts über die Einzelheiten erzählt.

Deshalb war Cadel ziemlich nervös, als er sich dem Flughafen näherte, obwohl er wusste, was ihn erwartete. Gazo hatte es ihm erklärt, und er hatte im Laufe der Jahre zahllose Fernsehdokumentationen gesehen, in denen es um Themen wie Flugverkehrssicherheit, Thrombosen und Zollbeamte ging.

Dennoch machte er sich unwillkürlich Sorgen. Es war schwer, das abzustellen, schließlich reiste er unter falschem Namen, mit gefälschtem Pass und als Angehörige des anderen Geschlechts verkleidet.

Das Hauptproblem bestand darin, dass Ariel ihm nicht mehr ganz passte. Obwohl er kaum gewachsen war, seit er zum ersten Mal ihre Ohrclips und ihr indisches Baumwollkleid getragen hatte, hatten sich doch viele Kleinigkeiten an seinem Erscheinungsbild verändert – so viele, dass sie das Gesamtbild der Verkleidung beeinträchtigten. Er war nach wie vor klein und niedlich genug, um als Mädchen durchzugehen, aber nur, wenn er höllisch aufpasste. Es war nicht ohne eine Reihe von Vorsichtsmaßnahmen möglich: Er musste sich einige Haare an Oberlippe und Kinn auszupfen, sich ein Halstuch um den Adamsapfel wickeln und so lange Ärmel tragen, dass sie nicht nur seine Arme, sondern auch den Großteil seiner Hände bedeckten (er hatte nun mal nicht mehr die Handknöchel eines weiblichen Teenagers). Außerdem musste er einen sehr weiten Pulli tragen und sich dick schminken.

Obendrein sollte er so wenig wie möglich reden. Obwohl er nicht gerade eine tiefe Bassstimme sein Eigen nannte, hatte er den Stimmbruch definitiv hinter sich. Ganz egal, wie hoch er sprach oder wie sehr er seine Worte hauchte, er klang nicht wirklich wie ein Mädchen. Also beschloss er, so zu tun, als hätte er Bronchitis. Solange er hustete und schniefte und sich Salzlösung in die Nase sprühte, würde niemand sich über seine Heiserkeit oder über seinen Unwillen wundern, Fragen zu beantworten.

»Vielleicht hält man sich auch in der Maschine von mir fern«, stellte er fest, »weil die Leute Angst haben, sich eine Grippe zu holen.«

»Vielleicht«, antwortete Gazo. »Oder sie drängen dir ununterbrochen Hustenbonbons, Aspirin und Nackenkissen auf. Die Männer versuchen auf Flügen immer, mit jungen Frauen ins Gespräch zu kommen. Ich hab's auf dem Weg von England hierher selbst erlebt.«

»Meinst du?« Missmutig begutachtete Cadel sich im Seitenspiegel des Lieferwagens. Er sah gut aus, aber *so* gut nun auch wieder nicht. Gewiss würden seine riesengroßen blauen Augen nicht sein keuchendes Husten oder eine Ladung feuchten Rotz aufwiegen. »Vielleicht sollte ich so tun, als könnte ich kein Englisch«, entschied er.

Zum Flughafen nahm er ein Taxi, nachdem er zu dem Schluss

gekommen war, dass Gazos Lieferwagen zu auffällig sei. Ein Vehikel mit der Aufschrift *Greening Gartenbau* war genau die Art von Fahrzeug, die auf den Überwachungsvideos von der viel befahrenen Flughafen-Auffahrt herausstechen würde – und dort gab es sicher Dutzende Kameras. Gazo wollte Cadel zwar im Taxi begleiten, doch der Junge erstickte diese Idee im Keim. In vielerlei Hinsicht war Gazo genauso auffällig wie sein Wagen. Es war durchaus möglich, dass Vee, Com oder Dot nach Gazo Ausschau hielten, während es sehr viel unwahrscheinlicher war, dass Ariel irgendeinen Online-Alarm auslösen würde.

Unwahrscheinlich, aber nicht unmöglich. Trotz seines schützenden Halstuchs, der hohen Absätze und des weiten Pullis mochten Cadels Maße nach wie vor genug Übereinstimmungen liefern, um ein Video-Analyseprogramm auf ihn aufmerksam zu machen. Deshalb hielt er auf dem Weg zum Einchecken den Kopf gesenkt und benutzte sein Taschentuch, um sein Gesicht zu verdecken, indem er mehrfach so tat, als ob er sich die Nase putzte.

Die Taxifahrt war keine große Herausforderung. Nachdem Gazo dem Fahrer sein Ziel genannt hatte, hatte dieser während der halbstündigen Fahrt kein weiteres Wort von sich gegeben. Das mochte daran liegen, dass Cadel sich als Ausländerin ausgab, die kein Englisch sprach, vielleicht aber auch daran, dass der Fahrer diese Sprache auch nicht unbedingt fließend beherrschte. Worin auch immer der Grund dafür bestand, sie gingen auseinander, ohne mehr als ein oder zwei stockende Sätze gewechselt zu haben.

Beim Check-in-Schalter sah die Sache jedoch schon anders aus. Eine Mitarbeiterin von *Qantas* stellte Cadel fröhlich eine Frage nach der anderen. Ob er einen Platz am Gang oder am Fenster wolle? Ob er seine Taschen selbst gepackt habe? Ob er irgendwelche scharfen Gegenstände im Handgepäck mit sich führe? Cadel antwortete heiser, lutschte dabei einen Hustenbonbon, schniefte mehrfach und wischte sich immer wieder die Nase. Er hoffte, dass die Erkältungssymptome sein mürrisches, einsilbiges Benehmen hinreichend erklärten. Er hoffte auch, die Frau mit seinen Schniefgeräuschen und seinem Eukalyptusgeruch abzulenken, während sie seinen Pass überprüfte, den er noch nie zuvor benutzt hatte. Der Pass machte ihm durchaus Sorgen, denn Cadel wusste nicht, ob er wirklich überzeugend war.

Doch es gab keinen Grund zur Sorge. Nach etwa drei Minuten verließ er den Check-in-Schalter mit seiner Bordkarte und der Anweisung, wohin er als Nächstes müsse. Die Sicherheitskontrolle lief ebenfalls wie am Schnürchen: Cadel gab seine Armbanduhr und seine Laptoptasche ab, trat durch den Metalldetektor und konnte kurz darauf weitergehen. Niemand stellte ihm Fragen. Niemand wollte sein Gepäck durchsuchen. Er war von unzähligen beschäftigten, abgelenkten Menschen umgeben, die sich nicht im Geringsten dafür interessierten, wer er war oder was er vorhatte.

Allerdings war es nach wie vor möglich, dass jemand ihn beobachtete. Im Flughafen waren die elektronischen Sicherheitssysteme dicht gepackt, und überall befanden sich Kameras. Deshalb verbrachte Cadel den Großteil seiner neunzigminütigen Wartezeit in der Abflughalle am selben, sorgfältig ausgewählten Fleck. Er hatte den Platz ausgesucht, weil die Kameras von hier aus nur Teile seines Hinterkopfs im Blick hatten. Solange er dort blieb und nicht aufschaute, würde sein Gesicht nicht auf dem Videomaterial auftauchen. Er gab sich solche Mühe, nicht gefilmt zu werden, dass er nur ein einziges Mal aufstand, um auf die Damentoilette zu gehen. Den Rest der Zeit saß er mit gesenktem Kopf da und las oder stellte sich schlafend, bis endlich sein Flug aufgerufen wurde.

Die ganze Zeit über schwitzte er wie verrückt, vor lauter

Angst, dass die Polizei sich im nächsten Moment auf ihn stürzen könnte. Selbst an Bord der Maschine, als alle Luken geschlossen waren, fühlte er sich nicht ganz sicher. Theoretisch war es noch immer möglich, dass eine Verzögerung in letzter Sekunde alles verdarb. Erst als das Flugzeug endlich abgehoben hatte, hörte er auf, sich Sorgen wegen der Polizei zu machen – stattdessen fing er an, sich Sorgen wegen Prosper English zu machen.

Flugzeuge waren verwundbare Maschinen, die mittels komplizierter Computerprogramme gesteuert wurden. Was, wenn Vee einen Weg gefunden hatte, sich in das Navigationsprogramm dieses Flugzeugs einzuloggen? Was, wenn er dasselbe mit einem anderen Flugzeug anstellte und beide direkt aufeinander zuhalten ließ? Was, wenn Prosper *ganz genau wusste, wo Cadel sich aufhielt*, und beschlossen hatte, ihn mittels einer Kollision in den Wolken ein für alle Mal loszuwerden?

Wenn Prosper die Maschine hätte abstürzen lassen wollen, hätte er das beim Abheben getan, sagte sich Cadel. Die gefährlichsten Momente eines Flugs waren Start und Landung, das hatte er immer wieder aus allen möglichen Quellen gehört. Wenn Prosper das Flugzeug nicht beim Start sabotiert hatte, bei dem so vieles schrecklich schiefgehen konnte, dann würde er es wohl kaum über dem Pazifik tun.

Das sagte Cadel zumindest zu sich selbst. An diesem Gedanken konnte er sich während der vierzehnstündigen Reise festklammern, die ansonsten nicht besonders spaßig war. Abgesehen von der ständigen Sabotagedrohung musste er noch allerlei andere Unannehmlichkeiten erdulden – zum Beispiel die fortwährenden Aufmerksamkeiten der Frau, die neben ihm zwischen ihren Armlehnen eingezwängt saß. Es handelte sich um eine übergewichtige, nette grauhaarige Großmutter namens Jan, die sich durch sein Schniefen und Husten nicht im Geringsten stören ließ. Ganz im Gegenteil: Sie wirkte sehr besorgt um ihn und versuchte unentwegt, ihm die Reise angenehmer zu machen. Zum Beispiel bot sie ihm ihr Stück Käsekuchen an, zeigte ihm, wo seine Papiertüte war, und erklärte freundlicherweise verschiedene beunruhigende Erscheinungen: »Wenn man durch eine Wolke fliegt, gibt es immer leichte Turbulenzen«, sagte sie zum Beispiel, oder: »Das ist doch nur das Fahrgestell, das eingezogen wird, nicht wahr, Vern?«

Vern war ihr Mann. Er redete nicht viel, dafür hatte er ein Blasenproblem. Nachdem er viermal innerhalb einer Stunde über Cadel hinweggestiegen war, um auf die Toilette zu gehen, hatte Cadel sich heiser brummend erboten, den Platz mit ihm zu tauschen. So saß Vern letztlich am Gang, und Cadel steckte am Fenster fest, wo er Jan, die unentwegt von geschwollenen Füßen, schmerzenden Ohren und Dehydrierung plapperte, nicht entfliehen konnte. »Du solltest aufstehen und ein bisschen rumlaufen«, schlug sie Cadel mehr als einmal vor. »Sonst bekommst du noch ein Blutgerinnsel.«

Cadel ging dem ständigen Strom von Ratschlägen so weit wie möglich aus dem Weg und vertiefte sich in ein Hochglanzmagazin. Dann setzte er sich Kopfhörer auf und starrte auf den winzigen Fernseher vor ihm. Er tat so, als wäre er eingeschlafen – und irgendwann schlief er *tatsächlich* ein, nur um zwei Stunden später von Verns lautstarkem Schnarchen geweckt zu werden. Danach konnte er nicht wieder einschlafen. Er war zu verspannt, zu besorgt und fühlte sich zu elend. Immerhin gab es neben den Luftsicherheitsfragen und seiner prekären Verkleidung auch noch einige andere Dinge, die ihn wach hielten und ihm Kopfzerbrechen bereiteten. Etwa machte er sich Sorgen um Saul und Sonja. Außerdem fürchtete er, dass sein Plan, Raimo Zapp auszutricksen, fehlschlagen könnte. Beim Gedanken an die Zollkontrollen in den USA wurde er sogar noch nervöser, und die Frage, was ihn außerhalb des Flughafens von Los Angeles erwartete, jagte ihm erst recht Angst ein.

Vor allem beschäftigten ihn jedoch Gazos Worte. Der Vorwurf, dass er schon wie Prosper English redete … was konnte schlimmer sein? Jahrelang hatte Cadel die Lektionen, die er als Kind gelernt hatte, aktiv zurückgewiesen. Dennoch schien er in alte Verhaltensmuster zurückzufallen. War es letztlich unmöglich, Prospers Einfluss zu entkommen? War er wie eine Dornenranke, die so tief in Cadels Vergangenheit verwurzelt war, dass sie sich nicht ausreißen ließ, egal, wie sehr er sich bemühte?

Es liegt nur daran, dass ich unter Stress stehe, sagte sich Cadel. *Wenn ich es mit Prosper zu tun habe, benehme ich mich letztlich auch wie Prosper. Was ein Grund mehr ist, weshalb ich im Moment alleine besser dran bin.*

Er wollte sich um Gottes willen niemals dabei erwischen, andere Menschen zu benutzen oder zu missbrauchen, wie Prosper es tat.

Das Frühstück wurde etwa zwei Stunden vor der geplanten Ankunft serviert. Obwohl Cadel keinen Hunger hatte, zwang er sich, einen kleinen Brocken Rührei und ein halbes Würstchen herunterzuwürgen. Dann, als die Maschine langsam in den Sinkflug ging, drückte er die Nase ans Fenster und beobachtete, wie unter ihm Kalifornien in Sicht kam. Jan fragte ihn andauernd, ob er Disneyland oder den Hollywood-Schriftzug schon sehen könne, doch er beachtete sie nicht weiter. Die Aussicht interessierte ihn nicht besonders. Stattdessen konzentrierte er seine Aufmerksamkeit auf das Flugzeug selbst: auf die Geschwindigkeit, den Kurs und auf die Hydraulik. Er beobachtete, wie die Landeklappen hochgingen und die Räder ausgefahren wurden. Die ganze Zeit über lauschte er auf einen verräterischen Knall und suchte nach Anzeichen von Panik in den Mienen der Flugbegleiter.

Wider Erwarten ging die Landung ohne Zwischenfälle vonstatten. Sie setzten sanft auf, und es folgte eine ereignislose

Fahrt über die Landebahn. Cadel sprang nicht sofort auf, als die Sicherheitsgurtzeichen erloschen. Vielmehr ging er mit den Nachzüglern von Bord, da er vermutete, dass man die ersten Passagiere, die durch die Zollkontrolle schritten, genauer überprüfte. Er wartete, bis Jan und ihr Mann ein gutes Stück vor ihm waren, und hängte sich dann der Menschenmenge, die langsam durch Flure und über Rampen ging, auf die Fersen, bis sie schließlich eine abweisende Reihe von gläsernen Häuschen erreichten.

Hier warteten die Beamten der Einwanderungsbehörde.

Cadels Herz fing laut an zu pochen, als er die Männer und Frauen mit den reglosen Mienen erblickte. Unwillkürlich ging er davon aus, dass sie misstrauischer sein würden als die Beamten am Flughafen von Sydney – und sei es nur, weil er ankam, anstatt abzureisen. Hinzu kam, dass jedes der Glasabteile mit den nötigen Geräten ausgestattet war, um Iris- und Fingerabdrücke zu nehmen, und Cadel war sich nicht sicher, wie es um seinen rechtlichen Status in Amerika bestellt war. Die Chancen, dass er als Säugling seine Fingerabdrücke irgendwo hatte hinterlassen müssen, waren zu vernachlässigen. Trotzdem näherte er sich mit trockenem Mund und schwitzenden Händen dem ihm zugewiesenen Abteil.

Die Frau am Schalter nahm seinen Pass wortlos entgegen. Während sie sein Foto musterte, schniefte er missmutig und versuchte, so krank wie möglich auszusehen.

»Machen Sie hier Urlaub?«, fragte die Frau ihn plötzlich.

Cadel nickte.

»Familienbesuch?«, fragte sie.

»Ein Freund der Familie.«

»Wohnen Sie bei ihm?«

»M-hm.«

Auf seinem Einreiseformular hatte Cadel angegeben, dass er während seines Aufenthalts in Amerika bei Kale Platz wohnen würde. Das war nicht völlig gelogen, da Kale noch immer an den Ermittlungen gegen Prosper English beteiligt war. Das FBI hatte Prospers Aktivitäten jahrelang verfolgt, und Kale war mindestens zweimal in Australien gewesen, seit er Cadel aus Prospers Haus am Meer gerettet hatte. Kale und Saul Greeniaus standen in regelmäßigem Kontakt und tauschten oft Hinweise, Warnungen und persönliche Neuigkeiten aus. Hinzu kam, dass der FBI-Agent der Familie Greeniaus eine Weihnachtskarte geschickt und seine Privatadresse in Druckbuchstaben in der linken oberen Ecke auf dem Briefumschlag gestanden hatte.

Cadel war sich also ziemlich sicher, dass Kale sich freuen würde, von ihm zu hören. Tatsächlich war es sogar möglich, dass das FBI bereits von Cadels Verschwinden erfahren hatte. Wenn dem so war, dann hatte er nicht viel Zeit – denn Kale hatte ihn schon einmal in seiner Ariel-Verkleidung gesehen. Vor zwei Jahren, als Cadel aus Prospers Haus gekommen war und sich in Polizeigewahrsam begeben hatte, hatte er genau denselben Rock und dieselben Ohrringe getragen und die gleiche Frisur gehabt. Das würde Kale sicher recht schnell wieder einfallen, und dann würde das FBI schon bald damit anfangen, Passagierlisten und Videomaterial zu überprüfen.

Ich brauche nur noch zwei, drei Stunden, dachte Cadel. *Nur noch zwei, drei Stunden, dann liefere ich mich selbst aus.*

Sein Flugzeug hatte um Viertel nach neun Uhr morgens aufgesetzt, und Cadel ging davon aus, dass er irgendwann am frühen Nachmittag Kales Gastfreundschaft genießen würde. Sollte Kale sich anders entscheiden, dann konnte die US-amerikanische Zoll- und Einwanderungsbehörde ja die Sache mit dem FBI klären.

»Ja«, fügte er mit heiserer, aber zuversichtlicher Stimme hinzu. »Ich wohne bei einem Freund.«

»Würden Sie bitte Ihren rechten Zeigefinger an den Scanner halten?«

Cadel gehorchte. Er wurde fotografiert, dann wurde sein Auge gescannt, und jemand nahm seine Fingerabdrücke, um ihn anschließend durchzuwinken. Keine elektronischen Alarmsirenen gingen los. Niemand bat ihn, in irgendein Hinterzimmer mitzukommen. Ganz offensichtlich waren seine biometrischen Daten in den USA nicht gespeichert.

Wenn die Frau, die ihn befragt hatte, irgendwelche bohrenden Zweifel an seinem Geschlecht hegte, so hatte sie diese für sich behalten.

Cadel ging zum Gepäckband und holte sich seine grüne Tasche, die er vorsichtshalber aufgegeben hatte. Er war zu dem Schluss gekommen, dass es etwas komisch gewirkt hätte, wenn er den weiten Weg nach Amerika nur mit Handgepäck angetreten hätte. Am Zollschalter wartete eine lange Schlange, doch niemand war daran interessiert, *seine* spärlichen Besitztümer zu untersuchen, daher stand er schon bald umgeben von Autos und Beton an einem Taxistand.

Die Wagen sahen nicht wie australische Taxis aus, und die Fahrer redeten auch nicht mit australischem Akzent. Alles kam Cadel zutiefst fremdartig vor und dennoch seltsam vertraut. Er fühlte sich wie in einem Hollywood-Film. Er war so benommen und verwirrt, dass er bei der Antwort auf die Frage, wo er hinwolle, völlig vergaß, die Stimme zu verstellen. Er vergaß auch zu husten und zu schniefen und in sein Taschentuch zu brummeln und platzte mit Raimo Zapps Adresse heraus, ohne auch nur den geringsten Versuch, wie ein Mädchen mit Grippe zu klingen.

Doch das war alles nicht weiter schlimm, da der Taxifahrer sich kein bisschen für die wahre Identität seines Fahrgasts interessierte. Er wollte nur eines wissen, nämlich ob Cadel genug Geld für die Fahrt nach Canoga Park hatte.

»Das ist ziemlich weit weg«, warnte er den Passagier vor. »Wird einiges kosten – hm, mindestens fuffzich Kröten.«

»Das ist in Ordnung.« Cadel hatte dreihundertfünfundsiebzig amerikanische Dollars im Geldbeutel, die von Gazos Bankkonto stammten. »Sie müssten dann bitte kurz auf mich warten, wenn wir da sind. Ginge das?«

»Ja. Aber das kostet dann um die hundert. Oder mehr.«

»Kein Problem.«

»Haben Sie das Geld?«

»Ja, ich hab's dabei. Können wir jetzt los?«

Cadel wurde langsam nervös. Er wollte nicht allzu viel Zeit in der Nähe des kameraverseuchten Flughafens verbringen. Außerdem war er besorgt, weil sein Erscheinungsbild offenbar keinen besonders guten Eindruck auf den Taxifahrer machte. Sah er wirklich so wenig vertrauenerweckend aus? War an seinem Gesicht oder seiner Kleidung oder seiner Stimme etwas Unehrliches? Warum vermittelte er den Eindruck, dass er nicht zahlungskräftig sei?

Erst später, nachdem sie quer durch halb Los Angeles gefahren waren, begriff Cadel, worin das eigentliche Problem bestand. Canoga Park lag im San-Fernando-Tal, mehr als sechzig Kilometer nordwestlich des Flughafens. Um dort hinzukommen, musste das Taxi endlose Vorstadtsiedlungen durchqueren, vorbei an Ladenfronten und Einkaufszentren, Parks und Schulen, Baustellen und Überführungen. Obwohl Cadel weder Strände noch Filmstars sah, entdeckte er allerlei anderes, was er noch nie zuvor gesehen hatte: zehn Stockwerke hohe Werbetafeln für neue Fernsehserien, Straße um Straße voller wunderschöner Häuser mit Gärten, die so perfekt gepflegt waren, dass sie wie Filmsets wirkten, eine weiße Kirche, die so groß war wie ein Regierungssitz und einen ganzen Hügel für sich beanspruchte, außerdem zahlreiche Häuserblocks voller spanisch beschrifteter Schilder. Er sah Imbisse, Schönheitssalons für Haustiere, gelbe Schulbusse und schwarz-weiße Polizeiautos. Es war alles so neu und verwirrend, dass er eine ganze Weile lang völlig aus dem Gleichgewicht war.

Während der Kilometerzähler lief, begriff Cadel nach und nach ein ganz bestimmtes Faktum, das von überragender Wichtigkeit war. In Los Angeles waren die Reichen so ungeheuer reich, dass die Armen im Vergleich irgendwie ärmer erschienen. Nachdem er so lange durch Viertel gefahren war, in denen jedes Haus wie ein kleiner griechischer Tempel, Renaissancepalast oder ein georgianischer Landsitz aussah, wurde Cadel, als sie Canoga Park erreichten, schnell klar, dass sie sich hier in einem der weniger wohlhabenden Stadtteile befanden.

Mit einem Mal verstand er die Sorge des Taxifahrers. Das Problem war nicht Cadels Jugend, seine billige Kleidung oder der Umstand, dass er kaum Gepäck dabeihatte. Das Problem war das Fahrtziel.

Als Cadel auf die schmutzigen Höfe und die abblätternde Farbe hinausschaute, wurde ihm bewusst, dass es in Canoga Park sicher eine Menge Leute gab, die keine hundert Dollar für eine Taxifahrt ausgeben konnten.

27

Raimo Zapps Haus stellte eine gehörige Überraschung dar. Es war eine kleine, schäbige Wohnstatt, die hinter einer Garage kauerte. Es gab keinen Zaun um den Vorgarten, dessen Rasen dringend gemäht werden musste. Außer Gras enthielt der Garten lediglich eine mitgenommene Palme und einen Briefkasten. Die Aluminiumfenster waren alle geschlossen, genau wie die Jalousien, die krumm und schief hinter den Scheiben hingen. Die hell verputzten Wände wiesen graue Schmierstreifen auf, und die Farbe blätterte von den Fensterläden.

Cadel hatte mit etwas Eindrucksvollerem gerechnet, trotz des Umstands, dass Raimos Nachbarn in ähnlichen Häusern wohnten, an einer Straße, die von einer staubigen, gedrückten Atmosphäre durchdrungen war. Ein Genie für Spezialeffekte musste doch wohl hoffentlich nicht jeden Pfennig umdrehen? Prospers Bestechungsgelder waren doch sicher verlockend substanziell gewesen?

Erst später kam Cadel der Gedanke, dass Raimo sein Geld wahrscheinlich immer für die neueste Ausrüstung ausgab – die Hunderttausende (wenn nicht Millionen) von Dollars kosten konnte. Überall auf der Welt knauserten Technikgeeks, wenn es um Essen, Kleidung und Deo ging, damit sie sich das neueste Gerät oder Spiel kaufen konnten. Cadel konnte dieses zwanghafte Verhalten voll und ganz nachvollziehen.

»Ich lasse meine Sachen im Auto«, sagte er zu dem Fahrer. »Wenn Sie hier warten, bin ich in fünfzehn Minuten zurück.« Als Cadel das misstrauische Stirnrunzeln im Innenspiegel sah, fügte er hinzu: »In der Tasche ist ein Laptop. Der ist sehr viel mehr wert als der Fahrpreis, also komme ich definitiv zurück, um ihn mir zu holen. In Ordnung?«

Der Mann am Steuer stieß zur Antwort lediglich ein Schnauben aus. Jetzt, da das Geldproblem gelöst war, schien er sich keine Sorgen mehr zu machen. Auf dem Weg nach Canoga Park hatte er nicht einmal mit der Wimper gezuckt, als ein monströser Truck direkt vor ihm auf die Fahrspur eingeschwenkt war und ihm dabei fast die Stoßstange weggefetzt hatte. Das verwirrende Verkehrsnetz hatte ihn kein bisschen eingeschüchtert, und auf der ganzen Fahrt hatte er nicht eine einzige Frage gestellt.

Dennoch hatte Cadel beschlossen, es nicht drauf ankommen zu lassen. Wenn er sich im Auto umgezogen hätte, wäre das für den Fahrer vielleicht doch ein wenig zu schwer zu verdauen gewesen. Zwar hätte Cadel sich irgendwo in einem großen Einkaufszentrum umziehen können – um sich ein neues Taxi zu suchen, sobald er wieder wie er selbst ausgesehen hätte –, aber er war sich ziemlich sicher, dass amerikanische Einkaufszentren voller Kameras waren.

Die Möglichkeit, eine abgeschiedenere Toilette zu benutzen, gab es einfach nicht. Verlassene Fußballplätze hatten normalerweise keinen eigenen Taxistand, ganz egal, in welcher Stadt man sich befand.

Also hatte er beschlossen, in Gestalt von Ariel an Raimo heranzutreten, obwohl ihm ganz und gar nicht wohl bei dem Gedanken an einen längeren Kontakt von Angesicht zu Angesicht war. Würde sein Schniefen und Husten genügen, um seine unpassende Stimme zu verbergen? Gehörte Raimo zu der Sorte Computer-Jockey, die praktisch keine Erfahrung mit Mädchen hatten, so dass er sich von ein bisschen Schmuck und Schminke täuschen lassen würde? Das war schwer zu sagen – insbesondere, da Niobe ein Teil der Gleichung war.

Cadel wusste nicht, ob sie immer noch hier war. Wenn ja, war es doppelt wichtig, dass er seine wahre Identität nicht preisgab. Und selbst wenn nicht, dann hatte sie Raimo vielleicht von ihm erzählt. Oder *Prosper* hatte Raimo von ihm erzählt. So oder so war es gut möglich, dass Raimo ihn erkannte, wenn er in Turnschuhen und T-Shirt als Cadel auftrat.

Unterm Strich war er mit Ariel wahrscheinlich besser dran. Deshalb marschierte Cadel in Ariels Absatzschuhen, mit Ariels wippendem Pferdeschwanz im Nacken und mit Ariels Rocksaum um die Knöchel über Raimos Auffahrt. Er versuchte, sich ins Gedächtnis zu rufen, was er am Axis-Institut übers Verkleiden gelernt hatte. *Sich zu verwandeln ist nicht so schwer, wie man denkt, wenn man nur die richtige Einstellung mitbringt,* hatte sein Lehrer einmal gesagt. *Ob man sich auffällig oder unsichtbar macht, der springende Punkt bei einer Verkleidung ist der, dass man sich in der Hälfte aller Fälle hinter einem einzigen hervorstechenden Merkmal verstecken kann. Eine große Nase, ein schauderhafter Schlips, selbst ein Riesenpickel. Die Leute sind so sehr damit beschäftigt, dieses Merkmal wahrzunehmen, dass sie den Rest kaum beachten.*

Cadel kam zu dem Schluss, dass seine vorgetäuschte Erkältung als Hauptablenkung fungieren sollte. Während er an der Tür klingelte, putzte er sich mit dem Taschentuch die Nase, da er sich bewusst war, dass ihn jemand möglicherweise durch den Spion beobachtete.

Schließlich hörte er Schritte von irgendwo aus dem Haus. Sie wurden lauter und verstummten dann abrupt. Ein kratzender, klappernder Laut erklang, den Cadel als das Geräusch einer Sicherheitskette erkannte, die vorgelegt wurde.

Die Tür öffnete sich ein paar Zentimeter weit und gab den

Blick auf zwei glänzende braune Augen frei, die von einer ausgefallenen Brille mit orangefarbenem Gestell vergrößert wurden.

»Was willst *du* denn?«, erkundigte sich eine näselnde Stimme.

»Oh … äh … bist du Raimo?«, fragte Cadel. Seine eigene Stimme war vor Nervosität so schrill, dass sie überzeugend weiblich klang.

»Wieso? Wer will das wissen?«

»Ich bin Ariel.«

»Wer?«

»*Ariel.* Eine Freundin von Warren? Er meinte, dass er dir eine Mail geschickt hat.«

»Oh.« Einen Moment lang schwieg Raimo. »Na schön …«

»Er wollte, dass ich dir etwas gebe.«

Die orangefarbene Brille verschwand für ein paar Sekunden. Erneut kratzte und klapperte es, dann öffnete die Tür sich quietschend weiter. Cadel sah sich einem Mann gegenüber, der etwa genauso groß war wie er und ein schwarzes T-Shirt, enge schwarze Jeans und spitz zulaufende Schlangenlederstiefel trug.

»Ich bin Raimo«, sagte der Mann. Sein kurzer Rumpf und seine langen Gliedmaßen erinnerten ein wenig an ein Insekt. Das Gleiche galt für seine komplett schwarze Kleidung und den kleinen, knochigen Schädel, der durch die kurz geschnittene Schicht blond gefärbter Haare deutlich zu sehen war. Trotz der Tränensäcke unter den Augen wirkte er nicht besonders alt – er war vielleicht Mitte zwanzig.

»Dann komm wohl besser rein.«

Cadel gehorchte und versuchte dabei, nicht so verängstigt auszusehen, wie er sich fühlte. Dank Raimos Hochleistungsklimaanlage hatte er das Gefühl, einen Kühlschrank zu betreten. Bei jedem Schritt knisterten Süßigkeitenverpackungen unter Cadels Schuhen: Hunderte davon lagen auf dem langflorigen, fast neongrünen Teppich verstreut. Das Haus erinnerte Cadel an Coms Zuhause: Auch hier roch die Luft abgestanden, und die Wände waren schmuddelig gestrichen. Doch bei Com war es feucht und schimmelig gewesen, und die Räume hatten kleine Fenster und hohe Decken gehabt, während Raimos Haus eine Kiste aus den Sechzigern war, beengt, schmucklos und von gedämpftem Tageslicht durchflutet. Dazu kam, dass es keine Wandregale voller alter Computerausrüstung gab. Raimos Technik war hochmodern, abgesehen von seiner Sammlung alter Flipperautomaten. Letztere beeindruckten Cadel gehörig – ebenso wie die moderneren Videospiele. Es war unglaublich, wie viele davon Raimo in diesen Raum gequetscht hatte, der ansonsten lediglich eine Kühltruhe, einen Flachbildschirmfernseher an der Wand und einen Sessel in Form einer riesigen roten Hand enthielt.

Raimo setzte sich auf die Handfläche und lehnte sich an die Finger.

»Also, was gibt's?«, erkundigte er sich, verschränkte die Arme vor der Brust und schlug die Beine übereinander. Sein Tonfall war herrisch, und er hatte einen deutlichen Südstaatenakzent. »Plötzlich krieg ich aus heiterem Himmel eine Mail von einem Typen, der mir noch nie begegnet ist. Er behauptet, dass er für Andrew Hellen arbeitet, und will wissen, ob ich einen Ganzkörperscan machen kann. Als wär ich so'ne Art Umschlagplatz. Soll das eine Falle sein? Hä? Versuchst du, mir auf den Zahn zu fühlen – ist es das?«

Cadel stellte sich dumm. Von Anfang an hatte er sich in der Rolle der unwissenden Mittelsfrau gesehen, die mit einer Aufgabe betraut worden war, die sie nicht verstand. »He!«, protestierte er quiekend. »Ich tue Warren nur einen Gefallen. *Ich* habe keine Ahnung, worum es bei der ganzen Sache geht.«

Das war natürlich gelogen, schließlich hatte Cadel sich das ganze Szenario selbst ausgedacht. Obwohl die E-Mail an Raimo angeblich von Hamishs Freund Warren stammte, war es in Wirklichkeit Cadel, der sie geschickt hatte – er hatte sich Raimos Adresse einfach von einem Dienstleister in Los Angeles besorgt. Unter Warrens Namen hatte Cadel Raimo einen Scan von Nicole Kidman angeboten, in dem sicheren Gefühl, dass ein solcher Schatz unwiderstehlich für ihn sein würde. Cadel hatte Raimo in seiner Nachricht außerdem vorgewarnt, dass eine Freundin den Scan nach Los Angeles bringen und die Bezahlung kassieren werde. Es stand außer Frage, eine so große Datei übers Internet zu schicken, wo sie mit Sicherheit auf Abwege geraten würde.

Ich weiß, dass es da draußen einen Markt für so was gibt, ich weiß nur nicht, wo ich ihn finde, hatte Cadel geschrieben. *Ich würde sagen, du gibst mir einen Anteil von dem Geld, während ich mich nach mehr guten Scans umsehe. Dann ham wir einen Deal.*

Er war sich nicht sicher, ob Raimo anbeißen würde, also hatte er versucht, nicht allzu pointiert und professionell zu klingen. Die Rechtschreibfehler waren Absicht gewesen, ebenso wie der etwas hochtrabende Stil. In dem Versuch, wie ein geldgieriger Teenager zu wirken, hatte Cadel sogar verschiedene Computerspiel-Begriffe verwendet, indem er beispielsweise Ariel als seinen »Avatar« bezeichnet und Raimo sein Mitgefühl darüber zum Ausdruck gebracht hatte, dass er so von der Computergrafik-Industrie »gecheatet« worden war. *Andrew Hellen meint, du hast Erfahrung mit Schwarzmarktscans,* hatte Cadel erklärt, *und meine Freundin fliegt nach L.A., also warum nicht?*

Ariel selbst war ein anderes überzeugendes Element seines Plans. Keine Polizeibehörde, die auch nur über einen Funken Selbstrespekt verfügte, würde eine kranke Teenagerin losschicken, um einem Verdächtigen eine Falle zu stellen. Das war zumindest Cadels Theorie. Er wusste, dass sein Alter ihm definitiv einen Vorteil verschaffte. Deshalb machte er sich auch den jammernden Tonfall einer verwöhnten Vorstadtprinzessin zu eigen – die Sorte Mädchen, die absolut keine Ahnung von irgendwelcher Computertechnologie außer Facebook und iPhones hatte.

»Warren hat mir einfach nur das hier gegeben«, fuhr er fort und hustete mitleiderregend, während er das USB-Laufwerk hervorholte. »Das soll ich dir geben, wenn du dafür bezahlt hast. Mehr hat er mir nicht gesagt. Außer deinem Namen und deiner Adresse.«

Raimos Lippen verzogen sich zu einem höhnischen Lächeln. »Soll das ein Witz sein?«, sagte er abfällig. »Meinst du etwa, dass ich dir Geld für etwas gebe, was ich noch nicht mal gesehen habe?«

»Das hat er mir so *aufgetragen*.«

»Tja, das kannst du vergessen«, sagte Raimo mit einer Kopfbewegung zu der Metallscheibe in Cadels Hand. »Da könnte alles drauf sein. Zum Teufel, da könnte auch *nichts* drauf sein.«

»Aber ich soll das Geld abholen!« Cadels Stimme steigerte sich zu einem Quieken und versagte. »Kannst du ihn nicht einfach anrufen?«

»Warum rufst *du* ihn nicht an?«, lautete Raimos wenig hilfreiche Antwort.

»Weil mein Telefon hier nicht funktioniert.«

»Bist du etwa auch aus Australien?«

»Natürlich bin ich das.« Cadel achtete darauf, beleidigt zu klingen. Das machte es ihm leichter, mit hoher Stimme zu sprechen. »Siehst du das denn nicht?«

Raimo zuckte mit den Schultern. Er beobachtete seine Besucherin aus glänzenden, starren Augen, und etwas an der Art, wie er dasaß – ein dunkler kleiner Punkt in einer riesigen roten Hand –, erinnerte an eine zerquetschte Mücke.

»Was ist mit *deinem* Telefon?«, fragte Cadel. »Wir könnten doch das benutzen.«

Raimo sagte nichts, stattdessen entfaltete er seine Gliedmaßen und stand auf. *Knirsch-knirsch-knirsch* machten seine Sohlen, als er durch das Meer von Einwickelpapieren ging. Nervös folgte Cadel ihm durch einen schmalen Flur, vorbei an einem Raum, der als Heimkino eingerichtet war. Der Bildschirm war riesig. Ihm gegenüber standen zwei Reihen Stühle mit verstellbarer Lehne, die mit pflaumenfarbenem Samt gepolstert und mit Becherhaltern und Fußstützen ausgestattet waren. Offensichtlich hatte Raimo all sein Geld für das luxuriöseste Heimkino rausgeworfen, das die Welt je gesehen hatte.

Und dann kamen sie am Nachbarzimmer vorbei.

Als Cadel sich mit weit aufgerissenen Augen einem Regal voller Computertechnologie nach dem anderen gegenübersah, begriff er, dass er sich geirrt hatte. Der Hauptteil von Raimos Vermögen war nicht in seine Heimkinoanlage geflossen, sondern in eine Ausstattung, um die ihn sogar die NASA beneidet hätte. Mit einem Mal ergab Raimos auf arktische Temperaturen eingestellte Klimaanlage absolut Sinn. Offensichtlich diente sie dem Wohle seiner Maschinen, die sehr viel mehr Hitze abstrahlten als eine durchschnittliche Vorstadtfamilie. Cadel verharrte auf der Schwelle und stellte mit einem Blick fest, dass in eine Wand zahlreiche Löcher für Kabel aus dem Nebenzimmer gestanzt waren. Die einzige Spur eines menschlichen Bewohners war die Schicht Bonbonpapiere auf dem Boden.

»Hier«, sagte Raimo weiter vorne. Er stand in der Tür zum Schlafzimmer, dessen Fenster nach hinten hinausgingen. Als Cadel sich zu ihm gesellte, wies Raimo auf einen der drei Schreibtische, die in den recht beengten Raum gezwängt waren, der obendrein noch ein übergroßes Wasserbett enthielt. Das Bett war nicht gemacht, und die schwarzen Satinlaken waren mit noch mehr Süßigkeitenpapieren übersät. Auf den Schreibtischen stand eine ganze Reihe Computer, Drucker, Modems, USB-Laufwerke, Mikrofone, Lautsprecher und Telefone. »Du kannst das *Star-Trek*-Telefon benutzen«, wies ihn Raimo an, »aber bitte melde ein R-Gespräch an.«

Cadel zögerte. Das *Star-Trek*-Telefon befand sich am anderen Ende des Raumes, und um es zu erreichen, musste er Raimo den Rücken zukehren. Hatte der Typ dieses ganze Manöver einzig und allein deshalb vollzogen, um ihn von hinten angreifen zu können? Der Gedanke kam Cadel zwar unwahrscheinlich vor, doch er konnte es sich nicht leisten, ein Risiko einzugehen. Er war ganz allein in fremder Umgebung. Wenn er dieses Haus nie wieder verließ, würde niemand in Australien jemals erfahren, was aus ihm geworden war.

Plötzlich fiel sein Blick auf den Boden, und ihm wurde klar, dass Raimo unmöglich einen Überraschungsangriff auf ihn durchführen konnte. Nicht bei den zahllosen Einwickelpapieren, die hier verstreut lagen. Das Knistern der Plastikfolie unter seinen Füßen würde ihn unweigerlich verraten.

»Tja ... in Ordnung«, sagte Cadel und ging knisternd an dem Bett vorbei. »Aber gib nicht mir die Schuld, wenn er sauer ist, weil ich ihn aufgeweckt habe.«

Während Cadel auf der Tastatur von Raimos *Star-Trek*-Kommunikatortelefon seine eigene Nummer wählte, suchte er das Zimmer verstohlen nach Spuren von Niobe ab. Doch da war nichts: keine Fotos, kein Schmuck, keine herumliegende Unterwäsche. Wenn sie hier war, dann hielt sie sich sehr bedeckt. Vielleicht hatte sie das im Laufe der Jahre gelernt – Cadel wusste es nicht. Am Axis-Institut war sie nie die Sorte Mensch gewesen, die sich im Hintergrund hielt. Im Gegenteil, sie und ihre Schwester waren immerzu laut, unbändig und chaotisch gewesen. Es war jedoch möglich, dass Niobe sich seitdem geändert hatte. Vielleicht hatte sie gelernt, keine Spur von Haarpflegeutensilien und federgeschmückten Kugelschreibern mehr zu hinterlassen.

Cadel entdeckte keinerlei Hinweise darauf, dass irgendjemand außer Raimo sich in diesem Haus aufhielt oder aufgehalten hatte. In jedem Fall gab es keine Spur von Prosper English. Wenn möglich hatte Prosper immer dazu geneigt, einen eleganten Lebensstil zu pflegen, mit Seidenhemden und Badezimmern aus Marmor. Schäbige Sozialwohnungen, in denen der Müll knöcheltief stand, passten ganz und gar nicht zu ihm. Und da hier ganz offensichtlich Bonbonpapiere aus mehreren Monaten auf dem Boden lagen, war es unwahrscheinlich, dass Prosper in diesem Zeitraum zu Besuch gewesen war.

Andererseits war es absolut möglich, dass er mit Raimo kommuniziert hatte, der etwas unheimlich Vertrautes an sich hatte. Raimo gehörte genau zu der Sorte Menschen, die typischerweise auf Prospers Gehaltsliste landeten – und gar nicht mal aus den offensichtlichen Gründen. Klar, Raimo wirkte ein wenig sonderbar. Klar, er war ein besessener Einzelgänger, wie es auch viele Angehörige des Lehrkörpers am Axis-Institut gewesen waren. Aber es war seine seltsame Distanziertheit, die ihn so verstörend machte. Am Institut hatte Cadel immer wieder das Gleiche erlebt: das Gefühl, dass der Mensch vor ihm sich nicht wirklich für ihn oder irgendjemanden sonst interessierte. Das Gefühl, dass man als unbelebter Faktor innerhalb eines nur an der eigenen Person interessierten Plans, einer Verschwörung oder einer verzerrten Weltsicht betrachtet wurde. Brendan, Max, Luther, Vee … diese Eigenschaft hatten sie alle geteilt. Sie hatten alle unter dem gleichen Tunnelblick gelitten.

Irgendwann hatten sie ihn alle einmal so angesehen, wie Raimo ihn jetzt betrachtete – mit einem Blick, der ebenso misstrauisch wie berechnend war, letztlich aber absolut desinteressiert.

»Die von Ihnen gewählte Nummer ist derzeit nicht verfügbar …«

Cadel, der die Tonbandaufzeichnung hörte, war zutiefst erleichtert, obwohl er eigentlich nichts anderes erwartet hatte.

Soweit er wusste, lag sein Handy ohne Akku irgendwo in den Trümmern seines Zimmers.

»Geht keiner ran«, teilte er Raimo mit, der sich nicht besonders beeindruckt zeigte.

»Zu dumm.«

»Ich kann's noch mal versuchen. In ein paar Minuten.«

»Nee.« Raimo schüttelte den Kopf. »Wenn er nicht um vier Uhr rangeht, wird er auch nicht um vier Uhr fünfzehn rangehen.«

»Aber …«

»Willst du mir was zeigen? Dann komm wieder, wenn du es mir zeigen kannst. Ich bin ein vielbeschäftigter Mann. Hab zu tun. Du verschwendest meine Zeit.«

»Aber ich *kann* es dir nicht zeigen!«, klagte Cadel. »Ich habe keinen Computer, wo ich es draufmachen kann!«

»Ich schon«, sagte Raimo. Trotz seines gelangweilten und herablassenden Tonfalls verriet etwas an der Art, wie er seine ganze Aufmerksamkeit auf Cadel richtete, dass sein Interesse langsam zunahm. »Du kannst es auf meinen Computer laden. Dann kann ich mir ansehen, was es ist, und dich bezahlen, wenn es gute Ware ist.«

Cadel konnte sich nur schwer unter Kontrolle halten. Er war ebenso erfreut wie verblüfft: Wer hätte gedacht, dass er *solchen* Erfolg mit seiner Verkleidung haben würde? Offenbar hielt Raimo ihn für eine völlig verblödete Tussi, die nicht mal kapierte, dass das USB-Laufwerk seinen Wert verlor, wenn er den Inhalt erst einmal hochgeladen hatte. Raimo dachte, Ariel sei so dumm und wolle das Laufwerk verkaufen statt der darauf befindlichen Informationen.

Cadel war nur zu gerne bereit, diese Fehleinschätzung zu bestätigen.

»Wenn du es nicht willst, dann gibst du es mir aber zurück?«, fragte er flehend.

»Ja. Wie mit einer Jacke. Ich probiere sie an, und wenn sie mir nicht steht, hänge ich sie zurück an den Kleiderständer.«

»Also geht es dabei nicht kaputt oder so?«

»Kaputt?« Raimos Verachtung war beinahe greifbar. »Wie sollte es kaputtgehen?«

»Ach, was weiß *ich* denn!«, quengelte Cadel. Dabei fummelte er ein bisschen mit seinem Taschentuch rum und versuchte, quälende Unschlüssigkeit zu vermitteln. »Das ist alles zu kompliziert für mich! Ich sollte den Leuten überhaupt keine Gefallen mehr tun, ich werde dabei immer in die Pfanne gehauen!«

Raimo tippte mit dem Finger auf seine protzige goldene Armbanduhr. »Du hast genau dreißig Sekunden«, verkündete er.

Cadel kapitulierte. »Na gut«, sagte er und hielt Raimo das USB-Laufwerk hin. »Nimm du es. Was schert es mich? Schließlich werde ich ja nicht dafür *bezahlt*.«

Sofort wurde Cadel das kleine Gerät aus der Hand gerissen. Mit angehaltenem Atem beobachtete er, wie Raimo sich vor den nächstbesten Computer setzte, der bereits eingeschaltet war. Jetzt musste er nur noch Cadels USB-Laufwerk in den dazugehörigen Anschluss stecken.

Als die Verbindung hergestellt war, schaute Cadel sich in seiner unmittelbaren Umgebung nach etwas um, womit er sich verteidigen konnte. Zwar konnte er sich darauf verlassen, dass Raimos Computer auf eine bestimmte vorhersehbare Art und Weise reagieren würde, doch das galt nicht für Raimo selbst. Bestenfalls würde er Cadel Vorwürfe machen. Das schlimmste Szenario mochte geworfene Stühle oder blaue Augen beinhalten. Cadel kannte sein Gegenüber nicht gut genug, um Spekulationen darüber anzustellen. Am sichersten war es jedenfalls, auf alles vorbereitet zu sein.

Er stählte sich für den bevorstehenden Ausbruch.

»Gottverdammt!«, rief Raimo plötzlich. »Was *ist* das?«

»Hä?«

»Ich kann überhaupt nix aus diesem Stück Schrott rausholen! Ich kann's nicht mal lesen!«

»Was meinst du damit?«

»Hier sind keine Scans drauf.« Raimo drehte sich in seinem Stuhl herum und starrte Cadel finster an. »Was versuchst du hier abzuziehen? Hä?«

»Nichts!«

»Du hältst mich wohl für beschränkt!«

»Ist es kaputt?« Cadel versuchte verwirrt zu klingen. »Vielleicht braucht man ein bestimmtes Passwort ...« Er brach ab und wich dem USB-Laufwerk aus, das Raimo soeben nach ihm geworfen hatte.

»Wech!«, bellte Raimo.

»Aber ...«

»Ich zähl bis drei. Wenn du dann nicht hier raus bist, hol ich meine Schrotflinte.« Raimo erhob sich mit angespannten Schultern und gebleckten Zähnen. Obwohl er klein und schmal gebaut war und eine geschmacklose Brille trug, hatte er etwas außerordentlich Bedrohliches an sich. Vielleicht lag es daran, dass er wie eine Wespe aussah – seine Stimme hatte sogar einen summenden Wespen-Klang, der deutlicher hervortrat, je mehr er sich aufregte. »Hierzulande ist es legal, Einbrecher zu erschießen«, zischte er, »und da du nichts weiter als eine Diebin bist, die sich auf meinem Grund und Boden herumtreibt, wird mir wohl niemand einen Vorwurf daraus machen, wenn du mit einer Ladung Schrot im Hintern von hier verschwindest!«

Mit einem verängstigten Japsen schoss Cadel davon. Er rannte durch den Flur, während Raimo ihm hinterherschrie.

»*EINS!*«

Cadel kam schlitternd zum Stehen, als die Eingangstür ihm den Weg versperrte.

»*ZWEI!*«

Er riss die Tür auf.

»ZWEIEINHALB …«

Während Cadel über die asphaltierte Auffahrt hetzte, riskierte er einen flüchtigen Blick über die Schulter, gerade rechtzeitig, um zu sehen, wie die Haustür hinter ihm zuschlug. Doch er wurde nicht langsamer. Obwohl er stark bezweifelte, dass Raimo ihn am helllichten Tage auf offener Straße niederschießen würde, war Cadel glücklich, dass er einen Vorwand hatte zu rennen. Er wollte so schnell wie möglich das Taxi erreichen.

»Schnell!« Er prallte gegen den wartenden Wagen und riss die Fahrgasttür auf. »Los!«

»Wohin?«, fragte der Fahrer, während Cadel sich auf den Rücksitz warf.

»Einfach nur weg«, sagte Cadel. »Ich sage Bescheid, wenn Sie anhalten sollen.«

Der Fahrer zuckte mit den Schultern, widersprach jedoch nicht. Cadel fing an, in seiner grünen Tasche herumzuwühlen, auf der fieberhaften Suche nach seinem Empfänger. Erst als sein Laptop eingeschaltet war und die verschiedenen Scan-Programme liefen, blickte er zu den Häusern auf, die vor dem Autofenster vorbeiglitten.

Alles war genauso wie vorher: Gipsputz, Palmen, Rasenflecken. Die Auffahrten waren voller Autos – oft zwei oder drei pro Haus. Bei einem der geparkten Wagen stand die Motorhaube offen, und jemand bastelte an dem Motor herum.

»Halt!«, rief Cadel. »Fahren Sie rechts ran! Genau, hier. Gut.«

Das Taxi kam zum Stehen, während Cadel auf seinen Computermonitor schaute. Es war ihm gelungen, in ein Drahtlosnetzwerk einzudringen, ein Umstand, auf den er nicht unbedingt stolz war, aber es ließ sich nicht vermeiden. Er hatte keine Zeit zu verschwenden. Wenn er nicht schnell handelte, ging ihm vielleicht seine einzige Gelegenheit durch die Lappen.

Das Klappern seiner Finger auf der Tastatur schien den teilnahmslosen Fahrer schließlich aufzuschrecken, weshalb er sogar so weit ging, sich umzudrehen.

»Steigen Sie hier aus?«, fragte er.

»In einer Minute.« *Klick-klack-klick.* »In einer Minute möchte ich, dass Sie mich zum nächsten öffentlichen Telefon bringen.«

»Sie meinen, wir sind noch nicht da, wo Sie hinwollen?«

»Noch nicht ganz. Warten Sie. Lassen Sie mich das hier eben fertig machen.« Cadel bemerkte, dass der Fahrer unerwartet unruhig wurde, und fragte sich, ob der Mann vielleicht wusste, was hier vorging. »In einem fahrenden Auto kann ich nicht schreiben«, war die erstbeste Rechtfertigung, die ihm in den Sinn kam. »Lassen Sie mich einfach nur meinen Brief zu Ende tippen, in Ordnung?«

Der Fahrer gab ein Schnauben von sich. Genau in diesem Moment fand Cadel, wonach er gesucht hatte.

»Erwischt«, frohlockte er. Danach brauchte es nur noch ein paar Tastaturanschläge. Schon bald strömten die Daten in seinen Laptop, der die unsichtbare Flut schweigend und ohne Unterbrechung oder Beschwerde aufnahm.

Schließlich hob Cadel den Blick vom Monitor.

»In Ordnung«, erklärte er. »Noch fünf Minuten, dann können wir los. Vielleicht zu einem Einkaufszentrum. In einem großen Einkaufszentrum muss es doch viele Münztelefone geben.«

»Sie meinen in eine Mall? Sie wollen zu einer Mall mit Münztelefonen?«

Cadel nickte.

»Ganz genau«, sagte er. »Bringen Sie mich zu einer Mall mit Münztelefonen.«

28

Raimos Dateien enthielten einen Scan von Rex Austin.

Cadel lehnte sich zurück und starrte auf seinen Laptop-Monitor. Die Geschäftigkeit zwischen den Läden und Imbissen in der Mall war beinahe ohrenbetäubend. Helles Licht spiegelte sich auf glattem Plastik und leuchtendem Chrom wider. Dutzende von Menschen standen an Tresen und bestellten Brathähnchen, Hamburger, Tacos, Sandwichs oder Nudeln. Dutzende andere Menschen saßen an Tischen und kauten auf Doughnuts oder Pizzastücken herum. Hier und da waren Putzkräfte zu sehen, die Wischmopps vor sich herschoben oder Müll aufsammelten.

Cadel hatte sich mit dem Wechselgeld von seiner sündhaft teuren Taxifahrt eine Tüte Pommes gekauft – zuerst war er allerdings Ariel losgeworden. Ihr Rock, ihre Schuhe, ihr Schmuck, ihre Schminke und ihre Unterwäsche waren einmal mehr in seine grüne Tasche zurückgewandert, die nun zwischen seinen Füßen auf dem Boden lag. Es war nicht leicht gewesen, wieder in seine normalen Kleider zu kommen. Er hatte zwar voller Zuversicht die Damentoilette betreten, musste jedoch feststellen, dass es ihn eine Menge Nerven kostete, als männlicher Teenager wieder hinauszuspazieren. Doch er hatte es geschafft (dank sekundengenauen Timings), und gleich darauf war er zum nächsten Münztelefon marschiert und hatte dabei versucht, seinen laut pochenden Herzschlag zu ignorieren.

Die ganze Zeit über war ihm bewusst gewesen, dass die Überwachungskamera an der Decke jede seiner Bewegungen mitverfolgte.

»*Hallo?*« Kale ging gleich nach dem ersten Klingeln ans Telefon.

»Äh … ist da Kale Platz?«

»*Ja.*«

»Hier ist Cadel. Cadel Greeniaus.«

Die sich anschließende Pause sagte Cadel alles, was er wissen musste. Das Gleiche galt für Kales Antwort, die knapp und ohne Umschweife war.

»*Wo bist du?*«

»In Los Angeles.«

»*Was?*«

»Kannst du mich abholen kommen?« Obwohl er erahnte, dass Kale bereits von den jüngsten Entwicklungen in Australien wusste, fasste Cadel sie trotzdem noch einmal schnell zusammen. »Prosper hat versucht, mich umzubringen. Fast hätte er meine Freundin Sonja getötet …«

»*Ich weiß. Sag mir einfach nur, wo du bist.*«

»Ich bin im Beverly Center. Ich kann bei den Imbissen auf dich warten.«

»*Dann treffen wir uns dort. Hauptsache, du bleibst genau dort, in Ordnung? Geh nirgendwo hin, mit niemand anderem.*«

»Tu ich nicht«, versprach Cadel.

»*Hast du ein Handy dabei?*«

»Nein.«

»*Ich bin so schnell wie möglich da.*«

»Warte. Bevor du auflegst …«

»Was?«

»Wie geht es Saul?«

Kales Antwort verriet eine Spur Verbitterung. »*Er wird sich sehr viel besser fühlen, sobald er weiß, dass du in Sicherheit bist.*«

Etwas an Kales Tonfall ließ vermuten, dass noch lange nicht das letzte Wort zu dem Thema gesprochen war. Zu gegebener Zeit, an einem geeigneten Ort würde er sicher noch einiges zu hören bekommen. Nicht, dass Cadel sich besonders große Sorgen darüber gemacht hätte. Verglichen mit all den anderen Drohungen, die über ihm schwebten, war etwas Schelte sein geringstes Problem.

Wie dem auch sei, wenn Kale diesen Scan sieht, wird das alles andere aufwiegen, sagte sich Cadel. Ihm selbst war klar, dass der Scan von Rex Austin unglaublich wichtig war. Zum einen bedeutete seine Existenz, dass Raimo – oder jemand, der ihn kannte – in direktem Kontakt zu Rex gestanden hatte. Außerdem bedeutete sie, dass Cadel Lexi gegenüber womöglich unfair gewesen war. Vielleicht hatte sie doch niemandem erzählt, dass er im Clearview House gewesen war. Vielleicht war Devin die Ursache des Lecks gewesen.

Devin hatte Rex Geld gestohlen. Laut Devin war es ein Leichtes gewesen, online ein paar Tausend Dollars von den Bankkonten des Milliardärs abzuzwacken, ohne irgendeinen Alarm auszulösen. Nur was, wenn Devin sich verrechnet hatte? Was, wenn man ihn sehr wohl bemerkt hatte?

Während in Cadels Kopf ein mögliches Szenario Gestalt annahm, blendete er alle Ablenkungen in seiner unmittelbaren Umgebung aus. Raimo Zapp hatte Kontakt zu Prosper English gepflegt, der wiederum Rex Austin dabei geholfen hatte, das Genius-Team aufzustellen. Raimo hatte einen Scan von Rex gespeichert. Devin hatte sich an Rex' Bankkonten bereichert. Und sobald Cadel bei Devin eingezogen war, hatte Prosper davon erfahren.

Konnte es sein, dass Rex und Prosper noch immer zusammenarbeiteten? Das erschien Cadel sehr wahrscheinlich. Er war Rex Austin nie begegnet, das Gleiche galt für Kale Platz und Saul Greeniaus. Rex war nur schwer in die Finger zu bekommen. Er konnte genügend Anwälte, Sicherheitsleute und persönliche Mitarbeiter bezahlen, um den Rest der Welt auf Abstand zu halten. Doch was, wenn Prosper English sich durch Rex Austins Verteidigungslinien geschlängelt hatte? Was, wenn die beiden unter einer Decke steckten?

Und was, wenn Rex irgendwie den Dieb identifiziert hatte, der sich immer mal wieder an seinen Bankkonten bereicherte?

Wenn Devins Name Prosper zu Ohren gekommen war, hatte der sicher aufgemerkt und beschlossen, ihn nun doch im Auge zu behalten – obwohl Cadel die Wienekes seit Monaten nicht getroffen hatte. Natürlich war Devin nicht viel unterwegs, und wenn doch, dann normalerweise nachts. Seine Bewegungen mittels des örtlichen Netzwerks an Überwachungskameras nachzuverfolgen war praktisch unmöglich gewesen. Wie hatte Prosper das also angestellt? Vielleicht per Internet? Hatte Vee Devins Passwörter?

Dann fiel Cadel plötzlich der USB-Raketenwerfer ein, den Devin als Dankeschön für seine zahlreichen Technikeinkäufe erhalten hatte. Vielleicht war das gar kein Geschenk, sondern ein Trojanisches Pferd – eine Wanze, die als großzügige Geste getarnt war. Cadel konnte sich ohne Schwierigkeiten vorstellen, dass jemand wie Dr. Vee zusehen konnte, wie sich Rex' Geld von den aufgeblähten Schatzkammern des Milliardärs auf Devins falsche Konten und schließlich in die Online-Kassen von Apple und Microsoft bewegte. Vielleicht war Vee auf Devins Einkaufsgewohnheiten aufmerksam geworden und hatte eine entsprechende Lieferung gefälscht. Vielleicht war Devins Gier Cadels Untergang gewesen.

Wenn dem so war, dann hatte Prosper möglicherweise jedes

Wort gehört, das sie im Keller von Clearview House gesprochen hatten. Bei dem Gedanken wurde Cadel ganz schwindelig. Er blinzelte und schüttelte den Kopf, in dem Versuch, die in ihm aufsteigende Panik abzuschütteln. Er wendete sich von dem Computer ab und versuchte, sich vom Anblick einer vorstädtischen Alltagsszenerie trösten zu lassen: dem Gedränge und dem Geklapper der stark frequentierten Imbisse in der Mall.

In diesem Moment wurde ihm klar, dass sich etwas verändert hatte. Die Tische um ihn herum waren leer, und eine atemlose Stille hatte das allgemeine Hintergrundbrummen ersetzt. Niemand stand mehr hinter den dampfenden Essensauslagen.

Sein Herz machte einen Riesensatz. *Oh mein Gott,* dachte er. *Was ist passiert?*

»Cadel«, sagte eine einsame Stimme, »ist alles in Ordnung?«

Er schaute sich um. Kale Platz stand etwa drei Meter von ihm entfernt, klein, schlank und in einem zerknitterten grauen Anzug, der exakt die gleiche Farbe wie seine Augen hatte. Seit seinem letzten Besuch in Australien hatte er sich einen Schnurrbart wachsen lassen, ansonsten hatte sich sein blasses, langes Gesicht kaum verändert. Das verbliebene mausgraue Haar war nach wie vor sehr kurz geschnitten.

Seine angespannte Haltung trug nicht gerade dazu bei, Cadels Befürchtungen zu zerstreuen.

»Ha-hallo«, stotterte Cadel. »Was ist hier los?«

»Sag du es mir.« Kale musterte ihn eindringlich. »Gibt es etwas, das ich wissen sollte?«

»Ja, viel. Ich hab hier eine Menge wirklich interessantes Zeug.« Noch während Cadel sprach, begriff er, dass er die Frage falsch verstanden hatte. Mehrere große Männer in dunklen Anzügen hatten in der nun leeren Mall-Halle Stellung bezogen, und ein uniformierter Polizist hatte sich zu den beiden Sicherheitsleuten vor einem Pizzatresen gesellt. »Ist das …?

Habt ihr …? Ich habe keine Bombe dabei, falls ihr euch darüber Sorgen macht.«

»Bist du mit irgendjemand anders hergekommen?«

»Nein.«

»Wo hast du den Computer her?«

Cadel schluckte. Langsam dämmerte ihm, dass der Imbissbereich offenbar abgeriegelt worden war. Irgendwie hatte man diesen Teil der Mall isoliert, während Cadel völlig in seine Berechnungen versunken gewesen war.

Ich muss wirklich besser aufpassen, sagte er sich. *Was, wenn es nicht Kale gewesen wäre, sondern Prosper English?*

»Das ist keine Falle«, versicherte er dem FBI-Agenten. »Man hat mich nicht entführt. Es war meine eigene Idee.«

»Was ist in der Tasche?«

»Kleider. Ach ja, und ein Wardriving-Empfänger, aber …«

»Schieb sie zu mir rüber. Mit dem Fuß.«

»Aber …«

»*Tu es.*«

In Cadel brodelte es vor Wut, dennoch tat er wie geheißen. Er übergab seine grüne Tasche und hob die Hände von der Tastatur. Dann stand er auf und ließ sich von Kale abtasten.

Als Kale nach dem Laptop griff, sagte Cadel: »Warte bitte. Moment. Ich muss dir etwas darauf zeigen.«

»Später«, erwiderte der FBI-Agent. Er ließ den Laptop zuschnappen und klemmte ihn sich achtlos unter den Arm. Mehrere seiner Kollegen näherten sich Cadel, dem es gar nicht gefiel, dabei zuzusehen, wie sein Laptop so unvorsichtig behandelt wurde.

»Bitte passt auf«, flehte er, während Kale ihn zum nächsten Ausgang scheuchte. Ein Ring aus Agenten schloss sich um sie und bildete einen Schutzwall. »Auf dem Computer ist wirklich wichtiges Zeug. Daten, von denen wir dringend Sicherheitskopien machen müssen.«

»Hat irgendjemand sonst ihn benutzt?«, fragte Kale.

»Was benutzt?« fragte Cadel. »Meinen Computer?«

»Hatte irgendjemand sonst Zugriff darauf? Direkt oder indirekt?«

»Nein.«

»Bist du dir sicher?«

»Ich glaube, ich hätte gemerkt, wenn jemand sich daran zu schaffen gemacht hätte«, gab Cadel zurück.

Mittlerweile befanden sie sich auf einem Gang, der nicht für den Kundenverkehr gedacht war, und näherten sich einem Lastenaufzug. Ein Großteil der Umgebung bestand aus nacktem Beton und zerkratzter Farbe. Offenbar hatte nur das Personal Zutritt zu diesem Teil der Mall.

»Du hast das alles falsch verstanden«, fuhr Cadel fort. »Prosper weiß nicht, dass ich hier bin. Zumindest *glaube* ich, dass er nichts davon weiß. Ich bin ihm jetzt einen Schritt voraus. Ich habe gutes Datenmaterial, ich muss nur herausfinden, was es bedeutet.«

Kale hörte ihm gar nicht zu. Er war zu sehr damit beschäftigt, Cadels Wechsel von einem Stockwerk ins andere zu koordinieren, wobei er ein Funkgerät benutzte, um sich mit mehreren versteckt agierenden Kollegen innerhalb der Mall abzusprechen. Also gab Cadel auf. Er unternahm keine weiteren Erklärungsversuche und ließ sich wie ein Gefangener oder ein Päckchen ins Gewahrsam des FBI überstellen. Vom Lastenaufzug aus folgte er Kale gehorsam über einen leeren Parkplatz, bis sie schließlich ein kleines Grüppchen dunkler, glänzender Autos erreichten. Eines davon war für Kale und Cadel. Der dazugehörige Fahrer saß hinter einer stark getönten Windschutzscheibe. Ein halbes Dutzend Mann bewaffneter Geleitschutz stieg in die anderen beiden Fahrzeuge ein, die Cadels Auto von vorne und hinten abschirmen sollten.

»Wo fahren wir hin?«, fragte er, sobald sie auf dem Weg waren.

»Westwood«, antwortete Kale neben ihm.

»Was ist dort?«

»Dort arbeite ich«, antwortete Kale. »Es handelt sich um eine gesicherte Anlage.«

»Ist es weit?«

»Nein.«

»Es ist doch kein Gefängnis, oder?«

Der FBI-Agent wandte ihm langsam das Gesicht zu. Er musterte Cadel mit einem durchdringenden Blick, während das Fahrzeug über eine Rüttelschwelle fuhr und auf die Hauptstraße abbog. Einen Moment lang herrschte Schweigen.

»Nein«, sagte Kale schließlich. »Wieso?«

Cadel zuckte mit den Schultern. »Keine Ahnung«, brummte er. »Sichere Anlagen sind für gewöhnlich Gefängnisse. Oder?«

»Diese nicht. Das FBI-Gebäude ist darauf ausgelegt, dass niemand hineinkommt.«

»Ach so.«

»Andererseits wäre das Gefängnis vielleicht der beste Platz für dich«, sagte Kale gedehnt, »nach allem, was du abgezogen hast.«

Cadel sank der Mut. Er hatte auf eine kleine Verschnaufpause gehofft, bevor ihm die Zurechtweisungen um die Ohren flogen. Trotzdem atmete er tief durch und versuchte sich zu rechtfertigen.

»Ich werde das Geld zurückzahlen«, sagte er mit zitternder Stimme. »Sobald ich kann.«

Kales Augenbrauen wanderten in die Höhe. »Welches Geld?«

»Äh …«

»Es ist *Geld* im Spiel?«

»Ich musste mir ein Flugticket kaufen«, erklärte Cadel. »Von einem gefälschten Bankkonto …«

»Was für ein Konto?«

»Gar keins. Es *gehört* niemandem. Es war kein *echtes* Geld.«

Kale schnalzte mit der Zunge. »Das wird ja immer besser«, knurrte er. »Ein gefälschter Pass, illegale Einreise und jetzt auch noch Bankbetrug.«

»Ich habe doch gesagt, dass ich es zurückzahlen werde!«

»Glaubst du etwa, dass damit alles in Ordnung ist?«, sagte Kale grob und starrte Cadel gallig an. »Was *zum Teufel* ist nur los mit dir? Hä? Ich dachte, du bist ein Genie?«

Cadel war sauer. Er hatte damit gerechnet, dass man ihm Vorwürfe machen würde, aber nicht mit solchen Grobheiten. »Du verstehst das nicht …«, setzte er an.

Kale unterbrach ihn unwirsch. »Nein, *du* verstehst es nicht«, blaffte der Agent. »Du steckst verdammt tief in der Scheiße, mein Junge. Nicht nur, was deinen armen alten Dad betrifft, sondern auch beim Ministerium für innere Sicherheit, beim FBI und bei der gesamten australischen Polizei …«

»Ich musste es tun!«, rief Cadel, während ihm das Blut ins Gesicht schoss. »Prosper English versucht mich umzubringen! Ich muss ihn aufspüren!«

»*Du* musst ihn aufspüren?«

»Ja! *Ich!*«

»Weil niemand sonst das kann? Willst du damit sagen?«

Cadel zuckte zusammen, als er Kales höhnischen Tonfall hörte, doch er ließ sich nicht zum Schweigen bringen. »Ja. Ganz genau«, bestätigte er leise, hob das Kinn und straffte die schmalen Schultern. »Weil niemand sonst dazu in der Lage ist, das zu tun, was ich tun kann.«

Der FBI-Agent gab einen schnaufenden, abfälligen Laut von sich. »Vielleicht solltest du mal darauf achten, wie du redest«, bellte er. »Vielleicht solltest du mal darüber nachdenken, wie es klingt, wenn du so etwas sagst. Dazu fallen einem spontan Wörter wie ›größenwahnsinnig‹ ein.«

Cadel schnappte nach Luft. »Ich bin nicht größenwahnsinnig!«

»Nicht?«

»Ich bin ein *Realist.*«

»Klar«, spottete Kale. »Das habe ich schon oft gehört. Von krummen Geschäftemachern, von Versicherungsbetrügern. Die sagen alle: ›Seien wir mal realistisch. Wer verliert schon etwas dabei?‹« Er beugte sich vor und hielt Cadel seine platte Nase und seine buschigen Brauen vors Gesicht. »All diese Leute scheinen sich einzubilden, dass die Gesetze für *sie* nicht gelten.«

Unter dem Dauerfeuer der Anschuldigungen knickte Cadel langsam ein. Er fühlte sich atemlos, als hätte Kale ihm einen Hieb in den Solarplexus verpasst. Auf einmal war er völlig verwirrt. Seine Motive waren doch wohl offenkundig? Er hatte versucht, *Leben zu retten.* Prosper hatte ihm das Haus über dem Kopf eingerissen, Himmel noch mal!

»So kannst du nicht mit mir reden«, sagte er schließlich heiser. »Jeder, der mir etwas bedeutet, landet früher oder später im Krankenhaus. Ich führe ein Leben auf der Flucht, weil die Polizei Prosper English nicht zu fassen bekommt. Und du wirfst *mir* vor, dass ich tue, was nötig ist?«

»Lügen? Stehlen?«

»Damit bin ich ein ganzes Stück näher an Prosper rangekommen als *ihr!*«

»Du willst damit also sagen: Der Zweck heiligt die Mittel.« Kale sprach mit trockener, tonloser Stimme, während er eine Packung Kaugummis öffnete. »War das nicht auch Stalins Entschuldigung? Du hast immer noch einen weiten Weg vor dir, Söhnchen. Sieht ganz so aus, als hätte Saul dir noch nicht all den Mist vom Axis-Institut ausgetrieben. Vielleicht liegt das daran, dass er sich selbst nicht immer an die Regeln hält – insbesondere, wenn es um seine Familie geht. Ich persönlich würde dich nicht mal in die *Nähe* von diesem Fall lassen.« Er warf sich eine blaue Pastille in den Mund. »Eins weiß ich nämlich nach so vielen Jahren in diesem Job: Wenn man sich so verhält wie die Typen, hinter denen man her ist, endet man genauso wie sie.« Er beugte sich zu seinem Kollegen vor. »Bleib dicht dran, Chuck, sonst schert irgendein Mistkerl vor uns ein.«

Cadel wandte sich ab und schaute aus dem Fenster. Seine Hände zitterten, und in seinem Magen rumorte es. Sein Blick war tränenverhangen. *Das liegt daran, dass ich müde bin,* versicherte er sich. *Wenn ich nicht so müde wäre, würde mir das alles nicht so zusetzen.*

Doch er wusste, dass es mehr war als die Müdigkeit. Kale hatte einen wunden Punkt getroffen. Er hatte direkt eine von Cadels größten Ängsten angezapft – genau wie Gazo.

Was, wenn Prosper English ihn für immer gezeichnet hatte? Was, wenn Cadel immer wieder in die Verhaltensweisen zurückfallen würde, die Prosper ihm vor so vielen Jahren eingeimpft hatte?

»Ich schätze, es könnte schlimmer sein«, bemerkte Kale unvermittelt. »Immerhin warst du so vernünftig, mich anzurufen. Das spricht auf jeden Fall für dich. Jetzt müssen wir erst mal sichergehen, dass es nicht noch mehr gibt, wovon ich wissen sollte. Keine weiteren Dinge, die bei bestimmten Leuten richtiggestellt werden müssen.« Er kaute vor sich hin. »Am besten erstattest du mir ausführlich Bericht. In allen Einzelheiten, seit dem Moment, als du aus dem Polizeigewahrsam verschwunden bist.«

Cadel schüttelte den Kopf. »Das kann ich nicht«, krächzte er und dachte dabei an Gazo, Lexi und Devin.

»Cadel …«

»Ich bin keine Petze.«

Kale seufzte. »In Ordnung, wie wär's damit: Alle anderen, die mit der Sache zu tun haben, kannst du meinetwegen als X oder John Doe bezeichnen. Oder sonst wie.«

»Du wirst vielleicht trotzdem wissen, um wen es sich handelt.«

»Kann sein«, räumte Kale ein. »Aber daran lässt sich nichts ändern. Das hier ist keine offizielle Aussage. Du legst nicht Zeugnis über diese Leute ab. Außerdem fallen sie ja gar nicht in meinen Zuständigkeitsbereich.«

Cadel zögerte.

»Ich lüge dich nicht an. Lügen gehört nicht zu meinen Angewohnheiten. Wie gesagt, es gibt einen richtigen Weg und einen falschen.« Kale legte den Kopf schief und fixierte Cadel mit festem, forschendem Blick. »Wenn du willst, dass ich dir den Rücken freihalte, muss ich wissen, welche Probleme möglicherweise frontal auf dich zukommen. Und das finde ich nicht ohne weitere Informationen heraus.«

Kales Argumente waren absolut überzeugend. Cadel sah das völlig ein. Außerdem fühlte er sich zu schwach, um standhaft zu bleiben, mit seinem unruhigen Magen und der bleiernen Müdigkeit.

»Na schön«, sagte er. Dann fing er stockend an, die letzten zweieinhalb Tage zusammenzufassen.

29

»He, Kumpel.«

Cadel schreckte hoch. Er hatte geträumt, dass er zwischen den Imbissen im Beverly Center war und ihm jemand am Tisch gegenübersaß: ein grauhaariger Mann mit Tweedjackett. Auf den ersten Blick sah der Mann wie Prosper English aus – zum Glück nur auf den ersten Blick. Bei näherem Hinsehen stellte Cadel fest, dass seine blasse Haut immer brauner und ledriger wurde. Seine dunklen Augen wurden blau, und sein beweglicher Mund verwandelte sich in eine eiserne Falle. »Was ist los mit dir?«, sagte er verärgert mit Raimos Stimme. »Du weißt genau, wer ich bin. Denk einfach nach.«

Rex Austin, dachte Cadel, als er sich aufsetzte. Er lag auf einem Sofa in einem Büro. Das Büro befand sich im zehnten Stock des FBI-Gebäudes am Wilshire Boulevard 11 000, Westwood. Daran konnte er sich auf einmal erinnern. Er wusste wieder, wo er war. Kale hatte ihn zum FBI-Hauptquartier in Los Angeles gebracht, das sich über sieben Stockwerke eines weißen Hochhauses erstreckte, welches mitten auf einem riesigen asphaltierten Parkplatz stand. Nachdem sie allerlei Sicherheitsvorkehrungen passiert hatten (Scanner, Metalldetektoren, Türen mit Zahlenschlössern), war Cadel schließlich an Kales Arbeitsplatz angelangt, der mit seinen Schreibtischen, Abteilen, Computern, Telefonen und ergonomischen Stühlen genau wie jeder andere Arbeitsplatz aussah. Dazu gab es noch ein Büro mit einem Sofa darin, auf das Cadel sich hatte legen dürfen, nachdem er Kale alles über die zurückliegenden Ereignisse erzählt hatte, was Raimo Zapp, Rex Austin und den Keller von Clearview House betraf.

Cadel schaute auf die Uhr und stellte fest, dass er vier Stunden und achtundzwanzig Minuten lang geschlafen hatte.

»Da will dich jemand sprechen«, sagte der Fremde, der ihn geweckt hatte, und hielt ihm ein schnurloses Telefon hin. »Willst du rangehen?«

»Äh …«

»Ich glaube, es ist deine Mutter.«

Cadel rieb sich die Augen. Dann griff er nach dem Telefon und hielt es sich vorsichtig ans Ohr. »Hallo?«, brummte er.

»*Cadel?*« es war unverkennbar Fiona. Ihre Stimme klang angespannt. »*Bist du das?*«

»Ja.« Er hustete. »Ich bin dran.«

»*Was ist los? Bist du krank?*«

»Nein. Ich hab geschlafen.« Ein unbehagliches Schweigen schloss sich an, das Cadel schließlich mit einer Frage brach. »Wie geht es Saul?«

»*Ihm geht's gut*«, antwortete Fiona. »*Die Ergebnisse von der Kernspintomografie sind gerade gekommen, und alles sieht bestens aus. Er hat eine große Beule am Kopf und ein gebrochenes Schlüsselbein, aber das ist auch schon alles. Wahrscheinlich wird er morgen früh entlassen.*«

»Toll.« Cadel hätte gerne eine herzlichere Antwort gegeben, doch Kales Kollege stand neben ihm und belauschte jedes Wort. »Das ist ja großartig.«

»*Ich weiß nicht genau, wo wir wohnen sollen.*« Fionas Stimme klang dumpf, als wäre sie zu erschöpft, um sich Sorgen zu machen. »*Meine Mutter hat angeboten, uns aufzunehmen, aber bei ihr ist eigentlich kein Platz für dich.*«

»Macht euch wegen mir keine Gedanken«, sagte Cadel hastig. »Im Moment kann ich bei überhaupt niemandem wohnen.« So viel war ihm zumindest absolut klar – selbst in seinem benommenen Zustand. »Dazu bin ich zu sehr Zielscheibe. Die müssen mich wahrscheinlich in einen Bunker stecken oder so.«

»Bist du deshalb weggelaufen?«

Cadel schluckte. Er konnte nicht sofort antworten. Schließlich sagte er: »Ich musste verschwinden. Ich hatte keine Wahl.«

»Es war nicht deine Schuld, Cadel. Das Haus, die Verletzten. Niemand gibt dir die Schuld dafür.« Als Cadel nicht antwortete, fügte Fiona hinzu: *»Saul ist hier. Er möchte ein bisschen mit dir reden.«*

»Warte.« Cadel legte die Hand über den Hörer und blickte zu dem Mann auf, der über ihm aufragte. »Ich möchte kurz mit meinem Vater reden. Könnten Sie ... ich meine, kann ich das allein machen?«

Kales Kollege dachte einen sorgfältig bemessenen Augenblick lang über diese Bitte nach und nickte dann. »Klar.«

»Danke.« Cadel wartete, bis er allein im Büro war, bevor er wieder ins Telefon sprach. »In Ordnung. Jetzt kann ich reden.«

»Cadel?«

Das Herz des Jungen setzte einen Moment lang aus. »Äh ... hallo«, sagte er heiser, als er Sauls Stimme erkannte. Sie klang etwas schwächer als sonst, aber ansonsten unverändert. An ihr war nichts Schleppendes oder Zögerliches.

Cadel begegnete dieser Stimme mit gemischten Gefühlen. Einerseits stellte er sich darauf ein, ausgeschimpft zu werden, andererseits war ihm beinahe übel vor Erleichterung und Dankbarkeit.

Weil Saul lebte. Er lebte und konnte klar denken.

»Kale hat gesagt, dass es dir gutgeht«, bemerkte der Inspektor.

»Ja.«

»*Er hat mir erzählt, dass es dir gelungen ist, ein paar von den Dateien zu entschlüsseln, die wir uns von Coms Laptop geholt haben.*« Unerwarteterweise kam Saul direkt zur Sache. Cadel hatte damit gerechnet, zuerst einmal getadelt zu werden. »*Er hat gesagt, dass Raimo Zapp in einer von Dots E-Mails vorgekommen ist. Zusammen mit Niobe und Prosper English.*«

»Ja.« Eifrig stürzte Cadel sich auf die Gelegenheit, die Überlegungen zu schildern, die hinter seinem jüngsten Verhalten steckten. Hatte Saul vielleicht beschlossen, den Vortrag über unverantwortlichen Eigensinn zu überspringen, um mit ihm stattdessen über ihre weitere Taktik zu reden? »Als ich die E-Mail gesehen habe, ist mir klar geworden, wie wichtig Raimo Zapps Daten sein würden. Und das sind sie auch. Ich habe mir noch nicht alles angesehen, aber er hat einen Scan von Prosper English. *Und* einen von Rex Austin. Hat Kale das auch erwähnt?«

»*Ja, das hat er. Er hat außerdem erwähnt, dass die Daten aufgrund der Art und Weise, auf die du sie dir beschafft hast, vor Gericht möglicherweise als Beweismaterial nicht zulässig sind.*«

Cadel schnappte nach Luft und atmete dann mit einem enttäuschten Seufzer aus.

Also war er doch noch nicht vom Haken.

»*Ich weiß, dass Recht und Gesetz nicht zu deinen Spezialgebieten gehören*«, fuhr Saul fort. »*Aber du solltest beides in deine Entscheidungen einbeziehen, wenn du dazu entschlossen bist, in dieser Angelegenheit die Führungsrolle zu übernehmen. Was du offensichtlich bist. Obwohl dir alle ständig davon abraten.*«

»Ich musste hierherkommen. Ich hatte keine Wahl.« Als am anderen Ende der Leitung keine Antwort erklang, begann Cadel sich zu rechtfertigen. »Prosper hat mich im Clearview

House aufgespürt. Er hat einen Trupp Bauarbeiter hingeschickt, um den Keller mit Beton vollzupumpen.«

»Ich weiß.«

»Er muss ihnen gesagt haben, wo sie halten sollen, damit sie genau den Notausgang blockieren. Er hat alles bis ins Detail durchdacht.«

»Ich weiß. Kale hat mir darüber Bericht erstattet.«

»Ich habe Angst bekommen. Ich meine *richtig* Angst.« Erst im Rückblick begriff Cadel, wie sehr er sich wirklich gefürchtet hatte. Als es passiert war, war er viel zu sehr damit beschäftigt gewesen, seine nächsten Schritte zu planen, um auf die aufwallende Panik in seinen Eingeweiden zu achten – was vielleicht durchaus seine Fähigkeit beeinträchtigt hatte, die Aktion klar zu durchdenken. »Vielleicht hätte ich Fiona darum bitten sollen, mir das Flugticket zu kaufen«, räumte er ein. »Vielleicht bin ich ein bisschen zu sehr in Panik verfallen. Aber ich musste hierher. Ich hätte nicht in Australien bleiben können.«

Saul brummte etwas Unverständliches, doch bevor Cadel ihn bitten konnte, seine Worte zu wiederholen, sagte der Inspektor erschöpft: »*In einem* FBI-*Büro bist du immerhin so ziemlich in Sicherheit.*«

»Es tut mir leid, dass ich dir nichts gesagt habe.« So armselig die Worte auch klingen mochten, Cadel wusste, dass er sich entschuldigen musste. Für alles. »Genauso sehr tut es mir leid, was alles passiert ist. Mit deinem Kopf und«, seine Stimme zitterte ein wenig, »das mit dem Haus …«

»Das WAR NICHT DEINE SCHULD.«

»Ich hätte niemals bei euch einziehen dürfen. Ich hätte wissen müssen, dass Prosper früher oder später Jagd auf mich macht …«

»*Also gut, hör mal*«, schnitt ihm Saul das Wort ab. »*Ich habe dich nicht angerufen, um dir die Hölle heiß zu machen oder um mir einen Haufen Mist darüber anzuhören, dass das alles nur deinetwegen passiert ist. Ich habe angerufen, weil du in Schwierigkeiten steckst.«* Einen Moment lang herrschte Stille, während der Inspektor seine Kräfte sammelte, um fortzufahren. Schließlich brummte er: *»Ich kann dir nicht helfen, Cadel. Ich stecke hier im Bett fest, mein Arm ist unbrauchbar, und ich … ich nütze dir im Moment kein bisschen. Was du brauchst, ist ein Anwalt.«*

»Aber …«

»Kale ist ein guter Kerl. Ich vertraue ihm, und ich mag ihn. Und er mag dich auch. Das Problem ist allerdings, dass er da drüben nicht das Sagen hat.« Das Geräusch angestrengten Atmens ließ vermuten, dass Saul entweder den Tränen nahe war oder – was wahrscheinlicher klang – gerade versuchte, ein verletztes Körperteil zurechtzurücken, ohne sich wehzutun. *»Fiona und ich sind beide der Meinung, dass du dringend eine vernünftige Rechtsvertretung brauchst«*, erklärte er ein wenig heiser. *»Also werden wir das mit dem FBI regeln. Kale hat kein Problem damit. Er hält es für eine gute Idee.«*

Cadel war da anderer Meinung. Er war geradezu entsetzt. »Ich will nicht, dass ihr einen Anwalt bezahlt!«, quiekte er. »Dann geht ihr bankrott!«

»Cadel …«

»Niemals! Auf *gar keinen* Fall!«

»Du bist minderjährig. Irgendjemand muss sich um dich kümmern.«

»Nein, das muss niemand. Weil ich nämlich dem FBI helfen werde. Ich werde ihnen den Fall auf einem Silbertablett servieren.« Eilig untermauerte Cadel seine außerordentliche Behauptung, da er wusste, dass Saul skeptisch sein würde. »Sobald Kale mit Raimo redet, wissen wir eine ganze Menge mehr. Vielleicht erfahren wir sogar, wo Prosper wohnt! Meinst du nicht, dass sie mir gegenüber nachsichtig sein werden, wenn es dazu kommt?«

Das Seufzen des Inspektors hallte durch die Telefonleitung. »*Dazu wird es nicht kommen*«, sagte er.

»Wie meinst du das?«

»*Raimo redet nicht*«, teilte ihm Saul mit. »*Er verschanzt sich hinter seinem Anwalt und wirft dir vor, dass du dir unerlaubt Zugriff auf seinen Computer verschafft hast. Er will, dass Anklage gegen dich erhoben wird, Cadel.*«

»Wo… woher weißt du das?«

»*Weil ich mit Kale gesprochen habe, bevor ich dich angerufen habe. Er hat mir gesagt, was vor sich geht.*«

Der unerwartete Rückschlag ließ Cadel leicht atemlos zurück. Er musste sich erst einmal gedanklich sammeln, bevor er etwas sagen konnte. »Soll das heißen, dass Raimo in Polizeigewahrsam ist? Heißt das, Kale hat ihn sich geschnappt, während ich *geschlafen* habe?«

»Genau«, unterbrach ihn eine schneidende Stimme. Es war Kale selbst, der gerade mit zwei Kollegen in dunklen Anzügen das Büro betrat. »Wir sind sofort zu dem Kerl rübergefahren und haben ihn mitgenommen, um ihn zu befragen«, erklärte er. »Aber ich weiß nicht, wie lange wir ihn noch festhalten können. Unsere einzige Grundlage ist eine E-Mail von Compton Daniels Laptop.« Als Cadel den Mund aufmachte, nahm Kale die Antwort auf seine Frage vorweg. »Dein Vater hatte einen *Durchsuchungsbefehl*, der es ihm erlaubt hat, das Gerät zu beschlagnahmen. Zapps Daten sind eine ganz andere Angelegenheit. Die rechtlichen Fragen sind noch nicht geklärt.«

»*Wer ist das?*«, brummte Sauls Stimme in Cadels Ohr. »*Ist das Kale?*«

»Ja«, antwortete Cadel. »Möchtest du ihn sprechen?«

»*Wenn's geht.*«

»Saul möchte mit dir reden.« Cadel reichte ihm das Telefon.

Dabei bemerkte er, dass Kales Begleiter beide genau den gleichen Gesichtsausdruck zur Schau trugen: ruhig, gelassen und teilnahmslos. Er fragte sich, ob alle FBI-Agenten dazu ausgebildet wurden, so auszusehen, wenn sie es mit Unbekannten zu tun hatten.

»Ja. Ah ja. M-hm.« Kale schien Sauls Fragen zu beantworten. »Ja, vor etwa einer Stunde. Bisher noch nichts. Da ist alles leer. Wie?« Kurzes Schweigen. »Ja, das würde mich nicht überraschen. Das muss ich erst persönlich überprüfen. Ja. Ja.« Kale warf einen Blick zu Cadel hinüber und wandte sich dann schnell wieder ab. »Ja, das habe ich tatsächlich gedacht. Jetzt haben wir freie Bahn. Wäre kein Risiko – ich würde selbst hingehen. In Ordnung. Mm-hmmm.«

Cadel spürte, dass es um ihn ging, aber er begriff nicht, in welchem Zusammenhang Kales Worte standen. Wo war alles leer? Warum brauchte der FBIler freie Bahn?

»Nein, ich mache das jetzt gleich. In Ordnung. Ja, keine Sorge. Klar. Ist erledigt.« Unvermittelt legte Kale auf. »Gerade ist eine Krankenschwester gekommen, um nach deinem Vater zu sehen«, teilte er Cadel mit. »Aber er ruft später noch mal an. Geht das in Ordnung?«

Cadel nickte.

»Gut.« Kale gab das Telefon einem seiner Mitarbeiter, der es hinausbrachte. »Inzwischen kannst du uns bei etwas helfen. Die Chancen stehen nicht besonders gut, aber ich glaube, es ist einen Versuch wert. Schließlich kennst du Prosper English besser als irgendjemand sonst.« Er wandte sich seinem verbliebenen Kollegen zu. »Haben wir schon etwas von Gus gehört?«

»Nein, Sir.«

»Tja, dann geh nachschauen, wo das Problem liegt, ja? In zehn Minuten will ich hier weg sein.« Nachdem er seinen Boten fortgeschickt hatte, lehnte Kale sich mit verschränkten Armen und gekreuzten Beinen an den Schreibtisch. »Ich bin mir immer noch nicht sicher, was du alles weißt.« Er fixierte Cadel mit festem, klarem, nachdenklichem Blick. »Ich schätze, man hat dir gesagt, dass wir uns nach Rex Austin umschauen? Er wird in Zusammenhang mit dem aufgeflogenen Genius-Team gesucht. Aber dieser Mann ist schwer zu fassen zu bekommen.«

»Ja. Davon habe ich schon gehört«, erwiderte Cadel vorsichtig.

»Genau genommen ist es *dermaßen* schwer, dass wir uns langsam einige Fragen stellen«, gestand Kale. »Okay, der Kerl ist seit jeher paranoid. Er war schon immer auf seine Sicherheit bedacht, allein wegen all seinem Schotter. Er hatte nie viele Hausangestellte und geht auch nie zu Fuß irgendwohin. Wenn er sich mit jemandem treffen will, tut er es per Skype oder Videokonferenz. Er ist ein Einzelgänger«, fügte Kale hinzu. »Die Sorte Mensch, die anderen nicht traut. Wie ich.«

Cadel wartete.

»Aber es gibt solche und solche Paranoide«, fuhr Kale fort. »Wenn jemand seine persönliche Sekretärin nach zwanzig Jahren feuert, dann fällt das unwillkürlich auf. Insbesondere, wenn er zeitgleich seinen Butler feuert. Und seinen Buchhalter. Allerdings nicht persönlich. Er hat nur Nachrichten für sie hinterlassen.«

»Ihr habt ihn überwacht?«

»Nicht direkt. Wie gesagt – seit Monaten hat ihn niemand mehr gesehen, aber wir haben seine Aktivitäten verfolgt, und er hat einige ziemlich große Veränderungen vorgenommen. Sowohl geschäftlich als auch privat.«

»Du meinst …«

»Er hat Konten geschlossen, Firmen verkauft, Personal gefeuert.« Kale legte den Kopf schief. »Und jetzt taucht dieser Körperscan auf. In Zapps Computer, direkt neben einem Scan von Prosper English.«

»Also gibt es zwei Möglichkeiten.« Cadels Gehirn arbeitete auf Hochtouren. »Entweder Rex will das Gleiche machen wie

Prosper und so tun, als wäre er an Orten, an denen er nicht ist …«

»Damit wir ihn nicht am richtigen Ort suchen. Ja. Das ist durchaus eine Erklärung.«

»… oder Prosper gibt sich als Rex aus«, beendete Cadel seinen Satz. Obwohl er bereits an die erste Möglichkeit gedacht hatte, war ihm der zweite Gedanke völlig neu. Da ihm wichtige Hintergrundinformationen gefehlt hatten, war sie ihm bisher nicht in den Sinn gekommen. »Vielleicht versucht Prosper, das ganze Austin-Firmenimperium zu übernehmen«, spekulierte er. »Vielleicht ist der Scan für Sicherheitskameras oder Gespräche per Videotelefon. Vielleicht haben sie auch irgendeine Form von Stimmveränderungstechnologie, so dass die Leute glauben, sie würden von Rex herumkommandiert, obwohl es in Wirklichkeit Prosper ist.«

»Gut möglich.«

»Das würde doch Sinn ergeben, oder?« Cadel dachte laut. »Wenn die Polizei Prospers Bankkonten eingefroren hat, wo bekommt er dann sein Geld her?«

»Kluge Frage.«

»Womöglich hat er es Rex gestohlen. Oder die beiden arbeiten zusammen, und Rex hat Prosper Geld *gegeben.*« Soweit Cadel erkennen konnte, gab es zwei denkbare Szenarien: Entweder, Prosper hatte Rex überzeugt, Austin Enterprises neu aufzustellen und sich dabei mit Hilfe von gefälschtem Videomaterial der Polizei zu entziehen, oder Prosper hatte sich Rex' entledigt und brauchte den Scan, um die Besitztümer des Toten zu übernehmen. »Was meinst *du?* Glaubst du, dass Rex Austin noch am Leben ist?«

Kale zuckte mit den Schultern. »Es lässt sich kaum beweisen, dass er es nicht ist, solange wir keine Leiche finden«, antwortete er ausweichend, ohne den Blick von Cadel abzuwenden. »Darum haben wir ja auch sein Haus in Laguna Beach durchsucht.«

Cadel blinzelte. Kale, der seinen Gesichtsausdruck anscheinend belustigend fand, lächelte ein kleines, schiefes Lächeln.

»Wie meinst du das?«, verlangte Cadel zu erfahren. Er spürte, dass ihm ein sehr wichtiges Puzzleteil fehlte. »Wann war das?«

»Ach …« Kale warf einen Blick auf die Uhr. »Vor etwa zwei Stunden.«

»Vor zwei *Stunden?*«

»Wir haben allen Grund zu der Annahme, dass Prosper English dort eingezogen ist.«

Plötzlich wurden sie von einem Klopfen an der Tür unterbrochen. Während Cadel wie ein Fisch mit offenem Mund vor sich hin starrte, sprachlos vor Verwirrung, drehte Kale sich um, um nachzusehen, was man von ihm wollte.

Doch niemand wollte etwas von ihm. Vielmehr handelte es sich um denselben Agenten, den er geschickt hatte, um herauszufinden, was es für »Probleme« gebe.

»Wir können los«, erstattete er nun in der Tür stehend Bericht. »Ich habe gerade mit Gus geredet. Er sagt, das Auto steht bereit, und am anderen Ende ist alles klar.«

»In Ordnung. Danke«, sagte Kale. »Trommelst du alle zusammen?«

»Klar.«

Der gehorsame Agent verschwand wieder, so rasch und leise, dass er genauso gut ein Dschinn hätte sein können, der in einer Rauchwolke verpuffte.

Kale wandte sich wieder Cadel zu. »Vor einer Weile hat dein Dad uns einige interessante Daten geschickt«, sagte Kale. »Es handelte sich um eine Reihe von Anwendungen, die darauf ausgelegt waren, alle Bluetooth-Geräte in einem vernetzten Haussystem zu infiltrieren. In einem *amerikanischen* vernetzten Haussystem.«

»Darüber weiß ich Bescheid«, warf Cadel ein – und schnappte

dann nach Luft. »Himmel!«, rief er. »Erzähl mir nicht, dass das Programm für *Rex Austins* Haus geschrieben worden ist?« Aber genau so musste es sein. Jetzt begriff Cadel. Das ergab absolut Sinn.

Damit war auch eine andere Frage ein für alle Mal geklärt.

»Ich glaube nicht, dass Rex noch lebt«, erklärte Cadel. »Und wenn doch, dann wird er gefangen gehalten.«

»Puh. Moment mal.« Kale hob eine Hand.

Doch Cadel ließ sich nicht zum Schweigen bringen. Voll Begeisterung plapperte er drauflos, während sich vor seinem inneren Auge langsam ein Gesamtbild formte. »Es ist schwer, an jemand derart Paranoides wie Rex Austin heranzukommen, *es sei denn*, man infiltriert sein häusliches Sicherheitssystem. Man könnte eines seiner Haushaltsgeräte sabotieren, damit er jemanden anruft, um es zu reparieren. Dann könnte man selbst einen Handwerker schicken. Damit wäre die Sache erledigt. Insbesondere wenn man gleichzeitig sein gesamtes Alarmsystem lahmlegt.« Cadel konnte sich das ganze traurige Spektakel ausmalen und sah es praktisch vor seinem inneren Auge vor sich. »Mit Sicherheit hat Vee das Programm entwickelt«, sinnierte er. »Irgendwie muss er die Spezifikationen des Hauses in die Finger bekommen haben. Wissen wir, wer der Architekt war? Oder der Elektriker? Vielleicht lohnt es sich, mit den beiden zu reden.«

»Wir haben sie noch nicht ausfindig gemacht«, sagte Kale. »Aber ich habe die Hausratversicherung zurückverfolgt, und alles, was dort aufgelistet ist, passt zu den Geräten in dem Programm, das du aufgespürt hast. Als du mir von Austins Scan erzählt hast, habe ich einfach nur zwei und zwei zusammengezählt. Mit einem Mal musste ich an sein Strandhaus denken – weil ich dort nämlich schon mal war. Ich bin vor drei Monaten hingefahren, um herauszufinden, ob er etwas über das Genius-Team erzählen würde. Das war ein ganz schönes Riesending, das kann ich dir sagen.«

»Du bist drin gewesen?«, rief Cadel.

Kale schüttelte den Kopf. »Ich bin nicht übers Empfangszimmer hinausgekommen«, gab er zu. »Damals hatte mir dein Dad noch nicht dieses Programm geschickt, deshalb hatte ich keinen Fall, der mir einen *Grund* gegeben hätte, reinzugehen.«

»Aber jetzt hast du einen?«

»Seit wir den Versicherungsschein gesehen haben, ja. Das passt beides zusammen. Es sieht ganz danach aus, als wollte Austin ein Haus ohne Personal. Er wollte einen Kühlschrank, der ihm Essen bestellt, einen Roboter, der den Boden putzt, und eine Heizung, die sich von alleine anstellt, bevor er nach Hause kommt.« Kale schnaubte. »Wie gesagt, er hat anderen Leuten nicht getraut, und je mehr Personal man hat, desto riskanter wird es.«

»Wahrscheinlich.« Trotzdem fragte Cadel sich unwillkürlich, ob Computer auf lange Sicht nicht riskanter waren als Menschen. »Als du den Versicherungsschein hervorgekramt und gesehen hast, dass alles zu dem Hack von Judiths Haus passt …«

»… habe ich ein Team nach Laguna Beach geschickt«, beendete Kale den Satz für ihn.

»Genau.«

»Jetzt möchte ich, dass du dir das Haus selbst ansiehst.« Als er keine Antwort erhielt, runzelte Kale die Stirn. »Cadel? Hast du gehört?«

»Hmmm?« Entfernte Erinnerungen an etwas, das er einmal über das Klonen von Stimmen gehört hatte, beschäftigten ihn. War die Sprachsynthesetechnologie heutzutage schon weit genug fortgeschritten, dass Prosper English sich am Telefon als Rex Austin ausgeben konnte? Oder hatte Vee noch mehr bahnbrechende Programme entwickelt – vielleicht mit Hilfe eines freischaffenden Tontechnikers anstelle eines Computergrafikexperten wie Raimo Zapp?

»Erde an Cadel? Hast du gehört, was ich gerade gesagt habe?«

»Hä?« Der Junge schreckte aus seinen Gedanken hoch. »Ach so. Entschuldigung. Was?«

»Ich sagte, ich will, dass du dir Rex Austins Haus ansiehst«, wiederholte Kale. »Das in Laguna.«

»Ich?«

»Ich habe momentan ein Team mit einem Durchsuchungsbefehl dort im Einsatz, aber sie haben niemanden gefunden. Keine Spur von Austin *oder* English. Deshalb dachte ich mir, dass du uns vielleicht helfen könntest.« Da eine Antwort von Cadel ausblieb, setzte Kale zu einer genaueren Erklärung an. »Falls wir etwas übersehen haben, dann fällt es dir vielleicht auf, verstehst du? Da du Prosper English besser kennst als irgendjemand sonst.«

Cadel schnaubte. Obwohl er ziemlich oft genau das Gleiche gesagt hatte, erschien ihm der Gedanke, dass er damit recht haben mochte, plötzlich unerträglich niederschmetternd. Weil das zum Beispiel den Schluss nahelegte, dass er und Prosper sich irgendwie ähnlich waren.

»Ich bezweifle, dass ich Prosper besser kenne als du«, brummte Cadel. »Du bist schließlich derjenige, der seit Ewigkeiten gegen ihn ermittelt. Du musst ihn inzwischen ziemlich gut kennen.«

»Ja, aber du hast mit dem Kerl zusammen gefrühstückt – und lebst noch, um davon zu berichten. Keiner von *uns* hat so etwas getan. Du warst ganz dicht an ihm dran.« Als er Cadels säuerliche Miene bemerkte, versuchte Kale (ohne großen Erfolg), ihm die Idee schmackhaft zu machen. »Da drüben ist es absolut sicher. Wir haben uns vergewissert, dass keine Wanzen oder Fallen im Haus sind. So intensiv, wie wir das Haus abgesucht haben, ist es wahrscheinlich sicherer als das Pentagon.«

Cadel sagte nichts. Er war zu sehr damit beschäftigt, den bitteren Geschmack in seinem Mund herunterzuschlucken.

»Es ist deine Entscheidung«, räumte Kale widerwillig ein. »Wenn du nicht willst, kannst du es auch lassen. Oder wir verschieben die Sache um ein paar Tage, während du es dir überlegst …«

»Ich mach's. Du hast recht. Ich sollte es machen.« Cadel stand auf. Er hatte beschlossen, dass es sinnlos war, sich weiter den Kopf über seine Vergangenheit zu zerbrechen. Nicht jetzt, da die Zukunft so ungewiss war. »Wann fahren wir los? Jetzt? Habe ich noch Zeit, auf die Toilette zu gehen?«

»Äh … ja klar.« Obwohl Cadels plötzlicher Sinneswandel Kale überraschte, war er offensichtlich erfreut. Er klopfte dem Jungen auf die Schulter. »Willst du erst noch einen Happen essen?«

»Nein, danke.«

»Hast du eine Zahnbürste dabei? Ich kann Chuck losschicken, damit er dir eine kauft. Unten gibt es außerdem eine Dusche, falls du dich erst mal frisch machen willst.«

»Mir geht's gut, keine Sorge«, sagte Cadel, worauf sein Gegenüber wehmütig das Gesicht verzog.

»Ich *muss* mir Sorgen um dich machen, mein Junge. Du bist noch keine sechzehn.« Kale schob Cadel sanft in Richtung Tür. »Genau genommen habe ich dir eine Anwältin besorgt, aber ich schätze, sie muss sich am Laguna Beach mit uns treffen. Wir wollen schließlich nicht den ganzen Nachmittag warten …«

»*Eine Anwältin?*« Cadel blieb wie angewurzelt stehen. »Was denn für eine Anwältin?«

»Schau nicht so erschreckt. Die Frau ist gut. Sie hat sich auf Minderjährige spezialisiert.«

»Aber …«

»Du bist nicht verhaftet. Du bist nur noch nicht volljährig.« Kale konnte eine gewisse Ungeduld in seinem Tonfall nicht unterdrücken. »Du brauchst jemanden, der deine Interessen wahrt. Ich würde es ja selbst machen, wenn ich könnte.«

»Aber eine Anwältin …«, wandte Cadel ein. »Anwälte kosten Geld! Und ich *habe* kein Geld!«

»Wir werden uns schon was einfallen lassen«, sagte Kale. »Immerhin ist eine Belohnung ausgesetzt, erinnerst du dich? Fünfzigtausend Dollar für Informationen, die zur Verhaftung von Prosper English führen. Wenn wir ihn fassen, dann kommst du dafür infrage.« Er brachte ein weiteres kleines, säuerliches Lächeln zustande, das in seiner Freudlosigkeit mehr von einer Grimasse hatte. »Teufel auch, mit fünfzig Riesen solltest du dir *mindestens* zwei Tage bei einem drittklassigen Anwalt erkaufen können. Dann hast du immer noch genug übrig, um dir einen Eisbecher zu gönnen!«

Falls das ein Witz sein sollte, fand Cadel ihn nicht besonders komisch, und er war auch nicht gerade beruhigt. Tatsächlich begann er sich auf seinem Weg nach unten zu fragen, ob Kale ihm wirklich alles erzählt hatte, was er wissen musste. Das FBI war nicht gerade für seine Offenherzigkeit bekannt. Cadel wurde den Verdacht nicht los, dass irgendwo in den Archiven des Büros eine dicke, pralle Akte lag, die seinen Namen trug.

Ich hoffe nur, dass sie verstehen, was meine Rolle bei alldem ist, dachte er besorgt. *Ich hoffe, sie kapieren, auf welcher Seite ich stehe.*

Dann ermahnte er sich, nicht dauernd wie Prosper English zu denken. Vor ihm öffnete sich die Fahrstuhltür.

30

Cadel schlief im Auto ein. Als er etwa vierzig Minuten später aufwachte, waren sie noch immer unterwegs.

»Sind wir schon da?«, erkundigte er sich verschlafen und spähte aus dem Fenster. In der Ferne war eine Ölraffinerie zu sehen, die unheilverkündend vor dunklen Wolken aufragte.

»Noch nicht«, sagte Kale, der neben ihm saß.

»Es ist komisch, dass es hier so viele Gummibäume gibt«, bemerkte Cadel. »Als wären wir in Australien.« Dann dachte er genauer darüber nach. »Nur dass in Australien nicht so viele Ölbohrtürme rumstehen«, fügte er hinzu.

Niemand antwortete ihm. Die beiden FBI-Agenten, die vorne saßen – Chuck und Feliz –, hatten bislang keinen Ton von sich gegeben.

Kale schrieb gerade eine SMS. Als er fertig war, drehte er sich zu Cadel um. »Hast du Hunger?«, fragte er. »Wir können uns Burger holen, wenn du willst.«

»Nein, danke.« Cadels Magen hatte sich zu einem festen kleinen Klumpen zusammengezogen. Die Vorstellung, etwas zu essen in ihn hineinzuzwingen, verursachte ihm Übelkeit. »Hat Rex Austin eine Frau?«, fragte er. »Oder Kinder?«

»Nicht mehr«, antwortete Kale. »Seine Frau hat sich vor etwa zwanzig Jahren von ihm scheiden lassen und wohnt jetzt auf den Bahamas. Und sein mutmaßlicher Erbe ist tot.«

»Oh, stimmt.« Cadel erinnerte sich daran, beim Genius-Team etwas von Rex' ermordetem Sohn gehört zu haben. »Weitere Kinder hat er nicht? Nur den einen Sohn?«

»Nur den«, sagte Kale.

»Also wohnt in dem Haus niemand außer ihm?« Cadel versuchte, die Informationen in seinem Kopf zu ordnen. »Nicht einmal eine Freundin?«

»Nur der treue Butler. Der entlassen worden ist.« Plötzlich begann Kale, Daten und Zahlen abzuspulen, als hätte Cadel auf irgendeinen Knopf gedrückt. »Austin besitzt drei Wohnimmobilien: eine Wohnung in Texas, eine Hütte in Oregon und das Haus am Laguna Beach. Das Strandhaus ist sein teuerstes. Es wurde vor drei Jahren gebaut und hat elf Millionen Dollar gekostet. Eine Gartenbaufirma kümmert sich um Grundstück und Pool. Einmal die Woche kommt eine Putzkolonne …«

»Warum braucht er eine Putzkolonne?«, unterbrach ihn Cadel. »Was ist mit den Robotern?«

»Vielleicht können die nicht die Fenster oder das Badezimmer reinigen«, sagte Kale trocken und fuhr dann mit seinem Bericht fort. »Außerdem besitzt Austin eine Menge Büros in L.A., New York, Dallas und Seattle und hat obendrein eine Reihe Privatjets geleast. Er ist nicht Mitglied in irgendwelchen Gesellschaftsklubs, pflegt aber Kontakte zu einer Menge Handelsorganisationen. Er besitzt vier Autos, darunter einen alten Lieferwagen. Er raucht, trinkt und nimmt mehrere verschreibungspflichtige Medikamente, um seinen Cholesterinspiegel und seinen Blutdruck zu regulieren.« Als Cadels Kinnlade runterklappte, bedachte Kale ihn mit einem leicht schiefen Grinsen. »Wie schon gesagt, wir haben seine Aktivitäten verfolgt.«

Cadel war beeindruckt. Dann kam ihm ein Gedanke. »Hat Rex in letzter Zeit irgendwelche seiner Rezepte eingelöst?«

Die Frage entlockte Feliz ein prustendes Lachen. Kales Grinsen wurde noch schiefer.

»Du bist mir vielleicht einer«, sagte er zu Cadels Unverständnis. »Nein. Rex Austin hat in letzter Zeit *kein einziges* seiner Rezepte eingelöst. Nicht, soweit wir wissen. Aber man braucht nicht unbedingt ein Rezept, um an Medikamente zu kommen – jedenfalls nicht, wenn man genug Geld hat. Vielleicht will er ja nur einfach nicht auffallen.«

»Kann sein.« Cadel war nicht überzeugt. »Trotzdem …«

»Trotzdem ist es ein Grund zum Aufhorchen«, stimmte Kale zu. In diesem Moment summte sein Telefon, und er hielt inne, um ranzugehen.

Erneut schaute Cadel aus dem Fenster. Sie fuhren immer noch über eine riesige Autobahn, vorbei an einer endlosen Reihe von Gebäuden. Das Meer war nirgendwo zu sehen, obwohl sie an mehreren Schildern vorbeikamen, die den Weg zum Strand wiesen: Hermosa Beach, Newport Beach, Hurlington Beach. Hochhäuser mit bröckeliger Fassade und Fabriken wichen Eigenheimen, die am struppig bewachsenen Kamm einer kleinen Anhöhe standen. Die tief hängenden Wolken brachten Cadel ins Grübeln darüber, wie schlimm Gewitterstürme in Kalifornien wohl werden konnten. Schlimmer als in Sydney?

Einen Moment lang kehrte er in Gedanken nach Sydney zurück. Er fragte sich, ob er dort noch immer offiziell tot war. Wahrscheinlich nicht. Es war mindestens fünfzig Stunden her, dass er die Krankenhausunterlagen geändert hatte. Inzwischen hatte das Personal etwaige Diskrepanzen sicher entdeckt und richtiggestellt. Dr. Vee wusste inzwischen zweifellos die Wahrheit.

Aber Cadel wollte nicht weiter an Dr. Vee denken, auch nicht an die Krankenhausunterlagen oder ganz allgemein an Sydney. Solche wehmütigen Gedanken weckten nur Schuld- und Verlustgefühle, die er sich im Moment nicht leisten konnte. Nicht, wenn er seine Sinne beisammenhalten wollte. Also verbannte er sämtliche traumatischen Erinnerungen aus seinem

Kopf und konzentrierte sich stattdessen auf die vorbeiziehende Landschaft.

Die Straße machte eine Kurve nach Westen und traf auf eine Ansammlung von gelben, ausgedörrten Hügeln. Den Straßenschildern entnahm Cadel, dass sie gerade durch den Laguna-Coast-Naturpark fuhren. An einer Stelle mussten sie Gebühren zahlen. Als Cadel das Dix-Naturzentrum sah, hatte er einen kurzen Moment lang das Gefühl, dass er möglicherweise eine Menge Spaß gehabt hätte, wenn er zu einer Urlaubsreise hergekommen wäre.

Immer noch fuhren sie weiter, bis ein grün bewaldetes, schattiges Tal näher rückte, in dem hier und da Hinweise auf behutsame touristische Nutzung zu erkennen waren: Kunstgalerien, Glasbläserwerkstätten, sogar etwas namens *Plektron-Dulcimer-Musikverein*.

»Da ist ein Taco-Wagen«, bemerkte Kale schließlich und brach damit das lange Schweigen. »Willst du einen Taco?«

»Nein, danke.« Cadel fiel eine Menschenmenge auf einem Parkplatz auf. »Tagelöhner – Hier Aufträge«, las er laut von dem offiziell aussehenden Schild ab, an dem sie vorbeirasten. »Was bedeutet das?«

»Das bedeutet, dass man einen Dollar zahlen und den ganzen Tag dort rumstehen kann, damit vielleicht jemand vorbeikommt und einem anbietet, bei ihm die Palmen zu stutzen«, sagte Kale. »Oder auch nicht.«

»Bei uns hängen die Leute auf dem Parkplatz vor dem Heimwerkermarkt rum«, mischte Chuck sich plötzlich mit überraschend hoher Stimme ein.

Feliz sagte nichts.

Als der Laguna Canyon sich zum Laguna Beach hin öffnete, spürte Cadel, dass Geld in der Luft lag. Der Canyon hatte ihn verwirrt. Mit seinen seltsamen Geschäften und all dem Wildwachstum wirkte er wie ein Ort für alternde Hippies – und Rex

Austin war kein alternder Hippie. Doch Laguna Beach bestand fast komplett aus prachtvollen Geschäften, üppigen Bäumen und gestutztem Rasen. Cadel konnte sich ohne Schwierigkeiten vorstellen, dass sich hier Milliardäre gern die Zeit vertrieben. Nicht unbedingt Milliardäre wie Rex, sondern die andere Sorte: Milliardäre mit Jachten, getrimmten Zwergpudeln und Freundinnen in Bikinis.

»Hat Rex einen Hund?«, erkundigte Cadel sich.

Einmal mehr war es Kale, der antwortete. »Nee.«

»Nicht mal einen Wachhund?«

»Er hat ein paar Pferde in Oregon«, verriet Kale. »Das ist so ziemlich alles.«

Er blickte von seinem Telefon auf, um Cadel zu mustern. »Uns sind keine verdächtigen Todesfälle von Hunden untergekommen, falls du das meinst. Er hat auch keine Abos gekündigt oder etwas in der Art. Allerdings hat sein Privatflugzeug den Erdboden seit zwei Monaten nicht verlassen.«

Inzwischen fuhren sie auf einer Kammstraße nach Süden, wo sich zu ihrer Linken steiles Hügelland über den Vorstadthäusern erhob, während zu ihrer Rechten dichte Küstenbebauung die Meeresaussicht weitgehend versperrte. Dennoch erhaschte Cadel hier und da einen Blick auf weiße Schaumkronen, dunkles, unruhiges Wasser und windgepeitschte Palmen.

»Normalerweise kann man von hier aus Catalina Island sehen«, bemerkte Kale. »Aber nicht bei all den tief hängenden Wolken und der Gischt.« Unvermittelt beugte er sich vor. »Die Nächste rechts«, sagte er zu Feliz.

Die Nächste rechts war eine kurze, von beeindruckenden Anwesen gesäumte Straße: Ziegelsteinvillen im spanischen Stil, Kästen aus Glas und Beton und überdimensionale Fachwerkhäuser mit Schornsteinen aus Flusskieseln. All diese Gebäude waren zum Meer hin ausgerichtet, und alle sahen ein wenig zu groß für die sie umgebenden Gartenflächen aus. Die Straße endete an einem sandigen Abhang, doch so weit fuhr Feliz gar nicht. Stattdessen bog er links in eine schmale Seitenstraße ab, die zwischen hohen Zäunen hindurchführte, bis sie schließlich vor einem Stahltor mit Überwachungskameras endete.

Das Tor befand sich in einer Steinmauer, und davor stand ein Auto Wache, das dem glich, in dem Cadel saß. Nach kurzer Beratung mit Kale fuhr der wachhabende Beamte den Wagen beiseite und gestattete es Feliz, durch das Tor und damit auf das Gelände von Rex Austins Strandhaus zu fahren. Inzwischen hatte Cadel begriffen, dass das Wort »Strandhaus« kaum eine adäquate Beschreibung für das Anwesen war, das Rex sich geschaffen hatte. Zum einen befand es sich nicht am Strand, sondern stand an einer Steilküste und war von mehreren Hektar ökologisch bewusst gestalteter Landschaft umgeben. Grasflecken und niedriges Gestrüpp wechselten sich mit dornigen Palmen und gepflasterten Bereichen ab. In der stillen Oberfläche eines gekachelten Swimmingpools spiegelte sich das Hauptgebäude, bei dem es sich um ein kunstvoll komponiertes, weitläufiges Bauwerk aus getöntem Glas, verwittertem Holz und grauem Stein handelte.

Um das Anwesen herum kauerten sich einige kleinere Gebäude, darunter ein Poolhaus, eine Garage für sechs Autos und ein ausgeklügelt gestalteter Werkzeugschuppen. Die Ansammlung von Häuschen sah aus, als stemmte sie sich gegen den Wind.

»Oh Mann«, sagte Feliz, dem die Überraschung die Zunge gelockert hatte. »Hier ließe es sich echt leben.«

»Halt einfach dort vor der Tür«, wies ihn Kale an. Dann wandte er sich Cadel zu, der Rex Austins luxuriösen Besitz mit kaum verhohlenem Unbehagen beäugte. »Das hat etwas Vertrautes, findest du nicht?«

Cadel schluckte. Es war, als hätte Kale seine Gedanken gelesen. Das Austin-Anwesen hatte tatsächlich eine verblüffende Ähnlichkeit mit dem Haus an der australischen Ostküste, in dem Prosper früher zusammen mit seinem fischähnlichen Hausdiener Vadi und seiner schwarzzahnigen Sekretärin Wilfreda gewohnt hatte. Natürlich war Prospers Anwesen nicht ganz so groß und auch nicht so sorgfältig gepflegt gewesen. Es hatte keinen Pool vorzuweisen gehabt, keine Aussichtsplattform auf dem Dach und auch keinen Putzroboter. Anstatt sich in eine beliebte und teure Vorstadtgegend zu zwängen, hatte Prospers Residenz auf einer buschbewachsenen Landzunge gestanden, mindestens zehn Autominuten vom nächsten Nachbarn entfernt.

Dennoch gab es genügend Gemeinsamkeiten, damit Cadel das Herz schwer wurde. Selbst die Anwesenheit des FBI weckte gewisse Erinnerungen, denn das letzte Mal, als er Prospers Versteck an der Steilküste gesehen hatte, war es von einer schwer bewaffneten polizeilichen Einsatztruppe umringt gewesen.

»Kommt mir vor wie damals«, sagte Kale, der zu ebenjener Einsatztruppe gehört hatte. »Eins muss man Prosper English lassen, er hat einen guten Blick für Immobilien.«

»Meinst du, dass er hier war?«, fragte Cadel.

Kale zuckte mit den Schultern.

»Ich würde mal sagen, es handelt sich um die Sorte Anwesen, die ihm gefällt.« Er löste seinen Anschnallgurt und öffnete die Wagentür. »Wie dem auch sei, wir können uns ein besseres Bild machen, wenn wir uns umsehen.«

Über der Haustür befand sich eine Überwachungskamera und in der Eingangshalle eine weitere. Cadel zuckte zusammen, als er daran vorbeiging. Inzwischen wünschte er sich jedes Mal, wenn er eine vernetzte Kamera entdeckte, verkleidet zu sein.

»Habt ihr das Sicherheitssystem deaktiviert?« Obwohl Cadel mit gedämpfter Stimme sprach, hallten seine Worte in dem hohen, mit umlaufenden Galerien versehenen Raum hinter der Eingangstür wider.

»Jau«, sagte Kale. Er stemmte die Hände in die Hüften und

musterte die riesige weiße Säule am gegenüberliegenden Ende der Halle. Um die Säule schlängelte sich eine Wendeltreppe, und darin befand sich ein Fahrstuhl. »Ich sehe, dass wir es hier mit einem wirklich *künstlerischen* Grundriss zu tun haben«, stellte er sarkastisch fest. »Irgendein Designer muss bis obenhin mit Peyote vollgestopft gewesen sein, als er das hier entworfen hat.«

»Man hat das Gefühl, dass die Decke über einem runterkommt«, stimmte ihm Cadel zu.

Tatsächlich hatte man den Eindruck, dass die Decke auf einen herabstürzte, da sie von der Spitze der zwei Stockwerke hohen Säule abwärts bis zu ihrem tiefsten Punkt direkt über der Eingangstür verlief und von unten unregelmäßig und wie von Rissen durchzogen wirkte. Unwillkürlich beschlich Cadel das Gefühl, dass der gesamte Innenraum eine fremdartige, verzerrte Qualität hatte. Die abgestuften Wände hatten dieselbe Oberflächenbeschaffenheit wie die schalldichten Wände eines Tonstudios, und der Parkettfußboden bildete Muster, die das Auge täuschten. Die Ecken sprangen seltsam hervor.

Über ihren Köpfen befanden sich planlos angeordnete Ansammlungen von Deckenlichtern, als wären nach einer schrecklichen Explosion scharfkantige Glassplitter im Dach stecken geblieben. Es schien im gesamten Haus keinen einzigen rechten Winkel zu geben.

»Ich würde seekrank werden, wenn ich hier wohnen müsste«, bemerkte Kale. »Was soll das Ganze?«

»Vielleicht ist das alles ökologisch«, sagte Cadel.

»Kann sein.«

»Vielleicht *soll* man davon seekrank werden. Weil draußen das Meer ist.«

»Wie dem auch sei.« Kale schüttelte den Kopf. »Ich dachte, Austin wäre ein konservativer Hardliner. Ich hätte nie gedacht, dass er sich in so einer Jahrmarktbude verkriecht.«

Cadel fragte sich, was Prosper wohl davon halten würde, sich in einer Jahrmarktbude zu verkriechen. Wahrscheinlich würde er sich absolut wohl dabei fühlen, schließlich war sein ganzes Leben ein einziges großes Spiegelkabinett.

»Na schön«, sagte Kale, »legen wir los.«

Ihre erste Station war ein riesiger, offener Raum, der entlang von drei Seiten des Erdgeschosses verlief, wie ein Hufeisen. Die Außenwände des Raums bestanden aus Glas und gewährten einen Panoramablick auf die kalifornische Küste. Obwohl es schwer war, die Aussicht nicht weiter zu beachten, versuchte Cadel, sich auf den Inhalt des Zimmers zu konzentrieren. Bei den Sofas handelte es sich um übergroße Lederblöcke, und der Esstisch war groß genug für achtzehn Personen. Die Teppiche auf dem Boden waren bedrohten Tierarten von Muskeln und Knochen gerissen worden.

Als Cadel an Prospers australischen Unterschlupf an der Steilküste zurückdachte, erinnerte er sich wieder an die Bronzeskulpturen und Ohrensessel, die schmiedeeisernen Lampen und Wandteppiche. Es hatte zwar einen Teppich aus Pelz gegeben, doch der hatte aus Kängurufell bestanden.

Rex Austin schien Zebras zu bevorzugen.

»Laut den Versicherungsunterlagen gehören all diese Sachen Austin«, stellte Kale fest. Er schaute auf sein Handy und scrollte sich durch irgendeinen Text auf dem Display. »Barcelona-Sessel«, las er vor. »Swarowski-Kronleuchter (zwei). *Untitled* von Mark Rothko …«

»Nichts davon sieht aus wie der Kram in Prospers Haus«, erklärte Cadel bereitwillig.

»Versuchen wir es mal in der Küche.«

Küche und Dienstbotenspeisekammer waren ein gutes Stück von allen Panoramafenstern entfernt. Bei der Ausstattung dieser Räume hatte man keine Kosten gescheut. Die Küche war unter anderem mit einem Herd mit acht Flammen, zwei Backöfen, einem gastronomietauglichen Geschirrspüler und einem Flachbildfernseher an der Wand ausgestattet. Ein Gutteil der Geräte war Bluetooth-fähig.

Als Kale den Kühlschrank öffnete, stellte er fest, dass sich beinahe nichts außer ein paar Gläsern Würze und einem Sechserpack Importbier darin befand.

»Hmmm«, sagte er.

»Das ist einer von den Kühlschränken, die einem sagen, was eingekauft werden muss«, bemerkte Cadel. »Wir können nachsehen, wann die letzte Bestellung geliefert worden ist.«

»Noch nicht. Dazu kommen wir später.« Kale ging an einem der anderen FBI-Agenten vorbei in die Speisekammer, die bestens mit Konservendosen und anderen haltbaren Lebensmitteln ausgestattet war. »Du hast mir mal erzählt, dass Prosper seinen Kaffee schwarz trinkt«, bemerkte er. »Weißt du zufällig, welche Marke er bevorzugt?«

»Nein«, gab Cadel zu. Er nahm eine Schachtel Pop-Tarts mit Erdbeergeschmack in die Hand. Einmal hatte er mit einem Pop-Tart mit Erdbeergeschmack die Vorhänge in Brand gesteckt, um Prosper abzulenken.

Er fröstelte, als er daran zurückdachte.

»Was ist?«, fragte Kale.

»Nichts.«

»Isst Prosper Pop-Tarts?«

»Ich bin mir nicht sicher.« Cadel stellte die Schachtel ins Regal zurück. »Als ich ihn das letzte Mal gesehen habe, wusste er nicht besonders viel über die Dinger.«

»Das hier muss der Weinkeller sein«, schlussfolgerte Kale. Er stand über einer Luke im Boden. »Ist da unten alles gesichert?«, erkundigte er sich mit lauter Stimme bei dem Agenten in der Küche.

»Ja, Sir. Da haben wir jede Ecke überprüft.«

»Nichts Erwähnenswertes?«

»Nichts außer ein paar Flaschen echt guten Champagners.«

Unter der Luke führte eine Wendeltreppe in ein unterirdisches Gewölbe. Lichter erwachten flackernd zum Leben, als Kale in den lang gezogenen Keller hinabstieg, dessen Wände vom Boden bis zur Decke mit Weinregalen und Glaskühlschränken bedeckt waren.

»Puh«, sagte Kale gedämpft. Er drehte sich zu Cadel um, der die Nachhut bildete. »Weißt du, was Prosper trinkt?«

Cadel schüttelte den Kopf.

»Ein Jammer. Wenn Austins Weinhändler plötzlich angefangen hat, etwas anderes zu liefern, wäre das vielleicht ein weiterer Hinweis gewesen.«

»Ich weiß nicht mal, ob Prosper *überhaupt* trinkt«, musste Cadel gestehen.

»Oh doch, das tut er. In jungen Jahren war er Sommelier – bis er rausgefunden hat, dass man damit kein Geld verdienen kann.« Als er Cadels verwirrte Miene bemerkte, übersetzte Kale für ihn. »Ein Sommelier ist ein Weinkellner.«

»Ein *Weinkellner?*« Cadel traute seinen Ohren nicht.

»Er hat direkt nach der Schule mit der Ausbildung begonnen und hat eine Art Lehrstelle in einem feinen Londoner Restaurant bekommen. Allerdings haben sich dort allerlei wichtige krumme Typen rumgetrieben, wodurch er in schlechte Gesellschaft geraten ist.« Kale runzelte die Stirn und suchte eine verstaubte Flaschenreihe nach der anderen mit seinem Blick ab. »Vielleicht sollten wir *wirklich* mal bei Austins Weinhändler nachfragen. Wenn in letzter Zeit hochklassigere Weine bestellt wurden, ist vielleicht Prosper dafür verantwortlich.«

»Was weißt du noch über Prosper?«, fragte Cadel. Irgendwie konnte er sich den jungen Prosper English in Kellnerschürze und mit einem Korkenzieher in der Hand nicht vorstellen. Das Bild war einfach zu surreal. »Weißt du, wo er zur Schule gegangen ist?«

»Klar.«

»Echt?«

»Cadel, unsere Akte über den Kerl ist eine Milliarde Gigabyte groß.« Kale warf ihm einen neugierigen Blick zu. »Ich bin davon ausgegangen, dass Saul dir das meiste davon gezeigt hat.«

»Nein.«

»Tja ... vielleicht kann ich dir die nicht klassifizierten Sachen zeigen, wenn wir wieder im Hauptquartier sind. Bis dahin möchte ich, dass du dich konzentrierst. Gibt es hier irgendetwas, das dir auffällt?«

»Eigentlich nicht.« Cadel fragte sich zwar, wozu jemand so viel Wein brauchte, aber ihm war klar, dass solche Beobachtungen irrelevant waren.

»Na schön. Dann versuchen wir es weiter.« Kale sah auf die Uhr. »Ich weiß nicht, wann deine Anwältin hier auftaucht. Sie lässt sich ganz schön Zeit.«

Cadel folgte ihm die Treppe hoch in die Bibliothek, die mit einem großzügigen Vorrat an ledergebundenen Büchern, einem wuchtigen Schreibtisch und modernster Computertechnologie ausgestattet war. Das Heimkino nebenan war fast so luxuriös wie das von Raimo. Direkt dahinter befand sich ein Marmorbadezimmer mit Whirlpool. Außerdem gab es ein Spielzimmer, in dem ein Billardtisch stand, und einen kleinen Raum, in dem Rex Angeln und andere Sportgeräte aufbewahrte. In einem Besenschrank befand sich der Boden-Putzroboter, der ein bisschen wie eine riesige Radkappe aussah. Der Toiletten-Putzroboter war nirgends zu sehen. »Der ist wahrscheinlich oben«, vermutete Kale.

Die schieren Ausmaße des Anwesens verblüfften Cadel. Für einen einzigen Bewohner erschien es ihm monströs groß. Selbst hätte er hier nicht wohnen wollen. Zum einen hatte er nichts für all die Kameras, Sensoren und Bluetooth-fähigen

Geräte übrig, zwischen denen er sich unglaublich nackt fühlte. Und auch die seltsamen Proportionen des Hauses verstörten ihn zunehmend, während er von Raum zu Raum ging.

Er konnte nicht sagen, was genau daran so beunruhigend war. Das Problem war nicht, dass sie seinen Gleichgewichtssinn beeinträchtigt hätten. Trotz Kales Beschwerden über Seekrankheit war Cadel weder übel noch schwindelig. Er verspürte einfach nur ein nagendes Unbehagen, das eher geistiger als körperlicher Natur war.

»Wo ist der Panikraum?«, fragte er schließlich. Vielleicht war *das* das Problem: dass etwas fehlte. »Wenn Rex paranoid ist, dann müsste er einen Panikraum haben.«

»Es gibt einen. Irgendwo.« Kale erkundigte sich bei seinen Kollegen und erfuhr, dass der Panikraum ein Stockwerk über ihnen war, also ging er mit Cadel nach oben.

Inzwischen war der Himmel bleigrau, und die unruhige See darunter war sogar noch dunkler. Oben angekommen, konnte Cadel beides vom großen Schlafzimmer aus sehen, das eine weite Aussicht auf den Strand bot. Doch der Junge interessierte sich nicht für die Aussicht, sondern für den Panikraum, den Inhalt des begehbaren Wandschranks und das Buch auf der Kommode.

»Fass das bitte nicht an«, warnte ihn Kale, als Cadel die Hand nach den *Gesammelten Kurzgeschichten* von Edgar Allan Poe ausstreckte. »Wir müssen erst überprüfen, ob Fingerabdrücke darauf sind.«

Cadel zog die Hand zurück.

»Das Telefon sehen wir uns auch an«, fuhr Kale fort. »Und das Bettzeug nehmen wir mit. Vielleicht finden wir Haare oder DNS.« Er musterte Cadel, während der Junge langsam den Blick durch den Raum wandern ließ. »Ich schätze, Prosper ist kein großer Poe-Fan, oder doch?«

»Das solltest du besser wissen als ich«, erwiderte Cadel. »Du bist derjenige mit der Milliarden-Gigabyte-Datei über ihn.« Ohne auf eine Antwort zu warten, fügte er hinzu: »Überprüft ihr auch die Telefonverbindungen von diesem Haus?«

»Wir arbeiten daran. Es dauert ein bisschen, an die Daten ranzukommen – mehr als ein paar Stunden.« Kale kniff die Augen zusammen. »Was ist?«

Cadel starrte auf das riesige Bett. Es war frisch gemacht, voller Decken und Laken, auf denen etwa zwanzig Kissen in verschiedenen Formen und Größen lagen. Aber es sah nicht aus, als hätte jemals jemand darin geschlafen.

Cadel zögerte einen Augenblick und beugte sich dann vor, um an einem Kissen zu riechen.

»In seinem anderen Haus hatte Prosper *Trumper*-Rasierwasser stehen«, bemerkte Kale.

»Dann wird er es jetzt nicht mehr benutzen«, sagte Cadel und richtete sich auf. Das Kissen roch nach Wäschebleichmittel. Er war sich sicher, dass niemand es benutzt hatte, seit es zum letzten Mal gewaschen worden war. »Was für ein Rasierwasser benutzt Rex?«

»Da müssen wir erst nachfragen.« Kale zückte sein Telefon. »Was steht im Badezimmer?«

Cadel ging nachsehen. Er fand große Mengen von flauschigen blauen Handtüchern, ein Glas mit Seife, eine Zahnbürste, eine Flasche *Old Spice,* eine Tube Rasiergel und eine ungeöffnete Packung Wegwerf-Rasierklingen. Die Dusche war knochentrocken.

»Kein *Trumper*-Rasierwasser«, sagte er. »Vielleicht ist Prosper auf *Old Spice* umgestiegen.«

»Wir werden Fingerabdrücke davon nehmen«, versprach Kale und wandte sich dann wieder seinem Telefongespräch zu.

Das Bad war kleiner, als Cadel erwartet hatte. Er begriff nicht, warum die geringen Ausmaße ihn so sehr überraschten. Hatte die enorme Größe von allem anderen hier vielleicht übersteigerte Erwartungen in ihm geweckt? Der begehbare Wandschrank am Badezimmer war ebenfalls recht klein. Mit zunehmender Verwirrung begutachtete Cadel die Fächer, Regale und Schubladen.

In so einem Haus musste man doch sicher keine Abstriche machen, was den Platz betraf?

»Wir werden die Kleidergrößen überprüfen«, bemerkte Kale, der in der Tür stand und gerade sein Telefon zuklappte. »Mal sehen, ob sie zu Rex Austin passen.« Er verzog das Gesicht. »Keine Tweedjacketts«, stellte er fest.

»Nein«, sagte Cadel, der ernsthaft bezweifelte, dass irgendwelche der karierten Golfhosen, Jachtmützen oder Safarianzüge Prosper English gehörten – es sei denn, Prosper wollte sich damit verkleiden. »Und auch keine Westen.«

»Ja. Prosper English hat sich nie besonders sportlich gekleidet, oder? Er hat eher den klassisch akademischen Stil bevorzugt.«

»Hat er wirklich studiert? Ich meine, ist er *tatsächlich* Psychologe?«

»Wir glauben, dass er unter falschem Namen an einer Universität eingeschrieben war. In Südafrika.« Plötzlich merkte Kale, dass Chuck hinter ihm in der Tür stand. »Ja? Was ist?«

»Wir finden hier kein altes Videomaterial«, berichtete Chuck. »Aber wir setzen uns mit der Firma in Verbindung, die das Haus überwacht. Vielleicht haben die ja was gespeichert.«

Kale schnaubte.

Cadel wirbelte herum. »Ihr seid doch nicht wieder ans Netz gegangen, oder?«, rief er. »Ich meine, ist das System etwa wieder online?«

»Äh, nein …« Chuck wirkte verwirrt, und sein Blick huschte ratsuchend zu seinem Vorgesetzten.

»Gut«, sagte Cadel. »Das bedeutet nämlich, dass wir eine Honigfalle errichten können.«

Die Idee war ihm gekommen, während er über den Mangel an Bewegungssensoren in Rex Austins Wandschrank nachgedacht hatte. *Das wäre ein hervorragender Ort, um sich vor einem neugierigen Hacker zu verstecken.* Dann war ihm plötzlich ein Licht aufgegangen. Natürlich! Das hier war genauso ein Haus wie Judiths. Und genau wie das von Judith ließ es sich als Honigfalle verwenden …

»Jemand beobachtet mich über webbasierte Kameranetzwerke«, erklärte er. »Egal, um wen es sich handelt, er hat sich vielleicht inzwischen zusammengereimt, wo ich mich aufhalte. Wenn das System hier wieder online geht, ist das eine echte Versuchung.« Das Schweigen, das sich seinem Vorschlag anschloss, entmutigte Cadel nicht. Im Gegenteil, sein Tonfall wurde nachdrücklicher. »Wenn der Hacker ein Risiko eingeht und versucht zu sehen, was ich tue, dann kann ich ihn vielleicht festnageln.«

Kale kratzte sich am Kinn. »Du sprichst von einem Online-Hinterhalt«, sagte er ausdruckslos.

»Genau. Nur müsste ich ihn selbst legen, weil ich am besten weiß, wonach ich Ausschau halten muss.«

»Hmmmpf.« Kale verzog das Gesicht. »*Das* wird deiner Anwältin nicht besonders schmecken«, lautete seine Einschätzung.

»Meine Anwältin ist noch nicht hier.«

»Offenbar nicht …«

»Ich lasse ganz bestimmt nicht zu, dass irgendwelche Hacker sich an den Haussystemen zu schaffen machen«, versicherte Cadel beharrlich. »Es wird keine Türfehlfunktionen oder Kühlschrankexplosionen geben, das schwöre ich.«

Kale dachte darüber nach. Dann seufzte er. Schließlich drehte er sich zu Chuck um. »Ist Larry hier?«

»Larry ist im Panikraum«, antwortete Chuck und wies mit dem Daumen in die entsprechende Richtung. »Er hat dort nach Videomaterial gesucht.«

»In Ordnung, gut.« Kale nickte und wandte sich dann wieder Cadel zu. »Agent Domenico ist unser Computerexperte, er leitet die Operation. Wenn du mit ihm über die Angelegenheit redest und er meint, dass es machbar ist, könnt ihr es probieren. *Gemeinsam.* Ist das klar?«

»Ich denke schon«, stimmte Cadel widerwillig zu. »Außer, dass ich vielleicht eine Menge Zeit verschwenden muss, um ihm zu erklären, was ich vorhabe …«

»Ich sagte: *Ist das klar?*«

Obwohl Kale nicht besonders groß war, konnte er sehr einschüchternd wirken. Es hatte etwas mit seiner unterdrückten Ungeduld und der Art und Weise zu tun, wie er seine Stimme einsetzte. Er vermittelte dann den Eindruck, dass er eine Menge Energie übrig hatte.

Cadel schluckte. »Ja«, murmelte er.

»In Ordnung«, sagte Kale. »Dann wollen wir uns diesen Panikraum mal ansehen.«

31

Rex Austins Panikraum entsprach haargenau dem von Judith. Er enthielt die gleiche versteckte Toilette, eine ähnliche Front von Geschirrschränken und einen beinahe identischen eingebauten Schreibtisch. Selbst die Lichtelemente kamen Cadel vertraut vor.

Größer als der von Judith ist er auch nicht, dachte Cadel, während sein Blick bei einer kleinen Ansammlung von Überwachungsmonitoren zur Ruhe kam. Die Bildschirme befanden sich oberhalb einer Computertastatur, und auf keinem davon war etwas zu sehen, mit Ausnahme von dem mittleren, der offenbar eine Art Menü zeigte.

Ein kleiner, kräftiger, dunkelhäutiger junger Mann starrte durch randlose Brillengläser auf dieses Menü. Er hatte kurz geschnittenes schwarzes Haar, leuchtend grüne Augen und derart widerstandsfähige Bartstoppeln, dass sie zweimal täglich rasiert werden mussten, wenn man sie unter Kontrolle halten wollte.

Kale stellte ihn als Agent Larry Domenico vor.

»Er ist von der elektronischen Spurensicherung«, erklärte Kale. »Larry, das ist Cadel. Der Junge hat eine Idee, die du dir mal durch den Kopf gehen lassen solltest.«

»Hi«, sagte Larry und schüttelte Cadel die Hand.

»Ihr beiden könnt die Sache besprechen, während ich draußen einen Anruf erledige«, schlug Kale vor. »Hier drinnen ist es sowieso ein bisschen zu eng für drei.« Dann wandte er sich noch einmal direkt an Cadel. »An deiner Stelle würde ich mir die Schränke mal genauer betrachten. Nur, damit du nichts übersiehst.«

»In Ordnung«, sagte Cadel.

»Die haben wir doch schon durchsucht, oder?«, erkundigte Kale sich bei Larry, worauf dieser nickte. »Gut. Dann lasse ich euch mal machen.«

Nachdem Kale gegangen war, herrschte einen Moment lang Schweigen. Larry schien auf Cadels Vorschläge zu warten, aber der Junge wusste nicht recht, wo er anfangen sollte.

Schließlich sagte er zögerlich: »Ich weiß ziemlich viel über Computer. Hat … hat Kale dir das gesagt?«

»Ich habe davon gehört«, bestätigte Larry. Er war nicht unfreundlich, nur einfach nicht besonders entgegenkommend. Cadel fragte sich, ob seine ausdruckslose Miene irgendeine spezielle Verhörmethode des FBI darstellte.

»Tja … ich habe mir gedacht, dass ich dem Hacker, der mir nachspioniert, einen Hinterhalt legen könnte«, fuhr er fort. »Wenn wir wieder ans Netz gehen, versucht er vielleicht, erneut ins System einzudringen. Dabei kann ich ihn möglicherweise erwischen.«

Larry ließ sich Zeit mit seiner Antwort. Es hatte den Anschein, als wollte er Cadels Idee erst aus jedem erdenklichen Blickwinkel durchleuchten.

»Ist das derselbe Kerl, der für dieses Infiltrationsprogramm verantwortlich ist?«, fragte er schließlich. »Das Programm, das bis ins Detail auf dieses Haus zugeschnitten ist?«

»Ja.« Cadel war erleichtert festzustellen, dass Larry so schnell begriff. »Ich müsste mich allerdings kurz vorbereiten. Ich muss alles einrichten, bevor wir wieder ans Netz gehen.«

Larry spitzte die Lippen. Erneut schien er verschiedene Möglichkeiten zu durchdenken.

»Natürlich würde ich niemanden ins System gelangen lassen«, fügte Cadel hinzu. »Falls du dir darüber Sorgen machst.«

»Ich mache mir keine Sorgen«, sagte Larry ruhig. »Wie wolltest du die Sache angehen?«

Cadel erklärte es ihm. Larry nahm die Informationen kommentarlos auf und nickte nur ab und zu, wenn er der Meinung war, dass eine Reaktion vonnöten war. Einmal stand er sogar auf, so dass Cadel leicht an den Computer gekommen wäre. Als der Junge fertig war, vermittelte Larrys »Mm-hmmm« ihm irgendwie, dass er den Plan zur Kenntnis genommen und verstanden hatte.

»Ich denke, das ist einen Versuch wert«, meinte Larry schließlich nach einer weiteren langen Phase sorgfältigen Überlegens. »Solange Agent Platz auch den Rest der Einsatzgruppe vorwarnt.«

»Wir werden alles einschalten müssen«, gab Cadel zu bedenken.

Larry hörte ihn gar nicht, denn er hatte bereits den Raum verlassen, um sich mit Kale Platz zu beraten. Also stand Cadel auf und öffnete den nächstbesten Geschirrschrank, in dem sich ein Sortiment Konservendosen befand. Im nächsten Schrank waren Bettlaken, Kissen, ein Erste-Hilfe-Koffer und eine Luftmatratze. Der nächste war bis oben hin voll mit Toilettenpapier. In keinem der Schränke schien sich etwas Interessantes zu befinden. Cadel entdeckte jedenfalls weder *Trumper*-Rasierwasser noch Seidenwesten.

Nur die beengten Dimensionen des verfügbaren Lagerraums verwirrten ihn. Sie verwirrten ihn sogar so sehr, dass er den Panikraum wieder verließ und an Kale und Larry vorbei zur Schlafzimmertür ging. Diese Tür führte auf einen kurzen Flur, an dessen Wänden mehrere Schränke mit Bettzeug standen. Am Ende des Flurs wandte Cadel sich nach links und betrat ein weiteres Zimmer, das nicht ganz so eindrucksvoll war wie das erste. Die Aussicht war weniger überwältigend, das Bett nicht so breit und die Grundfläche deutlich kleiner. Aber auch zu diesem Schlafzimmer gab es ein eigenes Bad und einen begehbaren Wandschrank, und beides schien sich im gleichen Bereich zu befinden wie die dazugehörigen Gegenstücke nebenan. Soweit Cadel es beurteilen konnte, teilten die beiden Badezimmer sich eine Rückwand.

Aber taten sie das wirklich?

Das zweite Bad war sogar noch kleiner als das erste. Cadel maß es mit den Füßen aus. Das Gleiche tat er im zweiten Wandschrank, der leer war. Danach kehrte er auf den Flur zurück und versuchte auch diesen mit Schritten auszumessen. Unglücklicherweise machten die abgestuften Böden, die gekrümmten Wände, die scharfen Winkel und die unregelmäßigen Einbuchtungen es ihm sehr schwer, Entfernungen abzuschätzen.

Kale gesellte sich zu Cadel, der gerade die Bettwäscheschränke inspizierte.

»Was ist?«, fragte der Agent.

»Keine Ahnung …« Cadel betrachtete die blütenweißen, sorgfältig zusammengefalteten Laken und Handtücher. Sie verrieten nichts. »Hast du mal einen Grundriss von diesem Haus gesehen? Ich meine einen Plan, auf dem man erkennt, wo die Leitungen, Abwasserrohre und Fahrstuhlschächte verlaufen?«

»Nein. Aber ich bin mir sicher, dass wir einen auftreiben können. Warum?«

Cadel zögerte. Sein beständiges Misstrauen war ihm ein wenig peinlich – ganz offensichtlich war er an einem Punkt angelangt, an dem er nicht einmal mehr seinen eigenen Augen traute.

In der Ferne grollte Donner.

»Es muss an dieser seltsamen Innenarchitektur liegen«, riet er schließlich. »Ich kann keine Verbindungen herstellen.«

Kale runzelte die Stirn. »Was meinst du damit? Was für Verbindungen?«

»Ich habe das Gefühl, dass die Zimmer nicht zusammenpassen. Es ist alles total unsystematisch.« Cadel kratzte sich am Kopf und überlegte, ob dieses Haus ihn mit seinem ausgeklügelten Aufbau an der Nase herumführte. »Du hast nicht zufällig ein Maßband dabei?«, fragte er aus einem Impuls heraus, im selben Moment, als ein Schrei aus dem Panikraum erklang.

»Sir? *Sir!*«

Es war Larrys Stimme. Ihr nachdrücklicher Tonfall ließ Kale herumfahren und zurück zu den Monitoren hasten. Cadel war dicht hinter ihm. Plötzlich waren alle Bildschirme in Betrieb und zeigten eine zufällige Auswahl von Szenen aus dem gesamten Haus, in Farbe und Echtzeit.

Larry deutete auf einen der Monitore.

»Da«, sagte er.

Kale schnappte nach Luft. Cadel erstarrte. Mit offenem Mund starrten sie auf eines der Bilder, das den Werkzeugschuppen schräg von oben zeigte und offenbar von einer Kamera in Türnähe stammte. Zu sehen war ein Mann, der einen orangefarbenen Overall und eine Baseballmütze trug. Schnellen Schritts durchquerte er das Bild und verschwand wieder, gerade als Cadel krächzte: »Das ist Prosper.«

Kale beugte sich vor. Er packte Larry bei der Schulter und sagte: »Wo ist er hin? Finde ihn! Schnell!«

»Das ist vielleicht nur ein Trick«, gab Larry zu bedenken. Mit flinken Fingern wechselte er von einer Einstellung zur nächsten, ohne den Blick von den Monitoren abzuwenden. »Meintest du nicht, dass es so eine Art Überwachungskamera-Bug gibt, der einen falschen Prosper English ins Videomaterial einfügt?«

»Da!«, rief Cadel. »Halt!«

Auf jedem der Monitore waren jetzt mehrere Bilder zu sehen: vom Haupttor, vom Pool, von der Garage, von der Haustür (sogar aus mehreren Winkeln), vom Weinkeller, von der Auffahrt und von der Aussichtsplattform. Jedes Fenster war von einer Kamera bewacht – genau wie jede einzelne Tür, die nach draußen führte, und im Garten befanden sich sogar noch mehr Kameras als im Haus.

Eine dieser Kameras war auf das Gestrüpp hinter dem Werkzeugschuppen gerichtet, zwischen dem nun etwas Orangefarbenes flüchtig aufblitzte, das sogleich hinter einer Ansammlung großer, dorniger grauer Pflanzen verschwand.

»Hast du dich ins Netz eingeloggt?«, fragte Kale Larry, der konsterniert die Brauen zusammenzog.

»Nein«, antwortete Larry. »Wenn das der Überwachungskamera-Bug ist, dann ist er bereits im System.«

»Das ist nicht der Bug«, sagte Cadel. Als die beiden anderen ihn überrascht musterten, wies er mit einer Kopfbewegung auf den Monitor. »In keinem der Bilder waren glänzende Kugeln zu sehen. Man braucht eine glänzende Kugel, damit es funktioniert.«

Stille senkte sich über den Raum. Für ein paar Sekunden schwiegen sie alle und rührten sich nicht von der Stelle.

Dann zückte Kale sein Funkgerät. »Also, wer ist in der Nähe des Schuppens?«, blaffte er Larry an, während sein Blick angestrengt die Monitore absuchte. Etwa ein halbes Dutzend Agenten war an verschiedenen Orten zu sehen, wo sie entweder patrouillierten oder an strategisch ausgewählten Punkten Wache hielten. »Zeig sie mir schon, verdammt!«

»Ähmmm … mal sehen, also …«, murmelte Larry und wechselte von einer Einstellung zur nächsten.

Kale konnte nicht so lange warten. Er stürmte aus dem Zimmer und rief ihnen schnell noch ein paar Anweisungen über die Schulter zu. »Bleibt hier und haltet die Tür geschlossen.

Öffnet sie für niemanden außer für mich«, bellte er. »Wenn ihr den Täter noch mal seht, gebt es mir *sofort* durch. Ich brauche seine *genaue* Position.«

»Alles klar, verstanden«, sagte Larry.

»Vielleicht ist er nicht allein«, fügte Kale hinzu und schlug die Tür hinter sich zu.

Schnell verschloss Cadel sie von innen. Er nahm an, dass Kale gerade einen allgemeinen Alarm ausrief, aber durch all die Lagen verstärkten Stahls, die den Panikraum schützten, hörte er nichts.

»Bingo«, sagte Larry. Er hatte einen Streifen Kiesweg zwischen einer hohen Hecke und der Außenmauer entdeckt.

Ebendiesen Weg hatte Prosper eingeschlagen. Cadel fragte sich nach dem Grund dafür, schließlich verursachte es unweigerlich Lärm, auf Kies zu gehen.

»Das hier ist dann wohl ... was? Der südöstliche Sektor?«, überlegte Larry laut. »Was sind denn die genauen Kamerakoordinaten?«

»Dort.« Cadel zeigte auf ein anderes Bild. »Da ist er wieder. Diesmal von weiter weg.«

»Das ist auf jeden Fall im Südosten«, stellte Larry fest und erstattete sofort Kale Bericht.

Derweil hatte Cadel etwas entdeckt. Eine der Kameras schien auf einen schmalen Seitenweg ausgerichtet zu sein, der zwischen einer hohen Steinmauer und mehreren kleinen Zäunen verlief. Cadel brauchte einen Moment, um sich darüber klar zu werden, dass er den Rand von Rex Austins Grundstück vor sich hatte, wo es an eine Reihe Nachbargärten stieß.

Cadels Blick blieb nur deshalb an dieser unauffälligen Ecke hängen, weil gerade eine Stahltür im Mauerwerk verstohlen geöffnet wurde.

»Dort, schnell! Vielleicht hat er ein Auto!«, quiekte er.

Auf dem Monitor sah man, wie Prosper ganz gemütlich die

Tür hinter sich schloss. Dann ging er westwärts und verließ das Blickfeld der Kamera.

»Das ist ein Zugang«, sagte Larry. »Himmel noch mal, den sollte doch jemand bewachen!«

»Gibt es irgendeinen Klippenpfad oder so was?«, fragte Cadel, erhielt jedoch keine Antwort.

Larry erstattete bereits hektisch per Funk Bericht, während er auf den Videomonitoren nach Prospers orangefarbenem Overall Ausschau hielt. Cadel bemerkte, dass auf mehreren Monitoren hektische Betriebsamkeit herrschte: FBI-Agenten eilten mit gezogenen Waffen an den Kameras vorbei.

»Vielleicht hat er gar kein Auto«, fuhr Cadel besorgt fort, als er an den Anleger bei Prospers Unterschlupf in Australien zurückdachte. »Vielleicht hat er dort unten ein Bootshaus.«

»Unmöglich«, erwiderte Larry. »In Kalifornien gibt es keine Privatstrände. Der Küstenstreifen ist öffentlicher Raum.«

»Ach so.« Cadel wischte sich die verschwitzten Handflächen an seinem T-Shirt ab. »Tja ... vielleicht hat er überhaupt nicht hier gewohnt. Vielleicht wohnt er in der Nähe und kommt nur ab und zu auf einen Besuch vorbei.« Er überlegte einen Moment lang und fügte dann hinzu: »Vielleicht hat ihn jemand als Gärtner angestellt. Er ist auf jeden Fall wie einer *angezogen.*«

Larry sagte nichts. Nachdem er eine Weile hin und her geschaltet hatte, gelang es ihm schließlich, seine Suche zu verfeinern, indem er sich auf die Einstellungen konzentrierte, die den südwestlichen Randbereich des Geländes zeigten. Agenten bewegten sich aus allen Richtungen auf diesen Fleck zu, strömten durch die Stahltür und auf die Seitenstraße, wo sie sich dann zu Zweiergruppen zusammentaten, bevor sie aus dem Sichtfeld der Kamera verschwanden. Auf einem der Bilder konnte man Kale reden und gestikulieren sehen, doch als sein Funkgerät sich zu Wort meldete, hielt er sofort inne.

Es war Larry. »Ich habe keine Position für unsere Zielperson«, erklärte er. »Ich glaube, er ist außer Reichweite.«

»*Verstanden.*« Kales Stimme klang undeutlich und verzerrt. »*Halt die Augen offen. Nur für den Fall, dass plötzlich noch mehr von denen aus ihren Löchern kommen.*«

»Aus ihren Löchern, allerdings«, brummte Larry. »Wo zum Teufel hat der sich versteckt? Das wüsste ich gerne.«

»Du könntest das Videomaterial überprüfen«, meinte Cadel. »Vielleicht haben wir etwas übersehen.«

Larry bekundete mit einem Schnauben Zustimmung. Er rief mehrere Menüs nacheinander auf, während die Monitore, die er nicht benutzte, weiter automatisch von einem Kamerabild zum nächsten umsprangen. Ein leeres Zimmer nach dem anderen. Eine windgepeitschte Wiese nach der anderen.

Während Cadel gerade einer entfernten Palme dabei zusah, wie sie sich im Wind wiegte, bohrte sich etwas wie eine heiße Nadel in sein Unterbewusstsein. Er wusste, dass die Palme ihm etwas sehr Wichtiges mitteilte. Etwas an ihr störte ihn. Er hatte fast das Gefühl, dass sie ihm *zuwinkte.* »He! He! Sieh mal!«, sagte die Palme. »Merkst du denn nicht, was hier nicht stimmt?«

Doch er sah es nicht. Noch nicht. Bevor er das Rätsel lösen konnte, lenkte ihn jedoch eine andere Bewegung ab.

Jemand ging durch einen Flur in einem der oberen Stockwerke, eine Gestalt mit einem grauem Tweedrock und einem blutrotem Oberteil. Cadel erkannte sie sofort.

Mit weichen Knien hielt er sich an der Tischkante fest.

»Wilfreda!«, krächzte er.

»Was?« Larry blickte nicht einmal auf. Wahrscheinlich wusste er nicht, dass Wilfreda in Australien für Prosper English gearbeitet hatte. Nach Prospers Verhaftung war sie spurlos verschwunden. Niemand hatte je herausgefunden, wo sie gesteckt hatte.

Zumindest nicht bis jetzt. Nun wusste Cadel ganz genau, wo sie zu finden war.

Sie ging gerade schnellen Schritts in das Schlafzimmer nebenan.

»*Das ist Wilfreda! Sie ist im Haus!*«, quiekte er, und diesmal erregte er Larrys Aufmerksamkeit.

Larry entdeckte Wilfreda, schnappte nach Luft und sprang auf.

»Sie ist direkt nebenan«, flüsterte Cadel. Er wusste nicht, ob sie ihn durch die Wand, die sie voneinander trennte, hören konnte, aber er wollte kein Risiko eingehen. »Was, wenn sie hier *rein* kann? Was, wenn sie einen Schlüssel oder einen Code hat?«

»Ist sie bewaffnet?« Auch Larry hatte die Stimme zu einem Flüstern gedämpft. Einen Moment lang sah er zu, wie Wilfreda eine Schublade nach der anderen in einer Bettkommode öffnete, als suchte sie etwas.

Cadel konnte nicht hören, wie sie die Schubladen wieder zuschob.

»Irgendwie muss das hier abgedichtet sein«, sagte er heiser. »Ich glaube nicht, dass wir leise sein müssen. Dieser Raum ist vermutlich schallisoliert.«

»Vielleicht. Oder auch nicht«, murmelte Larry. Ohne den Blick von Wilfreda abzuwenden, zog er eine Pistole aus dem Schulterholster unter seiner Jacke. »Weißt du, wie man mit einem Funkgerät umgeht?«

»Was?«

»Man drückt auf diesen Knopf hier, um zu sprechen, und auf den da, um zu empfangen.« Er drückte Cadel das Polizeifunkgerät in die Hand und ging langsam Richtung Tür, wobei er nach wie vor seine gesamte Aufmerksamkeit auf Wilfredas verschwommenes Monitorbild richtete. Nachdem sie kurz in den Wandschrank vom zweiten Schlafzimmer verschwunden war, kam sie wieder zum Vorschein, um unters Bett zu spähen. »Anscheinend hat sie keine Waffe bei sich«, sagte Larry sehr leise. »Wenn sie dort draußen nicht das findet, was sie sucht, versucht sie es vielleicht gleich hier drin.«

»Ja, aber …«

»Sobald ich sie im Visier habe, kannst du Agent Platz rufen. In Ordnung?«

»In Ordnung, aber …«

»Vor der Tür ist niemand, oder?« Larrys Blick wanderte zu dem Monitor, der das große Schlafzimmer zeigte, bevor Cadel Zeit hatte zu antworten. »Nein. Die Luft ist rein. Achte darauf, die Tür hinter mir zu verschließen.« Mit einem nachdrücklichen Flüstern gab er Cadel eine letzte Anweisung. »*Komm ja nicht raus.* Jedenfalls nicht, solange du nicht von Agent Platz hörst.«

Dann schlich er geduckt ins Nebenzimmer und zog mit einem leisen Klicken die Tür hinter sich zu.

Sofort schloss Cadel ab, wie man es ihm gesagt hatte. Als er sich wieder zu den Monitoren umdrehte, sah er einen gestauchten Larry, der sich kampfbereit aus dem großen Schlafzimmer schlich. Inzwischen war Wilfreda damit fertig, den Wandschrank im Zimmer nebenan zu durchwühlen. Nun stand sie mit in die Hüften gestemmten Händen da und blickte sich sichtlich unzufrieden um.

Ein Glück, dass Rex Austin so paranoid ist, dachte Cadel. Ohne Zugriff auf ein solch umfassendes Kameranetzwerk wäre er niemals dazu in der Lage gewesen, Larrys Weg aus dem großen Schlafzimmer auf den Flur zu verfolgen. Es sah ganz danach aus, als würde Wilfreda gleich denselben Flur betreten. Sie schüttelte den Kopf, drehte sich um und …

Plötzlich wurde der Monitor schwarz.

Cadel war so erschreckt, dass er aufschrie. »Was zum …?« Er beugte sich vor und drückte erfolglos auf mehrere Tasten.

Dann ging er in die Hocke, um unter dem Tisch nach losen Kabeln zu suchen. Schließlich – als er nichts Derartiges entdeckte – erhob er sich wieder und musterte das Funkgerät in seiner Hand. Was hatte Larry noch mal gesagt? *Dieser* Knopf hier zum Sprechen und *der da* zum Empfangen? Oder war es andersherum?

»Das nehme ich«, sagte jemand hinter ihm mit schneidender Stimme.

Cadel ließ das Funkgerät zu Boden fallen.

32

Prosper English bückte sich, um das Funkgerät aufzuheben.

»Liebe Güte«, sagte er. »Ich glaube, du hast es kaputt gemacht. Aber ich schalte es sicherheitshalber trotzdem aus.«

Er trug gar keinen orangefarbenen Overall – und auch keine Tweedjacke. Stattdessen hatte er unförmige Kordhosen und einen Strickpulli an, der bereits am Saum aufribbelte. Beide Kleidungsstücke waren ihm viel zu groß. Obwohl er von jeher dünn gewesen war, hatte er inzwischen noch mehr Gewicht verloren: Seine Wangen waren eingefallen, seine Hände glichen Klauen, und seine lange Nase erinnerte noch mehr an einen Adlerschnabel. Seine Haut war blässlich, als hätte sie seit Monaten keine Sonne gesehen.

Die Augen hinter den goldgerahmten Brillengläsern waren noch immer so schwarz wie die einer Schlange und so scharf wie die eines Falken. Aber sie waren auch blutunterlaufen, mit dunklen Ringen und geschwollenen Tränensäcken darunter.

Cadel öffnete den Mund, doch kein Ton kam heraus.

»Spar dir die Mühe. Sie können dich nicht hören«, sagte Prosper gedehnt. Ein wölfisches Grinsen stahl sich auf sein ausgemergeltes Gesicht. »Wie du so scharfsinnig bemerkt hast, ist dieser Raum schallisoliert.«

Cadel warf sich gegen die Tür, aber er war nicht schnell genug. Prosper riss ihn am Kragen zurück und zerrte ihn mit sich. Keuchend und würgend wurde Cadel durch ein dunkles Loch geschoben, das sich in einer Wand aufgetan hatte. Erst später wurde ihm klar, dass das Loch zuvor durch den Schrank mit dem Toilettenpapier verborgen gewesen war. Im Moment interessierte er sich einzig und allein dafür, wieder Luft in die Lungen zu bekommen.

Mit einem Mal wurde er losgelassen. Er fiel hustend und würgend zu Boden und war sich dabei vage bewusst, dass Prosper den Schrank hinter ihnen zuzog. Etwas schnappte ein, etwas anderes klapperte.

Cadel begann fortzukriechen. Er hatte sich gerade taumelnd aufgerichtet, als Prosper ihn beim Ellbogen nahm.

»Beruhige dich«, sagte Prosper.

Cadel riss sich verzweifelt los. »Lass mich!«, brüllte er und schlug unkontrolliert nach Prosper. Sie befanden sich in einem kleinen, schmalen fensterlosen Raum mit Türen an beiden Enden. Das Licht der Neonröhren über ihnen fiel auf nichts, was als Waffe hätte dienen können: keine Stühle, Lampen oder Schürhaken. An den Wänden befanden sich weitere Schränke.

Als Cadel nach dem nächstgelegenen Türknauf griff, wurde er erneut gepackt.

»*Beruhige dich.*« Prospers Stimme klang streng. Seine Finger schlossen sich fest um Cadels Handgelenk. »Es gibt keinen Grund zur Panik …«

»Lass los! Lass mich los!« Cadel holte nach Prosper aus, worauf dieser ihn auch noch beim anderen Handgelenk packte. Cadel konnte noch so sehr zerren und ziehen und sich winden, es gelang ihm nicht, den eisernen Griff zu lockern, in dem er sich befand.

»Hilfe! *Hilfe!*«, brüllte er.

Prosper seufzte. »Lieber Himmel, Junge, benutz deinen Kopf.

Ich habe dir doch gerade gesagt, dass dieser Raum schallisoliert ist.«

Cadel hörte ihn kaum. Er war völlig außer sich vor Angst, und das Adrenalin, das durch seine Adern schoss, machte ihn taub für alle Argumente. Er versuchte, dem Psychologen in die knochige Hand zu beißen.

»*SCHLUSS JETZT!*« Mit einem festen Stoß drückte Prosper Cadel gegen einen Schrank. Der Junge war nun zwischen einem Holzpaneel und einem Arm wie einer Eisenstange eingeklemmt. Dann senkte Prosper den Kopf, so dass er Cadel Auge in Auge anstarrte. »*Ich werde dir nichts tun.* Ist das klar? Cadel?«

»Du lügst!«, schluchzte Cadel. »Du hast versucht mich umzubringen!«

»Wie bitte?«

»*Du hast versucht mich umzubringen!*«

Prosper blinzelte. Als er den Kopf ein wenig zurückzog, versuchte Cadel seinem Griff zu entkommen, indem er sich zu Boden sinken ließ, doch auch das bescherte ihm keinen Erfolg.

Prosper drückte einfach fester zu. »Wovon redest du?«, fragte er.

»Du *weißt*, wovon ich rede!« Als Cadel sah, wie Prosper die Brauen hob und die Lippen schürzte, verlor er die Beherrschung. »Du hast versucht, mich die Treppe runterzustürzen! Und mich zu überfahren! Und mich in Beton zu ertränken!«

»Ich soll *was* getan haben?«

»Natürlich warst du das! Ich *weiß*, dass du es getan hast! Hältst du mich etwa für *blöd?*«

»Na schön, hör mal.« Prosper holte tief Luft und verlagerte seinen Griff, so dass sein Ellbogen schmerzhaft gegen Cadels Brustbein drückte. »Darüber reden wir noch, aber nicht jetzt. Im Moment muss ich dich nach unten bringen, damit du dich einem kleinen Problem von mir zuwenden kannst.« Der klare Blick seiner schwarzen Augen bohrte sich in Cadels Schädel. »Willst du vernünftig sein? Willst du dich klug verhalten? Oder muss ich dich einschnüren wie einen Sack alter Kleider?«

»Du schaffst es niemals bis nach unten!«, fauchte Cadel. »Direkt vor der Tür steht ein Agent!«

»Der hier nicht rein kann. Bis er rausgefunden hat, wie man die beiden verstärkten Türen aufbekommt, sind wir längst weg.« Als Prosper merkte, dass Cadel verwirrt die Stirn in Falten legte, grinste er. »Mein lieber Junge, ich werde natürlich nicht die *äußere* Treppe benutzen, sondern die *innere*. Der Panikraum dort ist nur die Spitze des Eisbergs.«

Verwirrt und durcheinander hörte Cadel auf, sich zu wehren. »Wie meinst du das?«

»Ist dir das noch nicht klar geworden?« Prosper wirkte überrascht. »Als ich gehört habe, wie du um ein Maßband gebeten hast, dachte ich, du hättest es rausgefunden. Deshalb war ich gezwungen, etwas zu unternehmen.« Als Cadel ihn weiter verständnislos anstarrte, wurde er ungeduldig. »Ist das nicht offensichtlich? Ein Panik*raum* hat unserem Freund Rex nicht genügt. Er hat sich ein ganzes Panikhaus gebaut.«

»Ein Panik*haus?*«

»Verborgen im Innern des normalen Hauses. Es gibt ein verstecktes Treppenhaus und eine versteckte Küche zwischen Pool und Keller. Und ein verstecktes Schlafzimmer hinter dem Kaminabzug ...«

»Warum?«

»*Warum?* Weil Rex paranoid war. Er hatte Angst vor Kidnappern. *Und* vor geflohenen Sträflingen. *Und* vor ehemaligen Angestellten. Die Liste ist deutlich länger.« Prosper entspannte sich ein wenig, während er über Rex Austins Marotten sinnierte. »Meiner Meinung nach war das ganze Panikhauskonzept ein einziger Reinfall. Dadurch hat er sich viel zu sicher gefühlt. Männer aus seiner Generation verstehen einfach nicht, was ein Hacker heutzutage alles bewerkstelligen kann.«

Cadel zuckte zusammen. Er wusste genug über Prosper, damit ihm klar war, dass die Worte »er hat sich viel zu sicher gefühlt« in diesem Zusammenhang sehr schlechte Neuigkeiten bedeuteten. »Wo *ist* Rex? Was hast du mit ihm gemacht?«

»Ach, das besprechen wir gleich, wenn wir unten sind«, antwortete Prosper. Dann trat er zurück und wies höflich auf die nächstgelegene Tür. »Wollen wir? Es ist nicht weit. Und wirklich ausgesprochen interessant.«

Cadel zögerte.

»Ich schwöre, dass ich dir nichts tun werde. Es sei denn, du machst Theater«, versicherte ihm Prosper. »Glaub mir, wenn du Probleme hattest, dann war das nicht mein Werk.«

»Ja, klar«, höhnte Cadel. »Willst du damit sagen, dass *Com* versucht hat, mich überfahren zu lassen?«

»Wenn er es war, wird er sich dafür verantworten müssen.«

»Komm mir bloß nicht mit diesem Mist!«, sagte Cadel harsch und rieb sich die Handgelenke. »Warum sollte Com mich töten wollen? Warum sollte irgendwer mich töten wollen, außer dir?«

Erneut stieß Prosper einen leidgeprüften Seufzer aus, als hätte jemand völlig überzogene Forderungen an ihn gestellt. »Ich befinde mich wohl kaum in der Position, diese Frage zu beantworten«, bemerkte er. »Es ist nicht so, dass ich in letzter Zeit direkten Kontakt zu meinem australischen Team gehabt hätte.«

»Also gibst du es zu!« Cadel stürzte sich auf das Geständnis wie eine Katze auf einen Vogel. »Du gibst zu, dass du Dot und Com angeheuert hast!«

»Na ja, natürlich«, sagte Prosper nachsichtig. »Ich musste dich schließlich irgendwie im Auge behalten.«

»Und Vee?«

»Ah, nun.« Ein Lächeln ließ die Mundwinkel des Psychologen zucken. »Sagen wir einfach, dass Vee derzeit nicht in Australien ist.«

»Aber er ist mir auf der Spur geblieben, oder? Mit Hilfe von Überwachungskameras?«

»Ich glaube, das ist tatsächlich eine seiner raffinierteren Techniken, obwohl normalerweise Com die Hauptarbeit erledigt, so, wie ich es verstanden habe …«

»Hat Com dich etwa in das Videomaterial eingefügt?« Mit einem Mal war Cadel begierig darauf, mehr zu erfahren. Er wollte unbedingt wissen, ob er sich verrechnet hatte. »Warum sollte er so etwas tun? Wo ich mich doch in die Angelegenheiten von niemandem eingemischt habe? Das war wirklich *dumm!*«

Zum ersten Mal wirkte Prosper verwirrt. Er runzelte die Stirn und schien vergessen zu haben, dass er Dringliches zu erledigen hatte. »Was für Videomaterial?«, fragte er mit zusammengekniffenen Augen.

»Du weißt schon. In Sydney.«

»In *Sydney?*«

»Versuch nicht, so zu tun, als hättest du keine Ahnung von alledem. Du *musst* davon wissen.«

Noch während er diese Worte sprach, kam Cadel allerdings ins Grübeln.

Prosper trug eine grimmige Miene zur Schau. »Du solltest mir wohl besser erzählen, was hier vorgeht«, sagte er.

Cadel musterte ihn, hin- und hergerissen zwischen Entsetzen und Misstrauen. »Ein digitaler Doppelgänger von dir ist überall aufgetaucht«, sagte er mit zitternder Stimme. »Kurz darauf habe ich rausgefunden, dass du es gar nicht wirklich warst.«

»Verstehe.«

»Etwa zur selben Zeit hat jemand Sonjas Rollstuhl gehackt. Das Ding hätte mich beinahe umgebracht, und Sonja ist im Krankenhaus gelandet. Natürlich dachte ich, dass du das warst.«

Einen Moment lang schwiegen sie. Dann sagte Prosper: »Natürlich.«

»Daraufhin habe ich Com aufgespürt, aber er ist uns entkommen. Schließlich hat jemand unser Haus per Fernsteuerung zerstört, und als ich mich daraufhin in einem Keller versteckt habe, wurde der mit Zement vollgepumpt.« Als Cadel klar wurde, dass die Litanei der von ihm durchlittenen Schrecken wenig Eindruck auf den Psychologen machte, da der nur nachdenklich vor sich hin nickte, platzte es aus ihm heraus: »Warum hätte *Com* all das tun sollen?«

»Weil du ihn aufgespürt hast, nehme ich mal an.« Prospers Tonfall klang beiläufig. »Das hört sich an, als ob er versucht hätte, sich zu schützen.«

»Ja, vielleicht an *dem* Punkt. Aber ich habe die Sache nicht angefangen! *Du* hast sie angefangen, als du dich in das ganze Videomaterial eingebaut hast! Natürlich musste ich mich einmischen, nachdem du praktisch vor meiner Haustür aufgetaucht bist!«

»Das war nicht meine Idee.«

»Ha!«

»Hör mal. Denk bitte kurz nach.« Prosper legte Cadel eine Hand auf die Schulter und ließ sie dort, obwohl der Junge sich wand und versuchte, sich ihm zu entziehen. Nüchtern, freundlich und mit sorgfältiger Betonung legte der Psychologe seine Argumentation dar, wobei es ihn offenbar nicht kümmerte, dass nicht weit von ihnen vermutlich die Hölle los war. »Glaubst du ernsthaft, dass du noch am Leben wärst, wenn ich dich hätte töten wollen? Es gibt einen Haufen gut ausgebildeter Mörder, die ich dafür hätte anheuern können, und die hätten sich nicht mit viel zu komplizierten Mordwerkzeugen wie Zement aufgehalten.«

»Ja, aber …«

»Das Programm für die Überwachungskameras wurde entwickelt, damit ich so tun kann, als wäre ich in Stockholm oder Kapstadt oder Montreal. Die Möglichkeiten sind unbegrenzt.

Warum sollte ich also ausgerechnet so tun, als wäre ich in Sydney, und *dich* damit aufscheuchen?«

»Ich weiß es nicht«, brummte Cadel. »Es hat von Anfang an nicht viel Sinn ergeben.«

»Natürlich nicht. Weil du überhaupt keine Bedrohung warst.« Als Prosper fortfuhr, konnte er einen höhnischen, abfälligen Unterton nicht verbergen. »Ich will damit nur sagen, dass du dich dort wie ein kleines Engelchen in dein ruhiges, beschauliches Vorstadtleben eingemummelt hast, mit deinen Hausaufgaben, deinen anständigen Freunden und deinen Wohltätigkeitsprojekten.« Plötzlich verstummte er. Zweifellos war ihm aufgegangen, dass seine offene Verachtung vielleicht genau den Menschen gegen ihn aufbringen würde, den er für sich gewinnen wollte. Daher räusperte er sich und fuhr dann in nachsichtigerem Ton fort: »Was glaubst du, warum ich Dot und Com überhaupt angeheuert habe? Nur, um sicherzugehen, dass du dich benimmst. Ich musste mir Gewissheit verschaffen, dass du nicht – wie soll ich sagen? Mit der Polizei zusammenarbeitest?«

»Das habe ich auch nicht!«

»Ich weiß.«

»Dann …«

»Du musst die beiden irgendwie aufgeschreckt haben«, erklärte Prosper unnachgiebig. »Du musst etwas getan haben, was Dot oder Com ernsthaft nervös gemacht hat.«

»Aber das habe ich nicht!«

»Das musst du. Offenbar sind sie davon ausgegangen, dass mein Auftauchen dir Angst einjagen könnte, in der Hoffnung, dass du dich dann wieder um deinen eigenen Kram kümmerst.«

»Das ist total dumm!«

»Ganz offensichtlich.«

»Warum um alles in der Welt sollten sie das denken? War

ihnen nicht klar, dass es genau die gegenteilige Wirkung haben würde?«

Prosper lächelte abfällig und wirkte ehrlich belustigt. »Mein lieber Junge, wir reden hier von *Compton und Dorothy Daniels*. Die beiden wurden nicht geboren, man hat sie zusammengeschraubt. Wenn es um menschliche Beweggründe geht, dann sind die beiden nicht gerade besonders einfühlsam oder bewandert.« Einen flüchtigen Moment lang erweckte er den Eindruck, sich über etwas zu amüsieren, das nur er wusste. Dann erlosch das Funkeln in seinen Augen unvermittelt. »Ich weiß nicht, welche Rolle Vee bei alledem vielleicht gespielt hat«, schloss er mit einem Gleichmut, der Cadel schaudern ließ, »aber ich werde es herausfinden. Ich mag es nämlich nicht, wenn meine Angestellten die Dinge selbst in die Hand nehmen. Aus demselben Grund beabsichtige ich auch, Dot und Com zu lokalisieren und … na ja, sagen wir mal: ein Wörtchen mit ihnen zu reden?«

Cadel zitterte. Ihm war der Schweiß ausgebrochen, und seine Knie fühlten sich butterweich an. Er kam zu dem Schluss, dass er unter Schock stand, in Kombination mit einem Jetlag. Jetzt, da die unmittelbare Wirkung seines Adrenalinstoßes abgeklungen war, verspürte er langsam die übliche Reaktion auf Prospers körperliche Anwesenheit – ein heimtückisches, tief verwurzeltes Gefühl des Entsetzens, das ihn wie immer benommen und desorientiert zurückließ.

Dennoch fand er die Kraft für eine schwache Erwiderung. »Viel Glück«, knurrte er. »Es wird dir nicht leichtfallen, aus diesem *Haus* herauszukommen, geschweige denn aus diesem Land.«

»Oh, das glaube ich nicht«, antwortete Prosper. Seine plötzlichen Stimmungswechsel waren verstörend und sehr viel ausgeprägter als früher. Mit einem Mal hatte die zischende Schlange sich in den höflichen, verbindlichen Professor zurückverwandelt. »Nicht, wenn du mir helfen kannst, mein lieber Junge – und ich bin mir sicher, dass du das kannst. Lass uns also einfach hier entlanggehen, ja? Dann zeige ich dir etwas, was dir große Freude bereiten wird.«

Cadel widersetzte sich nicht. Er ließ sich in einen engen, gewundenen Gang schieben, der eine Stufe hinauf, eine hinunter, unter einem Rohr hindurch und um eine Ecke führte – bis sie schließlich das Schlafzimmer erreichten, von dem Prosper geredet hatte. Obwohl der Raum eng und fensterlos war, hatte man ihn mit einem flauschigen Teppich, gedämpften Tapetenfarben und kleinen Seidenkissennestern wohnlich gestaltet. Es gab einen Fernseher und eine Kühltruhe, elegante Lampen warfen ihr ruhiges Licht auf polierte Kommoden, erhellten hier ein paar schmutzige Teller und dort einen Stapel leerer Kisten.

Das einzige vorhandene Bett war nicht gemacht. Das fiel Cadel sofort auf. Auch die enorme Menge verstreut herumstehender, ungespülter Weingläser war nicht zu übersehen.

»Nicht schlecht, oder?«, bemerkte Prosper. »Ich kann zwar nicht behaupten, dass ich Rex' Geschmack in Sachen Riesling bewundere, aber es wäre ein wenig undankbar, sich zu beschweren.«

Cadel sagte nichts. Während er aus dem Zimmer und in einen weiteren Gang komplimentiert wurde, versuchte er, sich ruhig und konzentriert zu verhalten, indem er sich einer wichtigen Frage zuwandte, die bislang unbeantwortet geblieben war: nämlich was um alles in der Welt er getan haben sollte, um Dot und Com überhaupt aufzuscheuchen. Das ergab einfach alles keinen Sinn. Er hatte nach keinem von ihnen gesucht, bevor Prospers digitaler Doppelgänger aufgetaucht war. Cadel hatte sich, um die Worte des Psychologen zu verwenden, durchaus »benommen«. Er hatte keinerlei Anstalten gemacht, das Genius-Team wieder zusammenzutrommeln, und auch keine halbherzigen Versuche unternommen, Vees alte Kontroll-Chatrooms zu überwachen. Stattdessen hatte er der Vergangenheit den Rücken zugekehrt, sich von Hackerseiten ferngehalten und sich auf sein Studium konzentriert.

Natürlich hatte er sich nach wie vor mit einigen ehemaligen Mitgliedern des Genius-Teams getroffen, aber er hatte Judith nicht ein einziges Mal nach ihrer Arbeit für die Polizei gefragt. Nicht ein einziges Mal hatte er auch nur das geringste Interesse daran bekundet, Prosper English auf die Schliche zu kommen. Wie ein Musterschüler war Cadel absolut sauber geblieben – abgesehen von dem bescheidenen bisschen Hacking, das er betrieben hatte, um Sonjas Rollstuhl mit dem Fahrstuhl-Verwaltungssystem zu verbinden. Aber selbst *das* war eher ein gemeinnütziges Unterfangen als eine Form von Betriebssabotage gewesen …

Mit einem Mal schnappte Cadel nach Luft.

»Das Verkehrsleitsystem!«, rief er aus.

Prosper blinzelte. »Wie war das?«

»Ich wollte das Verkehrsleitsystem von Sydney hacken!« Cadel dachte laut, er konnte nicht anders. »Ich wollte dafür sorgen, dass Sonja keine Knöpfe mehr an den Fußgängerampeln drücken muss!«

Prosper verstand kein Wort. »Ich fürchte, ich kann dir nicht ganz folgen.«

»Com war schon im Verkehrsleitsystem drin!«

»Ah.«

»Er hatte wahrscheinlich Angst, dass ich seine Spur entdecke. Was für ein *Idiot!*«

»Tja. Das echte Leben war noch nie seine Stärke, nicht wahr?« Prosper wirkte nicht besonders interessiert. Er schob Cadel weiter und fügte hinzu: »Um die Ecke ist eine Treppe, also pass auf, wo du hintrittst.«

Einen Augenblick lang dachte Cadel darüber nach, sich loszureißen und zum nächsten Ausgang zu rennen, doch dann verwarf er die Idee. Zum einen wusste er nicht, wo sich der nächste Ausgang befand, zum anderen hatte er das Gefühl, dass Prosper bewaffnet sein könnte. Obwohl der Psychologe bei anderen Gelegenheiten davon abgesehen hatte, ihn zu erschießen, war seitdem klar geworden, dass sie nicht wirklich Vater und Sohn waren.

Cadel war sich nicht sicher, wie weite Kreise diese Nachricht inzwischen gezogen hatte. Allerdings fürchtete er, dass Prospers Sichtweise auf einige Dinge sich verändert haben könnte, *falls* die Wahrheit in dieses Schlupfloch vorgedrungen war.

»Es ist nicht mehr weit«, sagte Prosper, als sie den Kopf einer Wendeltreppe erreichten. »Wenn du unten bist, geh nach rechts.«

»Wo sind wir?«, fragte Cadel, dann begriff er auf einmal. »Sind wir etwa in dieser großen Säule? In der Eingangshalle?«

»Gut geraten.« Prosper bohrte ihm einen Finger zwischen die Schulterblätter. »Es ist ein langer Weg bis nach unten, also stell meine Geduld nicht auf die Probe.«

Die Wände um sie herum waren wahrscheinlich ebenfalls schallisoliert. Selbst wenn Kale also die Außentreppe hochlief, konnte er wahrscheinlich keine lauten Stimmen aus dem Innern der Säule hören.

Dennoch beschloss Cadel, ein wenig Lärm zu machen.

»Bist du seit deiner Flucht hier?«, fragte er, so laut er sich traute.

»Nicht ganz«, antwortete Prosper kurz angebunden.

»Wo ist Wilfreda?«

»Ich habe keine Ahnung.«

»Sie ist also nicht im Haus?«

»Mein lieber Junge, *das* ist dir doch sicher klar geworden, oder?« Prosper machte keinen Hehl aus seiner Enttäuschung.

»Wilfreda war seit einer Woche nicht einmal in der Nähe dieses Hauses. Alles, was du gesehen hast, waren Videoaufzeichnungen. Altes Material. Ich habe es einfach nur auf einigen der Außenmonitore abgespielt.«

»Der *Außen*monitore?«, wiederholte Cadel.

»In einer Minute wirst du sehen, was ich meine.«

Am Fuß der Treppe wartete eine weitere Tür, die auf einen schmalen, gebogenen Gang führte. Dieser Gang, der etwas Kaltes, Klammes, Unterirdisches an sich hatte, öffnete sich auf einen großen Raum mit niedriger Decke, der in mehrere sorgfältig voneinander abgegrenzte Bereiche aufgeteilt war. Es gab einen Küchenbereich mit einer Anrichte aus Granit, fließend Wasser und kompletter Ausstattung, einen Esszimmerbereich, in dem ein kleiner Tisch und ein einzelner Stuhl standen, und einen Bereich, der von einer enormen Menge Computerausrüstung eingenommen wurde.

Cadel starrte verblüfft auf die Monitore, die ihre Gegenstücke im Panikraum zahlenmäßig zwei zu eins übertrafen. Auf allen Bildschirmen waren Ansichten von Haus und Garten eingespeist, einer zeigte sogar den leeren Panikraum von oben.

»Wie ich sehe, sind deine Freunde noch nicht hineingekommen«, sagte Prosper. »Das verschafft uns ein bisschen Zeit. Mit etwas Glück denken sie vielleicht, dass du zusammengebrochen bist. Oder dass du die Tür nicht aufkriegst.«

»Ich habe da drin keine Kamera entdeckt.« Cadel war verwirrt. Er verstand nicht, wie er etwas so Wichtiges hatte übersehen können. »Ich bin mir sicher, dass es keine Kamera an der Decke gab …«

»Natürlich nicht!«, blaffte Prosper. »Sie befindet sich *in* der Decke, hinter einem Luftabzug.« Er zeigte auf einen weiteren Monitor, auf dem fünf oder sechs Agenten zu beobachten waren, die sich vor dem Panikraum versammelt hatten. »Da sind sie. Siehst du? Hat den Anschein, als hätten sie versucht, das Schloss aufzuschießen.« Er schnaubte. »Helfen wird ihnen das nicht. Das ist eine Stahlplatte – darauf ausgelegt, einer Bombenexplosion standzuhalten.«

In Gedanken setzte Cadel die Puzzleteile zusammen. Er war so beeindruckt von dieser genial konstruierten List, dass er beinahe vergessen hätte, sich zu fürchten.

»Dann ist das also das Hauptsystem?«, wollte er wissen. »Mit diesem hier lässt sich das andere kontrollieren?«

»Schlau, nicht wahr?«

»Mikrofone gibt es wohl auch.« Cadel formulierte seine Worte nicht als Frage, sondern als Schlussfolgerung. Ihm war eingefallen, dass Prosper ihn direkt zitiert hatte. »Du kannst die Gespräche der Leute belauschen.«

»Oh ja. Jedes Zimmer ist abhörbar verdrahtet.« Prosper nickte zufrieden, offenbar erfreut, dass Cadel diese Schlussfolgerung aus den verfügbaren Informationen gezogen hatte. »Dabei fällt mir ein: Ich sollte dir wohl mitteilen, dass ich niemals *Old Spice* verwenden würde, egal, wie verzweifelt ich sein mag …«

»Hat Vee das alles entwickelt?«, unterbrach ihn Cadel und zeigte auf die Monitorwand.

»Lieber Himmel, nein!«, sagte Prosper. »Das ist das Werk von Rex.«

»Also weiß sein Architekt davon.« Cadel erinnerte sich, dass Kale nach dem Architekten gesucht hatte. Das war ein ermutigender Gedanke. Doch bevor der Junge Gelegenheit hatte, sich von der Aussicht auf bevorstehende Rettung trösten zu lassen, wurden seine Hoffnungen zunichtegemacht.

»Glaub mir«, verkündete Prosper, »egal, was die Architektin gewusst hat, sie hat es mit ins Grab genommen.« Als Cadel mit aufgerissenen Augen aufblickte, sah er, dass Prosper beide Arme in einer Geste der verletzten Unschuld gehoben hatte.

»Ich versichere dir, dass ich es nicht war. Das geht alles auf das Konto von Rex.«

»Wo… wovon redest du?«, stammelte Cadel, obwohl er es bereits wusste. Er konnte das, was er gehört hatte, bloß nicht akzeptieren.

»Rex hat die Architektin getötet.« Nüchtern erklärte Prosper Cadel den Hergang der Tat. »Er hat den Mord an ihr in Auftrag gegeben, weil sie zu viel über das Anwesen wusste. Die übrigen Bauarbeiter waren aus Mexiko, illegale Einwanderer. Der Himmel weiß, was aus *denen* geworden ist.«

Cadel war entsetzt, doch er rief sich ins Gedächtnis, dass er es mit einem hervorragenden Lügner zu tun hatte. »Ich glaube dir nicht«, krächzte er.

Der Psychologe zuckte mit den Schultern.

»Glaub, was du willst«, erwiderte er. »Ich habe mir stundenlang alte Überwachungsvideos angesehen, die all das zeigen.« Er legte Cadel einen schweren Arm um die Schultern und verfiel in den sanften, freundlichen, einlullenden Tonfall, den er in seiner Zeit als Psychologe in Sydney bei Sitzungen mit Problemkindern verwendet hatte. »Du merkst, mein lieber Junge, dass die Welt an Rex Austin nicht viel verloren hat. Ich habe schon immer gesagt, dass es nichts Gefährlicheres gibt als einen reichen, alten Plutokraten mit galoppierender Paranoia.«

Cadel schluckte. Die Zeit, seine Frage zu stellen, war gekommen, also fragte er. Mit trockenen Lippen murmelte er: »Was hast du mit ihm gemacht?«

»Ah, ja. Das ist es, worüber ich mit dir reden möchte.« Prosper führte Cadel an die Computertastatur. »Es hat den Anschein, als hätte Rex bei seinem Fluchtversuch ein kleines Problem verursacht. Aber ich habe das Gefühl, dass du dazu in der Lage sein wirst, es zu beheben. Wenn du das tust, werden wir alle sehr viel besser dran sein …«

33

Ruhig und prägnant erklärte Prosper Cadel die Klemme, in der er steckte. Anscheinend hatte Rex Austin kein volles Vertrauen in sein Panikhaus gehabt. Aus Angst, dass es doch nicht sicher genug sein könnte, hatte er zusätzlich einen versteckten Fluchtweg eingebaut. Laut Prosper führte ein unterirdischer Tunnel direkt zum Fuß einer nahen Klippe, wo ein kleines Motorboot verborgen war.

»Die Tür in der Klippe ist ein wahres Meisterstück«, sagte er. »Sie sieht aus wie ein herabgestürzter Felsen. Wahrscheinlich wurde sie anderswo hergestellt und dann über Nacht eingebaut.«

Prosper hatte die Tür persönlich begutachtet, in einem orangefarbenen Overall und mit einer Baseballmütze auf dem Kopf. Obwohl die Aufzeichnungen von seiner Exkursion über zwei Monate alt waren, hatten Kale und Larry sich davon täuschen lassen – genau wie Cadel. Tatsächlich hatte Prosper keinen Fuß vor die Tür gesetzt, seit er bei der Felswand gewesen war, da er zu dem Schluss gekommen war, dass es draußen nicht sicher sei.

»Ich hatte befürchtet, dir könnte auffallen, dass sich auf den alten Aufnahmen kein Lüftchen regt«, fügte Prosper hinzu, »aber du hast nichts bemerkt.«

»Doch, das habe ich – jedenfalls unbewusst.« Cadel erinnerte sich an das nagende Unbehagen, das er beim Anblick der wild umherpeitschenden Palme verspürt hatte. »Etwas hat mich gestört – ich bin nur nicht dazu gekommen, herauszufinden, was es war.«

»Hmmm.« Obwohl Prosper offensichtlich nicht überzeugt war, fuhr er mit seinem Bericht fort. Er erklärte, dass Rex versucht hatte, seinem Team zu entkommen, indem er sich im Panikhaus versteckt hatte. Als diese Taktik gescheitert war, hatte Rex sich in den Tunnel zurückgezogen, ohne zu wissen, dass dessen automatischer Schließmechanismus angreifbar war. »Vee hat die Türen an beiden Enden außer Betrieb gesetzt, so dass sie sich nicht mehr öffnen ließen«, erklärte Prosper. »Er hat das System gehackt und eine Reihe von Protokollen verändert. Ich hätte ihn darum bitten sollen, die Änderungen rückgängig zu machen, doch ich habe es nicht getan. Wahrscheinlich war ich zu zimperlich.« Als Cadel nach Luft schnappte, rümpfte Prosper angewidert die Nase. »Was wäre der Sinn bei der Sache gewesen? Rex befand sich bereits unter der Erde. Warum hätte ich mir die Mühe machen sollen, ihn irgendwo anders festzusetzen?«

Cadel schloss die Augen. *Das ist nur ein böser Traum,* dachte er. *Bald wache ich auf.*

»Er war selbst schuld«, stellte Prosper fest. »Ich habe ihn immer wieder darum gebeten, mit mir zusammenzuarbeiten, aber er hat sich standhaft geweigert. Wahrscheinlich dachte er, dass er ewig durchhalten könnte, weil er Notvorräte auf dem Boot hatte. Aber irgendetwas ist schiefgegangen. Wahrscheinlich war es ein Herzinfarkt.«

Cadel riss die Augen auf. »Du hast ihn getötet. Ich wusste es. Ich *wusste,* dass du ihn getötet hast!«

»Ich habe ihn nicht getötet. Er hat sich selbst getötet.« Prospers Tonfall klang seltsam verdrießlich, als redeten sie über einen faulen Gärtner oder ein besonders dummes Haustier. Er schien ein gewisses Maß an Mitgefühl von seinem Zuhörer zu erwarten. »Glaubst du, dass ich ihn sterben lassen wollte? Es wäre *so viel* einfacher gewesen, wenn er mit mir zusammengearbeitet hätte, aber er hat sich einfach geweigert. Das hat dazu geführt, dass ich allerlei mühsame und teure Maßnahmen ergreifen musste. Ich musste seine Stimme von alten Aufnahmen klonen lassen, mittels einer Technik, die man als verknüpfte Sprachsynthese bezeichnet. Ich musste einen digitalen Doppelgänger in Auftrag geben, was nicht einfach war: Ich hatte keinen Ganzkörperscan, weil eine Leiche einem in solchen Fällen nämlich nichts bringt – insbesondere, wenn sie schon seit einer ganzen Weile tot ist. Ich musste seine Maße aus bereits existierenden Aufnahmen nachbauen lassen, was mich eine Riesenstange Geld gekostet hat. Wahrscheinlich habe ich seinen halben Besitz für technische Dienstleistungen aufgewendet. Und was mich das erst an Zeit gekostet hat … Tja, ich kann nur sagen: Gott sei Dank war ich klug genug, einen solchen Einsiedler ins Visier zu nehmen. Bei jemandem wie Rex macht sich niemand Sorgen, wenn er ein paar Monate lang von der Bildfläche verschwindet …«

Cadel starrte den vor sich hin schwafelnden Prosper verdutzt an. Der Psychologe schwafelte sonst nie. Das passte überhaupt nicht zu ihm. Verlor er vielleicht den Verstand? Hatten die zwei Monate in einem fensterlosen Kaninchenloch ihn in den Wahnsinn getrieben?

Cadel warf einen Blick auf die Bildschirme und sah, dass Kale keine nennenswerten Fortschritte gemacht hatte. Die Tür zum Panikraum war weiterhin fest verschlossen.

»… aber natürlich interessiert dich das alles nicht«, sagte Prosper gerade, als er Cadels Seitenblick bemerkte. »Dich interessiert nur, wie du hier rauskommst. Dabei kann ich dir gerne helfen – vorausgesetzt, du hilfst zuerst mir.« Sein Griff um Cadels verkrampfte Schulter wurde fester. »Du musst wissen, dass ich ursprünglich beabsichtigt hatte, gemütlich hier zu warten, bis deine Freunde vom FBI die Suche irgendwann aufgeben und nach Hause gehen. Was sie auch getan hätten, wenn du nicht angefangen hättest, Bemerkungen über die Größe dieses Gebäudes zu machen. An diesem Punkt ist mir klar geworden, dass der Tunnel schon bald die einzige Alternative für mich sein würde.«

Inzwischen war Cadel angespannt wie eine Bogensehne. Er hatte die Fäuste so fest geballt, dass sich ihm die Fingernägel schmerzhaft in die Handflächen bohrten, denn er wusste, was gleich kommen würde.

»Unglücklicherweise komme ich derzeit nicht an Vee heran«, fuhr Prosper fort, »deshalb musst *du* stattdessen den Tunnel für mich öffnen. Ich bin mir sicher, dass du dazu in der Lage bist.« Er streckte die Hand aus und schob einen Bürostuhl auf Rollen vor die Computertastatur. »Da wir nicht viel Zeit haben, solltest du lieber gleich damit anfangen.«

Cadel sagte nichts und regte sich auch nicht von der Stelle. Dazu war er viel zu sehr mit Nachdenken beschäftigt.

Wenn Prosper ihn an das System ließ, konnte er Kale dann vielleicht irgendwie warnen? Ohne dabei sein Gegenüber zu alarmieren?

»Ach – und ich würde nicht versuchen, irgendwelche *anderen* Türen zu öffnen«, bemerkte der Psychologe prompt, als hätten Cadels Überlegungen ihm das Stichwort dazu gegeben. »Wenn das passiert, dann wird nämlich jemand verletzt.« Er tastete unter seinem Pullover herum und zog etwas hervor, das er Cadel an den Schädel hielt. »Ich sage nicht, dass es unbedingt dich treffen muss. Vielleicht auch einer deiner FBI-Freunde. Ich sage nur, dass es in jedem Fall zu einem Blutvergießen kommen wird, und ich bin mir sicher, dass du das nicht willst.«

Cadel sah die Pistole nicht, aber er erkannte das Gefühl wieder. Dort, wo seine Kopfhaut den Lauf berührte, schien sie zu brennen. Außerdem verspürte er ein Kribbeln am ganzen Leib, und ihm drehte sich der Magen um.

»Letztlich wedelst du immer irgendwann mit einer Pistole rum.«

»Weil das nun mal Wirkung zeigt.«

»Dazu kommt es jedes Mal, nicht wahr? Du richtest eine Waffe auf mich und sagst mir, was ich zu tun habe.« Cadels Stimme zitterte vor Angst und Verzweiflung. »Ich bin das so was von *leid*. Weißt du das? Ich bin dich und deinen ganzen *Scheiß* so was von leid.« Erinnerungen blitzten nacheinander in seinem Kopf auf: an Sonjas blutiges Gesicht, an Sauls bewusstlosen Körper, an ein einstürzendes Haus und an einen langsam steigenden See aus flüssigem Beton. »Warum lässt du mich nicht endlich in Ruhe?«, schrie Cadel, der die Bilder nicht mehr ertrug. »Warum änderst du nicht einmal was am Drehbuch?«

»Oh, das habe ich bereits«, sagte Prosper mit zusammengebissenen Zähnen. »In *diesem* Drehbuch bin ich nicht mehr dein Vater. In diesem Drehbuch bin ich lediglich ein wohlmeinender Freund, der ganz leicht die Geduld verlieren könnte.« Als Cadel zurückzuckte, schnaubte Prosper abfällig. »Dachtest du wirklich, ich hätte nichts davon gehört? Ich halte mich vielleicht versteckt, mein Lieber, aber die neuesten Nachrichten bekomme ich immer noch mit.«

Cadel schluckte. *Oh Gott*, dachte er. *Oh Gott, oh Gott, oh Gott.*

»Also sollten wir uns an diesem Punkt vielleicht beide noch mal daran erinnern, dass dein Überleben für mich nicht länger von Bedeutung ist«, knurrte Prosper mit einer Galligkeit, die er bis dahin für Personen wie Saul Greeniaus und Sonja Pirovic reserviert hatte. »Schließlich trägst du nicht mal meine DNS in dir, oder? Es gibt keinen genetischen Imperativ, der mich davon abhalten könnte, dir das Hirn aus dem Schädel zu pusten. Deshalb überspringen wir jetzt einfach das ganze alberne Getue und kümmern uns um dringlichere Angelegenheiten.« Er drückte Cadel die Waffe so fest an die Schläfe, dass dessen Kopf zur Seite geschoben wurde. »Mach den Tunnel auf. *Sofort.* Bevor ich die Beherrschung verliere.«

Das Herz pochte Cadel bis zum Hals. Er war mittlerweile davon überzeugt, dass sich etwas verändert hatte. *Prosper* hatte sich verändert. Seine lässige Fassade begann zu bröckeln. Die sorgfältig bemessene Bedrohlichkeit seines Tonfalls, das kalte, belustigte Funkeln in seinen Augen – beides wich etwas Wilderem, Bösartigerem.

Was würde er tun, falls es Kale gelang, hier einzudringen? Auf jeden Fall würden Schüsse fallen. Vielleicht würde jemand Gas einsetzen. Im besten Fall käme es zu einer Belagerung. Vielleicht würde Cadel tagelang mit Prosper in einem Schrank unter der Erde festsitzen. Möglicherweise *wochenlang,* wenn die Notvorräte reichten.

Die Aussicht darauf war undenkbar.

»Selbst wenn ich das tue, wie kommst du darauf, dass du es schaffst zu fliehen?«, sagte Cadel schwächlich. »Wie kommst du darauf, dass niemand dir Löcher in dein Boot schießt?«

»Weil *du* mit mir im Boot sitzen wirst«, antwortete Prosper. »Ich werde dich brauchen.«

»Weshalb du mich jetzt noch nicht töten wirst«, sagte Cadel mit allem Trotz, den er aufbringen konnte. Er machte sich für eine gewalttätige Reaktion bereit, doch als nichts dergleichen passierte, war er nicht im Geringsten überrascht.

Einmal mehr hatte Prospers Stimmung sich verändert. Innerhalb von Sekunden verwandelte er sich von einer Bestie mit blutunterlaufenen Augen zurück in einen höflich scherzenden Profi. »Oh, ich denke, das haben wir bereits geklärt«, sagte er gedehnt. »Im Moment werde ich dich aus mehreren Gründen

Prosper kniff die Augen zusammen. Er hatte die ganze Zeit hinter Cadel gestanden und schweigend ihn und die Monitore betrachtet.

»Das neue Passwort lautet ›Sonja‹«, fügte Cadel ausdruckslos hinzu.

Prosper schien das so zu akzeptieren. Jedenfalls gab er keinen Kommentar ab. »Also funktioniert die Verriegelung noch?«, fragte er nur.

»Das muss sie. Wenn nicht, dann öffnen sich auch die Türen nicht.«

»Natürlich.« Prosper packte Cadel am Arm, zog ihn vom Stuhl und führte ihn zu einem der Küchenschränke.

Zum Erstaunen des Jungen ließ Prosper sich dann auf ein Knie nieder und nahm ein Stück von der Blende unter dem Geschirrspüler ab. Zwei Schienen aus rostfreiem Stahl, die zuvor von der Blende an Ort und Stelle gehalten worden waren, fuhren sich knapp über dem Boden aus.

Prosper benutzte die Schienen, um den Geschirrspüler unter der Anrichte hervorzuziehen.

»Das Ding hat Räder«, erklärte er, als das Küchengerät etwa einen Meter weit auf den Schienen nach vorne rollte. In der Wand dahinter befand sich eine Luke, und daneben war ein kleines Eingabegerät mit Touchscreen zu sehen.

Prosper wedelte mit seiner Pistole. »Jetzt bück dich und gib das Passwort ein.«

»Weißt du …?«, setzte Cadel an und zögerte dann.

Prosper musterte ihn mit gerunzelter Stirn. »Was?«

»Weißt du, wo … äh …«

»Wo Rex liegt?«

Cadel nickte.

»Er ist nicht mal in der Nähe der Luke, falls du dir darüber Sorgen machst.« Prospers Tonfall klang ungeduldig.

»Wie kannst du dir da sicher sein?«

»Weil ich das Videomaterial gesichtet habe. Es gibt mehrere Kameras in dem Tunnel.«

Als der nicht überzeugte Cadel weiterhin verharrte, öffnete Prosper einen Vorratsschrank. Einen Moment lang schob er lautstark Dosen und Gläser hin und her, dann hielt er Cadel eine Plastikflasche mit Spülmaschinenpulver unter die Nase. »Hier. Halt dein Gesicht einfach dicht darüber. Das wird den Geruch überdecken.«

Cadel räusperte sich. »Ich mache mir nicht wegen des Geruchs Sorgen«, sagte er flehend. Bevor er darauf hinweisen konnte, dass er noch nie eine Leiche gesehen hatte und sich davor fürchtete, wie Rex vielleicht aussehen würde, fiel ihm Prosper ins Wort.

»Tja, du *solltest* dir aber wegen des Geruchs Sorgen machen. Es wird nämlich ziemlich stark riechen. Wenn du dich unbedingt übergeben möchtest, dann ziel dabei bitte nicht auf mich.« Um seinen Worten Nachdruck zu verleihen, stieß Prosper ihn grob mit seiner Waffe an. »Los. Beeilung. Wir haben nicht den ganzen Tag Zeit.«

Widerwillig kniete Cadel sich hin. Als recht armselige Verzögerungstaktik schraubte er den Deckel von der Spülmittelflasche ab und legte ihn verstohlen auf den Boden, wo Kale ihn vielleicht entdeckte.

»Netter Versuch«, sagte Prosper. Der Schraubverschluss verschwand in seiner Tasche. »Und fang ja nicht an, mit dem Spülmittel durch die Gegend zu werfen, sonst stopfe ich es dir in den Hals.«

Mit Prosper im Nacken hatte Cadel keine Alternativen mehr. Ihm stand nur noch ein Weg offen. Also tat er wie geheißen: Er umfasste die Flasche fest, zwängte sich unter die Anrichte und kroch auf Knien und Ellbogen voran, bis er das neue Passwort in das Gerät eingeben konnte.

Sobald er auf »Enter« drückte, schwang die Luke vor ihm auf, und ein Schwall feuchter, faulig riechender Luft schlug ihm ins Gesicht.

»Oh Mann …«, ächzte er.

»Weiter«, sagte Prosper über ihm.

Cadel kroch vorwärts. Glücklicherweise musste er nicht mit dem Kopf voran in ein stockfinsteres Loch. Hinter der Luke erwachten Neonlampen flackernd zum Leben. (Waren die vielleicht durch einen Infrarot-Bewegungssensor ausgelöst worden?) Er sah graue Betonwände und Kabelrohre, die in der Ferne verschwanden. Die Spülmittelflasche drückte unangenehm gegen seine Brust.

»Beeil dich«, blaffte Prosper.

Der Gestank war weniger schlimm, als Cadel erwartet hatte. Mit dem beißenden künstlichen Zitronenaroma in der Nase konnte er tatsächlich kaum eine Spur Verwesungsgeruch ausmachen. Prosper war derjenige, der das Gesicht verzog, als er den Fluchttunnel betrat, doch er ließ sich von dem Geruch nicht bremsen. Abgesehen davon ließ er Cadel nicht eine Sekunde lang aus den Augen.

»Was machst du da?«, fragte Cadel. Er begriff nicht, warum Prosper noch immer auf dem Boden kauerte und eine Hand zurück durch die Luke streckte, während er mit der Waffe in der anderen auf ihn zielte. »Steckst du fest?«

Prosper schüttelte den Kopf. Dann zog er kräftig an einem unsichtbaren, schweren Gewicht, und das darauf folgende *Klonk* verriet Cadel, was geschehen war. Prosper hatte den Geschirrspüler zurück an seinen Platz gezogen. Der Junge musste annehmen, dass sich auch die Schienen automatisch wieder eingefahren hatten.

Prosper schlug die Luke zu und kam auf die Beine. »Also«, blaffte er. »Gehen wir.«

Bei dem Tunnel handelte es sich genau genommen um einen breiten Korridor, dessen Wände aus Stahlbeton bestanden. Darin befand sich nichts außer Lampen, Kabeln und ein paar Überwachungskameras, von denen mehrere mit einem schweren Gegenstand zertrümmert worden waren. Cadel fragte nicht, ob das Rex gewesen war. Als Gefangener tat man vielleicht solche Dinge, aber er hatte keine Lust, genauer darüber nachzudenken.

Während er den Tunnel hinabgetrieben wurde, versuchte er sich stattdessen auf die Frage zu konzentrieren, was er tun würde, wenn er jemals hier rauskommen sollte. In Kalifornien gab es keine Privatstrände. War sich Prosper darüber im Klaren? War ihm bewusst, wie gefährlich der Versuch war, an einem öffentlichen Strand mit einem Boot davonzufahren? Was, wenn sich jemand in der Nähe befand, wenn sie die Tür nach draußen öffneten?

Ich könnte um Hilfe rufen, beschloss Cadel. *Vielleicht hört mich ja ein Nachbar. Oder ein Surfer. Oder ein Fischer.* Natürlich hatte Prosper eine Pistole – doch konnte er es wirklich riskieren, sie abzufeuern? Ein Schuss war sicher lauter als ein Schrei. Die versammelten FBI-Agenten würden sofort losrennen, wenn sie ihn hörten.

»Gott steh uns bei«, krächzte Prosper. Sie waren um eine Ecke gebogen und liefen nun in eine Wand aus Gestank. Selbst Cadel roch es schwach durch den sauberen, chemischen künstlichen Zitronenduft hindurch. Er verharrte, nicht willens, um die nächste Ecke zu biegen.

»Wir müssen ganz nah dran sein«, bemerkte Prosper. Offensichtlich hielt er die Luft an. »Das Boot liegt an einer Stelle, von der aus man es direkt ins Meer schieben kann.«

»Er ist doch nicht *in* dem Boot, oder?«, fragte Cadel, als dieser schreckliche Gedanke ihm plötzlich in den Sinn kam. Er spürte, wie die Waffe in seinem Nacken zitterte.

»Himmel«, knurrte Prosper, »hoffentlich nicht.«

»Du *weißt* es nicht?«

»Nein, ich weiß es nicht.«

»Aber du sagtest doch, dass es hier Kameras gibt!«, wandte Cadel ein.

»Die meisten Kameras an diesem Ende hat er zertrümmert. Mit einem Ruder. Er wollte nicht, dass wir ihn beobachten.« Der Psychologe sog tief den Atem ein und legte Cadel eine Hand auf die Schulter. »Du kannst die Augen jetzt zumachen, wenn du möchtest. Ich führe dich in die richtige Richtung.«

»Was, wenn er wirklich im Boot liegt?«

»Dann müssen wir ihn wohl da rausschaffen, nicht wahr?«

Cadel hätte sich fast übergeben. Er musste mehrmals schwer schlucken und steckte anschließend die Nase tief in die Spülmittelflasche.

Prosper schien ein wenig weich zu werden. »Ich kümmere mich darum«, sagte er im angespannten, knarzenden, hektischen Tonfall einer Person, die versucht, nicht zu atmen. »Mach einfach die Augen zu und tu, was ich dir sage. Alles klar?«

Cadel nickte.

»Na schön.« Prosper versetzte ihm einen Stoß. »Geh, ich sage dir, wenn du anhalten sollst …«

34

Cadel stand absolut reglos da, hielt die Augen fest geschlossen und die Nase tief in die Flasche Spülmaschinenpulver gesenkt. Ohne zu wissen, warum, spürte er, dass er sich in einem großen Raum befand. Vielleicht lag es an der Art und Weise, wie Prospers Husten und Fluchen von den Wänden widerhallte.

»In Ordnung. Jetzt kannst du hinschauen«, sagte Prosper schließlich atemlos. »Ich habe ihn zugedeckt.«

»War er … ist er …?«

»Er ist nicht im Boot.« Nach einer kurzen Pause, die durch einen Hustenanfall verursacht wurde, fügte Prosper hinzu: »Es war nicht so schlimm, wie ich erwartet hatte. Liegt wahrscheinlich an all dem Salz in der Luft.«

Cadel wollte nicht darüber nachdenken, was Prosper damit meinte. Also öffnete er die Augen. Das Erste, was er erblickte, war ein kleines Aluminiumboot direkt vor ihnen. Mit dem Bug zeigte es zu einem großen Rolltor aus Metall, und es hatte einen Außenbordmotor am Heck.

Neben dem Boot war auf dem Betonboden eine grüne Plane ausgebreitet, unter der sich etwas Unförmiges befand.

»Lieber Himmel, was stehst du da und glotzt?«, bellte Prosper. »Ich habe dir doch gesagt, es gibt nichts zu sehen!«

»Ich … ich …«

»Jetzt bring das Ruder her und leg es ins Boot. Wir brauchen es vielleicht noch.«

Ein Ruder befand sich bereits im Boot, doch Prosper meinte das zweite, das an einem Ende des großen dreieckigen Bereichs lag, in dem er und Cadel standen. Der Raum selbst hatte etwa die Ausmaße einer Garage für drei Autos – hier verbreiterte sich das Tunnelende zur Innenseite der Felswand hin wie ein Martiniglas.

Feucht, kalt und mit grauen Betonwänden handelte es sich um einen der unwirtlichsten Orte, an denen Cadel jemals gewesen war.

»Wenn ich's mir genau überlege, was rede ich da eigentlich?«, sagte Prosper plötzlich mit einem belustigten Unterton. »Ich will gar nicht, dass du dich auch nur in die *Nähe* dieses Ruders begibst. Das Letzte, was ich gebrauchen kann, ist ein Schädelbruch.« Er wandte sich von dem Computermonitor in der Wand neben dem Rolltor ab und schloss mit einigen wenigen ausholenden Schritten zu Cadel auf. »Bleib, wo du bist. Ich kümmere mich selbst darum.«

Cadel zögerte. Vor seinem inneren Auge war ein Bild aufgeblitzt: ein Bild von ihm selbst, wie er Prosper Spülmaschinenpulver ins Gesicht schleuderte und sich anschließend das Ruder schnappte und es dem Psychologen über den Kopf zog.

Aber das war reine Fantasie. Zum einen hatte Prosper eine Pistole. Und was den unvermeidlichen Aufprall betraf … das *Knacken* von Holz auf Knochen …

Cadel erschauerte. Er konnte den Gedanken nicht ertragen. Furcht und Zweifel lähmten ihn.

Dann ging Prosper an ihm vorbei, und mit ihm die entsprechenden Überlegungen.

»Was ist das da drüben?«, fragte Cadel und spähte mit zusammengekniffenen Augen zu dem Bildschirm in der Wand hinüber. »Gehört der zu einer Überwachungskamera?«

»Natürlich.« Prosper hob das Ruder auf. »Glaubst du, Rex hätte auch nur darüber *nachgedacht*, dort hinauszugehen, ohne sich vorher zu vergewissern, dass die Luft rein ist?«

Er warf das Ruder laut polternd ins Boot. Derweil starrte Cadel angestrengt auf den flackernden Monitor, der zu klein war, um mehr als ein einziges Bild zu zeigen. Entweder gab es auf der anderen Seite des Rolltors nur eine Kamera, oder man musste mit der Tastatur unter dem Bildschirm von einer auf die andere umschalten.

»Vielleicht solltest du dir das hier überziehen«, sagte Prosper, nachdem er den Inhalt des Boots inspiziert hatte (wobei er erneut die Luft anhielt). »Da draußen sieht es ziemlich nass aus, und ich weiß ja, was für ein behütetes Leben du geführt hast, seit wir uns das letzte Mal begegnet sind …«

Cadel schaute sich gerade rechtzeitig um, um eine Regenhaut direkt ins Gesicht zu kriegen. Er hätte beinahe die Flasche fallen lassen.

»Das Wetter dürfte uns zum Vorteil gereichen«, fuhr Prosper fort. »Niemand wird bei diesem Regen unterwegs sein. Selbst wenn deine Freunde die Oberkante der Klippe absuchen, werden sie kaum etwas sehen.«

Mit einem zunehmenden Gefühl der Panik schob sich Cadel dichter an den Monitor heran, bis er die von Wassertropfen getrübte Aussicht auf das, was jenseits des Rolltors lag, genauer erkennen konnte: Schaumkronen, über den Himmel jagende Wolken und ein schmaler Streifen Ufergestrüpp. Hohe Wellen brachen sich an den Felsen.

Der Sturm. Er hatte den Sturm vergessen.

»Wir können da nicht raus!«, quiekte er.

»Natürlich können wir das.«

»Aber, aber …« Cadel, der entsetzt auf die aufgewühlte See starrte, ließ die Flasche von seinem Gesicht sinken. Praktisch sofort schoss ihm ein entsetzlich fauliger Gestank in die Nase und brachte ihn zum Husten. »*Ärks ... argh ... würg ...*«

»Die frische Luft wird uns beiden guttun«, fügte Prosper hinzu. Er hatte die Regenhaut aufgehoben. Beim Sprechen schliff er die Konsonanten und schnaubte die Vokale, in dem Versuch, nicht durch die Nase einzuatmen. »Zieh das hier an, wenn du dir Sorgen machst.«

Erneut traf der Regenmantel Cadel unvorbereitet, doch diesmal ließ er ihn nicht fallen. Stattdessen ließ er die Flasche los und wagte es nicht, sie wieder aufzuheben. Er fürchtete, dass er sich übergeben musste, sobald er sich bückte.

Inzwischen war Prosper wieder an den Monitor getreten. Mit dem Finger auf der Tastatur sprang er von einer Szenerie zur nächsten und betrachtete eine Reihe Bilder, die Cadel bis ins Mark erzittern ließen: tosende, schaumige Brandung, regengepeitschte Felsbrocken, ein tief hängendes Wolkenmeer.

»Gut«, sagte Prosper.

»Gut?«, keuchte Cadel.

»Niemand in Sicht.«

»Wir werden dort draußen *untergehen!*«

»Sei nicht albern.«

»Das ist ein Riesensturm!«

»Das ist nur ein bisschen rauhes Wetter.« Prosper wirkte ehrlich unbesorgt – allerdings schien ihn Cadels Angst etwas zu irritieren. »Solche Wetterverhältnisse sind nicht gefährlich. Nicht für ein seetüchtiges Boot mit Außenbordmotor und einer Bilgenpumpe.«

»Woher willst *du* das denn wissen?«, schrie Cadel. »Du bist nur ein Weinkellner, kein Fischer!«

Prosper blinzelte. Er hatte die Kamerabilder genau studiert, doch Cadels anklagende Worte ließen ihn mit gehobenen Brauen zu dem Jungen herabblicken. Einen Moment lang herrschte Stille.

»Ich bin früher mit meiner eigenen Jacht rausgefahren«, erwiderte Prosper schließlich. »Das war eines meiner Hobbys. Natürlich nachdem ich meine erblühende Karriere als Weinkellner aufgegeben hatte.« Plötzlich und ohne Vorwarnung wandelte sich seine Stimmung. Er bohrte Cadel die Waffe gegen die Oberlippe und sagte: »Zieh den Mantel über. Sofort.«

Die Art und Weise, in der Prosper die Worte mit zusammengebissenen Zähnen hervorpresste, jagte Cadel weit mehr Angst ein als das Klicken, das erklang, als er die Pistole entsicherte. Mit dieser Stimme, die sich wie ein Peitschenknall anhörte, und mit diesen zusammengekniffenen Augen gab es nichts zu diskutieren. Also steckte Cadel eilig einen Arm in den Ärmel, in der Erwartung, dass seine Hand am anderen Ende herauskommen würde. Doch der Ärmel war viel zu lang. Das Gleiche galt für den anderen, so dass Cadel sie beide hochschieben musste, bis sie in dicken Falten um seine Handgelenke lagen. Dann wandte er sich dem Reißverschluss zu, mit dem er keine größeren Schwierigkeiten hatte, solange er die Arme oben behielt. Doch sobald er sie wieder herunternahm, rutschten ihm die Ärmel erneut über die Handgelenke und schlackerten herum wie leere Windhosen.

»Streck die Arme seitlich aus«, sagte Prosper stirnrunzelnd.

Cadel gehorchte. Er tat es automatisch, während er auf den Bildschirm schaute und überlegte, was um alles in der Welt er tun sollte, wenn er am Strand war. Eine Regenhaut war keine Schwimmweste. Sie würde ihn nicht retten, wenn das Boot sank. Wie sollte er schwimmen, mit Ärmeln, die eine gute Handlänge über seine Fingerspitzen hingen?

»Hmm«, sagte Prosper. Er ging um Cadel herum, der halb damit rechnete, dass sein Begleiter gleich irgendeinen dummen Spruch darüber machen würde, dass er sich die Ärmel hochkrempeln sollte. Stattdessen sprang Prosper vor und packte beide Ärmel von hinten.

»He!«, rief Cadel. Doch bevor er sich losreißen konnte, ließ ihn ein harter Tritt in die Kniekehle zu Boden gehen.

Im nächsten Moment kniete er am Boden, während Prosper ihm die Ärmel zusammenknotete. Der Effekt war der Gleiche, als hätte man ihm Handschellen angelegt.

»Ich werde ertrinken!« Jetzt bekam Cadel langsam ernsthaft Angst. »Ich kann nicht schwimmen! Nicht so!«

»Du wirst nicht schwimmen müssen.«

»Hilfe! *Hilfe!*«

»Jetzt sei schon still.« Prosper stemmte Cadel einen Fuß zwischen die Schulterblätter und drückte ihn fest auf den Boden. Gleichzeitig streckte er die Hand aus und berührte ein paar Knöpfe an der Wandtastatur.

Cadel, der zusammengeklappt war, so dass sein Kinn fast auf seinen Oberschenkeln lag, hörte ein knirschendes Geräusch. Als er den Kopf zur Seite drehte, sah er, dass das Stahltor sich langsam hob. Er erhaschte auch einen Blick auf die rauhe Mörtelfläche dahinter.

Er bekam kaum Luft.

»Gut«, sagte Prosper munter, nahm den Fuß von Cadels Rücken und packte ihn am Kragen der Regenhaut. Der Junge wurde hochgerissen und Richtung Boot gezogen. Mit hinter dem Rücken gefesselten Händen konnte er sich nicht ernsthaft wehren – obwohl er sich alle Mühe gab, sich nicht einfach mitzerren zu lassen. Er stemmte die Hacken in den Boden und machte sich so schwer er nur konnte. Als sie das Boot erreichten, stemmte er beide Füße gegen die Reling und stieß sich fest ab.

»Hilfe! *Hilfe!*«

»Himmel noch mal«, zischte Prosper, der versuchte, ihn über die Reling zu schieben. »Sei nicht so ein *Trottel!*«

»*Lass mich LOS!*«

»Das ist ganz und gar irrational.« Prosper griff um, wobei er durch seine Pistole behindert wurde, die er an die Decke gerichtet hielt. »Wie soll ich dich denn gehen lassen, wenn du dich nicht beruhigst?«

In diesem Moment strömte ein Schwall frischer, salziger Luft in den Raum. Cadel begriff, dass die Außentür gerade aufschwang, und bäumte sich so heftig auf, dass Prosper den Halt verlor.

»*Hör auf*, verdammt noch mal, ich bin *bewaffnet!*«

»Hilfe!«

»Es gibt keinen Grund, derart in Panik zu verfallen!«, blaffte Prosper. »Ich weiß, dass du schwimmen kannst, ich habe selbst für den Unterricht bezahlt!« Als der pfeifende Wind ihm eine Ladung Gischt ins Gesicht wehte und sein Gefangener wie rasend um sich schlug, nahm Prospers Stimme einen gehetzten Tonfall an. »Warum hast du bloß solche Angst vor ein bisschen Wasser?«, schrie er, um das Tosen der Brandung zu übertönen. »Du hast einen Busunfall und einen außer Kontrolle geratenen Rollstuhl überlebt! Das hier wird dagegen wie ein Ausflug ins *Zeltlager!*«

Cadel erstarrte, und seine Muskeln verkrampften sich schockartig.

Nicht einmal seine Zunge wollte sich mehr bewegen.

»Ich binde dich los, sobald wir auf See sind!«, sagte Prosper laut. »Du kannst dich um die Bilgenpumpe kümmern!« Damit hob er Cadel ins Boot, eilte zum Heck und stemmte sich von außen gegen die Reling. Langsam glitt das Boot nach vorne. »Versuch gar nicht erst aufzustehen, du wirst dir nur wehtun!«, riet er Cadel schnaufend.

Der Junge lag lang hingestreckt im Boot. Um ihn herum waren verschiedene Seefahrtsutensilien verstreut: ein Seil, eine Signalpistole, eine Schwimmweste, zwei Ruder und eine handbetriebene Bilgenpumpe. Über ihm schoss die Decke mit schnell zunehmender Geschwindigkeit vorbei. Obwohl er die Betonpfeiler, die Lichtleisten und das hochgefahrene Rolltor sah, nahm er all das nicht wirklich wahr. Er war viel zu sehr damit beschäftigt, das zu verarbeiten, was er soeben gehört hatte.

Der Bus?, dachte er. *Ich habe ihm nichts von dem Bus gesagt.*

Plötzlich stellte er fest, dass er in den Himmel hinaufblickte, der wolkenverhangen, dunkel und unruhig war. Regen stach ihm in die Augen, und er rollte sich herum, wobei sein Kopf auf den Bootsboden prallte. Unter ihm bewegte der Kiel sich knirschend und kratzend über die Felsen, um kurz darauf mit einem lauten Klatschen auf Wasser zu treffen.

»Ich habe nichts von einem Bus gesagt«, krächzte Cadel.

Prosper hörte ihm nicht zu. Vielleicht hatte er ihn überhaupt nicht gehört. Bei dem Wind, dem Wellengang und dem Geklapper der losen Ruder war es nicht leicht, so eine leise, schwache, zitternde Stimme zu vernehmen. Auf jeden Fall antwortete Prosper nicht. Stattdessen versetzte er dem Boot einen festen Stoß und sprang hinein, bevor es sich zu weit entfernte.

Der Aufprall war markerschütternd. Einen scheußlichen Moment lang fühlte es sich so an, als würde das Boot kentern. Doch es schwamm, obwohl Cadel wie verrückt zappelte.

Bei dem Versuch, den Außenbordmotor anzulassen, hätte Prosper Cadel beinahe gegen den Kopf getreten. Das Boot wurde bereits von der aufgewühlten Brandung zurück Richtung Tunneleingang getrieben.

»Ich hab nichts …«, setzte Cadel an.

In diesem Moment erwachte der Zweitakter zum Leben und übertönte seinen zweiten Versuch, etwas zu sagen.

Tucker-tucker-tucker-BRUMMM!

Prosper lachte. Er war nass und schmutzig, seine Haut war grau vor Kälte, und sein langes Haar peitschte ihm bei jeder Windbö über die nassen Brillengläser. Dennoch schien er zu frohlocken.

»Himmel, tut das gut, im Freien zu sein!«, rief er, während er das Boot auf die hohe See hinaussteuerte. Schaukelnd und ruckend traf es auf eine Woge nach der anderen. Cadel konnte sich nicht aufsetzen, solange seine Hände hinter seinem Rücken zusammengebunden waren. Im bockenden Kiel wurde er von einer Seite zur anderen geworfen.

Schließlich beugte Prosper sich vor und zog Cadel in eine sitzende Position hoch, um dann einen Blick über die Schulter zu werfen.

Auf der sich entfernenden Klippe war keine Bewegung zu sehen. Das Loch in der Felswand war verschwunden, stattdessen befand sich der Styroporfelsen, der wie ein echter herabgestürzter Brocken aussah, wieder an Ort und Stelle. Das einzige Anzeichen dafür, dass das Tor sich jemals geöffnet hatte, waren zwei halbkreisförmige Spuren im Sand, die der Regen jedoch fortspülen würde.

»Ich sehe niemanden dort oben. Du?«, erkundigte sich Prosper aus vollem Hals rufend.

Cadel zog es vor, die Frage nicht zu beantworten. Stattdessen stellte er selbst eine Frage. »Woher weißt *du* etwas von dem Bus?«, erwiderte er mit hoher, lauter Stimme, um das Rauschen des Regens, das Klatschen des Wassers am Aluminiumrumpf und das röhrende Tuckern des Motors zu übertönen. »Ich dachte, niemand hat dir gesagt, was vorgefallen ist?«

Diesmal hörte Prosper ihn. Sein Lächeln verpuffte, und das Funkeln in seinen Augen erlosch. Trotzdem sagte er kein Wort, als sein Blick dem von Cadel begegnete – dessen Augen sich vor Entsetzen weiteten.

»Du hast es die ganze Zeit gewusst.« Mit einem Mal erschien es ihm ganz und gar offensichtlich. Prosper hatte gelogen. *Natürlich* hatte er gelogen. Er war ein Gewohnheitslügner. »Du … du warst das«, stammelte Cadel. »Du hast versucht, mich umzubringen.«

Prosper runzelte die Stirn. »Was?«, sagte er und versuchte angestrengt, Cadels Worte zu verstehen.

»Du hast versucht, mich zu töten!«

»Nein.« Prosper schüttelte den Kopf.

»Doch! Das warst *du!*« Cadel stellte fest, dass er nach Luft schnappte, wie jemand, dem man einen Schlag vor die Brust versetzt hatte. »*Du* warst es, von Anfang an! *Du* hast die Befehle gegeben! *Du* hast das alles losgetreten!« Das Boot stürzte über den Kamm einer sehr großen Welle, doch Cadel merkte es kaum. Er hatte seine Blessuren, die Übelkeit und die Angst vorm Ertrinken vergessen, und seine ganze Aufmerksamkeit war auf die gebückte, dürre, durchnässte Gestalt am Steuer konzentriert. »Warum hast du das getan?«, jaulte er. »Ich habe mich doch nur um meinen eigenen Kram gekümmert!«

Prosper holte tief Luft. »Das hier ist wohl kaum der richtige Zeitpunkt oder der richtige Ort ...«, setzte er an.

Cadel fiel ihm ins Wort. »Ich habe dich in Ruhe gelassen! Ich war rundherum zufrieden! Ich habe mein eigenes Leben gelebt!«, schluchzte Cadel. »Warum musstest du das alles kaputt machen? Warum musst du *immer* wieder auftauchen und alles kaputt machen?«

Prosper senkte das Kinn. Obwohl seine Brillengläser voller Salzschlieren waren, war die Wut, die in den tintenschwarzen Tiefen seiner Augen aufloderte, nicht zu verkennen. Mit seinen langen gelben, zu einem Knurren gebleckten Zähnen, dem Haar, das wild um seinen Kopf flatterte, und seinen knochigen, angewinkelten Gliedmaßen sah er aus wie ein in die Ecke gedrängtes Tier.

»Ich habe überhaupt nichts kaputt gemacht!«, rief er in den Wind hinaus. »*Du* hast dein Leben ruiniert, nicht ich!«

»Wovon *redest* du?« Cadel war außer sich vor Unglauben. »Es ist mir gutgegangen! Alles war gut, bis du gekommen bist!«

»Du hast irgendwo in der Vorstadt rumgewurstelt, mit einem Haufen Krüppel und Gärtner! Hast deine Zeit in der Schule verplempert, umgeben von einfältigen Lohnsklaven!« Prosper, der vor Abscheu beinahe würgte, konnte kaum an sich halten. Eine leichte Röte war ihm in die eingefallenen Wangen gestiegen, und die Adern an seinen Schläfen zeichneten sich auf einmal deutlich ab. »Was ist los mit dir? Wo ist deine Selbstachtung geblieben? Wie kannst du es nur aushalten, dich in solch eine *Knechtschaft* zu begeben?«

Cadel klappte die Kinnlade herunter.

»Es ist erbärmlich!«, wütete Prosper. »All die Arbeit, das Geld und die Zeit, die ich in deine Erziehung gesteckt habe, und das ist das Ergebnis! Diese Kleingeistigkeit! Diese Mittelmäßigkeit!« Er beugte sich vor, die Fäuste so fest geballt, dass seine Knöchel weiß hervortraten, um seine Worte zu unterstreichen. »Siehst du nicht, was aus dir *geworden* ist? Du wirfst dein Leben fort!«

Oh mein Gott, dachte Cadel. Plötzlich begriff er es. Verwundert sagte er: »Du bist eifersüchtig.«

Prospers Kopf fuhr zurück, als ob er vor einem Schlag zurückweichen würde. Als er schließlich antwortete, klang seine Stimme höhnisch. »Sei kein Narr!«, bellte er.

»Du wolltest mir mein Leben versauen, weil du dir dein eigenes Leben versaut hast.« Die Wahrheit war ihm auf einmal schmerzhaft klar. Prosper war total irre. Er hatte monatelang in einem unterirdischen Bunker festgesessen und war wie eine Kanalratte umhergeschlichen, während Cadel sich an seinem sorglosen, sonnigen Leben erfreut hatte. »Du hast es nicht ertragen, mich glücklich zu sehen«, schrie er, »weil du selbst keine Ahnung hast, wie man es anstellt, glücklich zu sein!«

Prosper grinste. Aber es war ein verkrampftes Grinsen, wie ein ausgefranster Schnitt, hinter dem weiße Knochen zum Vorschein kamen.

»Du warst nicht glücklich!«, erwiderte er.

»War ich doch!«

»Warst du nicht! Nicht, bis ich dir etwas zu tun gegeben habe!« Prospers plötzliches Lachen klang wie ein Fenster, das zugeknallt wurde, oder wie ein Schuss. »Ist dein Leben nicht aufregender geworden, seitdem ich dich gezwungen habe, ein bisschen die Muskeln spielen zu lassen? Ich habe nicht versucht, dich umzubringen, ich habe bloß versucht, dich zu befreien! Ich habe dir beigebracht, deine gottgegebenen Talente zu nutzen, die offenbar niemand sonst zu schätzen weiß! Und ich hatte recht damit – verstehst du? Denn jetzt bist du hier, und du lebst *wirklich!*«

Cadel öffnete den Mund. Er wollte erklären, dass er kein verdrehtes kleines Hündchen mit Scheuklappen vor den Augen mehr war, dass er nichts brauchte außer einem ganz normalen Leben, dass er inzwischen eine Familie hatte, zu der Prosper nicht gehörte. Er wollte dem Psychologen die Tür vor der Nase zuknallen, indem er ihre gemeinsame Vergangenheit von sich wies. Er wollte laut verkünden, dass Prosper Wahnvorstellungen hatte, dass er hochgradig gestört war und sich in seinen eigenen Fallstricken verfangen hatte.

Doch bevor er irgendetwas davon sagen konnte, setzte der Außenbordmotor mehrfach aus, gurgelte und gab den Geist auf.

35

Gottverdammt«, sagte Prosper.

Er versuchte erfolglos, den Motor wieder in Gang zu bringen. Wieder und wieder ertönte nichts außer einem entmutigenden *Puff-puff-puff*. Derweil trieb das Boot über die See.

»Mach mich los!«, kreischte Cadel und hätte sich beinahe die Schulter ausgerenkt bei dem Versuch, sich zu befreien. »Schnell! Sonst ertrinke ich!«

Doch Prosper fummelte noch immer am Außenbordmotor herum. Er fluchte, während der Kiel sich unter ihm antriebslos hin und her warf.

»Das ist doch lächerlich«, sagte er verärgert, drehte sich um und ließ den Blick über die Gegenstände schweifen, die zu ihren Füßen herumrutschten. »Es muss doch einen Ersatzkanister …«

»Bitte! Oh, *bitte!*« Cadel sah, wie die felsige Küste langsam näher rückte. »Du musst mir helfen, uns geht die *Zeit* aus!«

»Wieso sollte jemand sich ein Rettungsboot mit einem leeren Tank hinstellen?«, sagte Prosper, der mit sich selbst zu reden schien. Er erweckte jedenfalls nicht den Eindruck, Cadel gehört zu haben. »Rex hat an alles gedacht, um Himmels willen – warum nicht auch an Treibstoff?«

»*Weil er ihn aufgebraucht hat, bei dem Versuch, jemanden*

auf sich aufmerksam zu machen!«, schrie Cadel. Die Antwort war so offensichtlich, dass er nicht begriff, warum er nicht eher darauf gekommen war. Wahrscheinlich hatte Rex den Motor stundenlang laufen lassen, in der Hoffnung, dass das tiefe Brummen die Neugier eines vorbeikommenden Strandgutsammlers erregen würde. Aber das Geräusch war nicht laut genug gewesen – und wahrscheinlich hatten die Abgase ihn getötet. »Wenn wir kein Benzin mehr haben, werden wir auflaufen! Du musst mich losbinden!«

Einmal mehr antwortete Prosper nicht. Mit zusammengekniffenen Augen spähte er zu den Klippen hinüber, die links von ihnen aufragten, und runzelte nachdenklich die Stirn. Dann griff er unvermittelt nach den Rudern.

»Bitte«, schluchzte Cadel, »*bitte* lass mich frei, ich will nicht ertrinken.«

»Jetzt hör schon auf!«, blaffte Prosper. »Du wirst nicht ertrinken!«

Schnell steckte er die Ruder in die Dollen und fing an zu pullen. Er machte seine Sache gut: Seine Ruderschläge waren geschmeidig und kräftig und trugen sehr dazu bei, das vom Sturm umhergeworfene Boot zu stabilisieren. Doch Cadel war nicht besonders beruhigt. Inzwischen war der Bootsrumpf voller Wasser, und die regenverschleierten Felswände schienen schrecklich nah zu sein.

»Hier liegt eine Signalpistole!«, schrie er. »Wir sollten sie abschießen!«

Prosper schüttelte den Kopf.

»Hast du das Funkgerät noch?«, wollte Cadel wissen. »Vielleicht könntest du damit Hilfe rufen?«

»Nein.« Die Anstrengung war Prospers Stimme deutlich anzumerken, während er sich in die Ruder legte. Seine Wangen waren gerötet, und sein Atem kam stoßweise.

»Ich kann es machen!«, flehte Cadel. »Du müsstest nicht mal

mit dem Rudern aufhören! Du brauchst keine Minute, um mich loszubinden!«

»Das Funkgerät ist im Haus«, sagte Prosper und zog stur die Ruder durch.

Also versuchte Cadel es auf einen anderen Weg. »Du wirst niemals davonkommen! Nicht ohne Motor! Ist dir das denn nicht klar?« Keine Antwort. »Sie werden den ganzen Bundesstaat in Alarmbereitschaft versetzen! Selbst wenn wir *nicht* kentern, werden sie dich festnehmen, sobald du auch nur einen Fuß an Land setzt!«

Schließlich gelang es Prosper, genügend Atem zum Sprechen zu holen. »Nein, nicht in Mexiko«, erwiderte er gegen den beißenden Wind.

»In *Mexiko?*«

»Es ist nicht besonders weit.« Die Ruder knarrten in den Dollen. »Wenn wir da sind, rufe ich Wilfreda an.«

Für einen Sekundenbruchteil war Cadel verwirrt. Einen flüchtigen Augenblick lang vergaß er sogar die tosenden Wellen, die bedrohlichen Felswände und das Wasser, das um seine Knöchel schwappte. »Du hast behauptet, dass du nicht weißt, wo Wilfreda ist!«, rief er.

»Ich weiß es auch nicht«, gab Prosper zu. »Aber ich habe ihre Nummer.«

In diesem Moment schwappte eine Welle über den Bug und schleuderte mehrere Eimerladungen Wasser in ihr schlingerndes Boot. Cadel schnappte nach Luft. Prosper zog eine finstere Miene.

Er drehte sich um und spähte zur nahen Felswand hinüber. Vor dem bleigrauen Hintergrund von See und Himmel wirkte sein Profil farblos. Obwohl er versuchte, südwärts zu rudern, trieb die Flut ihn nach Osten, direkt aufs Festland zu.

Cadel erkannte all das mit absoluter Klarheit, und er war sich ziemlich sicher, dass es auch Prosper nicht entgangen war.

»Lass mich das Boot leer pumpen! Ich *verspreche,* dass ich sonst nichts mache!« Cadel, der in einer Pfütze aus Bilgenwasser saß, begriff, dass hysterische Wortschwälle ihn nicht weiterbrachten. Er musste ruhig und eindringlich argumentieren. Er musste an Prospers *Vernunft* appellieren. »Es wäre dumm von mir, dich anzugreifen«, fuhr er sehr viel weniger panisch fort. »Ich kann das Boot nicht selbst rudern. Ich schwöre bei Gott, dass ich tue, was du mir sagst, aber *binde mich jetzt los!*«

Der Psychologe ruderte weiter, beugte sich im Rhythmus vor und zurück und stemmte sich mit aller Muskelkraft gegen das unkontrollierte Rucken des Boots. Dabei starrte er Cadel nun unter schweren Lidern hervor an, anstatt auf das sie umgebende Sturmchaos zu achten – und etwas an diesem undurchschaubaren Blick war seltsam ermutigend.

Hatte Prosper letztlich doch beschlossen, Vernunft anzunehmen?

Plötzlich hoben sich die Ruder und senkten sich zurück ins Boot, als klappte es seine Flügel ein. Anstatt die Hände nach Cadel auszustrecken, bückte Prosper sich und nahm die Leuchtpistole.

»Kein Grund, ein Risiko einzugehen«, sagte er und warf sie über Bord. Dann zupfte er an Cadels verknoteten Ärmeln herum.

Cadel schrie nicht. Obwohl er sah, wie die Pistole mit einem leisen Platschen in den Fluten verschwand, gab er keine Widerworte von sich. Wozu auch? Prosper war verrückt geworden. Es wirkte beinahe so, als *wollte* er sterben. Entweder das, oder er hielt sich ernsthaft für unbesiegbar.

Cadel wusste es besser. Er ahnte auch, dass er seine Worte mit Bedacht wählen musste, wenn er überleben wollte. Es war wichtig, dass er Prosper weder verärgerte noch erschreckte. Er musste ihn in einem falschen Gefühl der Sicherheit wiegen.

Aus diesem Grund machte Cadel möglichst große Augen und sprach möglichst leise und kindlich, als er dem Psychologen dafür dankte, dass er ihn losgebunden hatte. Des Weiteren unternahm Cadel keinen sofortigen Versuch, sich zu bewaffnen, obwohl in Prospers Hosenbund nach wie vor eine sehr brauchbare Handfeuerwaffe steckte. Es war nicht der richtige Zeitpunkt für einen Frontalangriff. *Ich warte, bis er wieder rudert,* beschloss Cadel.

Fast wie aufs Stichwort wirbelte ihr Boot im Kreis herum wie ein Blatt, das in einen Abfluss gezogen wurde.

»Himmel!«, rief Prosper aus.

Schnell griff er nach den Rudern und brachte sie unter Mühen wieder in Position, während Cadel hektisch den Regenmantel auszog. Ganz in der Nähe klapperte die Bilgenpumpe durchs Boot. Sie sah ein bisschen wie eine Fahrradpumpe aus, nur dass sie größer und mit einem Schlauch versehen war. Nach einem Moment angestrengten Nachdenkens schob Cadel ein Ende des Schlauchs über die Reling. Das andere Ende war oben an der Pumpe befestigt, in der Nähe des Griffs.

»Wie gut kannst du schwimmen?«, fragte Prosper unerwartet. Obwohl er außer Atem war und sich nur mit Mühe Gehör verschaffen konnte, klang sein Tonfall fast beiläufig. »Ich bin ein ziemlich guter Schwimmer – du auch?«

»Nein«, antwortete Cadel, der wie wild pumpte, ohne dabei besonders viel zu bewirken. Die Pumpe saugte zwar Salzwasser aus der schwappenden, spritzenden Pfütze, in der Cadel kauerte, doch er fand, dass das Ganze gefährlich langsam vonstattenging – insbesondere, wenn man bedachte, dass er ständig unterbrochen wurde. Jedes Mal, wenn das Boot sich auf die Seite warf, geriet Cadel aus dem Gleichgewicht und prallte gegen die Reling oder landete mit dem Gesicht auf dem Boden.

»Nach all den Unterrichtsstunden bist du also immer noch nicht besonders gut?« Prosper klang eher belustigt als verärgert. So, wie er redete, hätte er genauso gut ein Paddelboot über einen Teich steuern können. »Ich hätte deinen Schwimmlehrer mit seiner eigenen Trillerpfeife erdrosseln sollen!«

Cadel hob den Blick und leckte sich über die salzigen Lippen. »Meinst du, dass wir schwimmen müssen? Willst du das damit sagen?«, erkundigte er sich heiser.

»Ganz und gar nicht. Ich frage mich nur, wer von uns beiden die Schwimmweste nehmen soll.«

Eine Weile schwieg Prosper und ruderte keuchend weiter. Er musste mehrmals tief Luft holen, bevor er fortfahren konnte. »*Dir* wird sie sicher nicht viel nützen, wenn du sowieso ein schlechter Schwimmer bist. Für mich dagegen könnte sie der alles entscheidende Faktor sein.«

Eine weitere Pause. Ein weiterer Ruderschlag. Nach dem selbstgefälligen Grinsen zu urteilen, das seine Mundwinkel umspielte, schien Prosper irgendeine Art von Reaktion zu erwarten. Doch obwohl Cadel sich versteifte, sagte er kein Wort. Er versuchte nicht einmal einzuwenden, dass der schwächere Schwimmer am meisten Unterstützung verdiente, weil er wusste, dass Prosper dann nur irgendeinen boshaften Kommentar zum Thema Überleben des Stärkeren abgeben würde.

Mit lauter Stimme, die den Wind übertönte, fuhr Prosper fort: »Leider weiß ich nicht, wie ich die Schwimmweste anziehen soll, wenn du nicht das Rudern übernimmst.« Obwohl seine Lippen blau waren, seine Zähne klapperten, seine Hände zitterten und er an den glitschigen Rudern zerrte, schien er Cadel beinahe aufziehen zu wollen. »Was für eine Zwickmühle, hä? Soll ich dir die Schwimmweste überlassen oder die Ruder?«

Cadel schluckte. »Die Schwimmweste«, erwiderte er.

»Ach, wirklich? Warum?«

Weil die Ruder keinen von uns beiden retten werden, dachte Cadel. Laut sagte er: »Weil ich nicht stark genug zum Rudern bin.«

Just in diesem Moment wurden sie von einer riesigen Welle getroffen, die das Boot beinahe kentern ließ. Cadel verlor das Gleichgewicht und wurde direkt auf Prospers Schoß geschleudert, während der Psychologe zur Seite kippte. Dann stabilisierte das Boot sich wieder. Ein Ruder hatte sich gelöst und rutschte ins Meer. Prosper streckte den Arm über die Reling und griff verzweifelt danach.

Er musste sich über Cadel hinwegbeugen, der nun lang hingestreckt zu seinen Füßen lag – und als er das tat, sah Cadel den Pistolengriff. Er ragte aus Prospers Hosenbund, direkt vor Cadels Nase.

»Ich hab's!«, ächzte Prosper, als er das Ruder zu fassen bekam.

Im selben Moment griff Cadel nach der Pistole.

»Keine Bewegung!«, kreischte er.

Das Boot stürzte in ein steiles Wellental. Um nicht ins Heck zu rutschen, schlang Cadel den Arm um eine Ruderdolle und hielt sich verzweifelt daran fest. Die Bilgenpumpe prallte ihm gegen die Rippen, Meerwasser klatschte ihm ins Gesicht.

Da erwischte Prosper seine freie Hand und drückte sie nach oben. Mit fixiertem Handgelenk und einer Waffe, die zu den Wolken emporzeigte, war Cadel hilflos. Wahrscheinlich hätte Prosper ihn überwältigt, wenn er nicht so erschöpft gewesen wäre – und wenn seine andere Hand nicht mit dem geretteten Ruder beschäftigt gewesen wäre.

Es kam Cadel wie mehrere Stunden vor, doch wahrscheinlich steckten sie nur wenige Sekunden lang in dieser Pattsituation fest. Prosper konnte das Ruder nicht loslassen, und Cadel wollte es nicht riskieren, die Ruderdolle loszulassen. Keiner von ihnen vermochte einen Vorteil zu erringen – nicht, solange sie beide alle ihnen noch zur Verfügung stehende Kraftreserven auf dieses seltsame Armdrücken über ihren Köpfen verwendeten.

Schließlich fing Prosper an zu lachen.

»Ich hätte wissen müssen, dass es so endet«, gellte er. »Du reißt mich zum dritten Mal hintereinander in den Abgrund.« Er grinste wie ein Totenschädel und kniff die Augen zusammen. »Was war das vorhin, als du meintest, dass du nichts Dummes versuchen würdest?«, sagte er. »Es ist gut, zu erkennen, dass man dir nach wie vor nicht trauen kann. Es täte mir wirklich weh, wenn du deine Erziehung völlig ablehnen würdest!«

Peng! Peng! Peng-peng-peng!

Mehrere Schüsse knallten, als Cadel die Waffe in die Luft abfeuerte. Er wusste, dass Prosper ihn ohne Kugeln nicht erschießen konnte. Außerdem war es denkbar, dass irgendjemand die Schüsse hörte. Obwohl Cadel bewusst war, dass er sich nun auch nicht mehr mit der Waffe verteidigen konnte, hatte er sich ausgerechnet, dass eine ungeladene Pistole sicherer wäre als eine geladene. Also drückte er weiter den Abzug, bis nichts mehr herauskam außer einem traurigen kleinen Klicken.

Falls Prosper davon überrascht war, so zeigte er es nicht. Er bekam auch keinen Wutanfall. Stattdessen ließ er Cadels Handgelenk los und griff sich die Schwimmweste.

Cadel wusste nicht, was er denken sollte. Er starrte Prosper verwirrt an, nass, außer Atem und bibbernd vor Kälte. Die Pistole war nun nur noch ein nutzloser Metallklumpen, der ihn belastete. Einen Moment lang überlegte er, ob er und Prosper beide je ein Ruder übernehmen sollten. Was, wenn sie Ellbogen an Ellbogen gemeinsam ruderten? Würde ihnen das irgendeinen Vorteil verschaffen?

»Vielleicht läuft es diesmal anders«, sagte Prosper nur. »Vielleicht reiße *ich* diesmal *dich* mit in den Untergang.«

Da brach ganz in der Nähe donnernd eine Welle, und weiße Gischt regnete auf sie nieder. Das Boot bäumte sich auf wie ein scheuendes Pferd, so dass sich Cadel fast den Arm, mit dem er sich noch immer an der Ruderdolle festklammerte, ausgekugelt hätte. Prosper blieb keine Wahl: Er musste die Reling packen, um nicht rückwärts ins Meer geschleudert zu werden.

Statt die Schwimmweste loszulassen, gab er das Ruder auf – das die Strömung sogleich mit sich fortriss.

»Wenn ich du wäre«, bemerkte Prosper laut, »würde ich mich mit der Pistole niederschlagen und mir die Schwimmweste wegnehmen!« Er trug ein seltsames, schiefes Grinsen zur Schau, und in seinem Blick lag etwas Wildes. »Das scheint die naheliegendste Lösung zu sein, nicht wahr?«

»W-was?« Cadels Zähne klapperten, und seine Schulter brachte ihn halb um. Die ganze Welt schien sich in Zeitlupe zu bewegen und schlingernd vom Kurs abzukommen. Oder war es das Boot? Das Boot drehte sich ebenfalls – und eine dunkle, schwere Drohung türmte sich irgendwo in mittlerer Entfernung auf. Cadel konnte sich jedoch nicht auf sie konzentrieren, ihm fehlte schlicht die Kraft. Er überlegte immer noch angestrengt, was er mit der Pistole anfangen sollte.

»Hast du denn *überhaupt nichts* bei mir gelernt?« Prosper brüllte seinen Ratschlag über das Krachen und Rauschen der sich brechenden Wellen hinweg direkt in Cadels Gesicht. »Wenn es ums Überleben geht, steht jeder für sich allein! Vergiss das Gemeinwohl! Vergiss den ganzen Gutmenschenmist, den diese Bullen und Sozialarbeiter dir eingetrichtert haben! Ich *kenne* dich, Cadel – du bist ein Pragmatiker! Du denkst mit dem Kopf! *Du solltest mich mit der Pistole niederschlagen und dir die Schwimmweste nehmen!*« Er lachte erneut – das verrückteste, verzweifeltste Lachen, das Cadel je gehört hatte. »Wenn du das machst, mein lieber Junge, dann werde ich glücklich sterben!«

Ein heulender Wind riss ihm die Worte von den Lippen. Im selben Moment schleuderte ein heftiger Stoß Cadel von seiner Bank, und er spürte den Aufprall in jeder Faser seines Körpers. Sein Kopf ruckte zurück, die Luft wurde ihm aus den Lungen gepresst. Während er sich überschlug, sah er, wie der zerknitterte Bug des Bootes hochfuhr und den Himmel verdunkelte – und er wusste sofort, was geschehen war.

Sie waren auf einen Felsen unter der Wasseroberfläche aufgelaufen.

Plötzlich war er von Wassermassen begraben. Die Pistole war weg, seine Lungen drohten zu explodieren. Er trat und schlug um sich und verlor einen Schuh. Etwas stieß gegen ihn, trieb jedoch davon, als er danach greifen wollte. Er tauchte auf, schnappte nach Luft und erhaschte einen Blick auf das Boot. Es war gekentert. Trotz aller Anstrengung gelang es ihm nicht, den nach oben weisenden Kiel zu erreichen, obwohl er darauf zuschwamm. Die Strömung zog ihn fort, zerrte an ihm, warf ihn umher und drehte ihn im Kreis. Von Prosper keine Spur. Ein zerbrochenes Ruder schoss an ihm vorbei, beißendes Meerwasser spritzte umher.

Dann hob eine riesige Welle Cadel empor wie einen Korken und tauchte ihn anschließend erneut unter Wasser. Er landete in einem Wellental und wurde von gewaltigen Kräften abwärtsgedrückt, tiefer und tiefer, während sich über seinem Kopf tonnenweise Wasser auftürmte. Er sagte sich: *Ich kann nicht ertrinken. Nicht jetzt. Das ist unmöglich.*

Ein überwältigendes Gefühl des Unglaubens ließ seine Panik versiegen. Er dachte weder an Saul noch an Fiona oder seine Freunde. Er dachte nur an das Boot und wie er es erreichen sollte. Schnell schüttelte er den anderen Schuh ab und schwamm auf das grünliche Licht über ihm zu, fort von der Dunkelheit. *Schwimmen. Schwimmen. Schwimmen.* Das Wort stempelte sich ihm wie eine Tätowierung auf die Schädelinnenseite. Sein ganzes Leben war auf diesen einen, einfachen Vorgang zusammengeschrumpft: *schwimmen.*

Mit einem Mal atmete er keuchend Luft ein. Die Erleichterung war so groß, dass es fast wehtat. Aber seine Arme fühlten sich so schwach an, und in seiner Brust brannte es. Er konnte das Boot nicht sehen – tatsächlich konnte er so gut wie gar nichts sehen, weil seine Augen voller Salzwasser waren. Ein entsetzlicher Gedanke machte sich in ihm breit. Er fragte sich: *Ist dies das Ende? Werde ich vor der kalifornischen Küste sterben?*

Als er zum dritten Mal unterging, kam der Druck nicht von oben – stattdessen wurde er gezogen. Eine Strömung riss ihn unter Wasser und wirbelte ihn herum wie Wäsche in einer Waschmaschine. Als er sich mühte, wieder an die Oberfläche zu kommen, schien sie sich nur weiter von ihm zu entfernen. Das blasse Unterwasserlicht wurde immer schwächer, die Schwärze kroch von allen Seiten an ihn heran wie die Wände eines Tunnels. Er erstickte. Es brannte fürchterlich in seiner Brust – er *musste* atmen!

Die nächsten Ereignisse waren ein Gewirr vager Eindrücke: Dunkelheit, danach eine Weile Leere, und dann die Gegenwart von etwas Greifbarem und ein lautes Geräusch. Ein intensives Gefühl der Dringlichkeit, abgelöst von immenser Erleichterung. Aber nicht ein einziges Mal währenddessen gelangte Cadel wirklich zu Bewusstsein. Seine Gedanken hatten sich von allem Festen, Beweisbaren und Begreiflichen gelöst und trieben umher: Er ließ sich sein eigenes Selbst entgleiten. Die Welt löste sich auf. Nichts blieb übrig. Er trieb … trieb …

… und hustete. Er hustete. *Keuch-keuch-keuch.* Langsam nahm er wieder Kontakt zu seinen Armen und Beinen auf. Sie waren fixiert. Er konnte sich nicht bewegen.

Keuch-keuch-keuch. Angestrengt versuchte er Luft zu holen.

»Er atmet!«, rief jemand.

Jemand anders sagte: »Dem Himmel sei Dank.«

Cadel öffnete die Augen. Über ihm hing ein Gesicht vor einem Hintergrund aus dunklen Wolken. Es war ein langes braunes und nasses Gesicht mit sehr weißen Zähnen. Cadel kannte es nicht.

»Geht es dir gut? Kannst du mich hören?«, sagten die Lippen.

Cadel antwortete nicht. Er würgte und versuchte sich herumzudrehen. Sofort hob sich das Gewicht von seiner Brust und seinen Armen.

Er hörte, wie jemand sagte: »Es ist ein Wunder.«

Inzwischen klarte die Dunkelheit am Rande seines Blickfelds auf. Er konnte wieder sehen – und sich einen Reim auf das machen, was er wahrnahm. Er lag im Sand. Er war völlig durchnässt. Er lebte.

Es regnete.

Während Cadel sich übergab, legte ihm jemand etwas um die Schultern. Eine Jacke? Sie wäre beinahe wieder fortgeweht worden, doch dann steckten zwei eifrige Hände sie wie einen Schal fest. Er hörte mehr Leute reden, hoch über ihm, doch er konnte nicht zu ihnen aufschauen. Er konnte sich nicht bewegen. Er musste in seinem eigenen Erbrochenen daliegen, weil die Anstrengung, einen Bauch voll Meerwasser hochzuwürgen, ihn völlig erschöpft hatte.

Nach und nach konnte er die murmelnden Stimmen deutlicher ausmachen. Sie schienen alle männlich zu sein und klangen amerikanisch. Er hörte »anrufen« und »Schock« und »Krankenwagen«. Dann fing er wieder an zu husten.

»Himmel! Cadel! Oh mein Gott …«

Kale. Der Name schoss ihm durch den Kopf, dicht gefolgt von weiteren Wörtern: *Prosper, Boot* und *Schwimmweste*. Derweil ging jemand neben ihm in die Hocke.

Er verdrehte den Hals, um zu der vornübergebeugten Gestalt aufzuschauen.

»Kale?«, krächzte er.

»Hast du Schmerzen? Kannst du dich bewegen? Hast du dir was gebrochen?« Es war tatsächlich Kale. Bevor Cadel nach Prosper fragen konnte, rief der Agent mit schneidender Stimme: »*Wo ist der Krankenwagen? Hat jemand einen Krankenwagen gerufen?*«

»Ja, ich.«

»Sie sind auf dem Weg.«

»Ich hab mal einen Erste-Hilfe-Kurs gemacht …«

»Sollen wir ihn anders hinlegen? Bis sie eintreffen?«

»Wir müssen ihn warm halten …«

Das vielstimmige Gemurmel beruhigte Cadel. Um ihn herum im Regen standen mindestens sechs oder sieben Leute – und Cadel kam auf den Gedanken, dass einige von ihnen vielleicht Polizisten waren.

Kale war auf jeden Fall einer. Seine offene Jacke flatterte im Wind und gab den Blick auf die Pistole in seinem Schulterhalfter frei.

Prosper hat keine Chance, dachte Cadel und ließ erleichtert den Kopf zurücksacken.

»Prosper«, krächzte er rauh, und Kale beugte sich vor, um ihn besser verstehen zu können.

»Was sagst du?«, fragte Kale. Er legte Cadel eine Hand auf die tropfnassen Locken. »Kannst du dich aufsetzen? Wenn du dich aufsetzen kannst, tragen wir dich. Wir bringen dich die Treppe hoch.«

Die Treppe hoch? Verwirrt hob Cadel das Kinn und spähte durch den Wald aus Beinen um ihn herum. Jenseits einer weiten Sand- und Felsenfläche sah er eine bröckelige, orangefarbene Steilwand, an der eine Treppe angebracht war.

Obwohl er die Treppe noch nie gesehen hatte, erinnerte er sich an die dicht gedrängten Anwesen oben auf der Klippe.

»Wir werden dich nicht in dieses gottverdammte Haus zurückbringen«, versicherte ihm Kale.

Cadel begriff, dass »das gottverdammte Haus« – Rex Austins Haus – wahrscheinlich ganz in der Nähe war. Es musste in der Nähe sein, sonst wäre Kale nicht so schnell aufgetaucht.

Es sei denn, er war gar nicht schnell aufgetaucht … Cadel wusste es nicht. Er konnte nicht sagen, wie lange er wie ein gestrandeter Wal hier gelegen hatte. Minuten? Stunden?

»Wo ist Prosper?«, murmelte er.

Diesmal hörte Kale ihn. »Prosper?«

»Er war mit mir auf dem Boot …« Als Cadel angestrengt versuchte, über Kales Schulter zu spähen, begann der Polizist, den um sie versammelten Männern Befehle zuzublaffen. Offensichtlich waren mehrere der Anwesenden ebenfalls FBI-Agenten – ein Umstand, den Cadel in irgendeinem Winkel seines Gehirns registrierte, obwohl er nicht darauf achtete, was sie redeten. All das geschah zu weit über seinem Kopf, und er fühlte sich zu schlecht, um sich zu konzentrieren.

Allerdings fiel ihm auf, dass die aufgewühlte, donnernde Brandung eine beachtliche Strecke zurückzulegen hatte, um auch nur an seinen Zehen zu lecken. Er fragte sich: *Habe ich es etwa ganz allein bis hierher geschafft?*

Er konnte keine Schleifspur entdecken – andererseits bemerkte er überhaupt keine Spuren jedweder Art. Keine Fußabdrücke, keine Reifenspuren, kein gar nichts. Das Meer hatte offenbar alles fortgespült.

»Cadel. *Cadel!*« Kale drückte seinen Arm. »Hörst du mich?«

»Natürlich höre ich dich«, antwortete der Junge gelinde verärgert. »Ich hab schließlich kein Wasser in den Ohren.«

»Du hast gesagt, dass Prosper bei dir war. In einem Boot. Stimmt das?«

»Ja.«

»Was ist passiert? Hat er dich über Bord geworfen?«

»Nein.« Ein Hustenanfall schüttelte Cadel, bevor er schließlich keuchend erklären konnte: »Das Boot ist gekentert.«

»Himmel.«

»Ich habe ihm die Pistole abgenommen, aber ich habe sie fallen lassen. Prosper hat sich die Schwimmweste geschnappt.«

Während Cadel seine Erinnerungsfetzen sortierte, versuchte er kraftlos, sich aufzusetzen. Vor Anstrengung waberte es in seinem Kopf, und er fing an zu zittern. »Es war kaum Benzin im Motor«, fuhr er fort. »Wahrscheinlich hat Rex ihn angemacht, um Lärm zu erzeugen. Jetzt liegt er unter so einem grünen Ding.«

»Ganz ruhig«, beschwor Kale. »Setz dich nicht unter Druck. Davon kannst du mir später erzählen.«

Aber Cadel konnte einfach nicht aufhören zu reden. Die Worte sprudelten nur so aus ihm hervor, wie das Meerwasser, das er geschluckt hatte. »Wir sind auf einen Felsen aufgelaufen«, fuhr er fort. »Das Boot ist gekippt. In dem Haus ist noch ein Haus – dort hatte Prosper sich versteckt. Wilfreda war auch da, aber ich glaube, sie ist in Mexiko.«

»Psst. Schon in Ordnung. Hörst du die Sirene? Das ist der Krankenwagen.«

»Prosper ist ein guter Schwimmer. Das hat er mir gesagt.« Cadel ermattete, seine Lider wurden schwer, und seine Muskeln hielten ihn nicht mehr aufrecht. »Pass besser auf«, murmelte er und sank in den Sand zurück. »Prosper hat nämlich die Schwimmweste genommen. Wenn ich es geschafft habe, dann hat er es auch geschafft. Er hatte keine Angst. Mit Sicherheit ist er nicht ertrunken.«

»Hier unten!«, rief Kale. *»Da drüben!«*

Ganz in der Nähe knackte ein Funkgerät.

»Er ist sicher unterwegs nach Mexiko«, fügte Cadel hinzu, bevor seine Zunge ohne sein Zutun beschloss, ihm nicht mehr zu gehorchen. Seine Lippen wollten sich nicht mehr bewegen, und seine Augen weigerten sich, etwas im Blick zu behalten.

Er war furchtbar müde …

36

Sie warteten alle am Flughafen von Sydney auf ihn: Fiona und Saul, Sonja, Judith, Gazo … sogar Hamish. Als Cadel durch den Zoll kam, sah er sie sofort.

Mit Sonjas Rollstuhl, Sauls bandagiertem Kopf und Judiths neonrosafarbener Brille waren sie auch kaum zu übersehen.

»Himmel«, brummte Kale und starrte wie gebannt auf Hamishs Lederjacke. Sie war so voller Nieten, Ketten und Stifte, dass sie wahrscheinlich genauso viel wog wie Hamish selbst. »Was ist denn das für ein Affenzirkus?«

Cadel antwortete nicht. Der Anblick all der freudigen Gesichter hatte ihm die Sprache verschlagen. Er brachte kaum das steife, kleine Lächeln zustande, mit dem er auf das hektische Winken reagierte, das sein Auftauchen auslöste. Im nächsten Moment stand er inmitten eines Menschenknäuels, als Fiona die Arme um ihn schlang und Gazo ihm seine grüne Tasche abnahm.

Saul und Kale schüttelten sich umständlich die Hand. Es war nicht leicht zu bewerkstelligen, da Sauls rechte Schulter und sein Arm in einer komplizierten Bandagenkonstruktion feststeckten. Doch die beiden taten ihr Bestes, und alles blieb an seinem Platz. Dann dankte Saul Kale, und Kale entschuldigte sich bei Saul.

Derweil bombardierten die anderen Cadel mit Fragen.

»Geht es dir gut? Wie war dein Flug?«, fragte Fiona. »Konntest du ein bisschen schlafen?«

»H-hast du was von Dot oder Com gehört?«, sagte Hamish. »Man hat sie in Melbourne aufgegriffen. *Junge,* die stecken vielleicht in Schwierigkeiten!«

»Willst du direkt zu mir nach Hause? Oder gibt es irgendwelchen Polizeikram, den du zuerst hinter dich bringen musst?«, fragte Judith Cadel ein kleines bisschen zu laut. Fiona beeilte sich, ihre Worte näher zu erläutern. »Wir wohnen momentan alle bei Judith – du, Saul und ich«, erklärte sie. »Nur fürs Erste.«

Sonja schwieg. Ihre braunen Augen richteten sich angestrengt auf Cadel, und ihr angespannter, bebender Hals verriet ihm, wie aufgekratzt sie war. Er hätte gerne etwas Nettes zu ihr gesagt. Er hätte ihr gerne ein Kompliment für ihr Karokleid und das dazu passende Haarband gemacht. Doch die Worte wollten einfach nicht heraus.

Leider konnte er ihr keinen Kuss geben. Nicht in aller Öffentlichkeit, während Leute wie Kale und Hamish um sie herumstanden.

»Wir versperren den Ausgang«, stellte Saul plötzlich fest. Obwohl er entsetzlich aussah und Blutergüsse und Kratzer ums rechte Auge hatte, schien er ziemlich gut mit dem dicht gedrängten Treiben und dem hallenden Lärm in der Ankunftshalle zurechtzukommen. »Lasst uns von hier verschwinden. Wer fährt mit Judith? Sonja natürlich …«

»Möchtest du mit Sonja mitfahren, Schatz?«, wandte Fiona sich an Cadel, der sofort nickte.

Saul warf ihm einen kurzen, forschenden Blick zu, sagte jedoch nichts.

Judith polterte los: »Ich habe noch Platz für zwei Leute – der Rest muss mit in Gazos Auto.«

Sie einigten sich darauf, dass Sonja, Cadel, Fiona und Saul bei Judith mitfahren würden, während Kale und Hamish sich zu Gazo ins Auto setzen sollten. Beide Wagen würden zu Judiths Anwesen in Maroubra fahren, wo sie anschließend einen Schlafplatz für Kale auftreiben würden.

»Es ist ein bisschen voll bei mir«, gab Judith zu, als sie sich allesamt in Richtung des mehrstöckigen Flughafen-Parkhauses auf den Weg machten. »Außerdem habe ich nicht viele Möbel, aber ich bin mir sicher, dass wir etwas organisieren können.«

»Ist dort denn alles vernünftig gesichert?«, erkundigte sich Kale. Obwohl seine Augen von dem langen Flug gerötet waren und sein Kinn unrasiert war, ließ er nicht in seiner Wachsamkeit nach. »Reden wir hier von einem voll funktionsfähigen Alarmsystem?«

»Inzwischen ist es hinreichend sicher«, antwortete Saul. »Es gab ein Problem, aber das ist gelöst.« Er legte Cadel behutsam die Hand auf die Schultern und fügte hinzu: »Sid und Steve waren großartig. Sie haben Judiths gesamtes Netzwerk für uns aufgeräumt.«

»Und sie haben einen ganzen H-haufen Zeug von Dots Computer geholt«, meldete Hamish sich zu Wort, »weil sie nämlich keine Gelegenheit mehr hatte, ihre Dateien zu löschen. Damit und mit Raimo Zapps Daten und mit dem, was sie vielleicht bei Niobe finden, wird Vee wohl kaum noch eine Chance haben.« Er schob sich an Cadel heran, als ihre Gruppe gerade vor dem Fahrstuhl wartete. »Du hast doch gehört, dass man Niobe gefunden hat, oder? Sie hat sich in San Diego versteckt. Es sieht ganz danach aus, dass Vee sich vielleicht irgendwo in Neuseeland v-verkrochen hat …«

»Darüber sollst du nicht in der Öffentlichkeit reden!«, fuhr Saul mit schneidender Stimme dazwischen.

Kale schnalzte mit der Zunge.

»Du hast eine ganz schön große Klappe, mein Junge«, teilte er Hamish mit, bevor er sich wieder an Saul wandte. »Ich dachte mir, dass Cadel vielleicht die Treppe benutzen sollte. Nur für den Fall. Wie der Junge gerade sagte, ist ein gewisser Hacker noch immer auf freiem Fuß.«

»Da hast du recht«, stimmte Saul ihm zu. Eine allgemeine Diskussion darüber, wer (mit Sonja) den Fahrstuhl nehmen durfte und wer die Treppe, schloss sich an, aber Cadel beteiligte sich nicht daran. Er war noch immer völlig benommen, und alles schien sich um ihn zu drehen. Ob das am Jetlag, an seiner Müdigkeit oder an seiner emotionalen Erschütterung lag, wusste er nicht genau. Körperlich hatte er sich vollkommen von seiner Nahtoderfahrung im Pazifik erholt. Nach einem sehr kurzen Krankenhausaufenthalt war er in Kales Gewahrsam überstellt worden, mit einem Rezept für ein Anti-Durchfall-Mittel und einer Broschüre über posttraumatische Stresssyndrome. Anschließend hatte er den Großteil der zwei Tage bis zu seinem Flug nach Australien mit Essen und Schlafen verbracht und damit, sich durch die siebenundneunzig Kabelkanäle zu zappen, die der FBI-Agent abonniert hatte. Niemand hatte irgendetwas von ihm verlangt, alle waren auf Zehenspitzen um ihn herumgeschlichen. Auf der Heimreise war er auf Judith Bashfords Kosten sogar Business Class geflogen.

Es war also nicht so, als hätte er irgendwelche Verletzungen erlitten oder Entbehrungen erdulden müssen. Abgesehen davon freute er sich sehr, sie alle zu sehen – natürlich freute er sich. Er war sogar höchst beglückt. Nur warum gelang es ihm dann nicht, zu lächeln und mit Umarmungen um sich zu werfen wie mit Konfetti? Warum kam ihm das Treppenhaus vor wie ein Berg, als er sich auf den Weg nach oben machte? Warum erfüllte ihn die Aussicht auf eine lange Fahrt in einem vollen Auto mit Entsetzen, obwohl niemand ihm näherstand und teurer war als die Menschen, die ihn begleiteten?

Vielleicht war es pure Feigheit. Vielleicht fürchtete er, dass jemand das Thema Prosper English aufbringen könnte, lange bevor sie Maroubra erreichten. Es war unvermeidlich. Es war sogar verständlich. Dennoch machte allein der Gedanke daran Cadel krank.

»Willst du vorne sitzen, Schatz?«, fragte Fiona. »Du siehst ein bisschen krank aus.«

Cadel schüttelte den Kopf. Endlich fand er seine Stimme wieder.

»Ich will neben Sonja sitzen«, murmelte er.

»In Ordnung.« Fiona klang irgendwie erleichtert – vielleicht, weil Cadel sich endlich entschlossen hatte, etwas zu sagen. Sie drehte sich zu ihrem Mann um. »Warum setzt *du* dich nicht nach vorne?«, schlug sie vor. »Das ist leichter für dich.«

Saul stimmte ihr zu. Mittlerweile sah er ziemlich blass aus, und er musste sich mit großer Vorsicht in den Sitz neben Judith manövrieren, um sich nicht den bandagierten Kopf zu stoßen oder sein gebrochenes Schlüsselbein zu erschüttern. Sonja richtig auf ihren Platz zu schieben dauerte sogar noch länger. Es war schon immer kompliziert gewesen, sie zu bewegen, und der Gips an ihrem Bein machte die Sache noch schwieriger als sonst.

Schließlich war das Auto voll besetzt. Die letzte Tür knallte zu, der letzte Sicherheitsgurt wurde angelegt. Als Judith sich in den zähen Verkehr einfädelte, drehte Saul sich um und schaute Cadel an.

»Hier drin können wir reden«, erklärte der Inspektor. »Im Auto sind wir nicht so ungeschützt wie im Parkhaus.« Ein kurzer Moment der Stille schloss sich an. Als Cadel keine Fragen stellte, fuhr Saul fort. »Ich weiß nicht, wie viel Kale dir erzählt hat, aber die Dinge haben sich hier bei uns sehr schnell entwickelt. Dot und Com sind beide in Haft, und wir sind Vee dicht auf der Spur. Du musst dir also keine Sorgen mehr machen. In Ordnung? *Es gibt keinen Grund zur Sorge.*«

»Unser Haus war voll versichert, und es wird kein rechtliches Nachspiel geben«, fügte Fiona hinzu, um Sauls Worten Nachdruck zu verleihen. »Die Anwältin in Los Angeles kümmert sich darum, und hier drüben haben wir auch viele gute Leute, die an dem Fall arbeiten. Ich bin davon *überzeugt*, dass man keine Anklage gegen dich erheben wird – zumal sie die Kosten für dein Flugticket so schnell zurückgezahlt haben.«

»Trotzdem ist es eine gute Sache, dass du noch keine sechzehn bist.« Das war Judiths unerwarteter Beitrag zu dem Gespräch, der Saul ein Stirnrunzeln entlockte.

»Sein Alter ist nur einer der Faktoren«, erinnerte er sie tadelnd. »Es werden auch noch einige andere Umstände einbezogen.«

»Wie zum Beispiel der extreme Stress, unter dem du gestanden hast, Cadel«, schaltete Fiona sich wieder ein. »Und der Umstand, dass du der Polizei gegenüber so kooperativ warst.«

»Es wird alles in Ordnung kommen«, erklärte Saul mit fester Stimme. »Wie gesagt, es gibt keinen Grund zur Sorge.«

Cadel schluckte. Sein Blick wanderte zur Seite, zu Sonja, doch sie vermochte nicht zu seiner Beschwichtigung beizutragen, sondern lediglich die Augen zu verdrehen.

Obwohl er sie nicht beunruhigen wollte, konnte er nicht anders. Er musste fragen. Er *musste* einfach fragen.

»Was ist mit Prosper?«, krächzte er.

Eine seltsame Stille senkte sich über das Innere des Wagens. Einen Sekundenbruchteil lang bewegte sich nicht einmal Sonja. Fiona räusperte sich, und die Knöchel von Judiths Händen, die auf dem Lenkrad lagen, traten weiß hervor.

»Ich glaube nicht …«, setzte Saul an, hielt dann inne und holte tief Luft, bevor er mit sehr sanfter Stimme erklärte: »Ich glaube, dass *niemand* sich mehr Sorgen wegen Prosper machen muss.«

»Außer vielleicht der Fürst der Finsternis«, sagte Judith. Als Saul ihr einen warnenden Blick zuwarf, wirkte sie verblüfft. »Was ist? Das war eine durchaus angemessene Bemerkung!«

Fiona seufzte. »Judy, darüber haben wir doch geredet …«, fing sie an.

Cadel unterbrach sie. »Vielleicht ist Prosper gar nicht tot«, murmelte er. »Habt ihr schon mal an diese Möglichkeit gedacht?«

Erneut senkte sich angespannte Stille herab. Fiona drückte seine Hand, während das Auto ruckend weiterfuhr. »Wenn er tot ist, warum hat man ihn dann nicht gefunden?«, fuhr Cadel schwach fort. »Warum wurde er nirgendwo angespült?«

»Es kann Wochen dauern, bis es dazu kommt«, antwortete Saul. »Bei den Strömungen und den Haien …« Irgendwie spürte er offenbar das Unbehagen seiner Frau. Vielleicht hörte er das Knarzen des Sitzpolsters, als sie zusammenzuckte, denn mit einem Mal ließ er vom Thema Haie und ihren Fressgewohnheiten ab. »Hat Kale nicht mit dir darüber geredet? Ich dachte, das hätte er. Das hat er zumindest *behauptet.*«

Tatsächlich hatte Kale dieses Thema ohne Unterlass erörtert. Nachdem er Cadels ersten (leicht verstümmelten) Bericht über den Bootsunfall gehört hatte, war er zu dem Schluss gekommen, dass Prosper seinen eigenen Tod vielleicht nur vorgetäuscht hatte. Doch dann hatte Cadel sich weit genug erholt, um weitere Einzelheiten nachzuliefern, und sie hatten Rex Austins Boot gefunden – zusammen mit einem Ruder, einer Leuchtpistole und einem von Prospers Schuhen. Von diesem Moment an hatte Kales Meinung sich gewandelt. Der Umstand, dass die Schwimmweste nach wie vor fehlte, hatte keinen Eindruck auf ihn gemacht. Er war davon überzeugt, dass Prosper tot war, trotz des Fehlens irgendwelcher sterblichen Überreste.

Genau wie Saul verwies Kale auf Haie und Gezeitenströmungen. Er beharrte darauf, dass *niemand* vom Laguna Beach aus nach Mexiko schwimmen konnte – nicht mitten in einem Sturm. Die Einwände, die Cadel aufgrund der fehlenden Schwimmweste erhob, tat er einfach ab.

»Ich stimme dir zu, dass Prosper die Weste vielleicht anhatte«, räumte der FBI-Agent einmal ein. »Aber das bedeutet nicht, dass er überlebt hat. Vergiss nicht, dass auch die Bilgenpumpe fehlt. Und das Stück Seil, von dem du gesprochen hast.« Laut Kale ließ der Umstand, dass Prosper nicht innerhalb von vierundzwanzig Stunden an der südkalifornischen Küste angespült worden war, kaum Zweifel zu. »Natürlich wird es eine Untersuchung geben, aber wenn er nicht irgendwo an einen Strand gekrochen ist, dann ist er mit Sicherheit tot. Man hätte ihn gesehen. Es ist mir egal, wie fit er war – wahrscheinlich hat es ihn so übel umhergeworfen, dass man ihn von den Felsen hätte kratzen müssen.«

Etwa das Gleiche sagte auch Saul, während Judith durch die Schranke aus dem Parkhaus fuhr. Gazo war irgendwo vor ihnen auf dem Weg nach Maroubra. Alles wirkte leicht fremdartig auf Cadel, obwohl er nicht lange außer Landes gewesen war. Er war es nicht mehr gewohnt, dass die Autos auf der linken Straßenseite fuhren.

»Du hast es kaum selbst bis ans Ufer geschafft«, gab Saul zu bedenken, »und du hast großes Glück gehabt. Es ist ein Wunder, dass die Wellen dich direkt an den Strand getragen haben. Wenn das nicht passiert wäre, dann wärst du ertrunken.«

»Vielleicht war es ja gar nicht so«, antwortete Cadel dumpf. »Vielleicht haben mich die Wellen gar nicht an den Strand getragen.«

Fiona schnappte nach Luft.

Saul fragte: »Wovon redest du da?«

Doch Fiona hatte es längst begriffen. »Du glaubst doch wohl nicht, dass Prosper dich gerettet hat?«, fragte sie empört. »Oh nein. Nein.«

»Alle reden die ganze Zeit davon, was für ein Glück ich hatte …«, sagte Cadel, bevor sie ihm das Wort abschnitt.

»Machst du Witze?«, sagte sie verächtlich. »Prosper hat sich die verdammte Schwimmweste geschnappt! Warum zum Teufel hätte er das tun sollen, wenn er dich retten wollte?«

»Weil er besser schwimmen kann als ich«, erwiderte Cadel. Tagelang hatte er sein Gedächtnis nach Hinweisen oder Widersprüchen abgesucht. Da war etwas Festes gewesen – daran erinnerte er sich auf jeden Fall. Aber war es Prosper gewesen oder das Boot?

Laut Kale hatte es sich um das Boot gehandelt. Laut Kale konnte Prosper Cadel unmöglich gerettet haben.

Saul war der gleichen Meinung. »Wenn Prosper dich an Land gezogen hätte, dann hätte er Fußabdrücke hinterlassen«, bemerkte der Inspektor.

»Nicht unbedingt.« Cadel gab nicht nach. »Nicht, wenn er jenseits der Flutlinie geblieben ist.«

»Ist das dein Ernst?«, höhnte Judith, während sie am Lenkrad kurbelte.

Dann fiel Fiona mit ihren eigenen Einwänden ein. »Er wäre sicher nicht ins Wasser zurückgegangen, Schatz«, gab sie zu bedenken.

»Das behaupte ich auch gar nicht.« Cadel fühlte sich zunehmend in die Ecke gedrängt. Er spürte, wie sein Herz pochte, seine Muskeln sich verkrampften und sein Mund trocken wurde. »Nach allem, was wir wissen, könnte er auch *durchs* Wasser zu den Felsen rübergegangen sein. Am Ende des Strands waren Felsen. Auf die könnte er geklettert sein, bis zum Kopf des Steilhangs.«

»Und was dann?«, fragte Saul. »Man hätte ihn gesehen, Cadel. Ein durchnässter Mann in einer Schwimmweste? Er wäre aufgefallen wie ein bunter Hund.«

»Es hat geregnet«, gab Cadel zurück. »Und die Schwimmweste hat er wahrscheinlich weggeworfen.«

»In dem Fall hätte man sie gefunden.«

»Nicht, wenn er sie ins Meer geworfen hat. Du hast gerade selbst *gesagt*, dass sie wahrscheinlich aufs Meer hinausgetrieben ist.«

»Ja, klar ... falls Prosper darin gesteckt hat!« Inzwischen merkte man Saul seine Verärgerung an. Wahrscheinlich war es nicht leicht für ihn, sich die ganze Zeit in seinem Sitz umzudrehen, um nach hinten zu schauen. Mit Sicherheit tat ihm die Schulter weh, denn er war ganz rot im Gesicht, außerdem zittrig und schweißnass. Doch aus irgendeinem Grund war er offenbar der Meinung, dass Cadels Argumente von Angesicht zu Angesicht, Auge in Auge auseinandergenommen werden mussten. »Wenn er die Schwimmweste von einer Klippe geworfen hätte, wäre sie an Land gespült worden«, stellte der Inspektor fest.

»Das weißt du nicht.«

»Cadel, dort war alles voller Polizei. Wo hätte er hingehen sollen, mit nur einem Schuh? Hatte er Geld? Hatte er ein funktionierendes Telefon? Er hat schließlich kein Taxi genommen.«

»Habt ihr das überprüft?«, fragte Cadel. Als er keine Antwort erhielt, wurde ihm klar, dass er soeben einen Punkt für sich verbucht hatte. »Wilfreda ist immer noch irgendwo dort draußen«, fuhr er fort. »Nach allem, was wir wissen, wohnt sie vielleicht in Laguna Beach. Am Ende ist er bei ihr untergekommen. Möglich ist das.«

Saul stieß ein verwirrtes Schnaufen aus. »Ich dachte, du meintest, dass sie in Mexiko ist?«, rief er.

Cadel errötete. »Das habe ich behauptet«, musste er zugeben. »Ich habe es jedenfalls angenommen. Aber es ist nicht das, was *Prosper* gesagt hat.« Als er Judith schnauben hörte, wurde sein Tonfall schärfer. »Prosper sagte, dass *wir* nach Mexiko unterwegs wären – er und ich. Er meinte, dass er nach unserer Ankunft Wilfreda anrufen würde. Das könnte genauso gut heißen, dass sie nach Süden fahren und uns dort treffen sollte.«

»Schatz ...«, sagte Fiona unvermittelt. Sie drückte erneut Cadels Hand und schaute ihm mit besorgter Anteilnahme in die Augen. »Hör mir mal einen Moment zu. Mir ist klar, dass du dein ganzes Leben in Prospers Schatten verbracht hast. Mir ist auch klar, dass er bisher jedes Mal, wenn du angefangen hast, dich sicher zu fühlen, zurückgekommen ist und alles verdorben hat. Deshalb verstehe ich nur zu gut, warum du dich nicht von dem Gefühl lösen kannst, dass er *erneut* auftauchen wird, was auch immer passiert.« Als Cadel sich versteifte, holte sie tief Luft. »Doch diesmal wird er nicht zurückkommen, das schwöre ich dir«, versprach sie. »Er kommt nie wieder. Er ist weg. Du bist jetzt frei.«

»Er ist nämlich nicht der verdammte Superman«, pflichtete ihr Judith bei. »Wenn er es an die Küste geschafft hätte, dann hätte man ihn gefunden. Und da man ihn nicht gefunden hat, muss er tot sein.«

Nein, dachte Cadel. *Nein, nein, nein. Das kann nicht stimmen.* Er hatte einen bitteren Geschmack auf der Zunge.

»Wenn Prosper ertrunken ist, warum habe ich dann überlebt?«, blaffte er. »Prosper war ein guter Schwimmer! Er hatte eine Schwimmweste! Warum sollte *er* ertrinken und ich nicht?«

»Weil du Glück gehabt hast«, antwortete Saul. Mit rauher Stimme fügte er hinzu: »Weil wir alle Glück hatten. Ungeheures, unglaubliches Glück.«

»Oder weil Prosper mir das Leben gerettet hat!«, platzte es aus Cadel heraus. Als Saul sich abwandte und zur Windschutzscheibe hinausschaute, kam es Cadel vor, als hätte er damit ein Urteil gefällt. Der Junge spürte einen Anflug von Panik, und er war der Verzweiflung nahe. »Es ergibt Sinn!«, rief er. »Wirklich!«

»Das tut es *nicht*«, sagte Judith. Sie schaute in den Innenspiegel. »Prosper hat die Schwimmweste genommen. Er hat versucht, dich zu töten. Was ist mit Sonjas Rollstuhl? Was ist mit dem außer Kontrolle geratenen Bus?«

»Ich … ich …«

»Er war am Durchdrehen, Cadel. Das hast du selbst gesagt. Ich habe deine Aussage gelesen.« Sauls tiefe Stimme klang erschöpft. »Er hat praktisch ein Geständnis abgelegt, als er den Bus erwähnt hat. Er hatte es auf dich abgesehen.«

»Ja, aber …«

»Er hat dich als Geisel genommen. Darum hat er dich nicht im Haus erschossen«, fuhr Saul zu Fionas offenkundiger Verärgerung fort. Sie warf ihrem Mann einen finsteren Blick zu und legte Cadel tröstend den Arm um die Schultern.

»Wir werden nie erfahren, was *vielleicht* geschehen wäre«, sagte sie besänftigend. »Wir wissen nur, was geschehen *ist*. Nämlich, dass du sicher zu Hause bist, bei deiner Familie, und dass die Gefahr ein für alle Mal gebannt ist.«

»Und nicht dank Prosper«, fügte Judith hinzu. »Er hat dich nicht gerettet, Cadel. Warum um alles in der Welt hätte er das tun sollen?«

»Weil er mich geliebt hat«, flüsterte Cadel. Die Worte kamen ungebeten über seine Lippen. Einen Moment lang dachte er, dass sie ihm einfach nur in den Sinn gekommen wären und er sie nicht laut ausgesprochen hätte. Doch dann hörte er Judith scharf die Luft einsaugen und Sonja quieken, und ihm wurde klar, dass er offenbar doch laut gesprochen hatte.

»Ihr glaubt es nicht, weil ihr es nicht versteht«, sagte er heiser. »Prosper war anders. Er war nicht wie der Rest der Welt. Vielleicht hat er mich gehasst, aber er hat mich auch geliebt. Auf seine eigene Art. Er konnte nicht anders. Nicht, nachdem er mich all die Jahre lang großgezogen hat.« Als niemand antwortete, als er nichts als ungläubige Mienen um sich herum sah, jaulte Cadel auf: »*Wirklich!* Ich weiß, dass er mich geliebt hat! Er wollte mein Leben nur ruinieren, weil er kein Teil davon war!«

Als sich ihm von allen Seiten mitfühlende Hände entgegenstreckten, fing Cadel an zu weinen wie jemand, dem das Herz gebrochen war.

Mein Dank gilt Ken Wilson, Margaret Connolly
und Peter Dockrill für ihre Unterstützung.